大
方
sight

Incerta glòria

由马科星译自加泰罗尼亚语

Joan Sales

不定的荣耀

［西］胡安·萨雷斯 著

马科星 译

中信出版集团 | 北京

图书在版编目（CIP）数据

不定的荣耀 /（西）胡安·萨雷斯（Joan Sales）著；
马科星译. -- 北京：中信出版社，2022.1
ISBN 978-7-5217-3635-9

Ⅰ. ①不… Ⅱ. ①胡… ②马… Ⅲ. ①长篇小说 – 西班牙 – 现代 Ⅳ. ① I551.45

中国版本图书馆 CIP 数据核字（2021）第 196717 号

Copyright © Nuria Sales Folch, 1983. First published in Catalan in 1956−1971 by Club Editor.
Published in agreement with SalmaiaLit., through The Grayhawk Agency
Simplified Chinese translation copyright © 2021 by CITIC Press Corporation

ALL RIGHTS RESERVED
本书仅限中国大陆地区发行销售

本作品的翻译获 Institut Ramon Llull 资助

institut
ramon llull

不定的荣耀

著　者：[西] 胡安·萨雷斯
译　者：马科星
出版发行：中信出版集团股份有限公司
　　　　　（北京市朝阳区惠新东街甲 4 号富盛大厦 2 座　邮编　100029）
承　印　者：浙江新华数码印务有限公司

开　本：880×1230mm　1/32　　印　张：15.75　　字　数：419 千字
版　次：2022 年 1 月第 1 版　　印　次：2022 年 1 月第 1 次印刷
京权图字：01-2020-6445　　　　书　号：ISBN 978-7-5217-3635-9
　　　　　　　　　　　　　　　　定　价：79.00 元

版权所有·侵权必究
如有印刷、装订问题，本公司负责调换。
服务热线：400-600-8099
投稿邮箱：author@citicpub.com

> 首先,此处要采取医生般的审慎,
> 在没有确认到底是病人的还是自己的脉搏前,
> 千万不要把脉……
>
> 　　　　　　哥本哈根的守卫者[1]
> 　　　　　　（哥本哈根,1844年）

---

[1] 原文：Vigilius Haufnienses,为齐克果（1813—1855,Søren Aabye Kierkegaard,又译索伦·奥贝·克尔凯郭尔）的化名,齐克果是丹麦神学家、哲学家及作家,被认为是存在主义之父。（如非特别说明,本书脚注均为译者注。）

作者的自白

阴晴不定的四月天[1]……每个莎士比亚的崇拜者都知道这句诗,若我必须将我的小说精简成一句话,我不会另作他想。

生命中会有某个时刻让我们觉得仿佛大梦初醒。我们不再年轻。当然,我们不可能青春不老,可年轻时又是怎样?我的青春是一场晦暗的风暴[2],波德莱尔说;可能所有的青春都曾如此,正是如此,并将如此。一场被荣耀——四月天里不定的荣耀——的闪电留下印迹的晦暗的风暴……

一股黑暗的热忱在那些饱受折磨的年岁里驱动着我们,我们有意无意地寻找着一种我们无法定义的荣耀。我们在诸多事物中,尤其在爱情里寻找它……如果我们遭遇战争,我们也会在战争中寻找它。这是我这代人的事情。

在生命中的某些时刻,对荣耀的饥渴强烈得令人痛苦;我们渴求的荣耀越不确定,那股饥渴便越发剧烈,也愈加迷离。我的小说恰是要在其中某个人物身上抓取这样的一刻。结局会是怎样?我可不是那个应当揭晓结局的人。

但我知道,一个人若爱得越深,便会获得越多的宽恕。在其他时代里更多的是对圣迪马斯[3]或抹大拉的玛利亚的虔诚,因为那个时候不像如今

---

1 原文为英文,The uncertain glory of an april day,引自莎士比亚的诗歌《维洛那二绅士》(*The Two Gentlemen of Verona*)。
2 原文为法语,Ma jeunesse ne fut qu'un ténébreux orage,引自波德莱尔的诗歌《仇敌》(*L'ennemi*)。
3 亦称十字架上的囚犯,好囚犯,是《路加福音》中记载的与耶稣同钉上十字架的两名囚犯中的一名。

有那么多人卖弄学识,那个时候的人不会靠论点、信息甚或抽象的理论来极力掩饰所有人心中深藏的那份热望。

我们是对荣耀深怀饥渴的罪人,因为荣耀是我们的终结。

巴塞罗那,1956年12月

第一部分

"你们看到了什么?
我看到,安德雷尼奥说,
此刻与两百年间相同的自相残杀……"

——格拉西安《大批判家》

I

极速飞翔,恒久撞击[1]

橄榄树堡,6月19日

我的身体好得很,但我跟个得病的孩子似的咕哝个不停。

我不想告诉你在一个我不喜欢的师里服役我遭了多少罪。我终于换了目的地,我满心欢喜地来到这里……但现实再次劈头盖脸朝我袭来。我想着能遇见尤利·索雷拉斯。有人告诉我他在战地医院里,不知道是受伤了还是生病了,可结果他已经出院了。战争从一开始就铺陈在我眼前的如支离幻象的熟悉面孔我一张都没见着。

第一旅的旅长中尉严厉质问了我延迟的原因。由于上火车的命令和我报到的日期之间有差别,他这么问也很正常,最后扁桃体发炎这个简单的解释遂了他的意。不过那第一次接见却伤害了我。难道我还期待着他们以拥抱来迎接我吗?我们对其他人一无所知,我们也不在乎,然而我们却想要他们深入地了解我们。我们想要被人理解的热望只有我们不想了解他人的意兴阑珊方可相比。

我可不想对你隐瞒,我会那样是因为我在这里看到的人对我都冷淡得

---

[1] 原文为拉丁文。

要命，但他们至少可以讨厌我啊！

　　细细想来，中尉完全有理由不信任我。一个原本在战斗部队服役的中尉被调到了一支还在重组的队伍，为此他将有数周甚或数月远离一线，便难免会听到一些恶意的评论。在正规旅的那些人根本没法想象临时旅里地狱般的景象。临时旅里都是些从监牢或是疯人院跑出来的人，而领导他们的又都是些自大的狂妄之徒。外人得跟我一样待上十一个月才能明白。

　　我想到了那些满身溃烂和擦伤的骡子，那一身的伤疤是被马具不断摩擦后留下的印记。我想到那些吉卜赛人的骡子，它们那宽厚的顺从可比拟暮色降临时的天空。它们日复一日拖拽着流浪的部族，行走在没有尽头也没有希望获得公平的道路上。有谁得为一头吉卜赛人的骡子寻求公平呢？后人吗？

　　生活利用了我们，就像马具磨损了骡子的皮肤。有时候我甚至可怕地怀疑生活给我们造成的创伤会像生活本身那么持久，或更久。那地狱般的十一个月……

　　看样子我会被派去第四营，那是一个完全有待整编的营。而在此之前，我得在这个破村子里慢慢消磨我的无聊。我有那么多事想说给你听！尽管我的那些信永远都不该到你那里，但给你写信我才能感到宽慰。我们的家庭让你跟我感到一样的恶心，你不要否认这一点。因为同样的原因，你成了圣胡安慈善兄弟会的兄弟，而我成了无政府主义者。在这一点上，咱们的舅舅并没有弄错。

6月20日

　　当我起床的时候，生活似乎又值得再去过上一回。说到底是因为我有个只属于我一人的角落。他们把我安置在一户农家的阁楼上，阁楼的晒台就架在菜园上。帕拉尔河穿过菜地时闪闪发着光。阁楼的房顶很低,当我躺在床上时,我能看到扭曲发红的松木或柏木横梁还有苇箔。透过苇箔能隐约看到屋瓦。地上并没有铺瓷砖,人走在上头时地面会颤抖。墙上有战争期间于我之前住在此地的诸多军官留下的痕迹。"这个村里的年轻姑娘们标致极了",我在床头看到铅笔写下的这句话。这个想法颇为深刻,而我还没时间去考察这一想法除了深刻是否属实。此外还有许多其他题词,全都跟这村里的女性元素有关,但大都不具碑文的资格且相差甚远。有些配图概略得简直像是军事行动地图。

反正都是些无关紧要的东西。6月的阳光每天早晨都从晒台照进我的卧房深处,将一切都变换了形状。和阳光一起进入我卧房的还有菜园的气息,里面有割过的驴食草、新鲜的动物粪便外加其他无从分辨的气味。我的阁楼有其自己的味道:在好年景里这里曾是养兔房。依旧留在这里的气味并没有令我不快,反而成了我的陪伴。

6月21日

我去了帕拉尔·德尔·里奥村。人们告诉我在那里能找到尤利·索雷拉斯。

那是一座被战争摧毁了的小村庄,连个鬼影都没有。距此不远有一片战壕区外加几处钢筋混凝土的机枪掩体,而尤利的连队占领了这里。不过尤利不在,接待我的是一名担任连长职务的中尉:他四十来岁,穿着达达兰[1]式的猎靴,步态笨拙,一根S形的烟斗不离其手。他的眼珠乌黑,还

---

[1] 《达拉斯贡城的达达兰》(*Tartarin de Tarascon*)是法国小说家阿尔丰斯·都德于1872年至1890年间完成的知名漫画式三部曲小说。主人公达达兰是个典型的资产阶级庸人,终日无所事事却幻想着要创造一番大事业。

长着蒙古人一样的眼皮。当这双眼睛斜瞥着狡诈地审视你时，仿佛能看进你的骨髓里，而这双眼睛颇为粗犷的主人则若无其事地抽着他的烟斗。

"你是他朋友吗？"

"我们认识好多年了。我们一起上的高中，之后一起上了大学。"

"我可是拥护文化的人，你知道不？"他发"s"的时候有很特别的咬舌音，想必是戴了假牙的缘故，"我喜欢跟大学生打交道，所以之前我才想去科学系当看门人。我一直都对科学怀有好感。你看，我刚满三十五岁，这年纪可不能再继续待在外籍兵团[1]里了。那地方适合想要断奶的年轻人去。我能告诉你的就是我到现在还耿耿于怀。非洲的那些小妞总能给你留下长久的回忆……不过老是谈论自己并不好，得谦虚一点。坦白说，非洲就是个垃圾堆：不讲卫生，也没有文化！相信我，看门人的教职可比这好多了！"

这可不是我编出来的：他说起"教职"的时候特别笃定，连眼都没眨。在他的假牙间，"教职"这个词听来像带有令人神往的起泡声，就像水禽的叫声。似乎一旦握有门卫教职，他便觉得有义务"进行教务访问"（照他自己的说法），要走遍阿兰山谷[2]的每一个村落，去寻找一份最初的爱——这是他挂起法衣[3]的缘由，因为这样的模范生活自然从神学院内便开始了。虽然我们这位大人早在大约七年前便步履坚定地踏上了文化和神圣结合之路，可我跑到帕拉尔·德尔·里奥村来是为了打听索雷拉斯的消息，而不是为了了解皮科连长—中尉的人生跟奇迹的。

"索雷拉斯？这可说来话长了。并不是说他被降了职，但是他的个性实在太古怪，无法放心让他担任任何军官职务。我让他负责连队的

---

1 Tercio de Extranjeros，成立于 1920 年，虽是外籍兵团，但兵团内西班牙籍士兵占到绝大多数。
2 原文为加泰罗尼亚语，Val d'Aran，西班牙加泰罗尼亚大区莱里达省的一个地区，北部与法国接壤，此处阿兰语、加泰罗尼亚语和西班牙语均为官方语言。
3 此处有放弃其职业之意。

账目。"

"管账？"

"陪我去趟浴室，我再来给你解释这一神秘事件。反正最后你也会从别人那儿知道这件事，整个旅无人不知《罗兰的号角》[1]的故事。"

我们边说话边走到了帕拉尔河边，河流从三四排古老白杨间流过。由于皮科连长—中尉极其拥护卫生和文化，因此他用装满黏土的麻袋围成一个堤坝。堤坝间蓄上水便成了一个挺大的游泳池，差不多有两寻[2]深。这可是不折不扣的卫生设施。泳池附近有大概二十来号士兵正赤身裸体晒着太阳，当我们到那儿的时候，他们每四个排成一排纵队，站姿挺拔。这一场景不能说很突兀，却也很是惊人。皮科十分严肃地开始点名，结果少了一个，于是他问此人在哪儿。"在旅里医务室清洗伤口。"（这一机关枪连不隶属于任何营，因此得去旅里就医）"解散队伍！"随着连长—中尉的一声喊，这二十来个身无一片葡萄叶遮体的亚当们一头扎进了泳池。

"要是不对他们厉害一点，他们中很多人在他肮脏的一辈子里都不会洗澡。这样的人我能看得出来！你快把自己脱光，别害臊，"说着他自己开始脱衣，"我们这儿可不用遮羞布，恰恰相反，别去管那些羞耻的事了，我们要是啥都不觉得羞耻那才是真羞耻。我要消灭虱子和色情小说，这是战争中的两大祸害，这话拿破仑早就说过。"

我们躺在草地上晒着太阳。就在那时他给我讲了索雷拉斯的故事。

"他是个很有文化的小伙子，所以我这才有意把他留在了连队里，可

---

[1] 正史中的罗兰（法兰克语：Hruodland）是法兰克王国布列塔尼省的军事总督，死于跟巴斯贡人（巴斯克人的祖先之一）间的隆塞斯瓦耶斯（Roncesvalles）战役。中世纪和文艺复兴文学中多次提到罗兰之死，使其演变成了圣骑士。与之一起出名的有他的宝剑迪朗达尔、战马维兰迪夫和象牙号角。

[2] （西班牙）海事长度单位，1寻相当于1.6718米。

他比头猪还脏。我不记得他在跟我一起的所有时间里是否洗过那么一次澡。威胁可派不上用场，而且你永远不知道你要如何收场。他当时负责一个远离他人的掩体，可他是个马大哈，没在铁丝网上拴上铃铛。在一个起雾的夜里，对方用园丁剪给他在铁丝网上剪出了一个窟窿，然后在黎明时分，突袭了他们。被吓得要死的士兵们立马逃窜，而索雷拉斯一个人留了下来。他的确是个近视眼，开起枪来却是头猛虎。他坐在一挺机关枪后面，开始干倒那些法西斯。那场面真是了不起。"

"就他一个人？"

"还有一个副官外加机枪的第二、第三射手。那些临阵脱逃的人也纷纷回来，一切都已经处理完毕。我立即写了一份简报申请将他升为中尉。不过，你可挺住听好了：之后又有了第二波攻击，但士兵们都在死守，而就在那时索雷拉斯成了害得我们孤立无援的人！"

"你这话是什么意思？"

"大家到处找他，但几个小时后才发现他躲在一个山洞里。他当时正在看一本色情书，不过他立马把书塞进了口袋里。"

"既然如此，又怎能知道那是本色情书呢？"

"是因为那个圣人。那本书封面上的圣人。那是一本有圣人的书。而且全旅的士兵没有不知道这本书的：《罗兰的号角》。有些人甚至都能把这书背下来。你能想象吧……我们本来该枪毙他，但又有谁胆敢这么做呢？先是要给他升职，之后又要枪毙他。他又是那么有文化的一个年轻人……"

从帕拉尔·德尔·里奥村到橄榄树堡是八公里的下坡路，一路沿河，散步过去十分愉悦。置身在那样的寂静和孤独之中，我满心喜悦。在距离村外打谷场还有一刻钟路程的时候，我坐到了一棵巨大的核桃树下，那可能是我这辈子见过的最大的核桃树，在树下我吃起了青皮核桃。核桃还太生，我的手指头都被染成了黄色，一股苦涩的气味渗在里头，仿佛药味似的，而乐趣也在于此，在指尖和口腔中充分感受大自然那股药般的苦涩味道。

天色渐晚。一只掩隐在核桃树浓密枝叶间的黄鹂歌唱起来，透过树丛不时能隐约看到它一道黄色闪电般的身影。一只蛤蟆从水中探出脑袋，慎重地排练起它的笛子里唯一的音符。轻柔的海风吹动甘蔗的羽冠。金星挂在地平线上，仿佛巴洛克时期痛苦圣女像上镶嵌在脸颊上的那颗玻璃泪珠。但如果有谁想来橄榄树堡寻找巴洛克式的失落天堂，那便是自欺欺人。下阿拉贡地区的景色都是苦痛的，与巴洛克并无关系。由于我之前从未来过这里，一切都吸引着我。与惯常所认为的相反，这里的风景与卡斯蒂利亚的迥然不同，而我在那里度过了十一个月里的大部分时间。头几天里我感到困惑，但后来我发觉阿拉贡的风景不属于空间而属于时间。那不是风景，而是瞬间。看这些风景时要像观看某个瞬间一样，就像一个人看着瞬间从眼前飞逝。

一旦发现了这个秘密，你就不会想用它去换取世上的任何其他景色。

索雷拉斯有他古怪的地方。所以他在山洞里以及《罗兰的号角》的故事并没有让我觉得惊讶。我甚至还有点失望，我此前期待的可是他更为轰动的事迹。

我们在高中最后一年的时候，他就像个年龄成谜的人。我怀疑他跟家人关系并不好，这一巧合也是我们合得来的原因之一。首先，他的家人是谁？这是个谜。可能就有个老姑妈，再无他人，而他对此事总是避而不谈。据我记得，他从未跟我提起过任何其他亲戚。他那个老姑妈是个老姑娘，能看见异象：她曾见到过圣女菲洛美娜显灵并与之交谈（啊，用的还是西班牙语）。我也不知道他到底住哪儿，但我觉得他似乎羞于提起。但他到底为何感到羞耻？他姑妈应该很富有，因为在庆祝高中毕业的时候，他姑妈为他支付了一趟堪称国王待遇的舒坦之旅：德国、俄罗斯、匈牙利和保加利亚，这些国家都是他自己挑选的……里头既没有英国、法国，也没有意大利。他想要去的就是这些别人从未去过的国家，而且他看的书也一样：叔本华、尼采、卡尔凯格尔[1]（我不知道是不是这么写），我不知道这些书除了他是否还会有别人能有耐心啃下去。

此外，他明明不能抵挡奇异人士的吸引力，又为何要以他姑妈为耻？是他带我走进了招魂术、通神论、弗洛伊德、存在主义、超现实主义和无政府主义的种种神秘之中，这其中的一些事物在当时看来可都是全新的……那时我们高中毕业，是在1928年，距今已近十年。关于马克思主义，他告诉我说不值一提，不过就是些烦人的东西，纯属老生常谈。"没什么想象力，"他肯定地说，"你永远都别相信没有想象力的人：他们就会招人烦。"不过，他对性变态的事儿倒是兴趣盎然。他认识深受各种怪癖困扰的人，而每当他发现一种新怪癖的时候，就会感到收藏家们寻到不为人知的样本时的那种狂喜。

另一方面，由于他能看见异象的姑妈在钱上对他毫不吝啬，因此他可以任意地抽烟喝酒，这在当时才十六岁的我们眼中是为他增添光环的另一件事。为了显得了不起，他甚至让我们以为他经常出入"不正经"的地方，还以为他注射吗啡，不过这些显然都是无稽之谈。

正因为他我才认识了特里尼一家：她父母都是教师，有学化学的哥哥，一家人都是无政府主义者。他们住在医院街的一间公寓里，公寓老旧而昏暗。小小的客厅贴着牛血一样颜色的沉闷壁纸，里面摆着四把维也纳式木摇椅和一张镶有白色大理石的黑色小茶几。因为公寓实在太小，因此当厅里聚集的人数超过四个的时候，大家就得坐到特里尼拿来当床的长沙发上。公寓里最吸引我的是挂在墙上的各个画框中镶着的画片，尤其是暗

---

[1] 见提献页脚注。原文将此人的姓名拼写得与其原名略有不同，故而译者也将其中译名略作改动。

喻联邦共和国的那幅。画中有一张头戴弗里吉亚无边帽[1]的皮·马加尔[2]的照片，两旁各有一个乳房丰满的女子：其中一个应该是赫尔维蒂娅[3]，而另一个则是美利坚。那些都是特里尼祖父那个年代的物件，而她祖父一辈子都是个联邦主义者。我以前从没去过那样的地方，那些东西让我觉得既新鲜又好玩。我觉得索雷拉斯也乐在其中。

6月22日，星期二

说到画片，给我提供住宿的那家女主人挂在饭厅里的那幅画让我着迷。那是一幅钢板版画，我觉得是19世纪初的作品，画面上是一名痛苦圣女，而且还是巴洛克时期的痛苦圣女，两边的脸颊上各有一大滴泪珠，胸口还插着七把刀。

"您总是看这幅画。"女主人在给我盛饭时对我说。尽管她已过四十，却是个金发女人，丰腴而充满活力。她曾在巴塞罗那工作多年，说起加泰罗尼亚语来比我们中的很多人都要地道。"您从来没见过插着七把刀的圣女？这是奥利维圣女，在乡里很受爱戴。人们相信她是主管婚姻里的灾祸还有家庭争执的女神……"

她叹了一口气，斜眼瞟了一下那幅画像。

"这片土地上的女人个个都扎着这几把刀。我们过的都不是日子。

---

[1] 又称自由之帽，本为古代小亚细亚古国弗里吉亚的人所戴，是一种与头部紧密贴合的软帽，帽尖向前弯曲。而到18世纪美国革命和法国大革命中，这一帽子因成为自由和解放的标志而被广为传播。

[2] 即Francesc Pi i Margall，是西班牙第一共和国时期（1873年2月11日至1874年12月29日）的第二任总统。

[3] Helvetia，是瑞士联邦的象征，这一名称和瑞士的官方名称"赫尔维蒂娅联邦"都源于罗马帝国征服瑞士高原前的当地居民赫尔维蒂人。

可怜的奥利维圣女。连她都不得安宁。天晓得何时是个头！我也想离得远远的。"

"您不喜欢这片土地？"

"我该怎么跟您说呢，没有什么地方能比得上巴塞罗那。我想念我当用人的时光，想念周日下午聚在一起的那帮年轻人，想念那些热闹的歌声……您不记得'猫泉'和'目光动人的玛丽埃塔'[1]了吗？"

她开始唱了起来，我在一边和——我们俩随着歌声逐渐激动起来。

从猫泉走下

一个姑娘，一个姑娘……

可是当我们停下这首傻气的歌曲时，她竟湿润了眼眶。

"可您在这里是女主人啊。"我对她说。

"是啊，几分薄地的女主人。但愿能把巴塞罗那还给我。这里只有污垢和悲伤。您会慢慢发现的。您别认为我是唯一这样的人，我们所有在巴塞罗那干过活的人都一样。我们没几个人，但如果我告诉您说我们之间说加泰罗尼亚语的话您会相信吗？我们这样做会觉得自己又在重温往日时光，重回年轻时代。"

"我觉得你们有点夸张。"

"好吧！等您看到在这样的村子里，女人们得站着吃饭就因为男人才能坐在桌子旁，还有女人不能当着不是她丈夫的男人面喝酒的时候您就明白了……"

"您说的是真的吗？"

---

[1] 此处均为加泰罗尼亚传统舞蹈萨尔达纳舞的舞曲《从猫泉走下》（*Baixant de la Font del Gat*）中的歌词，这首歌的副歌部分后来成为当地著名童谣。玛丽埃塔是歌中的女主人公。

"那是当然。您去问问您的同伴们，他们已经在这儿待了好几个月了。为了等女人们坐下来跟他们一起吃饭，他们闹了不知道多少洋相！邀请一个女人坐下来就像把她当成了一个……"

"谢谢您提醒我。得入乡随俗。"

"对，不过最糟糕的是脏。一个女人要是洗个澡就会到处被人指指点点，因为这里只有那些堕落的女人才洗澡。这儿曾有过一个洗澡的女人，那是好些年前的事了。那个女人跟我一般年纪或稍微大一点儿，她也曾在巴塞罗那干活。她当时回村里参加守护神纪念节，要跟父母一起待上几天。那是8月份，天很热，她回来的时候身上满是火车上的煤屑。她想着就在厨房里用洗衣盆洗个澡该是最佳选择，却不知道为此惹下多大的麻烦。当她的母亲走进厨房看到她钻在洗衣盆里的时候，抓起一根棍子，噼里啪啦把洗衣盆打了个粉碎。因为那是午睡时间，她的父亲正睡着。她父亲人称'拉屎佬'，您想想这是什么样的绰号。他被水声吵醒，从草垫子上起身，您知道他干了什么吗？他咒骂他的女儿，并把她赶出了家门。"

"我的天，那村里人会怎么看他？"

"村里人？您想知道村里人怎么说的吗？'嘿，'拉屎佬'可真是条汉子，不折不扣……'"

"那这个模范家庭的父亲后来怎么样了？"

"成了另一派的……志愿者。"

"那他女儿呢？"

"那可真是说来话长了，但说到底又有什么可说的呢？她暂时回到了巴塞罗那，回到她当用人的那户人家里。之后……人们继续议论纷纷，但我们没在橄榄树堡再见过她。她住在另一个村里：恰好是奥利维圣女村。"她跟我指了指那幅痛苦圣女的画像。我隐隐觉得她在有关"拉屎佬"女儿的事情上就某个重要细节缄口不提，但归根到底，这类蠢故事与我又有何干？

　　这家女主人应该有她一定的道理。我曾见到过一幕惊人的场景：村里的年轻姑娘在燕麦地里收割。她们顶着毒辣的日头，袒着胸脯，汗流浃背。我以为这是由于战争期间缺少男人，但实际上并非如此。那时还没征过兵，村里在前线的仅有几个小伙，还都是志愿者——人数很少，还跟"拉屎佬"一样都在敌方。要知道在这里他们并不叫我们共和军，而是"那些加泰罗尼亚人"，因此是亲近还是讨厌我们并不取决于他们怎么想巴塞罗那（假设他们对巴塞罗那有什么有条理的想法），而是取决于加泰罗尼亚给他们带来亲近还是讨厌的感觉。这让我们这些新来的很惊讶，但事实就是如此。话说回来，女人们收割那是因为干收割活的一直都是女人。我的女房东还告诉我，在打谷场上脱粒的是女人，采摘葡萄的是女人，拾粪的也都是女人。如果不是日光暴晒和重活让这些年轻姑娘过早衰老，她们都会有一副美丽的模样。金发浅色眼珠的姑娘很多，看来此地盛产人们常说的北欧人种。

　　索雷拉斯也失去了踪影，就跟"拉屎佬"的女儿一样。我把自己弄到这个旅来想的是能见到他，是能在一个朋友的身边。我甚至都怀疑他在避开我，要不是的话，为什么到现在我还没能瞄到他一眼？

23日，星期三

　　他来我住的地方看我了！终于到时候了！

　　瘦削，肤色泛黄，留着稀疏几根胡须，近视眼：一直都是这样的索雷拉斯。我从椅子上起身拥抱他，他用怀疑的目光审视我一番之后，仅仅嘟哝了一句：

　　"没必要这样吧。"

我告诉他我申请调到这里来是为了跟他在一起。

"嗨，你最终会厌烦我的，就跟其他人一样。这儿谁都受不了我，无论是旅里的司令，还是战壕里的最后一只虱子。"

他的嗓音还是跟以前一样，深厚、低沉，有时候，特别是他想嘲弄别人的时候，会带有一种演说的腔调。

"我可是把你当成我最好的朋友。"

"那好，我来这儿就是为了告诉你咱们最好别见面，咱们见面是件很愚蠢的事情。我知道你在找我。这太蠢了，难以置信的愚蠢。"

"为什么很蠢？"

"就因为我是你最好的朋友。"

他说完这话，发出一阵断断续续的轻笑，让我想起母鸡咯咯的叫声。

"你就想让我讨厌你，尤利，"我对他说，他令人费解的言语让我有些恼怒，"我不知道你为何有意这么做，这又是一种新怪癖？"

"可怜的路易斯，如果你还能有点明白的话就好了……我现在担任的是准尉。你知道什么是准尉吗？不，你不知道。我在担任这个职务前也不知道。尽管已经被卷进这些事里十一个月了，可关于军事问题，咱们还是知之甚少。准尉就是……得怎么跟你说呢？准尉就像小食品店里的某种售货员。咱们是为了这个才上战场的吗？我现在管的是鹰嘴豆的账目。"

"我什么都知道了。这很古怪，我不跟你否认这一点。"

"皮科告诉你的？这个皮科可真是个务实的家伙！你该知道那些务实的人让我有多反胃……他们是这个世界的主宰，而这世界让我厌烦透顶。那些务实的人呀！他们无法懂得什么叫率性而为！如果那件事已经让我毫无兴趣可言，我为什么还要继续待在那里？人们会把一部小说看上两遍吗？一种情绪如果被重复，那这种情绪便不再强烈。重复令人疲累。当然也有例外，那种了不起的例外。就像加泰罗尼亚语语法那样：在字母 e 和 i 之前总是要用 g，但也有令人敬重的例外，如 Jehová、Jesús 还有 Jeremias[1]。"

"你总觉得自己说的话很有意思，还是老样子。"

"我十二岁的时候，我姑妈带我去她在戈德里亚[2]的一处房产内度夏。那里有一个钟乳石山洞，我姑妈固执地认为我会为此而兴奋不已。显然，在那个时候我已经培养出我那狡诈的虚伪做派。因此，在她面前我表现出对那些钟乳石拥有无比惊讶之情，同时也为那些石笋感到惊叹，然而，我真正喜欢的是火车铁轨：我可以欣赏上好几个小时。我没能抵挡那诱惑，尽管我得谦虚地承认如果我能抵挡住的话那会更值得赞扬。我在两根枕木间挖了一个坑，坑不是很深，恰巧够我蜷缩在里面，这样我的脑袋便不会突出到枕木之上。我想你已经明白了：我干的事就是当有快车（因为在戈德里亚不停站，火车会子弹般飞驰而过）经过时，我蜷缩在坑里面，感受整列快车从我脑门上驶过的感觉！几年之后，我在卡拉马佐夫兄弟那儿发现了同样的伎俩。你可以怪我剽窃，但我跟你保证，我十二岁的时候还没读过陀思妥耶夫斯基呢。我姑妈当时硬要我吞咽下的是博须埃的《墓前演说集》，说是强迫是因为并无愉快可言，此外，快车这一招其实相当普遍，我认识好多人在我那个年纪时跟我一样试过这么干，那可是无知无畏的年纪！我认识那么多干过这事儿的人……很难找到一个千千万万人还没使过的真正新招！你看，感觉整趟列车从我身上开过那才叫激动人心，不过，老实说，我还差了最根本那部分。你知道吗？情绪最根本的部分在于要从他人的眼中观察。这是我们最令人惋惜的缺憾：我们的情绪只有有了同谋才能显得真实。为此，我带着娜提一起去了。我从没跟你说起过她吗？她那时跟我一样十二岁，但，那是多美妙的十二岁啊！高挑，黝黑，

---

1 这三个单词的意思分别为：耶和华、耶稣和耶利米（《圣经》人物，公元前 6、7 世纪的希伯来先知）。
2 Gudella，西班牙瓦伦西亚省的一个小市镇。

紧致的皮肤,有热烘烘的麦秸味儿……那挑衅的眼神是纯真与原始生命力的结合。她是我姑妈家佃农的女儿,在戈德里亚出生长大。我成功地带她去看我怎么钻进那个坑里,看快车怎么从我身上驶过。要跟我一起钻进坑里吗?这主意可把她给吓坏了。'好吧,'我对她说,'要的就是这个,要那种恐惧感。'如果我能告诉你恐惧的美妙滋味就好了……但是,只有你自己体验这样的美妙有什么意思?但没办法,她不愿意,可她闻起来有割过的青草味儿……又有那样的目光……只要人世间还有这样的眼睛,人类便会不厌其烦地重复亚当和夏娃在最初所做的事。这就是我之前跟你说的:了不起的例外,那是值得世世代代[1]无休止重复的事,直到世界末日。然而,我不太觉得战争是这些事之一。你可能会因为新鲜而喜欢第一场战斗,也会喜欢第二场,但当你经历了那么多场战斗之后……这一可悲的粗鄙之事中的种种在你被迫重复之后,会耗尽你的耐心。"

"你指什么?"

"我的勤务兵给我拿装满咖啡和朗姆酒的军用水壶时一头摔倒在地上。在这样的时刻我需要军用水壶里装满咖啡外加许多朗姆酒。他摔倒之后所有的咖啡都泼了出来,那个蠢货的血也跟咖啡混到了一起。他是个不快乐的人,来自拉波夫拉·德·利列特镇[2]。他们家是卖自产牛奶的,在镇上的松树广场有一家乳品店。你看到了,他受了伤。很美,是吗?为战争受的伤,在干勤务时伤了额头。光荣英勇地负了伤!之后,到了后方便可以跟他最好朋友(最好的朋友就是有着最好的老婆的人)的妻子说'我在那场战役中负了伤,我举着旗子往前冲……',心中怀着给他好朋友戴绿帽的喜悦希望。在后方,你可以轻松地说你举着旗子冲锋在前,因为那些极其愚蠢的人依旧相信战斗就是那个模样。你甚至可以说你骑在马背上挥舞着

---

1 原文为拉丁文,Saecula saeculorum。
2 La Pobla de Lillet,西班牙巴塞罗那省的一个市镇。

宝剑向前冲，他们什么都信……或装着什么都信，这样就没人会强迫他们走近来看。但是可怜的帕劳达利亚斯被毛瑟枪的子弹打穿了屁股，他要怎么把这个细节讲给他最好朋友的妻子听？尽管他可以婉转地说是'坐下的那两个平面'，但还是很荒谬。至于我，我一点儿都不在乎！要遇到这样的事，我宁可一走了之。看到血我可受不了，我会恶心。有两个士兵曾脱下他的裤子，想用一把青草给他止血。他大声诵念天主经，并不时喊娘。他母亲！他母亲应该正忙着在松树广场卖牛奶，又怎么可能赶来？我再跟你重复一遍：子弹穿过了他的屁股，因此枪伤并不严重，但鲜血涌出的样子让我只想吐。干尸都比这好上一千倍！干尸彻底干燥，并不会留下像血这样令人恶心的痕迹。看干尸还是挺愉快的，我建议你去奥利维圣女村郊游一趟……"

"他们告诉我说发现你躲在一个山洞里。"

"噢？还说我在看一本色情小说对吗？我看出来你已经知道我的传奇了。你看，传奇也不是想有就能有的。比如帕劳达利亚斯就永远都不会有传奇，不管他有多努力，哪怕他屁股被打成筛子都没用。"

"那关于书的那部分不是真的？"

"那是第一个不是真事的传奇。我是从前一天开始看的，我就想知道结局怎样。有些小说能给你惊喜。我可以借你看看。"

"谢了。我没兴趣。"

"你可不知道你错过了什么。在这个旅里，这本小说可是福音书！无人不知《罗兰的号角》。通过看这本书我明白了许多事，你也会明白一些，你甚至能理解你自己的某件事，某件你应当去了解的事。"

"理解什么事？"

面对我的问题，他用近视的目光牢牢地盯着我看（因为出奇地爱臭美所以他并不想戴眼镜），并叹了一口气。

"有时候我甚至怀疑，"他从齿缝间咕哝道，"你们，这个世界上的人是不是都痴呆了。理解什么事？这个事有那么重要吗？就是某件事！任何一件事！去理解！"

"理解了又能怎样？"

"看得出来……看得出来，你肯定什么都没试过。有那么多事值得一试！比方说，瘫倒在草地上，如果有可能的话，最好是大热天太阳下山的时候，青草被一天的太阳晒热了，散发出刺鼻的香气，就跟年轻农妇腋下的气味一样。8月头几天的黄昏里朝天躺着，天蝎座在地平线上拖着它没有尽头的尾巴——"他低沉的嗓音逐渐有了演说般的颤动，"天蝎座！那是我最爱的星座，我私下告诉你：那高悬在天际的尾巴充满毒液……我们人类就缺这个，缺一条像天蝎一样的尾巴，能向整个宇宙喷射毒液。你别用这副表情看着我，你知道我说的有道理，拥有这样一条尾巴对全家人来说都是真正的骄傲。我指的是人类家庭。既然我们没有这样的尾巴，那我们就只能仰天躺倒，那样……垂直地，满怀愤怒！但它会朝你而来，冲你的脸径直而来。牛顿会说那是因为重力原理。如果他看不到别的，也不懂去理解，那就让他守着他的癖好吧。理解是这么一回事：在双眼间接住自己唾出的唾沫却不眨眼，接住那口无奈的痰液，感受我们自身巨大无奈所释放出的冰凉的愤怒。"

"就像我们丢下了一堆污秽。"

"如我们这么想的话，一切都是污秽：淫秽而阴森。听着，路易斯，你有没有觉得你出生的方式和其他人都不一样？你的结局也不会像他人那样成为一摊无可名状的污秽？你已经到了该知道这些的年纪：入口淫秽，出口阴森。入口免费，出口残暴。相信我，趁我们还来得及，用尽全部的愤怒吐出一口大浓痰是值得的。如果你不会或是不能做得更好，你为什么要掺和进来？"

"你在说谁？"

他惊愕地看着我，似乎我的没头脑惊到了他。

"你该为了你自己做这些事……你已经长大了……很显然能看出来，你不想去理解。或许你在这个世界上处之泰然，或许你觉得像在自己家里，或许你从未有过当外国人的感觉。或许你就像无数其他蠢货一样过着你的日子；或许我是唯一一个不知道在过着谁的生活的人，那不是为我量身定做的生活，对我而言那是他人的生活。"

"尤利，你说的这种感觉我有时也有，我也绝不认为这有什么奇怪的。这比你想象得要普遍得多。我们并没有在经历生活，是生活在经历我们。而生活……最好还是别想太多。我们又会从中得到什么呢？生活是如此美丽！它是无法理解的谜吗？但神秘感总是能为美增添一份吸引力，这一点我们都知道。就跟悲伤一样。悲伤而神秘的美，不是很迷人吗？我也有我的悲伤，尤利，而我尽量独自承受。"

一阵沉默被他断断续续的笑声打破。

"我猜皮科带你去了他所谓的那个'卫生设施'洗了个澡。那是他最大的骄傲。他是个务实的人，这一点无可否认。他脚上那几个张扬的鸡眼也不是白长的[1]。"

我得承认，事实上，那名机枪连的连长—中尉脚上的鸡眼当时就引起了我的注意：每只脚上都有六七个，又大又厚。

"他为什么不割了它们？"

"唉！那是你不了解他。克鲁埃尔斯有次想这么干来着。那个克鲁埃尔斯是个少尉—实习医生，在旅里轮班，哪天你肯定会碰上他。当时他想用一把新的吉列刀片替皮科割了那些鸡眼，结果皮科大喊'不要！不要'，'我宁要鸡眼也不要这个人'。克鲁埃尔斯没能成功，我们本该有四个人把他按住，你看，要给一个两腿乱蹬的人割鸡眼……"。

"我还以为他很勇敢。"

---

1 此处有语带双关之意，在加泰罗尼亚语中"鸡眼"也用来指挑剔、麻烦的人。

"我不能跟你说他不勇敢。有一次我们遭到一组7.5排炮的轰炸，对方炮兵将视差和平方根以及其他种种都计算设置得极为精妙，令所有弹片都炸在了我们的战壕里。当时是皮科说了一句：'这活儿干得漂亮！'无可否认，这事令人不安。那时我们有个年轻的少尉，叫维拉若什么的来着，才来前线不久。皮科一直盯着他，因为一旦这个少尉开溜，士兵们就会四散而逃。当时也能看出这个维拉若很紧张，不时地朝后张望。皮科摘下他的假牙——在极端情况下，他都会摘下假牙——放进一个盛水的杯子里，接着便爬上了胸墙。没了假牙之后，皮科看着很像伏尔泰。他开始在装土的麻袋上踱起步来，因为脚上鸡眼的缘故，他的步态总像是头回穿上新鞋。他把装有假牙的杯子放在其中一个麻袋上，结果一阵机枪扫射把杯子打成了碎片。士兵们都在窃笑，挤眉弄眼地看向维拉若。维拉若觉察到了这一点，'你们觉得我没本事这么干？'他跳上胸墙。就在他还要说点什么的时候，一块弹片削去了他的脑袋。或许并没有损失什么重要的东西，或许他只是跟其他诸多英雄一样说了声'见鬼'。你要是想让皮科不痛快的话，你就跟他说这事儿。因为他知道，从道义上讲，他是害死那个倒霉蛋的凶手。"

"得了吧！他怎么可能想得到……"

"这是可以预见的。皮科命很好，他知道这一点，所以总是不当回事；而可怜的维拉若脸上却写着他跟皮科恰恰相反：他是个打老远就能看出来的倒霉鬼。"

"你就别再说这些废话了，让死人安息吧。"

"让死人安息？他们还想要什么？我建议你去奥利维修道院郊游一趟……说到那副假牙，后来在离战壕相当远的地方出现了。幸运的是一点儿都没坏。我告诉你，我觉得皮科的假牙比修道院里的干尸恐怖多了。你这阁楼从哪儿看都挺好，我也想住在这儿。你总是运气很好，你总能拥有你想要的东西。要是能待在像你说的由从疯人院跑出来的人组成的无政府主义旅里我应该挺乐意的,可是,我们这个旅简直平庸得要命。秩序、卫生和文化!可你……有这样的阁楼,还有兔子的臭味……"

他凑上前细看墙上的涂鸦。

"嗯,还不错,但能画得更好些。这个旅缺乏想象力这一点让我痛心。等你离开了橄榄树堡,我要申请这间阁楼。"

奥利维圣女村,7月4日,星期日

我们在这个村里,这是旅里组建第四营的指定地点。

只有一处小小的不便:得把村庄从无政府主义者手里夺过来。可要从无政府主义者手中夺取奥利维村的我们又算是什么人?纸面上我们是第四营,而事实上由于征招的士兵还没到,"我们"指的不过是(醉醺醺的)罗西克司令、他的福特车,外加他的司机、中尉医官普伊赫医生、一个二十来岁任医疗少尉的实习医生,我想他叫克鲁埃尔斯,因为我觉得索雷拉斯在橄榄树堡的时候曾跟我说起过他。此外还有担任步枪手—投弹手的四名中尉,其中有一个叫作加利亚特,平时生活里曾是个咖啡馆服务员。最后还有六个步兵少尉,我也有幸名列其中。总之,我们就是"十一个人外加一名司机",普伊赫医生随口编出的这句话就此沿用了下来。

我们坐上司令那辆不一般的福特车离开。车里坐不下的人就站在车子的踏脚板上。有一个少尉坐在了车顶上,两腿间夹着一把机关枪。我们还把一面旗子插在了发动机的散热器上。从橄榄树堡到奥利维村的公路基本就是一条颠簸小道,一直向北十二公里左右。靠着我们特意带上且不时搬上搬下的几块木板,福特车顺利越过了几处激流。所有这些事似乎都让拿着机关枪的少尉觉得好玩,他又是唱又是笑,还一个劲儿骂骂咧咧。他是个瘦弱的小个子,突然看着我大喊起来:

"喂，你！你是干什么职业的？"

"你在问我吗？我是法学本科生，但我也干别的"。

"法学本科生是什么意思？"

"就跟咱们说的律师差不多吧。"

"律师！咱俩得握个手，年轻人！这跟我干的差事差不多。"

"你曾是法庭代诉人？"

"不是。我是公共道路宣传员。"

就在那时我们已经看到了村里的打谷场。我们觉得从福特车上下来，从麦垛后面走进去更为谨慎。大家四下分散开，手里握着手枪以防无政府主义者抵抗。之后我们才得知他们早在前一天一得到军队要来的消息就逃走了。等着我们的是全体村民，男男女女还有小孩们欢天喜地地迎接我们的到来。年轻姑娘们把玫瑰花别在了我们军装上衣的纽扣眼里。这样的感觉很是愉快，英雄的角色如此轻易便能扮演，又怎会不愉快？罗西克司令的眼眸闪着光。一个中年男子一把抱住了他，结果此人是被无政府主义者罢免的村长。他因此藏身森林里头，没少吃苦头。司令依据事实本身宣布将村长官复原职，男人们为此鼓掌欢呼，老妇们流下了眼泪，我们的纽扣眼上被别上了更多的玫瑰花。诱惑太强：罗西克司令突然发表起我们一直害怕的演说（这是他的一大弱点）。

老妇们用黑色围裙的裙角擦拭着眼角，而孩童们则像群蜜蜂团团围上前来赞美我们的衣袖上的军阶标志，还有我们簇新的军装。

如果我没弄错的话，这就是索雷拉斯跟我说起的那个村庄，对，他说到这个村庄时还挺神秘。我在橄榄树堡的女房东也跟我说起过一些，她还跟我讲了一个痛苦圣女的事。索雷拉斯提到的是干尸和修道院。如果这座修道院真存在的话，说不定我可以去参观一下，顺便打发一下几小时的时间，我们在这儿逗留的日子实在太无聊了。这座村庄和乡里的其他村庄一样，一片破败，算上住宅和畜栏总共两百八十间建筑物，除此之外就是一百个打谷场和场上的麦垛。村里的教堂跟村落里高处的一座小城堡一样都是砖砌的。多个世纪过去后，墙砖已经发黑。苍蝇们搅得我们不得安宁，尤其是在吃饭的时候。尽管橄榄树堡的苍蝇已不算少，但这里要多得多。由于畜栏里堆积的大量粪便——这里的好人们称之为"粪片"，苍蝇不可能不多。

我在离开橄榄树堡前曾设法去见索雷拉斯好跟他道别。一个后勤部的士兵告诉我说他刚被派去旅里的火车部，那天早上他看到索雷拉斯上了一辆轻型卡车奔赴新岗位。他本可以跟我说再见的。唉，或许我为此操心并不值得。

糟糕的是我想念他，他的谈话有时会惹恼我，而我却总是对此怀有兴趣。我又回想起他在橄榄树堡跟我说过的那些没头没脑的话中的一句："要是看到我们这些人干的蠢事，太监都会觉得自己更胜一筹。而且他们有理由这么做，对你们这些怀疑论者来说也一样。"他拿我跟太监做比较让我不能容忍，然而……这里所有的军官都令我好生厌恶，尤其是司令和医生。他们成天从一个酒窖逛到另一个酒窖，遍尝桶里的葡萄酒，然后评上一句"符合要求"！

7月8日

在等待被征召的士兵到来期间我们依旧无所事事。我们已经分配好了将来各连队的军官：我轮到第四连，连长是那位前咖啡馆服务员加利亚特。

村庄的样子惨极了：它地势很低，你得走到里面时才能看到它。它的边界很广阔，但大部分都是荒凉的无人之地，大棵大棵的橄榄树验证了村庄的名字[1]。照别人告诉我的说法，修道院离得很远，就在河流的下游。我时常走长路，有时也会静静地坐在橄榄树下，乌鸦们就落在距我几步路的地上，仿佛我并不在那里一般。成百只的乌鸦就那样跟我做伴。远处几座光秃秃的岩石山围起了村庄的边界。有时会有一朵云落在山头上：岩石跟云朵，永恒与瞬息。云会飘走，但它随着落日变化时又是多么壮丽！而岩石总是一成不变。我们生命中的岩石跟云朵又是什么？两者中谁更有价值？我们的哪一部分必须保持不变？我们如此确定这不变的部分要比从我们身边转瞬即逝的另一部分更有价值吗？还是我们都不过是幽灵、是云朵，仅有的希望不过是见识那荣耀的一刻，仅仅是为了那一刻，之后我们便将消散？

我们所有的本能都在对抗这个念头。用斯宾诺莎的话来说，"我感觉到也体验到我是永恒的"。我是通过索雷拉斯知道了斯宾诺莎的这句话。除了他还有谁能看得进斯宾诺莎？至于我们无尽的欲望，这一谜题又该如何作解？如果我们都不知道我们感受到的为何，也不知道我们渴求的为何，又如何解释我们感受到了无尽的欲望？

只要能寻找得到，万事皆有其解释。比如说，让我十分好奇的那一大群乌鸦。我信步走在村庄的区域中，猛然发现自己置身在月球的群山环抱里。那是一个极其特别的地方：仿佛月球上的某种环形山，广袤、深邃而神秘。日头很低，倾斜的日光更使一切笼上一层外星球的模样。没有一棵树也没有一丛灌木，有的只是矿石……和如同发生在星际间真空带里的强烈光影变幻。一切都让人着迷。我走近环形山口朝深处看去，一大堆骨头替我揭晓了谜底。那是存尸坑，是人们口中诱捕秃鹫的场所。在这些乡里，牧人比农夫多；放牧的多是绵羊和山羊。人们把病死的动物都扔在这里。当一头母骡子病了并且兽医也表示没救了的时候，人们不会等到它死

---

1 奥利维，Olivel，与加泰罗尼亚语橄榄树 Olivera 同词根，因而此处才说橄榄树证实了村名。

去,死了会太重。人们拿着棍子把它赶到诱捕秃鹫的坑边上,从那儿把它推下去。骡子朝山底坠下,运气好的话,摔下时骡子就会咽气,而有时候显然还得挨上几天才会死去。乌鸦和秃鹫负责清理这个存尸坑。不得不承认它们工作起来极有效率:没有比这些泛着象牙白的光秃秃的骨头更干净的东西了。那像是藏骨堂:我不知道是哪位先知描写过一片充满骸骨的大沙漠。那自然是人的骸骨,但又有什么关系?那个诱捕秃鹫的大坑深深触动了我,那些骨头透出的荒凉让我感到无尽的干渴,而索雷拉斯的话又出现在我的记忆中:"无比的干渴,一滴水便可止息,这概括了一切。无比的巨大和无比的渺小。我不知道你是否听说过原子……""对不起,"我没好气地打断他,"你别来跟我胡扯。原子都是个屁。"

那些骨头透出的荒凉让我明白了索雷拉斯所说的"无比的干渴"指的是什么。"我要活着,"我对自己说,"我要在自己的骨头被抛进等着我们的诱捕秃鹫的无底深坑前赶紧活着。我要活着,但是要怎么做才能活着?活着!一年的战争,一年不知女人为何物,而我们有的不过是区区几年!我应该已经花光了属于我的那份中的不止三分之一……"有一天,在黄昏降临时我身处一个在那个时刻尤显荒凉的道路交叉口。我想说那是极度的荒凉,触目的荒凉。天上有一朵云,它默默燃烧的模样让人害怕。美令人心生恐惧,而幸运的是,美极少有机会与我们相遇。在那样的暮色里——如此震撼的暮色我只在阿拉贡见到过——人在宇宙面前会感到孤单,就像一个犯人站在法庭前不得上诉。我们要被控何罪?控告我们渺小、卑下和丑陋吗?巨大无垠审判我们,压垮我们……我那么入神都没有听到她的脚步声。直到那低沉疏远的嗓音将我从沉思中唤醒,我才意识到她的出现。

"祝您傍晚好。"

那是个怀里抱着个孩子的女人,另一个孩子则贴在她身边紧紧拽着她的裙子。那是个正在服丧的高个苗条女人,她走过我身边时并没有看我。当她在路上逆着光渐行渐远时,身上仿佛笼罩着某种痛苦的光圈。她是谁？我在村里从没见过她。当她在拐弯处消失不见后，我才反应过来她是用加泰罗尼亚语跟我打了招呼。这村子里的一个加泰罗尼亚女人？太神秘了，我差点都要以为那一切不过是幻觉。

7月15日

被征召的士兵陆续到来。现在我负责给这些可怜的年轻人教授指令。我待在村里的时间变长，开始认识村里的房屋和人。

我还没认出奥利维圣女。我指的是那天出现的那个女人。那是幻觉吗？一切皆有可能。

由于村庄处在一片洼地深处，从远处只能看到城堡。你只有快到村口了才会看到村子。如果是在日头西沉时分，你会看见老妇们坐在屋门口的石凳上乘凉。她们一个个身穿黑衣闲聊个没完的样子让人想到喜鹊。看到这番情景，这个村庄突然会显现出肮脏与粗鄙的形貌。

司令让我们给新兵做讲座。不是每个军官给他自己的连队做，而是要给全营的人一起做。

我们拿城堡的大厅作为讲座场地，因此我得以从内部观察城堡：那是一座被上帝之手遗忘的破旧大房子。大厅特别大，司令命人在木台子上又放上一张桌子。他坐着主持活动，而轮到做讲座的军官则站着。

罗西克司令又矮又胖，褐色皮肤微微泛黄，小眼睛乌黑发亮，满含情愫。若不是因为他的"痛快喝酒"（如他所说，"做做买卖，痛快喝酒"），他算是个好人。我已经做了我的第一次讲座"机关枪必须安放在平地上"。当我展开交叉火力和贴地火力的优势这一主题时，我注意到那双小眼睛活泛起来，仿佛炭火在风中火星四溅。当我拿着粉笔在一块临时黑板上讲解机关枪曲线射击的三角学原理时，罗西克司令站了起来，双眼噙满泪水地当着众人的面一把将我抱住。

"这样的计算简直是全营的荣耀!"

我承认我完全不能理解这番情感爆发的原因,但对爱动感情的人我总是无能为力。这也令我最后能容忍蓬塞蒂,那个"公共道路宣传员",他就是一个话痨。他总是跟加利亚特连长形影不离,而加利亚特显然是个大个子:他个高,魁梧,面色红润,好吃,总是乐呵呵的。我对传统的热爱令我对这对搭档满怀敬意:他们一个大高个,一个小矮个,如此善感又贪杯,而司令跟医生这对组合同样如此。

我在离村庄北部不远的地方发现了一大片松树林。在一天里最热的时候林子里有成千上万只知了在嘶鸣。林中的松树都高而细,阳光透过并不厚实的树冠炙烤着大地。空气中满是松脂的气息,强烈而刺激。我躺在如床榻般柔软而热乎的松针堆上,将自己交付给那阵阵袭来的忧伤。可怜的索雷拉斯认为他是唯一的一个,而我何曾,我又何曾过过我的生活?

8月5日,星期四

对新兵的理论和实践指导只占用了我很少的时间,因此除了值班的日子,我还有许多空闲时间。蓬塞蒂也被编到了第四连。他和加利亚特几乎寸步不离村庄,说得具体点儿,是从不离开村里的小酒馆。那里有个红发姑娘名叫梅利托纳,她让这两个人着了魔。罗西克司令和普伊赫医生大部分的日子都有点醉醺醺的。其他中尉和少尉也都不离开村子,总是跟在年轻姑娘身后转——就是在我们到来的那天给我们的纽扣眼别上玫瑰花的姑娘们。

只剩下克鲁埃尔斯这名少尉—实习医生,而他是波德莱尔的虔诚信徒。他能背出一长串波德莱尔的诗句，却避开酒和女人——还有粗言秽语，真是个异类[1]！有时他会陪我去散步，但并不经常如此，因为他得留意着他的工作。四百个新兵不是个小数目，而且总会发生这事那事的，通常都是性交引发的。他是营里的小宝贝（刚满二十岁）。每当他跟我去散步的时候，都会带上某种便携式望远镜，更确切来说是单筒远视镜，就是19世纪的船长们常用的那种。这种望远镜拉伸开后，应该能有五到六拃长。他说这是他十二岁生日时他姑妈送给他的礼物，在整个战争期间，这个望远镜从未与他分离。当这个望远镜折叠起来时，它的体积占不了多少地方，而且这个望远镜比我军官用的棱镜望远镜看得远多了。当我们一起外出时，我们总会将我们的散步时间拖到很晚。他会让我用他的望远镜观看木星：四颗围绕着木星的"伽利略卫星"清晰可见，就像四粒豌豆围绕着一颗西梅，其中三颗在左，一颗在右。到了第二天的时候，在右的那颗就消失了，再过一天，就只能看到两颗。之后又能看到四颗，但是两颗在左，两颗在右。他给我解释这些卫星出现又消失的原因，还有金星的不同相位——这些也能用他的航海望远镜看到——以及很多其他事情。他对天文学有多了解我就有多无知。

我们会在那个松林里午睡。在林子深处，城堡耸立在松树的树干间。你别想成封建时期那种有塔楼和堞口的城堡，它不过是一个发黑的砖砌成的方块。由于村庄地势低洼，从城堡那里根本看不到。突然间那个问题涌到我的嘴边：

"战前你是干什么的？"

他昏昏欲睡地透过玳瑁眼镜看着我，那眼镜既让他看上去像只理智的猫头鹰，又给他增添了一丝好人的气质。他似乎有所犹豫。

"我可以告诉你，但是你别告诉其他人。我以前是神学院学生。"

---

[1] 原文为拉丁文，Rara avis，即罕见的禽类。

"神学院学生?"

我从没想过会是这样,不过现在我却觉得这再自然不过。为什么克鲁埃尔斯就不能是神学院学生呢?或者说,他还能是什么?

"那战后你想干什么?"

"完成学业。"

几天之后,克鲁埃尔斯让我们大吃一惊。夜间我们当然会让几名士兵组成执勤队伍,服从当值军官的指令,在村中各条道路上巡逻。当日轮值的不是我,而是第二连的一名少尉,而正是通过他我详细了解了事情的原委。那应该是凌晨一点左右的时候,村庄正在沉睡,当时没有月光,只能听到泉眼旁的山杨上灰林鸮有节奏的叫声。就在那时巡逻的士兵看到村外的打谷场附近有个人。那是一名士兵,正举枪对着他们,远远看去那似乎是一挺五十毫米迫击炮。此事自然引起了不安,巡逻队觉得那人可能是叛匪或是无政府主义者,而在他身后还可能有其他人要来突袭我们。幸好老天让当值的少尉足够镇静,并阻止了士兵们举起毛瑟枪射击。结果是克鲁埃尔斯拿着他的单筒望远镜,正睡着的他闭着眼拿着远视镜做出了瞄准的姿势。事后我们从他自己口中知道他以前也有过梦游症发作,但都是好多年前的事情了。我们询问普伊赫医生他的梦游症是否严重,医生耸耸肩说没什么要紧的,他说没人了解梦游症,有时候一辈子都不会复发,一般都是在青少年时期发作比较多("咱们还是别抱幻想了,二十岁的克鲁埃尔斯还是个青少年"),"总之,最好别太为这事操心。根据真实可信的统计事实,在一个自尊自爱的旅里,每一起梦游症发作,对应的是四百六十三起淋病。"

在克鲁埃尔斯得守着医务室当值的日子里——大多数日子都是这样,我就独自去散步。现在我有了一匹马,这对孤独漫步者[1]来说颇为合适。

---

1 原文为法语,promeneurs solitaires。

一个孤独的步行者看着像有怪癖,而骑在马上却能赢得众人的敬重。况且有了马,确切来说有了这匹母马之后,我能走得更远,比方说,到修道院去。

不过,最好先把事情按顺序一样样说。

首先,多亏那些理论和实践讲座,我找到了我的幻觉。

村中城堡的主人即村民口中的领主被无政府主义者给杀死了。这自然没什么稀奇的,要不是这样的话那才奇怪呢。话说回来,他当时跟个女人生活在一起,要是那女人是他合法妻子的话,他们肯定会二话不说把她也一起杀了,但他们在一起是自由恋爱,因此他们不仅没杀她,反而十分尊重她,并把她当成城堡和农场的主人。她依旧和两个孩子生活在那里。村中的老妇轻蔑地把她叫作"领主夫人",而且她们断定战争一结束,死者的几个远房堂兄弟,作为大家所知的他仅有的合法亲属会把那女人赶出城堡和农场:

"把她还有她那两个野孩子一起赶走。"

她离群索居,避免见人。当司令跟她要求使用大厅时,她总会立即同意,但到了讲座的时候,她却会和孩子们一起待在房里不出来。

我得知马厩里有一匹无人使用的母马,那曾是死去的领主的坐骑。没人骑这匹马是因为无论营队还是村里没谁对骑马感兴趣,于是我想到去跟她要那匹马,她拿那马派不上任何用场(无政府主义者曾试图让那马去干农活,结果却是徒劳一场),而对我的独自游荡却是正好。她站着迎接了我,就在我们通常举办讲座的大厅里。

没有了那日暮色中的神秘气氛,在这样的方式下见到她,她是个约莫三十五岁左右的女人,庄重、疏远而有礼。她有着女低音一样的丝绒般嗓音,有时会发出几近不被察觉的颤音。我告诉她她的加泰罗尼亚语说得那么好令我很吃惊。

"没什么好奇怪的。我在巴塞罗那住了那么多年!我去巴塞罗那的时候才十五岁。我跟他还有他母亲不说别的语言。他母亲是巴塞罗那人。"

谈起她和领主母亲的事出乎我的意料,于是我小心地转移了话题。

"我知道镇上有一座修道院,顺河往下游走的话,距离村子十五公里左右。"

"那是奥利维修道院,属于梅尔赛修会。奥利维圣女在这个乡里很受爱戴。我们很多人都叫这个名字。"

"那您也应当叫作玛丽亚·德·奥利维。"

"玛丽亚·德·奥利维是全名,受洗证书上是这么写的,通常我们都叫奥利维拉。"

我觉察到了她的疏远,几乎置身事外,有时她又让我再次觉得不真实,就像那日傍晚我在那个孤零零的路口见到逆光中的她的样子。这个女人有点"什么",这一点一眼就能看出来;照我看来,那是悲剧的痕迹。但话说回来,在经历了那样的事情之后为什么她不该有悲剧的印记呢?别人告诉我说她出身卑微,而她的靠山将她置于她自己的家庭和阶层之外,让她既处于他们之上又处于他们之下;那帮无政府主义恶棍当着她和孩子的面杀死了领主……但那悲剧的印记并非缘于此,那印记来自她的内心而非生活。我试着想象她的孤独,自然她还有孩子,但孩子又如何能跟她做伴?

"我骑'橡果'去的第一个地方会是修道院。"

"您别去那里,"她第一次目不转睛地看向我,"无政府主义者杀死修士之后已经把那里洗劫一空。圣女已不在那里。那地方一片狼藉。死人都被挖了出来……"此刻能觉察到她嗓音间的颤音,仿佛大提琴上最低音的琴弦在震颤。

从落地窗看出去能看到那个仆役——唯一还在继续为她工作的仆役——正在城堡门口给"橡果"上马鞍。那是一匹良驹,色泽浅黄,头小而臀大。待在马厩外面的它似乎很高兴。

"死人都被挖了出来？"

"他们把死去的修士从墓穴里挖了出来……都是无政府主义者们干的。他们甚至枪毙短工，您知道吗？那四个可怜人是村里最穷的人，修士们出于善意雇他们工作。那些可怜人只有木屐可穿，却被当作法西斯分子被枪毙，就因为他们替修士们干活……"

跟索雷拉斯的谈话重又浮现在我脑海。当时我并未在意，觉得就是一连串荒唐刻薄的胡话："这些呆子（他指的是皮科、司令和整个营的人），这些呆子不懂欣赏咱们国家为数不多的特色。他们才到一个村庄，就要重建秩序。太粗野了！必须得不时跑到'咱们自己人'还没抵达的村子去，那里还是无政府主义在统治。在那里我才能呼吸！有一座修道院……"他把指尖放到唇上，似乎在称赞某种珍馐，"在那里我时常待上好一阵子，纯粹为了欣赏，相信我，这一点都没言过其实。尤其是有一具干尸，左手边那个，一脸狡黠……如果我们想的话，能以什么的名义来阻止我们把死人挖出来？以什么的名义？有可能那些挖坟的人都是蠢货，这是另一回事，不过或许他们就是想要成为彻头彻尾的蠢货。不是所有人都能心想事成的！智商已经像 18 世纪的古董一样成了历史，未来是属于蠢货们的！""我看出来了，"我讥讽地对他说，"你已经准备好掌控未来了。""为什么不呢？而且，把梅尔赛修会的修士们挖出来又能比把埃及法老挖出来糟糕多少？为什么把图坦卡门挖出来的人就更值得咱们尊敬呢？所有的挖坟人，不管他是哪一种，他们寻找的都是同一样东西：看一个真正死去了的人的脸是什么样，一个已经死了有一段时间的人，十几年也好，几千年也好。我们这个愚蠢又特殊的时代想要撕下遮盖死亡与出生、淫秽与阴森的面纱。如果你对此不理解，那是你对我们这个时代一无所知。"我回应他："你觉得我们的时代重要到需要我们不厌其烦地去理解它吗？"

"您认识尤利·索雷拉斯吗？"

这可真是个轻浮的问题，就是为了找话说，就跟我可以说"天气真是晴朗啊"没什么差别。她为什么得要认识索雷拉斯？但是看上去跟这个女人我就得不断地出其不意，从她脸上的表情来加以判断。

"认识……"她犹豫了一下之后说，"您为什么问我这个？是他跟您说起过我？"

"哦，不是！我就是问问。他跟我说起过一个修道院和一些干尸，但没说得很详细，因此我这会儿才想起来。他是个有点古怪的年轻人。您知道吗？他有个姑妈能看见异象。我猜您应该听人说起过圣女菲洛美娜。您显然对这些事不感兴趣。索雷拉斯真的在无政府主义者还在的时候来过这里？"

"我印象中他和那些无政府主义者是好朋友。我能请您帮个忙吗？请不要再跟我说起这个人。"

可怜的索雷拉斯，看来他有招人嫌的天赋。没人能原谅他的那些胡说八道，总是唐突又充满影射。仅有的几个能受得了他的人就是特里尼和我，就因为他让我们觉得很好笑。从我们上高中开始，我们认识他都这么多年了！后来，当我和特里尼开始合住的时候，他几乎每天下午都来找我们喝茶，甚至在我们服兵役的时候依旧如此（在我应征入伍前我和特里尼任性地决定住到一起），就因为我和索雷拉斯是同时服的役而且都是预备役少尉。据索雷拉斯告诉我们，由于近视他被宣布不合格，本可以不用去服役，但他要求再次做诊断检查。想想有那么多人竭尽所能想要被宣布为不合格，他倒好，偏偏反着来，四处折腾着想要军队录用他。之后，在军营里——我们有幸被派到了驻扎在巴塞罗那的一个兵营里——他最引以为乐的事情是翻到墙外溜达，尤其是执勤的时候更是如此。在我们家的时候，他总是坐在同一把扶手椅里，在我们看来他就像只奇怪又熟悉的丑陋大鸟，而他的狂妄言行也因他所给予的陪伴而被原谅。

他为什么要冒着被无政府主义者处决的危险来这里？是为了实践愚蠢

的行为吗？"1917年标志着一个新时代的开端，那将是一个蠢货的时代；蠢货们会得到上天的垂青，因为他们将成为世界的主宰……"那是他的"至爱预言"，因为不得不说，他的弱点之一便是预言。

河流从西南向东北流过这片地区，逐渐形成一条狭窄幽深的溪谷，两边山壁几乎笔直挺立。从那天起我骑着"橡果"沿溪谷行至很远的地方。河水在灌溉了奥利维村的各处菜园之后，还滋养着几处古老面粉磨坊的蓄水池，其中有一座至今仍在使用。在我徒步闲逛时，这座磨坊是我所到过的最远之处，距离修道院还有一半的路程。五十来岁的磨坊主和一个女人——他老婆住在那里，那女人跟他们磨出的面粉一样黑黢黢的还没了牙齿。他们俩有五六个孩子。他们一天磨三夸尔特拉[1]的面粉，但这并不是说每天都会这样：有时候水池需要一天才能蓄满，这都取决于河流带来的水量，在等蓄水的时候他们就不得不休息。我喜欢看他们磨磨，因为我以前从来没看过这么古老的磨坊如何运转。他们打开水闸，碾磙便开始一点点转动起来，磨上的漏斗（他们管它叫"罗伦萨"）是一大块被粗粗锯成方形的木头，麦粒从那里缓缓泄入磨中，碾磙将其变成粗面粉。奥利维村的女人们随后会用这种粗面粉做成美味的黑面包。村里有三个用来烤面包的公用烤炉，在烤面包的日子里远远便能感受到那股热乎乎的气息，燃烧的松枝和新鲜出炉的面包的味道，那股现烤面包的气味总令人胃口大开。

磨坊主会利用被迫休息的日子带上他的雪貂去打猎。他总是抱怨没什么可抓的：多的只有野兔，但自打有天他看到有只野兔在吃腐肉之后就不愿再抓它们了。至于水獭，他感兴趣的是水獭皮的价格，但尽管雪貂甚至能袭击雌狐狸，却不敢袭击水獭。雪貂会趁雌狐狸在洞（本地人称为狐狸窝）里睡觉时突袭，它跳上狐狸的脊背，一口咬开它们咽喉部的血管。磨坊主的那只雄雪貂灵活至极，几颗犬齿仿佛缝衣针。磨坊主携带它的时候

---

[1] 计量单位，相当于70升。

得把它关在笼子里,而且在操纵它的时候也得极其谨慎,因为任何微小的疏忽都可能让他的手指被一口咬断。他也跟我说起过修道院,说到过一大片松树和桧树林,据他所说,那片林子从离修道院很近的河流左侧开始,朝北蔓延数里[1],在这个方向上得跑出老远才能见到下一个村庄。有些修士穿过这片树林逃了出来,但也就两三个人而已。河流在流过修道院的土地之后,消失在一座名为坎布罗内拉的湖泊——更确切来说是沼泽中,在这里冬天有可能会打到野鸭和其他过路的飞禽。

我会利用磨坊的蓄水池游泳,磨坊主夫妇和那五六个小磨坊主总是对此大为羡慕:他们以前从没听说过有人能像鸭子一样潜入水中。他们养了几只黑羽毛黄嘴黄脚蹼的小鸭子,当我一头扎进水里的时候,它们都会吵闹一番。一般游半个小时泳之后,我会躺在草地上晒太阳,有时能看到秃鹫飞过。它们应该是从很远的地方飞来的,从南方那些光秃秃的山脉——阿尔库维耶雪山脉飞来,它们甚至可能来自更为遥远的山脉,远在南方的那一边,在蓝色的薄雾中用我的望远镜几乎都看不到。用克鲁埃尔斯的单筒望远镜能看到那些山上覆盖着茂密的森林。至于秃鹫,我不止一次看到过一对秃鹫飞翔在不可置信的高度(通过望远镜的刻度尺我可以计算高度,自然也是因为这些动物的翼展:成年雌秃鹫的翼展在两米半,比雄性更长);我看到它们穿越整片可见的苍穹,从天际一侧飞向另一侧,翅膀连最轻微的振动都没有。我所能找到的唯一解释便是它们任由高空的气流推动,而那股气流在地表并不能感觉得到。有时它们会绕着太阳画出一个个同心圆,仿佛被那静止的火焰所吸引的巨大飞蛾。显然它们并不是在绕着太阳盘旋,太阳于它们又有何干?但它们是在绕着诱捕秃鹫的大坑在盘旋,这样的大坑每个村子都有一个。

河边的道路很适合骑马。"橡果"在松软的沙地上快活地驰骋。有些

---

[1] 此处的"里"为西班牙里程单位,合 5 572.7 米。

地方通往修道院的道路会跟河床混在一起，马蹄溅起的细密水雾中映出了彩虹。当暮色西沉，轻风拂起时，会在白杨树的枝叶间、在野生茉莉和忍冬丛中听到各色鸟类的鸣啭。这些鸟中有乌鸫、金丝雀、黄鹂，还有许多我叫不出名的其他鸟类，而远方的森林深处则有布谷鸟在报时。

在第一次骑马出行的那天，我在到达修道院时已经成了个落汤鸡。"橡果"真是惹人喜爱，它水汪汪的大眼睛饱含温柔与神秘，富有光泽的黑色尾巴和鬃毛因为无人修剪几乎拖到了地面。它尽管天性温顺，却也紧张而任性。当它试图在沙地上奔驰时，一切都很美妙，在马厩里待了几个月之后，奔跑令它兴奋。但是在道路和河床合并的地方，它突然跪下在清凉的水中打滚，结果我那狼狈的样子你也可想而知。

磨坊一家人几乎都没注意到我，他们一门心思盯着那匹坐骑。

"我的天！那可不是'橡果'吗？"磨坊主老婆一边说一边画着十字。

"你认得它？"

"就跟我亲生的一样。那是死去的领主的马，愿他在荣光中安息。整个奥利维村的人都认得这匹马。"

而这也是他们跟我说起这匹马的原因，在此之前他们从未跟我谈论甚至提及过它。从这匹马，我们又渐渐将话题引到了它的女主人身上。一开始磨坊主老婆似乎不敢将她所有的想法随意告诉我，但我从她的欲言又止中没费什么劲便猜出她对奥利维拉有很多想法也知道她的许多事。在好奇心驱使之下，我套出了她的话，让她将秘密一吐为快。

"那个坏女人，"她从没牙的牙龈间嘟囔着，"她本该待在巴塞罗那跟同一个狐狸窝里的那些女人待在一起，我们这里可不适合坏女人待。"

"她在巴塞罗那是做什么的？"

"是个女佣。服侍当时还活着的老领主夫人。她很年轻的时候便跟他们走了，当时应该还不到十五岁。"

原来她曾是女佣，所以她才会跟领主的母亲相处过。这个解释是如此简单,但我在此之前从未想到过。

"在去巴塞罗那之前,她和这里的其他年轻姑娘一样吗?"

"哪有!她总是一个人,像只伤心的猫头鹰。在我看来,她跟我们这些女人不一样,我们都是自家父亲的女儿,她这么傲慢,肯定是在哪儿掺了点啥。上帝才晓得她是谁的女儿。嫁接过的杏树能结出拳头大的桃子。"

"闭嘴,老婆,"磨坊主说,冲这语气我觉得他并不像他老婆那样憎恶领主夫人,"秘密这些东西只有上帝才知道。奥利维拉离开村子的时候,还是个挂着鼻涕的小孩呢。哪有十五岁?领主老爷才是头老鹰,现在他死了,愿他在荣光下安息,不过是他占有了她,让她丢了脸。"

"她丢脸,小可怜!"她突然说道,嘲弄着磨坊主同情的口吻,"她从什么时候知道啥叫丢脸了?我们其他女人会因为丢脸而结婚,会为了名声结婚,而不是为了想要男人。可她用坏手段混进了城堡,因为猫头鹰总会往旧城堡钻。这个坏女人用她的手段当上了夫人,不用在收割季节干活,不用去采摘葡萄,也不要拾粪,啥都不用干。那是夫人的生活,中尉,那可是贵妇人的生活:上午的时候,给猪喂喂食,给鸡喂点玉米,到了下午的时候在田野里散个步,睡觉前像只大母猪一样拿香喷喷的肥皂洗个热水澡……"

"闭嘴,快闭嘴,你这女人,"她的丈夫再次打断她,"堂[1]·路易斯中尉他也喜欢洗澡。你说这些事情可不是要引得他兴奋起来,我的上帝呀。"

这一谈话让我越来越感兴趣,并不仅仅是因为他们语言的生动(生动之余,跟粗言秽语也密不可分),于是我继续撺掇她好套出更多的事来,就像俗话说的,揪着她的嘴巴掏出话来。

"她什么时候从巴塞罗那回来的?"

"老领主夫人一死她就回来了,愿老领主夫人在荣光中安息,"磨坊主

---

[1] Don,是西班牙语中对于男性的尊称。

抢在他老婆之前回答,"当时村里没人知道发生了什么事。"

"那差不多是十年后吧,"她补充道,"她挺着个大肚子回来了,这也是我们这里得知她罪孽的第一个苗头。她在城堡里生的孩子,过了两三年后又生了第二回。"

"领主跟她住在一起?"

"没有,先生,他住在巴塞罗那的家里,不过经常会过来。"

"我们的领主是个律师,"磨坊主解释道,"他得在巴塞罗那打官司。"

"而他的心肝宝贝们在奥利维。"他老婆添了一句。

"那他为什么不跟她结婚?"

"我的上帝呀,堂·路易斯,"磨坊主老婆突然哈哈大笑起来,"打从啥时候起这里的领主和律师开始跟低贱村姑结婚了?"

这一铲稀泥和得太过了,于是我借口想去修道院岔开了话题。

修道院有点像咱们这片土地上的大农庄,风格介于乡村和壮丽之间。事实上,那里的修士们也都从事耕种。修道院是一个四方的大宅子,就在遍布着葡萄园和橄榄园的小山谷北角。山谷周围环绕着一圈光秃秃的小山丘,其中的一座名叫各各他[1]。它与其他山丘的区别在于有两排柏树蜿蜒至山顶。山谷宁静清幽,仿佛封存在自身以及百里香的气息里。从村庄到修道院,"橡果"需要跑上半个小时到三刻钟,打从那次起我便常常来这里。

现在我来告诉你修道院里面有什么。入口处是座大门廊,面朝一片开阔地,径直通向教堂。教堂高大宽敞,站着的话能容纳一千来人。第一天我怀着某种忐忑之情跨过了门槛,那样的寂静里仿佛有着某种沉重之物。那个早上炎热而干燥,我把马拴在了空地上一棵孤零零的榆树上,随后走进了修道院。进去后的第一感觉是凉爽,特别愉悦的凉爽。当时的我已被

---

[1] 名称来自罗马统治以色列时期耶路撒冷城郊之山,耶稣基督受难被钉在十字架上,而这十字架就在各各他山上。此山的名称和十字架一直是耶稣基督受难的标志。

阿拉贡7月的烈日晒得头晕眼花，日光在我骑马飞奔时不断刺痛我的眼。置身那样清凉的昏暗之中，就像身处地窖，几乎看不清任何东西。视网膜在逐渐适应之后开始隐约分辨出被火熏黑的巴洛克式祭坛的残余、被乱丢在各处的成堆的书籍，还有被扔在地上的断了的大烛台。一个角落里有个香炉，另一个角落里又有个经书架。在最深处也就是在大祭坛的脚下，有一些物件要不是一动不动，我就把它们当成修士了。

那是好几具干尸，被从祭坛后面墙上的墓穴里挖了出来，墓穴都已被打开掏空。这些干尸被摆放成了一幕奇异的场景。祭坛脚下的两具被摆成了一对结婚的情侣，其中一具被佩戴上了白色面纱和人造花做成的花冠。为了不让干尸倒下，两具尸体互相偎依着。第三具干尸直接被靠在了祭坛上，面朝另外两具，仿佛是主持婚礼的神父。

其余的干尸共有十四具，都靠在墙上，摆出了婚礼宾客的模样。其中一具失去了平衡，塌到了地上。另一具面带狡黠的神情，这一出乎意料的表情令我感觉浑身血液要被冻结。

他们应该都是修道院的修士们，看上去都很老。僧袍上的一些破布条还贴在皮肤上。他们都已经彻底风干，就像拿羊皮纸做的，这一地区空气的干燥和墓穴的条件（墓穴在一堵厚厚的石墙内，高度也相当高）能够解释这一现象。他们显得那么奇怪，纹丝不动又干巴巴！一开始的恐惧逐渐散去。既然我的身后是半掩的大门，门外又有响午时分大伏天的日头发出的刺眼光芒，我又怎可能有类似害怕的感觉？

我一点都不害怕，反倒有种深深的怪异感：那些物件只是单纯地令人无法理解。干尸超越了我们。无法想象有一天我们也会变成这样：成为一个物件。一个可以被从一个地方拿到另一个地方的物件，僵硬而空洞。因为缺了什么而显得空洞？你会说是缺少了灵魂，然而，灵魂又是什么？

当然，肯定得有什么东西其消逝来注定如此奇特的变化。我和一具干尸之间又有何共同之处呢？就物质而言我们完全相同，然而事实上却毫不一样。

将干尸摆成结婚场景的念头又是从何而来？淫秽而阴森：被当成新郎的那具干尸被粗暴地插上了一根大蜡烛（可能是复活节蜡烛）……我想认识某个挖出干尸的人，并要从他口中掏出话来，但可能什么也问不出来，想必他们本身对驱使自己的象征主义一无所知。而我们呢，我们对自己的本能又知道多少？物种的繁衍……谁曾经对此有过兴趣？谁会想到我们正为繁衍而忙碌的那一刻。唉，没人会记起，可正是物种繁衍在驱动着我们。性和死亡、淫秽与阴森，是两道让人晕眩、令人作呕的鸿沟。阴森仿佛在这座村庄为我设下了陷阱，一边是诱捕秃鹫的大坑，另一边则是修道院。站在那些干燥至极的干尸面前，我再次感受到了在秃鹫坑旁所感到的那种无以名状的干渴。

活着，要在彻底不能动弹前活一个够本，活一个尽兴！

奥利维，8月7日

从教堂开始有一段石头台阶通向上一层修士们的宿舍，台阶因为这么多年来的踩踏已被磨得很平滑。在台阶尽头处有一个宽敞的大厅，在大厅能见到许多大部头的轮唱诗歌集散落在地上各处，书页为羊皮纸，木质封面上嵌有装饰钉。好几台脚踏式风琴（教堂没有管风琴）外加成堆的书被遗弃在那里，其中大部分书都是18世纪的。我找到了一本有关库克[1]的旅行的英文原文完整版，书中还有依据随大帆船出海的画家所绘图画复制的钢板版画。因为没有别的选择，这本书将成为我在村中打发漫长的执勤时

---

[1] 此处指詹姆斯·库克（James Cook，1728—1779），英国皇家海军军官、航海家、探险家、制图师，曾三次奉命出海前往太平洋，带领船员成为首批登陆澳大利亚东岸和夏威夷群岛的欧洲人，也创下了欧洲船只首次环绕新西兰航行的纪录。

间时的读物。

在其中一间修士的房间里有一部四册的关于花卉种植的专著,同样是18世纪的作品,并配有钢板版画。这些插图均用水彩手工上色,为每一个花卉品种都赋予了精确而生动的色彩。石榴花呈现出耀目的红色……我想到了领主夫人。为什么呢?那是怎样的光芒,又是怎样的荣耀?是原罪与悲剧的荣耀吗?好一部情节剧啊,我的上帝。是阴晴不定的四月天吗?当我告诉她我想要参观修道院时,她被吓了一跳,这很是奇怪。"您别去……圣女已不在那里……现在那场面让人惊心。"多年前她应该也曾让人惊心,甚至让人害怕,美会令人心生恐惧……当美超过某种程度便会这样,她想来已经超过了这一程度,也取决于以何种形式,因为这一程度仍在被超越。她依旧让人恐惧。迷人的女人比比皆是,但美丽的女人是多么稀有!她是我见到的第一个、或许也是我这辈子再也不会见到的能让我联想起米开朗琪罗的雕塑《夜》的女人。跟她在一起的时候,我有一种费劲的感觉,当矮个男人们跟一个高个女人说话时大致会有这种感觉,然而,我比她高很多,我曾暗自打量过。我比她要高出一拃。

睡眠是甜蜜的,成为顽石更幸福[1]……

为何我总是想起这个女人?是因为我在这个不幸的村庄里跟牡蛎一般无聊吗?她该有多大年纪?比我大十岁吗?感觉她比实际年龄要显得苍老,不过经历了她所经历的事情之后,这也正常。但奇特的地方并不在此,而在于甫现的憔悴,外加那一抹忧伤,反而增添了她的美。

在另一间房里有一个在厚墙上凿出的小柜子,柜子是朝外开的,但也能从里面打开。我仿佛听到一阵嗡嗡声,就像麦粒穿过筛子的声音,我乍

---

[1] 原文为意大利语,Caro m'è 'l sonno, e più l'esser di sasso,是米开朗琪罗为《夜》所写的诗句。

听之下觉得那声音很远，但随即就变得很近，似乎就在我耳边。我决定打开柜子上的小窗，小窗才一拃见方，窗户的木头已经被蛀得差不多了。接着我便发现了这一神秘事件的关键：原来前任修士凿的这个洞是为了让蜜蜂在此筑巢。蜜蜂们依旧在此照常劳作，对我们的灾难无动于衷。柜子里满是蜂蜜！它们的嗡嗡声——我现在知道这声音来自蜜蜂——在那样的寂静中陪伴我度过了在修道院的时光。

在这间房间的旁边，又是另外一个惊喜：通过一个掩藏在主墙面里面的螺旋形楼梯可以上到一个小阁楼，在那里头有一间鸽房。

鸽子们也照旧若无其事地生活着，好几只母鸽正在孵蛋。它们已经变成了野鸽。一听到我的脚步声，公鸽纷纷逃窜，而母鸽则惊惧地看着我，但并未从孵蛋的地方移开。

之后我又探索了地下室，其中有一间十分宽敞的酒窖。修道院的主要收成是葡萄酒。磨坊主告诉过我无政府主义者的抢掠便是从酒窖开始的：一场马家婆和浅色红葡萄酒的醉酒狂欢，这两个品种的葡萄酒都是修士们酿制的。但那场醉酒是有序进行的：酒桶全都完好无损，几乎还都是满的。酒桶比墓穴更让无政府主义者心生敬意。其中一个酒桶特别大，就是那种在加泰罗尼亚被我们称作"百谢尔"的大桶，它跟一艘正常吨位的驳船一样大，能容纳十二个或更多普通酒桶的量。大桶用橡木制成，桶的正面很有年头，上面有个纹章并写有日期：1585年。

我试着靠想象重现去年7月底那个炎热的重大夜晚。那是一场集合了葡萄酒、鲜血和干尸的纵酒狂欢，还带着伏天的暑热。当时有女人在场吗？磨坊主肯定地认为没有。但有关那根复活节大蜡烛的细节……那样的想法让我觉得很女性化，像是荡妇的手笔。

磨坊主很断然。杀人凶手是七个外地人，那七个人成立了委员会，强迫村里六个倒霉蛋帮助他们。这几个不幸的人才是在他人胁迫之下把干尸挖出来的人。"六个不幸的家伙……全村人都知道他们是哪几个人。""他们没离开吗?""没有,但您别去告发他们,他们只不过是把死人挖了出来而已。"

磨坊主从磨坊看到他们经过之后又返回,由于峡谷的存在,磨坊成了修道院和村庄之间的必经之路。这些人中没一个是女人。此外,有一点令我很好奇:磨坊主说这些人只是把干尸靠到了墓穴脚下,而当我告诉他那个结婚的场景时他很惊愕。

"但原本不是这样的,中尉,我向您保证。本来不是这样的!"

"您记得清楚吗?"

"我最后一次去的时候,差不多是在四个月之前,干尸并没有像您说的那样摆放,堂·路易斯,而是像我告诉您的,都被靠在了墙上。就是我跟您说的那样,中尉!"

那复活节大蜡烛是怎么回事?他看着我,眼睛瞪得跟盘子一样大,不明白我在说什么。当他终于弄明白的时候,他笑了起来。

"我的老天,干出这事的人太粗野了!但肯定不是他们,我可以跟您发誓,中尉。我会告诉您他们都是谁,但您别去告发他们。其中一个是帕乔罗,他是个驼背,住在泉眼附近,另一个是雷斯蒂图托,他脑子不太灵光……"

我得去见见那六个人,看能不能搞清楚点什么。

在我头几次造访(那时我每天都去,那地方实在太吸引我了)中的某一次,从修士宿舍传出的声响让我在大门口的门槛边止住了脚步。那是欢快而杂乱的音符,有笛子、小提琴和大提琴的声音,夹杂着孩童的嗓音和嬉笑,他们轻巧的脚步声仿佛飞禽扇动翅膀的声音。这该是怎么回事?我一点点往上走,就算我在上面遇见一群小天使在嬉戏的话,我也不会感到惊讶。原来是乡里的几个牧童,年龄在七到十岁之间。他们把山羊关进修道院的畜栏之后,爬到楼上弹奏轮唱赞美诗。我的出现引发了恐慌。他们逃走的样子好玩极了,一个个头上戴的都是大草帽,还全都穿着到膝盖以下的灯芯绒短裤,为此我在那边愣了好一阵子神。

我习惯随身带上吃的,这样中午的时候就不用返回奥利维村去,还能有时间从容而有条理地检视那一堆堆书籍。其中大部分都是技术类的书,很多还都是拉丁语写的,但也有让我感兴趣的书。在那里我找到了《大批判家》,对了,还是初版的,这书随后帮我打发了多个执勤的夜晚。当我觉得有胃口的时候,我就下到酒窖去吃东西。酒窖又深又暗,得摸索着沿几级磨石砌成的破旧台阶走下去。当你在黑暗中朝下走的时候,你得用脚一个台阶一个台阶地摸索下去,混着葡萄酒气味的新鲜空气从下面一阵阵朝你扑来。当我走到大酒桶中间的时候,我会点亮一盏自己准备好的小油灯,就在那里吃东西。我觉得我没法在上面吃东西,那儿的空气里飘浮着干尸的影子,而与之相反的是,地下的清新空气和葡萄酒的芬芳很提神。小油灯晃动的火苗将大酒桶的影子投射到用方石粗粗砌成的墙上,石上结了厚厚的蛛网,有些说不定都上百年了。

清凉的浅色红葡萄酒甜度很低且香气袭人,会留下如火石般的余味和硫黄似的味道(后者应该是来自硫黄引线或是硫黄熏过的稻草。跟好的葡萄种植者一样,修士们在将新酒装桶前应该用这两样东西对桶进行过熏蒸消毒);马家婆酒则更为醇厚,你在口腔和舌上能够体会到。随后我一口气吹灭油灯,沿着原路返回。我不得不再次穿过教堂前往修士的宿舍,那里有着数量更多的古籍书堆。

有一个这样的下午我在翻检被弃的书籍时比往常更为专注,于是我发现了一册由埃尔泽菲尔[1]印制的彼特拉克[2]的十四行诗诗集,还有一本17世纪的《神学大全》[3],书里的配图令人赞叹。正当我翻看这些插图时,一声

---

1 Elzevirs,16、17世纪荷兰印刷和出版商,其出版的书籍现都被收藏家们视为珍品。
2 弗朗切斯科·彼特拉克(Francesco Petrarca,1304—1374),意大利学者、诗人,早期的人文主义者。
3 *Summa Theologica*,意大利哲学家托马斯·阿奎那(Tommaso d'Aquino)的神学、哲学著作。

巨大的雷鸣将我从全神贯注中惊醒。我抬眼朝窗外看去：天空飞快地渐次变暗，像是有个布景员轮番熄灭了云朵装饰上的灯光。又是一声雷鸣，这一次微弱而低沉，轰响在修道院上方，让我觉得闪电径直劈到了没有了钟的钟楼上。

一种惨白的青紫色让风景染上了一种极为怪异的模样。修道院的内部已经没入了黑暗之中，闪电和雷鸣不间断地交替前来。闪电将修道院内部照得比周围风景更明亮，其原因应当是内部的物体离我的眼睛更近，可就在那个时候，这样的效果却令我感觉窒息。在那些没有雨落下的有风暴的夜晚，那些最为消沉的夜晚也会感觉如此，大地有时比天空更明亮，天空呈现出一种令人窒息的黑色，而在紧贴地面的地方却会有一丝微光。这突如其来的窒息感想必是因为在那样的时候，我们感到了围绕我们的宇宙全是黑暗，来自外部的黑暗。

一场夏日的豪雨开始落下，雨水减去了我身上的那份滞重，若是没有雨点，暴风雨会令人抓狂。暴雨一阵阵鞭打着修道院的大屋顶，让房屋发出空盒子般的回响。

我必须回村里去，但要出去的话我就得穿过教堂。我急匆匆地在里面穿行，目光直视着深处开启的大门所形成的那一块长方形的光亮。当我走到一半的时候，那两扇门扇开始一点点地顺着合页转动，伴随着一声长久回荡在拱顶间的低吟，门关上了。黑暗铺天盖地，我被关在了里面。孤零零的我和干尸共处一室。

你知道我干了什么吗？我画着十字祈祷并诵念天主经，没有什么能像恐惧一样令我们屈膝。大门应该是被风吹上的。我毫不费力地就开了门。屋外正下着倾盆大雨。我朝那棵榆树跑去，但"橡果"并不在那里。挂在树上的一截马笼头说明了一切：被雷电吓着了的马儿扯断马笼头跑走了。

才一会儿工夫我就浑身湿透，像是掉进了水池子里。我现在能怎么办？回修道院里面去，去哪间修士的房间过一晚吗？完全不可能：对干尸的恐惧远甚于其他一切。我想着要是没有马匹走回村子的话太疯狂了，但兴许我可以试着走到磨坊。

当我远离修道院的时候，我发现帕拉尔河已不是平时的那条小河流，而是在不断涨水的大河。此时已经无法沿着峡谷前行，得离开那里，去山丘高处露天过夜。当我爬到山顶时，我看到一点灯光，那是童话故事里的灯光！我在杂草丛中迈开步，穿过让我视线模糊的雨幕，我终于走到了那神秘的光亮之处，在那里，我见到了磨坊主、磨坊主老婆，外加五六个小磨坊主。

他们用斧头砍下桧树的树干，临时搭凑成一个小屋，上面盖着迷迭香和乳香黄连木的枝叶。磨坊主老婆在哭泣，几个孩子紧紧挨着她。大孩子们用深沉的黑眼睛看着她，而几个小的正在睡觉。磨坊主给我腾出了地方。

"堂·路易斯，现在您可看到我们黑色的苦难了。"

"唉，我们的磨坊哟！"她哀叹道，"唉，我的小鸡哟，每一只都给我生蛋的哟！唉，我们买的那头母猪哟，我们可是给它喂了一锅又一锅吃的哟！"

磨坊主看向峡谷的深处，仿佛在那黑暗中寻找着磨坊的遗迹。

"村里还有另一处磨坊，在村庄的河流上游，已经很多年不用了。如果他们能租给我们的话……不过得等到磨出头几批面粉我们才能付得出租金……"

"那磨坊是谁家的？"

"是死去的领主的，愿他在荣耀中安息。您和领主夫人关系还好……我是说，跟奥利维拉……"

"您别以为，中尉，"磨坊主老婆停止哭泣说道，"我希望她不好，有时我说起她的时候并没有坏心。"

最好这样认为。

天蒙蒙亮的时候，我们便开始从山顶上悲伤地撤退。在奥利维村的街道上我们见到了男女村民们,女人们在叫嚷哀叹,男人们则沉默不语。

洪水冲进了田园,大麻和玉米彻底无收。这些可怜人最后的指望就是番红花了。番红花种在了村中的旱田里,在峡谷外头,年景好的时候番红花的收成是最值钱的。

奥莱加里亚阿姨——我居住的那户人家中的老妇人——很是不安,一直在想着我会不会出什么事儿。我还没跟你提起过这个脏老太太,她给我炖的几道菜难吃无比。她可是怀着这世界上最大的善意炖的,因为她给她的外孙炖的也是这几道菜。改天我再跟你讲她外孙的事。

特里尼的信到了:"你的孩子一天比一天贪恋童话故事。总想要更多,总想要再听一个。爸爸给我讲的故事更多,他抗议,而且还加上一句,爸爸讲的故事更好听。现在我已经开始给他讲关于后母们的故事了,对此他很热衷。他总是睁大了眼睛听我讲,他不太能理解这些故事里爸爸的角色是什么。那孩子的爸爸在做什么?为了安抚他,我跟他说后母也会打爸爸……"

奥莱加里亚阿姨跟我一样了解我孩子的事。她是个文盲——村里的女人们都是文盲,但是当特里尼的信到的时候,她通过信封就能清楚地知道。

显然她以为我们是丈夫和妻子:没有任何必要跟她解释这件事,这对她而言太复杂了。她总是等我把信看完后向我询问小拉蒙的消息。她对小拉蒙很感兴趣,跟我说起他的时候仿佛她就不认识别的孩子似的。

她已经很老了,跟她唯一的女儿住在一起。她女儿似乎已经年过五十,还是个寡妇。她们给我准备的那些炖菜值得专门描述一番,简直太可怕了。有个星期天她们想拿鸡肉款待我,但这片土地尚未发现烤肉的艺术。她们把鸡浸到一口油没顶的深锅里,再将其煮沸。吃第一口的时候,那股油的味道让我吃了一惊,我不禁做了个怪相。

"鸡肉没煮熟吗?您不觉得够油了吗?"

她告诉我说村里人都以为我死了，因为有人看到母马独自回来，马笼头还断了。

"'橡果'在哪儿？"

"当然在它的城堡里啊，堂·路易斯，它就是道闪电。它才不需要向导呢，它能独自回村，靠的都是对旧家的感情。动物跟人是一样的。"

她在不经意间给她自己也做出了定义。奥莱加里亚阿姨就是既那么像动物又那么纯粹的人！

奥利维圣女村，8月8日，星期日

帕拉尔河重新沿其河床流淌，欢快而调皮，似乎从未干过之前那些事。旱田里番红花的收成看着不错，好几年都没这么好过，农民们都相信这能补偿大麻和玉米的损失。

营里也有了新鲜事：我们有了机枪连。昨天我经过村里主路上的时候看到一名四十多岁的军官，体形结实，穿着猎靴，嘴里叼着一个S形的大烟斗。他那蒙古人一样的小眼睛闪着灵活而狡猾的光芒。那双眼睛让我想起了某个人，但我想不起来是谁。

"我是皮科。你不记得我了？咱们一起洗过澡……"

"什么风把你吹到奥利维来了？"

"他们把我们编入你们营了，"他眯缝起眼睛抽着烟斗，"你有索雷拉斯的消息吗？"

"我没再见过他。"

"他是个有文化的小伙，却是旅里最脏的那个。有几次行动时我们在野外露营，那是1月份的时候。为了取暖，我们都是三四个人一组挤在一起睡，身上盖上全组人的毛毯。当然，我们这些军官单独分组，我们得避免跟军队士兵过于亲近。你能相信我受不了索雷拉斯吗?他臭得就像只公山羊!'你看,年轻人,我很抱歉,但我宁可你别跟我们睡在一块儿。'他不得不单独一个人睡,我跟你说了这是在露天,温度在零下六七度。你知道他干了什么吗?他钻进了连队骡子的粪堆里。那次下了两拃厚的雪。'那个索雷拉斯哟,'我们说,'他一个人就一条毛毯,肯定给冻成干尸了。'结果第二天他信誓旦旦跟我们说他整晚都在出汗。"

"肯定是这样。身上盖着骡子粪,再加上两拃厚的雪,就跟睡在四层被子下面一样!他这主意不错。"

"我不知道该跟你说什么,换作我宁可让你们发现我被冻死。有文化是好事,可是不讲卫生……"

今天我去领主夫人那里做了必需的拜访,为我和那匹母马所发生的事跟她道歉。我也跟她说了磨坊主他们的事。

"把阿尔贝内斯的磨坊租给他们我没有任何不便。我很乐意帮助他们。"

我是在我的卧室,确切地说是在奥莱加里亚阿姨的外孙的卧室里写东西。我很喜欢这儿,我是说这间卧室,因为她的外孙我还不认识。这是一间四方的房间,墙壁都抹了石灰,天花板上有八根歪歪扭扭的发红的横梁——是桧木的——仍散发着明显的树脂味。房间里有一扇朝西开的小窗,从那儿我能看到村里的主广场。床是铁做的,涂成了淡红色。一把水烛叶编的椅子和一张松木小桌,加上床便是全部家具。至于皮科会关心的卫生问题,房里有个脸盆架,也就是说,有一个脸盆搁在一个铁三脚架上。奥莱加里亚阿姨很周到,我从来都不缺一条干净的毛巾和一块让整个房间香气四溢的苦扁桃仁肥皂。你也看到了,比起橄榄树堡来我的条件有所改善。我现在一边就着一小截蜡烛在写,一边听着窗外的蛐蛐鸣唱。空气是热的,我开始有了困意。现在我能听到加利亚特和蓬塞蒂的嗓门在主广场上回荡,他们应该是去梅利托内的小酒馆了。他们会在那儿待到很晚，而那时我早就钻上了床……晚上的时候，床上才是最好的地方。床垫中间有个地方往下陷，一开始的时候，这块地方甚至搅得我睡不着觉，现在我已经很习惯了，甚至都会想念它。它让我逐渐感到熟悉，也给我做伴。它肯定也给奥莱加里阿姨的外孙做过伴，此刻她外孙肯定在想念这块凹陷……

睡意袭来，我想起了我跟领主夫人的谈话，仿佛我梦到了她似的。

"您认识磨坊主他们一家很久了吗？"

"认识了一辈子。我们是同一个村的。"

"当然了，奥利维村。"

"不，不是奥利维村，是橄榄树堡。"

"您不是奥利维村的女儿？"

"圣地亚加和我是表姐妹。几年前当她的丈夫在找磨坊的时候，她就跟恩里克要过我们的磨坊。但是恩里克知道她会在村里说我的坏话，因此就没有租给他们。我不是个记仇的人，如果我帮得上忙的话，我会帮我的表姐。"

奇怪的是磨坊主老婆没跟我说起过她们的亲戚关系。她觉得不好意思吗？还是……不相信这样的亲戚关系？"她这么傲慢，肯定是在哪儿掺了点啥。上帝才晓得她是谁的女儿。"当然，这只是一种假设。在假设的领地上，我们可以走得很远。

"阿尔贝内斯磨坊的蓄水池是另一座磨坊的两倍。我们也利用这个水池来浇灌菜园。如果他们愿意的话，我可以把菜园也租给他们，让他们能有两个营生。"

内心深处我对她说的事并没有什么兴趣，那就像是在讲述很遥远的事情，什么圣地亚加，什么阿尔贝内斯的磨坊，不是言语的问题，而是我听到的讲述这些的嗓音。就是那女低音一般的嗓音，在那天日暮时，在那个无人的路口，只说了一句"祝您傍晚好"，就令我颤抖，仿佛低音大提琴的琴弦凑巧发出了能让玻璃颤抖的震动时，玻璃会震颤一样。有天晚上我突然惊醒，一下坐了起来，觉得自己在梦中听到了那样如香水般热烈而甜美，又如承诺般深沉而含蓄的嗓音……

奥利维，8月10日

  昨天我在橄榄树堡待了一天。旅里给我打电话让我去快速审理一起案子。那是件很复杂的事，可说到底又无关紧要。你得知道我有多不喜欢审案子……我都尽可能延后审理。

  我回到奥利维时都已经过了半夜，我是步行回来的，因为"橡果"被大雨淋了之后不太舒服，还没离开马厩，身上用一块粗麻布裹得严严实实的。从橄榄树堡过来的近道挨着一道宽阔而荒芜的峡谷，谷底有一片盐水沼泽。沼泽里居住着上百种或许上千种的各类蛤蟆，大中小都有。每只蛤蟆都唱出不同的音符，清楚而准确，组成了无数水晶小铃铛敲出的魔幻打击乐。无月的夜晚令所有星星中的每一颗都闪闪发亮，各种各样，清晰而分明，就像蛤蟆唱出的音符。我已经走了一个半小时，还差一个半小时。我在那个地方坐下来，在好长一段时间里，那片空旷山谷、蛤蟆还有夜晚的魅力令我停驻，仿佛将我钉在了那里。射手座在银河的中央挥舞着星星组成的弓箭，在那里，群星密布，仿佛钻石粉屑形成的云彩。偶尔我会打个寒噤，我不知道那是因为夜晚的微风吹拂，还是因为害怕。我想到了她和她的嗓音，我对自己说："她是我所认识的女人中最女人的那一个。"

  想想这世界如此美好，而我们却背转身去，给自己制造出肮脏的地狱……可怜的索雷拉斯！"我给我自己制造的个人专用地狱明显很狭小，"他曾对我说，"我没有地方可以留给其他任何人。"他为什么要避开我，为什么是我？我是旅里唯一一对他抱有好感的人。

我在橄榄树堡遇到了他。

当时我心血来潮去看望之前的女房东。

"您来这儿啦？现在阁楼上正好睡着您的那个朋友。"

"索雷拉斯？"

那时已经两点多了，他正在睡午觉。我蹑手蹑脚爬上楼去想要给他个惊喜。静寂中的阁楼散发出兔子的臭味，那是我所熟悉的味道，窗板都关着。他在床上翻了个身，我没看到他，外面的日光依旧让我眼花，但我听到了那个低沉、震颤和嘲讽的声音：

"你来这儿干吗？"

我三言两语告诉他有人打电话让我来这里快速审个案子。"他们本来也可以给你打电话的，"我补了一句，"因为你也是法律系本科生啊。"

"要知道你今天来橄榄树堡，我就上蒙福尔特去了。"

"啊，真是太感谢了！咱们可有将近两个月没见了……"

"如果你对那些事有更清楚的想法的话，你就不会想见我了。"

"对什么事有清楚的想法？"

"你和我得互相厌恶，路易斯。"

"我为什么得要厌弃你？因为你所谓的变态？我认识你可是好多年了。你喜欢搞愤世嫉俗那一套，这个我可都记得。但这无关我的痛痒。你的恶习都是想象出来的。你是个恶习的伪君子，这类人可比美德的伪君子要多。关于吗啡那些全是天大的胡话，事实上我都觉得你连椴树花茶都不喝。"

"我可没打算要受这番责骂。"他嘟嚷着。

"我甚至都曾觉得你的姑妈根本看不到异象。"

"你怀疑圣女菲洛美娜的存在？"

"她的存在是一回事……"

"存在或不存在,这是一个值得考虑的问题[1]。有人没有他想要的姑妈,你知道吗？实际上,每个人都有一个他配得上的姑妈。那些无辜者呢？"

"什么无辜者？"

"你也怀疑神圣无辜者们[2]的存在？"那低音乐器般的嗓音逐渐凝重起来。"你总不会否认愚人节纸人[3]的存在吧？多少人被贴了这些纸人却毫不察觉！他们中有重要人物,有伟人,有响当当的名字,"他令人不快地笑了起来,"他们都没发觉,他们也不会发觉,他们都忘了自己还有后背,他们太伟大了！他们都不相信愚人节纸人。他们都是怀疑论者,你知道吗？怀疑论者有义务不相信一切。但他们相信自己,相信自己的重要性。有幽默感的撒旦把纸人贴在了他们身后。那是一个移动的小地狱,镶嵌在他们看不到的地方。我不仅指那些黑色的怀疑论者,他们中还有粉色的,这些人更可怕。他们那么像天使,以至于都不相信地狱的存在。他们是圣洁的百合花！这情形尤其会发生在某些女士身上,那些来自优渥家庭的女士,你别不信,她们都是些高尚的女士,是去听有关圣文森·德·保禄[4]的讲座的女士。她们不相信愚人节纸人,但背后就贴着这些！一个移动的小地狱,一个小纸人。说的恰恰就是那些无可指摘的女士,我特别注意到了这一点。她们为脸面操了很多心,而她们所拥有的最有趣的东西却不是脸面,而是完全与之相反的东西。"

"你为什么就不能不说蠢话呢？"

他带着嘲弄的神气看着我：

---

1 原文为英文,That is the question,引自莎士比亚的《哈姆雷特》。
2 《圣经·新约》中记载,东方三王朝拜耶稣圣婴之后,希律王为了除去新生的"犹太人君王",曾屠杀伯利恒及其周围境内两岁以下的婴儿,教会把这些婴儿视为殉道者,因此每年的12月28日为圣公会所称的"婴孩被杀日"(诸圣婴孩庆日),而在西班牙和一些拉美国家,这一天也是他们的"愚人节"。
3 西班牙愚人节的习俗之一便是把恶搞的纸片贴在他人背后,纸片通常会被做成人形。
4 Vincent de Paul（1581—1660）,法国天主教神父,毕生致力于服务穷人。

"我想你已经听说过复活节大蜡烛的事了。"

"复活节大蜡烛?"

他朝我指了指墙壁,墙上满是涂鸦小人和白痴题词。我打开窗板,让光线和空气透进来。

"让我们假设如你所说,我的恶习纯粹都是想象。"他在说话的时候,我开始查看墙壁:有一些新的图画,我确定我睡在那里的时候还没有这些画。"你再添个形容词:孤单的。多有意思的形容词组合呀!有趣的形容词组合已经意味着什么了。就让我们假设我避开众人喝椴树花茶……"

显然有新的图画,尤其是其中一幅特别明显。那画表现得像是某种宗教游行,其中有男人有女人,但没法区分,因为画作的匿名作者勾画得很潦草。其中突出的地方是每个人都拿着一枝大蜡烛,蜡烛都是点燃的,融化的蜡油正往下滴,每个人身后还都贴了个小纸人。

"我不知道你注意过没,复活节大蜡烛都是在周六荣耀日点燃,到了周四升天日熄灭,然后就要等到下一年。咱们都带着这样的希望活着,想着每一年的周六荣耀日蜡烛会再次点燃,周六荣耀日,也就是说,春天开始的日子。但是会有一年,蜡烛不会被点燃。那一年,春天不会回来。你从来没有想过四月,那荣耀不定的四月,正从我们的指缝间溜走吗?无论它如何不定,那都是唯一的荣耀。我们再说回复活节蜡烛……"

"别管复活节蜡烛了。我什么都不相信,但我尊重神圣的事物。"

"我恰恰相反。我相信神圣的事物。如果我不相信的话,我嘲弄起它们来又有何乐趣可言?但愿我能不相信它们!我是多么羡慕你们这些不相信或自认为不相信的人啊!比方说你,你有很多的好运气!当信仰可能妨碍你的时候,它会从你面前消失,而当你需要它的时候,它又会回到你的身边。你不要否认:你的做法就是这样的。那是一种再好不过的运作机制!而在我身上却恰好相反:当我最希望信仰从我眼前消失时,它会阻挡我的步伐,而当我呼唤它的时候,它却不会赶来。"

"你觉得你震住我了？你的意思是我们这些没有信仰的人盼望着拥有它，而相反地……拥有它的人却希望不要有信仰……这简直荒唐……"

"没错。荒唐牢牢抓着咱们呢，在此之上还有邪恶的吸引力。咱们被赋予的时间那么少，却做了所有想做的恶！咱们还想做更多的恶，可是，唉，咱们没时间了。此外，你觉得作恶真像有些人认为的那么难吗？不是任意一种恶，而是一个人想要做的恶，因为，你看，做一桩你没兴趣、你不情愿的恶事……邪恶的坏处就在这里，你能作的恶恰巧是你不感兴趣的，而与此同时，生命飞逝。四月正从咱们身边逃走，相信我，这场肮脏的战争最终会让咱们毁了四月。这场战争可能会持续很长时间，长到足以摧毁我们所有人。你们没有想象力，你们以为这就像夏天的一场阵雨，在旷野里淋到了你，但到家换了袜子衬衣之后，会有一碗百里香汤等着你，一碗热气腾腾的美味汤羹。你们才不会有什么百里香汤呢！之后等着你的会是恶心，还是你或许从没听人说起过这个？你确定你没听过这个词吗？"

他跟我说这些的时候都没从行军床上起身。他探出胳膊，抓起放在一把水烛叶编的椅子上的水壶。那椅子椅面下陷了，被他拿来当床头柜用。

"你想来一口吗？是白兰地。我跟你保证，真的，这不是劣质假酒，是白兰地。而且更值得高兴的是，这还是法西斯的威士忌。正宗的安达鲁西亚产酒！幸存下来的一瓶……"

他就着壶嘴喝了起来，在擦干嘴唇之后，他继续回到了他的一己之词上。

"对了，你还没告诉我奥利维修道院的复活节蜡烛给你造成了什么样的效果。在奥利维，除了干尸，还有一件引人注目的东西，我想你也已经发现了。"

"你指什么？"

"我指的是领主夫人。你可别错过她。这引人注目可不仅是从概念上说说而已，但你到底是怎么回事？"

"我什么事都没有，你别犯傻。"

"看来领主夫人……"

"领主夫人怎么了?"

"她把马给了你,好家伙,她可没肯给我。"

"你专门刺探我在做什么?"

"你得明白在一个旅里,有关朋友们的消息总是传来传去。我知道你每天都去修道院,骑的是领主夫人的牲口,你别觉得被冒犯了,我指的是那母马。我甚至知道你还在拯救那些古籍和其他有价值的便携物品。所有这些我说出来是为了让你放心,这样做值得赞扬。你们连的司令已经把所有事情都汇报给旅里的长官了,他把你的学识捧上了天。在这支旅里,大家都是文化和卫生的拥护者,而不是什么'平足旅'[1]。整个旅完全相信凭你的文化能将那处'历史建筑'——整个旅都知道那建筑是'历史性的'——恢复一点秩序,并在时机许可的时候,将其妥善交还给梅尔塞修会的修士们。那些时机指什么你明白不?我说清楚了吗?"

"就像一本书,但你跟我说的时候大可不必如此隐晦。总这么欲言又止令人恼怒。"

"让人恼怒的事有很多,但都得忍着……比方说宗教,既然咱们说到了修士和修道院,那宗教对于这次谈话而言真是天作之合。为什么宗教会激怒咱们?虚假的宗教不会惹恼咱们,只会让咱们觉得好玩,而会激怒咱们的是揭了咱们伤疤的东西……而且那还是最让咱们疼痛的伤疤。因为,你不会抱有幻想,它们知道在做什么,所以,它们才会让咱们恼怒。咱们所有人都想极为迅猛地做同样的事,但做不到。四月就要从咱们身边逃走了。它们成就咱们又毁灭咱们,却从来不会征求咱们的意见。是谁?为什么?'年轻人,别掺和你不在乎的事情。'这太好了,这样你们就可以对我们隐瞒是谁和为什么,你们难道就不能至少也隐瞒我们如何吗?戈德里

---

[1] 平足,在西班牙语和加泰罗尼亚语中也有"蹩脚、蠢钝"之意,此处可能是一语双关。

亚是座魔幻庄园,那里的伏天会给最混乱的梦境发出秘密邀约,那是浸透了充满盐分的香气的邀约。海离得很近。我的姑妈自然禁止我走近海滩,我不得不瞒着她下海去游泳,不能在海滩上——从家里能看到——而是在一个偏僻的小海湾,在那里可以完全赤裸地游泳:我姑妈不想给我买泳衣,所以如果我有泳衣的话,很难不让她知道。

"结果就是在那个海湾……当时我十二岁。在到那儿之前,我就听到了他们的声音,一个男人和一个女人的声音,两人都是外国人。我总是对外国人很好奇。我躲在灯芯草和茴香丛里窥探他们。他的头发特别金黄,一身黝黑的古铜色皮肤,看样子像是晒了不少太阳,他很高,肩膀也宽,胸口有浓密的胸毛,就是那种一撩起汗衫,会在巧克力色的皮肤上如金子般闪亮的胸毛。他放肆大笑的时候露出一口好牙,那牙齿洁白而骄慢,仿佛是只有那些完美的野蛮人才会有的牙。你知道吗?我在十二岁的时候正忍受着白齿疼。他们是坐了一艘机动小艇到这儿上岸的,小艇就搁置在海湾的沙地上。他们是外国人,我完全听不懂他们在说什么,就因为他们是外国人,我听不懂他们说话,所以我总是对他们感到好奇,也正因为此,我留下来继续窥视他们。被8月的阳光晒热的茴香味将我包裹在内。他们有说有笑,我就想知道外国人会做什么。当时我想,说话方式这么奇怪的人肯定也会做很奇怪的事。那女人看上去比那男人要年长很多,而且是那种典型的北欧成熟女性,营养很好,给人感觉就像是用实心橡胶那种坚硬而有弹性的材质做成的。他们每天上午都坐小艇去那个海湾,就这样持续了整个夏天。我从戈德里亚远远听到发动机的轰鸣就会飞奔去我的藏身点。有天我在半路上见到了一头死驴,被几个吉卜赛人抛弃在路边。从那一刻起,驴子比外国人更让我感兴趣。第一天的时候,死驴并不难闻,而且我可以告诉你它那状态也很正常,只是嘴巴那里有某种神情,某种恬不知耻的模样,似乎满是不言而喻的事,令人揣测它正在暗中策划着什么。事实上它正在准备——正如此后的事件所表明的那样——以一种精致的方式开始发臭。第二天它膨胀了那么多,让我几乎认不出来,我都怀疑是镇上的屠夫把它胀得那么大。那个屠夫在给山羊剥皮前都会把羊吹胀,他说羊膨胀了之后剥皮更容易。顺便告诉你一下,那个屠夫叫潘格拉斯,他会用一根芦竹管从羊屁股那儿给羊吹气。怀着对我的驴子那奇异的肿胀的好奇之心,我用像针一样一头削尖了的盐生灯芯草扎了上去。灯芯草一拔出来之后,那个小洞就像一个含满唾液的口腔一样嘶嘶作响,而驴子就像轮胎一样一点点瘪了下去。空气中逐渐弥漫起它的臭味……我落荒而逃。那味道实在招架不住。我朝我在小海湾的藏身点跑去。那两个外国人已经在那里了,他露着那口野人牙齿,笑得比以往更为放肆,而我却呕吐起来。我吐得就像为自己的造物感到后悔的神。你不信我的话,你从来都不相信我,你觉得这些都是胡扯。你和其他许多人一样,认为我们到这世上来只是为了喝椴树花茶。但是,这不是胡编:我吐了。我都想带娜提去:'在那个小海湾,你知道吗?……有几个外国人说着很奇怪的话,都听不懂,还有一头死驴……他们干的事情更奇怪,那头驴子会膨胀之后又瘪下去。'可她不想去,驴子和外国人的事比火车铁轨更让她害怕。我跟你保证这不是胡编,老天爷!我是摸着良心在跟你说话。我每天都去那里,期待着腐烂的演出,但什么都没发生。9月底的时候那两个外国人就不再来了,而那头驴子还未下定决心。我好奇地用一根棍子捅它的身体,在那干硬的皮肤下面,一群老鼠在搅和。它们在死驴的肚子上咬了一个洞,从里面啃食它,却尊重它的皮肤和外形。你在整个自然界见到的对外形的普遍尊重是件很奇特的事,其中也包括对尊重外形的需要,对藏身一处僻静海湾的需要。你不愿意相信我,你从来都不相信我,可你又不愿意不信任我。如果你觉得能产生的信任这么少……从十二岁开始就白齿疼有什么愉快可言的话……它们造就咱们又毁灭咱们,让咱们膨胀又让咱们泄气,没有任何事能像这双重的神秘一样令一个小男孩如此着迷。它们如何造就了咱们,又如何毁灭了咱们。但它们从未征求过咱们的意见:'别掺和你们不在乎的事情。'"

"你说完了吗？"

"暂时说完了。我感觉自己充满灵感，路易斯，我得利用你在这儿听我说话的机会。有时候我试着独自一人说话，我的意思是自言自语，却让我没有信心。你对我的恶习有所幻想，路易斯，它们并非像你认为的那样是想象出来的，也没那么孤僻。哦，别，孤独可不是我的强项。我需要同谋，你听到我说话了吗？一个人自言自语让我泄气，我需要某人的倾听与我共谋。至于爱，那显然是犯罪，但其最令人不快的地方则是没有同谋，咱们便无法去犯这桩罪。"

"你说的所有这些都是不折不扣的蠢话。"

"这可不是我说的，波德莱尔是第一个这么说的人，那是你崇拜的波德莱尔！但是你知道吗？现在还有人认为宇宙像风箱一样可以膨胀和压扁。对，就是宇宙，你为什么用这种神情看着我？一会儿胀开，一会儿瘪下去……就这样持续百年直至永恒。但咱们说的是会影响到咱们的最直接的事情。我不知道你听没听过几起炼乳瓶子失踪事件……确切来说，是农夫牌炼乳。"

"你是说后勤部仓库的事？我之前得快速审理的案子就是这几起失踪事件。但因为缺少迹象，我已经延后审理了，此外，我很烦充当法官。"

他带着嘲弄的好奇表情看着我，用他那没戴眼镜的近视眼牢牢盯着我看，接着发出刺耳的讥笑声：

"多巧啊！世界太小了。因为你得知道偷了这些农夫牌瓶子的人正是我本人。你已经延后审理这起案件真是太遗憾了！我从前线士兵那里偷了这些炼乳是为了给后方的荡妇们。自从他们把我调到火车部之后，我不时会开着卡车去后方。真希望你能知道她们会用什么来交换一瓶炼乳！其中一些人还有孩子……一个婴孩因为没有农夫牌炼乳而死去实在令人伤心……你看，哺乳是件很慎重的事，哪怕以各种方式出生的杂种同样如此。说不定你还有时间撤回延后审理的决议并起诉我。可以做出如下即时判决：咱们是处于战备状态的军队。一场枪决会打破这萎靡不振的单调状态，整个旅都会为此而感激你的。"

对他所说的我显然一个字都不信，他说这些是为了让人崇拜他，为了让我们感到惊愕。我可是太了解他了！

"你既没本事偷走一瓶农夫牌炼乳，也没本事用一根盐生灯芯草的尖端捅瘪一头死驴，包括你跟我说的所有那些荒唐事你都没本事干。"

"随你便，路易斯，你照你的意愿干。你失去了一次绝妙的……跟你'最好的朋友'散伙的机会。你不明白这一点简直不可置信。或许你看一下《罗兰的号角》会弄得更明白些。或者得看一下《埃斯帕萨百科全书》[1]。多了不起的书！这可是已经写出的最伟大的书籍之一，至少这一点无人质疑，这就已经意味着什么了。"

当我回到奥利维的时候，所有人都睡了，没有一扇窗还透着光亮。街上空荡荡的，但是我在广场上遇到了加利亚特跟他密不可分的伙伴蓬塞蒂。

我不知道他俩在盘算什么，也不知道他们是想去找哪个年轻姑娘还是要去哪家酒馆——或者两者一起。现在不论是看上去还是闻上去，两人都比平时更为酒气熏天。"他们都不懂！我们就是这样！"公共道路宣传员慷慨陈词，那股演讲的激动劲就跟在佩拉伊大街上赞美一支自来水笔或是一把雨伞的种种优点一个样。"对，一帮不懂我们的人！"加利亚特执意说，"我们迫切需要另一把吉他。""平足旅的那些人……"蓬塞蒂嘟哝着。我唯一听明白的事就是他们丢了一把吉他，而他们怀疑是既是我们邻居又是我们对手的"平足旅"的那帮人把它给偷走了，此外，我差不多听懂了但只能说模模糊糊听懂了的是，在营里有桩新闻值得喝酒庆贺。

---

[1] 《欧美插图版世界百科全书》（*Enciclopedia Universal Ilustrada Europeo-Americana*，即俗称的《西班牙百科全书》），由埃斯帕萨（Espasa）出版社出版。

II

奥莱加里亚阿姨还在等我。她因为不想给我留下冷掉的晚饭而没去睡觉，因为对像她那样吃那么可怕的东西的好人来说，单是想到可能会吃冷的饭菜就会起鸡皮疙瘩。我责怪了她，我对她说到头来不吃热的晚饭也没什么大不了，甚至偶尔我都可以不吃晚饭，说不定这样对健康反而有益。而且说到底，她这样熬夜到凌晨时分对她的健康没好处。

她一边看着我一边晃着脑袋，一点儿都没被我说服。

"我总是想着我们家的孩子，他跟你们一样为战争离家在外。"

这当然不是她第一次跟我说起她的外孙。我已经开始知道他的事情了。老太太坚定不移的信念我已很熟悉："当有士兵住在家里的时候，我就想，我怎么对他，别人就会怎么对我们家的孩子。"但是我一直想当然地以为他在共和军的部队里服役。

那天凌晨，在我吃着她给我重新热过的晚饭的时候，她站在一旁看我吃，于是我问了她更多关于她外孙的事，其中包括他在哪个单位服役。可怜的老太太跟我说不清楚，她弄不清那些军团和连队的事，但是她说到军团这事引起了我的注意，因为在我们这方是没有军团的。最终我弄明白了他是在敌方服役。老太太分不清我们的区别，她觉得"我们都是一样的"，或许她说的在理。

她的外孙名叫安东尼奥·洛佩斯·费尔南德斯。老太太给我看过他的照片，照片上他穿着服役的制服或是节日盛装，他们这些人宁可被杀死也不会穿着平日的衣服拍照。照片上我们的安东尼奥·洛佩斯·费尔南德斯有点紧绷和僵硬，向前直视的目光跟嘴角勉强的笑容并不相配。这些被修改和放大了的（能看到眉毛和头发的纹路上炭笔勾画过的痕迹）照片被奥莱加里亚阿姨装在涂有金属粉的相框里挂在了墙上。有一张照片特别值得一提：那是第一次领圣餐时不可避免的一张照片。照片上我们看到安东尼奥·洛佩斯·费尔南德斯穿着水手服，旁边有个年龄相仿的小女孩——十岁到十二岁的样子——穿着新娘的服装。不过那是上个世纪的新娘服，不可思议的土气跟过时。

"奥莱加里亚阿姨，我不知道您还有个外孙女。"

"那不是我的外孙女，那是我妹妹。"

"您的妹妹？跟您外孙年纪一样大？"

"她第一次领圣餐时，的确是我外孙那个年纪，但后来这可怜的小家伙死了……这都是六十来年前的事了。您知道吗？有段时间我在家里接待过一位借住的女士，就跟我现在接待您一样。她可是位真正的女士，堂·路易斯，她是村里的女教师。当这名女士搬去另一个村子的时候，把那个相框送给了我，但没有涂漆。我问每年都来村里给第一次领圣餐仪式拍照的摄影师，能不能把我的外孙和我的妹妹放在一起？愿死者安息。我还问他能不能让他们两人出现在同一张照片里，别白费这么好看的相框。他收了我二十杜罗替我做这件事，都看不出两张照片间的接缝。现在我把他俩放在了一起，就像我正看着他们一样，多好，是不是？这些摄影师做出这些好看的照片时就跟魔鬼没啥两样。总之，花了二十杜罗……"

可惜了这二十杜罗，但是，你又能对她说什么？何况她也不是这村里拥有蠢照片纪录的保持者。村长（罗西克司令重新任命的那个）在他家的饭厅里挂着一张胃部的X光片，那是他做胃部肿瘤手术时拍的。最后肿瘤是良性的，但那张X光片却形容可憎，跟患了癌症似的。村长把X光片装了框，并为此充满自豪之情。他向所有人宣称那张片子花了他三十个拿破仑[1]。此处倒是可以好好进行一番哲学思考：如果村长是对的呢？为什么我们脸的照片就得比我们胃的照片重要呢？

我去了城堡。城堡的仆役告诉我，"橡果"已经好多了，重新有了胃口。他们取走了马身上的粗麻布，因为那麻布让马太热了。女主人第一次没在大厅而是在她居住的侧翼接待了我。由于城堡太大，而她又没有侍女，因此她居住的地方便缩减成少数几个必不可少却朝向良好的小房间。我有着强烈的好奇心想对城堡的那一部分一探究竟，但直到此刻那部分对我们所有人都是严格关闭的。

那是有着几扇舒心的朝南大落地窗的房间，面朝村庄。从那儿能看到整个村落的瓦片屋顶，呈现出极浅的灰色，中间点缀着铁锈色的苔藓。从海洋般的瓦片中升起发黑的砖砌钟楼。如果你抬起头，就能看到城堡的箭楼，是一个非常明显的凸起，上面满是燕子和楼燕的窝。我数了数有五十个。燕子们拿来筑巢的泥土已经褪色。女主人说这些鸟如果可能的话会连年利用这些鸟巢，只会做一些轻微的修补，如果这里面有哪个鸟巢跟城堡一样古老也不是不可能的事。

城堡的这块地方打破了我所有的预想。这并不是说我期待着在那里见到会让人联想起"麻雀变凤凰"的那种浮夸而杂乱的奢侈景象，因为在想到她的时候我脑中从未有过类似的想法，但即便如此，看到那极其简单的摆设我还是感到很讶异。

房间内部就像修道院一样。她接待我的小客厅也充作饭厅用，朝向卧室。卧室很宽敞，但里面的家具不过就一张铁床、两把水烛叶编的椅子和一个伊莎贝尔女王风格的五斗柜。因为卧室门虚掩着，所以我能看得很清楚。在客厅—饭厅的一侧应该是厨房——门关着——而另一侧则是孩子们的卧室。四壁简单地刷了层石灰，地上铺的是普通的地砖，因红赭石而泛

---

[1] 法国银币，合五法郎。

着红色。

她示意我坐到一把修士扶手椅上,在我和她之间隔了一张胡桃木的圆桌。桌子其实很小,想必是他们吃饭的地方。我们自然说到了磨坊主一家,这也是我此行的目的。

"他们昨天来过了,我们已经谈妥了。他们明天就会住到阿尔贝内斯去。"

"我想圣地亚加应该会忘记那些闲言碎语吧。"

"可怜的圣地亚加当着我的面哭了起来。她人不坏,就是傻。在这样的村子里,因为蠢事造成的伤害要比坏心眼造成的伤害更大。"

我也告诉了她在连队里流传的闲话。

"我们有可能会离开奥利维。自从战争开始,我就从没有在同一个村里待过那么长时间。"

"可怜的人,你们想要一点平静也是很自然的事,但奥利维这么小、这么脏、这么消沉,又这么悲惨……"

一阵沉默降临。她朝开着的窗户外头望去。我们耳边传来忙碌的燕子们的叽喳声,它们一会儿离巢一会儿归巢。她望向更远的地方,那眼神就是当我们什么都没在看的时候那种空落落的失神的样子。但突然间她笑了起来,重复着:"这么消沉,又这么悲惨……"

那是让我受到伤害的笑声,我几乎怨恨地打断了她:

"对,奥利维很悲伤,您也是。但或许正是这悲伤如此吸引我。在头几天的时候奥利维让我感到压抑,现在我可以说出来了,不过如今我不会拿这里的荒野和光秃秃的群山去跟世界上的任何一个地方交换。没有任何东西跟如此广袤的荒野的悲伤一样庄重、宁静,向天空敞开,这样的荒芜只会间或被矗立在黄黏土山岗上的栽有区区几棵柏树的修道院打破……"

"您怎么会喜欢这样一片土地呢?"

"这就跟我喜欢一首忧伤的乐曲或是 11 月的暮色甚或久远的回忆是一回事……又或者是一个有着丰富过去的女人。"

她不再发笑，却用带着某种嘲弄的好奇神情看着我。

"我们这些女人，乡下的女人，我们不会去想这一类的事情。我们操心的都是最家常的事：像是母猪长胖了没有，母鸡下蛋了没，菜园里的西红柿熟了没，炖锅里的菜能不能撑到下一次屠宰的时候……为什么还要想别的事呢？过去……一个女人一旦任由悲伤的回忆和事情摆布，痛苦就会朝她涌来……如果一个女人开始想起过去，过去会显得那么奇怪！我曾在那个地方，我曾做过这事或那事，这怎么可能？多年前我们曾经说过的话、曾经做过和曾经想过的事又将在何处停歇？我在巴塞罗那住了许多年，我能理解您，您也看到我能跟上您的谈话。但请您相信我：一个拥有过去的女人就是一发用过的子弹。如果有一发子弹没有中靶，您得有耐心。当一个女人拥有一段过去，便意味着她无可挽回地衰老了。我已经老了，我的人生是一场失败，这便是全部。您别在我身上寻找天籁之音，也别找什么 11 月的暮色，您别抱有幻想。"

那个炎热季节将要结束时的上午的阳光从落地窗斜射进来，照在挂在墙上的一面烛台镜浑浊的镜面上，反射出的光线随着领主夫人头部的移动不时停留在她像大麻一样的浅栗色头发上。她的头发束成了一根又粗又短的麻花辫。她一边说话，一边缝补着一条小裤子，那肯定是她孩子中小的那个的裤子。上午的时候，孩子们从来不跟她在一起，而是在村里到处跑。我站起身准备离开，我本想再说些什么，因为我觉得不能让她最后几句话没有回应，但是言辞未能来到我的唇边。

"上帝知道，"我轻声说道，"没有其他任何一个女人……"

既然这是我真正能说出的话，我不知道还能跟她说什么。

"谢谢，您人真好，"她自然地回答道，都没从干着的活上抬起眼来，"您是在巴塞罗那受的教育，那里人们会关注我这年纪的女人，我知道那种习惯。尽管我知道说这话只是出于礼貌,但善意的言语总是令人感激的。"

"您认为我说这话只是出于礼貌?"

我激动地争辩,但我不知道我说了什么。她抬起眼,带着某种不信任的样子看向我。

"当然是出于礼貌了。如果不是这样的话您为什么要说那些?"

她目不转睛地看着我,仿佛要看穿我的意图。我知道我不能再坚持,而且在那个时候她的眼睛令我分神。就在那时我发现她的眼睛并非如我想象那般是黑色的,凑近看时,那是一种荫翳的灰色,却又十分明亮,仿佛闪电掠过。

"您还很年轻。"她一字一句地说道,显然是意识到了我的慌乱,转头看向窗外。她的嗓音再次变得低沉而疏远,就像那天在那个日暮的路口,在逆光中那般。"您还很年轻。我都能当您的母亲了。"

"您别胡说。我有一个四岁的儿子,我都快三十了。"

谎言径自脱口而出,但说到底,我几个月前已经满了二十五岁,这难道不是快满三十了吗?

"那您认为我几岁?"

我犹豫了一会儿,但在我还没有时间回答之前,她那低沉的嗓音补充道:

"我已经过四十了。"

我再次体会到了小个男人跟高个子女人说话时的那种不适感。她重新拿起针做起缝补活来。

"您是个有教养的年轻人,知道要善待女人,但遗憾的是在这样的小破村子里却没什么机会表现。还会有人把这看成坏事。"

"我求您别再用这样的口气说话,这让我很难过。我感觉您是将我跟其他某个人混为一谈了。"

"其他某个人？您说的是谁？"

"我不是说具体哪个人，我绝对没有指任何人。我不是一个有教养的年轻人，而是恰恰相反。我已经在前线勉强熬了一年。您要把这事儿想得有多糟随您的便，可是我……奥利维拉……"

"你们真的很奇怪。你们怎么就不明白呢？你们想要从我这里得到什么？在你们来之前，我在这一个废墟套一个废墟的大房子里平安度日。那些无政府主义者比你们更明白，他们管我叫大房子里的老女人。这说法并没冒犯到我，他们就这样让我安稳地待在我的角落里。他们尊重我。"

"如果您认为我不尊重您的话，那我真是太遗憾了。"

"我没想这么说。"我第一次在她嗓音的音色中，还有她从手中干的活上抬起来转而看向我的明亮目光里感到了某种类似于温柔或感激的东西。

"这让我很心痛，请您相信我，奥利维拉。您使用复数，您说'你们'的时候我的心真的很疼，就好像在您眼中我不过是营里随意哪个人，只是众多人中的一个，这些人今朝住在这个村里，可谁又知道明天他们会在何处停留。"

"我不是这个意思。我不想提到营。我指的是索雷拉斯。"

"索雷拉斯？有天您曾请我别再说起他。"

"是，最好别说起他。真的，最好还是别说。"

接下来是一阵尴尬的沉默。

"那咱们就别谈论他，"我说，"今天说得已经够多了。"我趁机补上一句，开始小心翼翼地告退。"请您记住，您永远有我这样一个好朋友愿意为您效劳。"

这句因为找不到更好的句子而蹦出来的庸俗之言产生了远超出我期待的效果。她默默地看着我，仿佛那句话让她想到了什么：

"您真的愿意为我效劳？比方说，如果我请您办一件事，一件您可以办的事,一个对我意义重大的小忙……"

"您千万别迟疑;为了您,我愿意……"

"事实上,"她打断我,"你们才是村子的主人,因为奥利维已经成为前线所在地,因此实施的都是军事管辖。如果你们想的话,你们可以从我这里夺走城堡、土地还有阿尔贝内斯的磨坊,甚至那匹母马,外加我有的这几件家具。但你们也可以做相反的事。我想请您帮的那个小忙……不是现在,而是以后,作为律师,对您来说应该会很容易。这事儿咱们改天再说。"

"为什么不现在说?"

"因为我看您此刻太紧张了,您看您的手都在发抖。"

她那阴暗钢铁色的眼睛再次凝视着我。"她会想从我这得到什么?"我思忖着,突然我明白了她对我也有同样的想法,但她已经重新拿起了搁在裙子上的针线活不再看我。她将线穿过缝衣针,用牙齿咬断多余的线,静静地干起活来。当时我意识到在围绕着她的气氛中,飘浮着干净衣服的鲜明气息,那是满怀爱意浆洗和熨烫过的白衣服的气息,衣服收在雪松木或胡桃木的古老衣箱里时会放有一把薰衣草。之后,当我走下石阶,这一整座城堡里唯一用切割过的石块搭建起来的部分时,从底楼吹来的新鲜空气夹带着地窖、麦草还有当作柴火的松枝跟桧树枝的气味,驱走了那股白衣服还有新婚夫妇的衣箱的味道。

今天奥莱加里亚阿姨午饭时给我做了"煮羊肚",这算是当地的佳肴。这道菜照旧十分可怕,但你除了做出这菜让你觉得是天赐美味的样子并无他法。

这道菜用羊腹做成,里面填的是这可怜家伙自己的内脏。羊腹被缝上之后会煮上好几个小时。到吃的时候会把羊腹上的线拆开,冒出一股像从蒸汽火车头里窜出的热气,一股热烘烘的动物下水的臭气都能吓跑那些最自以为是的家伙,更别提这道菜能招来的整营整旅的苍蝇了。

8月11日

我在去修道院溜达之后正返回村里,在经过一间几乎位于村外的屋舍门前时听到了有人在拉小提琴。像是肖邦的曲子,但肖邦难道曾经写过小提琴独奏曲吗?不过,无论如何,演奏的技艺令人惊叹,充满无尽的表现力。天色逐渐转暗,乐曲声似乎融入了当日暮色里的光亮、气味和优美的消亡场景中。伏天在死去,当伏天死去时,我们心中某些东西也会死去。那场暴雨是对伏天的致命打击,从那时起,有些晚上睡觉时我得盖上毛毯。可是,到底是谁在拉小提琴呢?

我向实习医生打听,他惊讶地看着我。

"你不知道吗?是医生啊!"

"村里有医生吗?"

"营里的医生啊,真是的,普伊赫大夫。你是住在月球上还是怎的?他拉起小提琴来就像天使。"

"那个醉鬼?我还以为他只对酒桶感兴趣呢。"

"你错了。他是个极其敏感的人。"

"我觉得你是想让我认为他喝酒是为了忘却,对吗?"

"为什么不呢?有些话之所以会被反复提起恰是因为它们合乎现实。"

"好吧……那司令呢?"

"一个极好的人。"

"这一点没人会有异议,克鲁埃尔斯。我想知道的是他喝酒是不是也是为了忘却。"

"这点你可以确信无疑。所有喝酒的人之所以这么做都是为了忘却。"

"忘却什么?"

"忘掉通常来说他们都不记得的事。"

他无比平静地对我这么说。当他试图说服我医生、司令、加利亚特、蓬塞蒂他们这些"奶瓶爱好者"(这话是司令说的)喝酒都是为了在葡萄酒中扼杀空虚的情感,"跨出迈向宗教的第一步"时,他那玳瑁眼镜让他的脸比以往更像猫头鹰。

"那么,照你的说法,"我反驳道,"他们是正在跟跄前行。"

"你让我,"他坚持说,"觉得你并不感到空虚,你还从未感到过空虚。"

"你是想让我也喝醉吗?"

"咱们还是别继续这个话题了。"

我收到了特里尼的信,这是一封让我想起跟克鲁埃尔斯的那次谈话的信。"我相信总有一天你会明白,直到现在你都在逃避幸福,似乎幸福让你心生恐惧……""如果你愿意,咱们可以从现在开始,无论任何事,无论分离还是那些你让我经历的糟糕时刻……""你还没意识到我的存在。我不想说你不爱我,但你过得就像我并不存在一样。抱歉我这么跟你说话,但有的时候我实在受不了了,我需要发泄。你并不因为在世上感到孤单而受苦,或者至少你还没觉察到你为此而受苦,而我却恰恰相反,我受不了这样的痛苦。一个月以来你连一行字都没给我写过……"

一个月了……差不多。

拉蒙,我隐隐怀疑我是个十足的坏蛋,比那个中尉医官还要差劲,他至少还会拉小提琴。而索雷拉斯在我身边都会像个圣人。从你离开之后你就对我的生活一无所知。甚至一个人进入圣胡安慈善兄弟会都会伤害到别人。你让我在那个家里如此孤独……你还记得咱们小时候挨在一起睡的那张双人床吗?有时候我会突然惊醒,为了克服对黑暗的恐惧,我会拽住你睡衣的下摆。真希望你知道我有多想念你睡衣的下摆!你给我讲爸爸的故事,你见过他,你知道他死在非洲的细节。你讲起这些事的时候,语气稀松平常,极为简略,就像完成每日的普通任务一样。你从未想过在你走了之后，会留下我孤单一人就像迷失在森林里？从那时起，再没有人跟我说起过爸爸，就算说起也是支支吾吾，或是仿佛不经意间的只言片语，而这些都会伤害到我。茱列塔让我害怕，她那双眼睛像是要把我吸进去，而有天傍晚的时候，在花园里她那张嘴突然让我觉得像个吸盘。我们通常都会跟她、何塞·玛丽亚还有学校里的其他同学一起在那里玩耍。我觉得咱们的堂弟何塞·玛丽亚，那个可怜的尖嗓门小胖子当时并没有意识到天色变暗时花园里的气氛变得凝重起来。由于其中一个当事人是茱列塔，也就是她的姐姐，所以我宁可认为他并没有觉察到这一点。我受不了茱列塔，当我们才十四岁的时候我就受不了她，因为她那么没脑子，总让我神经紧张。而那个落在嘴上的亲吻，那个我并不期待的吻……只是一个吻而已，一件微不足道的事！但奇怪的是却可以在我们不再是孩子的时候留下那么多的回味。对我而言，那事揭示了人生中一个依旧令我反感的方面：那就是女性的魅惑。

　　一个性感的女人会对我产生妖魔一样的效果。

　　这事儿似乎已经是几百年前的事了，然而才不过是十年还是十二年前的事。咱们怎么会在这么短的时间里就变了这么多？但是特里尼却让人觉得她并未经历如此激荡的转变，她是在不经意间从小女孩变成了年轻女子。她家庭所属的那个派别出版过一份名为《爆破眼》的小报，那可能是唯一一份加泰罗尼亚语的无政府主义报纸。我曾经跟他们合作过，甚至和索雷拉斯还有特里尼一起上街贩卖这份报纸，但我从未看过。不过，每个星期我都会不出差错地把报纸通过邮局寄给咱们的舅舅，而说到底，我这么做无非是为了烦扰他，或至少通过这个举动，我就能成为无政府主义者。有一天，我们吃完午饭坐在桌边闲聊的时候，他叫我傍晚去他办公室见他。

　　你不可能忘记那些黑色的皮扶手转椅，看上去那么凄凉，还有档案柜上那尊但丁的胸像。舅舅当时正和会计在办事，我不得不坐在其中一把扶手椅上等了好一会儿，同时想象着但丁跟生产做汤用的面条间到底有什么联系。会计走了之后，舅舅终于抬起头，半是同情半是嘲弄地看着我。他从外套内口袋里掏出一份报纸，那自然是最新一期《爆破眼》，上面登有我的一篇长文。

"你觉得你让我睡不着觉了？我猜那什么'发胖的猪'之类你是想着我写出来的。总有一天，你会后悔跟个无辜的人似的在这些蠢话上署上你的姓名。你就不明白，作为你的监护人，我可以把你送去教养院……"

那话在我看来似乎被荣耀的光环所笼罩，我将会是特里尼眼中的烈士。欧塞维奥舅舅继续说着，而我现在才明白所谓"教养院"只是他说来吓唬我的，但在那个时候，我却是当了真。他不时停下来检查雇员拿来的文件、数据和电报。"下周我们有股东大会，我得完成最终的账目，还要准备报告……"

又有一个雇员拿了份电报进来，他扫了一眼就把电报放在了桌上。

"又是一份马德里来的电报……好了，咱们来说说你吧。我知道你跟一个无政府主义姑娘常单独出去长时间散步。自由恋爱吗？也不错。我的意思是，如果你不是个傻瓜的话就还不错。我是怎么知道的？你得明白，作为你的监护人，我有个信任的人在看着你。要是有什么事发生的话，那责任可在我。或许你还没意识到这种自由恋爱如果没什么严重后果的话的确会很有趣。傻瓜一个，没错。那姑娘……"

他用剪刀拆开了一封有人刚给他拿来的信。

"呸，这个加拉加斯的联系人。如果你不小心行事的话，自由恋爱可有你好看的。总之，亲爱的外甥，我没有很多时间可以放在你身上。我要从股东那里获得信任票来扩大公司，事情有进展，但你知道吗？我得准备好报告、权衡话语、核实数据。"他点燃一支雪茄，向后靠到了扶手椅背上，眯缝起他那生意人不动声色的眼睛。"所以，我没有很多时间可以放在你身上，可遗憾的是，你却用些傻事来浪费我的时间，而我这里，"他随意指了指那些信件和电报,"还有千万的钱飘在空中。我跟你长话短说:我曾想过把你关到寄宿学校去,好替你避免一桩婚姻灾难,自由恋爱通常都是这样的结局,但我征询了加利法神父的意见,他表示反对。他说如果我把你关起来,我就会搞砸一切。"欧塞维奥舅舅笑了起来,似乎那想法让他觉得很好玩:"他认为你比我们所有人包括他自己都更像一个基督徒。"

加利法神父!我几乎都不记得这个耶稣会老教徒了。拉蒙,你还记得每个星期天弥撒过后他在路易斯派修道会上给咱们做的那些烦人的"训诫"吗?可怜的老头儿。跟你说实话,我当时挺失望的:我当不了烈士,也去不了教养院。但加利法神父说的那话在我身上起到了一定的作用。我离开舅舅的办公室后就去看他,反正卡斯普街上的修道院离得很近……他在他的房间里接待了我,那里依旧有通风不良的狭小房间所散发的臭味,就是当你还会拿这种事开玩笑时被你称为"圣洁气息"的那种味道。小桌子、水烛叶编的椅子,还有跟儿童床似的小铁床都和当年你跟我一起去的时候一模一样。他坐到了床上,叫我坐在椅子上。我觉得他比我最后一次看到时老了许多。

"我不是来听布道的,"我对他说,"而是来跟您道谢的。"

"我对你的道谢没兴趣,你自己留着吧。我只想让你听我几句话,不多,因为我知道你总是嫌我烦。"

他跟我说的时候,话里那种自卑感让我平静下来,就像是一个穷舅舅在"诈骗"一个富有而显赫的外甥。

"或许你没意识到我也有点无政府主义,"他微笑着,仿佛觉得自己在讲笑话,"教皇们的社会通谕……"

"加利法神父,"我打断他,"您不知道所有这些事给我造成的负担,工业革命、无产阶级、剩余价值、计划经济……"

"但你不是无政府主义者吗?"

"我怎么知道!什么是无政府主义者?但愿我知道它是什么,知道我想要什么。但愿我能跟您说所有这些我一点都不在乎……无政府主义!我真想告诉您一切都源于索雷拉斯的一个念头,而他骨子里想要找的无非就是消遣……"

加利法神父疲惫而发红的小眼睛中的神情从惊讶转为愕然,又从愕然变成悲伤。

"可怜的路易斯……然而你已身处其中,无论原因是什么……那个索雷拉斯又是谁?你的一个同学吗?你应该利用这个机会深入研究这些问题,认真对待它们。你让我害怕,路易斯,不是因为你是无政府主义者,而是因为你不够无政府主义,我想说,因为你没有诚心诚意地对待这件事,诚心能拯救许多事。如果一个人知道如何选择的话,无政府主义中有许多优秀的方面。你……"

我大笑起来,因为从一个耶稣会教徒口中说出关于无政府主义的辩词在我看来是那么荒唐。他淡淡地笑了笑,有一瞬间他的眼神让我觉得像是盲人的目光,说得具体点,是那个时候常在贝伦教堂附近乞讨的那个瞎子的目光。

"你舅舅跟我说起过你常跟一个女学生一起长时间散步。关于她,我只知道你舅舅告诉我的那些,说她是个无政府主义者,有不好的想法。你知道我要跟你说什么吗?爱她,但是全身心地去爱,尽你所能去爱她。如果你不能再相信别的,至少可以相信无政府主义。这是相信和爱的问题,如果你相信某样东西,如果你全心去爱,你就会渐渐找到正确的道路。"

他再次用那样忧伤、疲惫跟恳求的目光看向我:

"路易斯,你确定你爱她,不会抛弃她吗?"

当我再次回到街上时,我唯一的感觉是因为曾经哭泣而羞愧。我想到了特里尼的家人,想到了《爆破眼》团体。"还好他们不会知道。"那特里尼呢？我才不会跟她说起这次愚蠢的会面！

第二天，我们去城堡公园散步。我们坐在一张长凳上，就在没有了叶子的椴树下面，距离普里姆将军的骑马塑像不远。公园里潮湿、寒冷而孤清。腐烂落叶的气味带来一阵如潮水般的伤感。我觉得自己老了：我就要满二十岁了。

"我要做我乐意做的事。他们都得让步。"

但是我内心有一个挖苦的细小声音在说：那加利法神父呢？我告诉特里尼那个耶稣会教徒已经站到了我这边，但我并未透露更多细节。可是从一个话题说到另一个话题，似乎都像是我在自言自语。我想那是因为特里尼在听我说话时很专注。那时的她才十六岁。最后我竭力想隐瞒的事还是被我脱口而出：我在跟加利法神父会面的最后，曾在他的怀里哭泣。

"你看，我是个懦夫，而且更糟的是我还是个荒唐的人。"

特里尼沉默不语。就在那时我跟她说起了拉蒙你，因为她就算听说过耶稣会信徒——你也能想象她听到的会是怎样的口吻——也不会听说过圣胡安慈善兄弟会。她一言不发入神地听我说。之前我从未跟她说起过你，这真是不可原谅，对吗？真希望你曾见过她的眼睛，拉蒙……那不是一双漂亮的眼睛，算不上漂亮，是圆溜溜的、单调的绿眼睛，十分平常，但当那双眼睛看着你的时候，却带有孩童般的轻信，准备好了相信一切美好、高贵和慷慨……的事情。

III

> 六头公牛跑了出来,
> 六头全不是好牛;
> 这就是为什么
> 修道院陷入火海。[1]

民歌,1835

8月13日

皮科连长组建了一个"共和国",也就是说,一帮军官聚在一起吃饭。这是在奥利维组建起的第二个。几天前,司令和医生连同作为临时人员的加利亚特连长外加宣传员已经成立了第一个。

了不起的皮科举起了反酗酒的大旗,又由于他抽烟斗,于是烟斗成了我们兄弟情谊的标志,以应对我们对手的"奶瓶"。这名前校工在一群

---

[1] 这是加泰罗尼亚历史上一起由斗牛引发的重要事件:1834年巴塞罗那建起了第一座斗牛场,当时出资建设的是一家慈善机构,其条件是斗牛的部分收入要用于慈善事业。但在1835年,也就是这座斗牛场开始使用一年之后,在一场不受观众喜欢的极差的斗牛表演中发生了几起严重事故,很多人走上街头,汇聚到兰布拉大道。人们的不满情绪不断增长,导致最后有几间修道院被烧毁,并有十名修士身亡。而这一教会跟社会其他领域间的矛盾引发的严重事件却拿斗牛中公牛过于温顺作为借口,因此才有了这首民歌。

机枪手里发现了一个来自哥伦布酒店的厨师,就跟无数未受赏识的天才一样名叫佩佩特。他是个沉默而庄重的人。奥莱加里亚阿姨可不是这种"异类"的对手,为此我迫不及待地加入了"烟斗共和国"。不消说,实习医官也这样投入了烟斗事业的怀抱,跟他一起的还有两名机枪中尉。我们本可以建立起跟柏拉图的理想国一样的共和国,但在最后一刻出现了一名不速之客。这人就跟所有的不速之客一样,在头几天里俨然是人中俊杰。

这个加泰罗尼亚军队里的新英雄两周前来到了奥利维。我们以为他是来组建营里的通讯联络部门的,因为这是司令坚持向旅里要求的,我们当时需要的是一名通讯中尉。司令跟往常一样漫不经心,也没顾得上细看那些文件,单是知道此人名叫雷武利便感到满意了。他是穿着衬衣来的,衣服上也没有军阶标志,但牙齿间叼着一支大烟斗,而他的牙齿白得就像牙膏广告上那样。他的衬衣无可指摘,牙齿令人瞩目,而且最要紧的是他来的时候还头顶着跟所有通讯官员密不可分的文化人的光环。"世间的真汉子",司令如此概括。

老谋深算的皮科虽然一直默不作声,但施展各种解数阻止这一颗罕有的"珍珠"去替"奶瓶共和国"出力。不过,就目前来看,我们倒是极乐意把这一收获送给对方。他成了我们中的诗人,他给我们朗诵他自己写的诗句,但他还是把我们全都绞死算了,因为我们一窍不通。在我们吃饭的时候,他跟我们说我们是帮庸人,说什么波德莱尔已经落伍了,说什么我们没有"女性体验"。而且他还认定我们不会抽烟斗,并就这一话题跟我们上起百科全书一样的课来,不过最糟糕的是他这辈子从没当过通讯官,而是……一名政委!

当我们最终搞清楚事情原委时全都惊愕不已。

不是说他是个共产主义者,他连社会主义者都不是。惊愕并不是因为这个,而是因为新的政治烦扰的威胁,这意味着会有新的共和主义教育课程、公民权利和义务课。而他果然没过多久就在城堡大厅召集了整个营,包括司令、军官、士官和士兵们,就法西斯主义和共和主义给我们做了一次十分卖弄又颇令我们厌烦的讲话。在他才讲到一半的时候,睡意便向我们袭来。司令突然站起身来,他满面通红,用胳膊做了个手势,宣布道:

"他们是坏人,我们是好人,就是这么回事!这个我们都知道,不需要你告诉我们,我们都听腻了。要是你不想让我们不给你好日子过的话,你还是闭上嘴巴,去当通讯官吧!如果你不懂,那就去学!"

营里还有另外一件新鲜事,对我来说尤其有意思,那就是克鲁埃尔斯也认识加利法神父。克鲁埃尔斯管他叫加利法"博士"。虽然说到底我们俩之前虽互相不认识但都认识加利法神父并没什么特别的,但这事在我们身上产生了一种惊人巧合的效果。他跟我说了一些我之前不知道的事情:当针对耶稣会的法律颁布时,加利法神父不得不离开修道院,住到了他的一个兄弟家。他那兄弟在维克的平原还是吉莱里斯地区拥有土地,住在松树河谷的一间老式公寓里。克鲁埃尔斯说加利法神父在那里时就像一名世俗教士,还在神学院当过老师,克鲁埃尔斯是在他当老师的时候认识他的,所以才总会叫他博士。而加利法"博士"在我耳中听来却是那么怪异!而且我也很难想象他在宿舍之外的样子。自打知道我也认识加利法神父之后,克鲁埃尔斯就一个劲儿地说起他。

"他这个人有趣极了!"他对我坚称,而且很诧异我居然会觉得加利法神父在路易斯派修道会上的星期日"训诫"很烦人。

每一天每一周都让我觉得漫长无比,都像是在拖拖拉拉地往前走,而我试图靠营里的闲言碎语得到消遣,但有时候我仿佛不在其中,而是身处一种虚无的状态,就像受到了猛然一击,进而飘浮在半无意识之中。领主夫人的信令我沉迷。这女人难以捉摸:虽然住得近在咫尺,却通过邮局给我寄了封信!营里的邮递员给我拿来了信,邮戳是莫拉·德·阿尔布里奥内斯的,我压根不知道这村子在哪儿。是谁把信拿去邮局投递的?信上没有日期也没有签名,信的风格也很含糊,可以说我一点儿都看不懂。她在信里给我列出了被杀害的修士的名单："这些人肯定是被杀害的，因为他们的遗体都找到了。"这让我想起了那天她跟我说起的要我帮的那个著名的忙，"这对您来说将会易如反掌"。易如反掌……一上来就这么说，而我却连是什么事都还不知道。我依旧几乎每天都去修道院，我查看那成堆的书籍，在圣器室和修士的宿舍里寻找文件。这简直就是大海捞针。这么大的一座修道院，被掠夺、被偷盗、被火烧，最终又被遗弃，这么多个月以来就这么朝四面八方吹来的风敞开着……其中最糟糕的是如果我找不到那份证明，我就被禁止去见她。"您别试图来见我，我不会接待您的。"这道禁令令我激动不已，甚至不觉得荒唐：我给她回了信，却已经不知道都给她写了些什么！那是醉了之后写的，但为什么会醉？这就是所谓的激情？但不管这是什么，这都是我在此之前从未体验过的感觉。我不清楚这样的感情有何价值可言，但我也不在乎。我只知道这是一种针扎般的欲望，就算跟她在一起必须得承受最为凶残的折磨，我也照样渴望她，甚至更想得到她……

我身处修道院的圣器室内，感到空气浓稠而滞重，仿佛一潭死水。我感到自己脱离于这个世界，似乎我真的飘浮在如水般滞重的空气中。圣器室有股上好木材的味道，是古老的雪松木的味道，那味道干爽而略带苦涩，那是……她的味道。她有些许白发，兴许就是四根，我数到了四根。我走上前去，感受着她发间的雪松气味。那四根纤细而扎眼又令人惊讶的发丝闪耀着光芒，仿佛蜘蛛在夜间纺出，却被我们在清晨借着尚未被日光蒸发的露珠发现。发丝很纤细，又很柔弱，清晨的蛛丝总是很脆弱的，然而那四根头发……她转过身去，拿起桌上的一块布料，我被诱惑着想去亲吻她的脖颈，就在耳朵的下方。可我并没有亲吻她，而现在我很遗憾我没那么做。我本该在那里用嘴唇去感受她汩汩流动的血液。她的血应该是热烈而奢侈的红色。她本会突然转过身来，我本会在她眼中看到无比惊讶的神情……或许是假装出来的惊讶，因为她很可能在期待着我早晚跨出这一步。显然圣器室的味道是由一口大柜子发出的，柜子自然是用雪松木做的，此刻里面已经空无一物，之前本该放有祭礼用的物品和衣服。圣器室直面大祭坛，就在《使徒书信摘录》的旁边。我寻找着那份神秘的证明。我已经检查过了大柜子的内部，当我半转过身的时候，雪松和熏香的气味险些令我发晕，就在那时我看到了那对干尸新人。透过圣器室的窄门，我只能看到他们。

有一天她也会变成这个样子？石榴花那般热烈而奢侈的红色，雪松和熏香的气味，所有这一切都会终结为这般费解的静止模样？某种下意识令我走出了圣器室，却迎面撞见了那具面露嘲讽的干尸，他似乎正面向上方，像是一个知悉巨大秘密却佯装不知的人。奇怪的是这家修道院看上去并没有闭眼的习惯，他们看着你，却看不见你⋯⋯那张面带嘲讽的脸，歪斜着扮着怪相，就在那里，就在我面前，显得那么僵硬，而索雷拉斯和他跟我说过的那些事在此刻浮现于我的脑海，那些看似谵妄的话此刻却具有了意义。因为在我的饥渴和禁泉之间还隔着干尸，不是眼前那具干尸，而是我自己，我自己将会成为的那一具，还有她将会成为的那一具。我感到内心里对那张愤世嫉俗的脸翻腾着一股无声的怨恨，而我的口中溢满了唾液⋯⋯

8月14日

皮科才发现雷武利不仅不是通讯官而是政委，而且还来自那支"平足旅"。在那里他曾是连队委员，现在他被升为营里的委员之后被推到了我们这儿。他也表明了自己代表的是哪个政党：恩普尔达[1]民族主义左派联合共和党。尽管似乎不可思议（在经历了我们见过以及正看到的事之后，还有什么会让我们觉得不可思议呢？），但是在成百个让我们的生活苦闷

---

1 L'Empordà，加泰罗尼亚的一个乡，位于吉罗纳省。

不已的现存政党中，的确有一个政党就叫这个名字。

至于"平足旅"……或许最好在这里就这支我们谈论颇多的著名旅做一下说明。这是师里的第二旅（我们是第一旅），据说——因为当时我不在，所以我可不敢为此担保——在最近几次展开行动的时候，那支旅的长官找借口不参与行动。"由于，"他在公告中说，"尽管通过了体检，但大部分编入队伍的新兵都有扁平足，因此不适宜长途行军。"目前，这支旅负责的前线部分位于我们的南边，依据我的逐步发现，在他们旅和我们旅之间，从战争一开始便存在一种敌对情绪，起因多是源于政见不合，他们都是些头脑发热的人。

自从我们有了政委之后，司令为了让他瞠目结舌，总是坚持他自己关于"重建修道院秩序"的想法。

"我们旅为了卫生和文化而战斗，和那些平足的人组成的旅不一样。"他斜睨了政委一眼。"总有一天我们会把神圣的干尸，"这是原话，"通过庄严的仪式重新安放回他们的墓穴中。没有殡仪的文化就不能称为文化。从现在起就得认真琢磨什么样的葬礼进行曲是最合适的，也得考虑是否由掘墓那帮人来重新埋葬他们会更好，这样正是对逝者的公平补偿，因为，他们虽然死了，但依旧配得上所有人的尊重。"

不消说，雷武利作为政委，不得不表现出积极拥护这一想法的样子。至于葬礼进行曲已经成了导致众人不合的种子，要记得我们在营里已经有了军乐队，一切的问题便都由此而生。尽管我们还没有伴奏的乐器，但已经有了乐队。这一葬礼进行曲的细节便成了仪式迟迟未举行的原因。结果皮科在外籍兵团的好日子里曾担任过几周的旗下长号手。不是说他识谱，他对乐谱一窍不通，而是他靠听就演奏出了《培尔·金特》中的《奥赛之死》[1]，

---

[1] *Peer Gynt*，挪威剧作家易卜生的代表作之一，1967 年出版，1876 年首演，以挪威作曲家爱德华·格里格（Edvard Grieg）的管弦乐组曲为伴奏，《奥赛之死》为剧中的一幕。

这事儿让他真正地满心骄傲。他常在饭后闲聊的时候给我们哼这首曲子，好让我们不要质疑他往日的音乐荣光。而司令却是狂热的瓦格纳迷，主张演奏《齐格弗里德》[1]中的葬礼进行曲。此事最后交给普伊赫医生定夺，此人却不愿多费神，只想从中抽身，于是他肯定地认为如果非要在两首哀歌中选择的话，他喜欢威尔第甚于瓦格纳，"至少威尔第更有幽默感"。在乐队排练的日子里，他就把自己反锁在医务室并关上所有的窗板不去听。就在那里面，他拿小提琴演奏起肖邦的葬礼进行曲。

8月16日

由于昨天是奥利维的守护神纪念节，我们邀请了司令和医生来我们的共和国吃饭。他们一点的时候准时现身，还相互挤了挤眼睛。他们心里打的是什么主意？吃饭期间，皮科一直盯着他们，但也没因此而耽误踩踏板。了不起的皮科想出了一个驱赶苍蝇的发明，"一个务实的家伙"，索雷拉斯曾这么告诉我。那项发明是种纸扇，大小跟桌子差不多，挂在天花板上，由四根竹竿做成的框架能提供必要的坚硬度。一根细绳穿过滑轮垂了下来，一头系在一块踏板上。皮科像名长老一样坐在桌首，随着他踩动踏板，扇子来回扇动，驱散了如云的苍蝇。在这项天才发明出现以前，成把的苍蝇会掉进碗里。

席间都是些泛泛而谈。医生告诉我们前一天他因为旅里卫生服务队的传唤不得不去了趟橄榄树堡。

"卫生队队长从军卫生处收到了一份通知。那是一份令人震惊的通知。你们想想看，就在咱们师的一个单位里，而且恰恰是在'平足旅'里……"

---

[1] 德国音乐家瓦格纳著名的连篇乐剧《尼伯龙根的指环》中的第三联。

他用眼角余光瞄了一眼政委，又朝司令挤了挤眼，轻咳了一声。

"好了，庸医，"司令说，"你到底要跟我们讲关于著名的'平足旅'的什么事？"

"蔚蓝尿液病……一种古怪极了的疾病！据目前所知只有一起病例，但那是什么样的病例啊……老天爷，那起病例真是太吓人了！病人什么感觉都没有，而且自我感觉极好，'没人能料想到他那样的行为'，这是陀思妥耶夫斯基的话。有天早上，也就是两天前，当他起床的时候，他发现制服变紧了，他努力地想穿上制服却穿不上去，他整个人在一夜之间肿了起来！他的裤子也系不上，裤襟门上的纽扣……先生们，我说襟门，是因为就是这么叫的，裤襟门上的纽扣还差一拃才能扣到相应的纽扣眼里……怎么，我们不能在这个旅里说到裤襟门吗？还有他的尿，尿液是蓝色的，蓝色哟，你们可注意听好我说的，因为这是一个不会出错的症状，就是蓝色的尿液。没过几个小时他就出现了垂死的样子，并遭受了可怕的痛苦……"

"好吓人的症状啊！"司令惊呼一声，"但从'平足旅'那儿还能指望什么呢？我早就怀疑那个旅有瘟疫。你怎么想，雷武利？作为政委，你肯定已经通读了《黑格尔全集》。"

"黑格尔早就过时了。"政委以权威口吻说道。大家暂时不再讨论致命的蔚蓝尿液病，话题被转移到了马克思的《资本论》中所体现出的黑格尔对其的影响，也就是你能想象得到的令我们醉心不已的微妙的哲学问题。

今天，雷武利显然一早就来到了营里的医务室，他穿着睡衣，面色苍白，心绪不宁，痛苦地冒着冷汗。

"那个可怜的家伙，"克鲁埃尔斯告诉我，"看着就好惨。我陪他去了宿舍，在他床头柜上的水杯里还有残余的可溶性靛蓝，那是一种会让尿液变成蓝色的无害物质。而他的裤襟门也开了线，之后又被缝上了，对了，是胡乱缝上的……"

8月17日

有一天的日落时分我又来到了第一次见到她的那个路口,尽管才不到两个月,却已像是许久之前。两个月可以像两千年一样深邃,两个月前的那个傍晚让我觉得仿佛是世上的第一个傍晚那般遥远,有关她出现的记忆在我的过去埋藏得那么深,似乎已是我最为久远的记忆。

我在那里一直待到入夜。一只夜间的飞鸟——或许是夜莺——飞过或者说滑翔而过,几乎贴到了地面。它在路中央的地上收起了翅膀,似乎在等着我,而当我靠近的时候,它却又突然展翅起飞,安静得就像一只大飞蛾。白日的暑气迅速退去,微风带来一阵森林的粗粝气味,让我想起了她的秀发。当尚有一线天光的时候,我觉得自己像把被绷紧了的痛苦的弓,头疼欲裂。随着夜色逐渐变得浓重,我身上的重量似乎也随之减轻,就像是弓弦松弛了下来。

吃过晚饭之后,我去街上乘凉。加利亚特拿着把吉他站在寄宿家的窗下。他是从哪儿弄来这把吉他的?

"小甜蜜,你想让我给你唱一首我们家乡的特别浪漫的歌曲吗?"

伴随着无尽的哀伤,他开始哼唱起来:

> 我们想要面包配大蒜,
> 面包配大蒜是我们想要的……

8月18日

我到阿尔贝内斯的磨坊去看看那家子好人如今怎么样了。磨坊比城堡本身更有城堡的气息。蓄水池的墙面用石灰岩凿出的方石砌成，五个世纪（我之所以说五个世纪是因为在门口能看到建造日期）的阳光将其镀成了金色。水池后面磨坊主他们住的房子也是用石灰岩石块建成的，唯一有开口的地方就是狭窄的石拱门和一扇有直棂的拱顶窗。屋前有一片不算小的菜地，一口泉眼半隐在一株枝叶极为茂盛的葡萄藤下。泉水沿着一根全身覆满铜绿的水管流出，注满一口发红的斑纹大理石砌成的水池，水池很粗糙，边缘已经被众多来此饮水的动物的嘴巴和无数在此搁放过的水罐磨损。有人告诉我说在加迪斯国会[1]废除领主权力之前，领主夫人的佃农们都必须来这个磨坊磨麦子。

磨坊主一家满面喜悦地迎接了我，他们告诉我"夫人"在上面，在"水车旁边"。说实话我没料到会在那里碰到她，我不敢上去……

"您要是不上去跟她打招呼，夫人会觉得您失礼的……"

都到这份上了，他们要给"夫人"留下好印象并且也要让我留下好印象又是为了什么！他们自然不知道她禁止我试图见她，显然我也没法跟他们解释这件事。他们给我指点了从菜园通向蓄水池后方高处的陡直向上的小道。

那个地方很漂亮，像花园一样被精心照料着：引水渠也就是"水车"倒映着近处的一大株垂柳和远处半坡上的一小片桧树林。孩子们在池里游泳，她坐在柳树荫下的一条石凳上看着他们。

因为她背对着我，正利用时间缝补一件衣裳，身子向着手里的活计微微往前躬，所以并没有觉察到我的到来。两个孩子嬉闹着，喊叫着，互相泼着水。他们小身子沾满珍珠一样的水滴，发出铜一般的光泽，透过柳树枝丫间隙洒下的阳光让他们掀起的水花散发出彩虹的光彩。

---

[1] Cortes de Cádiz，指1810年9月24日在圣费尔南多举行的宣布西班牙主权的首届国民大会，标志着旧王国的废除，之后在1811年即西班牙独立战争期间迁移到了加迪斯，因此被称为加迪斯国会。

我悄无声息地向前走去，踩着水渠边缘长出的嫩草。草叶摇曳着发出如小铃铛般的细语。

"下午好。我没料到会在阿尔贝内斯遇到您。"

她半转过身来，被吓了一跳：

"是您？"

她深邃的目光仿佛在对我说：我没希望这么快就见到您。

"您把证明给我带来了吗？"当我坐到她身边时，她轻声对我说，小心不让孩子们听到。证明？我什么都想不起来，那夜间树林的气息，那闪闪发光的眼眸……

"您不回答我吗？"

"什么？"我傻乎乎地说。

证明？什么证明？她散发出树林和黑夜的香气，她的双眸令我目眩……

"我找遍了所有的角落，"我不得不努力集中注意力，"但没找到任何有一丁点像是证明的东西。您得相信我，我很抱歉。您不能给我一点更为明确的线索吗？您无法想象那里胡乱散放着多少书籍和纸张。"

那钢铁般的目光从奇怪变成了惊愕，又从惊愕转成了嘲弄，进而从嘲弄变成泪水与蔑视的混合。她无奈地叹了口气。

"我觉得我是不能指望您了。"

"但您甚至都没告诉我大概能在什么地方找到这份文件。"那种与比自己个子高的女人说话的不愉快感觉再次占据了我的内心。

"如果您不努力去弄明白的话……如果您不理解我的话，又怎么能希望我去理解您呢？"

她嘲弄的目光已经变成了一道炸裂的光芒，其间蕴含着模糊的允诺和含混的共谋。我的脑中一片晕眩。

"我理解您。我开始在理解您。您是冰做的，而且恰恰因为您是冰做的……"

"您别再说下去了。眼下我只在乎那份证明。我孩子的将来取决于它。现在您走吧,咱们要说的话都已经说了。您是个有礼而绅士的年轻人,对于这一点我确信无疑。您不会背叛一个可怜的女人的。"

一个可怜的女人?她可以是任何人,唯独不是个可怜的女人!我在我的卧室里也就是在奥莱加里亚阿姨外孙的房间里写下这些……那个我还不认识也可能永远都不会认识的安东尼奥·洛佩斯·费尔南德斯。落日在气窗的一格窗格间透进一道葡萄酒色的余晖,落在她的信上。一封写在横格纸上的信,就是那种女佣们常用的纸。信上的字迹透露出写字的手对此并不熟练,字写得很大,并不工整,一笔一画写出来的,字母间都是分开的。但无论如何这都不是一封出自一个可怜的女人的信!在我的桌上,她的拼写错误在静寂里散发出一股新割青草清新而纯净的气息。

IV

> 然而,它的确在动[1]

8月19日

有时我们的注意力会出现无法解释的漏洞。比方说:我怎么可能出入那间有蜂巢的房间那么多次,却从未注意过墙上一处炭笔写下的铭文?而且字还写得很大,上书:然而,它的确在动。

然而,它的确在动。无政府主义者们为了替伽利略的记忆复仇而写下了这句话吗?我不知道奥利维圣女村委员会的无政府主义者们是否曾听过伽利略的故事或是对天文学有什么具体的想法。那么,到底是谁有此闲情在墙上涂抹下这句博学的格言?我对此毫无头绪。

然而此事最不平常之处还在于接下来发生的事:就在铭文脚下的地上有一本我也从来没见过却十分惹人注目的对开本。它被落在成堆的书籍的一边,孤零零的,木质封皮上钉着钉,还包着羊皮纸。书脊上用哥特字体手写道:死亡之书。这是记载从1605年直到修道院那场动乱前夕去世的修士的登记簿,事实上在1936年7月17日还有一名修士自然死亡。那是

---

[1] 原文为意大利语,Eppur si muove,这句话来自伽利略的一个典故。1633年伽利略迫于罗马天主教会的势力,在被宗教裁判所关了十多年之后被迫放弃日心说,但在他被释放的那天,他看看天又看看地,并指着脚下的土地说道:"然而,它的确在动。"此处的"它"指的便是地球。

修士们能自然死亡的多么美好的往昔时光啊!

我此前怎么会对这么厚实的一本对开本毫无察觉?

在最后一则死亡登记之后,(差不多从中间开始的)册页全是空白的,要不是因为一张肉色的卡纸条在靠近书末的地方露了出来,我也不会想到要接着往后翻。我顺着那个记号发现了另一个封面:《奉教区主教以及教区神父许可在奥利维梅尔塞修会修道院教堂虔诚缔结的婚姻之书。基督纪年 1613》。

血液在我的脉搏里鼓动,仿佛锤子敲打着铁砧。突然间我就明白了下面这件事:

奥利维圣女——我在橄榄树堡的女房东曾经告诉过我——在乡里很受爱戴,并因为是幸福婚姻的保护者而著称,从小处来说,就跟咱们的蒙塞拉特[1]修道院是一个道理。无论是出于虔诚还是那种感人的信仰,许多情侣都申请在修道院而不是像教会法规定的那样在新娘的教区内结婚。修士们有一本簿册登记这些婚姻,数量并不是很多,从 1613 年的第一宗婚姻起总共登记了五十七宗。

8 月 20 日

我被邀请去"奶瓶共和国"吃饭。当午餐接近尾声,其余人都在喝咖啡的时候,司令把我带去了他的卧室。

"听着,路易斯,"他把手指压在唇上建议我严守秘密,他的醉酒模样通常都是如此开场,"我得告诉你我生活中的一些神秘事件,可怕的神秘

---

[1] Virgen de Montserrat,俗称黑脸圣女,是加泰罗尼亚的守护女神。而蒙塞拉特修道院则是加泰罗尼亚最重要的宗教圣地。

事件！如果说平足旅那些事……"

他蹑手蹑脚十分小心地关上房门，随后又查看了床底下和每把椅子的底下，以防有对手旅的间谍藏在那里，最后，在确保了这方面安全之后，他躺倒在床垫上。所有这些都是为了不放走他前夜在一片橄榄林里——用他自己的话来讲——"钓到"的一只小鸭。

"这是一只我自己弄到的小鸭，你知道吗？但是它一口气能吃掉数量惊人的苍蝇。我不知道我能不能留住它。那些人，"他含糊地朝饭厅那里指了指，"都是一帮醉鬼，他们一次次买醉，就像蝴蝶从一朵花飞到另一朵花一样。现在你会听到他们吐咖啡的声音。你别告诉任何人。"他再次把指头搁到了唇边："我把糖罐里面装满了盐。"

"司令，我知道比您这些更吓人的神秘事件。"

"更吓人？在哪儿？床底下吗？"

"根本不是一回事。我说的是在奥利维修道院。"

"那些干尸！"他瞪大了眼睛看着我。

"不是干尸，司令，幸运的是他们还活着，活蹦乱跳的。是两个极为可爱的小孩子。"

"我可不喜欢干尸的故事，路易斯……"

很难把他带去我想去的地方。我想如果我能让他骑上马，在露天骑上一阵就能让他醒醒酒，他略带醉意对我有好处，但不能醉成这样。

"司令，这两个孩子能否有父亲取决于您。您想想玛丽埃塔……没有父亲……"

此刻他用他乌黑的小眼睛专注地看着我，眼中很快就充满了泪水。

"玛丽埃塔不想让人杀死她的爸爸。不，不，这事她肯定不想。"

"那您就穿上靴子吧，司令。咱们别浪费时间了。"

我给他穿上了靴子，他也顺从地由我这么干，但并不松开那只小鸭。饭厅里的人正在吐咖啡，发出厌恶和笑得喘不过气的声音，并没有意识到我们离开。

司令那匹他几乎从来不骑的马跑起来和"橡果"一样快,一路上我们都策马飞奔。一进圣器室,他就因为站不住脚而一屁股坐到了地上:

"我会让乐队好好学一首葬礼进行曲,可不能跟死人开玩笑。皮科以为自己是谁?我才是司令,可不是他……"

"您说得很对,不过您听着……"

他打了一个酒嗝,饱满而低沉,悠长而有韵律,之后他看上去似乎冷静了一些,仿佛那个不同寻常的嗝让他的脑子清醒了一些。

"我投票给瓦格纳,你知道吗?我要的是货真价实的葬礼进行曲,得让我受到撼动。唉,有这么多干尸……"

机不可失,时不再来。

"司令,在这个柜子里有死亡和婚姻登记册。在婚姻登记中我发现了极其重要的一页。我恳请您对此多加关注。此事关系着两个无辜孩子的将来。"

这番话所起的效果超出了我的期待:他将最后那页登记证明看了一遍又一遍,眼里涌出的大滴泪水顺着两颊不断滚下。

"想想奥利维村的那些老妇,那些长舌妇人,把那两个孩子叫作'私生子'……为什么领主夫人什么都不说呢?"

"因为怕大家不相信她,也因为他们这一婚姻纯粹的宗教性质。您想一下,司令,到此前为止在这儿发号施令的都是无政府主义者,而说实话,咱们的名声也没好到哪儿去。而且正是在耶稣教会教徒看来咱们没好名声。"

"改天我会让全营的人列队念玫瑰经祷文,这些教徒以为他们是谁?"

"没错,司令,我们都知道您正在做的都是为了秩序和文化,但是尽管这样,他们还是给咱们派来了一个政治委员,更要命的是他还来自平足旅……这么一来咱们一瞬间便声望扫地。"

"咱们会让惊吓继续发挥力量，路易斯，你就看着吧，这事儿就交给我了。我会把你们从这个政委手里解放出来！混账东西！我是不是你们的父亲？我可是全营的司令！我守护着你们。你看，是我，你知道吗？是我趁他睡着的时候把他裤子的襟门纽扣拆了又缝上。医生想给我搭把手，但他喝多了，尽管把眼睛对成了斗鸡眼都没能把线穿过针眼，于是我不得不承担起这桩高级剪裁的精细活。"

"在政委走人前，咱们还得等一段时间，因为他就是个烦人精，得有人出来主持公道。为什么领主夫人什么都不告诉咱们？您得想到无论是修道院院长还是作为证婚人的四名修士都在第二天被杀了，或许她不知道修道院院长在被杀之前已经在这本册子上登记了他们的婚姻。她只知道没一个修士能活下来。"

"但是有些修士逃进了森林，所有人都这么说。"

"对，司令，我也曾期望在证明上签字的会是其中的某一个，但所有签字的人都死了，彻彻底底死了，我都核实过了。村里的人查验过尸体的身份。"

"那些幸存下来的修士虽然没有签署这份证明，但可以声明他们知道这场婚姻缔结过啊。"

"婚姻缔结的时候这些幸存下来的修士都已经跑了。至于那些还留在修道院里的人，您想想，司令，那些无政府主义者甚至把短工们都枪毙了。他们有四五个，都是村里最穷苦的人，修士们出于善心给了他们日工资。这些人穷得只有木屐可穿……"

这番话起到了打动他的作用，他的眼睛熠熠发光。

"你怎么知道的？你看到的吗？"

"是领主夫人告诉我的。通过她，我知道了所有的细节。无政府主义委员会杀死了村里的神父，领主害怕他们也会这么对自己，他这么想也是有理由的。他想要逃走，但是预见到如果失败会有死亡的风险，他便有了各种顾忌。他决定在逃走前跟他的孩子们的母亲结婚。这在奥利维村办不到，因为神父已经被杀，就剩下修道院了。委员会的人是七个外乡人，还不知道修道院的存在。村里人都对他们三缄其口，因为大家都很爱那些修士。当天晚上，领主给'橡果'安上马鞍，身后载着领主夫人悄悄来到了这里。最年轻的那些修士都已逃走，修道院长和其余四名修士准备给他们举行婚礼。鉴于当时的情况，这是一场临终前[1]的婚礼。他们同样偷偷地回到了奥利维，就在领主把领主夫人留在城堡之后要打算逃走时，那七个无政府主义者出现了……"

司令听我说着，表现得十分兴奋。

"当然了，这样一来活着的人里除了她自己再没别人知道这件事。全都死了……遇到这样的事该怎么办？你是律师，路易斯，你应该知道处理的手段，你给我提提建议。咱们得干件轰轰烈烈的大事儿，表明咱们可不像平足旅一样都是耶稣会教士的对头。在我巴塞罗那的家里，就在我的床头有教皇为临终时所做的祝福……"

"咱们得先从证人那里记录证词。"

"证人？但你不是说他们全都死了并变成干尸了吗？"

"那些掘墓人还在，说不定他们知道一些详情。咱们会让他们招供的。"

一回到司令部，他就给了我审理人的任命。我见到了那六个家伙，六个不幸的家伙，只要不枪毙他们，什么都能招出来。他们一个个来司令部报到，都是一副被棒打了的狗的模样。档案匆忙建立起来。他们坐下签字时，画下了令人惊叹而又没完没了的花押。我觉得他们都不知道这是怎么回事，因为只要无关枪毙他们就觉得高兴都来不及，根本不会再去追究。

有点失魂落魄的雷斯蒂图托把自己裹在一张双人床的床垫里，他老婆

---

[1] 原文为拉丁语，In articulo mortis。

用细绳把床垫捆住他全身,只露出他的头和脚。整个奥利维村的人都从窗口探出来看他:"你到底在搞什么鬼,雷斯蒂图托?""我的老天爷,为了让子弹别发出声响啊!"

我回到奥莱加里亚阿姨家的时候已经很晚了。尽管她已经没必要替我准备晚饭,但是不等到我回家她还是不会去睡觉。她坐在炉火旁的一把矮椅上,因为夜晚已经变得凉爽起来。可怜的伏天,它的荣耀同样阴晴不定……我坐到她的身旁,就像"烟斗共和国"成立之前我坐到她旁边准备做早饭一样。这个可怜的老太头几天给我吃的早饭特别荒唐,像是浸透了醋汁的金枪鱼干或是配有朝天椒的大西洋鲱,而我起床之后,除了烤面包片蘸加奶的咖啡之外吃不下其他任何东西。不过对他们而言,牛奶是给病人喝的,至于烤面包:"耶稣啊!太糟蹋面包了!"她一看到我用叉子戳着面包片凑近炭火就画起了十字。把像面包这么健康的东西给烤了……简直是亵渎神明。咖啡也得我自己煮,她连咖啡是什么都不知道。我给她尝过一次,她跟吐毒药一样给吐了出来。

"奥莱加里亚阿姨,您知道城堡那位夫人的事吗?"

"她可不是什么夫人,堂·路易斯。全村人都知道她是什么人。"

"村里人有可能会搞错。"

"怎么可能全村人都搞错?她是卡斯特尔人,是'拉屎佬'一家的,人们就是这么称呼她母亲的。"

"这个我知道,奥莱加里亚阿姨。圣地亚加告诉过我;就算她不告诉我,我也能猜出'拉屎佬'的女儿和领主夫人是同一个人。有些事情一目了然,千头万绪也会自己理顺。可怜的领主夫人……"

"她才不是什么可怜的领主夫人!要是你认识已经去世了的那位,愿荣耀降临于她,她才是真正的夫人,有时她来奥利维的时候,我们都会出去迎接她,就在原先标示边界的十字架那里。她十分淑女,会坐着有篷的骡车来,我现在仿佛就能看见那头骡子,它被野豌豆喂得饱饱的,灰色的皮毛闪闪发亮,日子过得比教皇还好。愿可怜的她在荣耀中安息。"

"让夫人还是骡子安息?"

"她到死都没想到会有女佣生下的孙子。我说的是老领主夫人,我觉得仿佛就在昨天村里人纷纷在说:'她打了夫人一棍子。'可怜的老夫人没活多久,都没法在轮椅上动弹,而女佣靠棍子和老夫人的儿子瞒着她趁机成了女主人。老夫人死后的夏天,这个狐狸精就来了我们这儿,来的时候挺着大肚子。所有女人的眼睛都在打量她。我们娘们儿之间全在议论她怀孕的事。"

"我能想象。"

"村里的年轻人对这一丢人的事可在意了,第二天一大早就把城堡的各扇门都给涂花了。"

"涂花了是什么意思?用什么涂的?"

"您觉得还会是用什么涂的呢?"

"太粗鲁了!"想到在这些人眼里特里尼和小拉蒙也是……我的上帝!太粗鲁了!

"领主看到这一切火冒三丈。他命令让那些涂抹的人自己把门都给清洗干净。由于领主平日让他们挣日工资,所以他们只能服从。"

"干得好,那些人干的事太肮脏了……"

"脏的是那些不要脸的女人,感谢上帝,在这些村里面我们还是基督徒。"

"可是还有孩子们在呢,奥莱加里亚阿姨,他们可什么坏事都没做。他们是无辜的。"

"无辜?他们才不无辜呢,他们是野种。"

和她争论是无用的,逻辑并不是她的强项。我试着通过别的途径达到我的目的。

"奥莱加里亚阿姨,您爱您的外孙对吗?"

"上帝呀！难道我不该爱他吗？"

"那如果您的女婿在死前和您女儿在特殊情况下结了婚，而婚礼是秘密举行的，那照村里人的说法，您的孙子就会是野种，他就不能叫安东尼奥·洛佩斯·费尔南德斯，而只能叫安东尼奥·费尔南德斯。"

她用布满眼屎的眼睛看着我，不明白我的意思。她的外孙怎么会是野种？他怎么可能不姓洛佩斯？有些事情……对她想象力的要求太高了！

炉火在灶膛的石头上逐渐熄灭，在微弱的火光下，奥莱加里亚阿姨半张着嘴像是个巫婆。当我就这件事跟她讲述我的看法时，她惊讶地，几乎是惊愕地看着我。此刻已经很晚了，我可以安心去睡了。我的看法一旦被奥莱加里亚阿姨知道，很快就会在全村一溜烟地传开。晚风伴着蛐蛐叫从小窗吹入我的房间，浸润着逝去的伏天的气息。

8月21日

营里有了新鲜事。司令接到旅长的命令，明天务必全营集合。旅长要来视察。紧张、不安、恐慌，我们一整天都在操练。新兵们的训练状态实在乏善可陈，但错不在我们：我们不幸地将时间都浪费在了"奶瓶"和"烟斗"还有其他傻事上。哪怕是今天，尽管有恐慌，加利亚特和雷武利还是大吵了一通：各种过分和肮脏的话都互相骂了出来，而这一切全都是因为小酒馆里那个红发女招待梅利托纳。皮科不得不把两人分开。

"你们到底看中了她什么，能让你们糊涂到这种地步？"

"好吧，好吧，"肥胖的加利亚特红着脸，浑身是汗，"但你没注意到她从小酒馆一头走到另一头时那扭摆的模样吗？那可不是一般的手鼓手，那可是一个旅的鼓乐队队长！"

"既然如此，"皮科颇有哲学味地宣布，"我允许你们和平地互相砸烂狗头。"

各个连队都分开单独操练,我们连在晒谷场。但我们怎么可能在一天之内教会士兵本该在几星期内教给他们的东西?

天色已晚,我也很疲惫。因为今天这么多乱糟糟的事,在营里都没谈及今天村里的新闻。奥莱加里亚阿姨告诉我说:

"想想以前孩子们都会朝他们扔石头,而我们这帮老太婆总会说:'活该,谁让他们是野种!'可现在才发现他们并不是野种,小可怜们……"

8月22日

胜利的一天!旅长向罗西克司令表示了祝贺:

"我祝贺您,祝贺您的连长和军官们,也祝贺各位士官以及整个队伍,这是一支能够参加战斗的成熟的营队。我们旅完全可以此感到骄傲,而某个隔壁旅却会觉得嫉妒……"

视察是在修道院门前的平地上举行的,这是整个村庄境内唯一一片能容纳整个营变换队形的空地。有鉴于此,我们的司令想着要借这个机会庄严安葬那些修士们:还有什么机会能像这次一样庄严,会有全营列队、旅长和总指挥部成员出席呢?奥利维全村的村民都来了,占据了各处小山丘。各各他山丘就像一座蚁穴。村长身穿节日套装,简直就是一份服装图样:丝绸的黑色腰带,头上绑着的黑头巾也是丝绸的,崭新的系带麻鞋,权杖上垂着流苏。真是再庄重不过的一天。

旅长是名高大的中校,六十来岁的年纪,很有礼貌也很和蔼,且有一个特别之处:早在年轻时他便因为一场疾病(全旅的人都可以告诉你他的诊断)而掉光了所有的毛发,因此总是戴着一顶假发,眉毛也是画上去的。这让他看上去像个日本人偶,当然是个巨大的人偶。如果我告诉你说因为得过这"好家伙"的传染病让他在全旅的军官、士官和士兵心中享有巨大威信,你会相信我吗?"他可是条彻头彻尾的汉子!""一个经历了磨炼的男人!"他的汽车在修道院门口光彩照人:我们司令那辆颇有功劳的福特车在一旁就像个穷亲戚。为了能让这两辆车开到门口,全营的人用尖镐和铁锹把路拓宽到了车道的程度。

骄阳下的平地上生气勃勃,而修道院里面则一片沉寂……全营循着连续的鼓声并依照军号声进行着队形变化。我看着我的那些士兵:"到底会是谁教过他们?"我寻思着。

立正号响起。随着军号声,新兵们都静立不动。村民间也保持着凝重的沉默。无政府委员会的那六个白痴就坐在村长身后,他们也穿上了周日的盛装。他们用无神而惊诧的眼睛看着那个佩满绶带和勋章的日本人偶,那眼神就跟一条不明白自己怎么会被从水里抓出来的鱼一样。日本人偶打呵欠时用无精打采的优雅姿势将手帕掩住了嘴巴。时候到了。是将属于神秘事件的一切还诸神秘的时候,也是重新摊开那块仿佛遮羞一样掩盖尸体的面纱的时候了。

在全营和全村人面前("在军队和人民的见证下。"[1] 公共道路宣传员说,看来他也上过神学院),那六个不幸的人将干尸塞回了墓穴。军乐队奏起了《奥赛之死》,知晓内情的人都斜眼看向皮科,而他却若无其事地抽着烟斗。他可不是一个会因胜利而自负的人。

当那六个倒霉蛋在一个泥水匠的指挥下封砌墓穴的时候,日本人偶不住地打着呵欠。但封砌的工作持续了太久,这整段时间让人疲累。当最后一块砖终于砌上时,人们开始纷纷散去,也就在那时,身为政委的雷武利自认为有必要给我们来上一段演说:

"从此刻起,在这些尸体之上将始终有精神飘荡,也就是说文化,因

---

[1] 原文为拉丁文,Coram exercitu populoque。

为文化和卫生与自由的、社会的和联邦的民主是不可分割的，但这样的民主不会是教士的。不，朋友们；不，兄弟们；不，同伴们；不，同志们，愿任何人都不要后悔：我们不是教士，但我们是自由的、彻底的和联邦的……我们是社会理想的中坚力量……"

没人在听他说话，村里人几乎都不懂加泰罗尼亚语，而我们都厌倦了这套说辞。就像有一天我们的司令所说的那样："愿政委们别来烦我们，就让我们平静地打这场仗吧。"

旅里会留一个小队在修道院门口执勤，等着将修道院归还给它的主人，也就是梅尔塞修会。中校虽然小声却让所有军官都听到了他跟司令说："平足旅那些人从来都不会有能力做出这么考虑周全的事，他们不懂什么叫秩序，也不懂什么叫文化……"我们全都得意地笑了，而中校朝我们挤了挤眼，并在上车前拥抱了一下司令。当他一走，所有队伍和村民都齐声鼓掌。所有人都觉得我们的中校亲切极了。"你们想想看，他可是曼列乌[1]人。"加利亚特告诉我们，他肯定这一消息来源可靠。

到了共和国的私密时间，皮科在吃晚饭时跟我们解释了关于葬礼进行曲的秘密：

"营队就像一对夫妇，他是司令，而我才是穿裤子的那个人[2]。"

8月23日

这一事件的成功令我们自己都感到惊讶：村长和治安官肯定地说他们之前就知道，他们曾听城堡领主亲口说过。司令对此事可是认真对待，不

---

1 Manlleu，加泰罗尼亚大区巴塞罗那省下的一个市。
2 此处指当家做主，因为以前女人只能穿裙子，男人才穿裤子，而且家里也是男人说了算，因此穿裤子的人才是做主的人。

断征求新的声明。村长和治安官的声明使得资料更为充分,之后又添加了村政府成员们和执行官的声明。村政府秘书是唯一一个表示反对的人,他看上去像是个有进步思想的人,十分反对宗教婚姻,尤其反对临终时的宗教婚姻,但是司令把他和自己锁进一间房间,等到他们面谈完出来的时候,他表示同意其他人的意见。

我极想获得村政府、秘书处的所有有头有脸的人包括执行官在内的一致申明,因为考虑到此时的气氛,纯粹的宗教婚姻可能会承担不具备法律效力的风险。所有的头绪都被串联了起来,一切都有预见。我们既有符合教规的婚姻也有民事婚姻。

而奥莱加里亚阿姨给我的惊喜才是最大的:现在她也肯定地说她以前就知道这事!我的意思是她从一开始就知道这事,我脑袋有点晕,于是我便问她是如何得知的。"是因为全村人都这么说啊。"这就是她的回答。他们最终也会说服我自己,难道俗话不就是那么说的吗:人民的声音就是上帝的声音[1]?

我上到了城堡。她在小客厅兼餐室接待了我,而我一进去便发现了一个新的小细节:在那面大烛台镜下面压着一张证件照。那是一个四十五岁到五十岁之间的男人的照片,有一张平庸的圆滚滚的面孔,浓密的眉毛下是一双介于蠢笨和狡猾之间的小眼睛。这人很可能会被看作生意做得顺风顺水的街道食品店老板。

"这是我丈夫,愿他安息。"

她说"丈夫"的时候极为自然。她穿了一件我从没见过的黑色丝绸背心,胸口挂着一枚镶有钻石的镀金吊坠。

"这是有一年我的圣人纪念日[2]时他送给我的。我以前不敢戴它,因为

---

[1] 原文为拉丁语,Vox populi vox Dei。
[2] 很多西班牙人的名字源自天主教圣人,他们有一份圣人纪念日日历,日历中每天都有一名对应的圣人。

都是真钻石。"

"它很衬您。"

她的眼中闪烁出感激之情。孩子们的卧房门敞开着,在此之前我从没见过这个房间。房间有着欢快的气氛,是明亮的白色,未加修饰的天然——可能是桧树——横梁透出红色,贴墙摆着一口婚礼用的大箱子,是用松木做的,也是不加修饰的天然本色,箱面光洁,没有任何镶板和贴缝板条:这便是此地的风格,在这里,这还依旧是件常用的家具。在箱子的两侧各有一把水烛叶编的椅子,两张刷成鲜红色的小铁床摆在一间用一道简易拱门隔出的寝室内。床罩是红白粗条纹的印花棉布,跟挂在拱门上的门帘一样。两张小床之间是一个跟我在奥莱加里亚阿姨家用的一模一样的脸盆架。一股混合了薰衣草、苦扁桃仁肥皂、跟木梨或苹果一起摆放过的亚麻床单的气味透过那扇开着的门飘到我这边,一切都那么简洁、明亮而喜悦。

"我对您充满感激。多谢您,他们才会有姓氏和地位。您做了件大好事。"

我看着那两张小床在想:"我都没想过我是为了他们才做的这件事。"

"我很荣幸能帮您这个忙。现在我们能称呼您领主夫人了。"

"对这个我并不在乎,可这是为了他们。"

"我并不是为了他们才这么做的,我要这么说的话我就是个虚伪的人。您很清楚……"

"我对您充满感激。"她打断我的话,声音就像是在低语。她侧着脑袋,就那么用眼角余光看着我,眼睛比以往更深邃更明亮。那样的眼神是要告诉我什么?我静静地啜饮着那道目光,不敢犯险踏入我们两人间的那片无人之地。对,我们就像被一小片无人之地隔开的两个敌人,静默变得愈加沉重。她突然间抬起头朝那扇始终半开半闭的窗户外头看去。燕子反复飞过,它们的啁啾并不能抵达那片无人之地,而只属于一个外面的世界。

"我想问您一件事,堂·路易斯。"

这个出乎意料的"堂"的称谓让我受到了伤害。

"我可没称呼您奥利维拉夫人!"

"最好这样,夫人这称呼并不适合我。得生来就是'堂'才行。这一称谓从您脸上就能看出,您就属于尊贵先生们的门第。不,您不要试图否认。这能看得出来,这比其他任何东西都要强烈。我照经验就能知道。我想问您是否还需要再做些别的什么才能确保我孩子们的遗产继承。"

"得把所有的文件拿去公证员那里认证,再拿去最近的初审法庭办理无遗嘱指明的财产处理。最近的法院离前线两百公里,至于公证员,天晓得上哪去找最近的那个!"

沉默再次降临。我看着她,她看着远处,目光迷离,仿佛在沉思某件尚无法清楚表达的事。她深深地呼吸着,胸口随着每一次呼吸起伏,似乎正在吸进整个奥利维的空气,对她来说那是充满了回忆的空气。三个公用烤炉让空气中飘满了热腾腾的面包味,还混杂着别的像是麦草、清凉的地窖、绵羊、罗勒(奥利维村没有哪家的大小窗户不摆上种有罗勒的花盆用来驱蚊)的气息。每一种香气想必都唤醒了她心里种种短暂的情绪,那些情绪就好比秋季被路人脚步惊起的行将迁徙的鸟群。我一声不吭,等待着能为我开启她那如此封闭、充满禁忌又令我眩晕的内心世界里充满魔力的那个词,但是她也沉默不语,那个充满魔力的词拒绝为我到来。

"奥利维拉……您答应过我,如果我找到证明,您就会看我的信。"

她从沉思中回过神来,就像一个熟睡的人被猛然叫醒了一般。她惊讶地看着我。

"对……您别以为我不记得。我已经看了您的信,当然也感谢您的好意。"

那句"当然"成了让我的心冻成冰的手术刀。

"您人真的很好,"她继续说道,再次看向了窗外,"我不知道要如何感谢您所做的一切。如果您认为我是个忘恩负义的人的话,会让我觉得很不是滋味!"

"您什么都不用谢我。我并不善良。我是……"

"我请您给我两天时间让我静下心来好好想想。您得明白在情绪这么激动的时候,我只能想到我的孩子。您站到我的角度想想,目前正在决定的是他们的命运。当圣地亚加给我捎来消息的时候,我都晕倒了。我以前从来没有晕倒过,从来没有,而且我将来肯定也不会再晕倒。您无法想象在等待这样的消息的时候神经有多么的不堪一击,尤其是当您倾尽全力的时候!不,您无法想象这些。在您的信中,您跟我说了一些亲密的细节,怎么说呢?一些换作我的话根本不会告诉别人的细节。我跟您说我不喜欢这样的表白,您不会往坏处想吧?我没必要知道这些。请您相信我,这些事是不该说出来的。"

"对您我什么都会说出来,哪怕是我忧伤的秘密。我想让您明白您在我心中的分量……"

"请您别继续说下去了……"她闪着钢铁般光芒的眼神比话语更有震慑力,"请别再说胡话了,请您听我说。既然您在那封信里跟我说了一些很微妙的细节,我就用另外一些来回应您。或许这样您能多理解我一点。请您还是别抱有幻想:您一点儿都不理解我!您把我当成了另外一个人,我从第一天起就有这样的感觉。我出生在橄榄树堡,我的父亲是个没有田地的农民,是乡里最穷的人之一。我已经有些年头,有好多年没见过他了。我也不想见到他。而且,他也不住在橄榄树堡了,他在敌人的地区。"

"我知道这个故事。有人在橄榄树堡告诉过我这个故事,当时我压根想不到有一天我会认识您,有一天您会成为我……"

"您知道别人管我的父亲叫'拉屎佬'吗?"

"我对此一清二楚。我什么都知道。"

"一个很荒唐的故事,不是吗?悲剧都是荒唐的。这跟贫穷无关,我父亲是个穷人跟我有什么关系?也不是那个外号令人感到耻辱,取这样的外号总是有原因的,您不觉得吗?我从来没试图掩饰这一点。不,这里头是另外一回事。是粗俗,是不理解……轮到做谁家的孩子就该乖乖地做,这话说起来很容易,当一个人跟您一样是堂·路易斯·德·布罗卡外加德·鲁斯卡列达的时候,这话说起来就特别容易。"

"并不是这样的,"我忍不住半是伤心半是好笑地回答,"我不是什么鲁斯卡列达,而是恰恰相反,'鲁斯卡列达之子,做汤的细面条'。如果要跟您说的话……那会说来话长。您对我的家庭有太多幻想!我是个无父无母的孤儿,我没见过他们。而从我舅舅那里我遭受了您说的这一切:粗鲁、不理解……"

"不论怎样,这不是一回事。我不认识您的舅舅,但我相信他是个干净的人,他不会说脏话,不喝酒,尽管我有时候也会想有些人哪怕不喝酒也会是个酒鬼,因为我的父亲他不喝酒,这点我可以跟您肯定。他连喝酒的必要都没有。他也没喝醉。咱们先不说他吧,悲剧总是荒唐的,所以,人们理应避免悲剧。您是法律学士,是步兵少尉,或许还有其他在您的档案里不曾提及的头衔,您的夫人也有学识,肯定还会弹钢琴……钢琴!如果我告诉您有时候我做梦在弹钢琴,您会相信吗?显然我连乐谱都不识。我在领主夫人家学会了看书写字,我还是很不习惯说我的婆婆。当这位好心的夫人去世时,我压根没想过我会取代她……她对我很好:她教我缝补、刺绣、读书、写字、炖菜甚至说话。因为之前说的都是这些村里各地语言掺杂的话……"

她越说越起劲,眼睛亮得我都认不出她来。过往的微风似乎让埋在灰烬下的炭火重新燃烧了起来。

"夫人钢琴弹得很好,弹的都是些奇怪的曲子,跟所有曲子都不一样。我喜欢听她弹琴。我在自己的房间里织补或是熨衣服,她在客厅弹琴。有一次,她告诉我那些曲子叫什么,都是些很奇怪的名字……我觉得就像是从另一个世界来的。我多想再听到这些曲子啊!我是那么想听!但是在这些村子里……要是我告诉您有一次我曾请她教我弹琴您会信吗?她并没有训斥我,她人很好:'奥利维拉,钢琴对你会有什么用?这不是属于你的东西,去学对你有用的东西吧,别想着要会其他东西。'她说得对。一个女佣为什么要会弹钢琴?她也从没怀疑我会成为另一种人。可怜的卡耶塔纳夫人,她是个大好人,要是她当时有所怀疑的话,她会苦恼而死。可怜的夫人逐渐上了年纪,却从来没有起过疑心。有一年夏天她准我一星期的假让我回橄榄树堡过守护神纪念节。我当时十五岁,已经有两年没见到我父母了。我满心欢喜地回去。我爱我的父母,您别不信。

"所有人都爱他的父母,直到相反的情况出现。比方说,我对我的父母深深着迷,但这并不会阻止我有时去想:如果我见过他们的话,我还会有这样的迷恋吗?

"您能想象一个人满心欢喜回到他出生的地方却碰上……唉,悲剧总是荒唐的。我不想把自己当作悲剧的受害者。当我怀着孕回到奥利维的时候,人们对我议论纷纷,他们骂我,甚至把门涂花了,用的是……"

"我知道。"

"那好,那如果我告诉您我宁可他们厌恶我,您会相信吗?同情令我反感。同情是人们为了表示蔑视并且感觉良好而编造出来的懦弱方式。我宁愿他们冲我脸上吐口水,宁愿他们涂花我的门,用……"

见到她那么激动,我很惊讶,她一直都是控制自己情绪的高手。

"您还很年轻,等您到了我的年纪,您就会知道在这个世界上,孤独,无可奈何的孤独才是咱们的家常便饭,"女低音的魅力嗓音在激烈情绪的冲击下,让人听到了最低沉的震音,"得接受这些事,接受它们原本的样子。请您听我说,现在请您别打断我。我知道您不会理解我,但我不介意。您为什么要理解我呢?我并不在乎,无论如何我都想告诉您这些事。

我感觉您对我编织出了一种幻想,而我必须要告诉您这对女人来说反令我们不快。我们不喜欢被人当作天使,这是一种很不自在的伪装。"

"我并没有把您当成任何一类天使。"

"那就是当成了妖妇?那更糟。那我就更要失望了。"

"不是天使也不是妖妇。"

"那就是一个女佣?"她的眼睛里满是强烈的嘲讽神色。

"一个用极其冒险的方法爬上奥利维领主夫人之位的女佣。"

她不再看我,沉默变得愈发凝重,似乎没完没了。我击中了标靶,发现她的痛处令我有一种奇特的快感。或许激情是一种残酷的神秘事件,没有任何快感能与让自己的偶像承受痛苦相媲美,我们能以此来报复他所引发的崇拜。

她看着远处,像自言自语一般缓缓说道:

"我要怎样才能从井底爬出来?我得回巴塞罗那去,如果我不能去巴塞罗那又能去哪里?在保持距离的情况下,夫人很通情达理。她接纳了我并且安慰我。恩里克比我大二十岁,在当时的我看来是很大的差距。一开始我并不明白他在走廊里的暗示和在我耳边的窃窃私语。不得不说他看上去比实际年龄还要老,因为他很胖,而过早的秃顶又让他有一副令人尊敬的样子。而且他还很害羞,可怜的人。夫人和我说起我的事情的时候,总是重复同样的话:'说到底,奥利维拉,如果你的父母不爱你,我爱你。我们是基督教家庭,感谢上帝,我们是老派人家。'可怜的夫人!实际上她比我还天真。周日的下午她会让我外出,条件是我得去百人委员会街上的一家女修道院度过。我现在仿佛还能看到它:家仆修道院。但还是得说:修女们对我都很好,她们肯定很乐意让我学习成为修女。我本来可以成为那座修道院的修女,那里温馨、亲切、干净又宽敞。修女长特别爱我。我在两种选择间犹豫着,不清楚到底哪种更适合我。如果少爷,我想说的是恩里克,如果他是个年轻而有魅力的人,我早就当了修女。"

"我不知道我有没有听明白您的话。您不是想说反话吧？"

"反话？为什么？"听到我的问题她诧异地看着我，"如果恩里克是个英俊的年轻人，我能盼望的不过就是一场不起眼的露水情缘，就是那种对朋友都不会说起的小插曲，因为不值一提。幸运的是，他又老又秃，比我矮很多，更重要的是，他的年纪足够当我的父亲。他的年纪跟我父亲一样，但又不是我的父亲。这区别不是一点点！"

"什么区别？"

她看着我，似乎突然才想起她不是独自一人，我也在那里倾听她。她停顿了一下。

"我想让您知道真相。我不想让您觉得我不接受我的父亲是因为他穷。"她再次激动起来。"我从来没跟任何人说过，您是第一个也会是最后一个。您，恰恰是您……让我如此痛苦。其他人怎么想我，我从来都不在乎，但您和其他人不一样。您跟我说的话让我痛苦。您错了，我不是个坏女人，"她如此激动，似乎就要哭了出来，"我是个不幸的人，请您相信我。"

"我相信您。"

又是一阵沉默。她显然在努力让自己平静下来，我则在想：她真的不是个坏女人吗？一个坏女人到底又是怎样的？一个女人让你们头脑发晕，但是，她没有错吗？

"你显然已经听过洗衣盆的故事了，一个荒唐至极的故事。您也跟所有人一样相信了这个故事。就跟卡耶塔纳夫人和恩里克一样……当一个故事如此荒唐又愚蠢的时候，居然毫不费力地就能相信不疑！我的父亲没有把我赶出家门，是我自己走的。我甚至都没擦干身体，因为我当时的确在洗衣盆里洗澡。我胡乱穿上衣服，什么都没多想。我就想逃走！我这么说不好，但是我的父亲一直都是一副野兽面孔，但怎么说呢？通常就是一张温顺的野兽的脸。我从没在他脸上见过当时的那种表情，我无论如何都不想再看到那样的一张脸,可以是任何东西只要不是那张脸!我发出一声惊恐的尖叫。我拔腿跑走的时候,踢翻了洗衣盆。"

沉默再次出现,这一次更为沉重。我的眼睛看着地上。

"你可知道有时那股蒜味还会飘回我的记忆中……"

一阵过渡之后,女低音的嗓音又恢复了一贯的音色。

"然而恩里克,他恰恰相反,他不会让人害怕。他看上去是那么的毫无防备……或许他会让人觉得有点恶心,因为他面带病容。他有过放纵的青年时代。他能给我安全感,给我平稳的生活,替我着想。我做出自己的打算不是很正常吗?我想如果我能通过他往上爬(我发现这对我来说会很容易),当哪天老领主夫人去世后,我能让他跟我结婚,但我想错了。'你疯了吗?你怎么会想要我跟拉屎佬的女儿结婚?''在巴塞罗那结,'我坚持道,'那里的人不知道我父亲的事。''他们早晚都会知道的。'我没法让他改变主意。无奈之下我只能玩得狠一点,尤其是想到我已经过三十岁了,不能再浪费时间了。我已经浪费了太多的时间。"

她又一次像在自言自语,似乎忘记了我的存在。

"我设法让他的小心提防泡汤。多么荒唐的提防啊,我的上帝!一切都是那么可悲!其实想想应该就是因为这样,男人们才会说那么多蠢话,甚至干傻事……唉,尽管会干,实际上也不会干太多,在此之前,他们都会思前想后。当我确定自己怀孕的时候,我以最神圣的名义请求他善待他的儿子,我坚信我会胜利。可我再次错了。'你想让我成为全巴塞罗那的笑柄吗?跟一个女佣结婚!'

"我斜眼看着那张既没有欠债也没有放债的街道食品店老板的脸,他平静而有心计:'今日不赊账,明日可以。'[1]这就是恩里克·德·阿尔佛斯·佩尼亚洛斯特拉,奥利维的领主,阿拉贡的世袭贵族,这些都是我得

---

[1] 西班牙谚语,一些店铺常用这句话来委婉表示不接受赊账。

弄明白的文件上记载的。"

"您和这个男人一起一定受了不少苦。"

"受苦？"她再次惊讶地看着我，女低音的嗓音变得遥远而嘶哑，震音似乎消散在了某段距离或某个黄昏内，就如同路口那句"祝您傍晚好"一样。"我请您不要问我对他的感情的问题。在男人中打听这类秘密的愿望很常见吗？希望您知道别人问我问题有多令我反感……您该为我跟您说了这些话而感到高兴，因为我已经跟您说了很多，甚至太多了。请您想想，我最大的秘密您已经了解得绰绰有余；而您跟我之间的秘密，咱们的秘密……是我的孩子们永远不会知道的秘密！"

她的目光变得饶有深意，含糊又闪着一丝狡黠。

"奥利维拉……"我走到她身边，看到了那几根细如蛛丝的白发，"我希望我们两人之间有的不止一个秘密，而是所有可能发生的秘密，所有关于生死的秘密……"

她眼中那丝狡黠消失了，取而代之的是一道我从未曾见过的清澈而明亮的目光，仿佛能穿透到我灵魂的最深处。我逐渐朝她靠近，感受着她的呼吸，但那一瞬很快便过去了，她的目光又变成了惯有的样子。

"不……"那遥远的声音说道，"那样就太美好了。有些东西如果不是太糟的话就已经很好了……"

"咱们只要顺其自然就会无比幸福……这样的一瞬间会让整个人生改观！"我并不知道自己在说什么，"为什么要浪费时间在思考上？这些思考只会把唯一重要的事情给弄砸。你和我彼此相连，就让咱们一起下地狱吧，如果这一疯狂的时刻没有价值，那就再没有其他任何值得做的事了！"

"拜托……"她似乎真的在惊恐地请求宽恕，"请您冷静。您不知道您对我所做的已经过分了吗？您不明白这是多么绝望的诱惑吗？从来没有人爱过我，而现在您来到这里，跟我说话，就像从未有人跟我说过话一样，就在现在，在我觉得我已经衰老和失落，要被永远遗忘的时候……就在我已经对这辈子不再有什么指望的时候!"

"感谢这场战争,我们得以相遇。"我不知道自己在做什么,但她阻止了我。在一阵莫名的过渡以后,她用最为自然的声音说道:

"请您后天再来,到时咱们再来说这件事。"她朝我伸出双手,似乎在讲述一些无关紧要的事,就像是天气或是生意,只有在她眼光深处,有一点湿润和感激的光亮,为这样的姿势和言辞赋予了更为重大的意义。

她生来就有一点当尊贵夫人的天赋:她知道在不为人察觉的情况下施加她的威严,天经地义[1]。这是她血液中与生俱来的。圣地亚加的假设……说到底,在有关洗衣盆的蠢故事之后,圣地亚加的怀疑如果真是事实的话岂不是妙极了?

8月24日

大规模行动的传言纷纷不断。营队要离开奥利维村,而且说不定会是永远离开。我从卧室就听到加利亚特连长在主广场上哼唱的低沉嗓音,公共道路宣传员用那把走调的吉他给他伴奏。歌声无精打采,单调而疲惫,平庸又感伤得就像浓稠而甜腻的烧酒——加利亚特认为在这样的时刻不可或缺的南美口音更增添了这样的感觉:

我爱上了一个奥利维的姑娘

可"塔"并不爱我……

他唱的当然是梅利托纳。

---

[1] 原文为法语,Comme allant de soi。

8月25日

一大早开拔的命令就到了。目的地尚不可知,得等我们到了那里才会知道。

我上到城堡,她正坐在窗台下的一把矮椅上用钩针织着花边。

"我们后天就要走了。"

"可怜的人们,又要进入荒野中……"她朝我微笑,并递给我一封信,"这是您的那封信。我把它还给您,好让您烧了它,因为我知道您之后会担心,想着我到底收着这封信没有……"

我不明白她的意思,不知道她在跟我说什么:一封信?我的一封信?什么信?突然间我想了起来。我终于明白了。

我终于明白她把信还给我这一举动的含义了:

"可是……您知道我们要走了意味着什么吗?您知道或许我们就不会再见了吗?"

"我祝福您好运相伴。"

"不再……您知道什么叫不再吗?"

"住口,拜托……"

"为了您,我已经……"

"请您住口,要么就小声说,我的孩子们就在隔壁,还在睡觉。"

"我本该进监狱的……而我有一个儿子!您完全不清楚……"

"我觉得我很清楚。请您镇静。我对您充满感激,而且我一辈子都会感激您。"

"您的感激对我又有什么要紧的?"

我的双手在颤抖,看上去肯定可笑极了。真想能像那天一样,至少让我在新肉上找到伤口,好让她失去那恼人的平静……我看着我脚下那道荒唐的鸿沟正在裂开,那是一道横亘在一个为激情所苦的男人和一个冰山一样的女人间的深渊。我看到了深渊,却迈出了脚步,我跪倒在她的身边。

"请您镇静。您现在很紧张。您不知道您在做什么。要是孩子们这时候进来……"

我像个白痴一样不断亲吻着她的双手:

"我很清楚我在做什么。咱们是自由的,您是寡妇……"

"可您不是鳏夫。"

"我没结过婚,我在这封信里都告诉您了。"

"胡说。您不知道您在说什么。等回头这股冲动劲过了,您会后悔说了这样的话。您要抛下您的妻子跟……跟我结婚?"

织花边用的小垫枕搁在她的膝上,而她的笑声让垫枕抖个不停。她这样的笑声是打哪儿来的?我觉得自己是一帮傻子中最不快乐的那一个。

"不管您说什么,您爱您的妻子,所有男人都爱他们的妻子,哪怕他们不这么想。甚至恩里克他也爱我,用的是他的方式,他在我身边觉得无聊透顶,但又不知道没了我要怎么活。"

"请您别拿我跟他做比较。我们没有任何共同点!"

"您这么认为吗?那您为什么不和特里尼结婚?为什么不善待您的孩子?所有男人都差不多!而女人跟女人间却千差万别。"

"那您是属于哪种类别?是那种事事算计、不带一丝感情的女人吗?"

"请您马上站起来,您没看到孩子们随时可能会起来吗?如果您现在看到镜子里的自己,您会被自己吓坏的!您现在就是在干荒唐事。"

"为什么这辈子就不能干一次荒唐事?"

"您要是不站起来的话,那我就站起来了。我可不喜欢一个这么有教养的年轻人表现得这么不理智。"

如果一个女人让你们昏了头,下跪是很容易的事,难的是再站起来。

"现在请您坐下,听好了,"我像个偶人一样乖乖照办,"您想想我的处境，想象一下您处在我的位置。您怎么会为了让自己高兴，就想要我毁掉我如此费力才安排好的一切？此刻，别再谈论我的事才是最适合我的，就让我安安静静待在我的角落里，让人们忘了我。您帮了我的大忙，别为了随后就会过去的一阵冲动毁了您自己的成果。您不明白吗？您不记得有一次我让您意识到我都能当您的母亲了吗？如果您是一个六十岁的鳏夫，又在第一次婚姻里有了六七个孩子，那我还能相信您说的都是真的，而不是在说胡话。要为了我抛下您的妻子！您就承认这样邪恶的念头是现在才出现在您脑中的吧，而且之后您若记起的话，您会为说过这样的话而羞愧。"

"您就是冰做的，您从一开始就揣测我对您的印象和能从我这儿获取的好处。您没能力去爱！"

"我爱我的孩子们。我还要去爱谁？去爱在奥利维村陆续经过的所有加泰罗尼亚军队的军官吗？"

"现在还有谁会记得军队或是加泰罗尼亚？我对您来说就只是这样吗，一个路过的军官，无数军官中的一个？"

"不是，您不是这么多人中的一个，您和其他人不一样，"她的眼神再次流露出感激，在一滴颤悠悠但最终并未掉下的泪珠中闪光，"我从一开始就知道……路易斯。但是要您理解我却那么难！请您相信我，除了我的孩子之外，我在这个世界上没有像爱您那样爱过任何人。"

"骗人。"

"请您相信我……路易斯。为什么您就不想相信我，为什么您就不能多给我点信任？为什么要您理解我那么难？一个这么聪明又有教养的年轻人……我的事就是那么简单！我在这个城堡里挺幸福，哪怕您会觉得不可思议。"

"您是……"

"住口，请您听我说。我很幸福。您只会让我变得不幸，而我已经很不幸了。为什么我还要再次变得不幸？我不想成为不幸的人，我这么说是因为有人似乎还因为不幸而乐在其中。我已经看过不幸中太多荒唐的一面。您也一样，别抱太多的幻想，您也不喜欢悲剧，荒唐也令您害怕。对，令您害怕。"

"您怎么能说您幸福呢？"

"为什么我不能幸福？我对这座城堡有感情。您刚说我没有能力去爱，那么如果我告诉您我全心地爱着这座城堡呢？这座田野里的大房子的气息，"她的目光又恢复了以往的样子，宁静而疏远，"这种安逸的气息，柜子里装满亚麻床单的气息。"她的目光失落在窗外的远处，似乎在说梦话："这种富裕人家的气息，高屋顶大厅、好木材和好衣服的气息……当然，您不会知道通风不好的地方的气味，不知道馊味儿，如果您曾经闻到过，那应该也是中途经过，不过就是几个小时或几天的事，并不是一辈子。一口装满洁净、干燥的悉心上过浆、熨烫、折叠过的亚麻衣服的旧核桃木大柜子的味道那么好闻……薰衣草和热面包的味道……在这片土地上，冬天是那么漫长……北风无休止地呼啸，卧室脸盆架里的水都会结冰。到时候如果一个女人没有地窖、食品储藏室、粮仓和一大堆的柴火，一大堆像山一样的柴火，没有装满过冬的白衣服的大柜子……因为这里和巴塞罗那不一样，我们这里不会每隔三四天或每个星期洗衣服。因为在这里我们在河里洗衣服，到了冬天的时候就没法洗了。这里我们一年只洗个把次，就在开春和入秋的时候洗。我们把衣服装进一两辆手推车里，再拉到河边洗。我们付钱给村里的女人们，她们会在河边把所有衣服洗了。她们有一两个星期只能洗衣服，干不了别的，所以您能想象一户体面人家里得有多少衣服！因为每隔两三天就得换衣服。我们会把脏衣服堆在一间阁楼里，直到大洗衣服的那天到来。您得知道在这里我们用的还是古老的漂白剂，就是灶膛里的灰。您无法想象这一切，无法想象北风的呼啸，请您相信我，那是绝望的动物的嘶吼，会让您的心揪作一团。"

"但在巴塞罗那……"

"在巴塞罗那的公寓里,我会觉得跟在我父亲家一样压抑。从夫人命令我打包行李那刻起,我在巴塞罗那的时光就显得那么漫长!我为回到城堡而松一口气。回到这座城堡……哪怕我出生在这里也不会像现在这么爱它!我爱它,就像我已经死在了这个地方。如果没有它的陪伴,我会是那么孤独……有很多奇特的感情无法言说,因为它们没有名字。这座城堡的房间都那么大,它的土地是那么宽广……没有比一次次穿行在上面更令我喜欢的事了,尤其是暮色降临的时候,我常常会带上我的孩子们。在您和我第一次见到的那个黄昏,您提醒了我那么多次的黄昏,我正和孩子们从科马·丰塔散步回来……您别觉得这个地名奇怪,在这些乡里,地界内的很多土地和财产都有个加泰罗尼亚语名称。如果我告诉您从科马·丰塔的一头穿到另一头得走一个小时您会相信吗?而科马·丰塔不过是城堡多处田产中的一处……我时常会带上孩子,但是我可以肯定地告诉您,我更喜欢一个人到处走走,就跟以前一样……跟很早以前那样……您听听这个村里从12月初到4月初北风呼啸的声音就能明白我那种奇特的感情了。有些感情如此奇特……就像一个人记起了她出生前发生的事情……"

"她能成为多了不起的演员啊!"我心想,"真是了不起!从一开始她就在我面前扮演了一个角色,多么自然!她表现得那么自然,都觉察不出她在演戏,而她的声音又帮了大忙!多棒的女低音!里赛欧大剧院[1]都会被掌声震塌……"

"能跟人讲讲这种奇怪的事情还是很愉快的,"她继续说,"因为您是我唯一可以交谈的人,所以哪怕只是这样,我也对您满怀感激和尊重。您怎么会让我把您当成那么多人中的一个,当成跟他们一样的人呢?能跟您

---

[1] Gran Teatre del Liceu,位于巴塞罗那,是世界十大歌剧院之一。

说这些，能把我心中那些难以说出口的事情说出来……在奥利维的地界上，有些地方让我觉得我似乎度过了孤独又幸福的时光，但是，那是什么时候呢？我第一次来奥利维的时候才八岁，他们雇了我们这些橄榄树堡的年轻姑娘采摘葡萄、橄榄还有番红花。每天的工作一结束，我就离开工作组，一个人在城堡的土地上走动。在那个时候，天色开始变暗，土地散发出跟夫人演奏的那些音乐一样的味道，那是属于另一个世界的味道，我从很久以前就熟知那黄昏的气息，但那是从何时开始的呢？到底是从什么时候开始的呢？我的上帝啊。记得……记得什么呢？记得是什么意思？我对我生命中的回忆没多大兴趣，那是一个田里的女短工、女佣，一个曾被人用……涂花大门的村里的情妇的生命……但其他那些回忆，另一种过去……您怎么能让我抛下这座城堡呢？人们说这座城堡有许多的故事，它是一座十分古老的城堡……当我和其他女短工一起从橄榄树堡来这里的时候，我远远便看到了这座城堡，我总是第一个看到它的人，在地平线的尽头它的剪影凸现在天空，那么吸引我！如果您能明白的话……不管您怎么想，我本可以爱，跟您像现在这样说着话，我发现我本可以那么用力去爱的，路易斯，请您相信我。请您相信我，路易斯：我本可以爱恩里克，但他憎恶这座城堡和这里的土地。他在这里并不自在，当我们在这里的时候，他只想着巴塞罗那。卡耶塔纳夫人去世后，他甚至说起要卖了城堡：'那些土地没什么产量，我可以把钱转投在更有利润的地方。'恩里克不是个管事的人，在巴塞罗那的时候他只知道如何打发时间。有时候他在港口遛弯就为了看船进港，或是去谷物交易所在那里看看听听商贩们如何上下浮动小麦或大麦的价格。有时他甚至会去皇家广场听小贩沿街叫卖。他花大把的时间待在里赛欧大剧院的咖啡馆里，在那里他认识了一个懂袜子生产的生意人，对方需要一个资本合伙人。他最后没有卖掉一切在巴塞罗那投资开袜子厂，是因为这个可怜的人反复无常，没有意志力……而且还那么害羞……您想象一下，他在奥利维时会长时间地待在地窖里，独自一人待在黑暗里，就那样什么都不做地在黑暗里坐上好几个小时。他不喜欢城堡，也不喜欢土地。我本会爱他，真的，请您相信我，如果他能觉得自己是这些土地的继承人，是这座城堡的领主，是这个村子的主人，我本来能够爱他。我本来甚至能理解他为什么不想跟我结婚，甚至能原谅他。奥利维的一个领主……但他把这当成个玩笑：'在巴塞罗那没人知道领主是什么意思，都没法写进名片里。如果你想要尽力解释的话，那就更像在干啥了。与之相反，一名制造商……'他也说过关于领主啊城堡啊的这些事都已经过时了，可是在那个时候，他为什么不跟我结婚？是什么阻止了他？如果他不是领主……而且好像他真的就不是领主！他不做任何在他之前所有其他领主所做的事情。卡耶塔纳夫人才下葬不久，他就把原先住在城堡里的那些穷人送去了萨拉戈萨的收容所。当然，您并不知道收容所是什么：以前，奥利维地界上的穷人不用去收容所，因为城堡会收留他们，领主们会赡养他们。那时还有'穷人厨房'，人们可以在那里吃中饭和晚饭，但自从卡耶塔纳夫人死后，那里就再也没生过火。他甚至让人端走了'村桶'，那是放在村口的一口大桶，就在楼梯拱门下，桶里总是装满葡萄酒，所有想喝的人都能去喝。那时候城堡的大门从来不关，无论是白天还是黑夜都开着。村里人当然把后来这些变化都怪到了我的头上。说到底，像在奥利维这样的村庄里，每个人都有自己的房子和一小片土地，没多少穷人！个别瘫痪的人、没有子女的寡妇……要赡养他们花费不了多少！为什么要把他们送去收容所呢？那地方离他们的村子那么远，离他们所生活的一切那么远。'所有这些这都是过去的历史了。'他说，如果这一切都成为历史，那又是什么阻止了他跟我结婚？"

我头一次在她眼中看到了恨意，而恨意会让其他情感都变得苍白，就像红色会令其他颜色黯然失色。

"这座城堡……我可以跟您讲许多稀奇的事！而对恩里克来说却恰恰相反，他对这里就像没有任何回忆。有天下午，那时应该是四五岁左右的小恩里克抓着一只小猫头鹰从阁楼上下来。'把它放回洞里去,'我对他说,'你要是把它放回那儿去,你就会找到一枚硬币。'我对硬币一无所知,甚至都不知道猫头鹰的巢在哪里。但确实有一枚金盘司,是我这辈子第一次见到。我可以跟您说那么多奇异的事情……金币上有一张戴着假发的脸。有一天晚上……可是,我为什么要跟您说这些呢?这跟您又有什么关系?我爱这座城堡,对我来说,想到我的孩子们在这儿出生长大就是一种巨大的喜悦,为了来到这里,我所受的那些苦又有什么大不了的?我想知道这些金币是不是很古老,是祖父辈们那个时代的吗?还是更古老?是祖父辈的祖父辈的?我的上帝,从那时到现在得过了多少年,得多少年啊!一个人无法留下痕迹,而金币却能给予陪伴。想到祖父们的祖父们曾经住在这里,而孙子们的孙子们还将住在同一个家里就觉得有所陪伴。我们是那么微不足道。但儿女们、孙儿女们、曾孙儿女们……这些就不微不足道了。愿一切不会因为死亡而终结!我的上帝,但愿一切不要因此而终结,因为如果不这样的话,一个人是那么渺小!儿女们、孙儿女们、曾孙儿女们……他们会在这里出生,在这里成长,这座城堡将令他们充满回忆!每天晚上给孩子盖好被子后,我会在整个家里闲转,这不是因为我害怕小偷,在乡里并没有小偷。我这么做是因为我喜欢这么做。所有一切都给我做伴:马厩里母马尥起的蹶子、哼哼的母猪、一只在阁楼里乱窜的小老鼠,甚至是横梁里蛀虫的啃噬声。我喜欢看墙上的壁虎,就像我喜欢知道阁楼上哪个洞里有猫头鹰的巢,也喜欢知道屋檐下满是燕子和楼燕的窝……有这么多生命陪伴着我!像这样的一栋大房子就像一艘大石帆船,我们都在这条船上,人也好,动物也好。我们一起在这条大船上航行,尽管它看似不移动,可它却在时间的大海中慢慢前行。您可知道巴塞罗那的那间公寓给我带来的悲伤,那么狭小、死寂、空荡荡的,没有燕子窝,也没有给猫头鹰的洞,没有地窖也没有阁楼!有一次有个巴塞罗那人曾问我晚上在这孤零零的大房子里会不会害怕幽灵。幽灵?请您相信我,如果我每晚在整个房子里转圈的时候遇到某个幽灵,他给我的感觉会跟兄弟一样。当老领主夫人去世后我搬来这里住时,我在一间阁楼里找到了一个摇篮,它的形状看着像口棺材,但头部那里很高。这种款式的摇篮在乡里还有,特别是在穷人家里,全是松木做的,头部那里不会高出其余各边。阁楼里那个是用很漂亮的木头做的,富有光泽,气味也很好闻,头部那里有这家的族徽,图案是一棵橄榄树上有一个十字架。恩里克跟我解释说这是他祖父的摇篮。我把它拿了下来好让小恩里克可以睡里面,而带黄铜条的时髦摇篮却被我拿上了阁楼。我喜欢那个摇篮是因为这家的子子孙孙之前都曾睡在里面,而且它也很像乡里穷人家的摇篮,只是这一个是用好闻的木材做成的,还带有族徽。我喜欢它还因为它有棺材的形状……在这座城堡出生,在这里死去,就像一棵橄榄树一样,将根深深扎入这片土地。我想让小恩里克觉得这片土地就是他的,但愿他脑子里永远都不要有卖掉这座城堡的念头。我说什么都不想让他跟随便哪个女人结婚,我希望对方来自同样的阶层,家里的门上也挂有族徽。在橄榄树堡有一家,是女男爵家,她有个女儿跟小恩里克一样的年纪。这家人最近处境艰难,已经典当了很多田产,但是户好人家!和我们家族一样古老……要不是他们几乎已经典当了所有财产,没准我也不会这么想,我不会敢这么想。我说什么也不希望小恩里克跟随便哪个女人结婚!他是这个家、这座城堡、这些土地的继承人……"

"城堡、土地,这些就是您想要的吗?就这些,只有这些。您……"

"如果我是您想象的那样子,我就不会祝福您好运了。"

"您这话什么意思?"

"您知道了我的秘密。后天你们就会离开,许多人再也不会回来,不会回奥利维也不会回其他任何地方。您可能就会是这些人中的一个。如果是这样,我本该觉得像是卸下了一副重担,但我可以跟您保证一切恰恰相反,我可以向上帝发誓我祝福您好运。请您相信我,请您爱您的妻子,尽快跟她结婚。您不明白一个单身女人带着一个孩子所处的环境有多不牢靠吗？您还说您跟恩里克毫无共同点！"

"您别再说了。一码事归一码事。特里尼和我还没有结婚是因为观念的问题。"

"随您怎么说吧，如果非要这么说的话，所有事都是观念问题。结果都是一样的，请您相信我。我对您有感情，我说什么也不想成为您胡来的原因，我接下来一辈子都会内疚的！请您跟特里尼结婚吧，忘掉这些毫不实际的疯狂念头。"

毫不实际！这些话中的冷酷更令我受伤，她就在那里，在我面前，膝盖上搁着小垫枕，像生命本身一样冷漠、华丽又可怕。我回想起不久前我在村外一片留有庄稼茬的田地里观察到的一幕场景。我正躺在一棵橄榄树下，想在一天中最热的时候睡个午觉，就在那时一只薄翅螳螂在刚收割过的麦子茬中间前行。就是那种只有伏天过去之后才会出现的大螳螂，有着优雅的灰绿色，约有一指长。它转动着像颗优美心脏的可爱小脑袋，脑袋下是又短又细的胸部，跟丰满的腹部刚好形成对比。它往前走一点就停下身往后看，像是有什么引起了它的注意。原来是另一只小一点的薄翅螳螂，似乎有所害怕地逐步靠近。这下我明白了是怎么回事：前面的是只雌螳螂，后面的是雄的，我想起了许多年前在书上读到过的相关内容。雄螳螂张开翅膀，仿佛颤抖着扑到了雌螳螂身上，用腿紧紧压住它。我带着好奇与恶心掺杂的心情观察着它们，这正是生命的重生会激发的心情。它们一直在持续着，持续着，已经过了一小时之久，小雄螳螂依旧趴在大雌螳螂身上。一阵几乎不被察觉的颤抖流经雄螳螂的全身，它似乎陶醉其中。我点燃了我的烟斗，手里拿着手表，想要知道这场仪式会持续多久，而我又想起了索雷拉斯的事："对做爱的人而言爱是升华，但对观者而言则是淫秽。"一刻钟接一刻钟过去，半小时接半小时过去，但颤抖还在延续。我观察它们累了，便去周围转一圈。过了个半小时之后，我又回到我的观察站：那对爱侣还在那里。雄螳螂似乎依旧在雌螳螂身上陶醉不已，但已经没了脑袋，而雌螳螂扭过它可爱的小脑袋，正在一点一点吞吃雄螳螂，因此也无从得知最后那几阵颤抖到底是因为快感还是恐惧，甚或两者兼有。

她的双眼突然又看向了我，眼中有那道湿润和颤抖的光亮，那是一道照进海底景物的月光，有时会令其变形。

"如果您觉得我冷酷得可怕又忘恩负义的话，那您就错了，"她说这话的时候仿佛读出了我的想法，"您没意识到，如果我像您评判我一样评判您，就这么轻率而不去努力理解的话，那我对您的想法就会很糟糕了。因此说，您所做的这一切，不是为了我的孩子，或照您的说法是为了我的话，那如此慷慨的唯一目的就是为了得到我吗……这该有多卑鄙啊，我的上帝！您不觉得吗？我宁可认为这一切都是一派胡言，认为您不知道您自己在说什么，我宁可您从来都没给我写过这封信，也从来都没跟我说过您之前说的那些话。我宁愿认为您做这一切是为了帮助我，是为了给我的孩子们一个姓氏和一个身份。我想报答您所做的这些。您就不能理解我吗？因为我绝不是一个忘恩负义的人，请您相信我。您有一个儿子。如果我能为他做您为我的孩子所做的事……"

"这不是一码事，我再重复一遍。您仍要这么说的话会让我恼怒。我已经承认了我的孩子，我做出了有利于他的证词。一切都是照规矩来的，也都预见到了。请您别做比较……这是在侮辱人。"我斜眼瞥向墙上那位有心机的食品店老板。

"生命总是兜兜转转。谁知道到时又会怎样。如果您什么时候需要我，请您千万不要犹豫。我欠您的，只要对您合适，我会用我自己的方法报答您。"

那道光亮变得愈发湿润而颤抖，有一刻我觉得它会凝结成一滴泪珠。但突然间，惯常的那道目光重新出现了，疏远又锐利。

V

> ……上帝的利爪[1]

卡尔瓦山脉[2]，8月28日

飘零的生活再次开始，夜间行军，白日隐蔽。我从小茅屋里听到了我们连长深沉嘶哑的嗓音：

> 我爱上了一个奥利维的姑娘
> 可"塔"并不爱我……

奥利维圣女村已经完了。它就是逐渐湮没在虚幻过往中的诸多村庄里的一座。我们到达那天姑娘们别在我们纽扣眼上的玫瑰去了哪里？那些暗红色的玫瑰——那是"你们看这个人"[3]中斗篷的颜色。姑娘们穿着节日的

---

[1] 原文为法语，引自波德莱尔《恶之花》中的诗歌《小老妇——致维克多·雨果》的最后一句：Où serez-vous demain, Eves octogénaires, Sur qui pèse la griffe effroyable de Dieu?（耄耋夏娃呵，你们明日何在？谁将被上帝的利爪攫在手里？）
[2] Sierra Calva, 位于西班牙卡斯蒂利亚—莱昂大区萨莫拉省西北部的一座山脉。
[3] 原文为拉丁语，Ecce Homo, 在《圣经新约·四福音书》中，本丢·彼拉多令人鞭打耶稣基督后，向众人展示身披紫袍、头戴荆冠的耶稣时，对众人说了这话，恰是在耶稣被钉死在十字架上之前不久。

盛装来见我们，一起来的还有村长和村政府全体成员，他们请求我们不要离开，害怕我们如果离开，无政府主义者就会回来。司令窘迫万分，想让他们明白我们的去留并不取决于我们。

"你们在奥利维不开心吗？"他们坚持问。

而奥莱加里亚阿姨呢？几颗硕大的泪珠从她发红的布满眼屎的小眼睛中落下。加利亚特也在那里，当最后几片打谷场从我们的视野中消失时，他跟我承认：

"口水哽在了我的喉头。"

我们占据了山峰上的几处位置，这山脉光秃秃得仿佛手掌心。平坦的草原在我们眼前延伸，透过望远镜，我能看到敌方战壕形成的蜿蜒折线。战壕后方便是"盗贼"村。

主要的战斗始于距离我们所在位置朝东十四公里的地方。两支师进攻奇尔特村，这个地方原先本不为人知，但因为它成了敌人进攻的据点而变得重要起来。"盗贼"村恰是这一据点的咽喉，为此成了必须攻占的目标。整个师呈钳形前进，我们旅从左侧进军，而"平足旅"则从右路包抄。

天空破晓。就在一切毫无征兆时，一排云朵静静地从地面升腾而起，就在敌方的战壕后面，位于"盗贼"村村头几座房屋之间。我调准望远镜的焦距，又一排云朵同样悄无声息又出乎意料地在此刻绽放，但离战壕更远，就在战壕和铁丝网之间。头几次爆炸的轰鸣声此时传到了我的耳中，延迟了十五秒。我估计大概在五公里开外的地方，但事实上实际距离更短，我应该是没有足够准确计算我精密计时器上的两个相对距离。去他的精确性，我又不是炮兵军官。第三次轰炸在同一条战壕里顺着折线炸开了许多白色的蘑菇。"好精巧的活计。"皮科大概会这么说，他对炮兵和三角学怀有无限崇敬。此时我们的排炮已瞄准敌方战壕，轰炸时炮火不停，前一次轰炸声尚未平息，后一声便已响起。我不知道我们对"盗贼"村的进攻会从今天开始，这是我们参战以来，我所见的我方炮兵火力最猛的一次。假设大炮能支持这样的轰炸节奏一个小时,那最后肯定无人生还。

第一缕阳光斜照进战壕,令我透过望远镜能看得异常清晰。

敌军已经弃战壕而逃,他们都是国民警卫队[1]的成员,阳光偶尔会让他们的三角帽闪出光亮。是头戴三角帽的令人敬畏的国民警卫队!可是,他们在做什么?他们从榴霰弹持续爆炸的战壕里、从他们的藏身之处逃出,但并没有逃向"盗贼"村,而是逃向了相反的方向。他们跃过射垛,扑向射垛和铁丝网间的地面。他们在战壕前纹丝不动,互相之间保持了均匀的距离,此刻简直能把他们看作河岸上昏睡的凯门鳄。真该提醒排炮手们,他们正在无谓地浪费弹药,轰炸的是一条无人的战壕。他们应当重新校准,缩短射程,要靠前几米,那就能把他们都炸成碎片炸飞到空中。该死的三角帽们!我没法打电话到观察站,而此刻也为时已晚,我们的步兵已经开始行动,弓着身向铁丝网方向进发,而排炮不得不中止了轰炸。国民警卫们所有人同时行动,重又回到了战壕。此时我听到了虫鸣般的金属击打声,那是机枪的咔嗒声,我们的人不断倒在铁丝网之间。

我不愿意看这一切,便回到了茅屋里。

我正坐在火堆旁写下这些。在这么荒僻的高地,清晨十分寒冷。将会是我们早餐的野营汤咕嘟作响,静静地陪伴着我。军官们的共和国都已完结,上至旅长,下至新兵,我们吃的都一样。军队汤呈现出了多么神圣的平等!

卡尔瓦山脉,8月31日

当其他连队朝"盗贼"村发动进攻时,第四连则驻守在高山上。昨天

---

[1] Guardia Civil,也译作西班牙宪兵,是执行警察任务的军事武装,在西班牙内战时期,国民警卫队也分裂为对战的两方,几乎各占一半,当时的最高长官波萨斯将军则保持对共和国政府的忠诚。

敌人们终于从被榴霰弹炸毁的战壕内撤离,退到村里的房屋内架设防御。

炮火和空中轰炸想必已将那些房屋夷为平地,此刻通过望远镜我只能看到主体墙,透过充当窗户的不成形的洞眼能看到里面一片空白。没什么好说的,这让我想起了奥利维的干尸。

天色逐渐变暗,直到不久之前还能听到啄木鸟在松林中持续的欢鸣声,之后便是巨大的寂静。只能听到零星的迫击炮声和蟋蟀的鸣叫。

"平足旅"的那些人这会儿好像刚刚占领"盗贼"村里的最后几座棱堡,敌人已经从那里撤离。总的来说,"平足旅"那帮人表现得很出色。但这话你可别跟我们旅的人说。

卡尔瓦山脉,9月1日

我们继续驻守。其余连队在"盗贼"村外的西北方战斗,敌人已经展开了十分激烈的反击。由于距离减弱了声音,迫击炮和机关枪的合奏曲令人想起搁在大火上的密封锅,锅里已经开始沸腾。

我们三个中尉每晚都会在旅长位于阵地中央的茅屋内会面,整条阵线长三公里左右。我们互相讲故事,而加利亚特总有说不完的故事。他的强项是得不到回应的爱情故事,其中包括梅利托内的故事。要是我们非得相信他的话,那他一辈子都该是个不被赏识的爱人,是出倒霉的悲剧,只有浪漫时期的某位伟大诗人才有可能是这副样子,不过他表示,到目前为止他经历过的所有极富戏剧性的不幸遭遇跟他同梅利托内的故事比起来都显得无比苍白。"她抽我的每个耳光都让我动弹不得,这姑娘下手可真狠!简直让你打战!"尽管他跟雷武利政委的决斗并没有到血流成河的程度,但也算得上一出奇妙的史诗。但愿所有的史诗都能如此精彩!

在荒凉山峰上的这些个无月的夜晚很是奇异。透过荒山野岭中的干燥空气，群星似乎都像带有罕见洞察力的能看透你的明亮眼睛。我认识星座，于是将通过它们来观察行星每二十四小时的运行轨迹作为消遣。克鲁埃尔斯是教我理清一些头绪的人，事实上在头几天里，我都不太清楚自己身处何地。当我在天亮前不久独自回到我的茅屋时，最令我惊讶的是那种奇特的平静。人们在许久之前便停止了相互厮杀，只能听到晚风几乎不易察觉的声响和远处猫头鹰的笑声，像在嘲笑我们可悲的胜利。

卡尔瓦山脉，9月2日

我做了一个梦，而我是一个不做梦的人。

那像是废墟中的一座古老教堂，很大，坐落在一处悬崖上，有人正在教堂内部的迷雾中前行，能听到大海的涛声就像沉睡的动物发出的有节奏的喘息声。教堂里的人似乎穿着某种教士服，他虽然睁着眼，却什么都看不到，他在梦游。而我虽然不在那里，却什么都看得见。在黑暗之中，有一堆巨大的行李箱和衣箱，还有好些低音提琴、钢琴和干尸。拿着单筒望远镜的梦游者行走在这一堆东西中间，虽然看不见，却什么都没绊到。在干尸中间有索雷拉斯还有其他熟悉的面孔，还有些我现在不知道是谁的脸，但在梦里我出奇地觉得熟悉。那些干尸那么安静，静得就像那些行李箱和衣箱。那种安静如同大行李箱的安静一样令人不安，因为我们不知道其中隐藏的是什么。尽管他们没看着我也没动弹却见到了我经过，并且做出最大的努力想要告诉我些什么，所有的干尸都想告诉我同一件事，但他们不能，他们不能说话。教堂深处的一座主祭坛在发光，梦游者朝祭坛走去，用望远镜看着祭坛上的塑像。那是一尊圣女像，或许是位痛苦圣女？她身上扎着很多东西，但并不是匕首，更像是刺刀。她身披丝绸的衣衫，体态僵直，像是又一具干尸，安静而蜡黄。梦游者又走近了些，却怎么都走不到圣像那里。他的教士服不断变长，就像一条巨大的黑尾巴拖拽在他身后的地上。我隐隐感到一阵恐惧，我想祈祷，声音却堵在咽喉出不来，我也是一具失声的干尸，迷失在其他干尸、行李箱和衣箱之间。声音最终还是没发出来，似乎有只手掐住了我，而塑像的眼睛在黑暗中像猫眼一样闪闪发亮。教堂的拱顶此时变得越来越低，变得像座岩洞或是一条隧道，到处都是蛛网，几百只蝙蝠成串地挂在上面。梦游者做了一个奇怪的动作，就像是拿望远镜（还是说那已经不是个望远镜而是根铁棍了？）朝某个在黑暗中晃动的人砸了过去，那是朝某个晃动的人的脑壳上砸去的可怕而猛烈的一击，那人在阴影中发出了呻吟……

　　我从梦中猛然惊醒了过来。在两段睡眠之间人会有神志清醒的一刻，就像人们所说的临死之人回光返照一样。你飘浮在现实内外，你所见一切都极为清晰。现在我一点都不能明白我的梦，我只记得它迷人、滞重、热烈而又不祥……整个梦都充满了含义。

卡尔瓦山脉，9月3日

　　入夜时我在第四营占据的三公里长的山峰上巡逻，轮到我执勤。在昏暗的夜色中，我从一个掩体上隐约看到一个又高又瘦的男人背对着我。他的服装很引人注目，跟我们穿得很不一样：灯芯绒裤子、锃亮的高筒靴，后跟上还有银色的马刺。他穿着短袖汗衫，但不是卡其色的，而是天蓝色。在这里怎么会出现一件天蓝色汗衫？从我们参战以来这一年间我已经看过很多稀奇古怪的服装了，但一件天蓝色的汗衫超出了我的所有预想。

　　那个陌生人斜靠在掩体上，像倚在阳台上一般眺望着舒展在卡尔瓦山脉脚下的平原，此刻的平原都被淹没在了阴影之中。他似乎正沉浸在他的梦中。依旧还能听到密封锅里沸腾的声音，仿佛远处的步枪声、手榴弹和机关枪的声音，间或被更为低沉的迫击炮声打断。夜色低垂时，带有逐渐消失的战斗之声的一切似乎都被睡意所笼罩。

当我冲那人喊出"谁在那儿"时，他转过身来，竟是索雷拉斯。因为天气很冷，而我又很惊讶在这么高的地方遇见他，于是我把他带去我的茅屋喝上一杯白兰地。我们开始闲聊……一直聊到行将拂晓。我们聊了整整一夜。

他跟我说了那么多事……他说他烦透了火车部、后勤部还有鹰嘴豆。"你们真该知道这个旅里你们这帮不要脸的吞吃下了数量多么惊人的鹰嘴豆……"他想请求师部将他作为列兵派到任何一个步枪—手榴弹手的营里去，"哪怕是派到平足旅"。

"只要别把我派到你的营里就行。我可不想听你使唤！尽管说到底，我又有什么可在乎的？或许这才是最棒的主意：恰好是听你指挥的列兵！"

"能知道你来卡尔瓦山脉干什么吗？"

"我就是来看热闹的。从这儿观看战斗妙极了：能看到敌我双方的位置、军队的移动、八五式迫击炮弹的发射轨迹，就跟18世纪的版画一样。而那些作为战斗方的可怜家伙却什么都看不着。他们只见树木而不见森林，更何况已经有够多让他们伤脑筋的事了。"

"那这么特别的制服又是怎么回事？"

"这个嘛，就是一时的念头。我经常跟着后勤部的卡车殿后，我觉得我跟你说过，在那里，穿上一身醒目的制服，外加几场能拿来说故事的战斗，人们就会把你当英雄。我可以就鹰嘴豆的细节闭口不提，有谁强迫我讲来着？不过，说到那几瓶农夫牌炼乳……"

"你简直成了个神经质。"

沉默。我们蜷缩在茅屋最里面，烤着火堆，我点亮了一盏油灯。微弱的灯光将用来支撑枝丫和泥土夯成的屋顶的歪歪扭扭的树干从黑暗中凸显出来。在这屋顶上面，被面包渣和我们其他的食物残渣招来的田鼠们正在进行夜间赛跑。冷风从缝隙中钻进来。时不时有老鼠让一撮尘土掉到我们身上，油灯的灯芯蹦出火花。

"一个神经质……干吗不呢？"他一边说，一边擦干嘴唇上的白兰地。"女人们总把我看成一个'与众不同'的男人。她们都对我吐露秘密，觉得我是个纯净的男人，"他笑了起来，又是那种母鸡叫般不招人喜欢的咕咕声，同时还一直盯着我看，"想想菲洛美娜亲自显现在我姑妈面前时，她却完全没当回事……"

"你现在比以往更癫狂，尤利。你这一堆蠢话到底是打哪儿来的？"

"你是个天真的家伙。你崇拜我，这事儿你无法否认，可对我来说，我实话告诉你，你的崇拜对我而言毫无重要。你和我本不该再见面的，路易斯，要你明白这些事情为什么就那么费劲呢？"

"这次可是你来见的我。"

"对……没错。这次是我。相信我，其中必定有什么强大的动机。要不是有强大的动机，我是没可能这么干的。那就让咱们来找找这动机吧。我为什么会来？当一个动机真的很强大时其实是很难说清楚的！因为，你得明白，我们对驱动自己的那些最为强大的动机其实毫无所知。甚至可以认为我来这里恰是因为我本不必来。按照侦探小说的说法，这段时间以来这是我唯一看的小说类型，因为《罗兰的号角》我早已倒背如流，照此类小说看来，罪犯们会着了迷一样一次又一次地返回犯罪现场，他们很难远离受害者的尸体。或许你就是具尸体而不自知，或许我……"

"我是一具尸体？我提醒你我可不能容忍你这种口无遮拦。"

"我也不会求你容忍。我来可不是要求你容忍什么，你什么都不用容忍，其实我更想求你不要容忍。你我之间已经竖起了障碍，路易斯，事情就是这样。有一道障碍在这里。你不是具尸体，根本不是，但是跟你，我可以说尸体的事，你是少数能与之放心谈论这一话题的人之一。谈话间已经不能说死人的事，下流的事也不能说。自始至终都绝对禁止谈论这些事！然而，跟你我却可以自然而然地说起这些，就跟我们谈论天气一样，你是少数能倾听甚至能理解这些事的人之一，对此我又有何必要否认呢？但让我们回到我之前跟你说的话上面。你对那些出卖自己，或确切来说，租赁自己的女人有何看法？她们索取的价钱真的很低，总之，其中有些人要价真的太低了！有些女人为了一瓶农夫牌炼乳可以跟你到天涯海角。但她们都被动得可怕……她们那样子就像跟具干尸睡觉似的，你不觉得吗？有时我在睡梦中醒来，猛然间会想：就这样永远抱着一具干尸……我们可以否认有天堂存在，我们甚至可以开玩笑地把它当作玛丽亚的女儿们[1]上演的一出周日戏剧，但说到地狱，没有人会质疑。地狱跟我们形影不离，就像鞋子上沾上的屎。"

"神学可不是我的强项，"我答道，"但我猜若是有来世的话，理应有严格的公正。如果所有人都跟你一样的话，如果我们都带着如此病态的愤世嫉俗之情翻弄我们最疼痛的伤口的话，你不觉得我们最终都会跟你一样神经衰弱吗？快把你自己要比其他人更狠毒的念头从脑子里去除吧，你不知道这是一种狂妄的骄傲吗？我们都是泥作的，尤利，我们所有人都在一个淹没我们的大泥沼里。我做过的事……我相信你从来没掉得这么低！大家都在努力别让淤泥淹到眼睛那儿。至少，让眼睛能露在淤泥外面！至少是眼睛！能继续看到星星……"

"今天你可是灵感迸发"，他嘲弄地打断了我，用的依旧是那副歌剧男低音的嗓音。他又拿起水壶喝了一口："不过，你对星星知道多少？是克鲁埃尔斯让你用他的望远镜看星星的吧？嗨，全是些蠢事……克鲁埃尔斯就是个梦游症患者，他要再这么把时间浪费在看星星上，那就永远都当不了主教了。再说，对我们这样的人，星星又能给我们什么！回到我刚才的话上，对你，女人们可不会弄错，她们只消看你一眼，就知道你跟别的男

---

[1] 指属于某些宗教团体的女人。

人没啥区别。而我……'我跟您能像跟一个兄弟一样说话……'一帮蠢货！从什么时候起能跟兄弟谈话了？"

屋外，远处战斗的巨大声响正在逐渐甜蜜地逝去，夜色一片赤裸，没有月亮，什么都没有。他一小口一小口啜着白兰地，时不时用他没戴眼镜的近视眼看一下手中的铝杯，就跟看个大怪兽似的。

"她们多喜欢吐露秘密呀！一旦开始，就没人能让她们闭嘴，这些可怜的女人真是令人捉摸不透！可她们又恰恰急切地需要被人理解……你一个不小心，她们就把你弄进一堆破事里！"

我默不作声地听着他语无伦次的独白，试着猜出他要何时才能住口。

"看来我有理解她们的天赋，至少看上去是这样。而你，因为你不懂她们，所以你不是花时间去理解她们，而是直截了当。但奇怪的是你我居然喜欢同样的女人。"

"听着，尤利，你的这些胡话是不是说得差不多了。什么叫同样的女人？"

"你别摆出这副傻样，真要命，就跟个经济学教授似的。就在刚才你自己暗示说：'我做过的事……'我对你做过的事可是知道得一清二楚。"

"你指什么？"

"你的最后一次历险。"

"什么历险？"

"领主夫人啊，真是的！既然咱们说到这个了，就让我告诉你，我祝贺你：多棒的女人啊！妙极了……得用波德莱尔的诗句来形容：

> 这深渊一般的心，麦克白夫人，
> 正需要您十恶不赦的灵魂……"[1]

---

[1] 原文为法语，Ce qu'il faut à ce coeur profond comme un abîme, c'est vous, lady Macbeth, âme puissante au crime……是波德莱尔《理想》一诗中的诗句，是其以《冥府》为总标题发表的十一首诗中的第二首。

"她和我之间已没有任何瓜葛,你明白我的意思吗?这样的幻想你应该去你的那种小说里去找……"

"哪种小说?"

"妓女小说。"

他用近视的眼神看着我,但那眼神明澈而又透着嘲弄,让我面红耳赤。他用比男低音还低沉的嗓音,一边目不转睛盯着我,一边一字一句念道:

"然而,它的确在动。"

我真恨不得找个地洞钻进去。我的双手在发抖,我的脸在烧。他已经不再看我,而是直接从水壶里喝了一大口酒。

"你在想什么你就明说吧,"我终于能开口说道,"我怀疑你在想的是件无耻的事。"

"你自己界定吧。你不会想让我觉得你编造结婚证书……会分文不取吧。你就承认那份对开本对你大有好处吧!你还说什么我不算好朋友,我不够慷慨,我不急着帮一个不知道怎么从一堆莫名其妙的话中脱身的朋友……一切绝对都是在谨慎行事,你就承认直到现在你都没想到会是我吧。我本来可以把这张纸卖给你:供需关系而已。你还记得经济学教授吗?一个标准的白痴,都没能力想象还有超出供需关系以外的事情。尽管我没能拿到任何可以卖弄学识的教职,但我也是个白痴。想想看,教会法可是我的强项,而恰恰是临终前婚姻……我一向掌握得很好。两者间的关系总是让我着迷,婚姻与死亡之夜,淫秽与阴森……甚至可以说有关临终前婚礼的念头似乎更像是我的主意,可她却想到了。当我认识她的时候,她就想好了一切。并不是因为她擅长教会法,而是因为她十分精明。有时候我甚至怀疑……"他看着我似乎在犹豫能不能告诉我,"为什么不呢?说到底他就是个笨蛋,如果我们试着做出假设的话……"

"我不明白你想说什么……"

"领主是最后一个被杀的人,可他们为什么要把他留作余兴节目呢?他绝对是个苍白无谓的人。咱们说白了,他就是一个可怜的魔鬼,都没能力有任何主见。你注意了,我不认为他是个卡洛斯派,为什么无政府主义者会对他反感呢?或许要杀了他的念头出自……"

"出自什么人?"

"出自领主夫人,你通过亲身经历已经看到她处理起这类事情来是多么顺手,恰是因为她有鼓动、迷惑别人的特殊天赋……"

"我绝不能相信这样的事!"我又想起了那对薄翅螳螂。

"那对你更不好。你想象中的她并不如真实的她那么离奇。这就是我刚才说的:你并不了解她们。正需要您十恶不赦的灵魂……她可是绝非平常的传奇人物!不,你配不上她……你知道俗话怎么说的,上帝总是把蚕豆赐给没有白齿的人。"

"那既然你那么了解她,你为什么不替她伪造证明呢?"

"这个想法,跟其他许多好主意一样有其小小的不便之处:那就是无法实现。你忘了那个时候奥利维还属于无政府主义区,如果我混进去,那就得偷偷地,不能穿军装,也就是说,得严格隐瞒我的身份。在无政府主义区要弄出临终前的教会婚姻可不容易,你别忘了当时村长和村政府的委员们都消失不见了……你怎么能让无政府主义委员会宣布承认修士们的签名和证书的有效性呢?领主夫人在跟我提了这个想法之后,她便退居其后,我得再次承认她在建议他人该做什么事情上天赋异禀,都看不出来是她提议对方去做的。她迟疑着:'不行,无论如何都不行。得伪造!'她说这话的时候仿佛是我建议她这么做的。事实是她明白当委员会还在奥利维的时候这事是不可行的。如果我们无所顾忌的话,我们什么也得不着,也就是那时我们产生了种种良心上的顾虑。当我最后一次见她的时候,她甚至表现得很崇高:'您把我当成另外一种人了。您得知道我对伪造文件不感兴趣,更别提您的那些提议了。'"

"什么提议?"

"你希望会是什么提议呢?就是你替她做的那些,只不过她同意了让你去做,这是唯一的区别。唉,"他叹了一口气,停顿了一阵,"你已经不记得刑法了吗?不诚实的提议……我不知道您注意到没,她对肮脏的东西极为敏感,是个绝对清白无瑕的女人,也就是说,没有任何的情感。因为情感或多或少都有点肮脏,我这么说你可别否认。我让她觉得脏,一种绝妙的脏。这从她的眼睛里能看出来:混杂了恐惧和厌恶。你可别不信,要让人嫌恶并不容易,要维持谈话并将其引到你希望的方向而不偏离是件很费劲的事!有一天我问她,她的亡夫生前采取什么避孕措施,而令我诧异的是像这样的一位逝者在世时竟然不使用任何防范措施……"

"尤利,你这个蠢货。"

"谢谢夸奖。或许你还没意识到我可以告你伪造文件,而且没人能帮你摆脱几年的监禁。"

"你爱干吗干吗,我无所谓。只是你得想想那两个孩子。你会让他们又变成私生子的。"

"那你做这一切都是为了孩子们,对吗?为了那两个孤儿,小可怜们。太高尚了,路易斯,我恭喜你。"

"你别装傻,你就正面回答我:你会去告发我吗?"

"我已经告发了。"

一阵沉默。我正在颤抖的一只手不自觉地伸向身后的口袋,但我想起手枪的弹匣里并没有装子弹(我一向都带个空弹匣)。他淡定地从水壶里朝杯中倒着白兰地。

"我告发了你,路易斯,不过不是向法官告发,而是向你老婆。我给她写了一封巨细靡遗的信,历数了你跟乡里最传奇的女人的种种神奇经历。"

"你就是个蠢货。这些事跟特里尼有什么关系？"

"说不定蠢的人是你。难道这事真的就跟她无关吗？你觉得就因为她是个女人，所以你就可以抛下她一个人让她自己去处理吗？可怜的女人们，之后她们又会抱怨丈夫不理解她们，不过她们有理由抱怨，抱怨丈夫最后被戴了绿帽。"

我一把抓过水壶朝他脸上泼去。白兰地顺着他的脸颊流到了天蓝色的汗衫上。他不慌不忙地一边用手帕擦拭身上一边说：

"你觉得我让人受不了，而让人受不了的人是你。跟你什么事都没法说！"

"盗贼"村，9月19日

两个星期仿佛一场幻影，我们所有人都像是梦游症患者。

由于敌方的疯狂反攻，第四旅撤出了据点。我们损失了很多人。

现在我们可以稍做休整，就在"盗贼"村里面，榴弹炮和迫击炮的炮弹外加机关枪的流弹都会打到这里。飞机每天来这里轰炸两三次。我们在钟楼高处有一支警戒小队会发布警报，发警报时他们都会用同一种方式："开拉啦！"因为他们只有在看到炮弹从飞机里掉出来时才会发警报，要是一看到飞行小队就发警报的话，那我们压根就没法从洞里出来。

所谓的洞是村里唯一一间没有倒塌的房屋的地窖，这栋房子用坚固的方石砌成，可能还是15世纪的建筑。这间地窖带有石拱顶，轰炸声在里面回响时就仿佛哪名先知在地下陵寝中的嗓音，而透过螺旋状楼梯掉落进来的尘土总让我们咳个不停。

整个"盗贼"村几乎就只剩下了这栋房子和教堂的断壁残垣，其余的全都成了废墟。主街上满是羊皮纸文件和古老文书，这是因为飞机投下的一颗炸弹炸在了教区档案馆，将其炸得片瓦无存。当警报响起时我不一定总会在洞里，因为到最后我都厌烦了，有时我宁可在外面看着飞机如何扔炸弹，而那些飞机就像昆虫在飞行途中产下长长的虫卵。有时我也靠辨认古老文书作为消遣，有意思的是直到15世纪甚至16世纪初，这个乡的文书还依旧用加泰罗尼亚语和阿拉贡语的混合文字来书写。

这两周我过得就像在大剂量的可卡因作用下，觉得莫名幸福。现在我知道我们重新占领了"盗贼"村，敌军此前曾再次反攻，此时我们在那里能找到的唯一活物就是虱子。

虱子的数量多得惊人！我们跟疯了一样挠着自己。

我能有条理地讲述我在那十五天里干的事吗？我不能。战斗并未留下回忆。一个人说的和做的仿佛都是在另一个人的授意之下。我只模糊记得我在移动……别无其他。

我记得有一片开阔地，可那是一片庄稼收割后的茬地还是一片荒野呢？敌军安置机关枪的情况就像曾听过我在奥利维的讲座一样：火力在腹部高度交叉。这样的火力是不可能通过的，然而命令却要我们通过……就这么敞开胸膛前进，因为我们没有坦克。

在队伍前面的加利亚特第一个倒下，之后倒下的是公共道路宣传员，我记得几片在风中弯折的薰衣草田，有时花茎从中折断，仿佛被一把隐形的镰刀砍了一下。新兵们在哭泣，这是他们第一次看见战争的面孔。又一名军官倒下了，那是米拉莱斯，在三股小队前方只剩下我一个。整个营剩下不到一半的人，我们退到了一片松树和桧树林中。

七五式手榴弹和迫击炮弹从松树间落下，但比起那片开阔地来，这里简直像是和平的绿洲。我们有伤员的问题，我们能听到他们的哀号。有些人试图大喊，可嗓音却弱成了一声抽噎，像是公鸡被掐断脖子时的叫声。我们和连队联系不上。树林后面是另一片荒地，一片没有树木、无遮无拦的土地，同样有机关枪在扫射。新兵们意识到我们抛下了伤员，但我们压根别想去把他们找回来,否则我们损失的人会比找回来的人更多。我不知道该怎么办,怎么才能把我们的消息传到司令那里?

就在那时,透过延伸在我们身后的那片荒地,我看到有名军官正和几名士兵在前进。他们为了避开子弹匍匐前进着,但同时不断把什么东西留在了地上。那是雷武利,我们的政委,他给我们带来了电话线。

司令终于如愿以偿,此刻雷武利当起了通讯官!尽管说出来不可置信,但直到连队被派往第一线的时候,总部都没给我们派来通讯官。无论如何雷武利顶替起了那个不存在的军官。他们成功地在像蚊群一样呼啸的弹雨下前进。他大汗淋漓,这让我想起了我们在奥利维时跟他开的蠢玩笑。此时看着他如此拼命,我几乎痛哭流涕。我忍不住拥抱了他。他惊讶地看着我,牙齿间还叼着烟斗,似乎我的真情流露让他觉得不合时宜又造作。他把连队的电话机递给我,电话线的另一头是罗西克司令。

"遵命,司令!加利亚特连长已经牺牲,恐怕另外两名中尉也已牺牲,我们听不到他们的声音。目前连队由我负责。"

"你待在树林里别动。我会给你送两台八五式迫击炮过去,让这些该死的机关枪闭嘴。"

"那伤员怎么办,司令?他们正在那片开阔地上流血不止。"

"迫击炮到达前你别轻举妄动,不然第四连就得完蛋,这可是我们剩下的最后一支连队了。迫击炮很快就到。你还记得我的小鸭吗?它也死了……"

我们在那片树林里躲藏了好几天。尽管有迫击炮,但每次我们试图冲出去的时候,敌军的机枪都会盯着我们打。我们的补给和水都已耗尽。

我还记得最后一次突围那么绝望,如同一场幻觉。

新兵们跟被催眠了一样跟着我,我什么都意识不到,除了一件事:继续前进!我听到机枪扫射的噼啪声响,就像我在欧塞维奥舅舅的办公室里听到四名女打字员同时在打字一样。我听到那些声响从我们的前方传来,但突然我开始听到后方也有。我们处在两股火力夹击之下了吗？不过那些声响听上去不太一样，不像是打字机的声音，而像一群石鸡轻声嘀咕的声音。显然是其他型号的武器发出的声音。那是我们的火力。

甚至有一阵阵间断的军歌声随风传入我们的耳中又被风吹散，那是皮科自创并由他的下属高唱的歌曲：

弹片在歌唱

朝着法西斯

怒声歌唱……

两台迫击炮不断开火。我们就身处炮弹交织起的抛物面之下。不得不承认，他们干得不错，炮弹几乎垂直落下，掉在"法西斯们"的机关枪阵地内。到底是谁给他们起了这样的名字？在前线都管他们这么叫！新兵们继续跟着我，其中一些人倒下了，而其他人却并不理会他们。他们恍惚着前行……这是什么？你想要是什么？是铁丝网。我们怎么这么快就到了这里？

迫击炮炸飞了几根桩子，我们用枪托努力地扩大豁口。我们干得飞快，不然，都没人能剩下来讲述这事。我们到了铁丝网和战壕之间，百步之外便是我们的阵地！那是一百步上坡路，想要活命的话我们就得赶紧跑上去。

"他们投降了！"我听到我的左边有人在喊。

我看到一个又高又瘦的男人穿着一身破烂衣衫站在射垛上，脸上的大胡子有半个月没刮，沾满了尘土。我想那是个乞丐。但一个乞丐站在射垛上干吗？

他破破烂烂的袖子上有什么东西在发光，那是一名少尉。他交叉着双臂，似乎想要拥抱我们。

"停火！他们投降了！"我听到几声嘶哑的叫吼声，那是我的人。

这样的瞬间说起来比经历起来更费时间,真是太遗憾了。大家都是兄弟!停火!我们不能再自相残杀了!我们不要这么凶残!那一刻多么美好……这便是天堂了吗?我们都已经死了吗?这名身披破衣的法西斯少尉是来迎接我们的天使吗?

这名衣衫褴褛的少尉正冲他在战壕里躲得妥妥当当的同袍挤眉弄眼。我用望远镜看到了他。他拿右手偷偷朝他们打着手势,就像个交响乐队的指挥。他想让他们演奏哪一出交响乐呢?显然是要欢迎我们的曲子。会是《奥赛之死》吗?我仿佛他肚子里的蛔虫一样明白了他的意思:你们准备好手榴弹,等他们走上前来拥抱咱们时……

这是我们在其他场合也曾用过的老伎俩。我的人已经丢掉长枪,赤手空拳满心激动地准备往上爬,我立刻意识到他们都是新兵,他们并不知道这么老套的诡计。

"他们在骗你们!"可他们都没听到我的话。欢呼声夹杂着迷惘,他们为那个即将奉献给他们的拥抱而着迷。我的上帝呀,但愿我们想要成为兄弟的愿望能够如此深沉——我们可以用这一愿望更加冷不防地互相残杀……

"你们这帮白痴!"我再次大喊起来,可我的声音被淹没在巨大的喧嚣之中。我的手似乎有了自己的意志,滑向了我的后口袋,我的手指间摸到了手枪,那枪就像是从那儿生出来似的。我镇静地瞄准,射垛上的那人正在瞄准器亮闪闪的球面后比画着。我兴奋地轻轻扣下扳机,撞针发出一声轻微而滑稽的噼啪声。我记起来里面并没有子弹。

几步之外有名死去的士兵,我隐约记得他叫埃斯普鲁赫斯,来自阿尔韦卡。我抓起他的步枪。也有可能他叫阿尔韦卡,来自埃斯普鲁赫斯。但这又有什么关系,此刻不是说这些的时候。我感受到了出色的后坐力,破衣烂衫的天使像个木偶一般脸冲下倒了下去。

我的人最终明白了这一切,此刻他们全都明白了!突击成了一场白刃战。砍刀扎进了所有人的肚子，包括那些跪地求饶的人。我的叫喊声被风席卷而去：

"你们在做什么，野兽们？放过他们！杀够了！"

此时，至少他们都死了，不能再杀人了。我们的嘴唇上起了硬皮，饥渴真是种折磨！皮科用他们的一头骡子给我们运来了一大桶水。我们跟得了渴病一样狂喝起来。尽管是热乎乎的泥浆水，却让我们觉得是这辈子喝过的最好喝的水。

喝饱水之后的寂静显得多么奇怪啊！我们都不敢互相看，仿佛从此刻起我们之间便有了不可告人的秘密。在发生所有这一切之后，还会有我们能够相互直面的一天吗？

之后的几天还有更多的战斗和更多的战壕。敌军跟我们不一样，他们在山上挖了三条不同层级的战壕。在占领一条之后，在几百米外又发现一条，这实在是件令士气低落的事。我们所做的一切都是无用功，全都得重新来过。

我想起了一片三面着火的森林，此前有架飞机在那儿扔下了磷弹。我们当时无法从林中离开，那是火海中的一座孤岛，四周是由机关枪射出的贴地飞行的子弹所组成的火力网。我们吃的是几乎炭化了的面包。那片森林苦涩的气味粘在我的喉头，如今有时我还能感觉到那种味道……我又想到了新兵们唱的那些忧伤而下流的歌曲。

睡觉的时候我们也是能怎么睡就怎么睡，大家都睡在各自拿砍刀刨出的小坑里。那是多么宁静的夜晚啊！面朝天空，听着偶尔飞过的流弹的啸声……头顶上是天鹅座这个十字星座，克鲁埃尔斯曾教过我怎么找到并辨识它。我看着那个星星组成的十字架想到了你，想到了特里尼还有我和她的儿子，口中念着天主经慢慢睡去。在无垠宇宙中眨着眼睛的十字星上那四颗钉子给了我多少陪伴啊！我的上帝，我们一个个都无依无靠，是那么需要它们的陪伴！

9月21日

有件事让我很担心：我遵照命令搜查了那个死去的少尉的口袋。我可以告诉你这是这一行里令人最为不快的一面，却不得不干：你永远都不知道会从一个敌军军官的证件中发现什么。那个少尉身上只有几封信，是一个姑娘写的，信中说起战争一结束两人就要结婚。四封信被塞在了其中一封信的信封里，若不是因为这个信封，这个唯一保留下来的信封，或许我就不会如此困惑。这名少尉名叫安东尼奥·洛佩斯·费尔南德斯。

奥莱加里亚阿姨从没跟我说过她的外孙是名少尉，不过也可能是最近他才被授予军衔，而奥莱加里亚阿姨也不过是从国际红十字会那里偶尔得知他的消息……

我宁可把这想成是桩巧合，毕竟姓这两个姓的人那么多！

我还没告诉你最糟糕的事：当我们第二天准备把死人埋进一个大坑里时，我发现了他残缺不全的尸体。有人用刀把他的裤子给扯了……我想知道是哪个孬种干了这事儿，我要当着全连人的面把他给枪毙了。

9月22日

这件事令我很是担心。战争总会有令人极不愉快的事。但至少你杀死的人得是你痛恨的人。或者说这样更好，就算没有战争我们所有人也早晚都会死。糟糕的不是我们互相残杀，而是憎恨。我们得互相残杀，那是因为这是我们的任务，却毫无怨恨。就像索雷拉斯曾经说的那样：我们像好兄弟一样互相杀戮。

我不清楚我到底该怎么办：要给那个姑娘写信吗？她的名字和地址都

在信封的背面：伊蕾妮·纳塔莉娅·罗约·哈隆。奇怪的是这个姑娘姓名的首字母拼出来——因为 j 和 i 在拉丁语中是同样的字母——居然是 INRI[1]。

　　写信给她的话，写什么呢？"尊贵的小姐：我有幸告知您，我刚刚杀死了您的未婚夫……"这太荒唐了。最好还是忘了这事。而且要把信送到她手中也是件很麻烦的事！得通过国际红十字会，这是当然，但或许也可以通过某个大使馆。"小姐，在如此惨痛的情形下我不得不向您告知您的未婚夫安东尼奥·洛佩斯·费尔南德斯已英勇捐躯。当我们前进时，他正站在射垛上……"我可以不说是我干的。"我们已经光荣地埋葬了他，这是英勇的敌人理应得到的……"那肢体不全的事呢？安静！如果我能知道是哪个猪狗不如的家伙的话……有一个士兵，好像叫什么帕米埃斯，这事十有八九是他干的：他总有一种无耻的愚蠢眼神，总是一副被棍子打过的狗一样的模样，颇有心计的表情就跟修道院里那具干尸一样，可我不能因为我不喜欢他的脸就把这人给毙了！

　　我不能枪毙他，我们并没有枪毙干尸的习惯。军需官过来告诉我说要准备开饭了：连队的人都已经在被烟垢熏黑的大铝锅前排开了，他们个个衣衫褴褛，蓬头垢面，黑得就跟大铝锅一个样。虽然没有十五天不刮的胡子，但也全都胡子拉碴。还好我们都看不到自己的脸，虽然我们意识不到现在自己有多臭，但想想这个味道就能把自己吓一跳。不过至少我们双眼发亮，我们的眼睛在看并能看到，还能做梦……梦见生活，梦见炽热而美好的生活，没有残破的肢体，这样的生活在战争尽头等着我们，一直都在等着我们，就在苦难的那一头，无论如何，我们的梦想都会挺住。"排成两排！"他们机械地服从着我发号施令的声音。每个人手里都拿着一只铝盘子，一只从来不洗的盘子（我们能找到不可或缺的饮用水已经大为不

---

[1] 拉丁语 IESVS NAZARENVS REX IVDAEORVM 的缩写，意思是"耶稣，拿撒勒人，犹太人的君王"，是《约翰福音》第十九章第十九节中的一个短语。

易），盘子上散发出我们往里面装过的所有食物积存下的馊味。我检视着我的士兵们，我从他们每个人身前走过，看着他们的眼睛，解读着他们的梦：或许是个女人或孩子，也可能是瓦耶斯或是乌尔杰尔平原上的田野里草垛旁的一座房子，或许是格拉西亚区或小巴塞罗那区的一处工人小公寓，或许是一个未能给出的吻，这个吻本可以惊天动地……终于我来到了一双没有梦的眼睛前面，那是干尸的眼睛。那双眼睛里满是对一切都不予置信的无耻……我觉得自己的口腔中和那次一样又分泌出了口水，不过这一次，这口痰无声地喷到了那张脸上，像条蠕虫一样从胡茬间缓缓滑下。帕米埃斯并没有眨眼，而其他人的眼睛都写满了各自的梦想。一道笔直的烟雾从大锅升上天空，仿佛亚伯献祭时升起的烟，同时散发出一股浓重的羊毛味：那是后勤部供应给我们的一成不变的绵羊。高高在上的主，你为什么要让该隐的种子留存在这世上？

我下定决心不去想死去的少尉是奥莱加里亚阿姨的外孙。她从没跟我说过她的外孙有未婚妻，当然，他也可能是在跨入敌方阵营后在法西斯区域内认识了这个伊蕾妮的，这个伊蕾妮住在很远的地方。从那四封信里能获知的情况并不十分明了：只知道这姑娘就像皮科说的那样没什么文化，但并无其他太多信息。尤其是那句"奈你的你的姑娘[1]"再真实不过。但这样的错很多人都会犯……咱们的表姐茱列塔不也曾经给我写过"亲奈的路易斯我奈慕你"吗？

土岗串乡，10月9日，星期六

我们在死伤惨重的情况下强行攻占下来的这个乡是片寸草不生的平

---

[1] 此处指伊蕾妮写错字，本意应是"爱你的你的姑娘"。

原,灰秃秃的就像拿来做汤盆的陶土,四周的群山上也是一片荒芜。这些山的山峰都呈几何形状,要么是金字塔形,要么就是截锥形。日出日落的时候,斜射的光线照到山峰上时,会投下冷峻而有棱角的阴影,整个看起来就像是奥利维的秃鹫坑。这番光景自有它的魅力:几何学甚为纯粹,矿石很纯净,生活却很肮脏。奇尔特和"盗贼"村已经留在了身后,现在的我们就靠着营里的残余继续游荡,就跟游荡在月球上的火山口之间一般。此刻是我们形成了一只口袋,探入了敌人的地盘。

有一次我们孤立无援,两天没吃没喝。当时我们占据了一座山的背阴处,免受战火的袭击,每一条通道都被大炮和机枪所控制。后勤部的人带着一头骡子从一条幽深的小道溜了出去,在返回的途中,一枚手榴弹就在距骡子几步之遥的地方爆炸,它的肚子像朵大花一样被炸开。三天之后,那朵大花的"异香"开始随着微风飘到了我们这里,在那样的寂静之中,这一切显得多么不知廉耻!我们就不能像那些雕像一样结实吗?

此时我们已经远离那片平原。敌军并没有像我们认为的那样扎紧口袋,反而留给我们许多土地。在敌军和我们之间有一道狭长的山谷,大概有两到七公里宽,目前成了"无主之地"。山谷里的四五个小村庄几乎原封不动,却空无一人。

土岗山脉是一座被松树所覆盖的山脉,清凉而森林茂密。山上有泉眼和溪流。我住的产仔圈就位于其中一条溪流边,我会在一个水塘中游泳,水能没到我的颈部。英国榆树和欧洲山杨的叶片从黄绿色到红色偏紫之间有上千种色调,而溪流在两岸培育出几片绿油油的草地。位于后方的一些村落中的牛羊会来此地吃草,在这些村子里,新的战线几乎刚建立,人们的生活很快便恢复了正常。我觉得他们并不在意此刻在保卫他们的前线上已经飘扬起了另一面旗帜,奥莱加里亚阿姨不是曾经说过"你们所有人都一样"吗?

这片土地更多属于牧人而非农民。这里看不到农作物,但在连续几星期只能听到机关枪的振动和迫击炮的轰炸声之后,家畜脖子上的铃铛声听来是如此悦耳。牧羊人把羊奶卖给我们,否则他们就得倒掉,因为这个乡里的人尝都不想尝。这里的山羊都是山地品种,毛长而柔滑,长着优雅的犄角。

每天当日头西沉的时候,啄木鸟都会在树林茂密的山涧中发出有力而持久的鸣叫。稍有想象力的话,那鸣叫仿若马嘶,也正因为此,当地人会把啄木鸟叫作"马"。这是鸟儿在跟逝去的一天道别,之后便只能听到小鸭和猫头鹰的叫声,还有灰林鸮的讥笑。

不过啄木鸟的道别声并无伤感之情,反倒是满怀信心与能量的喜悦。有天下午我独自在松林里,躺在落叶堆上抽烟做梦。因为我一动不动,所以啄木鸟都没有意识到我的存在。它忙碌地在一棵树的树干上啄着,在那地方的寂静之中,那声响就好比锤子的击打声。透进林中的阳光时不时地照得它的羽毛闪闪发光,像一道洋红、绿色和黄色组成的闪电,上面还溅有白色和黑色。那该是一只雄鸟,有欧斑鸠那么大,身上的颜色鲜艳极了。它的爪子牢牢抠住树干,此刻它所做的工作显然十分重要,因此我能一点点靠近它,而它却没有分心。当它终于看到我的时候,并没有飞走,而是绕到了树干后面,探出它的小脑袋窥视我。于是我也绕了过去,但它又重复了刚才的动作,就跟在玩捉迷藏似的。它总会探出小脑袋,机灵而多疑的眼睛让我觉得特别好玩。我试着想抓住它,它一下子飞了起来,发出一声有力的鸣叫,似乎在向整个森林发出警报。

在天气特别晴朗的日子里,能从大土岗山的高处看到地平线上雾气缭绕间的一道蓝线,远远消失在东北方。有时候我会长时间坐在一块高高的岩石上,想用望远镜看到永久不变的积雪所呈现出的那片静止的白。我的心告诉我那是我们国家的前哨站。我离家已经近一年半了,我也有一年半没见到特里尼和孩子了。在此之前我并不想念他们,但为何此刻有了变化?我感到有种异样的东西挤压着我的胸口,不,不是在胸口,而是在胃里。就像是我吃了变质的肉,在我肚子里折腾着我直到吐出来为止。

实习医官偶尔会来看我,总是带着他的单筒望远镜。我们一起观看金星,此时的金星直到太阳落山后很久都闪亮得像一颗颤抖的泪珠。克鲁埃尔斯告诉我说此刻金星正处于"大距"。克鲁埃尔斯的望远镜是上世纪的海事望远镜——我是不是跟你描述过它?——就是可以一截一截折叠起来那种。当它收起来的时候才不过一拃长,但当它全部拉开后则能超过一米。在这几天的暮色里,金星看上去就像是新月一个极薄的切片。我们的观测站就是那块高处的岩石,在那里树冠并不能阻挡我们看向天空。

有天下午我俩坐在那块著名的岩石上,正用他的望远镜看着月球上的环形山和月海当消遣时,他突然问我是不是不舒服。

"我还行。你为什么这么问?"

"你看上去脸色发黄,好像哪里不对劲。"

我惊讶地看着他:

"一段时间以来我都有这种感觉。有什么东西在这里头沉甸甸的,有可能不过就是我自己大惊小怪,但这搅得我的胃很不舒服。这些胡话何处可以倾吐?我可以跟你做告解吗?"

他摇头表示断然拒绝:

"我可没被命令要这么做。"

"没关系,我只想你听我说。如果我不跟你说的话,我还能跟谁说?我不知道我信还是不信,可能在心底里我并不是太在意。在我心中这是一件随着月亮起伏的事。但毋庸置疑的是我胃里沉甸甸的。"

我跟他说起了那名少尉,对他尸首不全的事也并未保持缄默。

"不枪毙了那个恶棍……我在这世上便不会再得安宁。"

"这样做你又能得到什么呢?"他还是摇头,"他已经死了,你就不要再去想他了。你完成了你的任务,就跟他完成他的任务一样。你就为他的灵魂祈祷吧,其余的事你就不要再操心了,相信我。这就是战争。"

"如果他是奥莱加里亚阿姨的外孙怎么办？"

"这可没那么简单，那得是多大的巧合。奥莱加里亚的外孙应该还没有足够的学识当上少尉，他有可能都不会读书写字。"

"如果只是这样那还好，可是还有比那个死后尸首不全的可怜少尉更多的东西。说到底，总是同样的事：淫秽与阴森。谁知道这样的尸首不全是不是我们从史前继承下来的仪式，并将一个世纪接一个世纪地延续下去。梅洛[1]在他关于收割者战争[2]的历史中列举了好些这样的事例，在法国入侵西班牙时期的戈雅的版画中也有一些作品反映了这一点。既然有时候不同战争间相隔数个世纪而且执行者没有一点历史概念，为何一场战争的仪式能流传到另一场战争呢？这肯定不是通过传统得以延续的，而是诞生于本能。那我们的本能又是什么？那是什么样的本能啊，我的上帝呀？说到底你是对的：最好还是别去想。他到底怎么会想到站到射垛上去的呢？是有其他东西让我的胃部扭结。不是那个死掉的少尉。我也是少尉，某一天我也会死去。如果我没杀了他，他就会杀了我，我俩扯平了。请安息吧！[3] 一切都随他滚开吧。"

克鲁埃尔斯的嘴唇不易察觉地动了动。

"得了，你也别现在就祈祷。别犯傻。你还有时间。现在你听我说。"

我把跟领主夫人的故事毫无保留地一股脑说给了他听。

"你看我都到了什么地步。如果我得跟你实话实说的话，我要告诉你的是伪造文件的事并不会让我睡不着觉，但是我想到特里尼，她那么顺从……而我却把她独自撇下；我继续着我的生活，就仿佛她并不存在一

---

[1] 此处应指 Francisco Manuel de Melo（弗朗西斯科·玛努埃尔·德·梅洛，1608—1666），葡萄牙作家、政治家和军人，同时也是历史学家、教学家、剧作家和葡萄牙语及西班牙语双语诗人，是伊比利亚半岛巴洛克文学的重要代表。

[2] 加泰罗尼亚语 Guerra dels Segadors，指 1640 年至 1659 年间发生在加泰罗尼亚的战争。战争结束后，根据《比利牛斯条约》，加泰罗尼亚的鲁西永和塞达尼北半部割让给了法兰西王国。

[3] 原文为拉丁语，Requiescat in pace，也指"总算完了"（用于指已经过去并且不愿再提起的事情）。

样。那是我的生活还是其他什么人的生活？她和我当然有进步的想法，这种不通过教会也不通过民事登记结婚的念头既是我想到的也是她想到的，或许更多是来自无政府主义家庭的她的想法。这些进步的念头……就算我这么跟你说……但这能成为我丢下一个姑娘孤单一人，而我自己人间蒸发的理由吗？难道这就是进步的想法吗？我曾对领主夫人说过了为了她我可以丢下特里尼……"

"抛弃特里尼？我从不觉得你曾有过这样的念头。"

"可在那个当口……当然之后我会扯着自己的头发后悔不已，可在那当口，我不知道自己在说什么也不知道自己在做什么。当然你从没经历过这样的麻烦事，你很难能理解。如果你不说重话，别人就不会理睬你。被我们称为激情的东西可受不了含糊其词：要么是伟大的疯狂，要么是……她们凭借极其细腻的敏感能捕捉到这样的情绪，如果你不能全力以赴，那最好压根别去撩拨！她们真的都很厉害，克鲁埃尔斯，比咱们厉害多了！要是你能豁出一切，无论生死，不在乎安康与平和，她们就能追随你到天涯海角。她们厉害着呢，克鲁埃尔斯！既然女人们超出咱们千百倍，咱们这么喜欢女人又有什么奇怪的呢？"

"听你说话的口气这似乎并不是你的第一次历险。"

"第一次？哈，克鲁埃尔斯，你别忘了，我可不是神学院的学生。第一次！乖乖，如果真的要把以往的历史拿出来炫耀的话……那可真是永远都说不完！而且时隔这么久，有些个我可能都记不起来了。这都是战前的纠葛了，都是陈年旧事了！我已经适时地懊悔过了，拜托，咱们就别再提这些已经过去的事了。所有这些情史中，只有一段会不时浮现在我的回忆中，那可真是我惹下的大麻烦……简直一团糟，上帝啊！特里尼当然从没怀疑过什么，或许最糟糕的就是当你深陷没有出路的泥沼时，你却不能向这个世界上你唯一可以掏心掏肺、卸下心中大石的人倾吐发泄，而那个人就是你的妻子。你孤立无援……在那时候，我从未想过要坦白，就像此时对你这般推心置腹。我实话告诉你，我曾过了一段极其糟糕的日子。她是个离了婚的女人，有两个孩子要独自抚养，就因为她的前夫人间蒸发了。她曾幻想着跟一个南美人结婚，但就在她发现自己第二次怀孕时，那个男人跟他的姓氏所形容的那样失去了踪迹。为了养活自己和孩子，这个可怜的女人在新兰布拉街上的一间音乐厅里演些小配角，住在卡门街上的一间膳宿公寓里。她是个令人倾心的棕色皮肤女人，一头黑发长至腰际，那双眼睛仿佛来自《一千零一夜》，可她又是多么的疯狂啊……太疯狂了，上帝啊！她贪婪地阅读廉价小说，听收音机里的滥俗情景剧，还把这些当成《圣经》一样认真对待，会在跟你的谈话中整句引用。你要怎样抵御这样的卖弄？我记得有一次她一字一句地对我说：'爱情是雄性的，然而激情是雌性的。'（她说起这些引用时总是用西班牙语。）因为这些话令她满怀激情，又或许她本就如此。糟糕的是她跟许多男人都这般激情四射。我没法告诉你我身处过多少次下流的场合，而我却都忍了下来，就因为我没有勇气跟那个愚蠢的女人一刀两断。我深陷其中，我跟个可卡因瘾君子无法放弃可卡因一样不能抛下她，这段关系持续了好几个月。我感到自己的败坏与毁灭，仿佛坠入了井底，凭一己之力永远也无法逃脱。能助我逃离的那只手又将来自何方？当时唯一可以救我的只有特里尼，而恰恰对她，我什么都不能说！那是地狱般的几个月，我感到自己隔绝于特里尼和其他所有人之外，似乎他们将我幽禁于墙内。我讨厌性感的女人，我一向都讨厌她们，那一个也不例外。但一个女人能将你困于此番绝境，同时又让你心生厌恶，这样的离奇事件又该做何解释？尽管如此，她却好过我千百倍，她更慷慨、更大方。说到底，我现在说这些又有什么用？此刻看来那一切都不过是一场梦。如今我觉得那个不幸的女人本来是不可能掌控我的，而她却在我生命中的四五个月间牢牢抓着我……"

"可怜的路易斯。"克鲁埃尔斯说，这便是他全部的评论。

"但是我对她们中的任何人都未曾有过对领主夫人那般强烈的感情。

我跟你保证,能像领主夫人那样的,一个都没有!当然了,应该是因为领主夫人她……她拒绝了我,应该是因为这个!那真是一座坚不可摧的城堡!要是你见到我干的那些荒唐事的话……这难道不是激情的又一个可怕伎俩吗?我们最渴望的无非就是我们被拒绝而无法得到的。领主夫人不仅胜于我千百倍,而是千百万倍,哪怕索雷拉斯所怀疑的就是事实。但那不过就是一个假设,你明白我的意思吗?到头来领主就是个彻头彻尾的无耻之徒,而且是最令人痛恨的那一种,是个羞涩的无耻之徒。她要维护自己的利益,这也在情理之中。她利用了我的愚蠢来保障孩子们的财产。她甚至给了我很好的忠告,这令人难以置信对吗?我怀疑没有哪个男人会比我身处更为荒唐的境地!'请您跟特里尼结婚吧,忘掉这些毫不实际的疯狂念头。'这是一个极为明智的忠告,你不觉得吗?至少这一点毋庸置疑……只是我,我要怎么跟你说呢,只是我想从她身上得到的并不是忠告,而是……算了,咱们还是别想这事儿了。我干出了吓人的蠢事。你现在可别借口出于良心而去说那份文件是假的,那样你可就要害惨那两个无辜的孩子了。"

"可怜的特里尼,"他嘟囔着,"你会很快跟她结婚吗?"

"我们俩结婚?但要怎么结?在教堂吗?我俩谁都不信教。民事登记吗?为什么我们要相信国家甚于教会?"

克鲁埃尔斯透过眼镜严肃地看着我,默默地赞同我的话,单筒望远镜被彻底遗忘在了岩石上。他看了一眼手表。

"我得走了。普伊赫医生还在营队司令部等我。两个小时的路不好走。你比你以为的更有理由,婚姻是一桩圣礼,不然又会是什么?我再不走天就得黑了……"

"你别给我讲经布道,那些训诫让我不痛快,因为那都是泛泛之谈,对所有人都一样,然而每个人自身的痛苦都是唯一的、不可传递的。你别像加利法神父一样,他的说教毁了一切,而他的目光足够说明一切。当我们说'圣礼'的时候，我们到底是什么意思？我知道这不是指仪式，这个你无须解释给我听，我作为最出色的学生通过了教会法课程，我知道亚当和夏娃没有举行过任何仪式。他俩不曾有过丝毫的犹豫。那么有圣礼一说又是从何得知的呢？又是怎么知道亚当夏娃这一男一女便是天生一对的呢？你先等等，先听我说，离天黑还有好一会儿呢。我们接着来说领主的事。那个领主！真是个不要脸的家伙！你知道他曾想卖掉城堡和土地开织袜厂的事吗？他显然忙个不停，他曾找到一个合伙人，后者跟他许诺说如果他能冒险投入一千杜罗在这桩生意里，将会取得丰厚的利润。'没有什么能像袜子一样，'那人似乎对他说过，'每天的需求都在增加，人们的脚汗越出越多。'不过咱们先不说袜子了，咱们之前正说到婚姻：如果领主曾跟另一个女人结过婚，举行了所有的仪式和其他有的没的，那么在上帝的眼里，那两个女人中谁才是这个亚当的夏娃？"

"那只有上帝才知道，而不是凡人。但在你的事情上，你的夏娃就是特里尼，这一点你很清楚。你知道你所感受到的那股重量是什么吗？那是上帝的利爪，波德莱尔真是了不起的诗人！"

我本想朝他大喊："你回来，你给我说说这上帝的利爪是怎么回事。"可他已经急匆匆地顺着羊肠小道往下走了，很快便消失在矮圣栎树和桧树丛中。

土岗串乡，10月10日，星期日

随着不同方向吹来的风，一阵阵钟声向我们传来，天晓得来自哪个村庄……来自敌军的地盘那是自然，因为在我们的阵地上已经一口钟都不剩了，但钟声的陪伴是多么美妙啊！我很开心，因为我梦到了特里尼。要是我告诉你这是我第一次梦见她你会相信我吗？遗憾的是那个梦并不连贯，但我看到的她很真切,她朝我微笑,眼中盈满泪光,她那双像个轻信又审慎的小女孩似的眼睛。

今天这个星期日的早晨,我听着从村庄的钟楼传来的遥远钟声,躺在一棵松树下,晒着10月正午浓烈的阳光,情不自禁想着她、孩子还有我在这座产仔圈里或许可以很幸福……为什么不呢?就守着一头牛和几只山羊,远离所有人,就让我们太太平平过日子吧!不知出处的钟声有时会和家畜身上的铃铛声混在一起,而我则想着一切如果都很简单的话该有多美。

但在我之前很多人都已经想到了这一点,而在我之后也会有很多人想到……一切如果都很简单的话该有多美……我们得先从自己开始变得简单,我们得先像雕像一样变得扎实,不要有那些来自内心的恼人烦事而不自知。

"盗贼"村的平原只有透过温度才能看出季节的更迭:夏天像烤炉,冬天像极地。植被一年到头都是一个样。身处眼前这个乡,重新面对活着或可能已死去的大自然让人很是受用。见证枝丫变黄或发红,证实秋天正在内部全力以赴,见识森林突然间长满蘑菇。副官每天都会给我采上一篮蘑菇,我们放在炭火上烤来吃。有一次他甚至给我拿来了几块野生蜜蜂的蜂巢。他到我这里的时候脸和手都肿得吓人,但他肯定地跟我说他什么感觉都没有。照此看来,超过一定数目之后,蜇伤便不再引发疼痛。蜂蜜略有点苦,但味道好极了。此外我们还有更好的甜品,那就是"无人之地"上被遗弃的葡萄田里的葡萄。葡萄都风干成了葡萄干,特别甜。

当地人看到我们吃松乳菌的时候都吓坏了,"这是山羊的食物啊",他们颇感恶心地嘟囔。他们吃的是那出了名难吃的"煮羊肚",似乎世界上就没有比这更好吃的东西了。而且根本没法让他们喝牛奶:"这是给病人喝的,会让我们闹肚子的。"

我们在林中的步伐惊起成群的鸫和那些长着形状古怪的鸟嘴的鸟,我觉得后者叫作红交嘴雀。在更高的地方，有秃鹫朝奇尔特平原飞去，它们应该觉察不出战场与秃鹫坑的区别。在同样的高度或更高的地方我们能看到鹳鸟开始朝南方迁徙。它们是最早开始迁徙的鸟类，是冬日的先头部队。

你也看到了在经历了那几个星期的幻觉之后，这一切是多么平静。但我在那些天里的一个习惯被保留了下来：在睡觉前我都会面朝天鹅座诵念天主经。"背起你的十字架来跟从我[1]"，你的上帝不是会这么说吗，差不多就是这个意思对吗，拉蒙？在这么多神里面，唯一让我感兴趣的是成了人的那个。既然其他那些神从来都不曾在意我们，我们又何必要去在意他们？如果有上帝存在，祂一定成了人。祂为什么不会这么做呢？祂怎么会让我们独自面对那些可怕的事情，那些在虚无面前被称作才智与真知的东西呢？那是迷失在包裹着我们的永恒而无尽的黑暗中的微弱光亮。如果是这样，如果我们真的是独自在这世上，那当我们仰望夜空时，星际间的空间必会让我们因恐惧而血液冻结：那是一片空荡荡的地方，远比我们想象的寒冷，充满永恒的黑暗，是宇宙令人费解的背景幕布。

可为什么眺望夜空会令我们心神安宁，感觉有所陪伴，并且充满信心呢？这是为什么呢？是谁在陪伴着我们？到底是谁？

我们对这么多事毫不在意，但如果上帝不存在又会如何？

土岗串乡，10月11日，星期一

从部里传来了我升为中尉的消息。文件特别说明："担任负责军械的

---

[1] 《马太福音》(16: 24) 中，耶稣对祂的门徒们说："如果有人想要来跟从我，他就当舍弃自己，背起自己的十字架，然后跟从我。"

长官一职。"罗西克司令亲自来到我的产仔圈。他来时就跟在奥利维的好日子里一般醉醺醺。他拥抱着我激动不已,就跟我被提升为神圣罗马帝国的元帅似的。我让他注意到在营队里并没有支援武器(八五式迫击炮是另一个旅的,行动一完成他们就会收回去)。

"你别忧虑,路易斯。我会买给你的!"

目前由于那些军械还不存在,所以我继续就第四连剩下的一切担任指挥职务。每晚我都在各处阵地巡逻,巡逻完之后我会坐在一个僻静的地方,找寻天上的天鹅座。它怎能让我如此着迷!十字架,那是什么?那是古人中的天才跟发明其他物件一样发明出来的简单而精巧的器具;一件延长苟延残喘时间的器具……一件残忍的东西。"背起你的十字架来跟从我。"难道除了受苦便没有别的道路了吗?

VI

呜呼，飞逝[1]……

奥利维圣女村，10 月 15 日

我又一次来到了奥利维，带着四十度的高烧。我在土岗山脉严寒的高处得了扁桃体炎。上头给我们集体放假，让整个营队（我们从原先的五百人只剩下了一百五十人）在等待新兵到来的时候在奥利维休息重整，然而返回的过程却很悲伤。我们一个个衣衫褴褛，穿着破烂的鞋子，被跳蚤生生啃咬，很多人都得了疥疮……抵达的那天天气阴郁而压抑，大中午的时候天色便几乎黑得像是傍晚时分。这和那一天，我们第一次抵达这里的那一天是那么不同！

我又有了自己的床，床垫上这个熟悉的凹坑所给予的陪伴的感觉太好了！如果那人，那个少尉真的是他呢？你别去想了，别自己吓自己，事情已无可挽回。卧室散发出惯有的苦扁桃仁的气味。皮科、克鲁埃尔斯、司令还有医生来我床前开茶话会，而我则惊讶地在想当自己四个月前第一次在橄榄树堡看到他们的时候觉得他们怪极了，现在我们却像一家人。医生

---

[1] 原文为拉丁文，Eheu, fugaces……应是源自贺拉斯《颂歌集》卷二第十四节：Eheu fugaces labuntur anni，意为：呜呼，流年飞逝。

给了我几颗我不知道是什么的药片，尽管看上去不可思议，但我的烧的确退了。奥莱加里亚阿姨也来插了一手，她瞒着医生给我准备了草药茶冲剂，我得趁茶还很热的时候喝下去，她还往我背上抹了一个用铁架烤过的西红柿。照她的说法，要不是靠这对付扁桃体炎的可靠手法，我可没法睡踏实。说到底，这法子对我又会有什么坏处呢？被抹西红柿又不费我什么事，况且还能让她那么快乐……

她对我的每次照顾都让她觉得会有另外的老太太在照顾着她那个不知道在哪儿的外孙……她的外孙……或许对她坦言相告，事情就能弄清楚；她或许会明确告诉我她的外孙从来都不是少尉，他也从来没有过一个叫作伊蕾妮的女朋友。每次我想跟她说这件事的时候，我都如鲠在喉，最后我只敢小心地问她收到的最后一封信的日期，并希望日期是在那件事发生之后。然而不幸的是，日期是在奇尔特战役前很久——她们每隔三四个月才能收到一封信，此事麻烦极了。就连那些日子她外孙在什么地方都无从得知，因为敌军营地下了规定，这也是我们必须要下的规定，那就是禁止士兵在信中透露自己身在何处。

有天下午，当我们正开着茶话会的时候，进来一名营部的士兵，带来了他刚从旅那儿收到的行军令。这道命令完全出乎我们的意料，因为新兵尚未抵达，所以营队还跟撤退回来进行休憩重整时一样未加整治。那是师里下达的极为紧急的命令。敌军在反攻。我们必须在破晓前在战区集合，尽管各支队伍都饱受摧残，但师部会把所有可用的队伍在那儿集中起来。我将和我的扁桃体一起独自留在奥利维。

他们看上去一点都不振奋，反倒是与之相反。"到了这一步，连能留下来清点的人都不会剩。""想想平足旅的那些人……"皮科偷偷拿起我的烟盒，而司令悄悄拿走了我的风雨衣。他们以为我心不在焉，可我用眼角余光都看到了。但你想让我跟他们说什么呢？此刻我并不需要这些东西，而他们却坚信我的东西能"带来好运"。就算给他们全世界的金子，他们也不会去拿加利亚特的军大衣！我毫发无伤地脱离了各种险境，此刻却恰到好处地得了扁桃体炎；显然，这样的幸运只能用我的风雨衣和烟盒来解释。不过看到医生在给了我匹拉米洞（看上去那些药片是叫这个名字）之后也想把我的烟斗悄悄塞进口袋时，我再也忍不住了，于是我对他说：

"你也一样？"[1]

"你看，路易斯，你觉得就因为我是医学本科生，我就没有跟其他人一样的情结了吗？"

只剩我和克鲁埃尔斯独处一室了，他用他小鸮一样让人平静的眼睛默默地看着我。他看着我，似乎行将离去令他痛苦。

"你要一个人待在奥利维了。"

"没错，克鲁埃尔斯，不过我不想骗你，我宁可这样。战争让我疲倦。"

"你让我感到害怕。复发总是危险的。"

"你指扁桃体炎吗？"

"你知道我说的是什么。"

"你错了。在那件事上我已经痊愈了。经过了那么多个头顶天鹅座的夜晚！尽管你不相信，克鲁埃尔斯，但我做了很多祷告。"

"我为什么会不相信你呢？"

"你看，我甚至可以告诉你我在那些战斗中是如何祷告的，但是，拜托你不要嗤之以鼻。当我裹着司令从我这儿顺走的风雨衣蜷缩在坑里的时候，我听着流弹的呼啸声努力想要睡着。我盯着那个群星组成的十字架对它说：'我是个混蛋，上帝，我是个混蛋！欧塞维奥舅舅胜过我千百倍，领主夫人也是，至于领主我不敢确定，但谁又知道呢……所有人，所有人都比我好，我的上帝。请你怜悯我，尽管没有人比我更混蛋。'"

---

[1] 原文为拉丁语，Tu quoque，是主张某人也做了他所批评的事，因此其论点无效。

"人不能祈祷他想要的,而得是他能做的事。"克鲁埃尔斯说,用的是一贯的严肃口吻。

我想念我们的营队。这是自打我加入以来第一次独自一人。今天我已经不发烧了,要不是天依旧阴沉下雨,我甚至会出门走走。这样的天气在这么低洼的村子里是最压抑的事。奥莱加里亚阿姨把我当心肝宝贝一样照顾:炖母鸡汤,一杯杯浸了朗姆酒和糖的牛至,现挤的山羊奶……没人能把她的外孙跟我同时得了扁桃体炎的想法从她脑子里赶走。哪里只是扁桃体炎而已!那个死去了的肢体不全的少尉多么可怜……

从卧室我能听到村里的孩子冒雨在广场上玩耍的叫喊声。我想念我的营队,就跟被关起来的孩子会想念他的同伴一样。"我是领主,你们得听我的。"我听到有个孩子这么喊道。我透过半掩的窗板朝外看去,那不是领主夫人的大儿子吗?小恩里克……当领主夫人怀着这个鼻涕虫的时候,村里的年轻人在全村人的默许下,尤其是在老妇们的祝福下,用粪便涂花了她家的大门。以前小孩子们都不愿跟他一起玩,现在看他时都带着敬重。他们都听从他。这都到了什么程度!他踢了一个磨磨蹭蹭的孩子一脚——而其他孩子都觉得这再正常不过……

10 月 16 日

我离开了家。奇怪的是这么多天里领主夫人都未曾屈尊询问我的身体情况。我并不想说她必须来看我,但她可以派那个仆役来。或许她怕受牵连,也可能她压根不在乎。我只是一个被榨干了的橙子。

我出门在村子周围闲逛。帕拉尔河沿岸的白杨树叶都已转成黄色和红色,渐次凋落。河水也比我骑着"橡果"在河边溜达时涨了许多。"橡果"它现在会是什么样呢?它也把我忘了吗?

知了鸣唱过的松林此刻一片寂静，不再散发出松脂的香气，潮湿泥土的气味盖过了一切。天气开始转冷，我惦念起那些不要脸的家伙从我这儿顺走的风雨衣来。

村民们都忙着采收番红花，今年的收成非常好。村里的路上铺满了花瓣，河水也带着大量的花瓣流淌而下。家家户户都能闻到番红花那尽管不浓烈却与玫瑰相似的香气。男女老少都坐在矮凳上，左右都摆着大背篓。他们从一个背篓里拿起花朵，摘出红色的雌蕊放进另一个背篓，那些一无用处的紫色花瓣则被丢掉。之后他们会烘烤那些摘出的雌蕊，而烤过的花柱便是番红花，其重量用黄金来计，这才是奥利维真正的财富。

当我坐在河边的某个地方，会看到无数的花瓣从眼前流过。花瓣的数量多到在某些地方的河面上满满都是，并产生一种十分奇特的效果：一条紫色的河流。

番红花花朵的香气让我着魔，不知道为什么让我想起了她。

吃过午饭之后，奥莱加里亚阿姨把我独自留在了家里。她得去菜园里灌溉，要是不去的话，她就得等到下个星期才能轮上。河水的取用都是依照严格的轮次来的。

这是我期盼了许久的时机。我的卧室在底楼，而她的在楼上。我像个贼一样上了楼。她的房门虚掩着，她睡觉的房间从不通风透气，那股浊气像人的呼吸一样猛然间吓了我一跳。房里一片漆黑，奥莱加里亚阿姨只有在极为特殊的情况下才会打开窗板，就像那一次。她不太会想到有一天我会独自偷偷回到这里……我蹑手蹑脚地摸到了窗户。要是此刻她出乎意料走进来，我该跟她说什么呢？除了真话什么都能说，就让她以为我是进来偷东西的，偷什么都行，我不在乎。

我靠在了床上。按照此地婚床上的习俗，上面铺了五层羊毛床垫。

我陷在里面就跟掉在一朵云朵里一样，因为床垫没有绷线，都不成形状。奥莱加里亚阿姨只去过巴塞罗那一次：当时有个眼科医生要给她做检查,白内障正在她眼里逐渐形成。她唯一留有印象的就是床垫,"老天爷,他们怎么能睡在那么硬的东西上面?"

那些照片从带有金属粉的相框里看着我。惊愕的笑容、呆板的目光、头发和眉毛上的炭笔线条……一切都那么蠢!你,尤其是你,就是个白痴!谁让你站在射垛上面的?

嘴巴左侧那道深深的皱纹,似乎像是肝痛的早期征兆,那名少尉不是也有这道皱纹吗?嗨,说到底,谁还不是会像个谁?当两个人相像的时候,其中一个总会比另一个更像。相像是什么意思?肝痛又是什么意思?一个男人刚挨了一颗从不到三十步远的地方射出的毛瑟枪子弹,谁知道是不是正好打在了肝上,但他露出肝痛的表情是可以原谅的。我们又有谁能在一样的情形下不露出难看的表情?

这间卧室的气味太难闻了,比加利法神父的宿舍味道还难闻,而这不过是打个比方。这些被修饰得过头的照片……又怎么能保证体现出了接近真实形象的样子?尤其是这张照片,就靠一个肖像摄影师把他做成了和他的外婆——我想说的是她外婆的妹妹——一起第一次领圣餐,而那个摄影师就凭这赚了二十杜罗……二十杜罗!卑鄙的欺骗老实人的家伙……这个可怕的相框,还是一名女士的馈赠……"一名真正的女士,堂·路易斯,她曾是村里的女教师。"对这样的人,除了麻烦和不快还能有什么盼头?

奥利维,17 日

天气还是很糟糕,于是我没出去散步,反倒是窝在了小酒馆里。梅利托纳依旧扭摆着走来走去。可怜的加利亚特留在那片荒地上该有多么孤单……政委有了一个很古怪的反应:他在再次回到奥利维的日子里,一天都没有踏足过小酒馆,"没有加利亚特在,去那里不太好。"

司令给我写了信:"你别离开奥利维。这些行动就是场错误。你等着我们。我们没几天就回去了。"

是不是奥利维的空气里有什么会冲上脑门?为什么我在这里感觉这么舒坦?秋天的万千色彩、迁徙的鸟群、掉落的树叶、河水的喃喃细语,一切似乎都在说:"你别让你最好的年华溜走,你不会重活一次,你的瞬间就像帕拉尔河带走的番红花花瓣一样流向虚无……你的瞬间本可以无比精彩!"我愿意付出一切,就为了荣耀的一瞬间。

前天我就满二十六岁了,我今天才想起来。一股忧伤好比一首被遗忘的乐曲一样朝我袭来。那忧伤就像一首本来十分美好,我们在听到时却不曾留意的乐曲,而此时我们才发现已经遗忘了这首乐曲……我的上帝,经历过的那些岁月到底要在何处驻足?

今天上午,我都没意识到便已机械性地走在了通向城堡的山坡上。幸好我在半路上停了下来,我要去哪里?我为什么要去问候她?我要对她说什么?

奥利维,18 日

我去了城堡。

那个仆役把我带到了阁楼,我从来没到过那里。一共有八九间巨大的阁楼,互相之间以建筑物主体墙的延伸部分隔开。倾斜角度很大的天花板恰与屋顶的下方对应。支撑阁楼的横梁十分引人注目,他们是在哪儿找到这些巨大的树木的?想必都是百年核桃树,就是沿帕拉尔河走时能看到的那种核桃树,树冠仿佛触及了天空,树根似乎碰到了地狱。

不光在朝阳的阁楼里,而且在北翼阁楼的这些横梁间也有许多燕子巢,这些鸟巢跟在屋檐下看到的那些形状并不一样。我也听说过筑不同巢的燕子种类也不同。不过现在不管在哪种巢里都没有燕子,反倒是壁虎还在那儿奔走。在有一面墙上——墙都没有抹灰——能看到有可能是猫头鹰巢的窟窿。地上并没有铺地砖,走上去的时候地面在脚下颤抖。许多破旧物品被搁置在这里,若是古董商来这里的话定能找到不止一件有意思的东西。被虫蛀得很厉害的核桃木大箱子中有一些哥特式的镶板、缺了个把抽屉的桌柜、断了凳腿的修士扶手椅、巨大的巴洛克式火盆,还有其他我无法辨认的各式破旧器皿。有三幅画面朝墙叠放在一起的画作引起了我的注意,这些画只能看到背后的布料,尺寸都很大,布料上多个洞眼清晰可见。

她就在其中一间阁楼里,是最小的那间,朝向南边。那里没有破烂家什,只有兔笼和鸡笼,外加一间小鸽舍,还有一张苇席铺在几个破箱子上,上面摊着几排挂了白霜的无花果,等着在阳光下风干。

她坐在一把小矮椅上,跟其他所有人一样正忙着摘取番红花。两个孩子也坐在各自的小凳子上,身边放着自己的小箩,跟她一样忙活着,表现得特别认真。当时一束阳光透过云层的缝隙照了下来,仿佛许多隐形的小水珠一样微微颤抖着落到了最小的那个孩子的头上。我从来没注意到他的头发如此金黄,就像老祭坛装饰画上的金子一样闪闪发亮。

她邀请我坐到了另一把椅子上,但没有起身也没有停下手里的活。她表现得和气而庄重,再无其他。我不知道该说些什么,于是便问她那三幅画上画的是什么。

"恩里克的祖辈们。无政府主义者拿这些画当射击的靶子来消遣。我把它们拿到了阁楼上是因为我觉得他们不怀好意地看着我。"

"您介意看到他们?"

那是三幅骑马的肖像画,除了年代——每个人各自所属的年代——之外,并无任何特别之处,都是乡村里的三流画作,就是那种完全可以说是凭时间取胜的作品，因为岁月的力量这些画颜色发暗，从而看不太真切。依照三个人在装束上的差别来判断，我揣测那三幅画上分别是死去的领主的祖父、曾祖父和曾曾祖父：三个人都很优雅，在马上的样子也很硬朗，目视前方，毫无嘲弄的荫翳之色。三人的左手都握着剑柄，右手拽着马笼头。事实上三人都跟奥莱加里亚阿姨的外孙一样有着正视前方的麻木眼神，并且正如后者，不仅没有讥讽的神情，还伴有令人惊叹的正直目光。这三幅骑马肖像画里的眼睛如出一辙，介于呆滞和调皮之间，这样的眼神也令他们后代的照片更显生动。在三幅画中马匹矫健抬起的前蹄间都有一个骑士徽章——自然是一模一样的：绿色的田野上有一棵银色的橄榄树。在这点上除非我对纹章一窍不通才会看走眼。领主夫人的两个孩子却一点都没有这种街道食品店老板的眼神，他们跟画上的任何一个人物都毫无相像之处……甚至跟领主也一点都不像！依我看来，那个骑士徽章还缺了一段文字："今日不赊账，明日可以。"

"哪天得把这些画修复一下，说到底他们毕竟都是您孩子的祖辈们。"

"当然了，或许您不信，但我也这么想过。"

她抽出花蕊的手法轻巧得令人赞叹，在她四周的阁楼不规则的地面上撒满了花瓣。那仿若玫瑰却更为淡雅的香气仿佛是从她身上散发出来的。她躬身忙活着，并没有看我，而我默默地看着她。

"奥利维的万福玛利亚……"我轻声嘟囔了一下，又恢复了沉默。我本来还想添上句什么？为我们罪人祈求天主吗？[1]

她抬起头，眼中有我熟悉至极的那丝阴郁光芒。

"您说了什么吗？"

那女低音的嗓音听来极为自然，完全没有了曾令我感动不已的颤音，难道那样的颤音是我做梦梦见的？这样的嗓音可曾颤抖过？

---

[1] 原文为拉丁语，Ora pro nobis peccatoribus，为天主教祈祷文《圣母经》中的经文。

"是，不过我已经不知道我想说什么来着了。我觉得应该是跟番红花花朵有关的事。也可能跟薄翅螳螂有关。我不知道您是否看过一本名叫《昆虫记》的书，是一个名叫法布尔的普罗旺斯人写的，非常有意思。很多年前这书让我很开心，那时我才十四五岁，您想想看。"

"我觉得您之前说的是乡里的圣女。"

"对，我也想说乡里的圣女，为什么不说呢？我们也可以把乡里的圣女掺和进来，毕竟您也叫这个名字。奥利维的玛丽亚，奥利维拉。花那么大功夫就为了利用这么小小的花蕊！而这么漂亮又芳香的花瓣却被毫不在乎地丢掉，河水卷走了成千上万瓣花瓣，远远就能看到那片紫色。"

"这些花瓣什么用场都派不上。"她已经不再看我，转而继续躬身干活，她的手指不曾停歇。

"是派不上什么用场，我同意。本能是很奇妙的，可说到底，又有什么用？如果咱们失去了唯一值得的东西，这一辈子对咱们又有什么用？"

"您到底在说什么？"

"我怎么知道！可以做出的假设那么多，太多了！有人做出假设却不自知，比方说，圣地亚加……"

她看着我似乎在想：这个人神经错乱了。如果我们真要来做假设的话，为什么索雷拉斯不离得远远的？这两个头发如此金黄的孩子，还有那样的大眼睛——遗传自母亲的眼睛……有一种可靠的办法能让某些谨慎措施失效，有那么多可能的假设：我们会永远都没个完。比方说，如果领主和领主夫人，在他们不知道的情况下，两人其实是兄妹呢？为什么没可能呢？"肯定是在哪儿掺了点啥。上帝才晓得她是谁的女儿。"不过，无论相似程度有多少，两个孩子还是有点死去的领主的样子，而后者本可能是他们的舅舅……

稀奇的是当时她最吸引我的地方竟然是她生出了两个那么漂亮的孩子。我感到体内有股黑暗的本能在震荡，那股本能可能更具植物性而非动物性，想要扩散强大而占据主导地位的生命，想要成为帕拉尔河畔的一棵核桃树，拥有巨大的根系，并能孕育出神的血统：你们便如神[1]，那是我们最隐秘的欲望，是不定的荣耀，亚当为了它将天堂中笃定而平静的荣耀作为交换。"本能的奇迹"，我想，雌性一旦受孕后便会吃掉一无用处的雄性，而之后雌性却可以为了她甚至无从见识到的后代而奋不顾身，一切都是为了后代！个体不名一文，后代才是一切。可是，后代又是什么？他们就是一帮跟我们如出一辙的蠢货。说到底，昆虫跟我们一样愚蠢。

可能在死去的领主还活着时，那时的防范措施还有挑战的价值。但此刻……此时她已是自由人……不需要欺骗谁，她到底有什么兴趣在……

"什么用场都派不上，"我重复道，"以前还能用来保护这些红色的花蕊，但花蕊一被取出，它们又有何用？"

"正是如此。"她麻利地干着活，并没有对我多加留意。

"那您是明白我的意思了？"

"哦，不，我不知道您在跟我说什么。"

"您知道薄翅螳螂吗？从各方面讲都是一种了不起的动物。"

"这里我们管它们叫修女螳螂。夏天在庄稼收割后的茬地里有很多，而且是在一天里最热的时候。孩子们说如果一个人在田野里迷了路，他只能向修女螳螂问路，因为它合起前肢的样子似乎在祈祷，它会用前肢指引出正确的方向。"

"不只有一个假设。如果我们开始做假设的话，相信我，我们没个完。请您听好接下来我要告诉您的事：把这么漂亮的花给扔了是不是真的很可惜？把花蕊采摘下来固然很好，我不是说不要摘花蕊，但是把花扔了还是很残忍……"

"那我们能拿花来干什么？没有任何用处。"

---

1 原文为拉丁文，Eritis sicut dii，引自《圣经·创世记》。

"没有任何用处……就跟一个已经生养过个把孩子的女人一样。我不是要说孩子不值得我们的尊重,尤其是这些孩子是我们自己的收成的时候,就像司令说的那样。但是,就该为此而放弃爱情还有荣耀吗?请您相信我,奥利维拉,并不是一切都建立在用处之上的。我们不该跟昆虫一样。"

"什么昆虫?"

"比方说,修女螳螂,您显然不知道我在跟您说什么。修女螳螂有些习惯,我得怎么跟您说呢?它们有些不太值得推荐的习惯。如果我跟您说在有些愤愤然的时刻我会羡慕被吃掉的雄螳螂,您会相信吗?不管那荣耀有多么不定,但至少它见识了自己荣耀的那一刻。尽管只是一瞬间,但那会持续多久啊!真是令人嫉妒!为什么还要继续活着?这一瞬间抵过所有的永恒。"

"我已经很久没见过修女螳螂了,"她用伟大女演员一般的自然口吻说道,"当我们还是小女孩的时候,我们会在茬地里找它们,我们用手指抓住它们的尾巴然后说:'合掌。'它们就会把前肢合起来。多少年过去了,我的上帝啊……我们还会去河里抓蝌蚪,然后把蝌蚪放在玻璃瓶里直到它们都变成青蛙。"

"有那么多可能的假设!您,奥利维拉,您是我认识的人中能在我的想象中制造出最多假设的人。您跟我说起蝌蚪,它们如果不死在半路上的话的确会变成青蛙。这就是所谓的变态过程。但是里面也有变成蛤蟆或蝾螈的,因为变态过程和假设一样,充斥在这个世界上。在这样的世界里,你会遇到各种假设。比方说,拉屎佬,可怜的拉屎佬……"

"您可以把话说清楚。您觉得我会受冒犯吗?"

"拉屎佬从来都不是您的父亲!有些事情是显而易见的。蛤蟆蝌蚪注定会变成蛤蟆。"

"您觉得这想法对我而言很新鲜吗……我告诉您不知有多少次我在脑

海中闪过这样的想法,而且我多么希望真的是这样,这是为了我也是为了他。尤其是为了他。这样对他会更好……"

"对,奥利维拉,而另一个……"

"什么另一个?"

"另一个无赖,羞涩而有教养的无赖。那个文雅的无赖。堂·恩里克·德·阿尔佛斯·伊·佩尼亚洛斯特拉……多么温顺的罗兰啊!要是拿他来做假设的话,咱们怎么都说不完。我的天,想到那犄角就好吓人……"

她的目光变得如闪电般刺眼。

"我们并不能相互理解,"她打断我的话,"请您相信我,我很抱歉。为什么要让您理解就那么难呢?"

"理解什么?"

"理解我的情况:我的孩子们是我唯一感兴趣的事情。"

她又开始埋头干活。

那一刻闪烁不定的阳光带着雨水的泪珠,落在了大孩子的头上:"我是领主,你们都得听我的。"他的脑袋也像旧黄金一般闪光。两个孩子迅速而认真地分拣着花蕊。燕子巢里是多么寂静啊!

奥利维,19 日

来了个不速之客:索雷拉斯。

他出现在了奥莱加里亚阿姨的家里:"我听说你之前病了,我来庆祝你康复。"

我请他坐到了屋里唯一的一把椅子上,而我自己则躺在床上。

"你可真是个幸运的家伙。令人羡慕的扁桃体让你过得优哉游哉……

而且还刚好是在你相好的村里。"

他脱掉了皮夹克,任由衣服掉在地上。

"我可没有什么相好,这里没有,其他地方也没有。我求你别再一开口就是你那套放肆狂妄的话。你想抽烟吗?他们顺走了我的烟斗和烟盒,但我这里还有一包烟丝和一本卷烟纸。"

"要是有杯白兰地的话我会更感激。"

"'奶嘴共和国'的那帮家伙给我留下了一瓶甘蔗酒,据他们说,包括医生也这么说,这是对抗扁桃体炎的最佳疗法。他给自己几乎倒了满满一杯——用的是我的铝杯,腿搁到了桌子上,伸着懒腰打着呵欠。

"你和我得谈谈,路易斯,但不是谈你的那些相好,这个我没兴趣。你可以自己留着。我坦白跟你讲,这些事对我而言已经是生活中无关痛痒的一方面,说到底,你稍微想想,当一个男人和一个女人接吻的时候,他们得到的无非就是连接起了彼此消化道的最上端。"

"这是哲学观点吗?"

"对,但是廉价的哲学,在所有人的智力范围之内,比如说你的智商范围。"

他一边发出令人不快的咯咯笑声,一边不时大口喝着杯子里的酒。

"你会觉得不舒服的,尤利,那是烧酒。"

"咱们真的得谈谈,路易斯。你不觉得《死尸的婚礼》会是一个很好的小说标题吗?总有一天我会写这部小说,目前,你也看到了,我已经有了标题。一部伟大的色情小说配得上咱们的时代!如果我告诉你,修道院里那个婚礼场景是我想着你……想着你还有特里尼弄出来的……你不会不跟我承认你俩是天造地设的一对干尸吧?"

"我再次提醒你说话的时候小心一点,否则你有可能会像上次一样让我暴跳如雷。"

"可怜的特里尼!你因为她对你忠诚而不原谅她:

情人眼中对献身暗藏恨厌[1]……"

"你是来给我做训诫的吗？"

"不是，路易斯，我还没那么高尚。你可以放心。我来是要告诉你，你和我永远都当不了公证员。公证员啊！你和我能有可能准备参加公证员考试吗？咱们死记硬背了那么多东西，什么《学说汇纂》[2]《教皇诏令书》……都是无用功，路易斯！就别说什么《判例汇编》了，太令人作呕了！谁还记得《学说汇纂》？咱们已经尝过了荣耀的滋味，它所留下的回味让《教皇诏令书》《判例汇编》《学说汇纂》甚至帕比尼安[3]的《解说书》都显得寡淡无聊。咱们曾四处游荡，干这干那，曾经是自由的，是人，是野兽……而之后，任何人都可以成为公证员！战争是个让你的血液永远中毒的娼妓，其他任何事在战争面前都显得苍白。你只要想一件事：我们为什么还要看《神曲》？当然，假设我们还都看这本书的话，我可以告诉你，就我而言，这是我继《罗兰的号角》后读到的最痛快的书。那是因为三千年的文学史上只有这一部，反倒是无聊的东西写了何其多，简直无趣透顶！而《神曲》仅此一部。那么，如果每三千年写出一部，等过了三千个三千年之后，就会有三千部《神曲》，凭你所知的有限的代数和三角知识，你自己也能算得出来。岁月流逝仿佛一声叹息，梁龙和大懒兽仿佛昨天还在上帝创造的世界上漫步……两亿个世纪就这么轻描淡写地过去了！所以可怜的但丁不知不觉间就会被遗弃在几个巨大的塞满像他的作品一样优秀却无人阅读的图书的阁楼里，谁能读得过来这么多天才的书？人类的记忆留存不住那三千万或三千五百万个累积下来的但丁的名

---

[1] 原文为法语，Et lire la secrète horreur du dévouement……，引自波德莱尔《恶之花》中的《萨巴蒂埃夫人组诗》。
[2] 一部罗马法汇编，公元530年东罗马帝国皇帝查士丁尼下令编纂。
[3] Aemilius Papinianus（142—212），古罗马法学家。

字,哪怕我们所处的这个从各方面讲都很重要的星球,保守来讲在天文学意义上持续了很长时间,并不会轰的一声便土崩瓦解……不过这也并非不可能。为此,我决定不写《死尸的婚礼》,我放弃了成为新一个但丁的机会……"

"非常有意思,不过我不明白你为何专门跑来奥利维告诉我这个消息。你或许有可能,可我,我跟但丁又有什么共同之处?"

"你可能不渴望成为但丁,但你渴望成为公证员。照此看,每一个但丁就相当于将近四万六千多亿个公证员。"

"我看你已经算得挺清楚了。"

"我是在一个失眠的夜晚做的计算。要是哪天你跟睡眠过不去,你就跟我做一样的事:来计算一下从这个伟大星球有记忆的第一天开始曾有过的、现有的以及将要有的公证员数量。数公证员的话要比数羊更快入睡。啊,公证员的数量真的多如尘土!最好先来数数天上的星星或是海中的沙粒。我一直怀疑亚伯拉罕[1]学错了专业,他本该成为公证员才对。亚伯拉罕本该成为多么伟大的公证员啊!你读一下关于他买下麦比拉洞[2]的所有故事,就是那个他想用来埋葬他妻子的大洞穴,你就会发现那是他花了四百个银希克罗买下的。参见《创世记》第二十三章第七到二十节,你顺便还会发现不可能起草出一份比这更好的买卖文书。他是多么伟大的公证员啊!相信我,路易斯!"

"那又怎样?"

"相信我,路易斯,人们想要寻求的能替代唯一的荣耀的东西都是虚假而荒谬的。文学的荣耀?多么愚蠢啊,一份纸上的荣耀……成为千万本书中的一本,千万具干尸中的一具,但愿你们的石膏胸像能出现在'鲁斯

---

1 犹太教、基督教和伊斯兰教的先知。
2 又名列祖之洞,穆斯林称之为易卜拉欣清真寺,是位于希伯伦旧城中心的一系列地下室,该洞及周围是亚伯拉罕所购买的一块墓地。

卡列达之子，做汤的细面条'的经理办公室的档案柜上……"

"那你认为的真正的荣耀又是什么？"

"战争与爱情，杀戮与杀戮的对立面！没有其他，而我，从我温柔的童年起，我就饱受白齿之痛……"

"战争与爱情，杀戮与杀戮的对立面……你以为你是第一个这么说的人吗！这种事令人疲倦，所有人都知道这些。"

"这些事当然令人疲倦。荣耀也让人疲倦，只能支撑一瞬间而已。但那是怎样的瞬间啊！我们所有人活着都是为了这一刻……婚姻？谁在谈论婚姻！别谈什么婚姻！我来就是为了告诉你……别、别，你可别把我也算在内。不谈婚姻！婚姻是她们钟爱的圣礼，那些可怜的女人，比洗礼更受她们的偏爱，甚至要更偏爱得多！但这跟我没关系，嘿，跟我无关。我想要伟大的爱情，谁又不想成为一场伟大爱情的主角呢？一场了不起的爱情，也就是说，与婚姻全然无关。这不是开玩笑，知道吗？我来是为了告诉你……"

"告诉我？你会明白……为了告诉我什么？"

"你居然不明白简直不可思议。要是我继续跟你们在一起，我就会不知不觉地结婚生子，但我不想要这些，你明白吗？我不想要。你们不要来给我讲什么浪漫故事。可以有伟大的爱情，而它总是令人愉悦的，但不要和婚姻扯上关系！尤其是你还会摊上别人的孩子……嗯，就差这个了……孩子们，就跟司令说的一样，得是自家的收成。战争与爱情，杀戮与杀戮的对立面可以有，但条件是仅仅维持一瞬间。说到这个，你知道我从没杀过人吗？"

"皮科曾告诉我你打起仗来像头猛虎。"

"用机关枪打？那个不是杀人，那是处决。我想说的是亲手杀人，为了个人目的，杀死某个你极其反感的人。比如说，杀死你最好的朋友。杀死他时怀有同样的快感，就是跟那什么……一样的快感，你明白吗？因为杀人和那个是一码事。"

"切，如果你认为你这是发现了什么的话……"

"我什么都没发现，你明白我的意思吗？我压根儿没兴趣去发现。"

"听你这么说我很高兴。"

"发现便意味着胜利，只有白痴才会胜利，就是那些没本事下决心做成不可能之事的人。我来就是为了告诉你唯一一令我感兴趣的爱情是不可能发生的爱情，跟婚姻毫无关系！唯一的可能便是不可能，你记住这一点，谁知道这会不会是我人生的箴言呢。我多么想杀人啊！不是用机关枪，而是用双手，紧紧捏住一个脉搏跳动的喉咙直至把对方掐死……我有二头肌，你知道吗？我有神经也有肌肉。你不相信，你从来都不相信，你从来都不屑怀疑我，但我能杀人！就凭我的双手，你知道吗？你总把我当成个娇气的人，你就跟那个中校一样蠢……"

"哪个中校？"

"军队医疗站那个，就因为我胸不够宽就想宣布我是个废物。"

"你以前一直都说那是因为你近视。"

"一帮蠢货！你们不知道世上有两种肌肉吗？一种看得见，一种看不见。比方说那个宽肩高个的外国人，胸膛跟匹马似的……的确很惊人！但要是我想的话，我可以在某一刻撂倒他。有种无形的肌肉更灵活……"索雷拉斯卷起衣袖，给我展示他修长却瘦巴巴的胳膊，都没什么形状，"我只要一拳……"

"你总是有这种怪癖，可怜的尤利。你很清楚哪怕一个拖鼻涕的小孩都可以几拳就把你漂亮地打翻在地。就别在这儿扯什么无形的肌肉了，那不过是你想象出来的。你有着更重要的品质，而奇怪的是你却如此操心肌肉的事。我希望你别去改行当码头搬运工。"

"当然会改行了，"他带着讶异的神情看着我，"我为什么不能改变，为什么？没准那个外国人就是码头搬运工。头发那么金黄，而皮肤那么黝黑，谁能保证他就不会是克里斯蒂安尼亚[1]的一个码头搬运工？那一口令人惊叹的好牙，似乎只有野蛮人才会有……你没法想象我这一辈子吃了白齿多少苦头！有些瑞典女富婆会很任性，那女人比他大很多，就是那种相当成熟却保养得还不错的北欧女人。她说不定比他大二十岁，她说不定都有五十岁了。一对璧人！总会有那样一对情侣，驾着一艘摩托艇，以为自己发现了一处无人的小海湾，一处可以让两人像两匹马一样放肆撒欢的地方！但也总会有一个十二岁的男孩躲在茴香丛中，因为看到那一幕而呕吐……因为，说实话，荒无人烟的小海湾并不存在，我们所有偷偷摸摸干下的事总会被一双无法原谅我们的无辜眼睛看到。我是近视眼？你别逗我笑了。我倒是想！看不到鼻尖以外的地方……就跟你们所有人一样。你觉得能看穿一切事物的内在有什么意思吗？举个例子吧，我跟你举个例子好让你明白这一点。领主夫人是个有魅力的女人，就跟那个瑞典女人一样，当你，路易斯，当你看着领主夫人的时候……"

"你能别再跟我提这事儿了吗？"

"听着，哥们儿，这只是个例子。当你看着她的时候，你看到了什么？她的眼睛、头发、嘴唇，你的目光仅仅流于表面。如果换作是伦琴射线的话，你会看到什么？那就会是大脑、神经、喉和肺。"

"那样的话我们不会喜欢上任何一个女人。"

"谁知道呢？有些肺可能是极美的。比方说领主夫人的肺，或是那个瑞典女人的肺。说到肝，知道吗？那样的女人的肝，可是不得了的肝！就像一条鳎鱼！拥有美艳的紫色，泛着细微的彩虹的光芒……真遗憾我不是个画家！不然我就可以画出我眼中的领主夫人或是那个瑞典女人，那肯定会让你惊诧得站不住脚。真是充满野性的妇人啊！她们的健康活力简直能拿出来赠予或贩卖。她们拥有惊人的内分泌腺，那正是她们强大的女性魅

---

[1] Kristiania，挪威首都奥斯陆在 1925 年前的旧称。

力的源泉。而我,可怜的我,却不得不谦虚地承认我的内分泌腺……"

"你就别扯上腺体了,真是一派胡言。"

"胡言?他们像马一样在沙滩上翻滚嘶叫……而我却吐了。我都想掐死那个蠢货,就像掐死分布在世界各个角落的蠢货们一样!"

他停下话头,用他的近视眼专注地看向我,忽然哑然失笑。

"你们跟这样的女人在一起我并不嫉妒,路易斯,我跟你保证。我不嫉妒你们跟她们在一起!我有更大的野心,但事实是:一个人对于所犯下的罪孽感到后悔总是好的,因为这样一来他便双倍利用了时间,首先花时间犯罪,之后再花时间来懊悔。悔恨和其他任何方法一样都可以使罪孽更持久……而罪恶的生命力总是那么短暂!反之,后悔不曾犯下过罪孽则是一种乏味的感情,无法引起任何满足感。一个人能为犯下的数不清的罪孽痛哭流涕是多么快乐!就像雨水落在施足了肥料的土地上,收成会好得不得了!你不愿相信圣女菲洛美娜为我姑妈显灵,就像你也不相信是我偷了后勤部那几瓶农夫牌炼乳。然而,它的确在动。而要是我告诉你,你很快就会相信这一切都是真的呢?会非常快,花不了你多长时间。可能就在我离开这个房间的时候。我指的是炼乳的事,不是圣女菲洛美娜。要是说到圣女菲洛美娜的话,你可得继续相信我的话。我的姑妈身体好得跟铁打的似的,她把这归功于她的生活方式,但更得益于圣女菲洛美娜的保佑。至于她的生活方式,照她的话讲是极为健康的,这个我回头会讲给你听。现在咱们说的是圣女菲洛美娜。有一次我的姑妈得了流感,就跟你得的这场流感差不多,还发了高烧。由于她一直没病没痛过,所以那场伴有四十度高烧的流感对她而言就是件了不得的事情。换句话说,算得上是她这辈子的一座重要界碑了,因为除了那场流感,其实在她身上并没有发生过很多值得讲述的事情。话说回来,就在她发烧失眠的一个夜晚,圣女菲洛美娜出现在她面前,并对她说:'你别害怕,我会救你的。'至于为什么圣女菲洛美娜会跟她说西班牙语?我怎么知道,你自己去问我姑妈吧。

我想应该就是因为那时候……还在独裁期间,加泰罗尼亚语还不是官方语言。"

"唉,那咱们可真是麻烦了,连另一个世界的圣人都准备好了……"

"要知道我姑妈可从来不怎么把自己当西班牙人,相反,她一直都倾向于堂·卡洛斯和神圣传统。不过,你以为我是专程来跟你讲我姑妈的事儿吗?要是我们来讲那个年代的事情,讲独裁[1]时期的事,那可会唤起太多回忆!就是在那时,在独裁时期,也是咱俩认识的时候,咱们已经高中毕业那阵。你应该记得咱们是从1929年一起开始上大学的。要是我没记错的话,咱们是在1930年的12月轰轰烈烈大干了一场,你还记得吗?特里尼跟咱们一起,那时你才认识她没多久。咱们爬上大学的屋顶,升起那面旗帜,那面联邦共和国的旗帜。为了决定升起哪面旗帜,咱们可没少争吵!一些人想要黑色的,另一些人想要红的,有人想要黑红相间的,还有些人想要共和国旗帜(不过特别之处是,当时没人知道共和国的旗帜是什么样)。奇怪的是,升起加泰罗尼亚的旗帜——这面咱们全都认识,又代表了咱们所有人的旗帜——却从未闪现在咱们的想象之中。

"咱们最后靠投票来决定,结果联邦旗赢了。于是新的问题又来了:联邦旗又是什么样?咱们不得不请教特里尼的父亲,而正是特里尼依照她父亲的解释,用不同布料把旗子做了出来。有红条子、黄条子和紫条子,还有一个海蓝色的三角,上面贴着白色的星星。那些星星是咱们拿剪刀在毛边纸上剪出来,再用糨糊贴到旗子上。那面要命的旗子真是费了咱们好大的工夫!而星星又引发了咱们新的争论:到底得有多少颗?每个联邦州算一颗,但又有谁能知道一共会有多少个州?带着这样的疑问,为了防患于未然,咱们贴上了好多颗,十五还是十六颗的样子,这样就有足够的星

---

[1] 此处的独裁指的是堂·米盖尔·普利莫·德·里维拉·伊·奥尔瓦内哈(Don Miguel Primo de Rivera y Orbaneja, 1870—1930),于1923年到1930年西班牙复辟时期担任首相,任内实行独裁统治。

星分配给各个州了！随后怎么把旗子偷偷带进去又成了很现实的问题。我把它跟宽腰带一样缠在了腰上，藏在大衣下面。要注意的是，那可真够鼓的！那是我这辈子第一次因为肚子鼓得吓人而惹人瞩目。最后……升旗！我的天！你还记得吗，路易斯？咱们是怎么跟猫似的走在摇摇晃晃的瓦片上的。是你走在前头，之后是特里尼，最后是我吗？那么多次的争吵，做了那么多事，付出那么多努力，那么颤颤悠悠爬上大学的屋顶，到头来就是为了来往行人能从广场上看到它，并且诧异地议论纷纷：那些学生又在出什么幺蛾子？为什么要升起一面美国国旗？"

"人们这么说了吗？我完全不知道！"

"你总是心不在焉，可怜的路易斯。那么你还想听他们怎么评论这事儿？你觉得升起那面谁他妈都不认识的旗子到底能捞到些什么？"

"我清楚记得的是你不知道从哪儿找来了一个煤油桶，一个劲儿地想要去放火烧了图书馆，是我阻止了你。"

"你总是站在文化那一边。你真的以为要是我把大学图书馆一把火给烧了会有什么大损失吗？我更关心的是另外一件小事，要是在咱们永不相见之前不告诉你的话，我会深感遗憾。永不，这可真是个决绝的说法，把话一下就说满了。我关心的小事是：咱们一辈子都会是老样子吗？你觉得自己跟二十年前那个六岁的小男孩还有什么共同之处吗？当你到了八十岁的时候——一切都会发生——你还会觉得跟现在的路易斯有相同之处吗？那咱们到底是什么？请你想一下这个问题，努力想一下：一块石头永远都是它自己，即便几个世纪或几千年过去，它的本质都不会改变，可咱们……咱们体内的细胞不断更新，咱们失去那些老细胞，又得到新的。或许，在咱们这个年纪，已经没有哪个细胞还是从咱们吃奶时的肉体上保留下来的了。所以，咱们不过就是一具形体，虽然这具形体不断改变，但其中的实质也进进出出，一如无可阻挡的河流吗？在这具形体中，实质犹如那头驴子尸体里的老鼠一样安居其中，宇宙的伟大法则应当是：'保留你们的形体吧！其余都无关紧要。'而这一非物质性的形体，这唯一的存在，谁又能将其固定呢？是围绕着咱们又限制了咱们的空间吗？可并非如此，可怜的空间！它还有更重要的事要干！那么，是时间吗？同样跟它无关！空间和时间，好一对伴儿！我可以跟你保证，要是你开始来想这件事的话，你肯定会得偏头疼。每件事都有其不可告人之处。比如说，我就想知道谁是那个固定了我形体的无耻之徒，把我弄成一副虚弱、近视、内向又精神分裂的样子。你觉得有我这副模样会是件开心的事儿吗？当然了，你……住口，慢着，你别打断我。你觉得我得看管好你们的鹰嘴豆这事公平吗？我已经孤注一掷过了，你会听说这事儿的。不要再提什么鹰嘴豆和机密了！我已经烦透了你们所有人，烦透了你，还有特里尼……"

"烦透了特里尼？"

"对，特里尼，你为什么用这种眼神看着我？你的老婆很特别，路易斯。如果我出什么事儿的话，大家会认为那是她的错。"

"我觉得你在说蠢话。你会出什么事？特里尼跟这事儿又有什么关系？"

"我知道你是个笨人，但是这么笨……难道你不知道她们还在读浪漫作家的书吗，席勒，还有另一个鸟人，歌德。歌德，太恶心了！听我的话，路易斯，与其读《亲和力》，不如读一下《埃斯帕萨百科全书》里的文章《自行车》，你能理解得更透彻：'有必要提醒的是，此类极为现代化的车辆适于单人或双人骑行，但绝不可三人同骑，此类情况会很危险。'"

"我从来都对自行车没兴趣。"

"每个女人……我现在并没有说是你的老婆，愿上帝保佑我，我也没说是领主夫人。你从来没去过我家，你没法想象我姑妈那样的女人会是什么样子。你没法欣赏那股腐臭气息所带来的一切，那股臭气来自隐秘而奇特的生活。我在那个地方住了许多年，年复一年没完没了，或许有三四个世纪那么久。因为，请你相信我，很难给我姑妈那样的女人标注上日期。通常来说，其他人的姑妈都属于17世纪，远早于法国大革命，而我的姑妈却超前于她的时代，当她说起法国大革命时就跟革命已经发生过了一样。而当她跟你说起玛丽·安托瓦内特的时候就跟说起她小姑子似的，尽管连看到那小姑子的画像她内心都会觉得受不了，但还照旧把她当作家人。然而，有些时候她却沉入无可名状的过去的迷雾之中，后退到无法确认的历史时代里。在那些时刻，你不仅能跟她谈论玛丽·安托瓦内特，甚至能说起图坦卡门，她会用石器时代人类的迷茫眼神看着你，无法怀疑他就是人类的曙光。那是什么样的曙光，我的上帝，什么样的曙光啊！又是什么样的人类！不管怎样，那间公寓散发出的臭气具体来说属于1699年，不早也不晚，你，就因为你有一个苛刻吝啬的舅舅，你就觉得自己是个因为优秀而不被人理解的外甥，你别做梦了。你可以一时气恼就给他邮寄《爆破眼》小报，可我呢，可怜的我……你别以为我没这么试过……你可别这么天真，所有的侄子外甥都想到过同样的点子。只是咱们没有同一个姑妈。她坐在路易·菲利普[1]风格的扶手椅上，戴上眼镜……镇静而高傲！直到收到《爆破眼》好几个月之后，她才每星期不屑地嘀咕上一句：'我不知道谁给我寄了这么古怪的杂志，老是讲一个叫什么巴枯宁的人。应该是圣菲利普祈祷会的神父们干的。'"

"事实是，什么样的姑妈都有……"

"就算你知道吧。有一年家里碰巧有三个我们认识的小伙都结了婚，前后不过相差几个月，于是我姑妈就得出了下面这个结论：'似乎结婚的小伙比姑娘多。'还有一次，说到家里亲戚的古怪之处，她说：'人们总是干些跟全世界反着来的事。'但愿我能把这些事儿都说给你听……不过这样一来咱可就说不完了！我能告诉你那间公寓里发生的那么多事……那是一间狭小的公寓，就在圣佩雷街上段。家里的窗户常年紧闭，因为我姑妈

---

[1] 指法国国王路易·菲利普一世（Louis Philippe, 1830—1848）的建筑和设计风格，是法国新古典主义的一种更折中主义的发展，融合了新哥特式风格和其他风格元素。

有广场恐惧症和日照恐惧症。我告诉你就算在戈德里亚，也就是我们度夏的地方，她也都从来不出她的房间，那里头也是黑漆漆的，就更别提让她踏上沙滩了。唯一能让她感兴趣的东西，我说的是外部世界，就是那个钟乳石山洞了。有时我都会想，在圣佩雷街上段的那间公寓里没生出钟乳石还真是奇怪。像那样一间公寓，我得怎么跟你说呢，真是太对我的胃口了。在那里你觉得自己就是图坦卡门，知道吗？就像一个被悉心制成木乃伊的法老安静地躺在墓穴深处，换句话说，就是如鱼得水。我在那里度过了无数年，有好几个世纪那么长，我很清楚我在跟你说什么。我姑妈受不了电力……我跟你说，她从来都不想坐电车，所以到现在那公寓里还用煤气灯。某种专属于 1899 年的煤气味儿，混合着 1699 年的分子味儿，最终形成了一股独到的辛辣味儿：简直就是康康舞和杨森派[1]的结合！说到墙壁的话……墙壁压根不存在！墙上挂满了画，自然都是圣人圣女那些不讨人喜欢的画，还有什么炼狱里的鬼魂、正义人士和有罪之人的死亡，甚至还有一幅画是欧洲的各位君主。这当然是 1914 年战争之前的事，一大帮君主簇拥着留着夸张的连鬓胡子的可怜的弗朗茨·约瑟夫[2]，就跟他是这帮人的首领似的。还有就是家族的肖像画，许许多多的家族肖像：有些人面目丑陋可恶，属于那种看上去就跟生活欠了他整个人似的。还有些人的脸很是吓人，而且跟我的脸极其相像！我姑妈睡在朝内的一间小房间里，里头没有窗户，就跟许多上世纪常见的那种房间一样，空气只能从门那儿进去，而这扇门正对着玄关。玄关特别小，也就三步乘四步那么大。你得注意这个细节，因为自有其重要性：我姑妈睡的地方距离公寓房门也就四步路，因为她的床头靠着分开玄关和她卧室的隔墙。这就意味着要想打开公寓房门而不被她发觉并不是件容易的事。她耳朵很尖，睡得又很轻，就跟

---

[1] Jansenism，17 世纪上半叶在法国出现并流行于欧洲的基督教教派，因系荷兰神学家康内留斯·奥托·杨森创立而得名。

[2] Franz Josef I (1830—1916)，奥地利皇帝兼匈牙利国王，奥地利帝国缔造者和第一位皇帝。

那些有钱又古怪的老太太一个样。不过,我做到了。就像你在这儿看到我一样,我大半夜进出家门她都不知道。她不让我晚上出去,哪怕我到了要服兵役的年龄她还是不许。我很感激她这一点,如果晚上出门不是个禁果的话,大晚上出去就一点儿意思都没有了。这是虚伪带来的快感,不过,咱们得理解,这可是彻彻底底的虚伪。有人在表现美德时是个虚伪的人,而当他表现恶习时却又很真诚,而事实上,他一直如此,一直都过着双重生活。或许你不太能理解,可说到底是件很简单的事……我睡在公寓的另一头,得光着脚在一片漆黑之中穿过走廊,而且得随时根据自己迈出的步数来猜测自己所处的方位,以免撞到家具。我凭着奇迹般的耐心打开公寓房门,一般都是在一点或两点的时候直奔'中国区'。你会问为什么要去'中国区'吧?'中国区'不是个老掉渣的地方了吗?对,就是的,陈腐而破旧,就跟阶级斗争和无产阶级群众解放这些事儿一样老掉牙,但正因为这样那里才吸引我。在那里我知道自己有多喜欢恶习,而我内心其实是个特别虔诚的人,甚至好几次我都想去当圣菲利普祈祷会的神父。冲你露出的这副表情,我就知道你一头雾水。我们又能怎么办呢。这事儿简单得就像……耐心点。

"真希望我能让你明白千变万化的幻影那微妙至极的乐趣!既是生存,又是毁灭(可怜的莎士比亚)。既成为自己又要成为他人,生存而不是存在,存在而不是生存,一切同时发生!被拆解的个性,彻底的逃避,那是只有双重生活才能给予的眩晕感!我不会跟你描述那个龌龊的洞穴,那就跟其他所有那种地方一样:肮脏阴暗,散发着潮湿又不通风的场所的那种臭味,常常是同样的三四个妓女在那儿,都是五十来岁、吗啡上瘾的女人。而墙上当然也会贴一张露德圣母的画片。所有这种龌龊的地方都很相似。有时个别变态会掉进那个洞里,让那里头稍微活泛一些,但也不会有太大用处。要不是有那幅用图钉钉在墙上的画片,我都会把那里当成地狱的某个角落:那就像是个小地狱,价格低廉,一个迎合各式钱包的地狱。

那里喝的是最臭的茴香酒，说不定是从木头里提炼的酒精。你能在那儿以合理的价格买到吗啡或可卡因，能用世界上最平静的口气说出妙不可言的下流话。那个时候你不愿相信我时常出入这样的地方，你总是怀疑我偷偷干的不过是喝椴树花茶，最多往里头滴上几滴'猴牌'茴香酒。它的确在动，你知道吗？我才不过十六岁，却对这一切了如指掌。现在你会知道这里头我唯一感兴趣的东西是什么。我清早五六点的样子回家，一身酒气，还有想要……的要命的欲望。但我会忍住，因为最好的部分便在于此。没有什么能跟忍耐欲望相比，无论是想要这或是那都一样，都要忍住！我小时候就能忍住在非常口渴时想要为了那股畅快劲而喝水的欲望。也许愉悦只不过是反转过来的痛苦，或许极致的愉悦不过是神秘反转过来的强烈的痛苦。咱们再说回之前的事。当看门人给我打开公寓大门时，我的欲望是那么强烈，我得尽最大努力才能克制住不要尿在裤子里。看门人给我一根点燃的蜡烛，那时候在我们那一区还习惯用这个。他关上门把我留在里面，就像掘墓人一旦把尸体埋进坟墓之后就会把它砌上。于是，那具尸体——也就是我——手里拿着蜡烛，忍着可怕的欲望，开始爬楼，那时候欲望已经到达最尖锐的阶段，简直无法忍受。要知道，那可是喝了好多杯茴香酒，好多杯。我爬到主楼层的楼道平台时，已经处于一种极度紧绷的状态，随时都会炸裂。我还没告诉你我姑妈把主楼层租了出去……因为整栋楼都是她的，她把这层租给了一户极受人尊敬的人家，是个公证员家庭，你知道吗？刚好是个公证员。那个公证员当时有个约莫十四岁大的女儿，是朵娇艳的小玫瑰，一个天使般的孩子。她扎着两条黑色的麻花辫，有双明亮的眼睛，个子又高又瘦，就像是苔丝狄蒙娜[1]。要是娜提站在她身旁的话就会像只小动物，你还记得娜提吗？那个佃农家的女儿。你说过的烟盒在哪儿？"

---

1 Desdemona，莎士比亚悲剧《奥赛罗》中奥赛罗的妻子。

他卷完一支烟后继续他的独白。

"无论是我的姑妈还是公证员,在他们的脑子里都认为结婚是个再好不过的主意,当然,是在我们到年纪的时候。首先,我得完成学业,之后我得当公证员的见习生,还得准备公务员考试,一旦考上了……就直接上教堂结婚!可是,你看,我没跟你说过咱们永远都不会成为公证员吗?这主意是挺好,只是他们别算上我。我总是站在那扇门前,一手拿着蜡烛,另一手解开裤裆。我在那儿感受着我的那里像把手枪,我用尽最后最大的努力来克制着那股欲望,以此表明我的意志力,因为就像戴尔·卡耐基说的那样,只有意志力才能让你在这个世界上获胜。怎么了?你很诧异我读过卡耐基吗?我看过他所有的书,所有的!我甚至看过博须埃[1]的《葬礼布道》!不过,你想让我对你坦白一点吗?其实还有比这更沉闷的大作呢,那就是《资本论》。我应该是全世界唯一一个从头到尾看完这本书的人!而且,还是德语的!嘿,你可别以为我这么说是为了标榜自己。马克思主义者……嗯……不过就是黑格尔派,不过是左翼的黑格尔派,也就是说,他们省略了所有黑格尔想象中的东西。所以,你绝不要相信没有想象力的人,相信我,我之前已经提醒过你了。他们太可怕了!没有想象力,就不可能有幽默感,同样,他们也可能为了让《资本论》成为所有小孩子上课的课本而砍掉一半人的脖子,他们随时都会致力于要求大众彻底博览群书。你从不相信我预言的天赋真是件憾事,路易斯,一件真正的憾事!你要是想通过公务员考试拿到牢不可换的见习生职位,那到现在为止你就得是个克劳泽[2]派,不过,你好好听我的预言:所有见习生都成为马克思主义者的那一天将会到来。可是,咱们之前在说什么来着?卡耐基吗?还是

---

[1] Jacques-Bénigne Bossuet,法国主教、神学家,被认为是法国史上最伟大的演说家,是路易十四的宫廷布道师,宣扬君权神授。
[2] Karl Christian Friedrich Krause(1781—1832),德国哲学家。19 世纪 60 年代的西班牙知识分子深受其尊重人权、强调个人发展的哲学观影响。

意志力？对，咱们在说意志力。我在跟你说我是怎么在主楼层的公证员门口行使我的意志力的。当我觉得自己证实了有能力达到某种意志力之后，我终于满腔愤怒地对着门底下的缝隙将水柱倾泻而出，让尿液一直流到玄关尽头。我都想存储下充足的尿液好淹没整间公寓，甚至淹没那朵无辜小百合的卧室，那时的她肯定正梦着南瓜丝甜点和蛋白酥，我都想淹了世上所有的公证员办公室！你看，我就是这样！可我觉得空虚，令人恐惧的空虚，那是多么无奈的感觉……我上楼来到我们的公寓，那是三楼二号门，我的心里有无尽的悲伤，还有巨大的挫败感，那种忧伤简直能活吞了我。我那时才十六岁，正是会有这样感受的年纪。"

他郑重地舒了口气，仿佛他适才告诉我的那些实际上是青少年时期无望的爱情故事。那番愚蠢的胡言乱语让我恼怒不已，一时竟想不出要如何评论。

"跟你说了这些之后，你就会明白我面对任何一种对婚姻的期许会是什么反应，不论那种期许有多么遥远。婚姻对我就跟一泡尿一样，我从十六岁那会儿的稚嫩时期便这么干了。唔，婚姻或许会不错，不过对我来说不会，嗯，对我来说不会！有天晚上，当我从'中国区'探险回来的时候，我一钻到床上便在黑暗中看到了一个发光的显影：它不是很大，不过就两拃高，发出微弱的几乎不易察觉的光芒。它并没有什么形体，奇怪极了。'圣女菲洛美娜！'我惊恐地想到。我跟你说过在那间公寓里没有电灯，要想打开煤气灯的话我就得起床，但恐惧阻止了我。我把脑袋埋到被单下面，却睡不着。终于，天色亮了！我探出头来四下张望：就在那里，事实上是墙上钉着的一幅画片，画片上赫然是圣女菲洛美娜。那是一幅发着磷光的画片，显然是我姑妈弄来的。她发现了我晚上跑出去的事，于是便想到了发光的画片这么有教育意义的手段。她什么都没跟我说，当时没说，之后也从未说过。她所有想对我说的话看来都已经在圣女菲洛美娜的现身之中了。第二天那幅画就消失了，她又拿回了自己的卧室。她没做任何解释，也没暗示什么，只是有一天，我们吃过饭坐在桌旁闲聊时，她脱口说道：'主楼层的公证员一家……对发生在他们身上的事很担心。这桩神秘事件闹得可真够大的……没准儿你不会再对他们干这事了。'"

他又给自己倒了最后一杯烧酒。

"我是来道别的，路易斯。"

"你换旅了？"

"怎么说呢……"

"我猜你应该不会想去平足旅吧。"

"你也染上了这个怪癖？"

"没有。在最近几次行动中我看到了他们战斗。他们跟咱们差不多，大差不差。他们被打得四分五裂，甚至比咱们还糟。他们把你派去师里的新目的地了？"

"可能吧……我一直想着把这些信给你。我到现在还都保留着这些信……跟个傻子似的。我也是个傻子，当我想成为个傻子的时候可比你傻多了。只是我尽可能地伪装而已。我不想再留着这些信了。你收着吧。不过你现在别看。等我走远了，你有的是时间看……我走了，不然我还得干蠢事。再见。"

奥利维，20 日

拉蒙，我多想你在我身边……我也很想哭，哭上好几个小时。我的妻子写给索雷拉斯的这些信……我之前怎么会疑心到这件事？我让她那么孤单……我怀着可怕的好奇心看了这些信。这比荒野里的那些战斗还要糟糕。

第二部分

不幸都是荒唐的。

西蒙娜·韦伊[1]

---

[1] Simone Weil（1909—1943），法国神秘主义者，宗教思想家和社会活动家，深刻影响着战后的欧洲思潮。

1936年12月26日

亲爱的朋友尤利：昨天是多么悲伤的圣诞节啊……我一个人和孩子在一起，他哭喊着要找爸爸。到今天为止，他爸爸已经离家五个月了。"你不知道爸爸在打仗吗？""那我也想去打仗。"路易斯和他的儿子那么相像，有时我都忍不住想笑：表情一样，连蜷缩在床上的样子都一样。你可知道我有多孤独……我给你写信主要是为了让你回信，因为你的信让我有所陪伴。他给我写的信那么少！

昨天是圣诞节，我们有扁桃仁糖和香槟，至少这些东西在巴塞罗那应有尽有，这肯定是因为所有的扁桃仁糖厂和香槟厂都集中在共和地区。我努力拿出自己能在孩子面前佯装的最大的喜悦之情来庆祝节日，但回忆却带我奔向了7月26日路易斯走的那天。夏日的一场暴雨敲打得法国火车站的金属屋顶响个不停。潮湿的土壤中升腾出的水汽与蒸汽火车头冒出的热气混杂在一起。他拥抱我的时候我本想哭的，因为这种时候哭一哭能舒缓心情，可是……我太清楚不过，眼泪会让他心烦！就像他说的，感性主义会让他心情不好。抱歉我对着你发泄，但我除了你还能对谁这么做呢？但愿你能知道我有多孤单，知道我在这没完没了的五个月里所感受到的孤独……

1937年2月2日

我到家的时候看到了四封信，两封是你的，两封是路易斯的。我高兴极了，简直想拥抱所有人。路易斯告诉了我极好的消息，这些消息驱散了我所有的不安。我只是为他离我那么远，远在马德里的前线而感到难过……

  这很悲伤，没错，可是，该怎么说呢？又是种令人愉快的悲伤，因为其中浸透了回忆和希望。都是美好的回忆，有关最初的时光的那些回忆。路易斯自己虽然不觉得，但他有种招人喜爱的天赋，而他的儿子继承了这一点。这让我很是高兴，我自己就是因为没有这种天赋而吃了不少苦！至于希望，围绕着我的希望还挺多，他最近的那封信充满深情，他似乎在想念我，并感觉到我们俩对彼此到底意味着什么。奇迹会发生，现在我带着盲目的信念相信奇迹。而对我和对他而言都曾像是一名兄长的你必定贡献了许多，才会有这样的结果。你别跟我说你没有，我猜你肯定是尽你所能在影响他，并把他交还给我。你当然绝不会跟我承认这一点，你太慎重了，但我们女人直觉都很准，当我们信任某个人的时候很少会看走眼。

  我们单调的生活中有了桩小新闻：因为孩子他经常犯咽峡炎（又一点随了他爸爸），我让他摘除了扁桃体。路易斯从不让这么干，但我可不想为了这点小事就让这孩子一辈子犯咽峡炎。手术只是一眨眼的工夫，可那一会儿工夫可真难熬啊，可怜的孩子！尤其是摘第二个的时候。因为摘第一个时是出其不意，但到了第二个他就学乖了，使出全身劲儿紧闭着嘴，还粗暴地打医生。

  不管怎样，这事儿可算过去了，我很高兴。这下安心了。

  路易斯的这两封信让我高兴坏了，你的信当然也让我高兴得很。我感谢你写给我的那些善意的话。感谢上帝，我已不再需要安慰。它们寄到的时候，恰是我觉得世界像是重新被涂刷过的时候。

3月3日

  你的信总是给我陪伴，你为何要怀疑这一点？尤其是现在，我又一次好几天好几个星期没有路易斯的消息了……之前他给了我那么大的喜悦！可他最近给我写的一封信又成了电报体……

要不是有你的信，我会觉得在这世界上如此孤单！我和路易斯不一样，他能独自处理生活中的种种，而孤独却会击溃我。

4月7日

不是路易斯把我给忘了，我并不想说这个，绝不！我很清楚他需要我，总有一天他会发现，总有一天他会知道只有在分享的条件下，活着才会是件可以忍受的事情，如果不这样的话，迷失自我该是多么可怕的感觉！总有一天他会发觉在这个世界上，我们所有人都需要兄弟般的帮助才能在路上继续前行。否则，我们会不知所措……对，总有一天他会明白这一点。如果这样的希望不能支撑着我，那还有什么能支撑我？

我一边给你写信，一边看着客厅中间那惊人的一排农夫牌炼乳罐头。没错，我喜欢把它们从盒子里拿出来玩，并堆成金字塔。在罐头金字塔旁边，还有五个空的木盒子，就在客厅中央，还在你把它们从小货车上卸下来后摆放的地方。我本该把它们拿到地下室去的，可我不想那么做，它们一直陪着我，可怜的盒子们！

你意外出现在家里让我别提有多高兴了！这么久没见你……有多久了？我都不记得了！从战争开始吧；这场战争的开始已经和世界的开始混为一谈了。将近九个月了，可这是什么样的九个月啊！简直是一辈子！

我敢肯定，要是他愿意的话，他一定也能跑出来一趟，既然你都这么做了……而他是我的丈夫，是小拉蒙的父亲……没错，他的确每个月都把他少尉的军饷全寄给我，自己几乎什么都不留，可他为什么从没试着回来一趟？

我能想象着五盒炼乳罐头对你而言意味着什么样的牺牲，你不想跟我承认，但我敢断定，那是你每周每月一天天存下来的份额。这对我们简直太好了！我都不知道该上哪儿去给孩子找更多的炼乳，哪哪儿都是问题。我说起家里的问题时路易斯向来都不耐烦，可对我们女人来说，在这样艰难的日子里，这才是全部或几乎是全部。我坐在我常坐的扶手椅里，靠着朝向花园的窗户，看着这堆罐头金字塔，我感到那么快乐，看到自己物资充足，我开心得眼泪在不知不觉间顺着面颊滑落。那是平静的哭泣，仿佛一场春雨，就像在春日里打湿了椴树新叶的蒙蒙细雨。

你不能在家多待真是太遗憾了！这么多月不见，咱们本有那么多事情可说！那么多的事，尤利……你一放下那五个盒子就匆匆离去！你知不知道我堆着玩儿的罐头金字塔跟圣诞树一样高？我甚至都想用蜡烛来装饰它！

4月12日

可怜的尤利：我那么孤单，只能牢牢抓住你的信，这才是我唯一的陪伴！我藏着所有你写给我的信，有时候我会反复看它们。你给我写的信更多，比他多多了，你的那堆信和他的那些——我留着所有的信——之间厚度的差别简直惊人。比方说，就眼下来看，他已经一个月没给我写信了，一整个月都没写过一行字！

你应该把你脑子里关于你自己的那个念头赶跑：怎么可能会没有女人喜欢你？恰是你，有着我们最看重的品质，细致温柔。你总是考虑周全，会设身处地替他人着想，当有人需要你时，你会陪伴她，当你害怕成为妨碍时便会消失。为什么你会说你从来没遇见过一个爱你的女人呢？显然你随时都会遇见她。你就是那个能让一个女人幸福的人：你会是个细心的丈夫，一个模范丈夫，一个模范家庭的父亲。这一点我从小拉蒙身上便能看出：他着了迷一般地爱着你。他记得你战前来家里时给他讲过的每一个故事，还有最近，就在你带着炼乳盒子突然出现在家里的那个下午给他讲的《愚人村的三个谨慎智者》的故事。我都不记得他让我重新讲了多少遍，他实在太喜欢这故事了。他总是笑得要命！

那天下午你很诧异地问我为什么我现在去望弥撒了，我当时答应你说会给你解释的。对，尤利，我欠你一个解释，那是因为你是带我去做了我这辈子第一次弥撒的人。我现在之所以会去，那是因为我欠你的。

这都是以前的事了，在战争开始的许久之前，或许你都不记得了？就在海上圣母教堂里。那时候咱们怎么可能想得到海上圣母教堂会跟加泰罗尼亚的所有教堂一样遭火烧？你和我曾以卖《爆破眼》的名义在那些大街小巷里漫步，那时候，路易斯还没加入咱们的团体，我甚至都还不认识他，却曾跟你在旧时巴塞罗那的街道上长时间散步，每人胳膊下都夹着一包《爆破眼》。咱们有次走到了海上圣母教堂门前的小广场，那时应该是上午十一点左右，你突然对我说"咱们进去吧"，于是咱们便走了进去。

在教堂里我跪在你的身侧，只是因为我看到你那么做了，在这之前我从没进过教堂。我所看到的一切都让我觉得新鲜……你就屈膝跪在我的身边，脸埋在双手之中，后来我才发现原来你哭了，我对你感到一阵恼怒：这又是演的哪出滑稽戏？我为什么会想到这些？所有这些事都那么遥远了！这些年就这么过去了！这应该是五六年前的事了，一切似乎都那么遥远而模糊。那时我才刚通过科学系的入学考试，正对地质学满腔热情，至于宗教，我脑子里从没有过哪怕一丁点儿可能会对其感兴趣的念头。在我家，我拥有的是对实证主义的尊重，而对我们所谓的"形而上学"毫不在意。对我们而言，实证主义将迟早带领社会走向合理化是无可争议的事实，也就是说，走向无政府化的科学组织，而无政府化在我们看来是实证主义理所当然的结果，我们从未怀疑过这一点。所以，你能想象你的想法让我们有多么困惑。我记得有一次面对所有与会的惊愕不已的人，你说：

"显然，当我们能知道一根梁龙的骶骨化石的确切年代，而且误差不超过六分零三秒时，我们所有人都会成为兄弟姐妹。"

你为什么要说这些？你没意识到取笑科学在我们眼中是种亵渎吗？还是你对此再清楚不过？你说这些是为了让我们觉得你跟我们不一样，你在我们之中就像是——战前！——来咱们国家采风的游客中的一个，或许，说穿了咱们国家纯粹是因其古怪之处才让游客觉得不可思议的，而这样的怪诞在我们看来却是再平常不过。有天晚上你甚至说我们的会议应该在黑暗中举行，并组成"灵媒链"。在我们的圈子里，你的所言所行简直惊世骇俗！

在你仅有的几次跟我说起基督教时，谈话在我身上产生的效果就跟那次"灵媒链"差不多，所以，我才会在觉察你哭泣之后，在走出海上圣母教堂时觉得不自在。那样的仪式让我觉得无比机械化、无聊、空虚而无意义。"可是格里高利圣咏……"你说。你可知道那吟唱让我觉得有多么单调，而且那种狂欢节乔装……因为我在书上看过，所以我知道基督徒们认为通过神父的祝圣，圣饼会变成耶稣基督，但我从没见到过。最吸引我的是神父在这事上消磨了那么长时间，就跟玩一样，几乎就跟猫逗弄耗子一个样！当你跪在我身边，脸埋在双手间的时候，猫在吃掉耗子之前会逗弄它的念头却让我直想笑。

可现在轮到我每个周日去望弥撒了！

也不能说是每个周日，因为很难找到会这么说的人。现在弥撒都是暗地里举行，就跟当时咱们的会议一样。所以，当欧塞维奥舅舅（或许我改天会跟你说说他的事儿）知道我去望弥撒的时候说："地下弥撒？应该就像支部会议吧！"而同样知道我去望弥撒的我的父亲却对我说，我这么做是因为抗辩精神。"能看出来你是我女儿，"他说，"总是反其道而行之。可是，去望弥撒……你不觉得有点夸张吗？"

我欠你一个解释，我之所以去望弥撒，说到底是因为我欠你的，可是，我连给自己的解释都找不出，又能给你什么样的解释呢？这事那么复杂,同时又那么简单……简单到都无须用言语表达!改天我会告诉你是什么样的事情和情境让我走到今天这一步,但今天我没有心情说。这么长时间没收到他的信了!你还记得你拿着一束风信子出现的那天吗?不,你应该不会记得了,可我……我绝不会忘了那一天!路易斯很惊讶,他说:"这些花你从哪儿弄来的?"他都不记得那天是我的命名日[1]。你可知道那束风信子的香气深深留在了我的回忆中,我不时会想起它。奇怪的是香气居然会留下如此精确的回忆,哪怕无法用言语说明。

你可知道有时候我会觉得多么孤单!或许你会说:可你有孩子啊。这固然没错,可是孩子并不能陪伴你,反而是我们这些成年人必须要陪伴他们。或许我可以想办法分心,可是,我又能从中得到什么?分心是世界上最无聊的事。最好还是待在家里,任由自己沉浸在悲伤中。说到悲伤,如果一个人可以尽力平静地对待悲伤,那悲伤也能像春日细雨一样宁谧。要是我们能把悲伤派上用场,或许我们会发现这世上唯一可能的幸福便是清晰而心甘情愿的悲伤。可有时悲伤也会向我们展示出它最惹人厌的一面;有时候它甚至不是悲伤,在那样的时刻,那是空虚、冷漠、对生活的厌倦,于是……即便如此,分心还是更为空虚和枯燥;分心让一切都变得乏味,它所及之物都会凋谢。抱歉我再次对着你发泄。你是切身理解这一切的人,是我真正的兄弟,因为事实上我和利贝特除了凑巧是同一个父亲和同一个母亲生下的孩子,又有何共同之处呢?

4月16日

那天我跟你说起了分心的事,你别以为我只是随便说说而已,现在人

---

[1] 指和本人同名的圣徒纪念日。

们比以往任何时候都想要努力分散注意力。分心甚至引起了忧虑，这点到处可见……电影院票房前的队伍从来都没像战争开始后那么长。我之所以没去电影院，只是因为电影总让我觉得烦得不得了。不过我会做一件类似的事：我看了一本又一本地质学的书。就在我婚后（如果我这种情况能称之为已婚的话）不久，我厌弃了学业，而此刻我重又抓起书本，就是为了不感觉那么孤单和空虚。

报纸上总是在说战斗、袭击和反击、死伤情况、占领或丢失的阵地。你已经习惯了这一切，最终对其置若罔闻。血腥屠杀已经持续了九个月，人们在电影院前排起长队。电影则越白痴越好。我能理解他们，要是我跟你说比起前线各方，我更感兴趣的是石炭纪的软体动物化石，你会相信我吗？

现在，到了晚上小拉蒙和女佣都睡觉的时候，我会坐在我常坐的扶手椅里，桌上摊开的书就摆在从灯罩内投下的有限光亮之中。我就这样和所有人一样出神发呆，只不过是以我自己的方式而已。我不比其他人好到哪儿去，相反，在这样的悲剧时代，对一根生活在五亿年前的无人知晓的乌贼骨骼化石感兴趣不是更蠢吗？不比去电影院要愚蠢得多吗？

有时候，当我在夜间这样独自看书的时候，我似乎又看到了那张脸，看到了因为惊愕而大张着的眼睛和嘴巴。我从来没跟你说过这事，也没跟路易斯说过。我从没跟你们说起这件事是不想让你们感到沮丧，但是这事已经过去这么多月了……那是8月1日天亮的时候，你和路易斯已经在一周前出发上了前线。7月的最后一夜热得可怕，伏天的闷热沉沉压着巴塞罗那，我整晚都没能睡着。当我听到三声短暂而干脆的枪响时，天很快就要亮了。枪声是从我们住的别墅正后方一块还没有盖楼的空地上传来的。我刚要在自己的扶手椅里昏昏入睡，结果一下子惊醒了过来。你们身在前线，看不到后方的可怖，这样更好。在巴塞罗那，我们每晚都能听到各处传来的枪击声，但在此之前我还从未在离家这么近的地方听到过。我走出家门，那时差不多是凌晨四点，只有港口一侧的天空隐隐泛出了光亮。

那个人很老，身上发绿的教士服显然因为穿了太久而满是缝补的痕迹。他的眼睛和嘴巴都大张着。我害怕得发出一声尖叫，并呼喊着女佣。她穿着睡裙睡眼惺忪地下了楼，一些听到那三下枪响和我的尖叫的邻居也纷纷赶了过来。到六点的时候值班法官终于来了，那时日头已高，那种又大又绿泛着金光的苍蝇在那人嘴上和鼻子上乱爬，尸体就像具僵硬的稻草人一样倒在人群中间。"我们每天大早都会见到，"法官说，"很多这样的，有些日子多些，有些日子少些。""那你们要怎么终结这样的杀人事件呢？""尽其所能吧，"他回答，"也就是说，几乎什么都做不了，女士。目前什么都做不了，政府当局还很混乱。""这人会是什么人？"我说。"镇上哪个可怜的神父吧，"法官说，"十有八九就是。一些不受控制的人组成机动小队去各个村镇烧教堂、杀神父，而且很多时候他们会把神父带到巴塞罗那来杀害……每天清晨都会出现这样的尸体。"他重复道。

一个星期之后，我以最出乎意料的方式出现在了一场地下弥撒上。

家中一个女性老熟人住在剧院拱门街上的一间公寓内，那是个很老的妇人，是个排字工人的遗孀，那个排字工是个无政府主义者，曾是我爸爸很要好的朋友。由于他们没有子女，所以老妇人独居在公寓内，靠做帮佣谋生。我得去给她送一张我的哥哥利贝特（他口袋里装的各种代用券数量着实惊人）刚替她弄到的面包券，因为在巴塞罗那，面包消失得跟银币一样快，所有人都跟疯了一样搜罗代用券。战争开始后才三个星期，一根长棍面包的价格就创下了历史纪录。

我上到她住的五楼，要给她带去这份喜悦：一张面包券！她在激动地拥抱了我之后，冷不防对我说："你跟我来，我得上阁楼去。"我跟着她上到了那间房子的阁楼。我没注意那天是个星期天，也压根不知道她要带我去哪儿，结果在阁楼上我们见到了十来个人，或许还要多一些，而且几乎全是女人。我们在里面热到窒息，因为那间阁楼特别矮，而且就在屋顶下方。自打跟你进了海上圣母教堂之后，我还从未去过其他弥撒，而我此刻见到的是那么不同……那个寡妇明知我不是天主教徒,却为何会想到对我说"你跟我来"?

阁楼里零星几件家具都摇摇欲坠,一口摆放在一个小木板台子上的快散架的瘸腿五斗柜被拿来用作祭坛,就是那种以前家家户户常见的镶有白色大理石的黑色五斗柜,此刻却让我们觉得那么落伍和寒碜。最奇怪的是主持弥撒的老人跟那个死去的神父简直像是一个模子里刻出来的。

如果那个无政府主义者的遗孀对着我耳边说"他是个门徒,是某某门徒"的话,可能在那会儿我并不会感到惊讶,一切对我来说都太出乎意料了。他显然是个不起眼的门徒,十二门徒中最不起眼的那个。他差不多八十来岁,穿得跟那些老工人一个样儿:打过补丁的灯芯绒长裤,长袖衬衣外加麻底布鞋。为了弥撒,他还在外面穿上了十字褡,但裤腿从下面露了出来,这让他显得有点滑稽。他的姿势缓慢而滞重,就跟那些拿自己的身体没办法的人一样。在跪拜的时候,说是屈膝,但他更像是一团死面团摔了下去,膝盖着地的撞击让小木板台子上的板子发出了回响。当他转身赐福我们时,他的眼神让我想起了那个被杀死的人睁大了的眼睛……那是怎样的眼神啊!我的上帝!为什么人们说灵魂是看不见的?

在另一个星期天我又回到了那里,大概是好奇使然,也可能是用我的方式在抗议——尽管没人需要知道这一点,而且也没什么用——抗议全国在那几个星期里达到顶点的"猎杀神父"的行为。我总是希望那个老人能告诫我们,能跟我们说些什么,可他从来都没有。"他说他不会,"那寡妇跟我解释说,"他说他年轻时做过,但是自从他变老之后,他便明白他并不会说出任何有意思的东西,说话从来都是一种叨扰,而且他所有能告诉我们的,其实我们都跟他知道得一样清楚。"只有一次,他跟我们说过一些话,与其说是说话,不如说是嘟囔。"孩子们,"他说,"你们已经看到教会回到了墓穴里。耶稣向我们展示了祂沾满鲜血和唾沫的面孔,就像彼拉多说'你们看这个人'时一样。"他再没跟我们说过话。又到一个星期天（当时已是11月初）时，那寡妇告诉我说那天没有弥撒，而且以后也不会再有了，因为那个老头失踪了。我们甚至不知道他的名字，也没再听说过他的消息。我永远都不会忘记他疲惫而恳求的眼神。有时候，我会在无意间机械地请求他的庇护，向他祷告；向一个可能还活着的人祷告想必是件荒唐事，可是面对他那样一张脸，我能感觉到在这个世界和另一个世界之间并没有任何阻隔。

4月18日

我收到了你的信，你在信里要我讲述被你称作"皈依"的细节，谁知道你是否带着少许讥讽。你所谓的我的"皈依"并非真是如此，而是一种飘浮和阴郁的东西。我前天的信或许已经让你明白了一些，也可能不值得我就此事再对你多说什么。至于地质学，你应该肯定还记得当路易斯和我开始住到一起的时候我就搁下了。他总是对资产阶级恶言恶语，可我们却靠着他在"鲁斯卡列达之子"——那地方他从来都不肯屈尊涉足，因为你很清楚，生产做汤用的面条总让他觉得荒唐得令人愤慨和无法容忍——的股息过得很宽裕。我没必要去谋生，而且小拉蒙又出生得这么早——我们开始同居三星期后——家里的活儿就够我干的了。

然而我当时厌弃地质学的真正理由并不是这个，尽管我对你和路易斯是那么说的。当时我厌弃的是整个生活，这才是真正的原因，那个时候我对你俩隐瞒了这一点。我因为失望而变得呆傻，这是我搬来这栋别墅没几个月之后的事。你知道这栋别墅是他的，是从他母亲那里继承来的，但我可能还没告诉你的是，在路易斯成年后的第二天，他就通过书面公证的形式把这栋别墅转让给了我和小拉蒙，唯一保留的条件是我们其他可能会出生的孩子也在被捐赠的行列。你看，路易斯就是这样的人，可是，当我们独处时,他却会陷入连续好几天的沉默之中。你那时经常会在下午的时候来家里,你的到访是我唯一欣喜期待的事,而你在的时候他也会振作起来。有一次,咱们正在喝茶,应该已经是第十一杯或十二杯了,冬日的阳光透过落地窗照了进来,填满木块的柴炉烧得火红,发出呼呼声。咱们跟平常一样正在说话,说各种各样的事情,一样接一样,说到生死、招魂术和魔法,说到蝎子的婚俗,还有新几内亚的巴布亚人的丧葬仪式。一阵沉默出现时,你若无其事地打破沉默,总结谈话道:"显然,咱们来自淫秽,而要走向阴森。"

你喜欢扯这些,你意识不到有些话可能会造成的不妥。有些我们脱口而出、任由其讲出而毫不在意的话却可能会在其他人的脚下挖开一口井,一口无底的深井……而那个人则可能恐高……你喜欢在悬崖边漫步,可我却会脑袋发晕!就是从那时起,我觉得什么都没用,学习石炭纪的软体动物也好,把小孩带到这个世上来也好,无不如此,从那时起,世界不曾有也不再有任何意义。那不过就是一片巨大的郊区——但是,是哪个城市的郊区呢?——一片被死板的道路犁过的喧嚣场所,上面矗立着支撑着蛛网般的电缆的电线杆,一切都没有任何内容,一片可怕的灰色而支离破碎的郊区,边界便是两道没有尽头的墙:其中一道是淫秽,而另一道是阴森。如果一切都缩略成这样了,又能有什么意义呢?

你可知道那个时候我觉得有多么孤单,尤其是路易斯在家的时候,对,尤其是在他身边。那时我比此刻孤独多了,我可以肯定地告诉你,现在他身在远方,无法将我碾压于他的沉默之下。

4月19日

我为我昨天给你写的信感到羞愧。在我去邮局把信寄走之后,一到家便见到了邮差塞在门下面的两封路易斯的信。

那两封信那么深情而忧伤,我的感动之情无法跟你言说。他告诉我他想我,等恢复和平时我们要开始新的生活,而且战争让他懂得了我们对彼此的全部意义。他为过去的事请求我的原谅,并让我在将来要信任他。我怎么可能不给予他这样的信任?

路易斯找到能让我哭泣的言语真是太好了,这些话能让我忘记一切!只是一两封温柔的书信,我便再次缴械投降,同样的事情已经在我身上发生过多少遍了?我真是天真幼稚!路易斯有种能让他人原谅他的天赋,这天赋如此自然连他自己都意识不到,他根本没觉察到。如果他意识到这一点的话,他会是多了不起的戏剧演员啊!真是了不起!可他并非如此,这一切是从他内心自然而然发出的,当他从心底发出时……跟许多其他方面一样,他的儿子也继承了这一点。要是你能看到他怎么耍赖发脾气之后又让人原谅他的话你就能明白,而且你得小心,他可真是会发脾气。他会闹上好一阵子,接着突然在某个时刻决定停止哭嚎,并变得可爱起来,就在那个时候我知道他也很擅长这么干!

后来,到下午的时候,邮差又给我送来了一笔延迟了的邮政汇款:三笔少尉的军饷,此外还有战斗的伙食补贴,这比军饷还多。那是一大沓钞票。我真是高兴极了,所以今天早上我忍不住在一间拍卖行买下了一张我在几天前看中的伊莎贝尔式书桌,搬运工人刚把它给我运来。我让他们把书桌摆在了客厅,在桌子上方我挂上了他曾祖父的油画肖像,就是那位在第一次卡洛斯战争[1]中担任陆军上校的曾祖父,你曾说过他和小拉蒙很像。我还没告诉你我终于在帕亚街的一家古董店里买到了一个金色画框,尺寸、形状和风格都很配那幅画,于是我就把曾经放在一个抽屉里等着寻找

---

[1] 卡洛斯战争是 19 世纪西班牙一系列内部战争的总称,尽管其起因是王位之争,但也反映了当时不同政治意识形态间的冲突。

合适画框的曾祖父肖像装裱了起来。画框是椭圆形的,旧金子的颜色,那画一挂到墙上,立马就显得很有装饰性。他俩的确很像,就在不久前我还在看着他们,我看会儿肖像画,看会儿孩子,想象着小拉蒙长出一脸浓密的络腮胡、戴上红色贝雷帽的模样。要是你知道在我们家关于卡洛斯派还有那些上校们的看法,准得笑死!

　　小拉蒙已经长成了一个不折不扣的布罗卡家人,如大家所知,这些布罗卡家的人血液里便好争斗。小拉蒙从不肯闭嘴,哭着闹着要我放他跟他父亲一起去战斗。他越长大,便越让我想起路易斯……说到我自己,我觉得自己一天天变得更幼稚,也更衰老。两者同时发生。我已经二十一岁了,昨天刚满的。我已经是成年人了……

5月3日

　　对,尤利,我已经受过洗了,有没有可能我还没告诉过你?对不起,我太茫然了,都记不起最后一次给你写信是什么时候,也想不起我都跟你说了些什么。我是两周前给你写的信吗?我只记得那是在你第二次来访前,跟第一次一样出乎意料……不过,我想跟你坦白的是:尽管在那个漫长——却又短暂——的夜晚你跟我说了那些话,可那时我还没下定决心。你很在乎这事,可我……我觉得自己这样挺好,差不多勉强是个基督徒就行了。那时候我很难为了遂你的愿而在这样的事上做决断。

　　我终于做到了。如果你想听我说实话的话,我此刻的感觉跟之前一模一样。我坐在我的扶手椅里,靠着落地窗给你写信,不时看一眼那已经矮下去好一截的炼乳罐头金字塔。你没必要为这次没再给我带罐头来而自责,我想你也不能经常这么做,而且剩下的也够我支撑下去。你再次毫无征兆地出现让我好一阵高兴!跟你一起畅谈的夜晚我觉得时间过得飞快……我记得你跟我说的一切,我像我祖母死死坐在她的扶手椅里一样,牢牢地坐在我的椅子里,把这些事想了又想。现在,我想在此刻坦率地说,我因为你的坚持而让步,这让我很生自己的气:为什么一个像你这么聪明的人要那么在乎像洗礼这种外在仪式呢?是,我知道,所有这些圣礼,还有它们引发的超自然的恩典……我就想告诉你,我唯一看得明白的圣礼就是婚配!

当我说到婚配时,我说"圣礼",其实我想说的也是那些神学家想说的,不是庆典仪式,宗教的也好,民事的也好,而且我知道严格说来,这样的仪式都没有必要。我指的是一男一女带着永久持续的纽带和传递生命的看法而结合。如果这都算不上一桩圣礼的话,什么才能算?这一突然冒出的放肆念头只要想一下都会令人颤抖。

但说到洗礼……我又能对你说什么呢!朝一个人脑袋上淋点水,同时伴随几句有魔力的话语,我们就能让某人得到拯救,否则他便会受到惩罚,可真的还有人会相信这样的……蠢事吗?对不起,可这些事情我必须要按照我的感受来告诉你。

我知道你会告诉我需要相信的不是这些,很多受过洗的人也会受到惩罚,而很多没有受过洗的人得到了拯救,那是因为上帝的意图是高深莫测的,等等,等等。你想说什么都行,可是,到底有什么必要做洗礼?我之所以这么做纯粹是因为你坚持要我这么做,并无其他,这点我可以跟你肯定。

从我的扶手椅透过开着的落地窗看出去,能看到花园里的椴树此刻长满了嫩绿的新叶,泛着银光,我厌弃一切,彻底地憎恶所有一切甚至这棵可怜椴树的那段时间里最糟糕的日子重又回到了我的记忆中。那正是你戏谑地说出"咱们来自淫秽,而要走向阴森"的时候,这句玩笑不断捶打着我的头脑。那时小拉蒙还不会走路,只会在客厅的地毯上爬,我看着他就像人们看着一只小猫,我问我自己到底有什么样的权力传递给他这样一个无非会被死亡终结的生命，这样的生命只能是毫无希望的漫长的垂死挣扎。然而，我当然爱我的孩子，我真的为他着了魔，但是，这难道不是一种欺骗而非天性吗？同样的欺骗推动着我们去传递生命。如果人生下来就是他以后的样子，比如我祖母现在这个样子，我们还会同样为之欣喜吗？那时还是 11 月，椴树的叶子都掉光了，而且园丁刚把树做了修剪，几乎就剩下个树干。那时候，那棵椴树和其他所有东西一样都让我觉得愚蠢，每年演的都是同一出戏，掉叶子，长出新叶子，可这一切都是为了什么？有什么目的呢？蠢得就跟路易斯的大胡子一样！在那段时间，我每天早上都能在床上听到他的动静，因为他起得比我早，而且他不喜欢在浴室里刮胡子，却喜欢在卧室的洗手间里刮，所以，我在半睡半醒之间总能听到剃刀刮过他胡子时发出的喀啦喀啦的声音。那树就跟胡子一样蠢，每天都要刮，却又会长出来，就这样日复一日！这世上的一切都是无休止的交替，单调而毫无意义。就是那个时候我对地质学心生厌恶，这门学科或许比其他任何东西都更能让我们愤世嫉俗地发现这些没完没了又毫无用处的交替更迭，同样的事实，沉积岩上无数岩层愚蠢的单调重叠，每一个岩层都代表了一万年或是十万年，如此层层累积直至形成好几公里的厚度。而时间中无法理解的深渊让人眩晕……那棵椴树的树干就是一根淫秽的木棍，深深印在我的脑海中，其引发的不适比任何偏头痛都更令我不快！它就在那里，逆着光，在那样一个还好如今已远去的 11 月中，时间长得似乎停滞不前，把我压在缓慢流逝之中，就像路易斯把我压在他的沉默之下。时间，在我还是孩子的时候，对我来说就是一个魔法师！在我记忆所及之处，我发现我爱的是流逝的时间，我爱时间和它留下的痕迹，也就是过去。有时，在我出生和我父母一直生活其中的以往那条巴塞罗那的小巷中，我会呆呆地看着一些写有日期的古老大门：1653 年，1521 年，我计算着从一些跟我们一样的人建造起这些大门开始到现在所经过的年数，门上的石头与我做伴。越古老的石头越让我觉得有所陪伴。之后，等我长大了，地质学吸引了我，那是因为须以百万年来计数的沉积岩给我巨大的安全感。这很是奇怪：我强行回忆着我在四五岁时的样子，品味着拥有一段过去的无可言说的快感。很难理解这到底是怎么一回事，但就是那样：一个四五岁的小孩子拥有一段深渊般的过去。

　　到了那个 11 月中的时候，时间已经停滞不前，有时甚至仿若一只扼住我喉咙的手。有天中午，妈妈来了家里。我几乎跟不上她说话的线索，那时的我仿佛浑然事外，似乎外部世界跟我之间的所有联系都已断裂，并且无法重建。她一如既往不停地说啊说，告诉我这事那事，可我根本没听到她在说什么。她的喃喃自语在我听来就仿佛远处一股激流发出的隐隐声响，突然其中有几句话我听懂了：妈妈正在跟我讲一件惊动了整条医院街的事。有个女邻居从五楼跳了下来，手里还抱着一个刚出生的婴儿。"一个年轻而且十分正常的女邻居，至少我们这些女人都是这么认为的。而且此前她似乎正喜悦地盼望着孩子的诞生，那是她的第一个孩子。街区里的人都没法理解这件事。""这事再清楚不过了！"我脱口而出。妈妈看着我跟看着一个疯婆子似的，她摇摇头，换了话题。我为什么现在要跟你说这个？

　　因为不久前你刚刚送给我——也是因为我的命名日——收录成一册的福音书，从那时起，我就一直把这本小书放在桌上，同一张书签依旧放在你之前摆放的那几页之间，翻开书，我便能看到那个著名的段落，上面写着耶稣说若我们想要拯救自己，就必须吃祂的肉，喝祂的血。所有门徒听到这么可怕的话都离开了祂，而祂的使徒也犹豫起来，并开始离去。只有西门彼得留了下来。耶稣问他："你也要离开我吗？"你把西门的回答用红笔划了出来："如果我不归从你，我还能归从谁？"我好奇地把整本书翻看了一遍，想看看你还有没有划出别的段落，但是没有。只有这一段！在书的空白扉页上你写着："十字架或荒谬。"

十字架或荒谬……

几天后一个下雨的傍晚,我坐有轨电车从市场回家。出于像在巴塞罗那这样的大城市里极偶然才会发生的巧合,我看到人群中的路易斯站在一个街角。虽然天色已晚,但他站在路灯下,煤气灯的光线照亮了他。我正坐在窗边,下意识地往外看着。雨滴像泪水一样从电车的玻璃车窗上滑落,窗外是汽车、电车和撑着雨伞匆匆走在兰布拉大道人行道上的行人所构成的一片混乱景象,而我刚从波盖利亚市场出来,大道的中央步道上修剪过枝丫的法国梧桐树下此刻几乎空无一人。雨水让报亭主人遮盖报纸的油布闪闪发亮。我看到他就在那个角落里,混迹在人群之中,那时候是他和我关系最糟糕的一段时期,我们一连好几天都没说过话……他就在那里,站在卡门街的街角,就跟其他人一样等着过马路。雨水打湿了他的头发,顺着脸颊流淌下来,照他的性子,他既没戴帽子也没拿雨伞。在巴塞罗那11月那个昏暗而多雨的傍晚,他在人群之中显得那么平常……当他置身人群之中,却显得尤为孤单。他凝视的眼中流露出空洞的眼神,他甚至都没好好刮过胡子,这在他身上实在少见,也可能因为那是傍晚了,他一早刮的胡子重又从脸上冒了出来。我透过被雨水打湿的车窗看到了他,而他并没有看到我。有一刻我觉得他在哭泣,但是并没有,那是顺着他的头发滚落下来的雨滴。在他静止的脸上,眼睛显得特别大,是那空洞的眼神让他的眼睛变大的,那是多么绝望的眼神啊!我从未见过他这样的眼神,我甚至想从那一刻正好停着的电车上下去,奔向他,跟他一起哭泣,帮他移走那似乎要压垮他的重负,而我并不知道那重负是什么。但电车重又行驶起来,我一回到家,就一个人趴在卧室的床上哭了许久,想着有一天另一辆电车也会启动,而另一扇更为潮湿的玻璃窗会将我们永远分开,我会看到他,而他不会看到我,我会看到他在冷漠而疲惫的人群中显得无比孤单,无比失落,也无比空洞……而他不会看到我,尽管我无比期待,他却不会看到我,而那时,便是为时已晚的时候!我可笑地哭了好一阵子,既是同情他,也是可怜我自己,之后,便仿佛大雨过后,突然间天空放晴,我不再恨路易斯了,我怜悯他。

不,尤利,不是路易斯让我心生厌弃。你不要再跟我说这个。这不是我那晚跟你说过的话,不仅不是这样,而且相差甚远!尽管他自己不曾察觉,可我知道他需要我。他以为爱他的人会激怒他,而这是一种极为荒唐的心理机制,这事儿我到很后来才明白。在明白这一点之前我吃了不少苦。路易斯对待爱他的人不公平得可怕,跟他舅舅就是个例子。这事我改天会讲给你听。路易斯这么矛盾,常常让我不知所措。他一个劲地跟我说他的兄弟拉蒙,你知道他为这个兄弟发狂,但从没带我去见过他。当我请他带我去见拉蒙时,他回答说:"你会吓坏的,你可受不了他,他会给你造成可怕的坏影响。"我没法说服他。但是他还是会继续跟我说起拉蒙,那种劲头只有一个词可以形容:虔诚。他显然觉得自己是个不信神的人。他,怎么会不信神!他可以是个怪物,有时候他跟我在一起时就是个怪物而不自知,可是,不信神……

终于有一天他带我去了圣胡安慈善兄弟会,而我也认识了他著名的兄弟拉蒙。我们几乎都没法跟他说话,他正在给几个哼哼唧唧流着口水的白痴喂吃的。那里有十到十二个成年白痴,年龄在二十到四十岁之间,流露出一股苦恼的气氛——而拉蒙一边给他们喂吃的,一边替他们擦口水,仿佛这是世界上最自然不过的事情,就跟我那时给十一个月大的小拉蒙喂饭一样……就在他一勺一勺给其中一个喂汤喝的时候,那人却尿了裤子。路易斯显然很紧张,他扯着我的胳膊对我说:"咱们走吧,这种节目没人受得了。"这幕场景深深刻在我的脑海中,一天又一天,有天夜里我还梦到了白痴,而我从来不做梦。你看我把这些事都跟你说了!为了结束这封这么长的信,就让我单单告诉你,当我一如往常在我的扶手椅里靠着落地窗坐了好几个星期之后,那是12月一个晴朗的下午,我凝神看着午后的光辉渐渐往地平线落去,在贴近地平线时眨巴了一下,然后隐没不见。我张着嘴,目光失焦,觉得自己看到了其中某个白痴的脸,就是那个尿裤子的白痴的脸,同时,我又听到有个似乎很遥远的声音对我说:"淫秽与阴森,十字架或荒谬。"我试图弄明白为何不久之前午后的光辉依旧在那儿,那么明亮,而此刻却不见了,就仿佛从来不曾存在过一样!一瞬间可以是多么漫长,那是可以将此刻"所是"与之前"曾是"分隔开的瞬间……一瞬间之前的过去过去了那么久,仿佛已是百万个世纪前!谁能明白这一切?突然间,我觉得我在夕阳余晖的逆光中看到的那截愚蠢树干,那截赤裸的椴树树干,那根淫秽又阴森的木棍上横着生出了一条木棍……某种要紧紧抓住的东西!"十字架或荒谬",我重复着这句话,却依旧不明白其中的含义。不,请你别嘲笑我这么做,我并不指望有你姑妈那样的幻象,跟圣菲洛美娜毫无关系!别说什么菲洛美娜,拜托,但就在那时我明白了你的话:十字架或荒谬。也是在那时,我明白了那句古老的诗句:万福,十字圣架,唯一的希望。[1]

请你不要嘲笑我这么做,我求你。或许有时候我的信让你觉得有点做作,但我们要是不能时不时地做作一下,那就糟了!但愿你能知道有这样一个朋友,你可以向其倾吐脑中所有的想法,无论那想法有多造作,这是多大的信任……你也看到了,给你写信的时候,我可以花上大把的时间,我当然可以把写好的信给烧了,但我宁愿寄给你。说到底,我写这些东西无非是为了跟谁交流,而这个谁还有可能是旁人吗?

5月7日

你问我受洗的详情,你对这事这么重视真是很奇怪,而对我来说这

---

[1] 原文为拉丁语,O Crux, ave, spes unica。

并不重要。你可知道在很大程度上我都觉得一种外部仪式是空洞而毫无意义的,对我来说也是毫无所谓……因为不知道我该去找谁,而你又那么坚持,于是我把这事儿告诉了那个妇人,那个无政府主义者的未亡人。自从那个老耶稣会教徒失踪以后(通过她,我知道了那人实际上是个耶稣会教徒),她家的阁楼上便再也没有举行过弥撒,但她知道另一家几乎每个周末都会举行弥撒。她从多年前便帮那家人打扫卫生,也为此,那家人对她十分信任。

那是在圣居斯特区一条小街上的一栋房子,从外观看和这一区的其他房子并无两样,是栋灰色的老房子。而里面……我觉得我看到的简直是幻觉!我从没有到过这样的家。无政府主义的巡逻队居然没有查抄这里真是相当奇怪,或许因为他们没有想到最腐朽的贵族阶层的宫殿恰是在那样的老城区里。同样奇怪的是,还有很多这样的人继续住在巴塞罗那,他们又是怎么熬过了这么多恐怖的事情。

当无政府主义者的遗孀、小拉蒙还有我到的时候,一群太太已经在等我们了,她们中大多都是中年妇人,人数在二十五到三十左右。看到这么多女人,我一下子惊呆了,感到十分拘谨,尤其是小拉蒙开始闹着要我们回家,那些女人越是要宠溺他,他越是一个劲地把脑袋埋到我裙子里。之后,就跟他的惯常做法一样,小拉蒙一下子停止哭泣,决定开开心心地跟那些太太热络起来,惹得她们为了他都起了争执。在我们等着还没到的神父和教父的当口,我打量起客厅来。客厅很大,天花板也很高,是我这辈子见过的最大的客厅。客厅的门窗自然是关着的,而且为了不让外面能听到任何动静,她们还拉上了厚重的绿色锦缎帘幔。一盏巨大的缀满泪珠形石英吊坠的枝形吊灯上,点着二三十枝大蜡烛,是真的蜡做的大蜡烛,整间客厅都弥漫着蜡烛的味道。房子的女主人看到我惊讶的模样,告诉我说她们只在重大场合才会点这盏灯。"今天,"她一边说一边朝我露出十分和蔼的笑容,"就是这样的场合。"墙上镶在金色边框里的镜子与某一时代的画作（"是维克人[1]的作品"，女主人告诉我）错落放置着，天花板上装饰着几幅壁画，在我看来表现的似乎是帕里斯的评判，或是其他愚蠢的神话场景。客厅的四角各有一张沙发和四把扶手椅，都是老物件，桃花心实木，蒙着洋红天鹅绒。在其中一面墙上有通往客厅的大门，整扇门是用古旧的核桃木做成，对面那面墙上有两扇宽敞的落地窗，而在另外两面墙的中间各有一个五斗柜，在我的记忆中，这是我曾见过的最大最美的五斗柜，该值不少钱。柜子体积惊人，有着精细的镶嵌木工手艺和古老银锁，你简直能呆呆地看着这两个柜子看上好几天。而客厅最美的地方在于空间如此富余，五斗柜和落地窗，尤其是核桃木的双开门两侧都有大片空白的墙面……大片的白墙令人多么愉悦，视线可作休息，多么宁静的地方啊！

在客厅中央，枝形吊灯下方已经摆上了一张单腿小圆桌，上面摆着一个镀银的脸盆一样的东西。"这是古老的洗脸盆，是家族留下来的。"女主人告诉我，她总是留意着满足我的好奇心。我明白我们之后要做的事需要这个脸盆，但我对洗礼到底是怎么回事毫无概念，因为我从没见过。我之前跟你说过这里所有的妇人几乎都偏老，都有五十岁或朝上，但其中有一个年轻的金发女子，据我所知，她是其中一名妇人的媳妇。她开始激动地跟我说起我所做的这个决定，而这决定在我看来并没有什么，我也不知道要如何回应她。之后神父终于到了，看上去像是个没有时间可浪费的忙乎人，他也很年轻，三十来岁的样子，刚刮过胡子，穿着工人的衣服，却无可挑剔，举止笃定而迅速，几近机械化。我要对你实话实说的是：打一见到他，我就觉得他令人生厌。为了打消这种感觉，我对自己说那个男人冒着生命危险来行使他的职能，那些太太也担有风险。教父迟迟未到，神父不耐烦地不停看手表，每次他突然伸出胳膊靠近眼前甚至放到耳边时，都

---

[1] Francesc Pla i Duran（1743—1805），外号"维克人"，是一名出生于加泰罗尼亚维克市（Vic）的画家。

像是害怕手表停摆了，并为自己损失的分分秒秒担忧不已。教父终于来了，是位年事已高的小老头儿，极有礼貌，十分羞涩，却又和蔼极了，在看到所有女士时显露出喜悦的神情。他吻其中几位的手。我本希望我的教母能是无政府主义者的遗孀，但看样子这些太太已经搭配好了一切：必须得是这家的女主人。要是破坏她们这一计划必将是件极为粗暴的事情。此外，我也对所有这些准备工作愈发感到无动于衷，这一切对我都毫无意义。

"好吧，既然人都到齐了……"神父提高嗓门说道，太太们立即不再说话。神父已经穿上了教士的白袍，那是这家的女主人从两个五斗柜中的一个里头拿出来的，仪式就此开始。这其中唯一的乐趣在于这是秘密举行的仪式。神父不断解释着我们所做一切的意义，而他说得越多，我从中看出的意义便越少。或许他最好什么都别解释，只要说一些恰到好处的话便可；因为他补充的东西越多，便越发破坏了这一仪式。还好小拉蒙尚且乐在其中，而在我看来……这仪式让我觉得真是又长又无聊！神父的面容充满活力，神情坚定，而之于我这恰是多余的：那么多精力，那样的决心……那样的笃信！他说话时的冷静模样令我着恼。一些阴暗的东西怎能被看得如此清楚？他怎能如此笃定而确信？而与之相反，剧院拱门街上阁楼里的那个老人，那个耶稣会教徒，看上去却似乎对任何事都不曾感到确信无疑！他那使徒的眼神老迈而饱经沧桑，虽然极少显出笃定的神色，却充满了信念……

我觉得如果是那位耶稣会老教徒给我施洗的话，我应该会有所触动，谁知道呢，或许我甚至会被深深打动。我回想起我参加的老人主持的第一场弥撒，就在那间破旧的阁楼里——那就是他藏身居住的地方，这是我逐渐从无政府主义者遗孀那里得知的，而正是她给他提供了藏身之处。这些事都是我后来才一点一点知道的。对于那场弥撒的回忆伴随着对那个夏日令人窒息的暑热的记忆，那也是全加泰罗尼亚的神父遭到追捕的时候。他说起弥撒的时候是那么的简单,就像是桩日常事务,是件家务事。因为总有许多苍蝇不时从天窗里一只两只这样飞进来,所以总会有苍蝇停在他因为汗水而像珍珠般发光的上嘴唇上。他从不做任何动作来驱赶苍蝇,而我却似乎看到了另一张脸,那个死人的脸,那是另一张脸和另一群苍蝇。如果是他给我施洗的话……当他还在我们中间时,当时的我为何就没想到请他替我施洗呢?

因为现在……

神父用一个同样是从一个五斗柜里拿出来的银贝壳向我和孩子洒水,这个家里什么都不缺。女主人甚至想给我展示一件这个家里所有子孙都曾使用过并仍在使用的18世纪的"施洗礼小衣服",她告诉我,那是从大公时代便流传下来的。"因为这家里,"她对我说,"我们都是奥地利那一派的。"尽管那服装并不适合我们眼下的情况,但那真是一件华服,全是用罕见的蕾丝布做成的。小拉蒙都穿不进这件为新生儿缝制的衣服,就更别说我了。"你想想,"女主人还告诉我,"这衣服还在达姆施塔特王子的一个侄子的施洗礼上用过,那孩子出生在1714年巴塞罗那被围城期间,我们同样是教父母。"如果我照她原话来理解的话,我就该认为女主人和她的公公(因为那个小老头实际上是这位夫人的公公)已是二百多岁的高龄。

那位侯爵(其他夫人中的一位小声告诉我说他是X世侯爵,我在这里用X并不是为了模仿那些细腻的小说,也不是怕这封信落到不怀好意之人手里会牵连到他,而仅仅是因为我记不得她告诉我的称谓了),那位侯爵看上去似乎,对,是看上去很老了,但其实没那么老,而且真的是个讨人喜欢的人。他是个多么周到、谦和的小老头啊,而且他的眼神中有种说不清道不明的幼稚与充满幻想的神情!"他都快九十了,"同样是那位告诉我他是X世侯爵的夫人如此告诉我,"他坚决拒绝逃亡国外,他一直都那么特立独行。"结果他听到了,笑着反驳:

"一个人到了我这把年纪,情愿死在家里也不要活在国外。"

此刻我意识到,我跟你说起这些贵妇和侯爵的事,你可能会想象他们还都穿戴着那样的服饰,但事实并非如此。他们都伪装成无产阶级的样子,就跟巴塞罗那的所有人一样,我父亲除外。我父亲不仅继续照常穿西装打领带,而且从革命开始,他还戴上了礼帽,而以前他出门的时候都是光着脑袋的。"革命的狂欢",正如他所说,刺激着他的神经。奇怪的是这些人尽管乔装打扮,但远远看去依旧是副贵人模样,或许是因为他们在穿着无产阶级的服装时过于夸张,反而显得虚假,也可能是因为他们走路、行动、说话的样子,无产阶级从来都不会这样……因为他们实际上都装成建筑小工的样子,似乎他们从未想过还有其他类型的工人,而且也有过得不错的工人穿得跟其他人一样好。

这家的女主人在施洗礼结束后给大家奉上了下午茶。一名仆人——也穿成小工的样子——拿来了几把椅子,在独腿圆桌周围摆成一个圈。谈话内容都是泛泛的。神父又看了一眼他的手表,说是不能再消磨更多时间了,他要趁这会儿开始做两个施洗礼的登记。他从衬衫下面掏出一本书,照我看来,他在上面记下了从教会不得不秘密行事起他所施行的所有洗礼。他又问女主人要来两张毛边纸给我开证明。他不过是在完成他的任务,这一切冒着极大的风险,可我却觉得受够了:所有这些麻烦在我看来都是多此一举,我觉得这些事都是那么官僚主义、拘于常规又那么小家子气。末了还有一件小事让我很是愤慨。

神父在小拉蒙的施洗证书上写道:"拉蒙·德·布罗卡·米尔曼,路易斯·德·布罗卡·鲁斯卡列达和特立尼达·米尔曼·卡塔苏斯的私生子……"要是我告诉你"私生"这个词让我觉得自己被刺了一刀,你会相信吗?我不介意别人这么写我,我已经习惯看到自己的证件上都写着"私生女"……我问神父能不能给小拉蒙只写上"儿子"一词,不要再加任何说明。"不,太太,规定就是得这么写。""在不合法这件事上,他又有什么错?""不是不合法。"神父慌忙说道,似乎被这个词给吓到了,并告诉我说"私生"这个词本身没有不好的意思,所有人都这样,除了那些被领养的,私生子在父母结婚后就能变成合法子女。"跟不合法的是有区别的,"他说,"后者是由不能结婚的父母繁育出来的。"你是律师,我对所有这一切如此无知肯定会让你觉得可笑,但是我认为很多人对这些事都是一团乱。"那么,"神父补充道,"我们大家都期待着。"他微笑着,用胳膊指着所有在场的坐在椅子上围成一圈的人:"我们大家都期待着很快您的……丈夫就能回到巴塞罗那,你们会通过符合教规的婚姻来使你们的结合合法化。"我想他是以为我们已经通过民事程序结了婚,而我努力让他弄明白了我们还没结婚,还没有以任何方式结过婚。"对我们来说,"他说,"你们结不结婚都不会改变什么。对我们来说,只有行了圣礼,才有婚姻。"

要换我对你说,尤利,对我来说也是这样……如果不是圣礼,婚姻又能是什么?但我已经无法再多想了,哪怕我再同意他的观点——至少在某种程度上,他可能都没感觉到——就他跟我说的那许多事,那个神父还是让我觉得很讨厌。他的稳重、笃定,他有力的表达和手势……还有不断看手表的眼神,就像是在提醒我们浪费了他多么宝贵的时间!

这个时候男仆端进来一大盘小块烤面包片,他把托盘放在了圆桌上。托盘跟洗礼用的脸盆一样都是足银的,分发给大家的盘子则是镶有金边的赛弗尔瓷器。这么精美的盘子和盛在里面的食物形成了反差:盘里装的是用配给的切片面包做成的烤面包片,面包片特别薄,可以显得多一点,上边还抹了薄薄的一层猪油。面包片还热着,是刚烤出来的,所有在场的人都称其为美味。

"之前谁能想到告诉咱们,"其中一名太太说道,"会有在烤面包片上涂猪油而不是黄油的日子。"

"但愿猪油不会缺。"另一个补充道。

"这猪油,"女主人说,"我前天才收到,是我姐夫从伦敦通过英国领事馆给我寄来的。要不是他给我们寄这些食品包裹,我真不知道这日子要怎么过下去。"

"我们,"在场的另一位太太插话道,"我们几周前收到了从纽约寄来的一打粗盐腌牛肉罐头,我们有个舅舅住在那里,这些罐头也是通过美国领事馆寄过来的。战前我们都没听说过腌牛肉,那时要是有人告诉我们有罐装肉这种东西存在,我们一定会恶心得晕过去。"

"可腌牛肉很好吃,"女主人叹了口气,"有那么多好东西,咱们之前都怀疑它们是否存在。我觉得到了战后,我还会继续用猪油而不是黄油,会吃腌牛肉而不是烤牛肉。我这一辈子从没吃过这么鲜美的东西!"

之后女主人给我们上了茶,对了,在巴塞罗那,你想要茶的话应有尽有,肯定是因为像我们这样喝茶的人很少。彻底消失了的是糖,不过这家的女主人跟猪油一起收到的还有从伦敦寄来的几千克糖。我觉得那茶简直太好喝了,加了糖之后就跟咱们当年喝的一样!我在家的时候还跟咱们以前那样喝茶,只是没有了糖,至于糖精,有人喜欢,而我觉得太可怕了。

所有这一切,包括抹了猪油的烤面包片、放了糖的茶,都是例外,是为了庆祝洗礼而破的例,显然那些太太都将这事当成了一个历史事件。她们这么重视这事让我觉得很不自在,我觉得并没有那么重要,就她们所有人愉悦的言谈看来,我开始怀疑这事对她们来说不仅是桩大事件,而且还是场胜利。

我这么猜主要是因为那个年轻的金发女人跟我说的事:她们将我的决定认作我最终认为她们有道理,恰恰她们才是对的!当我意识到这一点的时候,我觉得很滑稽:事实上我在她们中间觉得自己如此格格不入,就跟我身处巴布亚的某个部落中会有的感觉一样。在某一刻,我就这么多女人中间只有一个男人表示了我的诧异,那个年轻的金发女人脸上显出了惊愕的表情:

"所有的男人都从红色地区逃走了,您不知道吗?只有祖父是例外,他总是有反其道而行的精神。您想象一下,之前当所有人都是共和派时,他拥护君主制,而现在当所有人都是……"

"现在所有人都是法西斯,"他极其和蔼地说,"我依旧是我这辈子一直都是的无可修正的自由派,难道不是吗?"

他带着令人放下戒备的孩童般的微笑对我说:

"夫人……或小姐,既然照神父的说法,如果您只是照民事结了婚,我们并不能认为您已婚……"

"连按民事都没有。"我坚持说。

"神父已经跟我们说了这无关紧要。要是我告诉您我这辈子第一次哀叹自己没有天赋,您会相信吗?是,我从未抱怨过无法让我的天分能比我们的主所赐予的那一丁点儿多一些,可我此刻却想要拥有司汤达一样的天赋,并写出一部名为《非红非黑》的小说来。"

"您别理会他,爷爷总是有点儿……特别,"年轻的金发女人对我说,我明白她说"爷爷"是因为侯爵是她丈夫的祖父,"他都不听塞维利亚广播台,而且当我们告诉他我们听到的事情时,他总是显得特别冷静。"

"不管谁赢,我反正是输了。"他低声嘟囔,但并未停止微笑。他低下头,似乎受制于一阵突如其来的伤感。

"可是,爷爷,咱们的人正在战场上拿生命在冒险……您不觉得,夫人,"她朝向我,又补充道,"在咱们目前的处境中,无动于衷就是自杀吗?"

听到她说"咱们的人"指的是另一派人,而她的口吻则是毫不怀疑地默认我也是"他们中"的一员时,我疑惑地看向了无政府主义者的遗孀。她们已经让她坐下,事实上就坐在那一圈中的一张椅子上,坐在她们中间,还不时地带着刻意的宽厚态度对她说话,身处那群太太们中间,她看上去很快乐,似乎压根没有领会到她们在那儿说的那些话的意图。"她是她们的帮手,"我想,"她很快乐是因为她们终于让她这辈子能有一次坐在她们中间。"突然间我领悟到(看到我看着她,她也微笑着看着我,眼眶湿湿的)让她如此快乐,又让她显得如此遥远、游离于我们谈话之外的原因是小拉蒙和我受了洗。我突然明白她一个人远比我们所有这些人加在一起更有价值!神父一边不停看表,一边从拖盘里拿起一块又一块烤面包片。年轻的金发女人兴奋地说着"咱们的人",说着他们会到来的那一天——在她看来,那一天并不遥远。我一边听她说话,一边在想:她把我当成了什么人?在某一刻,我打断她的话,对她说我之所以受洗是因为一个红色军官的忠告,我目不转睛地看着她,特意强调道:

"可怕极了的红色分子。"

正是她本人用这荒谬的评语来称呼你们这些共和战士的。侯爵饶有兴味地看着我,显得尤为和蔼,而我觉得神父在听到我这番唐突之言后一下惊呆了——但愿是我弄错了!不管怎样谈话都无法再继续,神父趁机告辞,"时间过得这么快真可怕",女主人把他送到了门口,聚会扫兴收场。

现在就差最后一个小细节了:当我拉着小拉蒙的手,跟在无政府主义者的遗孀身后准备离开时,由于从客厅通向门口的过道很暗,他们还在那里铺了一块厚地毯,结果我在地毯边缘上绊了一下后失去平衡,摔了个大马趴。

当我来到街上、置身露天的时候,我似乎卸下了一身重担。我为什么要隐瞒不说?所有的一切都让我觉得有种错误的感觉,仿佛口中的一股怪味道。

唯一与她们谈论起宗教书籍时那股"超现实的喜悦"相似的感觉我直到几天之后方才体会到,那是在看到我们受洗一事惹恼到我母亲的时候。我毫不内疚地品味着这股残忍而浓烈的快感,此刻我毫无愧意地向你袒露这一点。我甚至怀疑,说到底我之所以决意跨出这一步,其原因较之你的坚持,更是惹怒她的快意。我们隐藏在内心的恶意真是令人不寒而栗。

5月13日

你问我跟我母亲的会面如何,"想必是场面惊人",你说,既然你要这么说……那么没错,的确如此,而且远不止这样。

医院街上那间我曾度过生命中十七个年头的公寓如今让我觉得连十七天都待不住。现在最让我受不了的是它持续的存在感,一种沉重的存在感。我不知道要怎么表达这种感觉:我的母亲是那种哪怕沉默不语你也会感觉她存在的人。她们不懂、不想也不会不为人察觉。我的母亲……不能爱自己的母亲实在是件很伤心的事!我们到底能在心中埋藏多少恶意,而我这样的恶意由来已久。从还是孩子的时候,我就对她心生嫌恶。她总是偏爱利贝特,这也很自然,她和他如此相像……他们看待世界的方式一样,这世界就像一块美味至极的蛋糕,却不让他们下口,唯一的问题就在于要如何下口。他们和爸爸如此不同,可怜的爸爸,他总是将无产阶级的一切当作令人感动的美好信念。多年以前,有人曾给他提供一家商业杂志的领导职位,他在《爆破眼》杂志前沿的新闻经验本可以为他所用,他本可以过得很好,但他没有接受这一提议。他无法想象只以谋生为目的的写作。他对过好日子的兴趣真是寥寥!他想过的是无产阶级的生活,他无论如何都不会像利贝特此时建议的那样抛下医院街上的那套公寓而搬去更好的地方。如果让爸爸住到别的地方去,如果要让他离开他住了一辈子的公寓,他会死于怀旧情绪的。

就是这样,我去看了他们。我爬上那座楼梯,楼梯分成两截,在每一层的楼梯平台处合到一起之后又再次分开,所有这些空间都平白被浪费,而这些面积本可以增加到每套公寓中。每一楼层有四户人家……楼道里的墙壁看上去剥落得更厉害了,也因潮湿而更为凹凸不平,还多了许多铅笔或炭笔的涂画。我记得你把这些涂画称作"涂鸦",也记得你曾说过这些东西对于研究大众心理所具有的意义，我还记得有一次你甚至开始进行汇编。现在你会见到更多，几个月的战争令政治和其他类型甚至淫秽的"涂鸦"大增。至于你曾觉得是精妙的巴洛克风格并说甚至可能是件代表作的铸铁栏杆已被铁锈所吞噬，因为没人会费心去涂上一层油漆。要是你把手搁在上面，等拿下来的时候整只手都是红的。这栋房子刚满一百年，你应该还记得，在临街的大门上标有日期：1837年。浪漫主义……当时他们是把钱都花在楼梯上了吗？栏杆上的扶手从楼梯开始处一直到主楼层的楼梯平台都是铜做的，跟黄金一样闪闪发亮：这是女门房唯一会擦拭的东西。只让黄铜闪亮，其余都无关紧要。楼梯台阶也显示出明显的阶级差别：直到主楼层的台阶都是大理石的，之后是普通地砖加木块，所有的台阶——都是地砖加木块——在被反复踩踏后都已磨损得厉害。一百年间脚来来往往，无数的脚摩擦、损耗着这些台阶……有多少脚曾经上下过这楼梯，几乎就跟从街上经过的脚差不多吧，我的上帝啊！就跟从医院街上走过的脚差不多，这条路就像涨满了水的狭窄山涧。人潮又会是多么悲伤啊！人们知道一百年前各个阶层的人都住在同样的房子里，而差别就在公寓之内。他们越贫穷，便越接近天空。在我的记忆中，主楼层只有一户人家，里面住了一名医生，他的诊室也在里面，除此之外，一楼的人家都很穷，从那一层起每层都有四户，就跟六楼一样，而我们就住在六楼。大门口的报刊亭还在，还是同一家，只是生意做得更大了，现在除了报纸和杂志之外，还有流行书刊，但这些书都只租不卖。花上十分钱能借给你看一星期，而在街区里有大把的客人。在上楼梯的时候，我遇到了五十个下楼的人，我没夸张，我计数来着：确切的数字是四十九个。你看，不算主楼层，一共是六层楼，每层四户：六乘四等于二十四户家庭。这些家庭规模都不小，像我们这样只有五口人的人家算是个例外。当我上楼的时候，我听到了住在三楼一号的波利卡皮亚的尖利嗓音，她这辈子都在跟住在四楼二号的女人隔着朝向天井的窗户吵架。这么多年来我都在听她叫嚷却几乎能充耳不闻，但此刻我头疼欲裂。

我们是多么容易沉溺于舒适、宁静和雪白的墙壁还有空间中——仅有若干件逐一挑选出来的家具！而那些堆砌到一起的滑稽家具、衣帽架、碗橱、梳妆台、走廊里一溜仿皮的硬纸椅面的椅子，简直就是要让人绊倒……我想那种肮脏的感觉从来都不是来自有所或缺，而是像奢侈的感觉一样来自过剩，谁知道奢侈和肮脏会不会是双胞胎呢……如果不往那间公寓里添东西反而拿走一些东西的话，就会产生完全不同的效果，那些东西包括：墙上的暗红壁纸、头戴弗里吉亚无边帽的皮·马加尔的画片、一半的椅子、衣帽架，尤其是那盏改造成电力灯的沉重的煤气灯，那盏灯挂在餐室桌子上方的天花板上，像是威胁着所有吃饭的人会把他们砸扁。

那天爸爸不在家，妈妈告诉我最近一段时间他为了避免跟利贝特争吵，几乎从不在家。原来利贝特想让他们搬到格拉西亚大道上一间位于主楼层的公寓去，那房子自然是从原主人那儿没收来的，而爸爸为此勃然大怒。"简直让我羞愧得要死。"爸爸对他说。妈妈说父子俩狠狠吵了一番。看到有地方可以下口，这世界在利贝特眼中便成了所有可能存在的世界中最好的一个。爸爸就最近几个月来所发生的事数落了他一顿：多起谋杀、多间被烧毁的教堂、无数被追踪的犹如疯狗一般的无害市民。利贝特面带高高在上的微笑听他说完。"总有愚钝的人不懂随遇而安，"这是他唯一的回应，"一帮永远愚蠢而心怀忌恨的失败者。"狂怒的爸爸叫他离开，不准再踏进家门，妈妈很难让他俩和解或至少达到外表的和平，这样的和平只有通过均衡的力量才能持续，那力量能够避免会重新掀起风暴的话题。

我和她待在后面朝向天井的阳台上。你从没到过我父母家的那部分，因为他们不想让外人进到那里。因为我奶奶在那里。那是我父亲的妈妈，特里尼奶奶，就是因为她，我才有了这个名字。据说当我出生的时候，他们在比达和阿莱格里亚[1]间犹豫。要是叫比达的话简直太可怕了,你不觉得吗?不过,阿莱格里亚可能还没那么糟,只不过,可怜的我,这名字和我不太般配……因为他们在那两个名字间举棋不定,于是爸爸最后决定用他母亲的名字来给我起名以示敬意。

奶奶总是坐在她的残疾人扶手椅里。从她的座椅那里能看到天井,天井像口井一般狭长而深邃(你想想看,六层楼!),每层有四间像我们家一样老迈而破落的公寓共用这一天井。空气在其间凝滞,只有夏季除外。那里的空气阴暗、厚重而潮湿,就像水一样,闻起来总有一股密闭空间的味道,就像一间从不通风透气的寝室。在那里总能听到女邻居们的吵嚷,各个窗口间都有激烈的口角在发生。我们家阳台对面的阳台上有几只花盆,盆里种着一些宽叶植物,透出十分忧伤的墨绿色。植物中间的一根栖木上有一只鹦鹉和一只被链条拴着的长尾猴。这就是许多年以来我奶奶的整个世界:会打架的长尾猴和鹦鹉。长尾猴会对鹦鹉干各种调皮捣蛋之事,而鹦鹉则像个被判刑的犯人尖叫。

有多少年了?我不知道。我从没见过另一种样子的她。她几乎不说话,只用些含糊不清的声音来表达她的意思。有些日子里她谁都不认得,甚至连我父亲也不认识……那可是她儿子。我们在她面前说话的时候就像在跟一个新生儿讲话一样。

那一天我母亲和我聊了很多。在巴塞罗那,大部分的谈话都围绕着配给展开,而这一话题总会激怒我,因为哪怕我们说得再多,也解决不了任何问题,而且以这种方式来延长对饥饿的担忧显得尤为愚蠢。还不如分点心,聊点别的事。我跟她说了我们受洗的事。

她缄默不语看着我,仿佛我疯了似的。在经过一段长时间的沉默之后,她落下一句话:"多么歹毒的蠢事啊!"

---

[1] 这两个名字字面含义分别为"生命"和"喜悦"。

就是这样，这是她的原话："多么歹毒的蠢事啊！"

"为什么是蠢事？"我说，"而且不管怎样，为什么又是恶毒的？"

"教义……"她说，脸上露出副怪相。我记得那天跟她说起那个神父，镇上那个被杀死在我家后面空地上的可怜的教区神父，她在说到"教义……"的时候露出了同样的怪相。我跟她叙述了我怎么发现了那人的尸体，他身上的教士服有多么破旧还打了补丁，他看上去有多么老迈。我跟她讲述了所有这些事情，并说我向上天哀告当局没有制止这一局势。就在那时她露出那样的怪脸并说："唉，教义！"这就是她对那个老教士谋杀案的全部评论。

"这么说你变成守旧派了？"她在一阵挖苦的沉默之后补充道，"你应该挺乐意当个假装虔诚的人吧？我猜你这么干就是为了惹毛我，你再清楚不过没有多少事能像这事一样让我不自在。在我的家庭里，从不记得有谁曾经这么天真，我祖父是 1837 年烧毁教堂行动中的一员，我父亲在第一共和国期间参与了 1873 年的行动，而我则曾经投身'悲剧周'的烧教堂行动里……"[1]

"于是利贝特追随神圣的传统，参与了去年的烧教堂行动，"我说，"妈妈，我可不像你还有利贝特那样是传统主义分子。"

"传统主义分子？卡洛斯派才是传统主义分子！"她恼怒地大吼，"他们才是传统主义分子，一帮圣水里的蛤蟆，一群钻进圣器室里的耗子！"

她再次亮出——我也正等着这一出——"手腕上绑着铁链"被活埋的修女的故事。我不知道这辈子听她胡诌过多少次这个故事，也不知道爸爸

---

[1] 此处的 1837 年以及 1873 年在巴塞罗那发生的焚烧教堂的事件均是针对卡洛斯派进行的，因为后者在卡洛斯战争期间得到了天主教会的支持。而"悲剧周"（Setmana Tràgica）指的是 1909 年 7 月 25 日到 8 月 2 日期间在巴塞罗那以及其他加泰罗尼亚城市发生的一系列暴力冲突事件，冲突双方为西班牙军队和工人阶级成员。当时的西班牙首相安东尼·毛拉欲将预备役军队派往摩洛哥巩固其扩张范围，而预备役人员多为工人，是许多家庭唯一的收入来源，因此工会号召大罢工，从而引发冲突。

跟她说过多少次叫她别再讲这故事,因为完全是假的。在"悲剧周"焚烧修道院的行动中,据说纵火者们就跟去年夏天那帮人一样,一门心思将死去的修士修女从地底下挖出来。他们在一间古老的修道院里发现了几个垂直的墓穴,显然在那间修道院里有将修女们直立埋葬的习俗。而这却成了让他们说出修女们是被活埋的全部原因,而且这些修女双手交叉在胸前,手腕间缠着一根细链条。据我父亲讲,有个医生去看过现场,在仔细检查过之后,他推断那些细链条不过是念珠剩下的最后的残迹。因为这些念珠的珠子都是木头做的,因此几个世纪过去后便消失不见了,只留下串起这些珠子的细链条。但是无论是我父亲还是全世界的医生都不能从我母亲的脑子中赶走这些修士修女都曾在幽居的修道院里犯下过令人毛骨悚然的罪行的念头。

我感觉你和路易斯之所以反抗资产阶级成见,是因为你们压根不知道无产阶级的成见会是什么样。不光是我们受洗这件事让我母亲反感,让她厌恶的还有我那天买的那张书桌,而留着络腮胡、头戴贝雷帽的曾祖父画像更是让她不快。她反对"传统主义者"的情绪由此大发作。她本可以认定说有卡洛斯派的曾祖父母是件危险的事,但引她发作的并非这事,事实上,无论是伊莎贝尔式书桌,还是戴红色贝雷帽的曾祖父,所有这些在她看来都"过时得要命"。她想的是,我不该有那张书桌,而该有一个和她一样的衣帽架,就是那种有一面镜子和几根用来挂礼帽的黄铜支杆的衣帽架,还连着个陶质圆筒用来放雨伞。我得告诉你,我跟她在一起时的感觉真的很古怪,但并不是为了什么雨伞的事,也不是为了她评论我们受洗一事冒出的唐突言辞。她满腹恼火,当我们一肚子恼火的时候,我们就不知道互相在说什么。她对我说了许多狠话,我不想转述,但这也不是问题。我对她有这种古怪的感觉其实由来已久,从小时候便开始了。不能爱自己可怜的母亲真的让人伤心,无论我回忆得有多么久远,我都发现我不曾爱过她……

你也诧异地问我为什么就上周发生的事对你只字不提，是不是我们在佩德拉尔维斯都毫不知情。可如果我什么都不告诉你，是因为不想让你感到沮丧，就跟我也没写信告诉路易斯一样。你们在前线最好不要知道后方这些丢人的事。这也是因为我实在懒得说这些极不愉快的事情，这些事说到底没人能明白……真的懒得说！或许是出于自私，但我真的宁可什么都不要知道，有时候我就想窝在家里，除了小拉蒙和路易斯——当然还有你——什么都不用去想，只考虑我自己的生活，对我们四周这个谵妄的世界装聋作哑。更何况我们也对这个世界无能为力……这次又是一场血腥风暴，就跟7月那次一样，说是死了五百个人。对，我们和从佩德拉尔维斯逃出来的另外几家人一起挤在瓦尔维德雷拉的山洞里过了很糟糕的几天。我们从佩德拉尔维斯听到了从远处的市中心传来的步枪和大炮的轰鸣，但并不知道发生了什么，就在这时，炮弹开始纷纷落到我们这一区，我们搞不清炮弹到底从哪儿打过来的，因为都是远远飞来。有几个似乎总是什么都知道的邻居说是有一艘叛军的装甲舰在轰炸我们，就为了让巴塞罗那的局势更为恐怖，之后我们才知道不是这样，而是无政府主义者们干的。他们夺取了敌人的一台大榴弹炮，不懂瞄准地一通乱射。另外几个邻居告诉我们，他们有几个熟人在瓦尔维德雷拉有一栋别墅，从战争开始时他们就在位于山边的花园里挖了几个山洞，有轰炸的时候就能进洞里躲避。如果我们想去的话，所有人都能挤得下，我们能在那儿得到很好的庇护。我起初还在犹豫是否要离开我们的别墅住到山洞里去，可就在那时，一枚大榴弹恰好掉在了我们屋后那片还没盖房子的空地上，也就是我们发现那个被杀害的老神父的地方。爆炸的威力如此巨大，房子的所有玻璃都飞出去裂成了碎片，因此我没再犹豫。孩子、女佣和我三个人一起去了瓦尔维德雷拉。

　　我们在山洞里住了四五天。我都不知道该给小拉蒙和女佣吃什么，巴塞罗那又变成了地狱。有时候我甚至会生女佣的气，可怜的丫头，当小拉蒙已经是个大问题的时候，我却还得再多喂饱一张嘴。我问自己，当我自己的日子都过得跟山洞野人一样了，还要女佣干什么？可是我不能赶走她，她来自加利西亚的一个村庄，她的亲人都在法西斯占领区，我没法叫她回家去。山洞里的夜晚阴冷而潮湿，睡在地上也很辛苦。我告诉自己路易斯应该也是这么睡觉的，总是睡在地上和露天。可怜的路易斯，有时候我扪心自问在某种程度上我是不是那个有错的人，我是不是不止一次没有对他更宽容些。我们只有被理解了才能被原谅……可我现在又能对你说什么呢，你肯定也是随便就睡，甚至都不会在山洞里避开夜间的露水。这场战争是多么漫长啊！此刻巴塞罗那又恢复了平静，很难去弄明白到底发生了什么。总之，都是无政府主义者们干的，一直都是他们。所有人都烦透了无政府主义者们，而要是我告诉你最烦这帮人的是我父亲呢？

5月17日

在瓦尔维德雷拉的山洞里待了几天之后，我有时早上醒来发现自己在家时感觉好极了，在那么柔软而温暖的床上，在这么宽敞而舒适的别墅里，就像有段时间我醒来时发现自己是基督徒时的感觉一样好。

对，醒来发现自己是基督徒让我感觉好极了，不过这是在受洗之前。我感受到自己是基督徒，我在醒来的瞬间全身心地体会到了这一点，可是，基督徒又意味着什么？当教会从地下墓穴走出来时，我还会觉得自己是基督徒吗？我能在命中注定要重新穿上的各色伪装下认出耶稣吗？在7月和8月的那些日子里要认出祂是那么容易，那时人们推着祂朝博塔场[1]

---

[1] Camp de la Bóta，巴塞罗那郊区的一个地方，在19世纪初时此地被拿破仑的军队用作枪毙场所，在西班牙内战之后，此地成为实施佛朗哥派镇压的地方，无数次枪决均发生在此。后面的拉瓦萨达公路 (Carretera de la Rabassada) 则是车祸频发路段。

或是拉瓦萨达公路走去，在那儿他们会用手枪再杀死祂一次，祂裸着身体，头戴荆冠，脸上满是鲜血和唾沫……人们怎么会不对祂充满同情？从两千年前开始，祂便在世界各地的路上背负着承载了我们所有灾难的十字架。我们想要逃离祂，我们会选择歧路，那条似乎最能远离祂的道路，但即便在那里，我们还是会发现祂走过的痕迹。

路易斯不可能想到我成了基督徒，而你却那么快就觉察到了！对，你那么快就发觉我无法忍受空虚，我需要相信些什么。"有一种乐观就跟草木的无知无觉一样。"有一次你在说到某些无神论者那种令人无法理解的沉稳冷静时曾这么对我说。

咱们谈到了绝对的无神论者，事实上他们是那么稀少，我几乎一个都不认识，就连我的兄弟利贝特都不能算——我还不想把手放入火中试探，我们怎知道火里会藏着什么呢？既然我们连对自己都几乎不甚了了，又能了解别人多少呢？我自己的母亲，自认为是坚定的无神论者，可如果她是绝对的无神论者的话，为何会在说起宗教时如此忿忿然？她怎么可以仇恨她都不相信的东西——如果我们都不相信它的话，它又何来异常之处呢？这是在认识路易斯之前的事，因此，是在 1930 年 12 月之前。咱们常常在兰布拉大道还有老巴塞罗那的那些大街小巷间没完没了地散步，咱们总会在兰布拉大道尽头的一家素食店里买上两个全麦小面包，再在另外一家店里买上两块马翁奶酪。那么多的橱窗里摆满了适合各种口味的吃食……咱们一边吃着面包就奶酪，一边沿着兰布拉大道往上走。当咱们走到卡纳莱塔斯饮水泉时，手里的东西也都吃完了，咱们便会在报刊亭喝上点苹果酒。我现在还能记得全麦面包、奶酪还有苹果酒清爽而辛辣的口味混杂在一起的味道，那是咱们当时散步的味道，我记得如此真切，仿佛这味道此时就在我口中，就像我刚刚吃了一个那样的小面包、一块那样的奶酪，还喝了一大杯当时卡纳莱塔斯饮水泉边的报刊亭供应的苹果酒。这样美好的东西还会有回到这个世界上的那一天吗？那时候的我是女子运动俱乐部的成员，有些日子的上午，如果我在两节课之间有一个小时的空闲时间，我会跑去圣塞巴斯蒂安海滨浴场游一会儿泳。我现在想起这事儿是因为我记得我参加女子运动俱乐部还有我热衷游泳这些事当时都让你很反感。你为什么会反感？我一直都没想明白这一点，直到今天我都不知道原因何在。到底有什么不对？而且说到底，跟你又有什么关系？那时候，每年12月都会举行被称为港口横渡的游泳比赛，我第一次参赛是在1930年的12月，就在大学里发生那次大乱子不久之前，我就是在那样混乱的场合下认识了路易斯，而在参赛的时候我还不认识他。

当我现在写下"我还不认识他"，而这里的他指的是路易斯时，会对我产生一种奇特的效果。不是说不可能，而是说荒唐的是，我似乎永远都不曾认识他。

当我游泳的时候，我并不觉得冷，因为为了游泳横渡港口，我们会在身上涂上动物脂肪，之后我们再洗个热水澡把这层脂肪洗掉。横渡结束后，我还有时间去上最后一节课。我在校门口遇到了你，我跟你还有一群学生讨论了起来。你们说起了那些天里的传闻，传闻说军人要宣布成立共和国，还有其他一些令人兴奋的消息。这些消息太让人兴奋了以至于我都没去上课。我待在那里跟你们讨论，在街上站着不动开始让我感到了寒冷，而你注意到了我在发抖，于是我告诉你我刚结束港口横渡。

"你疯了吗？"你对我说，"港口横渡？在12月份？"

我笑了起来，我告诉你那场比赛有多么激烈，我激动地说起那天上午赢得比赛的那个男孩："那是个发育良好的男孩子，肩膀很宽，每挥一次胳膊……"而你都没让我把话说完！"这就是你所推崇的？就是蛮力？"不，我并不推崇蛮力，我从来都不推崇这一点，不过一个了不起的游泳选手像海豚一样劈波斩浪的表演却总会让我心驰神往。我越解释，你越生气，越愤怒。为什么我喜欢游泳和我崇敬比我游得好的人会让你那么气愤？

你非常聪明，尤利，我一直都这么跟你说，再说一遍也不觉得有什么不妥，但你总是有点怪，要怎么跟你说呢？你的这些怪地方让我摸不着头脑。那一次你让我想了许多，想要弄明白为什么我参加横渡港口的比赛和看着冠军游泳令我激动不已会让你如此恼怒。直到过了一段时间，就在我已经忘了这桩意外的时候，你告诉我说你姑妈不让你在海里游泳，尽管你们夏天都会去她在海边的一栋房子里消夏，也因为此，你不会游泳。于是我想，惹恼你的是我崇拜的另一个人身上有一样你所不具备的本领，但是，这样的感情不是很荒唐吗？难道我们可以无所不有吗？你已经拥有了各种天赋中最好的那一样：聪慧。你怎么会去嫉妒另一个人身上某一项跟你的天赋相比显得无足轻重的本领呢？

你非常聪明，尤利，你是我所认识的人中最聪明的那一个。你比那个游泳冠军优越多了，拿他跟你比简直可笑。那个冠军在水中固然令人敬佩，但把他从水里拉出来之后，他不过就是个跟他说话都很费劲的可怜年轻人……这难道不是另一个在他游泳时佩服他的理由吗？这可是他仅有的有趣之处。你很聪明，尤利，但有时候，你做起一些事来——原谅我这么跟你说，却似乎并不那么聪明。

你跟路易斯的舅舅恰恰相反，他不是很聪明，但有时候他具备极为聪明的人所拥有的东西。就在认识我们几个小时之后，他就猜到了我是基督徒——而路易斯到现在还没怀疑这一点！现在我可以跟你说到舅舅了，不再害怕把他也牵扯进来。由于害怕这些信落到别有用心的人手里，直到现在我都避免提到他。通过国际红十字组织，我终于有了他的消息，跟我确认说他在吉莱里斯山的森林里经历了长途跋涉之后到了意大利，他和其他人曾一起躲在森林里，但现在已经远离了一切危险。现在我可以告诉你，我终于认识了路易斯跟咱们说起时总语带讽刺的他那个有名的舅舅。

其实，我可以事出有因地跟你这么说，因为我让他在家里躲了好几个星期：他是个极好的人。

路易斯总是倾向于跟用心爱他的人做对这一点很是奇怪，比如他对我就是这样。而他舅舅爱他，远甚于他所认为的那样。

那是10月底的事情，你和路易斯离开巴塞罗那已经差不多三个月了，他去了马德里前线，而你去了阿拉贡前线。有个周六的一大早，女佣过来告诉我说有个检查巡逻队的民兵找我。我走到门口，那里站着个矮胖的陌生人，一顶工人的帽子盖到了眼睛那里，一条红黑相间的围巾遮住了一部分的脸，衣着很不讲究，脚上穿着麻底布鞋。

"抱歉我这样介绍我自己，夫人。我是您……丈夫的舅舅。"

他在说"丈夫"之前迟疑了一下，就跟那个给我们施洗的神父一样。我把他让进客厅，跟他说请他坐下。他抱歉说得给我讲一个"又长又复杂"的故事。在叛乱开始的时候，他对我说，工厂里一切都跟以前一样，多亏有一个由会计、总工长、老职工和一些最具专业技能的工人组成的委员会。这一"企业委员会"的第一个协议是通过投票任命一名"负责的同事"，结果，不是大多数，而是全票通过——欧塞维奥舅舅骄傲地告诉我——任命他担任这一职务，认为他是最有能力保持业务发展的人。因此，作为"负责的同事"，并有"企业委员会"作保，他继续担任经理一职，就跟什么都没有发生过一样，并没有超出大环境引发的令人伤脑筋的事以外的问题，无非就是原材料紧缺、运输脱节，以及西班牙中部、西部和南部市场损失这些事。但就在差不多两周前，几个无政府主义煽动者开始鼓动杂工，杂工人数众多，开始在"企业委员会"里取代专业工人。现在管事的人是个仓库搬运工。"就是某种大猩猩，"舅舅说，那人连字都不会签，签字的时候不得不按指印，"看上去像是出生在麦德林的人。"

"跟埃尔南·科尔特斯[1]一样吗？"我惊呼。

---

[1] Hernán Cortés（1485—1547），是殖民时代活跃在中南美洲的西班牙殖民者，以摧毁阿兹特克古文明并在墨西哥建立殖民地而闻名，此人出生在西班牙埃斯特雷马杜拉大区的麦德林，所以文中将那个仓库管理员与之相比。

"没错,就跟埃尔南·科尔特斯一样,"舅舅回答,"不过埃尔南·科尔特斯也用大拇指印代替签字吗?有时候一切都会有可能。而这个面条厂里的埃尔南·科尔特斯是个脾气十分暴躁的人,他的第一道'圣旨'就是将我扫地出门。他朝我嚷嚷,叫我别再踏足工厂,因为那里根本不需要我。所以,我隐居家中,像条冬眠的凯门鳄一样忍受着无聊,直到今天早上会计——是我完全信任的人——给我打电话,叫我躲起来,因为那个无政府主义头头刚刚进办公室的时候脾气比平时还要臭,并放话说业务自从我走后就变得不好是因为我在外面搞破坏,因此他决意要像对待所有其他加泰罗尼亚资产阶级分子一样'教训我'……'不弄到他们一个不剩,'会计说他如此叫嚣,'这个国家的工业就不会变好。'"

欧塞维奥舅舅的圆脸十分苍白,但有时一阵神经抽搐会让他不断眯缝起灵活的小眼睛,尤其当他要说出他的一些事情时便会这样,有时他说出的这些事情很是出人意料,于是头几个词他便会说得磕磕巴巴:

"看……看来,来,来,在他家那边他们很懂怎么搞好工业。要是埃尔南·科尔特斯在麦德林日子过得不错的话,见鬼他为什么会想到要跑去巴拉圭折腾?"

"舅舅,您怎么会想到偏要躲到我们家来?"

"你看,丫头,我不知道要去哪里才安全,我认识的革命派就只有你们了。此外……我也特别想认识你。我就喜欢打听各种事,知道吗?这是犯罪吗?"

那时正是小拉蒙起床的时间,女佣刚给他穿好衣服,把梳洗穿戴完毕的他带到了我们这里。那时他才刚过三岁生日,平时他都不搭理陌生人,但出乎我的意料,他径直朝欧塞维奥舅舅跑去,站在他面前打量他:

"这位先生是谁?"

"是欧塞维奥舅公。"

"对,帅哥,我是你的舅公,"他说着抱起小拉蒙坐到自己的膝盖上,

"我有这么个胆大的外甥孙却直到现在才认识！这公平吗，特里尼？路易斯那么对我是因为我是个怪物吗？你看到这个小家伙一见到我就朝我跑过来了吗？你看他坐在我膝盖上多么开心。多么天真的嗓音！你说他叫什么名字来着？小拉蒙？你得知道当路易斯还小，还不到六七个月大的时候，每当我要把他抱在怀里，他就跟个被判刑的犯人一样嚎叫。那叫声真跟见了鬼一样！那时他才六七个月大，却连见到我都不行。他出身贵族，而我却是个'平民'，你知道吗？一个鲁斯卡列达家的人真是不得了……"

我笑了出来：

"我想，舅舅，您说这些是在开玩笑。您怎么可能让一个六个月大的小孩子……"

"开玩笑？或许不全是玩笑，不全是玩笑，特里尼！这辈子我见过各种奇怪的事情，甚至怀疑在这样的人身上，那些古老的癫狂是无法克服的，他们生来便带着这样的癫狂。直到他们失去所有记忆甚至意识，他们依旧会有这样的疯狂！我可以告诉你每一个出人意料的细节，每一种奇怪的反应……"

"要是这样的话，路易斯应该更憎恶我而不是您，我应该更'平民'。"

他惊讶地看着我，眼睛又那样抽动了一下：

"你这么说是因为你们家都是无政府主义者吗？好吧，哪怕你们在街上扔炸弹都扔烦了，可扔炸弹并不能废除贵族，你知道吗？其结果恰恰相反！生产面条和通心粉反被认作有决定性的。我犯下的是那种在家系学者眼中无可救药的罪行：因为我不仅生产面条和通心粉，我还生产肉卷、粗面、意大利面、星星面和麦楂。麦楂！你曾听说过布永的戈弗雷[1]曾在圣地建过一家麦楂工厂吗？且不管他的名字听上去有多合适。我的孩子，我是那种就算盛装打扮、穿上燕尾服，还是照旧会被当成服务员的人……这

---

[1] Godofred de Bouillon（约 1060—1100），第一次十字军东征将领，"圣墓守护者"。

就是不可饶恕的罪过！"

经过再三琢磨，我们决定让他住在女佣那间房，因为那个房间在楼上，就在屋顶下面，与房子的其他部分隔开，而女佣会去和小拉蒙一起睡。我们让孩子相信"那位先生"只是来拜访我们的，看过我们后他已经走了，这样舅舅在家躲了五六个星期而孩子并不知道（而且，几天之后小拉蒙就去上幼儿园了）。我们把食物拿到楼上卧室，很多时候，因为孩子要睡午觉或已经上床了，我就和欧塞维奥舅舅一起吃中饭或晚饭，陪陪他，为此他很感激我，因为他关在房里都快无聊死了。他和我说了许多路易斯的事，虽然语带嘲讽，却总是满怀感情："路易斯说我因为自己是一家汤用面条厂的经理就自以为是，这点让他很是恼怒，可是，我的孩子，要是我自己不重视我自己，谁会来重视我？"很多时候他说的事让我忍俊不禁，能让路易斯之外的所有人卸下心防："路易斯？你要我跟你说吗？他这样不结婚就跟你住在一起只是想让家里人吃惊，我可是很了解他！他想扮无产阶级，想玩叛逆，而我为了工厂的发展每天要在办公室待上十三四个小时，可他每年就去那儿一次，就在分红的时候。"他告诉了我很多我以前不知道的事：

"我作为监护人，本可以禁止路易斯跟你住在一起，因为那时他还有一年才成年，还没满二十岁。有阵子我想用这个当武器，不是为了阻止他跟你住到一起——因为那时他已经怀孕了，我要么么干会让我觉得有罪——而是要逼他跟你结婚。那时我就想到了你们无论如何都不会想去教堂结婚，无论是你还是他，但至少，你们可以通过民事手续登记结婚……不管加利法神父会怎么说，我一直都认为一对情侣哪怕通过民事登记结婚也比不结婚要更受尊重。是加利法神父让我打消了这个念头。'民事婚姻什么都不是，'他对我说，'为了这点小事不值得兴师动众。'最后，我想，再过一年路易斯就成年了，到时他可以想干什么就干什么，那不如就让他从现在起想干什么干什么吧，我们也别再折腾他了。加利法神父赞扬了我的这个决定。"

路易斯曾跟我说起过的这个加利法神父是个耶稣会教徒，我印象里他曾是路易斯在小学里的老师，不管怎样，照我的理解来看，他很受路易斯一家人的爱戴，而且欧塞维奥舅舅曾在一些比较困难的处境下向他讨教过，比如他刚说的那一回。现在我想如果这个加利法神父是耶稣会教徒办的小学的老师，那你应该也认识他。为什么你从没跟我说起过他？你和路易斯是小学同学，就在萨利亚区的耶稣会学校里。也可能是我搞错了，加利法神父不是小学老师，而是路易斯派修道会的会长，因此路易斯作为修道会成员才认识了他，而你却不认识。对了，就在路易斯的舅舅跟我说起加利法神父的事的时候，电话铃响了，我跑去接起了电话。电话是工厂会计打来的，在确认了我是特里尼之后，他请我让舅舅接电话。那时已经过了晚上十点，会计并不是从办公室打的电话，而是从家里打来的。欧塞维奥舅舅和他通完电话，一边放下听筒，一边跟我说话，同时还忍不住笑意：

"你知道他跟我说了什么吗？那个'负责的同事'，也就是麦德林的猩猩想要我回去，因为他不知道要怎么办才能在明天付出这周的薪水，明天就是周六了。你知道不久前《宣传报》登了一则《集体化企业寻找资本家合伙人》的广告吗？我是亲眼看到的，我这辈子都是《宣传报》的订阅人。那广告确凿无疑！他们肯定遇到了同样的问题。他们此刻才发现每八天要付一次工钱可不像他们想的那么容易。"

可怜的舅舅，满心想要吐露秘密，有一天他说了一件委实让我惊讶的事。那也是一个晚上，我们已经吃过晚饭，我跟往常一样留下来陪他一会儿。我随身带着活计，于是便动手织起两件厚毛衣来，一件是给你的，另一件是给路易斯的，因为已是深秋，但我们还没看到战争的尽头。你记不记得一开始的时候咱们从未想过战争会持续几周以上，或者，至多几个月？然而，一周又一周，一月又一月，都已经到了11月。寒冬将至，可战事看上去却愈发漫长。也就是说当时我在阁楼一边织着毛衣,一边和欧塞维奥舅舅持续着平时那样的长谈。那晚我们从一个话题聊到另一个话题,他突然跟我说起了他的女儿茱列塔和他曾想把女儿嫁给路易斯的种种幻想。人们说好感是相互的应该是极有道理的,我从见到他的第一刻起便有这样的感觉,而且我觉察到他对我也一样,为此,由于我们已经对彼此有颇多好感,所以他会告诉我如此意外的一个秘密,并给我讲了一个如此令人吃惊的家庭故事,却丝毫没有冒犯到我。

"我本想让路易斯和我的女儿茱列塔结婚。他们是堂兄妹?这个嘛,有罗马的特免证,有钱能使鬼推磨!你看,'鲁斯卡列达之子'的股份很多都进了圣胡安慈善兄弟会,都是因为长子拉蒙的一时兴起,因此,我希望路易斯的股份至少能留在家里!你得明白,我对我的儿子乔瑟普·玛丽亚可不能抱什么希望,我不知道路易斯有没有跟你说起过他……"

对,路易斯曾和我说起过他,但不带丝毫同情,似乎他的堂兄有严重的先天性腺体缺乏症,所以从孩童时起便肥胖得可怕。舅舅告诉我他们试遍了各种治疗方法,咨询过了各科医生,也试过了各种浴疗,但都没有用。他比路易斯大一点,几乎和拉蒙一个年纪,但这个可怜的乔瑟普·玛丽亚的智商似乎和小孩子差不多。

"他是个好孩子,特里尼,一个好孩子!但是,我们能拿他怎么办……因此能接替我掌管生意的唯一希望就是路易斯。你为什么是这副表情?你觉得我曾幻想让路易斯有朝一日接替我的经理职务很奇怪吗?你还很年轻,特里尼,而我已是老猫一只,这辈子已经看过太多事情……我也曾见过那么多令人吃惊的变化!即便有一天你的路易斯安下心来,开始埋头苦干并成为欧洲最重要的面条制造商之一,都不会让我觉得有什么稀奇的。要是他打算这么干,并放下那些疯癫的想法,我相信他有能力做到这一点。"

你都能想象出来这么夸张的预言会如何让我大笑出声。

"你别笑,别笑。再青涩的果子都会成熟。现在你会明白当他和你搅在一起时,我老婆和我——尤其是我老婆——有多么苦恼,可我们又能拿他怎么办!只能鼓足耐心。此刻我认识了你,而事实上我也更认命了一点。"

当他脸上滑稽地现出在我看来并不讨喜的认命的神情时,我再次笑了起来。

"你别笑,别笑,听我说。当我一看到你,我就明白你跟我老婆还有我想象的一点都不一样。就我逐渐理解看来,你骨子里是个明智的姑娘。相信我,我的孩子,我始终都脚踏实地。尽管此刻是狂风暴雨,但早晚都会恢复平静,锅中之物总不能如此乏味地持续沸腾下去。所以当一切平静下来之后,你要尽力处理好你的境况。一个女人没结婚就跟一个男人住在一起,不会得到尊重。让一些就算较真都够不到你鞋底那儿的女人中伤,你又能得着什么好处呢?因为总是她们,是那些女人想要戳你脊梁骨,而男人们会更宽宏大量。所以,我们都需要他人尊重自己,尊重对我们来说就像面包一样必要。你是那个要把路易斯带上正路的人。这或许会很难,这点我无法跟你否认,但如果你打算这么做,你就能做成。对,这对你会很难,这点你无须告诉我。这些布罗卡家的人都不是普通人——我是说像你和我这样的人。你得知道他父亲曾是军队的中尉,当我的姐姐——愿她安息——和他订婚时,家里可是出了好一番闹剧。我们鲁斯卡列达家的人总像小蚂蚁,从我祖父起就已经在阿格拉蒙特[1]生产麦秸了(因为鲁斯卡列达家的人来自阿格拉蒙特),可以说我们家的人活着就是为了工作和账本。当我们家的一个姑娘要和一个一分钱没有却空有一堆贵族名姓和诸多身着华丽军装被绘成油画肖像的祖辈的步兵中尉结婚时,一切实在是太过突然!我的姐姐名叫索菲亚,时隔这么多年以后,我可以告诉你,当我看

---

[1] 西班牙加泰罗尼亚大区莱里达省的一个市镇。

到我姐姐为那个中尉疯狂的样子时简直感到害怕！我觉得要是我们的父亲禁止他俩相见的话，索菲亚会从阳台上跳下去，而当时我们住在四楼……大家没法让她改变主意，于是他俩结了婚，生了拉蒙，现在成了圣胡安慈善兄弟会的成员，之后他们生了路易斯，当路易斯几个月大的时候，我的姐夫死在了非洲，他那时已经被晋升为上尉，正率领着他的连队，之后他被追升为司令并被授予圣费尔南多十字勋章。索菲亚不久之后便因伤心而死，显然没了丈夫她也活不了多久。所有布罗卡家的男人生来似乎就是为了让女人神魂颠倒的！他们一个个都仪表堂堂，勇敢而慌张，都很能闲扯，可是，他们有现实感吗？完全没有！就我逐渐观察下来，你的现实感比我想象的要强，也就是说，当万事回归原位时，你得是那个把他一点点带回到我身边的人，却一点都不让他觉察出在回归正途，因为你——这点显而易见——你可以牵着他的鼻子去你想去的地方。"

"舅舅，"我反驳他，"您是想让我把他变成一个资产阶级分子吗？"

"如果你非要这么说的话……如果按照上帝的安排结婚就跟其他有点头脑的人的做法一样在你看来叫作成为资产阶级分子的话……那咱们就来看看，从自由恋爱或是各种罗曼史里面你们又能捞着点什么？只不过让自己遭人白眼罢了，仅此而已。一个女人需要别人尊重她，比我们这些男人更需要。你自己会发现这一点。现在我认识了你，我相信你会想要成为一个受人尊敬的了不起的女士，你也会对工厂感兴趣（其中四分之一是你们的，我想说是路易斯的，现如今，工厂的四分之一可不算少）。我还要跟你说，既然我已经认识了你，要是路易斯还对生产面条心怀恐惧，而且他对做汤的面条的厌恶感无法克服的话，谁知道最后会不会是你而不是他来参加股东大会呢（他从不踏足此地，你是知道的）。渐渐地，你会知道你是否会对工厂越来越感兴趣，我嗅到了你会有兴趣的气息，随着你一步步地观察，你的兴趣会一点点增加。谁知道呢……如果路易斯最后不愿意来，或许你会成为我勤奋的合伙人，会给予我我时常需要的良好忠告（因为,你要相信我,要独自领导一个像咱们工厂这样的一家大厂是很辛苦的)。要不是拉蒙进了圣胡安慈善兄弟会,他本可以成为这个合伙人……"

在这番意外的演讲的末了,他以更为意外的方式惊呼道:

"难道生产面条是犯罪吗?"

不,那不是犯罪。舅舅他很有道理。难道我们不吃面条吗?我们当然吃,或者确切说来,我们曾经吃……面条曾是多么美味!但愿现在我能在食品店里买到一包。我觉得我眼前正出现面条……尽管说到面条,我不知道路易斯和你之间谁更不公正。我记得在一次《爆破眼》的团队会议上,你俩尖锐地嘲笑了制面条的人,以至于我的父亲都觉得有必要教训你俩一下。革命之后,我父亲说,制面条的人还会存在,只不过会是以产业工人合作社而不是资本主义企业的形式,除此之外,没有任何差别。而且面条越多越好,对无产阶级来说可是优质食品。你打断了他的话:"要是在宣布了无政府主义之后还有面条厂的话,咱们就收拾东西走人!"

我的印象里你对刁难我可怜的爸爸的好意乐在其中。

自打小拉蒙每天早上都去幼儿园之后,欧塞维奥舅舅就不必关在房里那么长时间了,他可以在家里转悠一阵。那时已是11月,我们可以紧闭门窗也不会惹人注意。

有个可以完全信任的女佣是我的运气,自从路易斯和我住到这间别墅,她就在家里了。那姑娘是加利西亚人,她对我们已经有了感情,尤其对孩子疼爱有加。

小拉蒙不在家的头一个上午,舅舅想要在整个家转上一圈。"我实在太想,"他对我说,"看看你是怎么打理这个家的。""这栋别墅,"尽管我已经知道了,但他还是加了句,"是我可怜的索菲亚姐姐的,愿她安息。"

"我还从没在一个女主人是无政府主义者的家里待过。"他笑着补充道。

在看到卧室里那尊古老的耶稣受难象牙雕像时,他惊讶不已。就是在那时他对我说了一番令我牢记在心的话:

"你看，我不是一个勇敢的基督徒。我烧掉了所有的画片和图像，因为检查巡逻队随时都会出现，他们可都不是好惹的。我烧掉了一切，只有圣心像我没敢烧。我把圣心像小心地埋在了花园里。你要知道，丫头，你这是在冒大风险。我可没有当烈士的种，我只是个做汤面条的料，谢天谢地！"

客厅他在来的那天就看到了，那是我接待他的地方，不过那天由于紧张，他并没有好好看过。此刻他惊讶得合不上嘴：

"丫头，你的品位可比我老婆好多了。当然这并不难，因为可怜的卡梅塔在其他事情上面那么优秀，可说到品位，真是低得可怜。她的家人曾让她学习弹钢琴和画壁毯，因此我们公寓的墙上全是她自己画的壁毯。客厅里那些是最可怕的：其中有一块画的是被羊群环绕的牧羊女神，另一块上面是回头的浪子守着猪，而第三块更令人惊异，上面画的是几头正要穿过那个著名的针眼的骆驼，因为照耶稣会的神父们的说法，耶稣说的并不是针的针眼，而是耶路撒冷城墙上的一道门。你听说过有谁拿这则寓言当绘画题材的吗？而卡梅塔她就敢这么干，那是因为她当时还年轻，骆驼这幅画是在我们结婚前画的。我怀疑这题材是他父亲也就是我丈人的主意，因为他钞票多到发霉，所以才会担心骆驼和针眼的事。这些都是关于壁毯的事，而说到钢琴，卡梅塔会弹《海浪华尔兹》和《走钢丝的女人》。她做一切事的时候都满怀善意，世上没人比得上她，一个彻头彻尾的天真女人！你想想看，有一天她来办公室，那是许多年前了（因为她很少来），她看到我的办公室一副疏于打理的凄惨模样时就觉得受不了。'我得来收拾一下，'她对我说，'我会替你把它振作起来。'为了替我把办公室振作起来，她送给我一组黑色皮面的三件套大沙发，而且为了办公室愈发有生气，她还给我摆上了一尊但丁胸像，就放在美式档案柜上头。"

"可但丁和做汤的面条又有什么关系？"

"可能因为他是意大利人吧……我宁可放上一尊普里姆将军的骑马像，

就是城堡公园里曾经有的那尊，无政府主义者把它给砸了。我的意思是弄个石膏复制品。这并不是因为普里姆将军比起但丁来跟做汤的面条更有关系，但至少他是这片土地上的人。普里姆将军是雷乌斯人！你知道吗？我对普里姆将军总是心存好感，他是那么勇敢的自由派……要是我们此刻有他在的话该多好啊！"

因为已经过了好几个星期，我们都忘了他所处的危险，我们都觉得随着战争的持续，他可以继续在家里住下去，尤其要考虑到那个时候我们依旧相信战争不会持续太久，最多也就到2月（我不太清楚我们为什么会定下这个日子，将2月作为战争结束的时间）。当有一天检查突击队突然出现在花园门口时，我们已临近圣诞节。

就当我在楼下和他们周旋的时候，女佣已经跑去给舅舅报信。一切顺利。幸运的是，当时我还没把布罗卡上校的油画肖像挂上去，因此会惹恼到他们的唯一可见的物品就是卧室里那尊耶稣受难像了。他们的意见也不统一：有人主张把它取下来"扔进垃圾堆"，而另一些则与之相反，认为"基督是被资产阶级分子吊死的无政府主义者"。当他们在十字架前展开这场有趣的辩论时，舅舅有了躲进女佣衣柜的时间，而女佣则有时间让阁楼房间里所有会透露出有个男人在家的痕迹的东西统统消失，包括烟缸、袜子、睡衣和鞋子。当"检查巡逻队"在搜查了别墅的其他地方之后来到楼上时，女佣房的样子让他们笃信不疑，因此他们都没进去，只是从门口扫了一眼。

不过这次惊吓可不小。我们觉得他继续躲在巴塞罗那是很不谨慎的。我们应该是在12月19或20日的样子道别的。可怜的舅舅差点都哭了，而他可是个不轻易流泪的男人："我很高兴认识了你，特里尼，我要再坦白地跟你说一次：我老婆和我从没想到过你会是这么一个恰如其分的人。我高兴极了，我的孩子……谢谢你帮我的忙。"

接下来好几个月我都没有他的消息，我只知道他躲在拉加罗查或是吉莱里斯山的森林里，在一起的还有另外几个境况相同的人。尽管在战争开始的头几个星期里去国外还是相对容易的事，但现在越来越难了。检查巡逻队在边境地区的监视非常严格。我很是为他感到不安，我可以很坦诚地告诉你：我已经对他产生了感情。我从来没想过自己会像他说的那样是个"恰如其分"的人。我怎么能通过路易斯给咱们描述的那副丑化的样子来想象他？当然，欧塞维奥舅舅有时会有一些奇谈怪论，但这有罪吗？当然不是，这不是犯罪，跟生产面条一样并不是犯罪。当他猜到我去弥撒时惊呼起来："地下弥撒？应该就跟秘密组织集会差不多。"有天他跟我说："你的路易斯总说我是个伪君子，可除了圣人之外，谁或多或少不是这样呢？"他很爱看科洛马神父的小说，他告诉我说曾买过一卷他的小说全集：《作品全集》，你知道吗，科洛马神父的《作品全集》。没有人能像科洛马神父一样。""可他是个肤浅的作家……""科洛马神父肤浅？我可花了四十杜罗呢！"有一次他跟我说了有关路易斯的让我大感意外的事，我是不是哪天已经跟你说过了？这么多信我都糊涂了……"或许你不会相信我，特里尼，"他对我说，"我相信路易斯甚于乔瑟普·玛丽亚。路易斯会随着时间逐渐改变，而乔瑟普·玛丽亚却始终都会是现在的样子。相信我，这么说我心里也不好受，因为他毕竟是我的儿子。现在的路易斯还在头脑发热的时候，可能会给你带来许多不快，可怜的特里尼，因为他是匹脱缰的野马。但这样的狂热会过去的，只是几年的时间问题，等这阵狂热劲过了，他会发现生产面条自有其魅力。"由于我反驳过他说我觉得路易斯绝不可能会对工厂有兴趣，所以舅舅他执意说："再青涩的果子都会成熟，我这辈子曾见过那么多令人吃惊的变化！"也就是在那时他对我说出了那番难以置信的预言："就算哪一天路易斯成了欧洲最重要的面条制造商，我也不会觉得惊讶。"

他从意大利寄来的信迟了两个月才来到我手中，中间莫名在多个国家辗转，包括像丹吉尔这样的国际城市和摩纳哥公国。我似乎能看到他跟刚搞了恶作剧的孩子似的悔悟面孔:"我不是一个勇敢的基督徒,我的孩子,我没有当烈士的种,我只是个当汤面的料,谢天谢地!"可是圣彼得不也三次不认耶稣吗?对于懦弱这一我们年轻人无法饶恕的缺点,耶稣表现出的宽宏大量是多么令人惊叹。当我回想起那个神父激昂的表情时,我觉得自己无能为力……那个神父是那么的自信,如此笃定又充满力量,这一切都令我反感,他看上去像是做好了要当烈士的准备,简直让人害怕会……我的上帝,但愿今日的烈士不要成为明日的刽子手!有些人让人觉得他们完全可以在一些人脚下承受折磨,但也可以让他人在另外一些人脚下承受苦难。所以,当我想起那个神父和欧塞维奥舅舅的表情时,我更喜欢舅舅的模样。

5月16日

现在小拉蒙下午也去幼儿园了,你要知道现在白天对我来说有多漫长!舅舅还躲在家里的时候,他就开始每天上午去幼儿园了,而他的小脑瓜开动起来真的很厉害——那时他才刚满三岁——就为了不去上幼儿园。由于他很不喜欢上学这个念头,于是我想到给他买了一个那种锃亮的书包:"你看,这是大孩子用的书包,你现在还太小,还不能用这个,但等你上幼儿园了,你就是个大孩子了,我会把这个书包给你。"这个书包让他印象深刻,他不时会让我拿给他看,他心怀敬重地看着书包问我:"这是上幼儿园用的,对吗?"我反问他:"去上幼儿园时,大孩子们得有书包吗?"他追问道:"没有书包的小孩子们就不能去幼儿园吗?他们还没有书包是因为太小了吗?"我坚信自己已经猜到了他的念头,便回答他:"不行,他们不能去,因为还太小,你知道吗?他们还不能去幼儿园,但你会成为大孩子,所以你会去幼儿园,这个书包也会归你。"

到了那天，书包却失踪了。当我找书包的时候，他得意的面孔出卖了他：他把书包藏了起来，深信没有书包他就不能去幼儿园。当我告诉他不管有没有书包他都得去时，他前所未有地大肆哭闹起来："我不要幼儿园！我不要幼儿园！"女佣只得把他拖走，她拉着他的手拖着他走在花园的小路上，小拉蒙回头看我时眼中满是让人心碎的乞求神色，不过那天我下定决心要不为所动。几个小时之后我在屋后花园尽头的鸡舍的产蛋窝里找到了那个书包，那个鸡舍从路易斯的母亲（就是索菲亚，欧赛维奥舅舅的姐姐）去世后便被弃置不用了。书包就在那里头，上面用枯叶盖得好好的，正是看到产蛋窝里有那么多枯叶才让我生了疑心。

中午的时候我问他喜不喜欢幼儿园，幼儿园好不好看。"有一点好看。"他承认。"那女老师呢？你不觉得她漂亮吗？""有一点漂亮。""那其他孩子呢？""有一些有点漂亮。""那就是说你喜欢幼儿园？""不喜欢。"他回答。"可你明天还要回去，对吗？"就在那时他冒出一句孩子们常会令我们不知所措的反驳话语，他露出一副顺从的样子，叹了口气道：

"我又有什么办法呢。"

后来他慢慢地喜欢上了去幼儿园，现在女老师已经建议我下午也让他去了。那是一间很欢乐的幼儿园，花园里有一个养着长尾鹦鹉的鸟笼，大得跟个小房子一样，而教室里还有一个同样很大的鱼缸，里面养着金色和红色的小鱼。孩子们要做的就是在老师的照看下玩耍而已。老师是个很年轻的女孩子，很孩子气，又生气勃勃。我担心的不是小拉蒙，他每天都很乐意去那儿，但是他不在家之后，我一下子觉得自己无所事事。那么多空虚的时间，让我觉得没完没了……除了领配给的那几天（为了一千克小扁豆，或是有糖的时候，为了一百克的糖，得排上几小时的队），我实在不知道该做什么，我坐在一直都摆在落地窗旁的扶手椅里给你写信——你可知道我能花上好几个小时给你写信，让我深深感到有人陪伴！——或是望着窗外的远处，任由自己胡思乱想，沉浸在无尽的回忆之中，重温过去的种种，搅动起遗忘深处的沉渣，就像从井底浮起各色惊奇的东西，似乎这些东西掉在那里就是为了不再出现。

这种在记忆深处探查的爱好想必很病态，我想等要操心的事多了时自然会痊愈，可是一个女人要为她的家操多少心呢？何况她的独子全天都在学校里。以前的女人要纺纱、编织、缝补、揉面、烤面包，她们不仅要洗衣服，还要自己做肥皂和漂白剂。这些事让她们的时间满满当当，为每个小时、每一天、每一年和她们的生活赋予意义，有时候空虚让我感觉如此沉重，我甚至都怀念起在蒙特－拉尔的雷斯·福克斯农舍里高祖母们的生活来。我从来没跟你说起过雷斯·福克斯农舍吧？

是路易斯想到要去那里的，我唯一知道的事就是我的祖父出生在那儿。他十二岁的时候来到巴塞罗那讨生活，之后就再没回去过：他觉得自己是遭遇不公的受害者，因为土地没有在兄弟间（他是十三个兄弟中最小的一个）均分，此外，他不再回去还有另外一个原因：在雷斯·福克斯农舍的人都是卡洛斯主义者。

那是在我们关系刚开始的时候，那头几个月如今让我觉得像是一场梦。我们两人常单独出去长途郊游，我已无须跟家人解释，家人是无政府主义者还是有点好处的。他是编造复杂借口的那个人，什么跟经济系的同学和教授的集体出游或其他类似的说法。有时候我们一出去就是三天，走到哪儿算哪儿，到了晚上就随便找个地方睡觉，要是没有床的话，我们就睡在农家的麦草堆里。我们装作是一对夫妇，结果到处都招来同样的惊叹："真年轻啊！"那时他十八岁，我十五岁，为了回答别人的问题，我们都会加上四五岁。

1931年的那个春天真是令人激动的一个时期！还会再有那样的春天吗？路易斯、我还有你，我们所有这些革命派的学生在4月14日那个难忘的下午聚集在大区政府的大楼前，马西亚上校宣布加泰罗尼亚共和国成立。年迈的谋逆上校的头发是那么白，他的眼睛是诗人的眼睛，每当他出现在阳台上跟聚集在圣·乔乌梅广场上的人致意时，他的眼睛似乎都是湿润的！在那几天里，我们所有人都是兄弟姐妹，都只是加泰罗尼亚人，是一个白头的上校和几个世纪来将我们所有人团结在一起的那面旗帜上的欢乐色彩创造出了这一奇迹。旗帜在春风中猎猎作响！所有人的眼中都溢满了喜悦，那面耀眼的旗帜让我们所有人都觉得是同一个大家庭的子女！那个4月14日是怎样的荣耀啊！

整个国家都弥漫着开花了的百里香的味道，那是一片刚从长时间的冬眠中苏醒过来的土地。我们是那么年轻和自由，觉得自己就是要来改变这个世界的！谁又能给我们套上笼头？土地上满是百里香和复活节的气息！那是4月中的一天的荣耀，当时的我们并未预见到它会是那么不定，谁会想到那样激动人心的喜悦会在五年之后在最荒唐的屠杀中终结……当时对这件事唯一有预感的人就是你，可那时的我们却几乎不理会你！

到夏天的时候，路易斯这辈子头一次拒绝跟他姑妈还有他的堂兄弟姐妹们去卡尔德塔斯度夏，借口说要留在巴塞罗那做一些调查，得离图书馆近一点，那些调查——自然是——与经济有关，因为你们俩总是拿经济系的教授当作家人跟前的幌子，哪怕那是个你们根本不想见到的人。我们走遍了吉莱里斯山、安道尔的山谷、卡迪山脉、上利瓦格尔萨地区，天知道还有哪些地方！在认识路易斯之前，我从来都没离开过巴塞罗那，发现那些终年积雪的山峰、长满山毛榉和冷杉的森林、比利牛斯草场上的马群都让我雀跃不已，世界对我来说是全新的，一切都让我惊奇——从森林深处杜鹃的鸣唱到蒙特塞尼山区沼泽中成片盛放的水仙无不如此。我探索着世界，而挽着路易斯的手去探索更是美妙绝伦。

有一天他提议去普拉德斯山，去看一看雷斯·福克斯农舍。那是他的主意，我从来都没动过类似的念头。我当时唯一知道的事情就是我的祖父出生在那里，那就是我家人告诉我的全部。我的父亲从未好奇到要去看看他父亲出生的那个农舍,事实上,这世界上除了拉斯·普拉纳斯区以外的地方他都全然不感到好奇。我自己的祖父自打十二岁来到巴塞罗那定居之后,就再没出过城。他在有轨车上工作,一开始还是马拉的,等电气化之后,他当上了司机,一直干到去世。那个时候还没有休假,不过就算有,我想他也不会愿意回他出生的那个家。

他已经彻底遗弃了它。

因此是路易斯想到了要去那里。我们顺着几条在岩石间飞溅奔流的小溪前行,结果在几处被松树和浆果紫杉树林覆盖的峡谷间迷了路。沿途既没有车道也几乎没有马道,在我们走岔路后歇脚的一处农舍里,有个从没见过车轮子的老头在上一年死在了那里。当他觉得死神到来时,他曾求人下山到雷乌斯给他买一块巧克力,他不想还没尝过一次巧克力的滋味就离开这世界。当时已是9月中下,男女老少们都忙着采摘榛子,各间农舍的所有人都在摘了榛子后装袋子。当我们问一个九十岁的老妇人榛子的收成好不好时,她回答我们说:"像今年这么好的收成,没见过几次。我估算着能超过六麻袋。之后,家里的年轻人会赶着母骡子把榛子运下山。"她突然停住话头,像是操心一个不解之谜似的又说道:"谁能吃得掉这么多榛子啊?"

我们在两山间山脊的平地高处找到了雷斯·福克斯农舍。从农舍的场院能看到塔拉戈纳的整片田野,远处是海。农舍是间不起眼的小房子,就跟我们料想的一样,但它又是多么迷人!就像耶稣出生场景装饰中的小房子,石头砌得歪歪扭扭,屋顶跟鼓着大肚子似的,整个房子泛出黄绿色,还有许多斑斑点点的各色苔藓和地衣。可以说这并非人的作品,而是大自然自身的造物,就连纯粹因为古老而变得金黄发黑的石头也跟周围岩石的颜色融为一体。路易斯惊讶得合不拢嘴。"如果哪天他们想要卖了它的话,"他说,"我会把它买下,这儿可真是度夏的好地方啊!"事实上我并没有像他那么吃惊,路易斯口口声声将此地称作我的"祖屋",这一想法对我来说既不是什么新鲜事,也无法让我信服:房子是挺美,这点没错,可这么破旧……我们走了进去。屋里的人跟其他人一样都去采摘榛子了,只有一个老人在一个葡萄藤搭起的火堆旁取暖。

他穿着短裤,戴着桑葚紫的帽子,那是一种紫色的加泰罗尼亚式软帽,在巴塞罗那除了搬运工之外,我从没见过谁戴这种软帽,而搬运工们戴的都是大红色的。他从小凳上站起身来,之前他正蜷缩在凳子上探着手烤火,他一站起来之后,他的身高和魁梧的身型让人大吃一惊。他蓝色的眼睛里仿佛罩着一层纱,之后我们才明白他得了白内障。他告诉我们他已经八十九岁,也不再从事户外劳动了,并不是因为年纪大了,而是因为白内障的缘故。他是家里的一家之主,是我父亲的堂兄,因为我祖父的长兄比他要大二十多岁,所以我的父亲——当时还没满六十岁——和他的这个堂兄年纪相差那么大。当路易斯跟老人解释说我是家中一个小儿子的孙女而他是我丈夫时,他晃着脑袋似乎想要厘清这些说法。"也就是说你老婆,"他说——他立即跟我们用上了"你"这一称谓——"应该是我一个叔叔的孙女儿,那么,是佩雷叔叔吗?我一共有十二个叔伯,加上我父亲一共十三个,十三个男孩子,没一个女孩,我这一辈子都听人这么说。他们中很多人到山下的地方去讨生活了,有些人我们就再也没了他们的消息……"我想他们既然有十三个兄弟,而这间农舍显然又破烂得很,我的祖父怎么能抱怨说农舍没被平分呢?十三个人每个人又能分到什么呢?而此时,路易斯跟老人说这说那的,说到了他也是卡洛斯派的后人,他的一个曾祖父曾是七年战争中的布罗卡上校……就算路易斯当时念了魔咒,效果也不会那么迅即!那个老人一听到布罗卡的名字,立马惊讶得目瞪口呆,他蒙了层纱一样的双眼望向天空,热切地大喊:

"我操他娘的克里斯蒂娜!"

回想着祖父那个时代,老人越发激动起来,当时布罗卡上校显然曾在普拉德斯和蒙桑特地区征战过。老人迷迷糊糊地拥抱路易斯,又拥抱我,小声重复着那令人惊诧的短小热情的祈祷词。通过他的唇形、语调以及与此同时他双眼望天的样子，那祷词毫无疑问一定是虔诚无比的。

他们让我们留下来吃晚饭过夜。卧室很大，但没有铺地砖——就跟整间农舍一样，墙壁也没有粉刷过。床是长凳和木板拼起来的，木板上放了一张稻草垫，上面又堆了三张羊毛床垫。床头上有一张古老的通俗画片，画的是米迦勒将路西法扔下地面的场景。路易斯对一切都欣喜不已，而我却不尽然，那个得白内障的老人在他看来"真是个人物"。"看得出来你们米尔曼家的人都是好种。"我想他这么说是因为他正在恋爱，那时候他会让跟我有关的一切都变样。在认识了欧赛维奥舅舅之后，现在我觉得或许在路易斯的眼中，一间哪怕是破旧不堪的农舍，里头还有一个每走一步都会提及古老年代一名自由派王后并不牢靠的美德的老卡洛斯分子，事实上都会比一间生产做汤面条的工厂体面一千倍。

第二天他们邀请我们去森林里吃午饭，森林离家步行要两个小时。路易斯在天才蒙蒙亮的时候就跟十来个男人和小伙一起出发了，所有人都背着猎枪。他们都是雷斯·福克斯农舍的人，外加四五个周边农舍里的人，看来我们的到来已经成了那个孤寂地方的大事件，在那里，他们告诉我们说，已经好多年没见过外人了。我跟老人还有他媳妇出门则要晚得多，我们要慢慢走到吃午饭的泉眼边，所有午饭需要的东西都装在我们带着的一个篮子里。看到老人的媳妇只往篮子里放了一个大圆面包、一小桶葡萄酒、一个油壶、几瓣蒜和一个装了盐的尖角纸袋我很是吃惊："那前菜呢？"她笑了起来："我们会在森林里找到的，你放心。"

当我们走到泉水边的时候，男人们已经打死了近两打的兔子。那是一口水量丰沛的泉眼，隐藏在一片板岩地带的一处山涧里，那里长有大量的蕨类植物。老人的媳妇用木柴生起一大堆篝火，火势一旦变旺的时候，她就在火上架上几块就地取材的大的板岩石板——他们称之为里克雷亚板，然后往石板上刷上大量的油。石板一旦发红之后，她把已经剥皮开膛的兔子摊到石板上，均匀地撒上盐。我看着这一切似乎就像在目睹石器时代一场盛宴的准备工作，那可是真正的石器时代哟！趁着还在烤兔子的当口，老人准备蒜油——用的是个大臼，也是石头的——我不记得在我以前的日子里是否曾吃过如此美味的东西。但愿你能想象出烤兔子和蒜油的香味如何回到了我的记忆中。配着食物的葡萄酒也是那么好喝！此时的巴塞罗那情形越来越糟……有人说我们到目前为止所经历的一切跟正在等着我们的日子比起来根本算不了什么。那些个住在旁边别墅的邻居，就是那几个什么都知道的人断言说从现在开始，叛乱分子的飞机会从意大利人驻扎在马略卡岛上的基地上不时飞过来轰炸我们，而到目前为止他们还只能用榴弹炮从远海轰炸我们。"但从今往后，"邻居们说，"可有好戏等着咱们呢。"他们还说这场战争还得打上几年，除了从海上和空中轰炸我们，还会让我们挨更多的饿，我们到目前为止所挨的饿还不算什么。说真的，要是事态真的变得这么糟糕，如果他们真的会不停轰炸我们，如果要喂饱小拉蒙真的那么难的话……我会横下心来去雷斯·福克斯农舍。我可以帮他们在田里干活，我相信他们会收留我，而且我能干活的话，就不会成为他们的累赘。

可是，他们还活着吗？已经发生了那么多针对卡洛斯派的屠杀，我的上帝呀，发生在法塔雷利亚和索利韦利亚的屠杀真是可怕，据说那里没一个人能活下来……就当在发生了我们所见过的一切之后，似乎没有什么能再让我们颤抖时，整个国家又为之颤抖了。为什么要如此仇恨卡洛斯派？他们只不过想带着凋零的英雄主义和失败跟被遗忘的战争记忆平平安安地生活在他们的农舍里。当我说到这一点，我在想到卡洛斯主义时，不可能不回想起那个八十九岁的老人，他抬起蒙了层纱般的眼睛望向天空，热切地说道："我操他娘的克里斯蒂娜！"我也会想起烤兔子和蒜油的气味，想起我们用大肚陶罐喝下的红葡萄酒，那酸酸的余味让酒显得更为清爽，还有丰沛的泉眼和流过蕨类植物间的板岩河床上的溪流的低语……一切带着巨大的力量回到我的记忆中,我多想有一天带着小拉蒙逃离饥饿和炮弹去到那里啊!

5月17日

那种看不到神秘事件的人才真的是件神秘事!我的意思是不轻信的人从一开始就不相信有人会有所相信。我们该同情他们,就像同情那些有人想要去爱……却不可能爱的并无可爱之处的孩子。

还好这不是,而且完全不是我父亲的情况。他相信,或许他还不太明白到底相信什么,但至少他相信。如果不是这样,他的人生又该如何解释?《爆破眼》……你还记得咱们在街上贩卖这份报纸的情形吗?咱们从来都没成功让人买过一份。

这本不幸的周刊依旧每周四都会出版,现在上面会有反对"乔装成无政府主义者的食人魔"和"让最人文的社会哲学蒙羞的鬣狗"的文章。鬣狗是他的执念之一,尽管我觉得他对鬣狗到底是什么样完全没概念。我认为他都没法分辨猫头鹰和喜鹊。除了人人都认识的松树,我怀疑他是否还能认出别的树种——可怜的爸爸,出生和成长在古老的巴塞罗那的心脏地带,要不是为了在拉斯·普拉纳斯区一片油污的纸堆和沙丁鱼罐头里度过某个周日的话,他从来都不会离开市中心。

当他在《爆破眼》的文章里提到自然的时候,他想到的应该是拉斯·普拉纳斯,只要我们让神奇的大自然不受拘束地行事,它自然会收拾掉世上所有的坏事。我亲爱的爸爸心怀善意地将全部药典概括为柠檬、大蒜和洋葱。他虽然不是素食者,但也差不多了。他不赞同裸体主义者,那是因为,不说别的,他还保留着一点荒唐感的苗头。

像我可怜的爸爸这么无害的人怎么会引发其他无政府主义者如此的仇

视呢……我不知道你知不知道（好几家报纸都登了，但我不知道你们前线能不能看到）几周前——比这个月发生的事要早得多——《索利报》[1]的人突袭了《爆破眼》的编辑部，也就是说我们在医院街上的公寓，并把放在杂物间里的那座过期报纸（那些没被卖出去的）堆成的小山中的好一些从阳台上扔了下去，还好大区警察及时出现阻止了事态进一步恶化。政府甚至建议爸爸和他的朋友们武装起来，不要无所防备，做好迎战新一轮滋事的准备。"除了我的想法我不需要其他武器。"没人能说服他。

就在你和路易斯上前线没几个星期之后，一辆出租车把他送到了我家，他满脸都是血。我吓了一大跳，还好没什么大碍。陪他坐出租车的是科斯梅，他一辈子的好朋友，或许你还记得他，矮个子，胖胖的，麻子脸，是车床工人，那时常来参加地下会议。确切来说科斯梅是《索利报》的人，却是爸爸极要好的朋友，是他在我给爸爸拿双氧水擦脸的时候告诉了我事情的经过。"你想想看，"科斯梅对我说，"你想想看，特里尼，一火车车厢的无政府主义志愿者从法国火车站出发前往马德里了，我的孙子也在其中，所以当时我会在火车站。因为要出发的人和送行的人，车站里满是人。就在这时我们听到了大喊声，是几声大叫：'你们在干什么，你们这帮讨厌鬼？你们要去哪里？把想法付诸炮轰吗？你们已经任由自己军队化了吗？你们把咱们一直以来的原则当成了什么？'人们以为他是个挑衅的警察，差点没上去揍他，还好我看到了他！是他，是你父亲，是老米尔曼，不可能是别人！幸好我及时看到了他，当时人群已经朝他围了过去，还好我看到了他！我费了好大劲才把他从那里拉走，他不愿跟我走。我觉得他太激动了，都没看到我或者没认出我米。当我拽着他的胳膊往外拉，一直走到车站外头时，他还在大喊：'保卫马德里？保卫吸咱们血的吸血鬼？'"

---

[1] *Soli*，工人团结工会组织出版的刊物。

爸爸没说话，我给他洗着脸上的伤口，还好只是一些抓伤，看上去像是几个女的在抓挠他的时候给弄伤的。科斯梅继续说："我很爱你的父亲，特里尼，我认识了他一辈子，怎么可能不爱他？我很爱他，这点他很清楚，但有时我很难跟从他。如果志愿者们不上前线，如果我们不靠大炮和机关枪来开战，法西斯分子就会获胜，那一切就都完了。""对，"我说，"如果拒绝有组织的力量，一些想法又如何能取胜，要理解这一点会有点难。"很快，这番话就让我觉得一阵难受，爸爸无比忧伤地看着我，直到那时他都一言未发。"在和平时期大家都很平和，特里尼，"他看着我说，"科斯梅同样如此，可现在……你也听到他的话了。这该是始终如一的事，无论是和平时期还是战时，在任何情况下都得如此。如果不能这样，那就没有任何意义，就不值得被称为和平主义者。"

我留爸爸在家待了几小时，通过他，我得知利贝特正成为一个举足轻重的人物。"他现在就跟个部长似的，拥有一间办公室，"他告诉我，"有二十个女打字员，还有不知道另外多少个听命于他的雇员，他有一辆奶油色的豪车，好大一辆车，有一个穿制服的司机，替他开关车门时还会立正向他行军礼。车子显然是没收来的，之前应该是属于马里亚纳奥侯爵的，在我看来，他们除了没收车辆，还没收了司机和其他一切。"

"利贝特不觉得羞耻吗？"我问。

"有一天他为了显摆自己，要陪我回家，当我看到医院街上熟悉我的邻居看我的样子时，我成了那个难为情得要死的人。邻居们看到我坐在那辆巨大、闪亮、安静的奶油色汽车里，一个个都惊呆了！当那个奴性十足又让人难堪的奴隶打开车门、立正给我们行军礼时……我真恨不得找个地洞钻进去！利贝特没像你的男人一样上前线，"他补充道，"特里尼，你别以为他是忠于我从小给你们灌输的和平主义原则。才不是呢，跟这个毫无关系。回头我再跟你讲墙上的海报的事。他没上前线是因为，据他自己说，他觉得自己在后方更有用。要是你理会他这一套的话，就会觉得他在巴塞罗那绝对是不可或缺的,无可替代,因为多亏了他,就跟他自己认定的那样,咱们才能赢得战争。咱们正在赢得这场战争,他说,多亏了宣传战……"

其实,我这亲爱的哥哥被任命当上了什么战争宣传的总指挥。事实上正是他把城里的墙壁贴满了而且还在继续张贴他那些知名海报:"你们要制造坦克,制造坦克,制造坦克,这是迈向胜利的战车!",要不就是"理发师们[1],打断锁链!",还有其他诸如此类——海报一半用加泰罗尼亚语一半用西班牙语,尊重了两种语言并列为官方语言的原则——要是在巴塞罗那我们还有幽默感的话,这些海报简直能让我们捧腹大笑。

这些海报里有一张我简直看了就想吐。上面画着一个受伤的士兵,正匍匐在地,他使出全身的力气昂起头,举起一根手指示意道:"而你,为胜利做了什么?"这就是我的哥哥和其他靠关系进了宣传办公室的人跟我们说的话!这些鼓动他人上前线的海报正是他们的专长。海报中也有神秘的一类,在这样的抽象海报上只能看到几块色块。例如有一幅就是在一堆晦涩难懂的色彩和阴影中写着"卖淫释放者"。我到现在还不认识谁能明白这幅海报的意思。与之相反,也有很具象的类型,有一幅上面画着阳台上的一只母鸡,配以这样的文字,"蛋的战斗"。似乎想建议说要是全巴塞罗那的人都在自家阳台上养一只母鸡的话,城里就不会再有人挨饿。就跟母鸡不需要吃玉米粒就能下蛋似的!仿佛可怜的母鸡可以单靠空气活着!

所有这些似乎都是利贝特的大作,至少爸爸是这么认为的。他不光编辑海报,他繁忙的业务范围比这个更广更复杂,他可是行走的百科全书!他是好几家报纸的鼓动员,这些报纸有些是加泰罗尼亚语有些是西班牙语,全都在鼓动他人上前线;他还在电台做"谈话节目",那颤抖的嗓音让人直起鸡皮疙瘩,其目的也都一样;他也聘请外国演讲人来演讲,而这

---

[1] 当时巴塞罗那的理发师们几乎都加入了无政府主义者联合会。

些世界名人也就他们自己人认识；他还组织"群众戏剧"的演出……

这里"群众戏剧"值得特别一提。据利贝特说，无产阶级戏剧必须是群众性的。据别人告诉我（我可从没去看过），群众都在舞台上，而包厢都是空的，因为根本没人去，也就是说跟以前截然相反，以前是舞台上只有几个演员，没有很多人，而群众则坐满了包厢和犄角旮旯。这么看来的话，以前的戏剧应该是资产阶级戏剧。

利贝特激情澎湃的干劲和大胆即便在面对安排歌剧演出季遇到的困难时也不曾却步，当然歌剧也得是无产阶级歌剧。他查抄了里赛欧歌剧院，那里现在只上演无产阶级歌剧。我不知道我亲爱的哥哥是从哪儿弄来的他搞的那些歌剧的剧本和音乐，我也没上那儿去过，但我有个女友玛丽亚·恩格拉西亚·博施，是我科学系的同学，她曾出于好奇去那儿看过一回。我和她有时会见面，也正是通过她，我才知道现在在巴塞罗那都发生了什么。要不是玛丽亚·恩格拉西亚·博施跟我说这些事情，我可能永远都不会知道。我们多年前就在系里认识了，尽管她长我几岁，而且当我才入学的时候她都已经是最后一年了，但我们因为来自同一个街区而倍感亲近，她就住在圣保罗街附近。

我不久前在兰布拉大道上遇到了她，她请我去一家咖啡馆喝了杯麦芽酒。"我有事要告诉你。"玛丽亚·恩格拉西亚对我说。她告诉我她经常从里赛欧歌剧院门前经过，剧院就在圣保罗街的拐角，离她家就几步路。她说对他们宣扬的无产阶级歌剧满心好奇，于是有天傍晚她没抵挡住诱惑走进了剧院，而且现在里赛欧一张门票的价格已在所有人承受范围之内了。于是她就成了那日下午组成全体观众的六个人——不多不少六个人——之一。作为补偿，舞台上可能站了两百来号人。"群众歌剧，你知道吗，我真不知道你哥从哪儿弄来了乐谱和剧本。简直是出不可思议的闹剧。他们表演的一场群众运动，被剥削的群众在舞台上来来回回，从右边离场，又从左边再次入场，总是高举着拳头唱着向往未来的歌曲。剧情也十分混乱,最后才明白被剥削的无产阶级中的一位,恰是最年轻的那位,也就是男高音因为奉行爱情自由,结果得了极为严重的淋病,简直堪入史册!他拨开众人,蹒跚着走到了舞台前方。突然一记震耳欲聋的大鼓声,人群立即陷入了悲剧般的高度沉默之中,此时男高音大力挥动手臂威胁我们六位观众,猛然唱出了一首凄楚的咏叹调中的第一句:'可恶的资产阶级,你将会为你的罪行遭到报应!'"

我觉得简直不可思议,但玛丽亚·恩格拉西亚·博施亲眼看见了这一切,也亲耳听到了这一切。

在这出无产阶级歌剧之后,关于我这位亲爱的哥哥,我还能告诉你哪些不会显得逊色的事呢?曾去过他办公室的人都告诉我说他总是大张双臂迎接所有的人,并把所有人都叫作"同伴",对所有人都以"你"相称,他浑身上下每个毛孔都散发着成功、胜利、活跃、亲切与有效的气息,他简直是组织、效率和颠覆的化身,是所有想要找门路或讨要兑换券的人的靠山。

这让我想起了欧塞维奥舅舅的一句话:"靠绕着别人打转,我们最终会认为是其他人绕着自己转。"这对我哥哥来说可是由来已久,他总是想让所有人都绕着他转。当我们还是小孩子的时候,我们每天往返于我们自己那条街和卡门街之间,需要经过四次圣十字医院,我们的世俗小学校就在卡门街上,我们的爸爸妈妈是学校的老师。他有时会停在被我们称为"小围栏"的停尸房前,那时的停尸房朝向一条横向的小巷,只有一道铁栅栏将其与行人隔开。我得拽住栅栏踮起脚尖才能看见死人,每天一般会有三四个,有时会更多些。由于死尸都朝栅栏方向摆放,能看得最清楚的是那些光脚,有些是黄色的……也很脏。那副情形真是悲伤极了!"这就是等着咱们的结局,"利贝特不动声色地说,"要是咱们不机灵点儿的话。"我当时应该只有六七岁,他则是十一二岁的样子,而在我眼中,他已经是个"大人"了,属于那种什么都懂、知晓生与死的秘密的人,他这番话在我听来有如神谕。那么会有避免那种结局的方法,不用把光脚露给从医院街走到卡门街的行人看。我觉得等自己到利贝特么大的时候,我就会像他一样明白了。

有天早上我们发现路上车辆络绎不绝,从贝特雷姆教堂走来一支送葬队伍,直到那时我都从未见过那样的队伍。六匹高头大马身披黑色天鹅绒,拖着一辆黑金相间的敞篷大车,车里有一具棺材,像是一口金银打造的衣箱。几个身着短裤,头戴白色假发的男人走在大车的周围。后面跟着五六十个神父,咏唱着悼亡经,再后面是一群身穿长礼服、头戴高礼帽的先生。"这人之前肯定很机灵。"利贝特说。"谁?"我问,"是戴假发的人吗?""不是,丫头,这些人不过是仆人罢了。"

尽管现在我哥尚未拥有一场豪华隆重的葬礼,但一切都有可能发生……是不是很难相信会有人羡慕一个死人?不过,他至少已经有一个给他打开奶白色轿车门的穿制服的司机了。

或许你会觉得我对他,对我的亲哥哥太凶恶了一点,可是他的一句影射实在让我心生厌恶。我曾经就他那辆奶白色的汽车还有那个穿制服的司机暗示过他一些,他却反驳了我。"对,当然了,"他忿忿然地说,"你反正已经有了着落,有个家境不错的小伙子,更幸运的是还是个无父无母的孤儿,而我还得靠自己使劲儿,你知道吗?我可不是什么嫁妆猎手!"我从来没想过,我的上帝呀,世界上竟然有人会如此卑鄙地看待我和路易斯的事。

还好我现在的食品储藏室里还有好些土豆,我也不需要去讨兑换券,因为我当然曾去要过兑换券,我可不能因为我对利贝特的反感而害得小拉蒙吃不上配给的面包和土豆。我可能会再次去问他要兑换券,但我已经下定决心,不到万不得已绝不跟他要任何东西,我说万不得已是指对小拉蒙必不可少的东西。我会尽自己所能自个儿解决。这次我得知在卡斯特尔维·德·罗萨内斯村有个叫什么贝波的农夫或许可以卖点东西给我,求他办事不容易，不"成系列"的票子他不要。"成系列"的票子……我不懂得区分这些，而那些明白的人则把这些票子囤积起来，使其在流通过程中消失。我之前从未想过拿上银餐具或类似的东西，而这正是贝波在没有"成系列"票子的情况下会要的东西。我们最终达成了交易，拿路易斯几近一个月的薪水换来了一麻袋土豆！

这还不是最糟的，更糟的是运送这些土豆。那个贝波甚至都不愿意帮我把土豆从他的农舍运到车站来，他不愿有麻烦，他说，他不想因为做黑市生意被关起来，因为现在针对"黑市"的法令十分严厉。女佣陪孩子留在了家里，我不知道让他俩跟来会不会好些，这样她能帮我一起搬袋子，但小拉蒙可能会妨碍到我们……结果在花了又一把钞票之后，贝波终于让了步，用骡子替我把那袋土豆运到了火车站附近。他没运到车站里头，那里通常有人会检查，但至少运到了相当近的地方。从那儿我就得自己想法子了。

那袋子可真沉啊！这袋土豆让我在床上躺了四天。因为巴塞罗那火车站的看管很严，人们得在到达桑兹火车站之前，并在火车开始减速的时候把装有土豆的袋子从车窗里扔出来，自己再接着跳下来。火车一般会大幅减速，方便了这一系列操作，因此，这类杂耍动作并没有什么了不起的。通常火车司机本人都会从事黑市批发生意。这么多人在火车行驶途中纷纷跳下的表演，若不是因其可悲的一面，还真的会煞是好看。

一到桑兹火车站，就只差这出好戏的最后一步了：将麻袋运回家。你要是运气好得不得了的话，你会找到一辆出租车，而最有可能的是你得自己把袋子运回家，有时靠背，有时靠拖，但还有供给警察将其查抄或比你更饥饿的人将其抢走的危险！这样的人不多吗？我的上帝，怎么会不多？在没盖房子的空地上垃圾堆成了山，因为收垃圾的服务几乎瘫痪了，而在那里你总会见到瘦骨嶙峋的老头老太在那儿翻弄垃圾……我到家的时候累得直不起腰，肾也很疼，哪怕轻微的动作都会让我眼冒金星甚至更难受。

不过这番波折至少有个好处，那便是能让我们看到人们是如何互相帮助的，而这样深刻的理解只有在经历了相同的困境之后才会产生。当我还有一公里才能到家的时候，我实在撑不住了，两名士兵自告奋勇帮我把土豆袋子搬回了家，据他们说是请了假来巴塞罗那的。这两个可怜的年轻人如此无私，甚至都不愿告诉我他们的名字，我只知道他们是莫列鲁萨人。要是我告诉你在那两个莫列鲁萨士兵突然出现前，我努力背着袋子走在路上的时候想到了耶稣背负十字架走在阿马尔古拉街上的情形，你会相信吗？想到有人比你遭遇过更悲惨的事总是能给你安慰，一种奇特的安慰，真的。

感谢上帝，我们又回到了家里，我们的食物储藏室里又有了土豆。在家里看着那棵椴树，它默默地完成着自己的任务，一桩并不像我们所认为的那样容易的任务，因为我们并不是树。有个家是件多么快乐的事，身处这样一个充满敌意令人费解的世界里，家是一个能让我们蜷缩其中的洞。如果不是路易斯的坏脾气，战前的路易斯、小拉蒙和我三个人本来能有多幸福啊……他并不清楚如此明显的事实：我们曾经很幸福，而且如果他想的话，我们本来能够很幸福。拥有这栋别墅，领着工厂的分红，这对他来说就跟呼吸一样平常，他从未想过绝大多数人除了身上穿的衣服一无所有。有时我会想，如果路易斯是个穷人的话，他会爱我，我的意思是，那样的话他就会意识到他爱我。因为他爱我：糟糕的是他并没有意识到这一点。如果他是个穷人，非常穷，那他就会发现能在这个世界上拥一个角落，有一张桌子、两张床和三把椅子是多么美好的事……何况他还有一个女人和一个儿子。说到底，获得幸福所需要的东西并不多，全部的秘密就在于一点点爱，并无其他。对你所拥有的给予一点点爱，就像是你已经拥有了你所渴望的全部！我确信如果路易斯爱我，我会在贫穷之中感受到幸福，我跟我的哥哥利贝特完全不同……所以，在这场还要持续下去的战争中，我会找到一种自私的安慰，也是唯一的安慰，那就是希望因为这些苦难，路易斯会喜爱上这个家和他的家人。有一次，我们在一次郊游途中突然遇到一场暴雨，那附近正好有一座砍柴人的茅屋。我们钻进小屋，生起了火。我们感觉好极了！甚至连路易斯都这么说："能在屋檐下听雨声真是太愉快了，哪怕遮盖我们的只是一间茅屋。"如果我们彼此相爱，我们能在一间茅屋里如此幸福，哪怕在最简陋的屋檐下听雨落下也会无比快乐！但他从来都不待在家，只有你来的下午他才会在，他在家似乎感到很不自在。总会看到他不安分不满意的样子，他想要生活给予我们其无力给予的东西，可怜的生活。直到他发现生活中最美好的事是靠在点燃的炉火边喝着柠檬马鞭草茶，身边有爱的人相伴，而花园里的枯叶在秋风中回旋时，他才会感到不幸……欧塞维奥舅舅总是说："路易斯张望得不少，却什么都看不到。"至于我……至于我，我觉得他还没看到我！

6月3日

你一收到我的信就这么匆忙赶来了！要是我能预料到你的反应，我绝不会跟你说那袋该死的土豆的事儿……这是你第三次突如其来地现身给我捎来给孩子吃的东西。我一想到你从皮卡上卸下的这五罐新的炼乳和所有其他东西意味着你所做出的牺牲时，我便觉得很不安，而那天下午以及接下来的晚上的时间在我听着你说话的当口过得飞快！如果我父亲知道我又重新开始……在你第二次到访的几天之后，我告诉他你在巴塞罗那待了几小时，而且是在我家度过的，"从晚上十点到凌晨四点"。他摇着头表示不认可，他对我说他觉得这样的深夜会面，而且就我单独和一个不是我"同伴"的男人在一起不得体。在他看来，自由的爱情，恰是因为自由，所以必须遵从习俗中最严格的纯洁性以避免任何怀疑逾矩的阴影。我大笑了起来：怀疑逾矩，跟你！怎么会有这么荒唐的想法……要是他知道最近这次

"夜间单独"会面从晚上八点一直持续到了清晨六点的话……

那晚的时光对我而言过得飞快,而且与其说是飞快,不如说时间像是被废除了。当你对我说"晨光已经开始在港口处显现,是一年中最长的几天……"时,我简直不敢相信墙上的钟已经指向了四点半。你说那些话的时候用的是你有时会采用的强调语气,显得有些招人厌,因为在这样的口气里,能明显猜出你在讥讽另一个人。你还愈发强调了一下:"我讨厌这么漫长的几天,你们把冬至那天给我吧,还有无尽的长夜!我最喜欢的是极夜,能让你连续安睡六个月,还能梦见没完没了的呓语。"

我从不做梦,或者说很少做梦,我也不喜欢呓语,但奇怪的是这些却是你给我讲的所有话里我唯一保存在记忆中的内容。咱们在一起说了十个小时的话,我还记得你曾经有一次介绍给我认识的那个可卡因瘾君子,那是很久以前了。那时我还不认识路易斯,你和我还在街角独自售卖《爆破眼》。事实上,因为从来没人跟咱们买这报纸,咱们总是在街上漫无目的地闲逛。

那天下午下着细雨,咱们钻进兰布拉大道上一家大时尚商品店的雨篷下躲雨,那店离圣保罗街不远。兰布拉大道漂亮极了,在秋日的细雨中整条大道都闪闪发光,咱们从一个话题聊到另一个,最后说到了麻醉品和吸毒的人。这对我来说是个全新的话题,世界上会有这样的人让我觉得简直不可思议。你对我说"来,我给你介绍一个",于是你带着我走进了圣保罗街上的一间药房。那间药房又小又破,看上去更像是个草药铺子。店里只有营业员在,还是药剂学的学生……这是你在给我介绍他的时候说的。可在我看来,说他是学生的话,他似乎有点老成,看上去像三十出头,说不定都有三十五了。他一脸发愣的神情,显出一副苦相。你让他给我解释可卡因会产生什么样的感觉。在他说过的那些话里我只记得那句:"我晚上十点的时候吸下一小撮这种粉末,突然我就见到了日出。"这种废止了时间的感受会是多么奇特的快感啊!

又：妈妈刚给我打了电话，告诉我奶奶去世了。

6月13日

你因为我奶奶的去世说到了你的奶奶，无意冒犯，但你描述的样子让我想起了我十二岁时看过的一本英国爱情小说中那个"城堡老妇人"，我是瞒着爸爸妈妈看的这本书，因为在我们家爱情小说是被禁止的。另一方面，我清楚记得你总是对我们说你从未见过你父母和祖父母中的任何一个人。你为什么那么喜欢撒谎和欺骗呢？你要么是当时撒了谎，要么是现在在撒谎，如果你是此时撒谎的话，那有什么必要捏造出这么一个"令人联想起一年中最早开放的紫罗兰、那些最隐蔽的紫罗兰的奶奶"呢？还好你不知道，我可受不了紫罗兰。

不管怎样，我感谢你因为我奶奶的去世给我写了所有这些话。她可不像你想象的那样，她绝不会令人联想起隐秘的紫罗兰。可怜的奶奶不知不觉间就会弄脏自己……

据说她在中风前是个很活跃的女人，据说她很爱我（她瘫痪的时候我才三岁）。她在跟我祖父结婚前是个女佣，我祖父是电车司机。他们舍弃了许多东西，为我父亲铺平了成为教师的道路。爸爸本想让她安享晚年，可她却什么都意识不到了。她在无知觉的状态下活了十七年。我不禁想象她跟植物一样活着，不过从她的眼神能看出她不是完全失去了知觉。有时当她弄脏自己时，她会哭。

她的死并没有让我觉得伤心，而是相反，我又何必要对你撒谎呢？我深受触动，这便是全部。现在她已经不在后阳台的那个角落里了，我觉得这个世界变了一点，但并不是很多。

你努力捏造出来的爱情小说中的那个老妇人依旧是个谜，我已经不记得结局了。对少女而言,她和小说中出现的所有那些"老夫人"一样或许源自我们所有人都曾体会过的一种无意识的愿望,或许女孩子会体会得更深一点,那愿望便是最终寻找到生活的纯真,因为在这一生之中,纯真实在少之又少。仿佛生活不过是一场漫长的战斗,就是为了征服纯真;我们在终结前寻找到纯真是因为我们未曾在最初找到过。这是我在其中所能看到的唯一有意思的地方,无论如何,我都求你别再费心哄骗了,尤其别再编造那种有说教意义的谎话。

6月14日

你一成不变的欺骗哟,尤利……你没了欺骗就不能活吗?我已经失去了方向,都不知道你何时在骗人。有一次你曾让我走进主教堂的回廊,其实你经常带我进去。咱俩喜欢在那里一边散步,一边说个不停,尤其是在下雨的傍晚。

那天回廊里就只有咱们两个人。那时候在教区神父的办公室前通常会有一张桌子,上面堆满了各色印刷品,印的自然都是虔诚的内容,就是通常会在各间教堂免费分发的那种。你我的胳膊下还各自夹着几包没有卖出去的《爆破眼》,咱们每次在回廊闲逛的时候,都会从那张桌子前头经过,你会停下脚步,默默地看着那张桌子。我猜不出来你又在打什么鬼主意。

"咱们能让你父亲开心一下,"咱们第四次从桌子前经过时你对我说,"咱们可以让他相信今天,恰是在这个刊登了他写的伟大文章的日子里,咱们把报纸全卖光了。他会有多高兴啊!谁知道这会不会是他这辈子最高兴的事呢?"

你都没给我时间反对,就抓起一把印刷品,并在原先那地方放上了咱们俩身上带着的所有《爆破眼》。

几天之后，当咱们在主教路的路口时你告诉我：

"咱们去看看那些报纸还在不在怎么样？"

那些报纸当然还在那里，就在九日祭用的祈祷书、三日祈祷书和圣心会刊中间，在"敬请取阅"的告示牌旁，那一沓报纸看上去原封未动，可能连一份都没被人拿走过。

"事情比我预期的要好，"你说，"或许咱们可以试试另外一个法子。"

"另外一个法子？什么法子？"

"另外一个。我有很多法子，你知道吗，许多棒极了的主意。"

就在你说这话的时候，你已经把一张印刷单子（后来我才知道那是你的一个印刷工朋友给你准备的）用图钉钉在了橡木公告栏上，那个公告栏在一面墙上，那时候通常放的都是宗教葬礼的告示以及弥撒的时间表。那天那个点的回廊照旧寂静无人。

"看到没？长时间以来我就特别想干这样的事，有时我会有种强烈的念头想要做某件事情，无论那事有多蠢我都得做。那欲念比我更强大。"

那张传单上用黑体字写着：了不起的制造业的巨大进步。接下来是小一点的字体：一个芝加哥的工业家已经发现了一种能够每秒生产一百万的技术。再下面还有一段胡话，但格式我已经记不得了。我那个时候怎么能理解你？你什么时候开始欺骗的，是在主教堂的回廊还是在海上圣母教堂里？那个愚蠢而非不敬的玩笑让我生厌，就像那天在你的信里看到泪痕一样让我厌恶。

在我们家都是无神论者，爸爸教导我们对任何一种宗教都无动于衷，在我看来，取笑天主教跟嘲笑佛教或招魂术一样，都没有什么意义，那时的你让我觉得是个不折不扣的讨厌鬼。我曾问你为什么要用西班牙语印刷传单。

"因为更好笑。"你回答我。

我觉得一点都不好笑。"用西班牙语更好笑,"你坚持说,并且因为我没有笑而感到不快,"当菲洛美娜在姑妈面前显灵的时候,跟她说的是西班牙语。总是说西班牙语!她对姑妈说:'你别害怕,我会拯救你……'"你已经跟我说过你姑妈见到显圣的古怪故事,这些事我都能背出来,可我一点都不想笑。之后好几个星期我都不想再跟你走进主教堂的回廊,你那些"棒极了的主意"让我觉得无聊透了……

之后,大学里就出了那场乱子。那时已是 1930 年的 12 月份。

咱们这些学生开始在兰布拉大道下段的一间肉食店的地下室里集会,就在剧院拱门街再下去一点的地方。我大致记得那间肉食店叫"埃斯特雷马杜拉女人"。那是一间宽敞而昏暗的地下室,天花板上挂许多火腿和大腊肠,让房间有了一种钟乳石溶洞的感觉。在那里呼吸到的是浸透了山地火腿和桶装黑啤气味的空气。肉食店主人是第一共和国的幸存者,还保留着当时的一顶弗里吉亚帽和一把军刀。是你找到了这个八十岁的卡斯特拉尔[1]支持者,你管他叫"梁龙",这个叫法到后来对咱们所有人都产生了一种大洪水前的动物的效果。你总以让他讲述"光荣革命"时代的故事为乐,有时候那些故事的确很奇特,但更多时候有种全然过时了的伤感。咱们习惯把肉食店的地下室里叫作"梁龙的洞穴",能有那样一个藏身之处来集会密谋总是让咱们很雀跃。有一次,咱们在那儿聚集了二十五个还是三十个学生,店主人拿着他的两件古董走了下来,摆在咱们面前。他戴上帽子并在腰间配上军刀,眼眶湿润地对咱们说:"我不想在还没能再次这样走上街头之前死去。"

咱们都感到局促不安,因为咱们本想全心全意地相信咱们所梦想的共

---

[1] Emilio Castelar(1832—1899),西班牙政治家、历史学家、记者和作家,曾担任西班牙第一共和国期间的执行权力主席。

和国跟那个人所说的共和国毫不相同,那个可怜人的狂欢必然是第一共和国,但有时咱们却感到巨大的忧伤。有一天你在离开那里的时候对我承认了这一点:

"有时我有种感觉,"你对我说,"等咱们到了八十岁的时候也会是一帮愚蠢的老东西,对,就跟这头梁龙一样,他那满是眼屎的眼睛不冒眼泪就没法跟咱们讲卡斯特拉尔和勒鲁斯[1]的事。"

"你这么认为?"我说。

"如果至少,"你说,"如果咱至少能跟他一样,成为一间有认证的肉食店的老板……至少这也算一回事了。兴许咱们连这个都没有。我猜是勒鲁斯拿市里的钱给他弄了这间店。"

有时候你会单独留在那里吃午饭。你喜欢那个洞穴,而且那个地方又大又暗,你让你的姑妈相信你的经济学教授邀请了你去他家吃饭。那个埃斯特雷马杜拉老头儿一边给你端菜,一边跟你讲他关于第一共和国和悲剧周的无尽回忆,照此看来,悲剧周发生的时候,他已经来巴塞罗那居住了,"那是我最后一次戴着帽子配着军刀出门"。你让他整段朗诵勒鲁斯或卡斯特拉尔的演讲,他都熟记在心,譬如那段"国家的大车沉没在起了暴风雨的海中",或那段"让我们掀起见习修女的面纱,将她们提升到母亲的行列"。你乐在其中,而我却觉得如此悲伤、陈腐和压抑。当我和其他学生在下午三点左右到那里的时候,我们不止一次看到你坐在刚吃过饭的桌边,正和那个可怜的老鬼谈话。他告诉我们给你准备的套餐:醋渍蜗牛、两片火腿、龙卡尔的奶酪。咱们喝着咖啡,就意识形态问题展开长时间的没完没了的讨论,就跟他并不在场似的。现场有各个无法调和的派别间的代表,无政府主义者、中间和左翼路线的共和派、社会民主派、分裂

---

[1] Alejandro Lerroux(1864—1949),主张共和的西班牙政治家,在第二共和国期间多次担任部长会议的主席。

主义者、共产主义者。就最后这几派还有更细的分类：斯大林派、托洛茨基派、加泰罗尼亚无产阶级者，还有另外几个，据他们所说，他们批判将马克思主义分裂成多个自相残杀的派别的做法，为此成立了"辩证团结"的派别。他们总是拿黑格尔辩证法的那套来炫耀，说什么命题、对偶，而他们是想成为综合法。或许在跟我们集会的共产主义团体中最奇特的是由一个又瘦又高名叫奥尔菲拉的金发年轻人和另一个又矮又胖名叫布拉孔斯的黑发年轻人所组成的那一支。奥尔菲拉和布拉孔斯跟其他团体都合不来，甚至跟辩证团结那帮人也不投缘，他们俩拥护的是马克思主义和弗洛伊德主义调和而成的聚合产物，因为在他们看来，马克思的经济唯物主义应当以弗洛伊德的性唯物主义为补充。曾有一次你对他们说："如果我们要拿弗洛伊德作马克思的补充，那是将两个犹太伟人放到了一起，因此我很担心你们认为已经找到的新路会将所有人径直领进犹太教堂。要是你们愿意的话，你们去吧，我可不乐意。此外，你们的聚合如此新颖大胆，以至于早有古典学者说过：食色，性也[1]。"另外一个会引发无休止冗长演说的话题便是那段时间在尼加拉瓜或危地马拉丛林里行动的某个游击队员，要是我没记错的话，叫什么桑迪诺，那时咱们都将这个桑迪诺当作一个英雄，是南美无产阶级跟美帝国主义战斗的英雄。这个桑迪诺变成什么样了呢？有阵子没听到他的消息了。奇怪的是，那时候那些又傻又长的讨论怎么会让咱们如此热衷。咱们在那个洞里度过了那么多时间，坚信自己正在锻造世界的未来，而宇宙会因为咱们的决定而摇摆。咱们那时多傻呀。谁又知道在所有人中最明智的会不会就是那个埃斯特雷马杜拉肉食店老板呢？他目瞪口呆地听咱们说着他一窍不通的事情，临到最后他摇着头嘟囔道："你们要全部加入激进党派的话会干得更好。"

但我在那里认识了路易斯，所以，尽管不是宇宙的未来，但我的未来

---

[1] 原文为拉丁文，*De cibus et veneris*，直译便是"有关食物与性"。

确实是在那个梁龙洞,在那间"埃斯特雷马杜拉女人"肉食店的地下室里被奠定了。这到底是好是坏,只有上帝才知道。

他和其他学生正在讨论——那天我参加会议到晚了,我立即感觉到那个我不认识的年轻人对我而言跟你和其他任何人都不一样。那时他正在谈论手枪的问题,这个话题时常会出现在咱们的谈话中。他查看了几把同谋们带来的手枪,表示说他觉得算不上什么好枪。"咱们得有把鲁格手枪才行。"他说。"一把鲁格?"你说,"咱们的要求可真不低,一把鲁格!"

有关可能发生的针对国王的军事叛变的传言在半岛上流传得越来越凶,这让我们一直处于一种兴奋的状态中。终于有一天传言不再是传言,而成了各大报纸竞相报道的新闻,一名外籍军团的上尉在哈卡发动了叛变。

两天之后,早间的报纸大篇幅报道了战争快速委员会和那名上尉以及他的一名随从被枪决的消息。咱们在梁龙洞里举行了常务会议,必须扩大声势,要占领大学,并宣布成立共和国。大家就要升起哪面旗帜进行了热烈讨论,每个派别都想用自己的旗帜,各个大大小小的派别拥有自己的旗帜着实厉害,有黑色的、红色的、红黑相间的、红绿相间的,诸如此类。我记得某一刻你一拳敲在桌子上,提议使用俾路支斯坦旗:

"既然没人认识这旗,"你说,"就不会惹恼到任何人。而且——"你补充道:"鉴于咱们的特点,如果咱们在俾路支斯坦的话,咱们显然会用加泰罗尼亚旗,但既然咱们此刻就在加泰罗尼亚,再用加泰罗尼亚旗的话那简直就是毫无品位。"

最后,联邦旗因为大多数选票而胜出,因为没人是专门的联邦主义者。不过另一个问题出现了:联邦旗又是什么样的呢?我们询问了"梁龙",也就是"埃斯特雷马杜拉女人"肉食店的老板,而他并不知道。他在当时并不是联邦主义者,而是主张统一的卡斯特拉尔派和勒鲁斯派。需要指出的是,那时候了解统一的共和国到底是什么样的人也是极少数,而

"梁龙"本人对共和国也不过是保留了一些模糊的记忆而已,他甚至跟我们坚称不止一次在重大场合见过他的偶像堂·亚历杭德罗,"在巴拿马草帽的缎带上佩戴了一面小小的国旗"。最后是我的父亲让我们摆脱了困境,他努力在其对青年时代的凋零回忆中,记起我的祖父,一个终生不渝的联邦主义者藏在五斗柜抽屉深处的某面旗子是什么模样。

你们让我负责缝制那面咱们将要升起在大学最高处的知名的联邦旗帜。我们想要这面旗子大到能从广场上清楚地看到,工作量委实不小。缝制旗子需要不同颜色的布料,红的、黄的、紫的,而在一侧还要有一个藏青色的三角形。在藏青色三角上还得缝上白色的星星,象征着各联邦州。于是无休止的新讨论又开始了:当时的联邦州有多少个,而星星又该有多少颗?我的父亲对此并不了解,他不记得他的父亲曾跟他确切说过联邦主义这方面的事,貌似当时的联邦主义者认为此事是次要的。他们并不在意谁要加入联邦,重要的是要成为联邦,这一点或许连他们自己也不知所云。咱们又再次询问了"梁龙"。"埃斯特雷马杜拉女人"肉食店的店主耸了耸肩,对咱们说,这是他这辈子第一次听说联邦州的事,当咱们试图跟他解释这件事的时候,他都不太能明白咱们的意思。

那咱们得往旗子上放多少颗星星呢,四颗、七颗,还是十五颗?

"多了总比不够强,"你说,"咱们给它放上个两打,这样一来大家都高兴。"

这些星星也得够大,这样行人才能从佩拉伊路和圣安东环路的人行道上看得清楚,于是你和路易斯来我家给我帮忙。咱们用毛边纸剪出星星的形状,每颗星星咱们都用掉一整张纸,之后咱们再用厚厚的糨糊把它们一颗颗贴到旗子上。旗子平摊在地上,这样糨糊才会干。那面旗子铺满了整个饭厅,还有一部分铺到了走廊上。

终于到了咱们决定要大干一场的那天上午,你把旗子紧紧裹在身上,又在外面罩上一件大衣。你看上去可真是古怪!为了不招人注意,咱们结伴朝大学走去，你藏身在一群人中间，我们大家都在开你的玩笑。咱们在路上遇到了正用广场上的铺路石架起路障的同伴们。从那里走过的人并不在意，因为在一年里的那个时期，学生们架设路障要求更多圣诞假期已经是传统了。附近只有两三对警卫走过，就是那时候的警卫，那些被称为安全人员的人，都是些老人，他们只佩戴了马刀，远远地看着学生用铺路石架起路障。此刻，当我再次回想起那些佩戴着可笑的马刀、留着灰色大胡子、特别像是庞大家庭中的父亲们的君主制下的安全人员时，当我想起他们的蓝色制服，还有跟消防员极其相似的额头盔，想起他们那么和善、顺从而又"妻管严"的样子，以及之后咱们所见的恐怖场面时……

当咱们从架起路障的人群中走过时，那些知道我们所谋划之事的人在咱们经过时一边鼓掌一边高呼：共和国万岁！就在那时，一位碰巧经过的受人尊敬的先生在听到呼喊声时，走上前来问我们：

"年轻人，你们是在要求成立共和国吗？我还以为你们是在要求假期，就跟每年这个时候一样。"

"是的，先生，"其中一人回答他，"我们在要求成立共和国，但会是一个有秩序的共和国。"

"显然，"这位先生讥讽地回应道，"学生和外籍军团正在为我们筹建起一个人所罕见的审慎的共和国。"

而咱们并没有浪费时间，径直从巨大的拉蒙·尤伊和天晓得是谁的石膏雕像间穿过了门厅，之后又穿过法律系的庭院，而你始终在人群的中间。咱们爬上楼梯，走进图书馆，就是在那里咱们要和几个自己人碰头，他们会在那里装作查询大部头书籍的样子，并趁着图书管理员心不在焉的当口（他们常常会这样），查出图书馆哪扇隐蔽的门后是通向屋顶最高处的螺旋楼梯，而那里正是旗杆所在的地方。咱们中没人曾经上到过屋顶，咱们唯一知道或自认为知道的事便是那扇门隐藏在大学图书馆的书架中。

大学图书馆……那时候咱们可真是没去过几次。此时当我再想起时，我记得最清楚的是那股潮湿、发霉虫蛀的纸张和凝滞的空气所特有的臭味。咱们那时去过的仅有几次也是为了在《埃斯帕萨百科全书》上查询某个单词，因为这些大部头是少数几本容易查询的书籍。要是你想查的东西不在《埃斯帕萨百科全书》或切萨雷·坎图的《世界史》上，就得去图书管理员的办公室，而管理员会一脸惊讶或者说满脸不悦地接待你。咱们管他叫"小老头"，因为他就是那样。他在那间小得可怜乏人问津的办公室里消磨时光，窝在那山洞一样的地方啃着18世纪的下流作品。要是有人在他博览群书潜心研究与"启蒙时代"色情文学有关内容时打搅到他的话，着实会让他恼怒不已。那个男人一边读米拉波、萨德侯爵、狄德罗、肖代洛·德拉克洛等法国革命之父们的作品，一边填写一张又一张的图书卡片，那些卡片都放在一只原本用来装鞋的硬纸盒里。他以教宗一般的耐心就这一既有伤风化又老旧的主题准备着天晓得什么样的鸿篇巨制。他对这一主题之外的其他事情毫无兴趣，大部分时候跟他要书都不管用，因为他根本不可能找得到，整个图书馆只有一小部分图书登录在册。

我听说图书馆里的书基本都是1835年被废止的修道院里的书，是当时被抢救出来免遭焚烧的那些，一些有功劳的市民在修道院被烧的时候从半道上拾获这些书并送到了大学，因此才有那么多神学和有关圣人生活的书，以及无数17和18世纪的修士们的文稿，如今已无人阅读也无人感兴趣。曾经塞满无数书架的上万册书籍正默默消弭，在蛀虫的啃噬和色情狂图书管理员的漠然中化为齑粉。

那些17和18世纪的修士及修女们的书籍数量如此之多——看上去很多都是在门迪萨瓦尔[1]时期废除修道院时收集来的——以至于大学里都放不下，有一部分甚至侵占了附属高中的书架。在那里这些书占据了一个有

---

[1] Juan Álvarez Mendizábal（1790—1853），西班牙伊莎贝拉二世（1833—1868）在位期间两大政党之一——进步党的领袖。

天窗做顶的内部庭院、一座有三层楼高的天井,井壁上全都摆满了羊皮纸书,散发出潮湿的森林、蘑菇和霉菌的浓烈气味。我很少做梦,但有一次——许多年前了——我梦见自己在一口深不见底的"书井"里不停下坠……因为你和路易斯是在耶稣会学校读的高中,所以你们从没去过那所附中。你想想在那个内部庭院的底楼,凝滞的尘土和空气显得尤为厚重,而在那间学校上学的我们就在那里上体操课、做呼吸类的训练。更加阴森的是,进门左手边还有一具真的人体骨骼,骨骼用细线连着站立在那里,因为那课除了是体操和呼吸训练课之外,还是解剖知识课。

我都在跟你说些什么呢?我为什么会停在有关大学图书馆和中学体操课的回忆里?这事儿在我身上发生得越来越频繁,每当我回想起当时的事情时,回忆总是从一件事跳到另一件事,仿佛在水面上自由漂流。我静静地坐在扶手椅里,凝望着虚空,什么也不做,也无法专注于任何事,仿佛有一阵喧闹的回忆在我眼前舞动——都是些烦琐、无意义而且并不牢靠的东西,都是些死去了的过去的事情,可能只对我有意义,还依旧有意义!

我之前跟你说起了咱们升起旗帜的那天,说到咱们在图书馆里寻找那扇通往螺旋楼梯的隐蔽之门。咱们中负责要找到这扇门的同伴们还搞错了,他们给咱们指的那扇门并不是咱们感兴趣的那扇,而是另外一扇。待咱们发现这一点的时候已经太晚,来不及返回了,咱们已经站在了屋顶上。咱们停下来的那扇门的确朝向一段没有穷尽的螺旋楼梯,但并不是直接通向旗杆的那一段,而是通向了巨大屋顶的另一侧。从那里咱们看到了一大片瓦片的海洋中的那根旗杆,就像是一座需要手脚并用才能攀爬上去的高山顶峰。

路易斯走在了前面,我在中间,你断后。咱们就这样排成一排,手脚并用着往前爬,瓦片在咱们的手掌和膝盖下吱嘎作响。我铁了心要跟你们一起去,那场冒险让我觉得无比荣耀和兴奋,不容错过,而你们并不想让我跟着你们。路易斯在图书馆给我低声描绘了一出暴力至极的场景,可固执的我还是跟着你们，哪怕你们不想让我跟去。咱们三个一旦到了屋顶上就不是争论的时候了。路易斯跟我说让我抓着他的一只脚，而你在我身后用空着的那只手托住我的一只脚，就这样咱们在屋顶上前行着。

"要是咱们在 1 月份的话，从高空飞过的飞机上看下来，"你说，"会把咱们当成两只公猫和一只母猫。"

那片屋顶仿佛没有尽头，就在那个时候咱们听到了广场上传来手枪射击的声音，之后咱们才知道是咱们的人用那两把手枪开了枪，那是咱们仅有的两把枪——就是路易斯在地下室里查看过的并不好使的那两把。安全人员并没有反击，他们除了马刀并无其他武器，但是照咱们后来得知的情况来看，眼见着学生们继续用手枪射击，国民警卫队取代了安全人员。这一切发生的时候，咱们正在屋顶上爬着，弄得瓦片直晃。咱们猜不到事情会变这样，手枪射击的声音让咱们大吃一惊，因为事先并未约定说要开枪。路易斯听到枪声后，朝我转过身来，再次要求我回家去，并对我说不在屋顶上也不会有什么损失，他跟我说这话时特别生气，可我不想回头，我想跟着你们，跟你们做一样的事！我很激动，那感觉真是棒极了，手枪射击的声音让这一切显得愈发激动人心。路易斯变得越来越恼怒，他四肢着地，还伸长了一只脚让我抓着，就在那样一种不自然的姿势下，他扭转头跟我说话，骂我，叫我鼻涕虫、讨厌鬼，还说出了最过分的粗话，而你就在我俩争吵的时候，超到了我们前面。你解开了身上的旗子，爬上了那根巨大旗杆脚下的小铁平台，并开始捣鼓起了绳子。你没能弄开绳子，你总是笨手笨脚的，可怜的尤利，你的双手可真是不灵活——你把旗杆上那两根绳子搞得一团糟。路易斯终于跟你会合了，他看到绳子在滑轮上缠到了一起之后，不得不站到小平台的栏杆上，抓着栏杆把绳子解开。你也站到了栏杆上帮他。你把旗子留在了屋顶上，为了不让风把它刮走，我坐了上去。

我坐在旗子上，从石头城垛上方探出了脑袋。你俩忙着要搞清楚绳子和滑轮运行的原理，顾不上看我。我在半空中探着脑袋，从高处看到的广场让我产生了一种特别奇怪的感觉。广场中央空无一人，没有汽车也没有电车经过，广场一侧是咱们的同伴们用铺路石垒起的路障，而在对面，也就是圣安东尼环路那一侧，则是国民警卫队。

那无疑是国名警卫队，从漆皮三角帽很容易就能辨认出来。"你快离开这儿，"路易斯朝我大喊，"把旗子给我们，快走开！"而我正出神地看着那一小支警卫队。我们的人从路障后面继续时不时地拿那两支手枪射击，警卫队则在环路的人行道上列队，一动不动，也不回应。一名军官注意到了在上面的你们，他一边用望远镜看着你们，一边用另一只手招呼身边的另一名军官，像是在指给他看你们正在干的事。你们终于把绳子穿过了旗子，并把旗子升了起来。旗子被风吹得像船帆一样鼓了起来，伴着上面所有用毛边纸做的星星在空中优美地噼啪作响。你们还站在平台的铁栏杆上，一人从一边抓着旗杆。对国民警卫队的马枪来说，要干倒你们两个简直是场不费吹灰之力的游戏，可他们依旧笔挺地列队站着，手就握在枪口边，枪托靠在地上，而那个军官仍旧一边用望远镜看着，一边朝另一个军官比画。

咱们从原路返回，这回倒退着走，依旧手脚着地，而且下来的时候，瓦片的动静更大了。当咱们再次穿过图书馆的时候——那个隐形的图书管理员想必依旧在他的巢穴里读着萨德侯爵——遇到了几个正在焦急等待咱们的同伴。

"一切都顺利吗？"

"旗帜已在风中飘扬，"你说，"多么了不起的旗帜啊！所有人都会以为那是面美国国旗。"

"我们有一桶煤油。"他们说，但咱们并不知道要拿这桶油干什么。得点把火什么的。

"既然咱们在图书馆里头，"你说，"为什么不就在这儿呢？咱们都在这里了,还有更好的地方能让咱们点火吗?它会像块粗麻布一样烧起来。"

你拎着煤油桶朝放有《埃斯帕萨百科全书》的书架走去,而路易斯发了疯似的骂你,管你叫野蛮人,骂你不负责任,还说了许多难听的话。他从你手里夺过油桶,狠狠推了你一把,而你只是耸了耸肩。

"如果把这些全都烧了,"你一边说一边指着百科全书和切萨雷·坎图的史书,"你会觉得是很大的损失吗?"

"咱们去校长室吧。"其中一个学生说。

"去礼堂吧,"另一人说,"那里有那幅身穿卡拉特拉瓦骑士团服装的国王肖像油画。"

"咱们可以在广场上点起篝火,就在国民警卫们的胡子跟前,"路易斯说,"咱们可以把礼堂还有校长室里的国王画像和其他破烂通通丢进火里。"

在通往大礼堂的楼梯上我们遇到了一大群人,把楼梯挤得水泄不通。他们有一根不知道从哪儿弄来的粗大横梁,此刻正被用作攻城锤在撞击大门。他们十或十二个人抱住横梁,在开始使劲的时候,有节奏地高呼:

"一、二、三!"

装了双重碰口条的厚重大门吱嘎作响,每被横梁撞击一次,便响亮地震颤着,合页与门闩也跟着松动一点。有一根碰口条在出乎意料的时候突然脱落,由于冲力,一群人东倒西歪摔到了地上。大礼堂是咱们的了!礼堂深处的主席台上方,阿方索十三世正略带讥讽地朝咱们微笑,身上无可挑剔地裹着那件洁白的骑士服。

"咱们要让他接受审判!"有人大喊。

大礼堂顷刻便挤满了人,人群就像潮水一般涌了进来。大家临时凑成了法庭的样子,法官们的装束是有人从秘书处的柜子里找来的礼袍和学士帽。

"让索雷拉斯担任原告!"一个声音喊道。

你站到了那个怪诞的法庭的右下方。当你把头套进一件显短的黑色礼袍时,其他人纷纷大喊:

"安静,索雷拉斯要指控国王了!"

"我们先听检察官说话,同志们!"

那件礼袍对你来说太小了,让你显得尤为瘦削和难看,而要求大家安静的呼喊也是白费力。你开始历数指控,但你的声音被淹没在一片嘈杂声里,只有站在你旁边的人才能听清你说的话。

"我们控告你是国王,姓波旁,称号里还有一个不祥的数字,"你像做应答祈祷一样单调地念诵着,朝油画摇晃着举起的手指,"我们控告你,跟其他叫作乔乌梅·普伊赫和安东·拉菲盖斯的人一样,你管自己叫阿方索·十三,这显然可笑得很。有人叫你十三先生,而他们觉得自己有趣极了,为此笑到流口水。我们控告你,十三先生……"

能听清楚你说话的我们开始困惑地互相对看,你这是要扯到哪儿去?你依旧毫无畏惧,晃动着那根原告的手指指向画在油画上的国王:

"我们控告你腿长身子短,为此安布罗斯先生这一通俗绰号很适合你,不那么通俗的长腿汉同样适合。我们控告你:安布罗斯·长腿,你没让外籍军团里可爱的年轻人在他们乐意的时候开心地起义,也没让他们在宣布任何他们随便想到的粗俗的事时以暴动来取乐……"

这时候,听到你说话的我们少数几个人再次面面相觑,不过不是一头雾水,而是惊愕不已。你继续说着,并没有看我们:

"我们控告你把自己画在这件像条白床单的骑士袍里,我们控告作为你母亲的那位奥地利神圣女大公从来没传出什么闲话,这么一位品德高尚的王后是那么无趣,深深辜负了正直而勤劳的人民对于闲扯的合法希望……不过,最主要的是,阿方索·十三先生,我们尤其要控告你的是所有罪行中最无可原谅的一桩,是在从现在开始算起的时代里大学所无法原谅的罪行,那便是你既不是黑格尔派也不是尼采派,既不是无产阶级也不是超人！简直让人无法忍受！你还停留在克劳泽派，谢天谢地，谁知道说到底你连克劳泽派都还算不上。那么，你配得上火堆伺候吗？"

人群能听到你说话的含糊声音，却抓不住内容，为此不时用喝彩声打断你。当喝彩声四起时，你会闭上嘴，像伟大的演说家一样谦逊地垂下目光，少数没有鼓掌的人正是我们这些听明白你说了什么的人。

当你陈述完检察官指控的时候，雷动的喝彩声让四壁颤抖，有些人已经手抓扶梯取下了那幅肖像画，等到画被取下之后，才发现它有多大。咱们七手八脚拖着画朝校长室走去。因为校长们的办公室有面朝广场的大落地窗，所以咱们想在那里给肖像泼上煤油再点火。画像掉在了路障上，落地的时候画框掉落，火苗四散开来。当咱们从窗口往下倒桶里的煤油时，其他学生往窗外扔着其他画像，有些是已经去世的校长们的画像，而有些天知道是什么爱卖弄学问的人物，礼袍上还戴着勋章，同样被扔出窗外的还有咱们从柜子里拿出来的行政文件和所有咱们能找到的能让火堆烧得更旺更醒目的东西。

落地窗都打开着，在把所有咱们觉得能扔出窗外且易燃的东西都扔出去之后，咱们用桌椅在栏杆后面设起了掩体。从那里咱们看到在广场对面的圣安东尼环路人行道上列队的国民警卫队依旧一动不动地站着，手仍放在马枪的枪口边。只有那两名军官在走动，他们沿着像雕塑一样安静的警卫队员组成的队伍边走过，从容地从人行道的一头走到另一头。

"我的手枪卡壳真是太可惜了！"一个此前曾从路障那边射击的人说。

"我是没弹药了。"另一个人说。

"咱们可以从这儿给他们点厉害瞧瞧……"

正当懊恼的射手们忧伤地谈论着他们错过的神圣快感时，从外面进来一个激动得不得了的小伙，他是从街上过来的：

"我拿了把鲁格来！"

在听到"鲁格"这个词的时候，一阵宗教般的肃静立马降临，所有人都充满敬意地让开道。"他带了把鲁格来。"你们互相转告着,崇敬地看着刚来的那个人。"一把鲁格……""一把鲁格……"在人群中听来这就像是则流言。所有人都伸长了脖子,大家都想看见那个手拿鲁格奇迹般来到这里的学生。

就在那时你做了一件十分奇怪的事,就是那种你常让人摸不着头脑也无法理解的怪事,当时既不能完全理解,之后很长时间内也无法理解。你在那天做的事我到今天都不太明白。

你扑向那个拿鲁格枪的年轻人,从他手里夺过了枪。

"一把鲁格!把枪给我!我是一流的射手!"

"一流的射手?我可是头回听说!"

但你已经拿到了枪,枪在你的手中。你在落地窗旁由桌椅堆成的掩体后蹲下身来,准备朝国民警卫们开枪。那把枪此刻似乎就在我眼前,簇新的枪身镀成了亮闪闪的黑色。枪很大,枪管很长,闪闪发亮,而你不停地开枪。你打空弹夹的时候,那个带枪来的小伙蹲在你身边给你补充弹药。空的黄铜弹壳在你四周蹦开、反弹。我们其他人神经紧绷地观赏着这一幕,内心充满了敬佩,其中有些人可能羡慕得要死。

就在那时,随着那个拿望远镜的军官的一声令下,有一名国民警卫用马枪瞄准了咱们,而其他人依旧把手放在枪口边上。我看得很清楚是因为我把脑袋从落地窗的栏杆上面探了出去。只有一个国民警卫用马枪回应你,而那个军官一直在他身旁,似乎在指挥他、控制他。他的回击漫无目的,所有子弹都打进了大厅的天花板,而不是像本该发生的那样,要是他瞄准我们的栏杆的话,就该打向室内,但子弹只是靠近落地窗,似乎他瞄准的是窗户的高处。当子弹嵌入天花板的灰浆里时,发出一声闷响,而你依旧在不停射击。

突然间我想到:"从跟国民警卫们的距离来看,尤利怎么都不可能看清他们,他近视太严重了!"

当咱们在古老巴塞罗那的小巷里漫步时，好多次我都意识到了你的近视问题。我知道在三十步开外，你就分不清是人还是树，而到了四十步或五十步开外，你就什么都看不到或基本看不到。这点我很容易就发现了，哪怕你试图让我们相信你的视力很正常。对你近视的任何影射，去看眼科医生和配一副合适的眼镜的提议，哪怕提出时再谨慎，都会让你大为光火。有一回路易斯又提到这事，你气恼地让他去见鬼："我比你看得清楚多了！去你的！"突然我意识到从落地窗那里你看圣安东尼环路上的房子不会比看一片飘忽的云朵更清楚。那你为什么要夺过鲁格枪呢？如果你从那么远的距离都看不清国民警卫队员，你又怎么能朝他们射击呢？

几天之后咱们在医院街举行会议，你是那天的英雄，是在还有弹药的时候用鲁格枪不停射击的学生。甚至连强硬的老无政府主义者这些单一工会和自由工会间斗争的老手也都尊敬地看着你。

人们都期待着见到你和听到你的声音。人群挤满了饭厅、过道、玄关、卧室、小客厅还有厨房。

当你开始讲话的时候，出现了一阵我记忆中听到过的最为密实的寂静，事实上，那是能够听到的寂静。你一开口，那谦逊的语调更是为你增色："我们在做的所有事，我们能做的所有事，我们是可怜的克尔凯郭尔派却不自知……"我觉得在场的人中没人听说过克尔凯郭尔，但没有关系，我们惊讶地听你说下去："我们能做的所有事与黑格尔派正在干的事比起来简直无足轻重，跟接下来尼采派要做的事相比更是如此。"在场的人里没人能明白这番艰涩的话语，人们开始面露疑惑地相互对视，沉默逐渐化作惊愕。

"总之，同伴们或同志们，或随便什么你们想要的称呼，我们现在干的这些事，这番英勇的破坏、这番荣耀的喧闹、这场历史性的闹剧，本该在1923年的时候就干了。我可以原谅自己在当时也就是七年前的时候没这么做，理由是那时我才十一岁，还是很稚嫩的年纪。不过无所谓，就该在那个时候去做。但此刻再干,不管承认起来有多么苦涩,抑或我们的自尊会多受伤,却总显得有一点……像胆小鬼。不,同伴们或同志们,我可以毫不犹豫地承认我就像是克尔凯郭尔鸡舍里一只不起眼的胆小母鸡,但如果你们中有人觉得自己是黑格尔或尼采派的雄鹰,那有种就出来亮亮。即使我们的飞翔不过是母鸡一般的勉强蹦跶,我们也应该支持此刻正要重新建立起公民组织法的国王,而不是一个随心所欲、自认为有权自行宣布成立共和国的外籍军团上尉。你们得记住,刺刀可是很任性的。如果今日我们让他们宣布了一件事,那明天他们要宣布另一件事的时候我们可别抱怨。"

人们终于明白了你的意思,明白你是在谴责哈卡的军事暴动。一股愤怒之情在疑惑之中突然爆发,进而变成一场骚动。你挥舞着胳膊呼喊着,就像一个掉进争斗的惊涛骇浪里的溺水之人。"我去过俄罗斯和德国!我知道发生了什么事!我了解黑格尔派和尼采派的做法!"你的声音消失在激烈的争吵中,饭厅、走廊、厨房和卧室的人都在叫嚷,整个公寓似乎被叫喊声、地板上的跺脚声、口哨声和谩骂声翻了个底朝天。而我能听到你的话,能听清你在说什么,那是因为我正好在你和我的父亲中间。

我的父亲最让我吃惊。他毫无惧色地站起身,必须要说的是在充满敌意而吵闹的人群中讲话他有着丰富的实践经验。有多少次他曾对着暴躁的人群说出与人们希望他讲的截然相反的话!他用胳膊大幅挥出手势,示意大家平息怒气,而怒气听从了他的意见。"现在由老米尔曼讲话。"人们从饭厅到走廊,从厨房到卧室互相转告着。当公寓恢复平静之后,爸爸沉稳而抑扬顿挫地开始讲话,仿佛每个掉落进那片随时会再起风波的海里的词都经过掂量。

"我们不应当,同伴们(我顺便恳请索雷拉斯同伴不要再叫我们同志,这个词带有军事色彩,因此会让我们反感),我们把自己叫作绝对自由主义者,因此我们不应当在他人陈述自己的主张时打断他。所有的主张,不管怎样,都有被完全自由表达出来的权利。如果我们不尊重他人的自由,又能以什么样的名义要求别人尊重我们的自由呢?我赞同你们的意见,同伴们,这一点你们再清楚不过,我跟你们一样认为我们的同伴索雷拉斯适才在行使其自由表述权时的一些观点有点……出乎意料,尤其是在这里做出这样的表述,这里可是工会和合作社性质的无政府主义的堡垒,是《爆破眼》的指挥部。我了解索雷拉斯同伴,我知道他喜欢用悖论和奇怪举止让人大跌眼镜,不过一旦认识了这一点,并且一旦我就他对我们所说的话中过激或顶撞的内容留有余地,我就要坦率地向你们承认……在朋友和同伴中,坦率意味着忠诚,而我要承认的是,就某方面来说,我更同意他的观点,比你们认为的要多。我不相信,也从未相信过武力的道理,我不相信手枪的威慑力,更不相信刺刀的力量。在一个平民君主国和一个军事共和国之间……"

"这么说你现在也变成主张君主制的人了?还真不嫌咱们的麻烦多!"他一直以来的好朋友,和咱们一起坐在主席台上的科斯梅斥责他。这话就像一个信号,吵嚷声再次让整间公寓闹翻了天。

"我不是君主派,也不是共和派,我是无政府主义者。"我的父亲大声说,但几乎没人听到他的话。所有人都在指手画脚吵闹不已,其间能听到最激愤的粗话,那些最为粗鲁的言辞。有个小个子为了让人能看到他并听到他说话,爬到了餐具柜上,号叫了一次又一次,满脸通红得就跟快要中风了一样:

"让国王见鬼去吧!"

当所有人走下那没完没了的楼梯并在继续热烈讨论和相互谩骂的时候,路易斯在三楼的平台拽住了我的胳膊。你应该还记得,在我们楼里每层楼梯平台的角落都会有一张木长凳,通常19世纪的房子里都会有这样的凳子,安在那儿是为了让上楼的人能偶尔坐一下喘口气。我们楼里的长凳很宽,能坐下两个人。路易斯让我坐在他身边,下楼的人群从我们面前经过,仿佛一阵呼啸的浪潮,发出含混的声响。只有某个词或某句话清晰地传入了我们的耳中:"国王还不如那个摩尔人穆萨[1]!"那是科斯梅的声音。人潮消失在了底下的楼梯上,但有一阵子我们依旧能听到你的声音从楼梯眼里传来:"几年之后咱们再谈,一个通过暴动得来的共和国……"接着又是科斯梅的声音,低沉而嗡嗡作响:"学生造反,真是少爷小姐们的瞎胡闹!"

但我没在听,也听不到,我单独和路易斯待在了那张长凳上,他用尽两条胳膊的全部力气紧紧抱着我。你们在下面的楼梯上如水流般远去,依旧还在互相争执辱骂,但对我而言,你们已经不存在了,对我而言,全世界除了路易斯都已不存在。可以经过这么多年(到12月就满七年了),可以经历一次次的失望,我的上帝,可对他第一次亲吻我的那一刻的回忆依旧能像当时一样让我神魂颠倒。为了那一刻,我生命中最荣耀的一刻,又有什么是我不能原谅他的呢?

有时我会想,如果是剧院拱门街上阁楼里那个耶稣会老教徒给我施洗的话,谁知道我会不会再次体验如那天般的激荡心情呢,可我却再没有、再没有体会过那样的心情!我知道我再也不会有那样的感觉了……

几周后,警察逮捕了路易斯和另外好几个经常在"埃斯特雷马杜拉女人"地下室开会的人,其中包括奥尔菲拉和布拉孔斯。由于警方最终也没能证明他们有任何罪,因此他们不过就在警察总局的牢房里被关了几天。他们告诉咱们说,在审讯过程中他们一度瞠目结舌,因为警方了解在地下室内进行的谈话的一些细节,而这些细节只有通过曾经在谈话现场的人才会知晓。比如说,警方知道关于就联邦旗帜展开的一切争论,甚至知道有

---

[1] Musa bin Nusayr(640—716),倭马王朝瓦利德一世时期的将军,于711年参与了对伊比利亚半岛的征服战争,很快从塞维利亚打到了莱里达。

人在某一刻冒出的一句没头没脑的话：食色，性也，他们很重视这句话，因为他们觉得这里头暗藏着某种神秘而可怕的革命口号。所有这一切让我们不禁想了许多，难道在咱们中间有叛徒、有密探吗？那又会是谁呢？直到如今，在时隔多年之后，我觉得我可以告诉你了：奥尔菲拉和布拉孔斯曾怀疑是你。路易斯跟我则为你辩护，这点必须得告诉你。他们坚持说你是个怪人，难以捉摸，是个总会有出乎意料的反应和前后不一致的念头的人，总之是个举止令人疑惑的人。"总得，"他们说，"有那么一个人，这个不会有错，而他是唯一一个最有可能的人。"

咱们过了许久才发现了真相，而且还要归功于一个我现在已经记不清的偶然事件，警方的密探居然是那个埃斯特雷马杜拉的老勒鲁斯分子，也就是那个"梁龙"。看来从很早以前他便和警方达成了交易，为此他的地下室里才能举行各种类型和成色的地下会议而警方从未进来打断过——这本该堵住了他们的消息源头——但他得留意他所听到的内容。靠着火腿生意和警方的补贴，这人勉强过活。他不是假共和派，也不是装出来的勒鲁斯分子——就像咱们发现是他告发了咱们的时候所认为的那样，咱们真是天真得可怜。现在咱们知道对他来说两者之间并没有什么不可兼顾的地方。当他抽泣着给咱们看他在悲剧周里披挂的马刀和弗里吉亚帽时，他是真诚的；当他用颤抖的声音朗诵勒鲁斯或卡斯特拉尔的演讲段落时，他是真诚的；当他向警察告发咱们的时候，他也是真诚的，他一直都是真诚的。当时咱们无法理解他，但这并不是说现在咱们就能理解了，因为总有事情从其本质而言便是无法理解的，可是，之后咱们又见到了那么多那么奇怪的事！有些事情简直能让人惊诧不已，我都想告诉你有时候我甚至怀疑我亲爱的哥哥利贝特实质上会不会也是一种梁龙……咱们年轻人总是偏向于赞赏真诚，认为其高于一切，却不曾想过会有人对扮演的所有角色都无比真诚，在他们身上，是加倍的真诚，而不是缺乏诚意，是一种可以一分为二的、双倍的真诚。利贝特让我不安，这么多突发奇想、这么多真诚、这么多颤抖的嗓音都让我不安……尽管这不过是一种模糊的预感、一种不确定甚至是错误的感觉，但无论如何，他显然比"埃斯特雷马杜拉女人"里的那头"梁龙"要狡猾得多、隐晦得多，也复杂得多。

还有一个谜团便是为什么警察没有逮捕你和其他人，其中包括我自己？为什么"埃斯特雷马杜拉女人"的店主供出了一些人的名字而隐瞒了另一些？这事儿只有一种解释：他就是由着自己的喜好来。看得出来你尤其讨他喜欢，他不想你出任何事儿，梁龙们的社会学之谜咱们永远都弄不清。然而，他似乎受不了路易斯，更受不了那对形影不离的由马克思主义和弗洛伊德主义调和而成的聚合物伙伴：奥尔菲拉和布拉孔斯。

之后你在《瞭望台》上发表了那篇长文《年轻人的反叛》，我们所有人都看了那篇文章，并展开了热烈的讨论。那时的咱们觉得全宇宙都是围绕着咱们旋转的。

他们为这篇文章付给你五杜罗，你对我们骄傲地说："这是我挣到的头一笔钱。"几天之后你告诉我们："那五杜罗不仅是我挣到的第一笔钱，而且我怀疑会是最后一笔。《瞭望台》拒绝了我系列文章里的第二篇。他们说有一篇关于这一主题的文章已经足够了。"

你似乎并不失望，反而显得很愉快。你跟我们解释说：

"在《瞭望台》管事儿的是你们最不会料到的那个人。当你走进报社，看到那里头满是散发出重要气息的人，各类名人、大作家、大政治家，你会想他们中任何一个都有可能在这家周刊内身兼数职。他们得天独厚的智商穿在巴塞罗那一流裁缝制作的服装内，都是了不得的人才。他们一个个都满心嘲讽、怀疑一切，每个人都戴着价格不菲的真丝领带，每个人嘴里都叼着一根这么长的雪茄。加泰罗尼亚文字的荣光！而在一个不引人注意的角落里，你会见到一个瘦小的男人，看上去像是乔装成了海难遇难者。我不会给你们描述他的领带，因为我从来都不喜欢讲那些不体面的事。不过，这个海难遇难者一样的人就是周刊的头儿，要是你们在街上遇到他，说不定还会施舍他钱,但他是那个管事儿的。他才是个聪明人,机灵得很!像是衣着破落的塔列朗[1]。他穿的那双烂鞋,到了下雨的时候准会长出霉菌甚至蘑菇来,可他才是《瞭望台》的老大。他就那样穿着破烂衣服,一副没吃过一口热饭的面孔,外加不像样的口袋——里面总是装满了书!他待在一个角落里,听着其他人说话,而他几乎不发一言。不过要是你们跟他说过话,你们就会发现他的头脑是全国人中最清醒的之一,是个博览群书、通晓一切的人。就是他对我说:'年轻人,像《年轻人的反叛》这样的文章我们一年只刊登一次,你可别抱太大希望。这种题材的文章超过一篇读者们就会受不了。这是一篇,怎么说呢?就像是《首批卖栗子的女人已经出现了》那样的文章。我很想对你说明年再来,等到大学里又开始闹事、学生又成为新闻的时候再来,不过每年《年轻人的反叛》这样的文章的作者都得是个新人,这和卖栗子的女人的文章不一样,那个每年可以是同一个记者。因为,既然是年轻人的反叛,去年的那个人在经过这段时间之后就不再是年轻人了,连他亲妈都不会记得他。'他就是这么当着我的面说了这些话的,一字不差:'连他亲妈都……'就像我跟你们说的那样:他是个聪明绝顶的人!"

为什么这些可怜的回忆会重回我的记忆中?那些你在似乎那么久远前做过的事、说过的话……在已经发生和正在发生的这些事之后,这些记忆显得多么苍白和憔悴!在发生了我们必须目睹与经历的事情之后,在当时的我们看来显得那么动荡的时期,此刻却像是遗失的和平那道令人怀念的光环,让我心生渴望……你从那个小伙手中夺过鲁格枪的理由和国民警卫队完全一样——都是了不起的射手——所有的发射都朝向了天花板,那样的时光还会重来吗?

---

[1] Charles Maurice de Talleyrand-Pérgord(1754—1838),出身于古老贵族家庭,起初封号是比尼窝(Bénevent)王子,之后被封为塔列朗王子,是拿破仑时代的首席外交官。

6月15日

　　那样的时光不会再重来，尤利，在这片土地上发生的一些事已经永久地毒害了它……但愿你能知道，你鼓励我、充满希望的信送到的时候，我刚刚得知科斯梅被杀害了。这场令人厌倦的屠杀从开始至今就快要满一年了，咱们又如何能想到该隐的种子居然遍布在这个世界上，并将在一个适宜的时刻萌芽？在这十一个月里，咱们多少次盲目地认为政府会将此事做个了结，并已经做了了结，咱们也认为放火与杀戮会逐渐失势，而且如果战争要继续，尽管这一点已经着实伤感，但至少会是一场干净的战争！可或许从未有过干净的战争，始终都是前线——双方前线——士兵的自我牺牲被两边后方的罪行玷污，咱们不仅要把耶稣绑上十字架，而且还得跟着两个盗贼一起这么做吗？你可知道，你跟我说起即将到来的幸福时刻，这样的时刻或许"已经唾手可得"；你也说起"美丽的和平"，仿佛是世上从未见识过的和平；你写信告诉我你的心告诉你，你即将"用双手触摸到天空"，行将迈出你生命中决定性的一步，获得你最期待、最梦想、"用五感和全部灵魂"最深爱的东西。你可知道，我不太明白你想说什么，你指的是什么，如果你指的是和平时代或至少是指干净的战争——因为一场战争，假如是干净的，谁知道是否会因为悲伤而比喜悦中的和平更显美丽呢？——如果这就是你的心告诉你的，那我觉得，尤利，你错了。该隐们在这个世界上奔走，一如既往地自由，上个月的事情如此可悲，却曾让我们满怀希望，结果到头来还是毫无用处。

　　尽管上个月发生了那些事，但罪行依旧在继续。有时我想无视这一切，将我的生活秘密边缘化，远离我们周遭这个支离破碎的残酷世界，不过，这难道不是一种可怕的利己主义吗？尽管我决定要把自己关闭在利己主义与冷漠之中，但我又怎能阻止这个世界的消息传到我身边？而这些消息就像咱们说的那样，是这个世界的臭气。臭气透过所有的栅栏渗透进来，甚至在我想睡觉时依旧会一直跟随我到床铺的深处——我想跟一头正在冬眠的疲倦的母兽一样沉睡、沉睡，但愿不要被唤醒。

差不多两周前，我正走在佩拉伊路的人行道上，所有商店的橱窗在以往是那么琳琅满目、闪亮动人，而此刻却空空如也，悲伤暗淡，走在人行道上的人群依旧跟往日一样密集，却都面露伤心与疲惫之色，似乎是在拖着脚步前行……我也在人群中拖着双脚行走，手里抓着正在发脾气的小拉蒙，因为我想给他买双新鞋，他实在需要一双新鞋，可他却闹着不想让我给他买鞋，而是给他买一架手风琴。我本可以告诉他说我会把手风琴和鞋子这两样东西都买给他，以此让他别再哭闹，可那天我下定决心不再对他的任性让步，因为我要是一再让步的话，他就会变成一个无法无天的小孩，而过失都在我身上。说到鞋子，你可知道现在要找到一双好鞋有多难，目前卖的鞋都是硬纸板和皮的混合材质，穿不了多久，要是你想买双真皮的鞋的话，价钱贵得咂舌——小拉蒙又那么容易就能把鞋穿破……我就那样走在佩拉伊路的人行道上，拽着小拉蒙，他依旧在闹脾气，我在一群挫败而悲伤的人群中同样感到悲伤与挫败，直到突然有个陌生人拦住了我的去路。那是个矮小的小老头，很瘦，穿得也很寒酸，你甚至可能会把他当成失业了的泥瓦匠或是一个几天没吃饭的人，但那双像孩童般毫无防备、顺从而善良的眼睛——那是一双什么样的眼睛啊，我的上帝呀，那眼睛属于一个被人辱骂的小老头，仅因为怀有不属于这个世界的希望而在苦撑着。

"您是特里尼·米尔曼吧？"

"愿为您效劳。"我说，但没想起他是谁。

"您不记得我了吗？我是您的教父……"

我无法克制亲吻他双颊的冲动。我的教父，侯爵大人，我已经彻底把他给忘了！他把小拉蒙从地上举起来亲了一下，小拉蒙一下子停住了哭泣，对这个陌生的小老头感到好奇——他也不记得了——他居然在佩拉伊这条大街上对自己表现得那么亲热。他看上去那么激动，可怜的侯爵，他的眼睛失去了光泽。人群在一旁川流不息，当我们在说话的时候，不时有人会撞到我们，就仿佛你置身急流中央，承受着被湍急水流裹挟的鹅卵石的不断打击。

"水流早晚都会平歇，"他说，他的眼睛似乎看着遥远的地方，就跟盲人的眼睛一样，"到那时您得常来家里，也得把小拉蒙带上，我也是他的教父。我现在不让您这么做，我没坚持，是因为现在这种情形下，常出入我家这种地方会让您受牵连的。总有一天，胜利者，无论会是谁获胜，都会知道我们不过是些完全无害的不幸之人，会任由我们随着万物的自然力量自生自灭……"

之后，这个可怜的无名老头再次消失在疲惫、饥饿的灰色人群中，人流不断沿佩拉伊路而下，就像水流经过河床。不久之后，那个无政府主义者的寡妇来佩德拉尔维斯看我，她告诉我，侯爵从家里失踪了，他的媳妇不知道能找谁去探寻他的下落，于是想到了我，她唯一认识的"红色"分子。她觉得我或许可以做点什么。我，可怜的我！我唯一能说的就是我不久前曾在佩拉伊路上见过还活着的他。

做点什么，可怜的我……而就在这个时候，可怜的科斯梅被杀了。

或许我没告诉你，由于5月发生的那些事，他已经和《索利报》那些人激烈地闹翻了。在当前的局势下举行推翻自治政府的暴动，科斯梅说，那就是在支持法西斯分子，这事简直就是再明显不过。

结果一名地方预审法官受到无政府主义者失败一事的鼓舞，决定在提比达波山脚下靠近拉瓦萨达公路的佩尼登慈的部分森林里展开调查。科斯梅似乎忽略了他的同伴们在好几个月以来犯下的大规模罪行，尽管看似奇怪，却有很多人跟他一样，对这些事情一无所知，并且盲目地相信我们所经历的灾难性的混乱是一场光荣的人民革命，在其炫目的光芒下，没有一丝阴影。一场光荣的人民革命……要是我这么跟你说，尤利，要是这是真的话，如果这一切真的是一场人民革命，那简直有理由打从心底里去仇恨人民！那么多无辜的鲜血，我的上帝呀……

一个巧合将科斯梅和那名显赫的法官联系了起来。事实上，工人们在那个地方开挖没多久便发现了一个地下墓穴：里面有二百三十六具尸体。随着尸体不断被挖掘出来，法医逐步进行鉴定，发现所有尸体都显出被暴力致死的明显迹象，主要都是子弹从后颈穿过。全巴塞罗那都知道好几个月以来，无政府主义者曾带着上千人去那几片林子里"散步"，一到那个地方，在下车前，他们便会从背后朝那些人开枪。全巴塞罗那的人都知道这事，只有科斯梅和几千个和他一样天真的人不知道。不过这并不是什么新闻，新闻是终于有一名地方预审法官就此展开了调查，并印制了小报向公众披露这一发现。其中大部分尸体都是许久之前的，身份已无从辨认，除非在已经腐烂的衣服口袋里还幸存着某些身份文件，但有些尸体是新近埋下的，其中有一具便是我可怜的侯爵教父。

科斯梅在《爆破眼》上持续发表他的报道，这本倒霉的周刊有史以来头一遭卖出了上千份。科斯梅的文章里并没有像爸爸那样的响亮的形容词，而只是赤裸裸的骇人数字，有名有姓，精确无比，具体到了日期和地点。全巴塞罗那人都热烈地追看这一系列。如果那个时候有选举的话，那名法官、法医、科斯梅和我父亲会被人民的浪潮推上加泰罗尼亚最高当权者的位置。

科斯梅的尸体出现在几天前，恰好就在拉瓦萨达那个地方，也是头部中枪。法官和法医已经越过了边境，爸爸却不愿逃亡："我宁可死在自家的土地上也不愿活在外国。"没人能让他离开。这和那位老侯爵说的话一模一样，只是他没那么强调，只是淡淡地说："到了我这把年纪，我情愿死在家里也不要活在国外……"还好我说服了爸爸躲在我们的别墅里，我费了好大劲才让他明白目前他最好别为人察觉，并且几周内都不要再出版

《爆破眼》。我好不容易才让他决定不离开我家,他的敌人们不会来这儿找他,因为他们不知道这个地方。

就这样我把爸爸留在了家里,但我应该留不住他多久,他想回医院街、想继续出版周刊想得要命。他的感觉是,如果不继续出版周刊而是接着躲藏下去的话,他将会犯下不可饶恕的怯懦行为。可怜的爸爸才六十出头,却老得像是那名侯爵。所有人都管他叫"老米尔曼",我一点都不觉得奇怪。络腮胡无力地垂在他脸上,就像一面耷拉着的旗帜,他的目光流露出失望与疲倦。他跟我说了许多秘密,尽管语带挖苦,却十分伤感,说的都是他最近的一些家事烦恼。

"我已经跟你哥哥说过别再进家门。我宁可不见他。他过他的,我过我的。他是我儿子,我是他父亲,但最好我们彼此不要过问。我不知道你是否知道他最后还是搬进了格拉西亚大道上那栋房子的主楼层,许久之前他便在那里安置了一个女性朋友。可能你从未听说过她,她叫略皮斯,是平行大道[1]上的名角。利贝特说她是艺术家,是演员,是加泰罗尼亚戏剧界的荣耀。可怜的加泰罗尼亚戏剧界……"

"那无产阶级戏剧呢?他已经放任不管了吗?"

"你还不了解利贝特吗?由于是政府掏钱,现如今的无产阶级戏剧比任何时候都要多,那么多场无产阶级演出,剧场都是空的,而略皮斯可是将'西班牙人'剧院塞得满满当当,那儿才是无产阶级群体会去的地方!据说票房门口排起的长队能绕街区一圈。无产阶级……不瞒你说,特里尼,我对这一切简直失望透顶!我可真想把所有事都告诉你,可怜的特里尼……为了做表面功夫,为了没人能挑剔略皮斯不够无产阶级,利贝特还特意编造了几首歌谣让她混着平日的流行曲调一起唱,那里有无产阶级与

---

[1] Avinguda Paral.lel,巴塞罗那的一条大道,曾聚集有诸多俱乐部夜总会等场所。此处暗指略皮斯来自此类娱乐场所。

资产阶级,有罪恶的法西斯主义也有自由意志的曙光,什么都有!节目里糅杂了跳蚤和其他讥讽的伎俩,土旧得掉渣。'西班牙人'就跟个装满大西洋鲱的大木桶一样被填得满满的,被欢呼声震得要底朝天!无产阶级,特里尼……嗯……至少——事情就是这样——不得不说'西班牙人'的演出可没花纳税人一分钱,那可是桩好生意。且不说文化局没像对无产阶级歌剧和群众戏剧一样资助这些节目,反倒是财政部从里头抽了好大一笔税。就这一点,没什么可说的,事情就是这样。演出开始前三小时就有人开始在票房门口排队,据说周六的晚上队伍能一直排到圣保罗街的路口。在我亲爱的儿子所有变戏法弄出来给略皮斯唱的歌词里,没有比这更蠢的了:

> 好家伙,好家伙,
> 真是勇敢啊,真是勇敢,
> 好家伙,好家伙,
> 法伊姑娘真勇敢啊。"

"略皮斯真的这么唱了?"

"唱了,还抬起了大腿,真是好极了!还冲观众抛媚眼呢!她可是个聪明人,机灵得很!我这么说并无恶意,特里尼,这姑娘是真的机灵。该把她在这场革命故事中说过的一句话纳入最为公正的名言录里。8月的一天,她刚到剧场的时候撞见由领座员和布景员组成的委员会正决定要将剧场集体化,清洁女工和零食小贩都支持他们。就在那时,他们告知略皮斯,剧场将按照自由共产主义的制度来管理,因此无论是首席女演员还是最不起眼的领座员,大家都领取一样的薪水。'哦,是吗?'她说,'那就让领座员也露个屁股看看!'"

可怜的爸爸,当他跟我说起这些事的时候并没有笑意,反而散发出无尽的伤感。利贝特和略皮斯之间的"私通"突然发生在眼前让他觉得是让我们蒙羞的"不成体统的结合"。

"我知道几天前他和略皮斯已经上演了一出'民事婚姻'的闹剧。一帮蠢货。民事婚姻能比宗教婚姻好到哪儿去?他们没有邀请我,不过我无论如何也不会去。颂扬一个男人与一个女人结合的并不是这些民事或宗教的狂欢,而是我们所选择的伴侣的尊严。我和你母亲吵了一辈子,打了一辈子,但她是个正直的女人。对了,现在我们比以往闹得更凶……她倒是去了市法院看那小子是怎么结婚的!"

可怜的爸爸,在整栋别墅间四处转悠——之前他从没这么做过——的第一天里,在走到我们卧室的那尊十字架前时点了点头:

"不管怎样,我喜欢你把它放在显眼地方的这种做法,而其他人都胆怯地把它藏了起来。"

他依旧默默地看着那十字架,仿佛在想着什么。最后他就像是自言自语一般地低声说道:

"这个拿撒勒的耶稣……一直都让我担心……有人说祂就是某种形式的无政府主义者,有段时间我曾信以为真,但这并不是真的。事情没那么简单。拿撒勒的耶稣……伟大的失败者……肩负着载有我们所有凶残与苦难的十字架的男人,承受了我们所有失败的男人……祂不单是个无政府主义者,祂是从我身上逃脱的某样东西,是我无法理解的某样东西……"

他甚至在路易斯的曾祖父画像前也和蔼地点着头。

"这大胡子!这帮讨厌的卡洛斯分子真是有点夸张。"

他坐到了我摆在朝向花园的落地窗旁的扶手椅里。

"在你家待着挺好,我在这儿好极了,丫头!你不知道最近我在咱们医院街的公寓里感到有多孤单……你变成保守派让我深受打击,你可曾是家里头我唯一合得来的人。因为你母亲那样子……不瞒你说……我真的很失望,彻底失望,特里尼……我不光是说你母亲和你哥哥,不是这样,我说的是所有这一切，近一年来咱们所经历的这场不幸的革命狂欢。多么灾难性的狂欢啊！我从来都无法想象。我甚至觉得无论多好的念头，一旦传播得太广就会变糟。"

有天他对我说：

"有时候我觉得真累，疲惫不堪，特里尼，像被压榨干了，我都曾有过一走了之离开这个世界的念头，在这个世界里，似乎才跟某样不公战斗便会掉进另一种更可怕的不公，我想跟你们所有人说再见，这样的念头不可遏制，我想对你们说：我走了，如果你们还想待着的话……你们自己看着办吧……有时候我感到像对那些过往时光有深深怀念，这并不是因为我想回到那时的年轻模样，也不是因为我怀念三四十岁时的光阴，不是，我才不在乎什么青春。都是陈年旧事了！我可一点都不想回到青春时代！我怀念那段时光不是想要回到三四十岁的时候，而是因为你和利贝特能回到小时候，而我们的理想也能回到那遗失的纯真年代。那时候我们的理想是多么美好，美好得当时还无人想要付诸实践！能信仰某种东西、全身心地去相信是多么美好的事，你如此相信它，甚至觉得没有比将生命付诸信仰的那一瞬更加幸福的时刻了！你们，当你们还是孩子的时候，同一个利贝特还只有三岁……信仰某种理想，信仰子女……三岁的利贝特是那么可爱，那么招人疼爱，他那么伶俐，每一次的语出惊人……当你们还小的时候，我每周日都带你们去拉斯·普拉纳斯区，那就是我的弥撒，你知道吗？那就是我庆祝星期日的方式：带你们走进大自然，走进拉斯·普拉纳斯的森林里。当你们的母亲留在医院街上准备美味的烩饭时，咱们三个玩儿得多么开心！咱们在拉斯·普拉纳斯，在大自然里度过的日子多么美！你们总让我给你们讲事情、各种故事和童话，我总努力在给你们讲的故事里放进一些有教益的内容，包含一些地理或自然史的东西，你们俩听我讲故事时多专注啊！在幼小孩子的眼中父亲就是上帝。而现在……现在利贝特……现在，在经过了这一年里咱们不得不看到的一切之后，你怎么还能让我继续信仰无政府主义?"

"那你为什么不信仰耶稣,爸爸?祂从来没有让全心信仰祂的人失望过。"

"我太老了,丫头。蛇会蜕皮,而人不会。过了一定年纪后,人的皮就会变得十分坚硬……"

从一个话题到另一个话题,在那些天里他跟我陆续说了许多事,有些事很奇怪,我之前也并不知情。不过,他很喜欢我们的别墅,这跟妈妈截然相反。我们住在佩德拉尔维斯让她觉得简直"悲惨极了""离市中心那么远""住在独栋的房子里,都没有邻居"。而爸爸一辈子都在公开宣扬每个工人家庭都应当有一栋带小菜园的自己的房屋,而向着这一目标,他总是支持成立建筑合作社和合适的信贷机构,直到好多年前,他还在努力筹建这样的合作社,但不幸的是由于付款中断而以破产告终。我之前对此一无所知,此刻我才惊异地发现我对自己父亲的想法几乎完全不了解……而且更神奇的是,有些想法并非看上去的那么不理智:

"你们的这间别墅,当然很资产阶级,是有钱人住的。绝大多数人绝不会拥有一栋类似的房子,尽管理想是这情景有可能会实现,设想的是在将来所有有意愿的人都能拥有一栋像你这样的别墅和这样的一个花园。谁知道呢?如果进步是朝着这个方向而不是集中在制造杀伤力更为巨大的武器身上……如果全世界浪费在武器和胡闹上的一切……我也指穷人们的胡闹,那些苦难中凄惨的瞎胡闹,如果所有用来干这些伤心事的努力能放在建造体面和舒服的房屋上……你看,在这件事上,就跟许多其他事一样,你母亲和我从来都没法达成一致,我们的争执由来已久。你那时还是个小女孩,都不记得了:有一年圣诞的时候我买了'大胖子'彩票,我没中大奖,因为我才赌了1比塞塔,但奖金足够在圣安德烈或新镇买一栋简单的小别墅,还能有一小片地可以种上几棵松树。那个时候很多工人都有了这样的房子，这跟大众所理解的无政府主义的思想体系并不会不相容，而是恰恰相反。"

"爸爸，在你的想法中我始终无法理解的是，"我对他说，"和平主义那一套。如果咱们在任何境况下都得是和平主义者，那如果无论发生什么，咱们都不能维护自己……"

"如果咱们不能始终是和平主义者的话，丫头，那最好就从来都不是，而且最好在和平时期就为战争做准备，战争这种东西，要么不来，要来就是动真格的。这么多年来的和平主义和反军事主义宣传有什么用，时候一到，咱们还不是被卷进了战争？这些宣传不过是此刻在前线上让咱们可怜的士兵们身处劣势，什么都得走一步看一步，甚至有关军队的念头也被这么多年的不利宣传在加泰罗尼亚人民的意识中给摧毁了。如果咱们不能在任何处境下做一个和平主义者，那么成为和平主义者就是犯罪：咱们唯一可以准备的事就是咱们正在经历的这场血淋淋的灾难……不要给自己制造任何幻想，没有人替咱们的战士们为战争做过准备……"

"如果我没理解错的话，你宁可没有任何抵抗？"

"对，尽管你会觉得诧异，但这就是我更乐意看到的。让军人和长枪党人一开始就获胜吗？还是让他们在毫无反抗的情况下得胜吧，无论如何他们都会赢。是的，丫头，咱们没必要自欺欺人，至少咱们本可以不必流这么多血，也不会有这么多玷污咱们名声的罪行、火灾和偷盗。这样一来，责任就完全是他们的了。就没必要发动战争，咱们这么多年来替民众做的准备就是为了不要有任何举动！有个别人在意识到自己违背初衷之后，此刻便开始鼓吹什么'以战争对付战争''用枪炮捍卫和平主义'……这些可悲的狡辩解决不了任何问题。如果要以战争对付战争，要用枪炮捍卫和平主义，那么咱们需要时间来为战争做准备，但既然咱们没这准备，那还不如不要打仗……不过咱们还是到此为止吧，这些事说来话长，咱们还是回到刚才说的事上。在你母亲看来，那种有寸把土地和两三棵松树的无产阶级小别墅总让她觉得恶心。她竭力让咱们把大胖子彩票的所有奖金糟蹋在一趟旅行上，照她的说法，那会是一次既有教益又能消遣的旅行。

"'旅行具有教育性。'她坚持这么说。我又能跟她说什么呢，我不知道在巴黎、罗马或是马赛能有什么鬼东西是非得出巴塞罗那才能见到的。一个观察自己村庄的人，能看到整个世界。她一个劲儿说着旅行能带来的教益和文化，你知道我的，但凡有人跟我讲教益和文化，我就没辙，我好歹是个学校教师。最后，我们去了罗马和巴黎，那时你跟利贝特还很小……你那时应该才一岁半或两岁，你们跟奶奶留在了家里，愿可怜的她安息。那时候我母亲还没中风，还没因为中风而被困在轮椅上。我们去了罗马和巴黎，那是我第一次也是唯一一次离开巴塞罗那。钱就像阳光下的雪一样化了精光，因为你母亲想住在最好的酒店里。'我想见识一下资产阶级的生活，'她说，'至少咱们一辈子能感受一次。'这就是那趟有教益的旅行，昂贵的旅馆让我们厌恶透顶，一切都让我感到沉闷！钱一花光……我们回到了医院街！你母亲就跟利贝特一样：他们那么憎恨资产阶级是因为他们拼了命想跟他们一样。说白了就是他们想在花钱时跟资产阶级一样，但在要为工厂运转和生意操心的时候可不想跟他们一样。咱们加泰罗尼亚资产阶级的这一面你母亲和哥哥可不想看到，从来都不想看到。说到底你母亲和我从未互相理解过，尽管我们俩都称自己为无政府主义者。可是除了可怜的科斯梅——尽管不是在所有方面——我又跟谁互相理解过？愿他安息。如果我在四十多年里写的和宣扬的东西能有一点为人所理解，能有一点传播和效力的话，咱们便不会看到今日这些自寻死路的工业集体化，对，他们这种做法就是自寻死路。他们正在杀死会下金蛋的鸡！他们以为资本是有魔法的东西，只要拥有它，其余一切就会奇迹般地运转！他们对此一无所知！他们正在扼杀加泰罗尼亚的工业，这可是百年来审慎、劳作与节俭的结晶，正是加泰罗尼亚工业养活了咱们所有人……

社会制度的变革可不是一下子的事儿，首先工人阶级得掌握能赋予他们能力的文化，并且要组织起来，光具备这两点就需要很长时间。他们首先得在消费合作社里组织起来，学会治理和管理这样的机构。只有通过长期的实践，在工人阶级能够完全自主地领导由他们自己创建的消费合作社和像我跟你提过的房屋建设这样的混合型合作社时，他们才能开始考虑生产合作社，咱们别忘了，此类机构直到现在都一直是失败的。当生产合作社不再失败而是蓬勃发展时，咱们就可以认真地考虑将所有行业或只是那些最大的行业转变成工人合作社。无政府主义可不是一天或一年之内便能随心创造出来的！正由于这是人类历史上最伟大的事业，才需要许多年甚至许多个世纪的努力，需要脚踏实地而不是迈出虚空的步子……这样的作品绝不会成为仇恨的作品，而是爱的作品，爱不会拒绝反而会要求各种各样能让这世界变得更美好、更公平、更舒适的合作，无论这种合作来自何方。丫头，你知道一个工人生产合作社的委员会如果有责任感并且诚心为其成员也就是工人谋福利的话，该做什么吗？大多数情况下，任命的经理都是常年以来担任这一职务的人，通常就是业主，因为，除极少数特殊情况，还有谁能比经年累月有效担当此职的人更好地掌管某一行业呢？可是，那些愚蠢透顶的人却想到了要杀掉所有这些人……"

于是我跟他说起了欧塞维奥舅舅，他在几个月前就待在爸爸现在住的这个阁楼房间里，在此之前我还没跟他说起过欧塞维奥舅舅的事。爸爸的最后几句话让这件事自然而然地出现在了我们的谈话中，他一边认真听我讲，一边点头：

"丫头，就像你说的，他是个大好人。你可以肯定的是，自从害他逃走之后，那间厂里做出来的面条肯定是面疙瘩……如果还能生产出东西的话。此刻这个资产阶级好人一定被他那帮人的野蛮行径吓坏了，就像我也被自己人的行为给吓坏了。"

"他那帮人？你错了，爸爸。他对其他人已经毫不同情。恰好他在给我的最后一封信里说已经决定要直接从热那亚前往智利的圣地亚哥,他一点儿都不想投向另一派。'已经不再吸引我了,'他给我写道,'你们这一派,说到底,大家全都一样!'他还补充道:'不管谁会赢,我反正已经输了。'这句话我已经听许多人说过,而且是形形色色的人,其中就有可怜的侯爵。路易斯的舅舅和侯爵——他们自己告诉我的——在7月19日[1]那件事上他们就跟巴塞罗那的所有人一样,感觉自己更站在自治政府一边,而不是叛变的军人那一边,但是当无政府主义的机关枪在第二天开始横扫整个地区,把一切推向鲜血与战火时,他们还会感到激动吗?舅舅一直都给加泰罗尼亚行动党投票,也一直是《宣传报》的订阅人,侯爵一直给联合党投票,一直阅读《加泰罗尼亚之声报》。一边是叛变的军人,另一边是疯狂的无政府主义者,他们要怎么做,他们该如何反应?'不是这一派也不是那一派。'欧塞维奥舅舅说。'不是红色也不是黑色。'侯爵说。'不管谁会赢,我反正已经输了。'两人补充道。咱们这个不幸的国家有一个可怕的错误,从7月19日以来咱们所经历的一切就跟噩梦一样残破不全,会有一刻咱们都将不知何去何从。侯爵和欧塞维奥舅舅能跟法西斯分子有什么关系?我的上帝呀。可是路易斯的舅舅,'鲁斯卡列达之子'面条厂的经理又怎么能在人们四处搜查要杀了他的情况下继续生活在巴塞罗那?他要留下来就会是跟侯爵一样的下场。他要从意大利去美洲,他给我的信中写道,心里满怀忧伤,对他而言,远离加泰罗尼亚的生活毫无意义,是荒唐的,他已经提前感觉到了那会是场巨大的失败,可是,不流亡的话他又能怎么办?在智利圣地亚哥他的生活将重新从零开始……"

爸爸一边继续专心听我讲,一边摇头。

"人,"他说,"不应该靠想法团结起来,而得靠情感。当我想到他们

---

[1] 1936年7月19日,巴塞罗那爆发街头斗争,警察、工人民兵和忠于共和国的部队与叛军展开激战。人民大会担心正规军兵力不足,因此向工人民兵派发武器,自此,工人阶级政党拥有了武装力量。(引自上海译文出版社2017版乔治·奥威尔《向加泰罗尼亚致敬》,陈超译。)

打着废除死刑的名号却杀害了加泰罗尼亚一半的人……难道真得过了六十岁才能明白想法一文不值吗!"

6月29日

亲爱的尤利,在好些日子没有路易斯的消息之后,我在前天收到了他的信。知道你俩在一个旅真是让我高兴坏了。他已经那么久没给我写信了,我从他那儿唯一收到的东西就是每月的邮局汇款,汇款他倒是从没忘记过寄。

我前阵子情绪很低落,所以在给你陆续寄出那么多封长信之后,这么多天来都没再给你写信。我没心情写信,而且老拿我自己一些心酸家事来烦扰你我也觉得过意不去。

他的来信充满感情,我把这归功于你的影响。你对他的影响很大。

一个月之后他就离家满一年了,我一整年都没见过他……

爸爸已经回到了医院街。人们说危险已经过去了,政府终于让那几伙凶手就范,可是,在5月发生那些事的时候,人们不也说过同样的话吗?无论如何,无可挽救的邪恶已经铸成,如今再去补救为时已晚。幸好你们在前线,没见到这几个月里巴塞罗那这副地狱般的模样。

我很难相信凶手们真的已经失势,爸爸还是让我提心吊胆。他重新开始出版《爆破眼》,比之前更为激烈地针对"伊比利亚无政府主义联合会的食人魔们"(现在他对组织都直呼其名),认为组织里的鬣狗和豹子比以往都要多,并用黑框框起来的大篇文章纪念"像科斯梅·普伊赫波一样真正的烈士,他们牺牲在了空有一身篡夺来的无政府主义伪装的刽子手手中"。最后一篇社论甚至大胆指出人们会怀疑比任何类似无产阶级或无政府主义理想更驱动这一组织的是"破坏这一曾如此慷慨接纳他们并对亲子、养子一视同仁的土地的犯罪欲望"。我在这里给你原文照抄，我的桌上摆着最新一期的杂志。可怜的《爆破眼》，可怜的爸爸……谁知道他其实比许多人都看得更透彻呢，可是，如果没人理会他又能怎么办？

这场战争没有尽头，而我并不是个勇敢的人，尤利。昨天下午的报纸出来的时候都有巨大的标题：《帕拉尔河畔的伟大战斗！》我感到的痛苦无可描述，为什么非要在路易斯刚到那个地方的时候就有一场伟大的战斗呢？我想象了最糟的情况，想着路易斯受了重伤，或许被丢在那片无人之地，不断流着血……我在知道他跟你同在一个旅时的喜悦全都变成了绝望。

他为什么不留在他原先待着的地方呢？经过这么多战斗之后，那里才是个平静的地方。

今天早上的报纸上又都刊登了一则勘误：战斗并非在帕拉尔河畔，而是在帕尔瓦尔河畔，那也是一条河，但离帕拉尔河远着呢。我如此快乐，甚至感到了羞愧。仿佛我并不在乎那些死伤，只要路易斯不在其中，当然，你也不在其中。

至于我亲爱的哥哥利贝特·米尔曼，要是我告诉你尽管那些极端的无政府主义者失去了影响力，他却设法巩固了自己的地位，你能相信吗？他比之前混得还要好！你要是暗讽他日子过得不错，他会反驳你："你看，丫头，在咱们等待平等和无政府主义的时候，我可不想让我的家人过得不好。"此时的"家人"只有略皮斯，而且他跟你说这话的时候，还会冲你挤挤眼，仿佛想让你明白他想要尽可能舒坦地等待平等与无政府主义。

8月25日

亲爱的尤利，我收到了路易斯的另一封来信，这封信就像电报一样让我感到无所适从。能有你让我发泄情绪真是莫大的运气，要不是这样的话，我简直孤单极了。当然，我还有孩子，可是咱们又怎么能对着一个孩子发泄？他已经卧床好几天了，不是什么大事，肠胃不消化。小孩子们动不动就会发到三十九度的高烧。现在他的扁桃体已经被摘除了，再也不会扁桃体发炎了，总算让人放下心来。我也能喂他吃饭了，算是又一桩让人放心的事。要是我告诉你医生关于消化不良的这一诊断对我来说简直是让我骄傲的理由，你会怎么想？我们还没吃完第一箱的农夫牌炼乳，我还有四箱待开封。储藏室里这几个箱子一个叠在另一个上面多么好看啊！当我看着这些箱子的时候，我多么想你！

而路易斯……你能相信他在那封信里只是跟我说了他在你们旅里遇到了科学系的一个前校工吗？他真没有其他有意思的事可以告诉我吗？

奇怪的是你从没跟我提过这个前校工。我觉得我记得他，就是那个叫皮科的校工，他是那几个老到、精明的校工中的一个，物理系和化学系的老师在实验当中遇到电器设备出故障或是水龙头不出水的时候都会去找他们。皮科什么都会修，甚至会风干制作自然科学老师从猎人那里买来的奇特动物的标本。

此刻这人是你们旅机关枪连的连长的确很巧，可是路易斯也能给我说点别的什么吧……

你总是要我跟你说说我现在生活里的事，就跟我在给你写的那些长篇信件里从未说起过似的！我很担心我的父母，他们执拗地不肯从医院街上搬走。爸爸宁可"被人杀了"也不愿搬去跟利贝特住，而妈妈宁可"被绞死"也不要搬来和我住。我们得把他俩分开才行，爸爸过来跟我住，妈妈去跟利贝特住，但是谁能让他们分开呢？尽管他俩总是争吵打架，却谁也离不开谁，更何况他们已经在那楼里住惯了，所有的东西都陪伴了他们那么多年，要是没了头戴弗里吉亚无边帽的皮·马加尔、饭厅的灯还有成堆的椅子，他们会有多失落。在别人家里他们会无精打采，可是在那个家里说不定哪天就会掉下个炸弹来把他们还有楼里的所有邻居炸飞。法西斯的飞机准头看上去并不好,他们在轰炸港口和铁路的时候,炸弹在整个老城区里乱窜。每一轮新的轰炸都让我替他们揪心,而他们却处之泰然,以至于我每次跟他们说起这事的时候,他们都诧异地看着我,像是说:你这是在跟我们说什么呢!

"你总是讨厌这房子,"有一天妈妈对我说,"好像出生在医院街让你感到羞耻似的。你总是觉得我们的公寓凄凉破旧,可你想要怎样呢?我的孩子,我们是无产阶级,并为此深感骄傲。"

似乎这才是我们争论的事情!第一次轰炸让他们吓得不轻,不过第二次就没那么严重了,到了第三次他们简直无动于衷,现在他们听到轰炸声就跟听到雨点声一样。他们从来都没进过防空洞。

玛丽亚·恩格拉西亚·博施,我曾跟你说过的那个科学系的同学,来自一个十分"无产阶级"的家庭——就跟妈妈说的一样——甚至比我们家还要无产阶级。你想想看,她和她寡居的母亲住在一起,就住在圣保罗街到芭芭拉街中间的一条街上。跟她那条街道相比,医院街简直可以算是"资产阶级"的路,因为在这事儿上一切都是相对而言。她们在几周前决定搬到一个乡下的小村庄里去,轰炸和警报让她们厌烦透了。我刚收到她的一封信,她在信里跟我讲了她们那一区被轰炸的情形,我忍不住把她的原话转抄给你,因为你坚持要我跟你讲述巴塞罗那的生活。"警报将我们惊醒,"玛丽亚·恩格拉西亚·博施给我写道,"妈妈听到我起身,于是打开了连接她的卧室和我的卧室的房门。"

"有轰炸。"我说。

"对,又来了",她说,"真是讨厌!"

家里停电了。从忙乱的声音中我们猜到其他邻居都已经下楼朝防空洞走去。我打开窗板朝外张望,月光径直照进了房间深处。我们听到了远处的炮声,似乎是从远海上发射过来的,这让我们觉得是舰队在发动轰炸,而不是平时的飞机。孩子还在沉睡。

玛丽亚·恩格拉西亚·博施说的是她六岁的小弟弟。

"为什么你不躲到防空洞去，妈妈？"我问。
"你这话是当真的吗？"

最近我们都不去防空洞了：怠惰、无所谓、听天由命，管他呢。妈妈重新躺回了床上，我们听着遥远的轰炸声，比起其他几次炸弹的轰响来，这声音让我们觉得就像是平和而舒适的敲击声。我们俩都回到了床上，我听到了她的低语：

"我很平静。我觉得都过去了。"

就在那时，当我回到床上又睡着了之后，我突然发现我在隔壁的公寓里。从妈妈和邻居那里我知道有颗炸弹掉了下来，他们都听到了，可我没听到。要不是因为他们，我都要以为有某种魔术让我在空中飞翔，从我自己的床上被发射着穿过隔墙到了另一间公寓的地上。感谢上帝，我们都安然无恙。

"真像是世界末日。"他们说。我们从窗口看到浓重的烟雾笼罩在通向港口的地面和屋顶上空。这些烟雾一开始是白色的，但渐渐就变成了黑色，与此同时我们还听到了救护车的铃声，还有消防队警笛的刺耳尖叫。

天很快就要亮了，我想出门去看看发生了什么。我已经穿好了衣服，在洗手间的镜子前收拾好了，这时妈妈说：

"咱们得找个泥瓦匠来给咱们补一下墙。"

我直到那时才注意到墙上那个大洞。当我们听到来自蒙锥克山上的防空炮声轰响时，我正在洗手间里收拾。爆炸的烟雾在我们头顶逐渐放亮的天空中看着并不明显。仿佛是在突然间，每次都有十来朵小朵的雪白云彩在零星几颗犹在闪耀的星星中绽放开来，这不禁让我想起我小时候去过的法国小教堂里圣女贞德手中紧握的那面蓝色鸢尾花旗。无声爆裂开的烟雾——我们要过一阵才会听到声响——让我感觉安全、被庇佑，简直快乐，那是咱们的防空炮在看护着我们！但我没想到他们之所以发射，是因为敌机又回到了我们头上。

第二次轰炸的时候我听到了。一声惊人的巨大爆炸声让整个家都在颤抖，我感觉到了楼板在我脚下摇晃，我仿佛置身船上。我感到地面就要裂开，会把我们所有人都吞下去。奇怪的是，洗手间的镜子依旧在我面前，我在里面看到了自己的脸，脸上一股愚蠢的镇定神情。一股气流充满了整间公寓，扬起的一阵尘土令我们咳嗽不止，街上的烟尘如此厚重，我们从阳台上什么都看不见。在我的床上出现了一只大的黄铜咖啡壶，我一下认出那是我们家对面"椰枣"酒吧的壶。烟雾和尘土并未散去，我们什么都看不到，但能听到呼喊与尖叫。

我们再次听到了铃声和警笛声，此刻就在我们的街道上回响。我和许多看热闹的人一起站到了路中央。我在那两栋坍塌的房屋的废墟中看到有个男人——还是个女人？——站了起来，他浑身都是白色，似乎他的衣服、双手还有脸都被一层石灰或是石膏给染白了。其他人也在慢慢站起来，但有些人想站却站不起来，还有一些人一动不动，所有人都被奇怪地染白了。鲜血在那样的白色上面显得触目惊心，我不禁想："我从来都没想到过血可以这么红。"

一辆军队救护车开了过来，大得像辆卡车，卫生兵开始搀扶起伤员。其中有一个四五岁的小男孩哭喊着："妈妈在这里！"手指着那堆废墟。消防员已经开始工作，但显然一时半会儿也没法把掩埋在下面的人挖出来。一个上了年纪的男人的半边身体被压在了一根巨大的屋梁下面，得把屋梁抬起来。四个最健壮的消防员几乎都无法将屋梁挪动半分。于是他们叫来街区的木匠让他把屋梁锯断。"使劲！"老人给木匠鼓劲。他们最终把老人拖了出来，但他失去了一条腿。与此同时，其他消防员正拿着水管灭火。在火焰中我们见到了好几具身体，有的还在动。但在消防员控制住火势之前根本无法走到他们跟前。他们一边往前冲一边挣脱火苗,其中有些人穿着衣服,有些人浑身赤裸,有些人通体都是石灰的白色,而另一些则浑身都是黑色。我很快意识到那些人发黑是因为被烧焦了。有时候,当两个士兵想扶起某个人时,那人的身体会在他们手中裂成碎片。就在这片混乱中,一位全身赤裸只戴了顶帽子的先生在一栋楼四楼的阳台上呼喊着,那栋楼只剩下了正面外墙。他是从"椰枣"酒吧的吧台被抛到阳台上的,当时他正在酒吧喝着早餐的麦芽酒,而爆炸的气浪把他脱了个精光,只留下了帽子。军人们让他保持耐心,目前消防员们都正忙着。

"在那之后,"玛丽亚·恩格拉西亚总结道,"你该明白我们为什么下定决心搬到这里来,这是妈妈一个堂兄的农庄。愿上帝回报他的热忱。"

我同学的信到此为止,我还能再补充些什么呢?我对自己住在佩德拉尔维斯这样平静的地方感到自责,只有爆炸的轰鸣声会传到这里——除了仅有几次轰炸曾离我们更近些。

想到目前的情况下还有那么多人照旧住在港口附近的街区里真是令人讶异。有一天,我出门去看望父母,顺路去看了看被轰炸破坏殆尽的街道和小巷。以往的商铺主人还都在,很多都是我小时候就在那儿的。我跟他们中的一些人聊了聊。他们都对我的诧异感到惊讶。他们为什么要离开自己的街区呢?他们又能去哪儿呢?

"那士兵们怎么办?"其中一个人问。

另一个人告诉我他在一家集体食堂里吃中饭和晚饭。现在有很多这样的食堂,他说那家在哥伦布大道上,就在港口边。食堂只提供一道菜:

"要是我运气好,轰炸正好赶上饭点的话,我吃完我自己那份之后还能把跑去防空洞的那些人的饭给吃了。"

说回到现在是你们旅里连长的那个科学系前校工身上,我突然想起玛丽亚·恩格拉西亚·博施恰好有一次——她比我进度快很多,那时她已经在准备博士论文——来给我们上了一节物理课,那几天物理教授去柯尼斯堡参加大会去了。那个校工只要工作允许总习惯来旁听课程,他通常都会站在门边,手里拿着帽子听讲课或是观察实验,似乎对这些事都特别感兴趣。

玛丽亚·恩格拉西亚·博施那天讲的是凝固点和比热,说到这儿的时候那个校工有礼貌地打断了她:

"请教师女士见谅,"他说,"我想说几句话。您说蒸馏水在正常气压下会在零度时结冰,如果我没理解错的话,您将零度称为蒸馏水在正常气压下结冰的温度。如果我的话对科学和文化缺乏尊重,我深感歉意,但我得说这是个恶性循环。"

大伙儿都大笑起来,我笑得也不轻。玛丽亚·恩格拉西亚在讲台上笑,校工也在门边笑,对自己逗得大家这么欢乐甚为满意。而我们到底为什么笑成这样呢?我们大笑是因为一个校工说出了那样的话,我们笑得就跟白痴一样。多年之后,当我在爱因斯坦年轻时的一本著作里看到几乎一字不差的话语时,我不仅笑不出来,反而深感疑惑。

8月30日

你跟我说起童年时的回忆,还问起我祖母的去世有没有让我重新回忆起许多儿时往事。是,我记起了许多事,但跟她没有关系(我记得的只有她坐在轮椅上一动不动的样子),也不记得粉红色。我怀疑是否有粉色的童年,但或许有粉色的暮年。可能我已经在另外一封信里跟你说过,我觉得纯真是件很困难的事,无论如何,我都觉得咱们不可能在斗争的一生走到尽头前能得到它。成功地获得纯真!谁晓得这会不会是咱们灵魂的至高追求……

可是，纯真的孩提时代呢？我的母亲让我的童年变得比其他女孩的都要短暂，这也是她先进思想的一部分，而且这些想法在她"到过巴黎和罗马之后"变得更加强烈和坚定。可糟糕的是其他女孩都会嘲笑我，这让我十分沮丧。有一天学校新来了一个女孩，她穿的裙子比我的还短。很快在她周围就形成了一个闲话圈子，每个女孩都努力搜索最冒犯和残忍的话，而找到最伤人的话的那个人……是我。我很高兴自己不再是受害者，而是上升到了刽子手的级别！

既然你问我，那我还能跟你说哪些童年的回忆呢？对了，爸爸带我们去拉斯·普拉纳斯的树林里玩耍的那些周日。我们坐在一棵松树下，吃着油莎豆和花生。每棵松树脚下都有一个对应的无产阶级或手工业者父亲在吃着花生和油莎豆，周围环绕着像我们一样的孩子。我们的父亲会给我们讲故事，我总是很惊诧地听着。这些故事的教育性多过消遣性，尽管作为一名学校好教师的爸爸总是想要兼顾两者。故事里提到了很多地理知识和物理、生物、家庭医学概念，很多世俗道德以及关于人类进步和无产阶级解放的隐喻。这些就是我听到的故事，是我最幼年时的精神食粮，尽管没有别的故事，但我喜欢我听到的这些。当然了，说教意味越少我越喜欢，爸爸对他的教育使命念及得越少而任由自己随幻想发挥得越多，我就越喜欢。当咱们还小、还是这个世界的新人的时候，咱们是多么需要幻想啊！咱们多么有必要靠几分幻想与神秘来改造这个世界啊，这个咱们不知道如何也不知道以怎样的方式便来此停留的世界！还有更多需求，并不只是幻想与神秘，比方说还有诗歌，孩子可以无比真切地感受诗歌，还有更多的需求，因为孩子们心有恐惧。所有的孩子都会害怕，害怕黑暗，害怕陌生的人或者动物，害怕迷路，害怕走丢，害怕未知的东西。我的父母跟所有怀疑论者一样，否认这种恐惧是天生的，他们反而将此归咎为跟孩子们谈论可怕的事情的坏习惯——如他们所说，比方说死亡、魔鬼、幽灵、狼、女巫。不过他们从来都没跟我说过这些，但我记得我在深夜醒来时对夜晚的巨大恐惧，仿佛此刻依然能感受到那样的恐惧，那种害怕的感觉没有形状也没有界限，就那样浓稠地飘浮在我卧室的黑暗中。我稍大一点后的一天在学校里认识了一个女孩，她告诉我说，当她在夜里感到害怕时，她会求守护天使保护她。她会对天使说：

> 守护天使，
> 甜蜜的陪伴，
> 请勿遗弃我
> 无论黑夜或白天。

　　我学会了这几句祈祷词，但没有告诉爸爸妈妈，从那时起，如果我醒来，我就会大声诵念这几句词。有一次妈妈听到了我在念，她狠狠地责备了我一顿，而爸爸在知道这事的时候只是耸了耸肩，满脸好奇地看着我，更可能是兴奋或至少是和蔼地看着我。

　　我真心认为，咱们之所以如此需要诗歌与信仰，从而觉得自己没有像现在或曾经那样不幸，那是因为诗歌与信仰便是存在、是生活，没有了它们，整个世界便会分崩离析，好似一场虚空的幻影，没有丝毫的坚固性。你就看小拉蒙吧，他听故事时张大了眼睛的样子，我的意思是，你知道他那个样子，你毕竟给他讲过那么多故事。他多么喜欢知道守护天使、小耶稣还有圣母会守护着他，他知道这一点后有多么振奋！如果没有另一个无形的世界支撑着咱们，咱们会感觉多么无依无靠！就算咱们创造的这个支撑着咱们无形世界的形象很天真，又有什么关系？难道除了孤苦伶仃的孩子，咱们还能成为其他样子吗？咱们在三岁时的认知跟咱们年满二十时的认知又有何区别呢？咱们怎么可能不以一种幼稚的方式去想象神性？

　　有一次我们在拉斯·普拉纳斯的时候，突然下起了倾盆大雨，爸爸把我和利贝特遮在了他风衣的下摆里，那是件肥大的风衣，此刻仿佛就在我眼前，破旧而邋遢，一件真正的学校教师的风衣！我至今依旧能感动而温柔地回忆起我刚把脑袋钻到那件风衣底下时便涌上来的受保护的安全感，我就像一只小鸡躲在母鸡的翅膀下。这是我最久远的回忆之一：那时我应该才三岁左右。还有一个遥远的回忆，可能也是在那个时候，那是一个周日的上午，我们没有去拉斯·普拉纳斯，而是去了港口，其实，有时候我们也会去那里，还会爬上一艘"汽艇"，这事儿总让我们雀跃不已。不过留存在我记忆中最深的并不是那艘"汽艇"，而是走在兰布拉大道上的无数条腿。我们通常从家步行去港口，从医院街到和平门那一段的兰布拉大道在周日的上午总是挤满了熙攘的人群。由于我那时候还小，所以我能看到的只有一条腿接一条腿，一座由走动的腿构成的丛林，那么多男人和女人的腿让我觉得好忧伤啊！我为什么要跟你说这个？因为你问起我的童年回忆，结果你看……今天的童年回忆就到此为止吧，这个话题让我情绪低落！那个由腿组成的幽暗丛林只有在穿马路的时候才会中断。那个时候，常常每盏煤气路灯旁都会站着一个头戴红色软帽、等待可能会出现的主顾的搬运工人，或是一个卖彩色气球的女人——我们管气球叫炸弹，在每个路口，搬运工帽子的鲜红色和炸弹的艳丽颜色总会让我产生一种喜悦的感觉，但那样的喜悦持续的时间很短……我们一穿过马路，我就又被淹没在了无数条腿的海洋中……

想到我们还是孩子的时候管那些彩色气球叫炸弹，而此刻……要是我现在告诉你就在我给你写下有关我乏善可陈的童年的所有这些胡言乱语的时候，我又记起了那些蜡做的脸的话，你会做何感想。有些晚上我突然醒来又想继续睡的时候，我会在黑暗中看到他们睁大了却并不在看什么的眼睛，难道上帝永远都不会原谅咱们吗？我亲爱的哥哥已经把那些莫名的面孔做成了巨大的海报，当你走在巴塞罗那的街上时，随时都会看到这些贴在墙上的海报——那是绝不会想到炸弹曾是彩色气球的孩子们的脸。没错，了不起的利贝特把这些做成了海报，简直让人恶心！我知道我们这边缄口不提的事情是因为我认识一位中年的先生，他在外籍军团造反的时候正好出于生意的原因而在梅利利亚。他的太太和儿子都在巴塞罗那，所以不管逃出西班牙保护地[1]有多难他都要设法回来。他偷偷上了卡萨布兰卡，并上了一艘开往马赛的汽船。我是在街区的防空洞里认识他的，每当有轰炸的时候，我都会带着小拉蒙还有女佣躲到那里去，而他只有在轰炸得特别凶的时候才会下去。所以，多亏这位我并不太熟悉的先生，我才发现事情都是从咱们这边开始的。他说在外籍军团和摩尔人军队叛乱[2]发生一周后，"乔乌梅一世"号装甲舰开始轰炸梅利利亚，那是一个周日的下午三点，欧洲人还在午睡。因为天气炎热，人们午睡时都脱了衣服，他说，当时男女老少都衣衫不整地从被炸毁的房子里跑了出来。"乔乌梅一世"发射出的榴弹炮掉落在了整座城市各处，尤其是欧洲区，当炸弹在一栋楼房中爆炸时，高处的几层被炸到了空中。"就跟纸做的一样。"那位目睹了一切的先生说。房屋消失在烟雾中，而当烟雾消散后，只看到一堆坍塌的废墟，人都挂在瓦砾中间。那是1936年7月26日那天，战争才开始一周，而那些欧洲人跟摩尔人不同，几乎都是共和派！要不是因为那位年长——应该已经四十开外——的梅利利亚商人，我会对此一无所知。各种利贝特都小心隐瞒了这样的事实，并让我们相信轰炸城市这种事只有法西斯分子才干得出来。那位先生所描述的细节就跟我那天抄给你看的玛丽亚·恩格拉西亚的那封信里所描写的情形差不多。双方的残酷程度不相上下，尽管要承认这一点很让人伤心。不过你别以为防空洞里的话题总是这些，我们

---

[1] 1904年10月法国和西班牙签订了瓜分在摩洛哥势力范围的协定。1912年3月30日，摩洛哥沦为法国保护国。同年，法国和西班牙签订《马德里条约》，摩洛哥北部地带和南部伊夫尼等地划为西班牙保护地。1956年3月2日获得独立。尽管摩洛哥认为其接壤的休达及梅利利亚应为其领土，但实际上由西班牙管辖。

[2] 此处指1936年7月17日，驻摩洛哥和加那利群岛的西班牙殖民军在弗朗哥、埃米利奥·莫拉等将领策动下发动叛乱，并迅速蔓延到本土的加迪斯、塞维利亚、萨拉格萨、布尔戈斯等大中城市，有摩洛哥人在内组成的"外籍军团"也参与了叛乱。叛军在7月30日成立"国防执政委员会"，企图南北夹击马德里，进而夺取全国政权。

中有各色人等，你会看到大部分人的观点都浅薄而空泛，女士们尤为如此。其中一位总是打扮得像只鹦鹉，怀里还总是抱着一只博美犬，除了替她的博美担惊受怕，她的脑子简直空空如也。她总是笑个不停和说些蠢话，最怪的是，如果其他人的谈话涉及了政治，她就会以一副说教的口吻说："这就是我常说的，咱们身上发生的一切都是因为管理不善。"对了，在认识那位梅利利亚的先生前，如果是舰队而不是飞机轰炸我们的话，我在夜里会很放松，但现在我才知道海上飞来的炮弹也有粗大的，甚至几乎跟飞机的炮弹一样，而且瞄得更准，他说在梅利利亚的欧洲区，整间整间的房屋都被炸飞到了空中。你也别以为那位先生不是共和派，他可跟咱们一样是不折不扣的共和派。我曾问过他在见到了那样的恐怖场景后如何挺了下来，他叹着气回答了我：

"要不咱们又能怎么办呢？"

你看，这就是我为什么会在看到墙上贴着的那些照片时感到恶心，那些孩童的脸已经被机关枪变成了死人的脸。那都是马德里的孩子们，他们为了躲避马德里的大轰炸跑到了巴塞罗那来，我不知道为什么当时咱们认为巴塞罗那绝不会有轰炸。他们被收留在了圣菲利普·内利教堂旁的圣菲利普祈祷会修士们的修道院内，而现在修道院已经坍塌，教堂正立面的石墙上则像是被刻满了麻点。有时候我经过那边时，会在小广场上停一阵看看这一切。

我看着修道院遗留下来的废墟，想到了无辜圣人们，但不是福音中的那些，而是从这个世界成了为成人的残暴而存在的世界起所有被牺牲的无辜者们。

为什么你想要咱们在追忆和回想童年中找乐子呢？尤利，咱们这样会不会显得自私而轻浮呢？因为咱们的童年可不曾见识过咱们——对，我说的是咱们所有人——为今日的孩子们所准备的乐事。我第一次去看修道院是在轰炸发生后不久，报纸上登满了被炸得肢体破碎的孩子们的照片。之后我走到了就在拐角处的主教堂那儿，在半岛战争烈士纪念碑两侧均有的一条石凳上坐了下来，正对着回廊的大门，自打咱俩在 11 月的一个黄昏在那儿坐过之后我再也没来过。你自然是不记得了，不过我可忘不了。那是咱们胳膊下夹着卖不出去的《爆破眼》在老城里无止境地转悠的时光，咱们走累了就会在那些石凳上坐下。

你跟我说起你的童年，虽然你自己不觉得，但你对此颇为痴迷。那是你第一次跟我谈到了你的姑妈，那时我还不知道你跟谁住在一起，只知道你跟人合住。也就是在那个时候我知道了你是无父无母的孤儿，你从未见过他们，你一直都跟一个单身的姑妈住在一起，那是你父亲的姐姐，她和你是整个索雷拉斯家族仅剩的幸存者。那天傍晚你跟我说起你那个姑妈时那么激动和热切的样子出乎我的意料。之前你从没有像那天那样跟我说过话。那是个潮湿的 11 月的傍晚，咱们看着一些虔诚的老妇人走进教堂，向勒班陀的圣克里斯特进献蜡烛，而另外一些老妇人结束祷告后正从那里出来——你激动地（对，是满怀激情地）跟我说起你那位独身的姑妈，之前你跟我说起她时不是挖苦便是讽刺，你说她也是那位圣克里斯特的虔诚信徒，而那位圣人即便在那时都始终让我觉得毛骨悚然。

我隐隐认为（直到那时我还没有见过你的姑妈）你的童年是受了迷惑了，我没法找到别的词来形容那个傍晚你对我所说的那番话给我的感觉。你在那天傍晚告诉我说从孩提时起，你就靠你姑妈编给你听的没完没了的鬼怪故事活着，在那遥远的时光里，你从未像在得流感的日子里那么快乐，因为你每回得流感，她都会给你讲上好几个小时的故事，跟你做伴。哪怕现在，你对我说，"快乐"这个词依旧会让你联想到得流感时发着烧但并不严重，又能舒坦地待在床上的状态。"我从未见过，"你对我说，"那么富有想象力的人，想象力就像她身体里的一株奇异植物，它通过别的机能来扩张，就像扼杀了其他机能一样。只要我感到零点几度的体温上升，我就知道会有怎样的愉悦在等着我，那就是消除现实！没错，伴着她给我准备的蜀葵根汤剂的第一口热气，现实就被消除了，因为在汤剂之后便会是她乐此不疲即兴编出的不可思议的故事。长大后，当我第一次听说鸦片及其效果的时候，我只能将其想象成冰糖的样子，姑妈正是用冰糖来给她那些无法形容的汤剂增加甜味的。"

就在你跟我说着你姑妈的时候，咱们放在身旁石凳上的那堆没卖出去的《爆破眼》因为落下的小雨而被淋湿了。你告诉我，有了你姑妈的那些故事，你似乎在你的童年里经历了一切，从洞穴人到地下墓穴里的烈士，从圣殿骑士到旺代战争[1]的英雄们。"因为，很显然，"你解释道，"我姑妈是站在旺代军队这边的。"你还补充说："咱们是无政府主义者可真是遗憾，咱们本可以复兴旺代军队或是圣殿骑士什么的。我时常怀疑世上所有的邪恶都源自圣殿骑士团被镇压。不管怎样，我都觉得要是咱们扮地下圣殿骑士的话可比当无政府主义者好玩儿多了。而且，反动派更有想象力，无可比拟，更何况过去还是属于他们的。而将来，既然纯粹是个不存在的东西，就送给没有想象力的人好了。没错，特里尼，要成为反动派的话得有丰富的想象力，所以，他们才那么少，这样的人我只认识我姑妈这一个，她可是货真价实。"

当时你的这番胡言乱语真是让我目瞪口呆，那是我这辈子第一次听到有人赞同反动派，我的意思是，第一次听到有人说起他们时就仿佛他们真的存在似的，既然直到那时别人跟我说起他们时都是那副模样，他们又怎么可能存在过？

"布永的戈弗雷，"你继续说，"有可能和她一样被当成雅各宾派。你可得知道，布永的戈弗雷对我来说简直跟她一样熟悉，我姑妈说起他的时候就跟不认识任何其他男人似的。"

---

[1] Guerre de Vandée，法国大革命期间发生的保王党反革命叛乱，也称"旺代叛乱"。叛乱的军队以农民为主，公开对抗共和国政府，叛乱从1793年3月开始，到当年12月23日旺代军队被彻底击溃。

于是咱们讽刺而自负地谈论起童年,似乎那已是被咱们抛在身后很远的事了,而那个时候你十七岁,我十四岁。咱们自认为已经了解了很多事情。那时你说:"总有一天咱们会因为经历了十七岁而感到羞耻。""为什么?"我惊愕地问。"因为这是个愚蠢的年纪,你想想看,咱们是属于未来的人!那是完全不存在的东西!咱们什么都不是,而且咱们还自我背叛了千万次!""咱们怎么自我背叛了?""我姑妈有次在饭后闲聊时跟我说,我长大了让她感到很遗憾。当我才五岁的时候,我们曾经多么快乐啊,她说。我们不会再像那时候那样快乐了,她肯定地说。当时她那番话惹怒了我,她怎么能希望我不要长大呢?不过,特里尼,我从那时起就想了很多,如今她那个念头已经不再让我觉得可怕,姑妈是对的。她就跟耶稣基督一样。"

"耶稣基督?"

"对,耶稣基督。耶稣基督和姑妈。难道不是耶稣基督说过:你们若不回转,变成小孩子的样式,断不得进天国吗?你看,特里尼,自打我姑妈在那天饭后闲聊时跟我说起这件古怪的事开始,我就想了许多,而且我想得越多,就看得越明白。我现在跟你说这些是因为今天我正好有这个兴致,或许我今后再也不会跟你说这些,不再说不是因为我不去想,而是因为我不乐意。比方说,跟我姑妈,我就绝不会跟她说这些,哪怕告诉她这一点会让她很快乐而且也不费我什么事儿。此外,既然咱们什么都做不了,把事情看得那么透彻又有什么意义?童年的精神,就连咱们这些看得一清二楚的人都不能、不会也不想重回过去!谁又有勇气能这么做呢?或许圣人们可以,但也不是所有圣人都能这样做……现在咱们要发誓绝不背叛也绝不厌弃咱们的青春,我们将对此永远忠诚。如果此刻咱们已经背叛和厌弃了咱们的童年,那在此之后,时间一到,咱们又为何不会背叛和厌弃青春呢?最大的背叛已经发生,雄鸡尚未打鸣,咱们却已经拒绝了它三次。"

不过，尤利，现在我诚心实意地请求你，不要再去搅动童年的回忆了！这一话题让我感觉很不舒服，而我也无法告诉你是为什么。可能是因为我刚跟你说的那些，因为我看到如今的孩子们的童年，而咱们的童年跟他们相比是那么平静，这一点让我很内疚，也可能是因为你在那天傍晚说的那些话，什么在十七岁的时候咱们已经背叛和厌弃了咱们的童年，而且从那时起咱们就将一直都是面目可憎的大人。我能对你说的是，我从不认识任何其他人能将自己当作孩童，而且和孩子在一起时表现得像个孩子，而你却知道怎么跟小拉蒙玩乐，能把你放到跟他一样的位置，能走进孩子没有逻辑又神秘莫测的世界，统治那个世界的法则与咱们成人世界的截然不同。当你给他一个接一个地讲故事的时候，我总是陶醉地听着，之后他会跟我说我不会给他讲故事，这话一点没错，我的故事真的不好玩。你能相信我买过一本《讲故事的艺术》吗？那是由一名据说相当出色的女教育学家出的，我可是认认真真地研读了一番。可是，当我们想要实施某种我们必须学习其规则的艺术时，真是可怜，艺术理应和爱是一样的，如果不是出自本能，那就没人能够教会你。"如果你们无法表现得像孩子一样……"简言之，这显然便是讲故事的艺术，可是，又谈何容易！

9 月 10 日

你的来信出现得巧逢其时，简直像是天意。

今天上午邮差给我送来了一封路易斯的信，寄自卡尔瓦山脉。这封信是他写给我的信中最饱含感情的一封，在信末他向我求了婚。

我感到如此幸福，就像个在一场战斗中倾注了一生并最终获胜的人。我可真傻呀！

中午邮差又来了一趟，可你的信让我傻了眼。

我不得不把自己关进卧室里，免得孩子看到我的样子。我趴在床上，脸埋在枕头里，想要哭出来。可是我哭不出来。我所能感觉到的只是可怕的干渴。

此刻我觉得空荡荡的，但至少很平静。干渴而空虚，却很平静。你的信及时拯救了我，为此我对你感激不尽。要是咱俩结婚的话，我现在又会是怎样的处境？你居然还问我把这一切告诉我是否做对了！

幸好我没一辈子拴在路易斯的身上！我还能比已经爱他的爱得更多吗？多么让人遗憾的男人啊，不知道用爱去偿还爱，我对他的需要还能比以往更多吗？我还能比曾经给予他的给得更多吗？你将我从怎样的磨难中拯救了出来，可怜的尤利，那是将你踩扁在其荒谬之下的苦难啊。

从今往后，我只会将其看成我孩子的父亲，除此之外，他对我而言就是一个陌生人。我会每月给他写一封简短而合理的信，告知他儿子的消息，而这孩子碰巧也是我的儿子。这不过就是巧合而已，并无其他！而小拉蒙一直都将是"私生子"，说到底就跟他母亲一样，这也不是什么悲剧。对我来说，这从来都不是一出悲剧，为什么对他来说就会是呢？

我无法用言语告诉你这段时间以来你的情感对我意味着什么。没有你，我会在这世上觉得无比孤单，令人恐惧的孤单，或许最后会进疯人院。孤单令我害怕，我无法承受孤单。要是此刻有人看到我，他会想："真是一张干巴巴的老处女的脸……这女人根本不懂什么是爱！"我很清楚我自己正摆出这副面孔：我已经在镜子里看了自己好一会儿。

9月12日

你列举的我可以自由地和我想结婚的人结婚的理由让我有种很奇怪的感觉。我当然是自由的！你为什么要告诉我这一点？难道你认为我不知道吗？而这正是我唯一的安慰。我是单身，这一点显而易见。你为什么要提醒我？

我是单身，有彻底的自由，没有什么能将我束缚在他身上。这是我在不幸中所拥有的幸运，幸亏这份运气，我才没被自己可怕的荒唐处境所困扰。可是，跟另外一个人结婚？这个念头，我要怎么跟你说呢，至少……是个古怪的念头。我能跟谁结婚呢？我对路易斯没兴趣，但对其他人更没兴趣，另外一个人又会是谁呢？这么不理智的想法一刻都不曾在我脑子里出现过。你怎么会想要我给小拉蒙找个继父呢？

这么多年来，我都像个傻子一样幻想着路易斯和我早晚会把我们的关系正常化，我们将会成为上帝和世人眼中的丈夫跟妻子，不过现在我觉得这些都无所谓了。这世上没有什么事值得我过分操心。在我们曾经历、正在经历或者还将在接下来的几个月或几年里继续经历的可怕境遇面前，难道我还有权利用不幸的语调来演说我私生活里的那点无聊破事儿吗？这个国家正被鲜血与炮火洗劫，那么多家庭离散，那么多无辜的人牺牲在某一方的阵营中，而我却要因为路易斯对我不忠而大闹一场吗？上帝或许会惩罚我，可我能够真心对你说，尤利，我比以往任何时候都感激你，因为你帮我睁开眼看到了另一种生活，在那种生活里，像我经历的这种荒唐得可怕的事情不会发生也不可能发生。在我的桌上一直摆着你那天送我的福音书，那是好些年前的事了，还是在战前，上面还有你留下的书签。我只要照那个书签翻开书，就会看到你用红色标出的那段话："如果我不归从你，我还能归从谁？"我归从了路易斯，而你也看到他将我引向了何方，你已经看到了，可怜的尤利！

要是路易斯死在这场战争里，你觉得我会再和别人结婚吗？你那么了解我，知道我肯定不会。无论如何，我求你，不管你多想，你都不要把我现在给你写的所有这些告诉他。不要跟他说我正经历的痛苦。你不要想着去解决已经没有办法解决的事。我不想让他知道我觉得自己如此不幸，一个被欺骗的女人要是还觉得自己不幸，那就是双倍的愚蠢。我可不想被他看成是这样的人！我不想再忍受那样的淫乱了！对：就是淫乱，为什么我不能直呼其名？我可不是玛丽亚的女儿，我是两个实践自由恋爱的无政府主义者的私生女！我不会再忍受淫乱，但是，让我跟另外一个人结婚？这想法……真是出人意料。

9 月 15 日

我刚收到的你的这封信让我哭了，可我没法告诉你我是因为喜悦、伤心还是别的什么才哭的。

"一种由信任与宁静构成的爱，一种兄妹间的爱。"这有可能吗？像我曾经拥有你一样始终拥有你，让你在我身边，就像我唯一的朋友和真正的兄长，就像直到此刻拥有你一样一直拥有你，而且，如果你愿意的话，从今往后，更甚以往，我觉得这是再自然不过的：我觉得这是必需的。可是，可怜的尤利，让事情进一步发展下去，不会……变成乱伦吗？

对不起我这么说，可这恰是因为一直以来我都把你看作我的兄长！

而且，但愿你能想象出这所谓的爱在我口中留下的苦涩滋味，那是一场混沌的暴风雨，其中的脸孔模糊不清，这些面孔为了弥补曾期盼无比亲近这一罪行而变得不再是人脸……

最近这四五天里我已经做好了打算：我要重新开始我未尽的学业——我可怜的地质学，我还会申请一份教职。我已经办理了一些事情，科学系给了我一份原先属于玛丽亚·恩格拉西亚·博施的职位，给结晶学教授们当助教，你看她下定决心搬去农场居住的举动帮了我的忙。科学系那边对我还没通过大学本科考试这件事睁一眼闭一眼，而且结晶学也不是我的专业，不过战争时期他们也没法挑三拣四，教师可是稀缺得很！我已经给玛丽亚·恩格拉西亚写了信（我可不想在没得到她明确同意的情况下就去补了她的缺），从下个月初新学期开始的时候就得开始工作，也就是说，二十来天以后。你的信突如其来，我正处于重新适应的狂热期，不停翻看着几乎被忘却了的大部头和书房一个书架上蒙尘已久的渊博著作，书架上的那些书自打路易斯和我一起搬到佩德拉尔维斯这间别墅以来就从没被动过。

我生命中曾有段时间对这些书深感厌恶，那道时间的鸿沟在当时突然让我觉得一切毫无意义，而此刻，我却在书中找到了某种安慰，仿佛一帖镇静剂。我们的家事困扰，我们荒唐至极的家庭的烦恼[1]，到了此刻简直不值一提。如果咱们的骨头，可怜的骨头，由于某种奇特的巧合变成了化石，而未变成会随风飘散的细微齑粉，也不过就是那么点微不足道的东西……那么点埋藏于四五公里厚的沉积层下方的东西……

如果一亿年以后，有个像我一样的地质学女教师发现了几块石化了的骨头，那是我和路易斯留下的最后痕迹，她又怎么能猜出，更何况她也不会在乎我们曾经幸或不幸，我们曾像楷模般忠诚或是惊人的不忠。这位一亿年后的地质学女教师怎能猜出，又怎会在意我跟路易斯的故事呢？

你会说这样的想法并没什么安慰作用，无论如何这种想法都不是什么让人高兴的事，但咱们又能拿它怎么办呢！要是我用我的地质学知识将这些烦心事强加给你，你要原谅我，我知道你从来都对这些事没兴趣，可我现在却深深为此着迷。我想彻底从路易斯身边独立出来，有我自己的谋生之道，不管后果如何，却可以心满意足地成为一个单身母亲。一个完全不需要依靠孩子父亲的单身母亲，可以昂着头行走在这世界上，而一个女人只有独立了，才能高昂起头。我会成为那样的人。

---

[1] 原文为法语，chagrins de ménage，选自波德莱尔的诗歌《拾垃圾者的酒》中的那句："是的，这些尝够了他们家庭的烦恼。"译文选自人民文学出版社 1991 年版《恶之花 巴黎的忧郁》，钱春绮译。

唯一让我犹豫的事便是这间别墅。他通过公证书将别墅赠予了我和小拉蒙,我该放弃赠予把别墅还给他,并朝他脸上吐口水,说什么你的东西我全都不想要吗?要是这样的话,会不会伤害到小拉蒙,他可没有任何的过错。我会不会为了傲气盲目行事?傲气从来都是个坏参谋。要是我留下别墅当作这么多年来他没有善待我的补偿,难道不是很公平也很合法吗?我想要你这个法律系本科生给我些忠告:比如说,我是不是可以将我的这部分赠予我的儿子……那是他的儿子,也是他去世了的母亲唯一的孙子,而我们正是从她那里继承了这间别墅,这样的话我是不是就可以打消所有的顾虑?或者,你告诉我我是否可以保留我这部分的用益权,因为我也应当有权在这世上有片瓦遮头。我希望你能给我忠告,在这件事上,你看,在佩德拉尔维斯这间别墅的事上,我会照你说的办,你觉得我该怎么办才能公正而有尊严,我就怎么办。

至于另外一件事……你和我结婚……你跟我提议的这另外一件事……这会变成什么样,我的上帝呀?我怕咱们最后会得不偿失,毁了咱们的友谊,这么美好的友谊,持续了有年头了——我认识你的时候我十四岁,现在我都快二十二了……这份友谊曾经而且如今依旧支撑着我,防止我在这世上无可奈何地感到孤单。无奈的孤单!我有小拉蒙,这点固然没错,可是我曾经多次跟你说过,一个孩子又能给予怎样的陪伴呢?孩子们不仅不能做伴,反而需要陪伴。

我试着想象咱们的友谊变成另外一种东西……可我想象不出来。对不起,尤利,可能我这么说会冒犯你,可恰恰因为我对你的崇敬让我觉得你的提议很荒唐。你那么聪明,而爱是座丛林,一对在深渊边嚎叫的野兽。

此刻这景象让我感到恐惧。

我想起你的手,当你在争论或谈话间挥动你的手的时候,显得那么富有表现力,可你的手要用力抓住什么时又显得那么无能,过于苍白和颤抖——当你把手放在我身上时,我感到毛骨悚然,仿佛那是个违背自然的怪物。我有义务真诚对你。我想全心地爱你，但只是用心而已。可是，我觉得只用心而没用其他部分去爱并不是爱，这样的爱太简单，不会有任何价值。于是，我觉得我对你的爱不止这样，可我最后把自己也弄糊涂了。

谁知道这会不会是因为我不够女人呢，既充满孩子气又过于苍老，就像那些错过成熟时机的果实，早上还是青涩的，而到了傍晚却已腐坏！我害怕路易斯对我的伤害会给我刻下永久的印记。他从第一天，从在三楼平台角落的长凳上拥抱我吻我的那一天开始就伤害了我。那第一个吻其实已经是给我的一个粗暴的揭示，尽管当时的我因为感到如此幸福而失去了其他所有感觉。对，那是一个粗暴的揭示，他从第一天起便伤害了我，而且一直在伤害我。他和奥利维那位封建夫人——"阿拉贡最美丽和最为传奇的女士"，就像你在信中写的那样——的丑事其实已经算不了什么，那不过就是一道让我突然看清、明白这些事的刺眼光芒。在这道毫不仁慈的光亮中，我突然看清也明白了他从来没有爱过我，而我也不曾爱过他。我在他身上爱的是青春、力量、冲动、兽性——而这一切此时却令我憎恶。

现在我要告诉你一件我从未对你说过的事。路易斯为了降低你在我眼中的地位，时常会在跟我说起你的时候讲一些小事，该怎么跟你说呢，就是那些你做过说过的至少会显得相当古怪的一些事情。哪怕是现在，在他自打加入你的旅之后给我写的少数几封信中，他还是会历数那些事情……我记得他说你在个什么山洞里看有关查理曼还是罗兰的书……还有很多我常常都没法理解的其他怪事。我从来都不曾费心去探究路易斯跟我说的或是给我写的到底有多少可信度，只要是有关你……还有他的事！而至于他，他不是坏人那只是因为他懒得当坏人。

我能完全肯定且打心底知道的事便是你对我一直都很好，而且也会继续对我好下去，我知道你不会对我做任何不好的事。这辈子孤单一人，迷失在这个世界无人做伴的话会让我觉得可怖。我需要你，也全心全意地信任你，我将信任托付于你，听凭处治。你决定吧，我会照你说的做。

此外，你那么爱小拉蒙……我肯定你绝不会成为一名继父。昨天，我们打开了最后一个装有农夫牌炼乳罐头的箱子。要是我告诉你我保留着其他所有的空箱子作纪念的话，你会相信我吗？我曾想过要把这些箱子保存一辈子以铭记如此艰难的时刻，不过它们显然很碍事，可怜的箱子……它们早晚会被丢进火里，不过，如果要烧掉这些箱子的话，我希望等到你在场的那一天。咱们要一起烧掉这些可怜的箱子，它们是你始终悉心关怀的见证。谁知道，随着事情接连发生，当咱们坐在壁炉旁的两把扶手椅里听着箱子在火中欢快地噼啪作响时，你和我会不会已经是丈夫跟妻子了呢！

谁又能知道呢……

现在我要再跟你说一件事，诚心诚意地跟你说：在我突然发现你比我想象的要悉心谨慎得多的时候，我非常感动。这么多年来你一直都缄默不说……

第三部分

他身为主教的叔父惊讶地发现他把时间浪费在了天文学上。

《哥白尼生平》

I

至于我，我太晚才明白上帝曾想给我一个严厉的教训。像我这样的人，再谨慎都不为过，当我们以为已经补上了所有的裂缝时，还会留下最纤细的一道，那是爱本身的裂缝。我们因为道德的冲动而冒险抓住自己最隐秘的弱点，我们听到的所有召唤都觉得是来自恩典，有时候我们觉得自己跟被上帝派遣的天使一样行事，而事实上，我们正径直奔向堕落。

什么时候，什么时候我们领会到了在这个世界的荒漠中，我们所能期待的唯一陪伴来自上帝这一真相？孤独是我们每天的家常便饭，而这口饭并不容易下咽。

在神学院时，加利法博士曾有一次告诉我最可怕的诱惑并不会像我们通常认为的那样显现在我们的青年时代，而是在翻过五十岁的山峰之后。就是在那时我们会感受到自身全部的孤单，当一个人的心开始变得坚硬，并对从未曾领略过的温柔充满怀念时，爱的空虚就会变得像我们在流放途中必须背负的最沉重的负担。没有任何东西会像空虚那样沉重。

当11月的风卷起枯死的树叶时，装着柠檬马鞭草茶的茶杯放在炉火边，潮湿泥土的气息从花园朝我们飘来，装着柠檬马鞭草茶的茶杯放在炉火边，两道在沉默中彼此理解的目光……我的上帝呀，将我从这有罪的幻想中解救出来吧！

皮内利·德·布雷阁下当时住在巴黎，但他常来巴塞罗那小住，就住在我姑妈的别墅里。我记得他好像是撒马尔罕教区的名义主教，此刻他仿佛就在我眼前，行走在客厅里路易十五风格的家具中间，像只安哥拉猫一样带着优雅的慵懒。他又高又瘦,满头白发凸显出他棕色面庞的年轻气息,脸上那双眼睛带着安逸温和的神色,好似灰烬中的点点炭火。那时候,他跟我说话时用的是一种我们和一个已经到了懂事年龄的孩子说话用的宽厚口吻。那时候我十二岁——就是那个时候,我姑妈为了奖励我的好成绩,刚送给我那架望远镜——他的一些像丝绒般模糊的话语,充满了对我未知的事物的影射,让我想起《启示录》中的某些景色,当时是我第一次读到它。我姑妈听他说话时便像在聆听神谕。

皮内利·德·布雷阁下事实上便是家中的神,他是我姑妈的表兄,而姑妈总拿他来做我的榜样。我对自己属于这样的家庭感到很骄傲,上天挑选了这个家庭,赐给他一名如此出色的成员。

我仿佛看到了那时的场景,昏暗的客厅里,金色的家具在厚重的洋红色天鹅绒门帘间默默闪着光,我似乎看到了他,消瘦如苦行僧,带着谦和的微笑,如此内敛,我仿佛听到了他的声音,低沉柔和,像是踩了弱音踏板的三角钢琴奏出的低音音符。那时是1931年,他的一些表述此刻回到了我的记忆中:早先的灾难、天国的重建……他含糊提及过他在位于巴黎香榭丽舍大道的优雅公寓里迎接过的神秘造访,可那时的我完全无法明白那些谜题。我还太小,而我的姑妈凭其理性能理解得更好,却不时被吓到:"可你这是在冒极大的危险……"他谦和地淡淡一笑:"我们的任务便是为了美好的事业冒生命危险。"有一次他带着一种假惺惺的同情提到了首席主教:"头脑脆弱,性格怯懦……"有时他甚至公开表示有必要剥夺其资格。可那一时期的我还很天真,直到之后很久我都依旧很天真。

现在我才知道,以天主的名义所犯下的暴行要远远卑劣过以反对祂的名义所犯下的。

有一次,我在结束了学业之后,住到了郊外的一个工业区,雷克西·穆拉的巨大灰色厂房主宰着那片区域。到了夜晚时分,厂房的四百扇窗户——每面墙上有一百扇——就像四百只眼睛一样探查着那片穷苦街区里的角角落落，街区里充斥着各种棚户。现在要求别人称他为克洛伊茨的克雷乌斯先生所拥有的财富诞生于灾难。要求别人如此称呼其姓氏的张扬做法在那个年代并非个例：我要补充的是，直到1945年末，他才放弃克洛伊茨这个姓而改回克雷乌斯。据他说，另一个家系学者（那年头家系学者可真是赚得盆满钵满）曾重新深入调查过这一课题，因此在1939年的那个家系学者得出结论说——此刻看来显然是仓促下结论——他的姓氏源自日耳曼，而1945年末的那位学者则倾向于克雷乌斯更像是西班牙语中的克鲁塞斯这一假设，并且这并非没有可能，而是完全有可能——那位家系学者如此下了定论——克雷乌斯先生是布永的戈弗雷本人的后代。

克雷乌斯先生之前已经有一家工厂，不过那是一间冶金车间一样的地方，就跟巴塞罗那的数百家车间没什么两样，车间里有五十来个工人。要不是因为那场混乱，他做梦都达不到如今的富裕程度。1936年的时候他和许多人一样不得不逃到了国外，他不曾忘记，也绝不会忘记在近三年的时间里，他为战争工业而改造的工厂都是在给红色分子工作，他是这么说的。他的工厂没有被无政府主义者集体化，自治政府在风暴中保证了工厂的运转。从国外回来时，克雷乌斯还是克洛伊茨先生（咱们可别忘了，他是到了1945年末才放弃克洛伊茨这个姓的）发现工厂安上了最新型的斯柯达机器，并扩建了四间厂房。他毫不顾忌地将这么意外的改良成果收归己有。他几乎在一坐回经理的扶手椅后就做出了第一个决定，将雷克西·穆拉可观的股份份额分给了三四个重要人物，这些人的计谋和战略让他们处在了官方定价和黑市价格的交叉点上。在最初的灾难过去之后，还有什么奖赏能比得上以定价购入再以随心所欲的价格卖出的权力呢？这是无比美妙的简单道理，就跟所有的奇迹一样。克雷乌斯先生的产业已经通过捷克斯洛伐克的机器得到了大幅改进，他已无须想破脑袋要将其发展到令人目眩的高度。

此处可别忘了闹哄哄的广告：雷克西·穆拉的广告到处都是，简直就跟被魔法变出来似的。巨大的海报，五彩缤纷，令人惊叹，棒极了，那是因为了不起的利贝特·米尔曼这个不可或缺的人物在这里头也插了一脚。是他建议工厂可以拓展业务，从事生产用于女士美容的化学品，之后他会发现新时代会让男士美容业同样有利可图。天才的利贝特·米尔曼同志（随着新时代的到来，他比以往都更像一位同志）知道该怎么把他在战争宣传领导工作中所学到的各类诀窍运用到新的境况中。巴塞罗那并没有忘记那些"你们要制造坦克、坦克、坦克"的海报以及值得被永久铭记的其他作品。真是了不起的同志！现在雷克西·穆拉的人更胜一筹，海报做得更大、更醒目也更具威慑力。"不再有秃子！""多余的体毛滚开！""请关爱您的腋窝！"。

感谢上帝，克雷乌斯先生决定把工厂献给圣心会。而且，他还决定让圣心会成为公司的股东之一。由于这么特殊的股东既不能参加股东大会，也不能领取分红，于是决定由皮内利·德·布雷阁下担任圣心会的代表。是我的亲戚为这座工厂赐了福，也是他为捷克斯洛伐克的机器洒上大量的圣水。从那时起，克雷乌斯家的城堡里开始举行各式晚会和招待会，因为这家人此刻住在了一座经过豪华修缮的城堡里。其中最炫目的聚会之一便是由克雷乌斯先生举办的，目的是为了庆祝他加入了圣墓骑士团，这等封爵的热忱在当时颇为盛行。

当时的知名报刊刊登了那场聚会的照片，轰动一时，我还保留着其中的一些，我不时会翻看这些还有当时的其他照片以确信这些并非我的梦。其中有张照片上，克雷乌斯先生和太太被宾客们簇拥着，所有人都身穿粗大的锥形纸筒，吹着游艺会上的喇叭，在明显是大量酒精的作用下，一个个都在捧腹大笑。那时候，当大部分人都在经历最艰辛的苦难时，没有什么能比轻浮更值得颂扬，而既然说到圣墓骑士团，这里最伤心的一件事便是有时候会有来自罗马的红衣主教参加新骑士受封或是向新贵妇颁发骑士团标志。而克洛伊茨夫妇这次却没有罗马来的主教，所以他们只得心甘情愿接受皮内利·德·布雷阁下，不过其轻浮程度却更甚。据说在晚会举行过程中，时不时会有一对或年轻或年长的情侣小心翼翼地消失，并且要在消失很长一段时间之后才会重新出现在客厅里。我所知道的是，克雷乌斯夫人在那次著名的晚会之后，每逢举行新的聚会时都会用钥匙把城堡里所有的卧室门锁上，以作为防范措施。不管怎样，这位可怜的夫人还保留着以往的一些原则。

需要指出的是克雷乌斯夫妇有一个当时快年满十五岁的女儿。为了庆祝她在夏初的生日，在城堡的公园里举行了一场露天聚会。聚会的重头戏本是一场"鲜花大战"，而在战斗中，宾客们使用的不是彩色纸屑或纸卷，而是拿奶油泡芙球互相轰炸。据流传许久的传闻称，这个主意是利贝特·米尔曼这个宣传天才想出来的，据说他的提议就是要利用丑闻来让众人议论雷克西·穆拉，他还保证说克雷乌斯先生及其企业的名望会因为这则泡芙球狂欢的消息而如日中天，而那种狂欢在当时简直是难以置信的。巴塞罗那的所有人都听说了这件事，好些天里人们都不再谈论别的事，直到《索利报》认为有必要控告此事。

我只偶然见过几次克雷乌斯夫妇的女儿，因为他们不常去郊区的教堂望弥撒。我只有一次有机会跟她说上话，看着她对咱们国家前几年发生的事情一无所知的样子，我吓坏了，简直是惊呆了，她完全不知道在加泰罗尼亚人们在战前是怎样生活的，当我试着跟她解释这些事的时候，她看着我的样子就像是我在编疯子一样的胡话。当我想要让她明白以前所有人都有面包吃，谁都可以在面包店里买到面包，不需要配给卡也不用排队时，她看着我，摇了一下头，愣愣地说："可是，那样多没有秩序啊！"

尽管二十年过去后这话听来像是不可思议，但我记得她的感叹原话便是如此。我并不觉得她是个白痴，她只是觉得显示自己可以乐呵地不用操心所有与己无关的事显得很优雅，这样尤其让她觉得自己很有女人味。"哦，政治！"她一边说一边露出一副恶心的模样，对她而言，所有不好玩的事就都是"政治"。此外，她的那些朋友也都一样，而且还不全是女性朋友，这一情况很快就得到了证实。那个姑娘过的日子既空虚又混乱，总有一群所谓朋友以疯狂的速度把她带去各种愚蠢的消遣。

有天下午她意外地出现在教区长的住宅里，眼神中流露着惊愕。

她看了看我，但什么都没说。"您请说。"我对她说。两滴眼泪从她眼中滚落下来，而她的眼皮一动没动，没有任何苦笑的表情让她的脸收缩。

"妈妈想带我去看一个信得过的医生……我从家里跑了出来！"

在这番叛逆的冲动之后，她的眼睛再次变得惊人的空洞，又是一阵沉默。

"我没能明白您的意思，"我低声说道，"您年轻、迷人，极其富有，我不能理解他会有任何不便……"

"有七个，"她紧张地笑了起来，一边目不转睛地看着我，"七个。"

那是一种机械化的笑容，她的双手不住地颤抖，她的眼睛令人害怕得空洞地望着我，她紧张的笑容让自己发颤，就仿佛有人在她脚底挠痒痒似的。

我答应她会去拜访克雷乌斯太太，让她打消那个罪恶的念头。但是一个小时之后，她就坐着她母亲宽敞的凯迪拉克去了国外，母女两人由一名医生陪伴着。

几个月后，奢华的招待会再次在城堡里兴盛起来。有则消息对我来说就像当头一棒：她和利贝特·米尔曼结了婚。后者很轻易地便解除了前一次的婚姻，那是桩民事婚姻，是在战时跟一名平行大道上的艺术家所缔结的。在那年头里，民事婚姻被看得就跟不存在似的。许多并不是单身的人照样结了婚，借口就是纯粹的民事婚姻没有效力。这一丑恶的情况持续了许久。了不起的利贝特·米尔曼便利用这一点摆脱了那个见不得人的歌手,后者此刻牵累了他,成了他社会地位上升的绊脚石。

现在我住在一个人口不到两百人的小山村里。

我从郊区跑了出来。我是个懦夫。说到底,皮内利·德·布雷阁下是对的:"他对郊区的癖好会随着时间而消散的。"不过,我从我姑妈那里赢得的胜利要归功于皮内利·德·布雷阁下。我的姑妈……我对她的反感到底是从何时产生的呢?对于我母亲,我只留有模糊的记忆,当我被带去跟我姑妈一起生活时,我才四岁——在我最久远的记忆中,我就发现了这一本能的反感。之后,当我九、十岁的时候,这一反感跟崇敬混杂在了一起。那是一种复杂而含混的感情,就跟一具圣人的木乃伊所能引发的感情类似。她总是忙于各种虔诚的宗教事业,那时候她一心扑在教士使命援助会上,我们通常用首字母缩写来称呼这一事业:AVE。饭后闲聊时,她将这一机构的进展情况告知了她杰出的表兄,在该机构中,她身兼数职。"真是令人敬佩。"名义主教惊呼,他将装有公豆咖啡的小瓷杯端到鼻子跟前,嗅着咖啡浓郁的香气。我姑妈努力用心煮出浓缩咖啡,我们喝的时候用的不是咖啡杯,而是小巧的瓷杯。阁下先生用食指和拇指捏着瓷杯的杯柄小口啜着咖啡,小指炫耀地翘着。他在吃过饭后时常会打嗝,每打一个嗝,他都会用一块精细的细亚麻布手绢掩住嘴。他做这些动作时有种优雅的可爱姿态,带着不属于我们这个世纪的考究做派。"对不起。"当打嗝止住之后他说,并重新开启谈话:

"真是令人敬佩……要是有神圣事业的话,AVE 算是一桩。"

在我姑妈送给我那架便携式望远镜之后(我在中学二年级的考试中拿到了三门课的荣誉注册等级,那架望远镜是对我的奖赏),我每晚都会在别墅的屋顶平台看上个把小时的月亮和行星。阁下先生知道这事儿之后,开了个玩笑。"咱们就期待着他这股子劲过去吧,"他说,"没人能靠看月亮念完大学。"在将年纪轻轻的我这些无关紧要、不值得他劳神的事情搁到一边之后，他又说起了 AVE，我姑妈发起的那桩"神圣的事业"。姑妈强调说她发起这一事业，不是出于对孩子的爱，而是源自对造物主的爱。"我知道有些咱们提供了奖学金的神学院学生，"她说，"实际上并不配得到，但是没关系，我这么做是为了上帝。"什么上帝，什么上帝呀？我的上帝啊，那是她在想象中照自己的喜好编造出来的上帝吧，那不过是她无意识间对自己的理想化想法罢了。"这是桩神圣的事业。"我们优秀的亲戚说道，我姑妈垂下眼睛，涨红了脸。她引用了一个又一个的数据：都是有关没有神父的教区和没有名义主教的市郊地区的统计。她知道加泰罗尼亚所有主教辖区内每年有志成为教士的人数比例，这一比例正逐年下降——她将这一情况归咎于共和国的不利影响，哪怕这一递减趋势由来已久。

"人们已经没了使命感，"阁下先生总结道，一边陶醉地嗅着咖啡杯中的香气，"事实上，这样的使命感正在减少。"

AVE 将一些小海报张贴到了城市各处，提醒所有人使命感的缺乏，并请求大家捐款以建立起资助神学院贫困学生的奖学金。为此，我的姑妈组织了多少次请求会和慈善募捐摸彩啊！她最爱的计谋之一便是穿着最简朴的衣服走进萨利亚区那些最好的别墅里，要是女仆没认出她来的话，计谋便成功了。"请您告诉您家夫人有个穷女人在乞讨，但希望能见到夫人本人。"于是女主人便会走出来并当场认出我姑妈，场景很是感人，也很有教益。

从我十二岁起，她便授予我协助她"事业"的殊荣。我在打字机前敲下了几百个甚至几千个地址，我姨妈寄出了数量惊人的信件、通知、手册，她的动力一直都是对神父和助理神父人数不足的执念。这一执念甚至变成了她的苦恼，并传染给了我。很多时候，想到那么多灵魂因为缺少神父和名义主教而迷失，我就感到很伤心，我想不出来一个人的灵魂怎么会因为他人的过失而迷失——实际上这是个很阴暗的问题，但不管怎样，我姑妈的错不在于提出了这个问题，因为这个问题已经存在，她的错在于将解决方法想得那么直白、简单和自然而然。在她看来，一个人灵魂迷失是因为没有可以照看其灵魂的神父，这跟售票窗口没有职员卖票会让咱们错过火车是一个道理。没有票就偷偷上火车这件事在我姑妈看来是不可想象的……不过，有多少人曾经偷上过火车呢！这可得从迪马斯算起，他是第一个逃票的人！

既然对我姑妈来说，这么不"体面"的上火车的方式让她觉得匪夷所思，全部的问题便归结到要及时买票这一点上，于是就需要很多卖票员。她清楚有给一等、二等和三等座席的不同车票，而在她屈尊迎合穷苦大众的过程中，总是面露甜美微笑，并不吝使用指小词[1]，她甚至可以接纳四等车厢的乘客。"要开方便之门。"她总是说，这是为购买从尘世通往天国的列车车票而打开的方便之门。在具备各类便利条件之后，在每个街区、每个村镇都有了神父之后，只有魔鬼的邪恶才能解释为什么还有人会错过火车。

她在那段时期内的狂热活动令我心生敬佩，并最终打消了我在幼时对她所怀有的那种本能的反感。我姑妈的房产中包括一栋位于巴尔梅斯路上靠近对角线大道的房子。那栋楼里的女门房在我们看来就是"女门房"这一单词的最佳注解：乐于助人又虔诚。她常去萨利亚区探望我们。她有个比我大不了多少的儿子，有一次她把儿子带来我们家就为了告诉我们他要进神学院了，而靠的恰好就是 AVE 的奖学金。我姑妈激动万分地把他揽在怀里："你选择了最有尊严的职业，就连天使都会羡慕你的……"我是这一感人场面的见证者，我姑妈甚至搂着女门房的儿子哭了起来。

那天晚上我无法入眠，我姑妈的泪水、女门房激动的神情、她儿子快

---

[1] 西班牙语及加泰罗尼亚语中的一种名词变换方式，用来表示亲昵。

乐的表情，所有这些都在我脑中回旋。有个念头突然浮现了出来，我对之前未曾想到这一点感到羞愧。我是多么配不上我姑妈这样的亲戚啊！我焦急地等着天亮，没法合眼。我姑妈总是起得很早。

她奇怪地看着我："你怎么了？"她都没时间梳头，我希望她像搂着女门房的儿子一样搂住我，期待着她喜悦的泪水与我的泪水交织在一起。

"可是……"她看上去很迷惑，"咱们回头再说这事吧。我觉得你对很多事情并没有清楚的想法。"

之后不久，皮内利·德·布雷阁下便从巴黎过来跟我们小住一段日子。

"咱们这孩子想当神父，"我姑妈对他说，"想成为教区的名义主教……"

她的嗓音中有那么一种她时常乐于采用的宽厚变调，她靠着同样甜美、宽厚的腔调，在跟某个穷人说话时，假装对他的"小屋子"、他的"小小孩"们感兴趣。上帝呀，您大可就我们这些指小词还有刻意的屈尊好好责备一番。

皮内利·德·布雷阁下半是饶有趣味半是担忧地看着我。

"咱们得谈谈这事儿，"他对我姑妈说，"但当然了，不能当着他的面。"

我觉得自己受到了讥讽。我并没有疯，为什么她说到我想成为教区名义主教的决定时要用那种带有同情的讽刺语调呢？我躲到门后，想偷听他们的谈话。那是阁下先生讨好的丝绒般的嗓音：

"有些靠弥撒费过活的神父最终也做出了成绩，我就认识一个，是阿尔维男爵的佃农的儿子，他现在是在塔拉戈纳大教堂任职的教士。他对工人社区的癖好会随着时间过去而消散的，就跟他对望远镜的热情一样，那不过是少年人的一时兴起罢了。在他完成学业前他还有时间考虑。他的想法不像你认为的那样没头脑，大多数正式的主教都曾是世俗教士，而并非来自宗教团体……"

在那个时候,一名名义主教要比正式主教更尊贵,因为事实上,很多正式主教都来自"靠弥撒费过活的教士"行列,就像阁下先生说的那样。不过,我却没感到要"做出成绩"的倾向,这一表述让我反感。我躲在门后继续听着:

"我跟你说了,我再跟你说一遍,露西娅:这孩子的念头不像你想的那么离奇。一名世俗教士可以保留他的财富,因为他并不需要发誓过贫穷的生活,而他要是像你希望的那样成了耶稣会成员的话……"

"有很多东西比财富更重要,"我姑妈打断了他的话,"比方说,我,我正将一切奉献给穷人……"

上帝让我饱尝孤独的滋味。我到战争开始都不曾有过一个朋友,直到认识了索雷拉斯。同伴我有,而且有很多,可我迫切地需要朋友,不是很多朋友,而是只要一个。不知道到底是怎么回事也不知道为什么,我在快满二十岁的时候被征了兵。我在1936年7月那些可怕的日子里去医院当献血者,之后我成了护士,并最终成为实习医生。有一天,他们把我派去第三十师的一个旅当卫生少尉。在前线的时候,我在那个旅里感觉很自在,有什么理由不自在呢?那是个普通的旅,从一开始便是军事化编制,它所具有的想法和感情从本质而言跟我的想法和感情相差无几,旅里的人也很好,我又怎么会不喜爱他们呢?难道他们不是我的同袍吗?之后我不止一次被人问及当我们在前线的时候,我是否对后方焚烧教堂和杀害教士的事并不知情。我们并非不知情,我们不可能对此一无所知,我们当时只是不知道在那年夏天杀戮涉及的街区比例如此骇人,但我们知道屠杀事件的存在。我们并没有无视它,只是对我们来说,那就像是场瘟疫,难道一个人能因为瘟疫破坏了他的家园就背离它吗?我们身处两股火焰之中,我们知道这一点。

后来当有人多次问起我在"红色分子"群里做什么,也在我自己偶尔问自己同样的问题时（我有时也这么问自己，我在战争中就曾经问过自己这个问题），我最后都会得出同样的回答：因为那是我唯一可以做的。除了拿意识形态做借口这些晦涩难懂的话，也有地域上的分歧，对于绝大多数人而言——我是其中一个——我们并不懂政治，事情就是那样，或许并无其他。我们之所以是共和派是因为我们所处的区域，我们是这片地方的孩子，而这片地方属于共和派，要是我们是另一片地方的人，那我们就会成为另一派。也有一些人，没错，他们从一派走向另一派，反之亦然，我自己——这个我回头会说——就差点这么做，就跟索雷拉斯还有其他许多人一样，但是绝大多数人只是照他们对应的区域分配而选择跟随哪面旗帜。对于绝大多数人来说就是这样，谁知道是不是在所有的战争中都是这样。不管怎样，我可以说如果有人为纵火、屠杀和共和国后方各种无序状态感到羞耻的话，如果有人会比其他人感到更为羞耻的话，那就是我们。

严格意义上来说，我只能谈论我们自己的旅，那是我唯一认识深刻的旅。我可以说，有许多次，尤其是在一开始的时候，大家都说到过要和其他正规旅联合起来在巴塞罗那组织一次行军，以消灭那些正在各处制造流血和纵火事件的无政府帮派。总有一天，无政府主义朦胧的神秘之处会被揭晓清楚，而我们唯一知道的事便是他们一样不落地干了所有必须要干的事来让这场战争失败。

我记得一开始的时候，也就是我加入这个旅之后不久，军官和旅里的领导们曾十分公开地谈论过一场突袭，这场袭击似乎是一名将军和多名上校一起谋划的，其目的是清除巴塞罗那街道上的纵火犯、小偷和杀人犯。上至军中赫赫有名的人物，像是瓜内尔、法拉斯、埃斯科费特，下至我们这样的低级军官，大家都曾盼着这事能成。但是要办成这事，就得撤走前线的守军。

我记得在旅里军官的一次会议（那还是战争一开始的时候）上索雷拉

斯还发了言。对于"巴塞罗那行军"的支持者们,有些人曾提出了严厉的反对意见:法西斯分子会钻进我们留下的空缺。索雷拉斯的犀利头脑为他树敌颇多,因其想法常会惹恼别人,而正是凭借这一头脑,他预言说由于我们任由后方"被搞砸",所以我们会在这场战争中落败。有人打断他的话,告诫他作为一名军官,不能用这种失败主义的口吻说话,一名军官的失败主义能招致死刑。他对这番插话暴怒不已,猛地摔门而出,并吼道:

"你们全他妈是混账东西!"

他是个怪异、鲁莽、放肆但又迷人的年轻人。自从那天听他犀利又勇敢地说出那番话起,我便觉得跟他是一伙的,因为他虽然古怪,但他很勇敢。有很多关于他的奇怪传闻,在旅里已经创造出与他相关的某种传奇。他似乎乐在其中的种种矛盾之处只是为了迷惑他人,就跟那天他表现得像是最为坚定的支持突袭无政府主义者的成员一样("一支无法令后方看到其守卫者的军队,无法赢得任何一场战争。"他说),有时候却会搬出有关无政府主义的惊人言论,"这是将这个世界变成咱们所有人渴望的一片混乱的唯一严肃的尝试"。他可以依照自己心情好坏,拥护截然相反的想法,因此许多人都觉得他前后不一致,但事实上他是我这辈子认识的最聪明的人。

他完全不搭理我,不是说他避开我,而是比这更糟:他表现得就像是没有意识到我的存在。有一天,我跟他说起了那次军官会议,就为了告诉他我支持他在会上说的话,我告诉他,我怀疑有一些面上看不太清楚的人混迹在令巴塞罗那陷入恐怖的杀人团伙的煽动者中。对我而言,这不过是些隐约的怀疑而已,改天我会说到这个。索雷拉斯却打断了我的话:

"你说的这些都是废话。这么显而易见的事情不值得讨论。"

我想要用更为个人的方式跟他吐露秘密的企图同样没能奏效,他当场止住了我的话头:

"咱们所有人都有因为咱们投靠了另一方而叹息的姑妈们。"

他又一次扔给我这句他之后会多次重复的话：

"每个侄子都有一个他配得上的姑妈。"

我们的两个姑妈，也就是说他的还有我的，没有任何或几乎没有任何相近之处。他对他的姑妈怀有真正的感情，哪怕他将这感情竭力掩饰在讥讽的语调之下，可我却一直觉得被我的姑妈排斥。不管索雷拉斯如何轻视我，我却对他抱有真切的敬重，他的愤世嫉俗并未吓到我。我猜他骨子里是个充满了痛苦与秘密的财富的孤独的人。他是天主教徒吗？不管怎样，他是个愤愤不平的天主教徒，在他口中，宗教的真理会具有最让人惊诧的形式，而且还时常会令人恼怒。

当他因为此刻说来无益的一场战斗中的古怪行径而被剥夺了机枪中尉军衔的时候，我去向他表达了我坚定不移的友谊。

我满心天真地去找他，那时我还是个极为天真的人，我想着他被降级的时候（那时路易斯还没被编入我们旅）可能会需要我。我想象着他会感激我给他在因为降级而造成的伤口的新肉上滴上了几滴治疗的香脂，而此时，时隔多年之后，连我自己都诧异为何当时的我们会对丢掉几根少尉的军阶饰带如此在意（尽管他当时司职中尉，但是少尉军衔），那几根饰带最后被替换成了旅里的——军阶立即降低，但事实上战争开始没几个月后，我们便很快领会了军队精神，降军阶已不再让我们觉得是不可承受之耻。有些人自打他被降职以后，见到他时便会背转身去。

我在旅里后勤仓库的炼乳罐头堆还有大米跟鹰嘴豆袋子中间找到了他，他坐在一个麻袋上，正在看一本厚书。

"坐吧，"他淡淡地跟我说，"我正好想到了你，因为你是卫生少尉。我要你跟我准确说说淋病的症状有哪些。"

又是他那老一套的胡扯……不过那天我没想到他也会这样，我差点就哭了出来，因为我是个爱哭鬼。

"你别这副样子，真要命，说的又不是我。说的是某位卡萨诺瓦。你可曾听说过他?卡萨诺瓦·德·塞恩加尔[1],专业的威尼斯人。他的回忆录让我担心极了。要是信他的话,得过那么多次淋病的他痊愈起来就跟染上一样容易,这有可能吗?"

"在18世纪的话,除非是奇迹,否则没可能。"

"奇迹!那种程度的淋病都能痊愈的话简直太厉害了,不过卡萨诺瓦是怀疑主义者,得排除奇迹这一假设。"

"我来可不是为了聊卡萨诺瓦的。"

"那你来可能是硬要跟我聊烦死人的政治。"

那时候在旅里,他们跟我们谈政治依旧谈得很多,他们谈论得如此频繁以至于到最后(就在路易斯来到旅里的不久之前)所有人都觉得腻烦。我们最后就只管打仗,"既然事已至此",我们就不想再多伤脑筋了。索雷拉斯是第一个把这种疲乏归咎于政治的废话连篇。他时常会嘲弄广播里那些令人频频作呕的演说,这些演说最后会通过报纸传到前线。

"你看,"他指着装有鹰嘴豆的麻袋说,"我是如何英勇地跟法西斯分子,也就是坏人们做斗争的。咱们高喊'法西斯分子去死!'而他们则喊'红色分子去死!'所有人,无论是他们还是咱们,想说的其实都一样,那就是'坏人们去死!'所有人都在针对坏人,始终如此,到处皆然,所有人都向着好人。多单调啊,我的上帝!这个星球上就没人能稍微有点想象力吗?不过战争最糟糕的一点便是,之后会有人写小说,至于这场战争(我可以跟你保证,就跟其他那些战争一个死德性),肯定会弄出几部尤其白痴的小说来,写这样小说的都是什么自命不凡的言情和情色高手:里头肯定会有英勇无比的年轻英雄和出身良好的天使般的姑娘。不过,可怜的

---

[1] 此处指贾科莫·卡萨诺瓦(Giacomo Girolamo Casanova,1725—1798),富有传奇色彩的意大利冒险家、作家,风流才子,18世纪的欧洲大情圣,生于意大利威尼斯。在被罗马教宗克雷芒十三世封为骑士后,他便喜欢别人称其为塞恩加尔骑士(Chevalier de Seingalt)。文中所指回忆录即他的自传式小说《我的一生》(Historie de ma vie)。

克鲁埃尔斯你不会,你不会拿本那样的大厚书来折磨我们。不过外国人的话……你不相信我预言的天赋,这可真遗憾,因为我可以告诉你,比如说,外国人能从这场巨大的混乱中搞出几个有关斗牛士和吉卜赛女郎的轰动故事来。"

"斗牛士?我可从来没听说过,据我所知……"

"对,可怜的克鲁埃尔斯,在军队里咱们从没见过斗牛士的影子,更不要说吉卜赛人了,不过外国人对生意的嗅觉可是很灵敏的。生意就是生意,所有外国人都这么说,而时间就是金钱,要让一部西班牙情节的小说大卖,绝对需要男英雄是个斗牛士,而女英雄是个吉卜赛女郎,而到了第三章的时候,你就会看到他俩在一片到处都是凶猛公牛的热带丛林里卿卿我我,但凡不是这样的内容都是在浪费时间,而时间就是金钱。外国人都是帮蠢蛋,我这么跟你说是有理由的,因为我曾旅行过。有这么多外国人的情况下,这世界没法好起来。"

"到底哪只苍蝇叮了你,让你说出这通关于外国人的鬼话来?"

他看着我,就像是对我的问题感到诧异的样子。

"最让我恼火的,"他低沉的嗓音听起来就像是声嘟囔,"就是想到我也是个外国人。这是一个人旅行时最先领会到的事。第一次,这事儿发生在我还在前萨克森王国的时候,有个公职人员称呼我为外国人,我差点扇他巴掌,那叫法简直像是在辱骂我。外国人,我吗?我大喊着,绝不可能!你才是外国人!这是因为咱们所有人都觉得其他人才是外国人。可咱们其实全都是外国人,真是恶心!咱们活着并幻想着只有其他人才是外国人,而每个人自己才始终都是他人之中最彻头彻尾的外国人。"

"可怜的索雷拉斯,"我说,"说到底你说的都很有道理。最彻头彻尾的外国人……可是,对事情追根究底对你有什么好处呢?"

"我唯一追究出来的东西都是狗屁,"他气愤地回答我,"真希望我能跟所有人一样变成个白痴!你看一眼那边那份报纸,就在鹰嘴豆袋子上面,你看看第一页的大标题:《起来,无产阶级们!》。那是了不起的利贝特·米尔曼同志、这位战争宣传总指挥在广播里发表的一次演说,抱歉,现在我意识到你并不知道我跟你说的是谁。"

事实上,那时候我几乎都没听说过路易斯的大舅子——要知道那时我还不认识路易斯——哪怕他在战争开始没几周之后就在宣传领域开展起了不可思议的活动。我在头几天就加入了前线,那时贝特·米尔曼还没出名,前线也没人说起他,就跟前线同样没人说起或几乎无人谈论在我们无法理解的喧嚣中出现又消失在后方政治舞台上的那些新人物。不过,索雷拉斯却很了解他。

"真是了不起的同志!他跟咱们差不多大,健壮得像头公牛,不过后方可少不了他。你会知道他对咱们来说是否不可或缺。'起来,无产阶级们!'他对咱们说,自个儿舒坦地坐在巴塞罗那的办公室里。当你走进来的时候,一阵良心的谴责令我感到烦扰,因为你应该已经看到我坐在了一袋鹰嘴豆上面,翻看卡萨诺瓦的回忆录,然而这张报纸却说得再清楚不过了:'起来,无产阶级们!'我还能继续坐在鹰嘴豆上面吗?还是我该站起身,照那位了不起同志的建议做?照了不起同志的说法,我已经'起来'了吗?照道理,此处的'起来'指的应该是权力,可是,我算是'无产阶级'吗?哦,真是可怕的问题!实际上,我不过是个想当公务员的家伙,我得给杰出的利贝特先生写封匿名信(匿名是因为他太了解我了),建议他改换一下他的演讲,比方说,下一次他可以说:'起来,公证员们!起来,药剂师们!'多点儿花样,先生……"

这事儿过去几周后我们才再次见面,他开着火车部的轻型卡车要去后方取粮食,因为这个原因,有时在旅里会好几天都见不着他。有天晚上,他意外地出现在了营医务室里,那时我在那里当差。他说他是专门到村里去的,村子离后勤部相当远,他去那儿是要跟我好好聊一聊。吃过晚饭后,我把他带去了我过夜的地下室,我给他弄了另一张草垫。

"要是我告诉你一直以来，从我最稚嫩的童年时代起，"他差不多就是以这番话开始他的独白的，那会儿我们才刚躺到各自的草垫上，他就这样说了好几个小时，"宇宙在我看来拥有一副阴柔大洋的模样……哦，只要你能潜入她温暖而令人晕眩的水中！不过人就是被钉在海滩上的坦塔罗斯[1]，大洋近在手边，却无法潜入其中。是她们不容你这么做。你可以幻想你没有头朝下扎下去是因为你德行高尚，可我却不会这么想。我已不能抱有任何幻想：我已试过所有方法了，是她们不想让我这么做！此外，我的情况是最复杂的那种，因为我狂热地拥护教会。有人什么都不信，甚至连黑弥撒都不信，显然提到黑弥撒的人是他们，可他们却不知道自己在做什么。他们都是显赫的人物，你知道吗？大型股份公司的经理、经济系的教授、可怕的卖弄学识的人。他们甚至都不会想到他们崇拜反永恒神父本人，哪怕并不知道此人。"

"反永恒神父？"我问道。

"对，反永恒神父本人。这是我给他起的名字，你只要稍微想一下就会知道这名字是最适合他的。我私下坚信这就是他的真名，如果凭这个名字几乎无人知道他的话，那是因为他喜欢隐匿身份。他喜欢给他的化身采用最乏味的形式，这些化身出现得比你以为的要频繁得多。他爱混迹在街上的灰色人群里，目的就是让自己为人崇拜而其崇拜者却并不自知。他热衷于含糊、歧义与神秘，他喜欢奢侈，但比起昂贵的奢侈，他更欣赏贫苦的那一种——适合所有人的钱包、在嗜好的洞穴中爆发的奢侈。没错，他也忧虑，因为地狱近在每个人身边，而他也同样惦记着穷人们。他并没有忘记利用英国工作制[2]稍加喘息的谦卑工人们。巴塞罗那的夏天很漫

---

[1] 希腊神话人物，为宙斯之子，他烹杀了自己的儿子，并邀众神赴宴以考验他们是否真的通晓一切，宙斯震怒，将其打入冥界，他站在没颈的水池里，当他口渴想喝水时，水就退去，他头上有果树，当他肚饿想吃果子时，却摘不到，永远忍受饥渴的折磨。

[2] 每日工作八小时，每周工作五天半，周六上午工作四小时，周六下午到周日休息。

长，夜晚很短暂，却炎热而难受，巴塞罗那伏天的夜晚真是令人难忘啊！我借口经济系的教授要见我，从我姑妈在戈德里亚的房子里跑出来，我们在那儿消夏，我逃出来是为了能偶尔投入那个如此吸引我、又如此熟悉的世界，我尤其了解它在冬天的样子，可在伏天里，它就像彻底盛开了一样，仿佛巨大的水果因为炎热而绽裂，丰盛地呈现出成熟或熟透了的内里。小巷里的人饱受暑热跟失眠的折磨，他们像蝴蝶一样从一朵花飞到另一朵花，直到找到那朵特别吸引他们的，那朵花会比其他所有花都迷人得多，而他们并不能说出为何会这样。表面上看这朵花跟其他花都一样，她就在那里，像其他花朵一样倚在门口或属于她的角落里，跟干苦活的灰姑娘似的。她没有任何特别之处，没有任何其他花朵所不具备的特点，但有人就会在一阵无法抵挡的冲动之下跪倒在她脚下。这个白痴并不会想到还有多少无知的崇拜者！而这正是反永恒神父的魅惑，以往那些崇拜者早已见识。'转瞬即逝的魅惑'，转瞬而逝的事物中所产生的无可抵挡的诱惑，只存在于伏天某个短暂的夜晚。跪倒在将会被疾病、衰老和死亡摧毁的事物脚下，带着倾慕亲吻它！背弃永恒，奔走着成为时间的奴隶！不过我至少不是任何股份公司的经理，我也没有任何经济学的教授头衔，之后——永远都是在之后——伴着港口拂晓的晨光，我会跪倒在某座被遗忘的空旷而黑暗的教堂里，两眼紧盯着圣体前的灯，任由自己滑进懊悔的甜蜜中。对，能够对十字架上被遗忘的上帝倾诉是很甜蜜的事，我会说：'主，正是你教会了我这个伎俩，这个可怕的伎俩，这——税务官的祷告。'"

在黑暗中，他唱诗班领唱一样的嗓音震颤着，仿佛管风琴奏出的低音，他不时加以强调，因此很难分辨出其中嘲笑的情绪。

"女人是大洋，男人是撒哈拉。这是两个巨大的敌对事物，水跟饥渴，双方相互依偎，却永不会交融。如果两者能交融，这一结合将诞生出各大洲中最荣耀的事物，但这并无可能。在撒哈拉的中心地带，在沙地被烈日倍加炙烤的地方，长着一种仙人掌，能长到可观的高度，偶有一支图阿雷格人的队伍从远处隐约看到这一品种的唯一一株仙人掌,因为这一品种只有这么一株。它垂直的侧影在沙地上投下的阴影一直延伸到天边,图阿雷格人隐隐看到的更可能是它的阴影而非仙人掌本身。除了是这品种唯一存活的一株这一特别之处,这株仙人掌还有另一个特异之处:存活千年再开花,长出第二株之后死去。是的,撒哈拉可不止一个方面引人注目。"

"我从没听说过这种仙人掌。"

"没有吗?真令人惊讶!在经历千年的艰辛之后,终于到了它开花的时刻。'唉,这对我有什么用?'仙人掌说,它宁可在见识到第二株荣耀的植株前便咽气,它可为这第二株足足准备了千年!'开花?为了什么?'当那一刻到来时它说。对,就是当它说'唉',不想屈尊开花就想咽气的那一刻。你真的没听说过这种仙人掌吗?真是不可思议。就像皮科连长说的,没什么文化的人,因为这毕竟是种很有名的仙人掌,叫作索雷拉斯仙人掌。你真的不知道吗?那昆虫呢?你也没听说过昆虫吗?"

"什么昆虫?"

"什么什么昆虫?所有的!所有的昆虫!昆虫,任何一种。昆虫的生命从衰老开始真是奇怪,跟咱们正好相反,这两种系统哪种更好呢?那些在好多年里都可悲地以幼虫的状态爬行就为了体验婚礼飞行那一刻的昆虫,骨子里和索雷拉斯仙人掌的故事是一样的,说到底,一切都会是一样的,就仿佛一切都是为了婚礼飞行而被造出来,期待着荣耀,可这样的荣耀却只让我们品尝到一滴,只是短短的一瞬!就为了这一滴甘露,为了这短暂一瞬,为了这道不定的荣耀的闪电……唉,你就像是掉进了解不开的晦涩话语中。比如说(既然咱们说到昆虫),当动物的生命还未超越昆虫的阶段时,植物的生命便已经见识了最绚丽的盛放:最妖艳和惊人的兰花已经在最浓密和炎热的丛林中心绽放,那时,咱们的祖母蚯蚓还在没有眼睛地爬行。因此咱们本可以相信植物才是注定能达到最高荣耀的,但咱们现在知道并非如此。上帝愿从蚯蚓而不是兰花中下凡：你就承认吧，要想弄懂这其中的一些道理会让人发狂。"

我想要打断他的独语，却是徒劳，他肆意地高谈阔论，唱诗班领唱一样的嗓音越来越突出。我知道他在比画，因为他烟头上的亮点在阁楼浓重的黑暗里划出怪异的阿拉伯式图案。他从一个话题转到另一个话题，我觉得他甚至都忘记了我的存在。

"咱们除了无话可说，只能说所有一切都无法解释。有一个确切无疑的代数等式，什么都不信等于相信无，而人们没有意识到这一点真是可怕，如果什么都不存在，就不会有问题，一切都跟水一样清晰明了。无才是唯一有逻辑跟合理的东西，与一切神秘无关，绝对简单而且可以理解，但就其定义而言，无是唯一不存在的东西，而所有存在的东西都是神秘的。因此可以说思考就是浪费时间，因为咱们不可能有任何成就：要么就是什么都没有，而要是有什么的话，那就是无法想象的神秘。此外，这不是咱们先前要谈论的事，咱们还是回到自己的话题上吧。我刚才跟你说，是她们不愿意，而不是我，因为贞洁的百合不是我的强项，我可以肯定地告诉你。既然你是神父，或者你将会成为神父，那你就有义务倾听我对这一话题的告解，我觉得这才会是道大菜，占到了我忏悔内容的百分之九十九。就是这样，这才是最本质的一点：她们不愿意，当然，也会有体面的例外，可是谁对例外有兴趣呢？例外……那些愿意的……我告诉你，从她们愿意那刻起，我就什么兴致都没了……不得不承认这里有其神秘之处，哪儿都有神秘之处！咱们对那些恰恰不愿意的才会有真正的欲望，无神论者跟我解释了这一神秘之处，那些该死的无神论者。但是他们没法告诉你们任何有价值的神秘之处或其他东西，他们只会谈论进步。他们用进步来蒙骗你们！他们去到美洲，先从在街角卖报纸开始，积累大笔财富后回来告诉咱们他们是如何成功的，就跟真有人对此感兴趣似的。这是进步的错，因为以前那些去了美洲的人并没有回来，他们不可能烦到咱们。你看看我，我也曾在街角卖过报纸，都是卖不掉的报纸，《爆破眼》，你别不信。不过，我没在美洲卖，要在那儿我准能挣上一大笔，我是在巴塞罗那卖，就在兰布拉大道上。那些从美洲回来的人居然没为自己曾在那些街区里赚到了钱而感到羞愧，真是不可思议，他们跟你说起这事儿的时候面不改色，也无法体会到有一次从我姑妈嘴里冒出来的那句话的深意。有人曾给她介绍过一位优雅的阔佬。'一名极有教养的人，'她此后评论道，'据说之前他得靠自己挣钱，不过我觉得这是诽谤。'或许那名阔佬一开始曾在纽约的街角卖过报纸，在那里这是很体面的事，含有褒义，也是所有百万富翁最开始干的事。在巴塞罗那街头卖报纸是很丢脸的事，但在纽约就很了不起。此处又有一点神秘之处，关于羞耻的秘密，我特别希望天才的无神论者们能跟我解释一下：在我做过的所有事中，最让我感到羞耻的就是我给《先锋报》的一则广告写过信，广告承诺有一份关于如何在十五天内拥有运动员一样的肌肉的'机密说明'。我为这广告花了十五比塞塔：一天一比塞塔。你看我，我曾经会花十五比塞塔来换取获得运动员一样的肌肉的秘密。既然我在忏悔，我何不就把所有事儿都说了呢？我甚至都去索拉伊达夫人那儿做过'亲密咨询'，她'专长于赢取爱情的心理学'。显然，我一次都没赢得过爱情，甚至连索拉伊达这种女人的爱情也未曾得到过，对了，她可真是那种最不要脸的吉卜赛女人。你不愿意相信我？要是我告诉你我甚至买过一管'巴比尔'呢？而且还不是那种十比塞塔的小管，而是四十比塞塔的超大管。当我剃胡子的时候，我可喜欢剃刀发出声响了……我又多长出来了一根胡子，但就一根，不过的确很长。"

他叹了口气，仿佛身处痛苦回忆的重压之下，但很快又重新开始了独白，这会儿跟我说的是地质学。那时我想象不出地质学在他的独语中会是什么样。

"我还到了不惜刻苦钻研地质学的程度，我曾啃下一部又一部大部头，却完全不知所云。因为她们热爱地质学，你不知道吗？但一切都是徒劳！

我唯一能厘清的就是：只有因为某种特殊的偶然性，咱们才有可能成为化石，你看，咱们连这点小小的安慰都得不到。因为在此之前，想到有一天我会成为一具骨骼化石陈列在博物馆的玻璃柜里，会有个标签写道：'古索雷拉斯人'，还能吓唬到中小学里的孩子们，这让我觉得是莫大的安慰。再见了，遗失了的纯真美梦！我研读完了一整本厚得吓人的书才打破了我在这方面的所有幻想，要不是有特别好的运气，我永远都不会变成化石。我也可以说，我是白费了功夫和时间：'巴比尔'以失败而告终，跟索拉伊达夫人心理课程的下场差不多，包括我所有在地质学上费的苦工和我所有着手的事情。对了，是谁让咱们长出胡子的？是咱们自己，显然，是咱们自己，不过靠的并不是咱们有意识的意志——要真是那样的话，可就简单了——而是另一种意志，对后者咱们毫无意识，它埋在咱们内心的最深处，是另一种意志，一种咱们想不到的意志让咱们长出了胡子和指甲，塑造了咱们的身体和面孔，每个人都有他想要的面孔，可是，安静！没有人意识到这另一种意志。安静，安静！咱们不要过多搅动内心深井底部的浑水。说到这一点，我本能跟你讲很多……因为这些事我都琢磨过了，琢磨了一辈子！正因为此我才来跟你谈论我的童年和我姑妈，她和你的姑妈很不一样。对你的姑妈来说，人生就跟银行的活期账户一样理所当然：你们往里头存了多少优秀的事业？又从里头提取了多少？现在余额是多少？这便是全部。而对我姑妈来说，一切刚好相反，万事皆是神秘，晦暗与怪异，自然地飘浮在超自然之上。"

"圣女菲洛美娜……"我斗胆说了一句。

"咱们还是放过圣女菲洛美娜吧，"他气愤地打断我的话，"那些来自天国的显灵说到底都没什么可大惊小怪的。我可以告诉你更有趣的事，因为今晚我要把一切都告诉你，否则咱们何时才会再有这样的良机呢？也正因为此，我才来找你。你不会把我的话转给旅里的其他人，这点我很肯定，因为你是神父，你得保守告解的秘密，你要记住，我可从来没有告诉过任何人你是神父。旅里有人可不好惹，现实而精明……"

"我不是神父。"

"无所谓，你会成为神父的，你整个人看上去就像。只要看到你的样子，人们便会涌起忏悔的强烈愿望，想要坦承一切，甚至是最为悲伤、沉重和隐晦的秘密。仿佛羞耻从胃部升到喉头，变得像蜜一般黏稠而香甜。没错，克鲁埃尔斯，你得倾听我的胡言乱语，因为今晚我并没有睡意，而且我打从心底里想要说到天亮，你看着吧。当然了，都是些胡话，却在一生中留下了印记，我从幼年直到开战都一直呼吸着稀薄的空气。尽管这样持续了许多年，仿佛没完没了，但不管怎样我都不会拿我的姑妈跟你的姑妈交换。照帕比尼安的说法，法律在于给予每个人他所应有的东西，因此，每个人得留着她自己的姑妈。各得其分[1]。"

"这话不是帕比尼安说的，是乌尔比安[2]说的。"

"咱们不必为这种小事争论，还有那么多现象有待解释呢……"

我从他的音调中感到他似乎试图用些胡话来掩饰他的犹豫和烦恼，甚至他还一度沉默了好一会儿，就是在说完"还有那么多现象有待解释呢"这句话之后，这么明显的托词让我很失望。他的香烟已经熄灭，可他依旧一动不动，我都以为他已经睡着了。

"还有那么多现象有待解释呢，"那阵沉默之后他低沉的嗓音又重复了这句话，"你觉得基督教在最开始的时候比招魂术团体更受推崇吗？你可别生气，我指的是在凡人眼中，在那些一向什么都无所谓的人的眼中，他们曾经是、现在是、将来还会是所有教派中人数最多的一群人。我请你在动怒之前先听我说完，你，恰恰是你，是少数能理解这一点的人，因为你有次告诉过我，很久以前你曾有过梦游。每个人都忍受着他的姑妈，而关

---

1 原文为拉丁语，Suum cuique tribuere。
2 Gnaeus Domitius Annius Ulpianus（约170—228），古罗马法学家。

于我的姑妈……"

十二岁那年，就在露西娅姑妈因为我拿到荣誉注册而送给我那架望远镜不久之后，我真的经历了一次梦游，而全旅里我只告诉了索雷拉斯一个人。人们发现我在我们位于萨利亚区的别墅屋顶平台边缘漫步，好像我一边走还一边用望远镜看着什么，可我的眼睛是闭着的，要不是我姑妈告诉我这件事的话，我绝不会知道，因为一旦醒来之后就什么都不记得了。在我和索雷拉斯谈话的那个时期，梦游问题没在我身上重演过，因此久远之前的那次经历便成了唯一的一次，但之后不久，当路易斯一加入旅里之后，我就有了第二次梦游：夜间巡逻的士兵发现我在睡梦中行走在奥利维圣女村的街上，似乎也在用望远镜看东西，不过这一点现在也无关紧要。

我们进行这次谈话的时候是11月末，当时雨水开始狠狠地拍打着气窗玻璃，窗户没有关严，细密的雨点随着一阵阵寒风打落进来。他又点燃了香烟，有一刻我看到了他的脸，就像幽灵一样突然出现在我眼前。他比以前还要瘦，脸上的表情显得他像是深受偏头痛的折磨。香烟叼在他的唇间，火柴还捏在手指间，他把左手搭在额前，用他近视的双眼死死看着我，眼神中有种我说不清的仿佛是痛苦的东西，而他因为觉得可耻想要掩饰这种痛苦。当他再次消失在黑暗中时，重新开始了他的独语：

"克鲁埃尔斯，我（非常富有的）姑妈在她不通电的洞穴里，远离空气和光线，就像金字塔深处的法老，建造起一个仅供她私人享用的秘密世界。而且，建造起一个自我世界，在其中为所欲为而无须在意他人说什么的可能性才是真正会令富人们眼红的优越之处。有些晚上我会听到噼啪声，我总是能听到，哪怕我追溯得再远，我都能在记忆中找到这种声音。那不是响亮的噼啪声，但是很独特，就像是从家具的木头里发出来的。我的卧室在她房间对面那一头，在公寓的另一侧，朝向一座修道院的花园，修道院里住着教书的修女们。我姑妈把最小的房间选作她的卧室，也就是最靠里那间，因为那是上个世纪的房子（她从没想过换房子），所以还有些完全在内部的房间，连窗户都没有，而她的卧室就是其中一间，唯一的口子就是房门，正对着玄关。有天晚上（那时我快满十三岁了），我听到比往常更为响亮的噼啪声，那是从客厅传来的，就在我卧室的隔壁。那声音就像是有人在锯靠壁桌，或是用手指在敲打桌子，那种声响有时会变得更响，就像远方奔驰中的马蹄声或是皮球快速而持续的弹跳声。我好奇得要命，从床上跳了起来，一道月光透过百叶窗探进了客厅深处，从靠壁桌暗淡的镜子上反射出来，照到了我祖父的肖像上。一阵橙花的香气从修女们的花园里飘来，因为那是6月的夜晚。我光着脚往前走，但我一走进客厅之后，声响一下子就停了。过了一会儿，我又听到了，这回要弱一些，但不在客厅里，而在从客厅通往玄关的过道里。我朝那里走去，声音越来越远，似乎在躲避我。我跟着声音走，不知不觉走进了我姑妈的卧室。你在听我说吗？"

"我在听你说呢。"我说。

"我必须把这些全都告诉你，克鲁埃尔斯，绝对有必要！卧室里有一股通风不良的地方的臭味，因为我姑妈睡觉都关着门。通常我的脚步声，哪怕光着脚都会惊醒她，因为她的听觉极其敏锐，我还没告诉你当时门已经打开了。通常那里也都是一团漆黑，可尽管如此，我还是看到了一团隐约的光亮，一种无可名状的发蓝的亮光正从不知什么地方发出，这亮光恰好让我隐隐看到姑妈的脸。她的眼睛睁着，正在微笑。从她的唇间流出一线唾沫，流到了枕头上，她微笑着一动不动，并没有看到我，依旧在睡着……而我的眼睛则是大张着。她床边的桃花心木床头柜似乎悬在半空中，四条腿中只有一条触地。床头柜微微摇晃着，像是要开启一曲慢拍华尔兹的第一个动作。这些事说来话长，事实上却不过就持续了一瞬间，我才走进去，床头柜就突然掉回了地上，蓝光消失，声响停止。你在听我说吗？"

"我在听。"我重复道。

"第二天我试图告诉姑妈所有这些事，但略过了走进她洞穴的事。我只是跟她说了古怪的声响、模糊的亮光,她带着一脸轻蔑而怀疑的神情听我说着,有一刻她用手指摸了摸额头。'你说的这些全是傻话,'她说,'都是招魂术士的鬼话。你要是看过博须埃全集的话就能编得更好。'"

"偏巧是博须埃全集吗?"

"显然我姑妈什么都没听到,这再明显不过,但她的听觉可是十分灵敏的(这点我很清楚,因为我不得不想方设法才能在晚上逃出去。到了十三岁的时候,我就再也不在晚上跑出去了)。到了晚上十点之后,这间公寓里就只有我和她,那个时间家里的女佣——一位在来我们家干活前曾在一间修女的修道院里服侍过很多年的老妇人——已经去家中的阁楼睡觉了,她在阁楼的那间房间比我姑妈的卧房要宽敞舒服得多。你得知道这房子只是我姑妈诸多房产中的一处,无疑是最古老的一处,而我们只占用了其中最小的一间公寓,阁楼则要宽敞得多。从十点起,公寓里就只有我姑妈和我,还有那些古怪声响——说的就是这个,你可别笑——这些声音总是出现在午夜到凌晨四点之间。我发现了这个规律:当怪声响起时,我姑妈会比平时睡得更沉。我利用了这一发现在夜间溜出家门。我可以穿过走道,开关通向楼道的房门,尽管这门离她的卧室就几步之遥,但她不会发觉。她处在一种被催眠的恍惚状态。"

"你真的要我相信……"

"对,我要你相信,因为这是唯一可能的解释。你出现过梦游,你有亲身体验,知道之后什么都不会记得。有些夜晚我姑妈在睡梦中陷入恍惚状态,而她对此从未起疑。简而言之,她是灵媒却不知情,如果其他人不告诉你的话,你也不会知道自己是梦游症患者。有些人在无意识的状态下写出了散文,提醒你这一点很有必要吧?咱们在自己不知情的情况下做过多少事啊!而且,我姑妈这事不像你想象得那么罕见,其他案例也早有很多研究。这更像是规律而非特例:大部分灵媒自己意识不到这一点。要是像我姑妈这么虔诚、这么拥护圣菲利普祈祷会的神父们的人有发生此类现象的嫌疑的话，她必会反感不已。有次在饭后闲聊时，我狡猾地把话题引向了当时流传的某些玄学体验上，据说爱因斯坦和居里夫人都曾亲身见证过此类体验，而我姑妈却打断了我的话：'你不要再跟我说这些东西了，拜托，这些事让我胃痉挛得想吐。'我要跟你说的是，自打那次开始，我只要听到爱因斯坦的名字，就觉得胃里一阵抽搐。不过，也正是这种明显的恶心感让咱们找到了线索：她在面对灵学现象时所表现出的反感，难道不正是因为她本身就深有体验却不曾疑心过吗？因为没有什么能比咱们深藏不露的东西更能令咱们感到厌恶。现在，克鲁埃尔斯，你能明白我是什么样的人了：一个有遗传病的人，直到二十几岁都一直生活在一种滞重的空气里，这空气就像一池死水一直淹没到我的脖子。我不过就是一个半癫痫姑妈的神经质的侄子，一户神经错误的家庭里唯一幸存的男丁。你可注意了，唯一幸存的男丁，由一名腰缠万贯又有幻觉的老处女姑妈抚养长大并被惯坏。我自己都让自己觉得害怕，克鲁埃尔斯，有时候，当我晚上一个人待在后勤部大仓库的深处时（因为我睡在那儿），我会一阵阵打寒战，就像有人在黑暗中朝我脸上吹着气。我的背脊上寒毛直竖，就像对着……狂吠的狗，它们到底是对着什么狂吠呢？狗知道，而咱们却不知道。我想，就算我跟你说招魂者们往往都是没什么想象力的好人，应该也没什么用，当这些人被允许拥有跟去世了的亲爱姑妈们交谈一会儿的纯真幻想时，他们便会觉得足够快乐。在他们相信的事物中并没有什么古怪之处，可怜的死尸们才没兴趣掺和这些事。如果是死人干的话，那事情就简单了，但并不是他们干的，而是更令人不安的人干的：那就是咱们自己。那是咱们的'另一种意志'，是咱们所有人心底里都有却并不知晓的那'另一个人'。是他，是那'另一个人'，从孕育那刻起便在行动，他为咱们的手脚和眼睛安排材料，他让咱们在青春期突然长出令咱们惊讶的毛发。吃惊都是有原因的！咱们面对通灵的现象而感到吃惊，却不讶异于指甲或胡须的生长，似乎后者并不像前者那样不易解释。我看到从我姑妈唇间滴下的那一线唾沫或许就是幽灵的液体，可说到底，指甲跟胡须也一样！一切均是如此！此外，咱们每个人身上还都有超心理学现象发生，那就是梦。在梦里，咱们看到事物、面孔，咱们听到声响和嗓音：显然这一切都是咱们自己制造出来的，但不是咱们有意识的意志的产物，而是缘于另一种意志。多少次咱们想要凭意志来做梦啊！但没有可能。要是咱们可以选择的话，咱们能够梦见多么美好的东西呀！要那样的话，咱们就能梦见最为动人的女人，浑身上下都长得恰到好处，眼中满是最温柔最隐晦的心照不宣的目光。你看，我常会梦见可怕的女人，我都没法告诉你我梦见过多少次那位索拉伊达夫人，她可真是吓死人！要是咱们能像行使咱们有意识的意志一样行使'另一种意志'的话，咱们就能干出比随心所欲做梦更好的事来：咱们就能拥有像神一样的脸、一脸浓密而坚硬的胡子、码头搬运工一样的肌肉、马匹一般的胸膛。但这都不可能，不可能，不可能！在'另一种意志'面前咱们无能为力，它是盲目的，得摸索着前进。它有时会在半道上莫名地出错，就跟它在妊娠期给一只手或脚、一个肝或脾安排材料时出错一样，有时它还会把材料编排进怪异的癌中。"

"我糊涂了。"我小声嘟囔。

"我也是，"他说，"我也糊涂了。我被这些事搞垮了。每个人都有他想要的脸，只是这都取决于另一种意志。而这正是最糟糕的，因为说到底，每个人的脸都是他配得到的样子，是他自己制造出来的。是的，这是其中最糟糕的，因为我的脸……算了，咱们不说这个了，拜托。想到这事儿就让我烦心！我的脸让我消沉。这种统治着咱们的无意识的行动、这一无意识的意志、这一让咱们身陷其中的双重深渊……我说双重深渊是因为这一切在两种神秘之间移动，一边是起源，一边是结局，一边是淫秽，一边是阴森，都是无底的深渊。所有、所有、所有的一切都将止于此：通灵现象也好，做梦也好。招魂术士认为看到了死者的信息并非毫无依据，很多时候凄惨的气氛会让人想起这一点。只是他们从未能说明白另一点，那就是每当他们亲爱的已经失去形体的姑妈们从另一边捎来信息时,他们常常会感到茫然,并说出一大通粗鄙言语来。"

"又是老一套。"我累得小声嘀咕了一句,而且我都快困死了,浸润着雨水的阵阵寒风透过气窗打到我的脸上。

"对,又是老一套,"因为潮湿的冷风吹熄了火柴,索雷拉斯再次试着点燃他的香烟,"可弗洛伊德派,该死的弗洛伊德派却不能超越淫秽那一面,他们就像是宗教游行里的巨人,得透过裤门襟看一切。而阴森那一面却从他们那儿逃脱了。每个人都只能看到事物的一面,可凡事皆有两面!这是一道双重的深渊!咱们在深渊中污泥遍体,淤泥甚至淹到了眼睛,但尽管如此,咱们的眼睛还是露在了外面,恰好能隐约望见另一道深渊,悬于头上的那道……"

他仍在努力点燃香烟,却没成功,阵阵寒风吹熄了火柴,他的嗓音在黑暗中越来越低沉。

"那个时期,我开始像个体面人一样有条不紊地将自己灌醉。我等待着附体的鬼魂们将光着脚的我在公寓外抖干净。在半夜到凌晨四点间,我在'中国区'中心散发着甘蔗和尿味的破烂窝棚里过着我的另一种生活。人们在那里痛饮甘蔗酒,而客人们为了省事儿就在里头的墙角根撒尿。之后有传言说,对这样的破地方市政府的服务机构出于促进旅游的目的在背后狡猾地资助,不过这纯属诽谤,我可以向你发誓,在我去的那阵,根本连一个游客都没有。天色开始变亮时我烂醉如泥地回到家。有个周一,我上床时比以往醉得都要厉害,床像只船一样摇摆,我感到阵阵恶心。当一团不超过一只苹果大小的蓝绿色荧光在黑暗中出现在几乎是天花板的高度时,客厅墙上的钟敲响了四点,那团光跳跃着,却保持在同一高度,之后恰在我的上方停住了。就在那时,它获得了一种黏稠的坚固质感,或者说更像是面团的那种质感,变成一只凝视着我的眼睛。我仰天躺在床上,脸朝着天花板,想要顶住酒醉引起的阵阵恶心,结果只有一只眼睛从天花板上看着我，而另一只眼睛并未睁开，我只能在那团发白的荧光中分辨出一个不成形的轮廓。一张脸的模样也开始大致显现，一开始很模糊，但之后便很容易辨认：那是我自己的脸。对，那是一张跟我的脸出奇相像的面孔，我听到了它的声音，嗓音低沉，像是咱们小时候的旧大喇叭留声机里发出的声音，或更像是个声带受损的残疾人的声音，正竭尽全力地说活。那个嗓音说的是：'然而，它的确在动。'"

我已经半睡半醒，却还是忍不住笑了起来，因为这事儿真的出乎我意料。

"你别笑，"索雷拉斯说，"那声音说：'然而，它的确在动。'那声调如此笃定，就像我跟你在说话一样！与此同时，那张脸还有那只独眼开始像融化的蜡一样渐渐消失，我又听到了那个特别粗哑的声音：'百万的百万的百万的……'"

"百万的什么？"

"我不敢在你面前重复，可怜的克鲁埃尔斯，不过没关系。你可以自行想象。那一刻，恶心终于战胜了我，我把在坦盖特洞穴里吞下的甘蔗酒全都吐了出来。那个地方就叫这个名字，至少剧院拱门街上那帮最饱经磨炼的女人中的一个老手就是这么叫的，你知道吗？那可是个成熟得过了头的女人，就像被忘记采摘的无花果，在秋季的最后几天里因为自身的重量而从树上掉了下来，摔得个稀烂。我去那里恰恰是对她身上散发出的那股秋日枯叶般的气息着迷，为此我常去她的洞里，我觉得我此前已经跟你描述过那地方。因为，事实上像我这样的人总梦想着最贞洁的少女，她们有着纯真逼人的眼神，发间有着天地之初首个清晨中百里香的芬芳，像林间的兔子一般不可接近……对，克鲁埃尔斯，当一个人脑子里满是不切实际的梦想和无法实现的渴望时，他就会在一个极为成熟、堕落和散发着蒜味的妓女洞穴里寻找到最深沉的平静。"

他叹了口气，把空火柴盒用力朝气窗玻璃上扔过去，停顿了一会儿之后接着说：

"现在你看到我忙着给你们狼吞虎咽吃下的鹰嘴豆做统计，可我生来是为了其他更好的着落。难道有人在临死前能不像曼恩·德·比朗那样说'我是为了更好的命运而生的'吗？可是，我们又能怎样？咱们所有人生来都是要征服这个宇宙的，可咱们连屁都征服不了！宇宙很美，可是不容征服，就像那些贞洁的少女一样，目光清澈、挑衅、孤僻、野性。一切都是老一套。有人曾尝试过一切：驯服爱炝蹶子的天使；刻苦钻研地质学；强行跨越心理玄学和弗洛伊德派之间黏稠的鸿沟；替奴隶赎身。能替他们赎身是多么光荣的事啊！可是他们不让。无产阶级不让，或许是出于同样晦暗而强大的理由，宇宙、鬼魂、天使般的姑娘、地质学都不容许。咱们无奈的贪婪面对女性的大洋，就像被钉在沙滩上的坦塔罗斯面对着壮美得令人震颤的整个宇宙！在某个秋末的傍晚欣赏一下周遭风景，你便会明白那种感觉。既然咱们无法拥有它，那为何它还是如此壮丽？既然巨大的饥饿感和如此壮阔的宇宙并非为彼此而生，那为何两者要有联系？到了某一刻，人们会说：该死的饥饿，你要的可不只是宇宙，整个宇宙都无法满足你，你要吞噬的是上帝！"

我觉得我听到了大逆不道的渎神的话，为此惊恐不已，唱诗班领唱般的嗓音似乎遭遇了一阵颤抖的滑翔，不是向上而是向下，越来越低沉，就像一只盘旋下降的黑鸟。甚至可以说地下室的各面墙都伴着嗓音的回荡而震颤，面对这在我看来简直是大肆亵渎神明的话语，我冒出一阵冷汗。

"有一刻，人们会对自己说：'我想要吃下的是上帝！'而上帝会容许他这么做。"

突然间我理解了他，我蜷缩在草垫上，小声抽泣起来，我再也憋不住了，因为我理解了他，泪水夺眶而出，我无法抑制。

"你别犯傻，"他说，"要是上帝不让人吃的话，这么久以来人类早就被饿死了！不过我觉得现在该是睡觉的时候了，咱们已经说了太多蠢话。"

II

1937年12月时,我几乎认不出巴塞罗那。

从一年半前起——从我加入前线队伍开始——我就没在城里待过。起初的兴奋已经荡然无存,那只是属于那个7月的激荡,人群在火灾的烟雾中挥舞着步枪叫喊着。而此时的巴塞罗那令人惊愕,却是因为冷漠的寂静。

在沉寂、平静、忧伤与寒冷之中呼吸到的是腐烂的气息。在街上已经看不到剃着寸头、身着男装、同样背着步枪的女人,她们是我对巴塞罗那最后印象的组成部分。现在街上能看到的几乎都是女人,但她们绝不会让人想起头几个月里的那些"女民兵",此刻,出风头的是色彩鲜艳的披肩长发、金色、银色、玉米穗般的红色,在空气中留下一阵浓郁的香水味。这么多缤纷的长发令人眩晕,一年半的革命与混乱带来的是过度的自由,就像蓝色、绿色和灰色的眼珠中出现的一道兴奋又感伤的阴影。于是我想到战争分隔了索雷拉斯曾说过的大洋与撒哈拉,男人们上前线,女人们在后方——突然间我就陷没在大洋之中。

我在1937年12月到底要在巴塞罗那做什么?这有点难以解释,我暂时只是在街头闲逛,觉得自己像个异乡人,只不过是在自己的城市里迷了路。我比1936年6月时更觉得自己像个异乡人:狂热已经过去,随之而来的是因为虚伪和费解而令我厌恶的东西,像是奸诈、疲惫和失望的感觉。巴塞罗那,在沉醉于"奇怪的呼喊"之后,变得颓靡、屈从和恬不知耻。

房屋的墙壁消失在无数海报之下。1936年的激动已经死去、被遗忘,却还想在那些除了我无人观看的海报中存活。对我来说，那些海报却是新的，我一年半前离开时，它们尚未开始繁荣，也还未扩张成那些让人咂舌的样子。面带愁容的人群像一条疲倦而浑浊的河流从那些刺眼的大幅海报下卷过，而那些海报依旧在颂扬着革命、无产阶级、"法西斯战争"。人群卷过时甚至都没看到海报，在其中一幅上有一只穿着加泰罗尼亚布鞋的脚踩在一个纳粹的"卐"字上，而在另一些上面则是所谓的共和军战士，不过他们的姿态和傲慢的神情，外加无可挑剔的制服却让我认不出来。那幅出了名的，我们听说过那么多次的海报自然也在，号召——号召谁？后方的妇女吗？——"你们要制造坦克，坦克，坦克"。我知道那成片的五颜六色、刺眼而令人瞠目的海报皆出自我并不认识的利贝特·米尔曼之手，我知道他是因为我偷偷看过的那些信，但不管怎样我在巴塞罗那都会知道他，因为所有人说起"利贝特同志"时都像在说一个很有影响力的人物，一个极为活跃而机敏的人，而就在我前往巴塞罗那的那段时间里，了不起的利贝特·米尔曼刚下了《索利报》——行将沉没的——这艘船，又搭上了另一艘当时正一帆风顺的船，至少看上去如此。我直到第二年春天才会认识他，而在此之前，有关他声望的消息已从各种渠道传到了我的耳中。所有人在跟我说起他时，都会指给我看用糨糊贴到城里各面墙上的那些巨幅海报："所有这些，所有的海报都是他的作品。"

　　而我，就在那之前不久，我跟灰暗而阴沉的人群一样感到疲惫和沮丧！在索雷拉斯失踪不久之后，路易斯也失踪了，这让我一下觉得在旅里没有了他俩我有多孤独，多么孤独啊，我的上帝，多么孤独！

　　索雷莱斯在10月底以人们所能想象的最为突然的方式消失了。从那天起我们就没了他的消息，仿佛大地吞没了他。自那以后，路易斯跟以前也不再是同一个人了，他变得脾气暴躁，我们其他人都觉得这是因为他这辈子的挚友失踪了。结果在最近几次颇为血腥的行动中，他也失踪了。有些人认为他死了，有些人觉得他被俘了。至于索雷拉斯，一开始我们猜他去了我们对手的那一边，也就是"平足旅"，但我们最后才了解到"平足"那帮人并不比我们知道更多关于他的消息。

没了路易斯和索雷莱斯，我们旅对我便失去了意义。此时我们通过许多细节，确凿了解到了我们在前线时后方所经历的各种恐怖事件。焚烧教堂杀害神父的事从好几个月前开始就停止了，但还是留下来可怕的回忆，只有重建起公共功能才能抹除那样的回忆。然而，一月月过去，曾经在最困难的时候支撑着我们的希望开始逐渐失去，那是无政府主义泛滥的时刻，而人们希望的是那样的无序只是暂时的，自治政府会重新恢复权威，会赋予战争在我们所有人眼中有价值的唯一意义：极力捍卫将我们团结到一起、能让我们抛下一切团结到一起的一件事物——我们受威胁的家园。时间一月月过去，而接替最初的"奇怪的呐喊"的是新的"奇怪的呐喊"。一个迷失了的人，已经无法明白任何事情，只觉得越来越疲惫和沮丧。那么多牺牲、流血还有努力，都是为了什么？我们捍卫的到底是什么？为什么不重建天主教信仰？这可是大多数加泰罗尼亚人的信仰。有时候我会为自己属于共和派而感到某种内疚，或至少会有怀疑的情绪。这种感情自打我没了路易斯和索雷拉斯而倍感孤独之后变得尤为尖锐。

没有了他们，我陷入抑郁之中，无法自拔。此外，战斗的情势也越来越糟，溃败也愈加频繁。我们的步枪兵—榴弹兵连不得不突袭敌军的战壕，而在其行进过程中没有坦克和飞机掩护，甚至连炮兵的火力支持都几乎没有。他们遇到了完好无损的铁丝网，不得不在敌军机枪的交叉火力下用修枝剪去剪断。他们中的很多人被子弹打得千疮百孔，挂在带刺的灌木中，在阿拉贡大草原的烈日跟刺骨的寒风中逐渐风干。

即便如此，我还是记得有宁静的一刻，尤其是在茅屋里的时候，就像我接下来要说的那样，但那只是短暂的平静。我们在那时曾以为在经历了如此多反复之后，前线会重新恢复稳定，我们会在当时最终占领下的阵线内过冬。

秋意渐浓，雨水也很多。我们几个月前所认识的那片干燥的土地此刻变成了一片泥潭，人甚至骡子行走起来都越来越困难。在隘口或是峡谷深处骡子会被淹到几乎肚带的位置，激流汹涌而来。如果暴雨持续，而且飘来的大片乌云越来越黑越来越厚也让人不禁觉得大雨会持续，那么整片地区的行动就会因为泥浆而无法展开。司令指导阵线上的各营最好想办法在当地扎营，并做好在那里过冬的准备。

我们营四个连的士兵组织起了茅屋搭建大赛。此时要盖的可不是像夏天那种临时窝棚，也不是我们就打算凑合几天时搭的那种，而是能保护我们免受已经开始的大雨和之后可能会有的降雪及冰冻之苦的保暖的屋子。所有的选票最后都投给了两种截然不同的茅屋，就跟我们各自的老家一样各有不同。一连来自塞加拉的六名士兵垒起了一座拱顶石头房子，而且因为我们没有灰泥，所以这房子没用任何灰泥，他们技术熟巧得很，要不是因为体积小，都会让人觉得那是属于某个中世纪遗迹的桶形拱顶。他们用一大堆黏土制作拱模，事先将黏土依据大小和形状制作成型，拱顶一旦收拢之后，他们便掏空黏土，并将其涂抹在拱顶外侧，形成一层厚厚的防水层。他们在那条隧道样的结构的两个开口处同样仅用石块各垒起一堵墙，在其中一堵墙上留下口子充作门、窗和烟囱。他们这么快就建起了那么牢固的栖身之所让我们惊讶不已，众人都认为这房子不仅能抵挡风雪和冰冻，甚至还能抗炮击和榴霰弹。

如果说这间屋子因其建筑的坚固性而赢得了选票，那么另一间则是因为其巧妙的轻便性。那是由三连的七名士兵盖起来的，他们来自塞尔达尼亚，他们盖的房子风格跟比利牛斯山的烧炭人必须在森林里待上几周看守圣栎树炭窑时盖的屋子一样。他们先深深扎下十二根树干，而树干的另一头则互相撑牢，就像拱扶垛一样六根对六根，其间用树丫使其彼此合拢，在这样的支架上面他们放上一个树枝做成的框架，再在树枝框架上堆上一层又一层长满枝丫、松针繁密的松树枝,这些松树枝就像堆在屋顶上的瓦片,由于松针斜向朝下,如堆放得当,即便大雨如注,也能将雨水倾泻干净。

皮科连长由于自尊心作祟,也想建一座小屋。"一个连长要是不如士兵心灵手巧,"他说,"那可不行。"如果要公平起见的话,我不得不承认尽管他想象和建造起的房屋在体积和舒适度上超过了其他,但这一成功却来得自有其诀窍,无论如何都没有我们所佩服的那几个塞加拉人和塞尔达尼亚人身上那股优雅的简洁性。

他在助理和机枪连几个士兵的帮助下,先用尖镐划出房屋的底层,他希望那是圆形的,接着他将土挖到一西班牙时[1]那么深。为了让底层是个严格的圆,他还用上了一个錾子和一根细绳,细绳被系在一根插在土里的桩子上。土挖完以后他要找出准确的中心点。"因为事情,"他说,"都得好好做,所以咱们才是不理智的。"高中里的几何知识我还记得很清楚,于是便帮了他一把,这一有文化的证明提高了我在他眼中的地位。他在那个数学中心插上了一根树干,现在事情过去了这么多年,我也没什么理由要隐瞒了,其实那根树干并不是在森林里砍来的。或是要争取时间,或是因为他想要树干都整整齐齐,所以他用的树干都是邻村的电话线杆子,那个时候这些杆子都已被弃置不用,这也是很正常的事:自打最后几次进攻和反攻之后,村里已经没人住了。他沿圆周插下十根树干,再在这些树干和中心那根之间以放射的形状搭上椽子,而椽子是从村里变成废墟的房屋里拔来的。在椽子上面他铺上了一层显然也是从废弃的房屋里弄来的苇帘,最后再在上面盖上真正的屋顶。"因为瓦片,"他说,"都是别人免费给我的。"

我偶尔去那儿探望,但我不得不承认,如果说士兵们的小屋跟风景融

---

[1] 西班牙长度单位,合 1.671 8 米。

为了一体的话，那块不寻常的大疙瘩则是很不搭调，甚至，为什么不该这么说呢？那房子让我觉得有点恶心。哪怕柱子都扎进了洞的深处，房子还是高得离谱。为了建造墙壁，在柱子间嵌进了旧门板、木板和其他从废墟里弄来的木头。或许在机枪连连长身上体现出的杰出品质中，有一样因其缺乏而熠熠生辉，那就是审美感觉，不过我宁可把这一点保留在自己的想法里。他在屋里逐渐添置家具，用了不少他自己的门道。旧弹药箱为他提供了桌子的材料，他甚至还用这些材料做出了一张床，并在床上铺满了稻草（大家纷纷怀疑村里的床垫上虱子成灾，因为这些床垫在落入我们手中之前似乎已被敌军步兵队伍使用过）。屋子中央的柱子上钉满了钩子，用来做挂物架，在这根柱子和周边柱子的半当中，有个用石头围成的圈，里头用木柴生着火。他的屋子之所以里面那么高是为了能生火，烟聚集到屋顶再逐渐散出，但透过屋瓦间的一个洞时散得很慢。不管怎样，如果你想要呼吸到可以忍受的空气的话，你就得坐着甚至最好是躺着，一旦你站起来，一阵要命的咳嗽就会向你袭来。因为操心这件事，他一直没闲着，直到在村子的瓦砾里找到一根够长且直径有一拃的管子为止，天晓得那管子是不是从哪处排水管那里弄来的。他把管子用铁丝挂起，一头挂进屋内，另一头穿过木墙上凿出的一个洞通向屋外。他挂管子的时候并没有像我们所有人以为有必要的那样垂直挂起，而是几乎水平悬挂着。当我们亲眼看到管子将烟吞进去，进而像蒸汽机车头的烟囱一样从外面那头排出阵阵浓烟时，全都敬佩不已。

要是我在茅屋现身时正逢早饭时间，他会邀请我共进早餐。那个时候奶粉已经开始短缺，我们的早餐在大部分时间里都以清咖啡为主，尽管咖啡很差，但那个时期后勤部还在给我们供应。他在炭火上搁上一口放了点鸡蛋的平底锅，在里头煎上些面包块，随后他把煎好的面包放进铝盘里，倒上滚烫的咖啡。他做的那道咖啡加煎面包浓汤味道好极了，这点我可以做证。据他给我的解释，在他还在驻扎非洲的外籍军团的美好时光里，他的早餐通常便是这道汤。

所有的小屋都建得离战壕不太远,在多雨泥泞的日子里,根据执勤和换岗的情况,大家都觉得来回战壕不用走很多路是件很舒服的事。我不记得是否曾经说起过机枪连的连长脚上有好几个大鸡眼,当天气潮湿的时候,他走起路来就会很不方便,照他的说法,没有哪个气压计能比他的鸡眼更好使。也就是在那个雨水尤其多的秋初我终于说服了他,而在此之前,我的所有建议都跟他坚定不移要留着鸡眼的决定相抵触。有天我们约定第二天我会拿着工具过去,而我得是那个给他挑鸡眼的人。"要是普伊赫医生想要碰我的话,"他威胁说,"我就让全连的机枪朝他扫射。"

第二天当我出现在那里的时候,别人告诉我他上战壕去了。那日是个意外的晴天,我看到他正和机枪连的两个士兵起劲地聊着,他们没待在已经是片泥沼地的战壕底部,而是坐在了充当掩体的沙袋上。待在秋日那金黄甜美的阳光下让人心旷神怡,从那里能通过望远镜看到敌军的战壕,就在距离三公里左右的地方。距离很可观,双方的前线在那几日都显得无比平静。我们决定就在那里、在泥泞的战壕外进行手术。我让皮科坐在一个弹药箱上,那地方掩体很宽,因为有一个机枪巢就设在那里。他开玩笑地让那两个士兵站在他身后按住他的肩膀,"既然这是我他妈这辈子做的第一个手术,我可不知道会有什么反应。"我跪在他身前,开始摘除其中最明显的一个鸡眼,而事实上,每一个都很惊人。就当我们绝不曾料到的某件事情发生时,我还听到他兀自在说:"要是我一脚把你踢到敌军战壕里,那只会是反射作用,绝不可能有恶意。"

一阵可怕的爆炸把皮科的小屋掀到了空中,就像我先前说的那样,那房子跟其他房子一样都离战壕不太远,一瞬间电话线杆子、门、椽子还有瓦片四处乱飞,好几发手榴弹在其他小屋里炸开了,那些房子也被炸飞成碎片,掉在掩体上的房屋碎片破坏、砸裂了沙袋。其中一枚榴霰弹的爆炸波把我们四个都轰进了战壕底部。

皮科和我还能站起来，除了这记重摔造成的碰伤，并无大碍，而那两个士兵却死了。有时候，有些手榴弹会落在附近的岩石上，因为无法像其他炸弹那样陷进软软的黏土里，炸裂的弹片会飞散到很远的地方：有些碎片从我们脑袋上飞过，有些扎进战壕里，划过整个坡面，留下一道像是利刃刻出的痕迹。正是这样飞溅的弹片打到了两名站着的士兵脸上，而皮科和我这次能够活下来就因为我俩的位置比较低。轰炸还在继续，已不可能再有疑问：这只是炮兵在热身，接下来必然会有步兵的袭击，因为敌人不太可能做这么多无用功。

这是在整场战争中，对鲜血的沉醉第一次涌上我的头顶，就跟其他人一样，跟所有人一样。

我没设法去跟普伊赫医生还有担架员会合，而是和皮科一起待在了战壕里，我们透过沙袋间的射击孔观察着敌人的几支小队蹑手蹑脚在荆棘丛中前进，仿佛突然出现在了我们栅栏的不远处。他们脸上的神情令我着迷，那不是仇恨，而是麻木，当他们想要剪断铁丝网挣扎着从木桩间穿过时，我们的机枪不断将他们射杀。他们的坦克和飞机应该在其他更重要的地方忙活着，所以眼前这一切用军事术语来说不过就是场"佯攻"。在那时候，在没有坦克的情况下进攻有战壕围住的地点并非惯常做法。他们中有两个人已经从有倒钩的铁丝网下钻了过来，一站起来之后他们便高喊："你们不要开枪，我们是来投靠你们的！俄罗斯万岁！"

虽然这呼喊声本该让我们觉得可疑、异常跟荒唐，但我们一连的一个步枪中尉毫不犹豫地从掩体上探出了脑袋，用和平的语气朝他们喊话，而他是个老兵了，本不该这么天真的。那两人中的一个爬上沙袋作势要拥抱他，而另一个则在这个时候从掩体和木桩间拿毛瑟枪朝中尉射击，中尉几乎一声没吭便脸朝下栽了下去，死了，死在了战壕的泥沟里。第一个人站在掩体上，从他背着的一个大袋子里掏出手雷向我们投掷过来，他带着播种者一样的神情四处扔着手雷，同时呼唤他的同伴们趁我们迷惑和惊讶的当口冲上前来。

我对于当时所发生的一切的回忆是模糊而阴郁的,皮科已经坐到了机枪边,冷静地扫射着,但子弹很快便耗尽了,还好我们还备有步枪、优良的毛瑟枪和一大箱手雷。在战壕的那一角,只剩下我们六个人防守,皮科和我一人拿着一把毛瑟枪,当枪管因为连续射击而发烫时,我们就在等它冷却的时间里抓起另一把枪,并且时不时丢一颗手雷过去。"让你们得意。"皮科每次都会莫名欢乐地大喊。我扔出去的手雷都没炸,是他教会我怎么在投掷的时候拉开保险绳。我对此一无所知,甚至连毛瑟枪要怎么开枪都不知道,因为直到那时我都没开过枪。我只知道那是一股兴奋之情,世界上、生命中都没有任何东西能与之相比。

那场袭击是无法令人接受的,它并不像之后那些有坦克、飞机和人数更为众多的步兵部队的袭击。我们曾以为可以度过秋天甚至冬天的战壕线好几处被突破,溃败由此发生。

尽管此刻看来无法理解,可事实就是这样,在我适才讲述的冒险刚刚发生之后,我便想投靠到敌军队伍里去。此刻我自己在回想起这一切时,才意识到那种愿望有多不合适。或许战争与和平就跟睡梦和警醒一样:当我们清醒时,便无法理解之前的我们曾是那个熟睡的人。而身处和平中的人也无法理解战争中的人。时隔多年之后,无论是曾向他们大力射击,还是在那不久之后想要投靠到他们那边都让我羞愧不已。

那年秋天发生了最严重的溃败。整旅整师都四分五裂,各地来的士兵与各群支离破碎的逃亡者混到了一起。恐慌就像噩梦一般。我和诸多被恐慌俘虏的逃亡队伍中的人一样迷茫。我只看到了陌生的面孔,听到他们说起我完全不认识的师:杜鲁提师,李斯特师,谁知道呢。他们中没人能告诉我我们营或我们师在哪儿,他们对我们一无所知,正如我对他们同样如此。好些日子里我都试图找寻方向回到我们自己人中间,可在那样的混乱之中简直就跟在麦草堆里找根针一样难。

结果有天傍晚，一名卫生连长"收留了我"，把我收编进了他们连。我已记不清那个连到底属于哪个师，只知道他们都是无政府主义者。医官连长是个瘦弱的小个子，小胡子精心修过，让他平添了几分街头唐璜的模样。他不停朝我眨眼睛，说起黄色故事来乐此不疲，而所有故事里的主角几乎总是某个神父。

我为什么还要在那个师待下去？在那儿我觉得自己完全是个外人。下流笑话那一套我可忍不了太久，更何况还都是一样的。有天晚上，当无政府主义医官唐璜打呼的时候……我悄无声息地从草垫子上起身，走出了棚屋。我带着装有便携式望远镜的背包，当时我还没把望远镜弄丢，那是我到了战争的最后几天才给弄丢的。

我独自上了路，走的是跟溃败的逃亡者相反的方向。那几天里那地方乱糟糟的，使得一切都有可能。我走了一整夜，根本没人问我去哪儿。

曙光初现时我在一片桧树林中。我在那里待了一整天，蜷缩在一个山洞里。浓重的寂静沉沉笼罩着那个地方。孤独令人窒息，以至于某颗射偏的子弹偶尔呼啸着飞过时都像同伴一样给予我安慰。两支军队在那片地区相隔数公里，而我差不多就在他们的中间位置。我的背包里装着我从"平足旅"的后勤部那里骗来的四个小面包和四罐炼乳，足够支撑我四天。

我想要干的事一点都不容易，因为我忽视了双方前线的情况，也不是特别清楚自己到底想要干什么，可能想投靠对方，也可能想通过夜间赶路、白天躲藏的办法越过法国边境，谁知道走上四天之后我能不能到达比利牛斯山。事实上我已经迷路了，漫无目的，或任由上帝做主。我唯一真切知道的是一股似乎没完没了的忧伤掌控着我，从内心折磨着我。索雷拉斯已不在旅里，路易斯有可能已经死了，谁又能跟我保证皮科、司令、普伊赫医生没死呢？谁又能跟我保证我们整个旅、整个师还有人活着呢？如果不是那样，我又怎么会什么踪迹都找不到呢？

夜晚终于来临了，我再次在星座的指引下上了路。首先，我想要知道的是其他人都在哪里，好对情势有所了解。我唯一知道的便是其他人应该都在我的西面。于是我朝着射手座的方向行进，一年中的那个时候射手座贴近地平线，就在太阳刚下山的地方。当射手座落下的时候，指引我的便是银河这条朝圣之路。当夜空浓黑一片时，在干燥而透明的空气中，银河在大草原的中央闪闪发光！那是那些个异样的夜晚留给我的最深刻的回忆：那仿佛是一团细微至极的钻石粉尘，我不止一次停下来用望远镜眺望，而有时我突然感到孤独像一只扼住我咽喉的爪子。要不是有群星做伴，像我这么爱哭的人，不知会哭成什么样，不知会像个迷路的孩子似的哭成什么样。此外就是百里香这一仅有的植被散发的苦涩香气，和那片荒凉地带上细瘦的桧树，冰冷的风将百里香的苦涩香味朝我一阵阵吹来……有时我不禁怀疑所有这一切不过是又一次梦游症发作，以至于我定定望着朝圣路机械地迈着步。如今，时隔多年以后，我宁愿将其当作一场梦游，而我有意识和有责任感的意志从未曾参与过这一过程，因为此刻我将其看作某种叛逃，可当时的我并不这样以为，而我当时也并未在梦游。梦游发作未曾留下任何回忆，要不是别人告诉我，我甚至都不会想到曾经发生过。

那并不是幻觉：我是完全有意识地要叛逃。第二天晚上我听到了远远传来的人声，那是我在三天里头一次听到人声。我对自己要做的决定再次感到犹豫，我明白要到达比利牛斯山显然是不可能的，那么走回去呢？既然路易斯和索雷拉斯都不在旅里了，而皮科、司令还有医生可能都死了或被俘了，又为何要回去呢？我即将跨出我一生中最严重的一步：选择我的敌人。直到那个时候，我身处一方，却从未曾做过选择，我因为后果而身处其中，却并非出于选择，我也从未想过其他那些人是我的敌人：他们只是其他人而已。真的，直到那时我脑中都从未有过那样的想法。我也是直到那个时候才朝他们开枪，向他们扔手雷，那一阵兴奋之情过去之后，只留给我深深的羞愧。那时本能主导着我,让我像另一个人一样行动,而非我自己。即便我身处另一方,在同样的情况下,同样的事也会发生在我身上,这对我而言已是显而易见。在那疯狂的时刻,我并非因为他们是我的敌人而朝他们开枪,而是因为其他原因,其他无法解释的原因。从我未曾选择阵营开始便是如此,我只是待在了战争碰巧让我待的地方。这样的情况一直持续到了那个时候。现在我要选择,从那一刻起,在我自由意志的作用下,我的朋友将成为我的敌人,反之亦然。

人声终于变近了,就在距我三十步左右的地方。

那声音在我听来十分含糊,以至于我都没意识到一个事实:他们说的话我一个字都听不懂。我凝神细听了好一阵子:那些奇怪的声音根本无法组成一个清晰可辨的词语。

"是摩尔人。"我静悄悄地藏到两棵桧树中间,它们的枝丫刚好形成一个洞。那些鼻音和喉音越来越清晰可闻,他们似乎正在走近,我像被困的动物一样蜷起身体。我在听到那些尖利的鼻音之前压根都没想到摩尔人,但当我愈加专注倾听时,我又觉得那些声音既不尖利也不像是鼻音:只是听不懂而已。"那要是巴斯克人呢?"

我知道巴斯克军队的残余——绝望防守中的幸存者——曾坐驳船在加斯科涅海岸登陆,想要通过法国加入加泰罗尼亚的军队。"上帝曾指引过我,"我突然想到,"庇佑永远都在!落入巴斯克人手里总好过落入摩尔人手里。"

那些声音很快靠近又很快走远,像是属于一支在小树林里搜查的巡逻队。尽管天气寒冷,我却在出汗,我感觉到汗珠滚落到了唇上,还有一颗汗珠顺着我的脊背往下滑,就像一滴水银。

就在此时,我透过桧树隐约见到了一团营地的篝火,就在离我藏身处一百米开外的地方。他们刚用风干的金雀花枝生起火,火苗蹿起时噼啪作响,仿若焰火。我在手脚并用爬出去之前用手在胸口画了个十字,我得去弄清楚他们到底是什么人。我已经不出汗了,感到异常的清醒,一根带刺的枝条仿佛一只带有钢指甲的爪子挠过我的脸颊。我终于靠近了篝火而没被他们察觉,我甚至都能看到他们的脸。他们的脸映衬着火光从黑暗中浮现,仿佛在一幅阴暗派的画中。

那是什么样的脸啊,上帝!那样的脸!

我站起身来撒腿就跑。真是标准白痴的行为。

子弹从我周围呼啸掠过,仿佛饥饿的蚊群飞过。我只有一个愿望:飞翔。于是我飞了起来,但不是朝上飞,而是朝下飞,直到我的飞行被粗暴地打断,我感到了被子弹打下的飞鸟的惊恐。

我想要挪动双腿,可它们并不听我使唤,就像长在了别人身上一样,我摸索着它们的时候,觉得它们很陌生。我听到了摩尔人来来回回时发出的动静,还有他们富有穿透力的嗓音,之后,所有的嘈杂声消失了,出现一阵奇异的寂静。

我为什么看不到我头顶的星星了?直到我摔倒时夜晚都依旧很宁静。可是,我摔到了哪里?那样的寂静、寒冷、浓厚的黑暗,无法移动的双腿……哦,白天快点到来吧!可是,天一亮他们就会发现我……一阵湿冷在我无法动弹的时候渗入我的骨髓,此刻那些人声又一次靠近了。我的上帝啊,但愿夜晚永不结束!

不过这一次,真是奇迹,我听懂他们说话了,我听懂了摩尔人所说的一切!我的紧张劲过去了,双腿再次听从我的使唤,我又见到了星空,还有像钻石粉尘般的朝圣之路——我抽泣起来。

我的眼泪扑簌而下,无法停止:他们在说加泰罗尼亚语。我真想大喊一声向他们求救,但我失去了意识。

"真该死。"这是我恢复意识时听到的第一句话。我睁开眼,看到了一张我最不曾料到的脸,那是罗西克司令的副官的脸,他是个斗鸡眼。"真该死。能知道你在磨坊的蓄水池里干什么吗？还好水池是空的！"

斗鸡眼开始跟我说起最近发生的事情，依旧在为最后一场战役兴奋不已：咱们打退了摩尔人，一群婊子养的家伙，到处都是成堆的死人、伤员，一塌糊涂，不过溃败已经结束了，咱们已经不再像兔子一样逃窜了。

"司令呢，他人在哪儿？"

"就在这儿很近的地方。那帮摩尔人差点伏击咱们。你知道吗？我可算找到路易斯了。有人偶然发现他在一家离旅很远的军营医院里，他伤得特别重。很严重的伤！是一支无政府主义师里的担架员把他抬回来的，他们直接把他送去了阿尔米雷特，都没通知咱们。每个旅、每个师都只想着自己，你知道吗？有支无政府主义师朝一支共产主义师开火了。糟透了……"

不过很难说服我姑妈有很多营、很多旅，也很难让她相信我们那儿空气健康，跟后方的腐坏气氛毫不一样。在她眼中，事情很简单：只有两方阵地，一方都是麦子，另一方都是野生燕麦，双方被带刺的铁丝网隔开。为了避免激烈的争吵，我本不用踏进家门（她依旧住在萨利亚区的别墅里），可不得不为了件十分荒谬的倒霉事而去拜访她。

我一下火车就坐上了有轨电车，因为出租车已经很少见到。电车每停靠一站，就变得更拥挤一点，车厢里的我们挤得就跟被压扁了的葡萄似的。突然间我感到身边有个热乎乎且很有弹性的身形钻了进来，我甚至能感觉到她的心跳。一头红色的头发在我嘴巴附近挠着，她的香水味让我头晕。突然间，两只黄色的眼睛带着恬不知耻的明亮神情牢牢盯着我。怎么会有黄色的眼睛？那眼神平静而冷漠，在此之前我从未见过这样的眼神。我感到她晃动着，踮着脚想要更靠近我，天晓得她是不是想让她的嘴靠到我的嘴边。我奋力甩开双肘从还在开着的电车上跳了下来。我的上帝呀，我心想，肯定是因为我这身军装，一身外衣便能赢得最凄惨的女人的敬重。

我机械般地把手伸进衣服内的口袋里：钱包消失了。

怎么办？"那只黑豹，"因为她的黄眼睛我不禁想，"那只年轻黑豹肯定在下一站下了车，混入无数张匿名的脸孔中，要找她简直是麦草堆里找针。"不过奇怪的是，我不禁对她略有好感，她顺走我钱包的技巧让我不由自主感到钦佩。"那只年轻的黑豹，"我兀自重复着，"那只海底的黑豹……"为什么是海底的呢？"海底的黑豹，漂浮在女性海洋温暖的水中"，索雷拉斯独特的宣泄话语重新浮现在我记忆中。我手放在胸口——钱包的消失让此处变成一块忧郁的空缺，像个蠢货一样试图回忆着在战前我可曾见过黄眼睛的姑娘，比起失踪的钱包来，我更操心这件事。突然间我意识到我没法吃饭，还得睡在露天的公共长椅上，除非我去总部报到，但是，没有了那些跟钱包一道消失的能证明我在巴塞罗那逗留的文件，我又怎么去报到呢？他们会把我像逃兵一样暂时关在禁闭室里直到查明真相！

我别无他法，只能去萨利亚区找我姑妈要钱。因为我们毕竟是姑妈跟侄子，真情流露无可避免，但在这之后，我所害怕的荒唐的争执还是开始了：

"谁逼着你跟这群破衣烂衫的人在一起的？"

"可是，姑妈，你要是看到另外那些人的话！他们穿得比我们还破，我跟你保证，你想想看，说到底，整个纺织工业毕竟还在共和派的区域内。"

"你就不管你们的人杀了咱们九个亲戚？"

"那你想让我怎么办，姑妈？让我去投靠另一边？在前线，每天都有人改变阵线，但这是双向的，这就是你不想去弄明白的地方。每一边叛逃的人的理由都一样：都是被后方的可怕事件恶心到了。索雷拉斯，一个就像邮差口中'地址不详'那样消失了的人，常会说些令人吃惊的话，但他都说对了。有一次他曾对我说,如果这场战争持续的时间够长,到头来我们会看到所有的共和派士兵都会变成法西斯,反过来也一样。"

姑妈并不想听讲道理,在她眼里,其他那些人就是圣杯骑士,高大、魁梧,有着金色的头发,胡子总是剃得很干净,制服整洁又熨得妥帖,还有剑,一把握在手中的尊贵的剑,像支百合一样的剑,就像一支百合……

不过咱们还是说回我在1937年12月回巴塞罗那要干的事吧。一切都源于我偷偷看的那些信,因为从久远的记忆开始,我就因为令人羞耻的坦率而饱受其苦:我躲在门后偷听姑妈和阁下大人压低嗓门的漫长谈话,或是趁她不注意偷看她放在桌子上的某封信,甚至会在电车上偷瞥碰巧坐在身边的陌生女人在看的信。我不是个感性的人,我只是喜欢窥视,就像其他人为肉所吸引,而在我这里则是他人的生活对我的吸引,这同样令人羞耻,抑或更甚。

一切都源自路易斯努力藏在背包深处的那些信。

在经历了多次溃败后,前线一经稳定下来,我们旅剩下的人就被派往"死寂前线"重组。在我们的占领区和敌占区之间,有一道荒凉的山谷,谷中五六个小村已经被村民遗弃,原因就在于双方在那里频繁丢下榴弹炮。从我方战壕到对方战壕之间的直线距离有七八公里,这也意味着我们在步兵的所有火力包括相关支援武器的射程范围之外。此外,最近还下了一场大雪,当山上的积雪有三拃厚的时候,整个前线就不可能展开任何行动:彻头彻尾的平静!为此,我们被派去那里,我们在最近的战斗中损失惨重,伤亡众多,尤其是不计其数的人员失踪——这在所有溃败中都是常事;我们旅需要重组,伤员要恢复,如果有可能,还要找回失踪人员、补充新武器,以替代丢失或损坏的那些,最后还要派遣新兵填补空缺。所有这些都需要时间。

我们营在"死寂前线"占领了两个村庄,分别是圣埃斯皮纳·德尔·普罗伊和维利亚·德尔·普罗伊,普罗伊是流经两个村子的河流,沿河仅有一条马车道充作公路。从维利亚到圣埃斯皮纳有十公里。

当时那两个村子都空无一人成了废墟。战争初期的时候两个村子都曾被占领,疏散之后又被占领,曾被无政府主义者和法西斯分子焚烧过,随后又在最近几次战斗中被轰炸。营队的司令部和卫生部设在了离后方更近的维利亚,而机枪连则驻扎在离战壕更近的圣埃斯皮纳。四个步枪—手榴弹连,或者确切地说这四个连余下的那一点人则占据了沿山峰而设的战壕,面朝荒凉的山谷,离两个村子相当远。

在被居民几乎已经完全抛弃了一年半的山野和丛林里,打猎活动惊人地增加。我们的人捕猎兔子、野兔、山鹑,多得都吃不完,尤其是下过雪后,追踪它们的踪迹就跟玩小孩游戏一样。我们在房屋的地窖里找到了油和葡萄酒、扁桃仁、核桃、煤炭还有可怜的村民们仓促逃走时不得不舍弃的所有东西。此外还有山谷里的那些村庄,在那儿找到的东西更令人意外。比方说,一把手摇风琴,机枪连的人欢欣鼓舞地把琴架上了骡背。有时我们的人会和对方的人遇上,大家会像好兄弟一样分享成果。既然行动被中断了,为何还要互相残杀呢?

我和我的长官也就是中尉医官——普伊赫医生——一起驻扎在维利亚村,但我会常去圣埃斯皮纳看望我在机枪连的朋友们。皮科连长住在了唯一一间还挺立着的房子里:那是乡里最大的地主堂·安达雷西奥的家,他在战争头几天就被无政府主义分子给杀了。他们还放火烧他的家,但房子厚实的石头墙壁经受住了考验。因为是间大房子,里头的房间和卧室都很好,不过墙和天花板都被火灾的烟雾熏成了黑色,里头没有家具,空荡荡的。餐室占据了底楼颇大一处地方,壁炉罩也很宽松,能放得下三张长椅,不过这些长椅都很宽大,还有很高的靠背,都是皮科从另一户人家里拿过来的:他在两侧各放了一把椅子,然后第三把横着放在中间,三把椅子像是组成了火膛前的一个小隔间。我之所以记得这么清楚是因为我在圣埃斯皮纳的时候,我们曾在长椅上度过了许多个夜晚,那些个在女人们来前的秋天和来后的冬天里无尽的夜晚。

皮科用在房屋废墟里找来的整根横梁生火。我们常常会在雨夜听到村里四处墙垣坍塌的声音,那声响低沉,是石块沉闷滚动的声音,当你想到贫寒的家庭在战争结束后回到家乡却再也找不到自己的家时,那声音会生出巨大的感伤。

路易斯从阿尔米雷特的营地医院出来后,被派到了机枪连,因为他之前所在的步枪—手榴弹连已经不复存在。他们先是把他派去了支援武器部,但那些器械(七零式加农炮和八五式榴弹炮)只存在于想象中或纸上。阿尔米雷特的那间医院看上去就是个破烂地方,但幸好路易斯没在那儿待太久:那时间刚好够替他取出左胳膊里的一颗毛瑟枪子弹并等待伤口愈合。最初的流言总会将伤势夸大许多,就像士兵们常常会干的那样,结果却无非就是胳膊里的一颗子弹,也没有伤到骨头,不过,路易斯却变得很怪。当时我们的解释是他的坏脾气是由于索雷拉斯的失踪导致的,因为他们是至交,是从高中时代起便形影不离的同伴。

我们在圣埃斯皮纳举办了一场晚宴欢迎路易斯归来,这是由机枪连连长提议的。司令、普伊赫医生和我坐着那辆从无数场战斗和溃败中幸存下来的老福特从维利亚前去圣埃斯皮纳。"这车比许多政委,"司令说,"还要更忠于加泰罗尼亚的军队。"那时期我们并没有政委,既受不了他们又见不得他们的司令确定在最近几场战斗中他们"所有人都从战场上跑路了",不过事实并非如此——或者说至少并非全都如此,但我们营的人并不想念他们倒是真的。

"现在,"罗西克司令说,"咱们给士兵们补充手摇风琴而不是政委,或许这不是那么有教益,但肯定更有娱乐性。"

就是在那次欢迎路易斯的晚宴上,皮科跟我们讲了他在"无主之地"也就是说在那片荒凉山谷里的最新发现:据他所说,是一只古老的高脚大银杯,还镀了金,"肯定是摩尔人时期的"。他让自己的厨子在杯中装满陈年葡萄酒,为我们的健康而干杯。

"连长!"我不禁大喊一声。

"你怎么回事?"

"你在哪儿找到的杯子?这是只圣杯!"

司令吓了一跳:

"可是,皮科,你是在教堂里找到这杯子的吗?难道你从没听过上帝之血的故事吗?"

"上帝之血!"皮科说着这话,杯子从手里掉到了地上,所有的酒全洒在了铺地的石板上。当我把杯子拾起来收好的时候,他嘟囔道:

"克鲁埃尔斯,你别以为我不知道圣杯是什么……我也上过神学院的,哼。"

"看得出来。"普伊赫医生说。

路易斯沉着脸,整个晚餐期间几乎一句话都没说。不过,他却坚持要我留下跟他们一起睡在圣埃斯皮纳,这事我长官没觉得有任何不妥。说实话,在那段时间营里的医务部并没有太多工作。

那是我第一次跟皮科还有路易斯一起过夜,在此之后,我在结束当天工作后,曾好多次从维利亚到圣埃斯皮纳去跟他们一起吃晚饭和过夜,坐的是连长为此而派来的轻便马车。他在一个马厩的废墟里发现了一辆轮子巨大的轻便马车,轻巧极了。由于其中一根弹簧断了,于是皮科在一个早上亲自焊接,他的手很巧。几次试驾结果都很令人满意:由机枪连的一头骡子拖着,能在三刻钟内从两村间的一个走到另一个,如果是下坡的话,时间更短。

那辆马车在前往荒凉山谷那片"无主之地"勘查的过程中也展示出了优异的性能。距圣埃斯皮纳的第一次晚宴过了段时间之后,旅里的司令下了命令,禁止士兵往返于峡谷的村庄之间,只有皮科和路易斯被允许深入山谷。这道命令是因为一件在司令部看来简直是胡闹的事：我们的士兵甚至和对方的士兵在村庄间的打谷场里举行起了足球赛。上级们想要干脆利落地斩断我们跟对方过于友好的关系。

皮科、路易斯和我三个人都睡在圣埃斯皮纳，就在最高层的同一个房间里，都挨到阁楼了。是皮科选了这个房间，因为这里几乎没被火烧到。就在我和路易斯在那里度过第一个夜晚的时候，皮科提醒我们说：

"禁止从窗口干1902。"

窗口的确朝向村子的主街，不过这条街此刻不过就是一堆废墟和各种不相干的残余物件。

"这村子现在就是个粪堆，"路易斯抱怨说，"你可别指望有紧急情况的时候咱们能在这冷得要命的天气里穿着睡衣跑到院子里去。"

"干1902"是当时在旅里盛传的一个表达方式，每个旅都在战争中创造出了自己的切口。"平足旅"的司令名叫乔瑟普。"就事情本身来说，"罗西克司令说，"没什么可指责的。"在乔瑟普命名日那天，我们的司令给他送去了一瓶苏玳葡萄酒，"货真价实的苏玳，1902年份的"，还附上了一张卡片："我为你送上这份薄礼，其中包含着本旅各营所有司令员的共同心意。"此处无须说明共同心意到底所指何事。"我们希望你能从中看到，"那张副本繁多、流传甚广的祝福卡片上还如此补充道，"主导着各共和旅的鲜活兄弟情谊。愿这瓶酒给你嘴边带去我们对你的最美好祝愿！"

所以皮科不想让我们直接从卧室窗口朝大街上干1902，他觉得自己像是圣埃斯皮纳的封建大人，有着极强的责任感：

"这里可跟维利亚不一样，"他说，"在这里我是管事的。我要的是卫生和文化。"

之后他向我们展示了他一直以来搜集的全部"文化宝藏"：一个装满书籍的大行李箱。都是些粗糙的书本，也不厚，状况都很糟，混杂着堆在一起，我们无须细看或粗略翻阅便足以清楚这些书所属的文学类型。

"反色情运动,"他跟我们解释说,"士兵们都太年轻,而且也没什么文化,看不了像这些书一样完整的作品,于是我就从他们那里没收了过来。这样一来,我既能控制他们不要阅读不健康的书籍,又找到了给我自己的文学之夜做贡献的方法:简直是一石二鸟!不读点浪漫主义作品,我可睡不着觉。"

有天雨夜,我们已经吹熄蜡烛好一阵子了,可我无法合眼。皮科在打呼,他的呼噜声低沉、很规律又很强劲,产生出一种平和与安全的感觉。我一点点从草垫子上(我们仨每人有一个铺在地上的草垫)溜了出来,垫子上的玉米秆随着我的每一次移动而窸窣作响。我想干的正是皮科禁止我们做的事,因为我感觉到了一阵迫不及待的需求。一离开床我便冷得牙齿直打架,于是我想到了皮科的假牙,我记得他把假牙放在了房里唯一一把椅子上,泡在一杯水里头。我可得小心别绊着椅子!没安玻璃的小矮窗在房间深处很显眼,我踮着脚靠上前去,全神贯注以防触碰到另一处暗礁——装有全套书籍的行李箱。当我走到窗边的时候,雨已经变成了雪,正无声地飘落,丰厚而轻柔。除了雪模糊的亮光并不能见到其他的光亮,天空比大地更黑暗。一些散落的雪花飘进了房间。皮科并没有听到我的动静,还在继续打呼,路易斯也正睡着,我听到了他有节奏的呼吸声。当我的手碰到路易斯的背包时,我正摸索着墙踮着脚往回走,而他的背包挂在了一个弯钉上。背包……路易斯的背包……我的手不知不觉间便滑了进去,从里面掏出一沓信来。

那一沓信太让我好奇了!我看到路易斯经常反复看这些信,像是沉迷其中一般。有一次我曾问他那都是谁写的信,他只是带着仇恨的目光干巴巴地回了一句:"我老婆的。"我所知道的只有这些。

好奇心战胜了我,我从背包里掏出了信,走下楼去。从楼梯口钻来一阵刺骨的寒意,我的牙齿一个劲儿打架,在楼梯平台处我忍不住大声打了一个喷嚏。我在那儿待了几秒没有动弹。一阵寂静,他们并没有听到。

屋子里还有一堆炭火,我用火钳拨弄了一下,灰烬上闪着点点亮光。真是好一团炭火,在那样的夜晚显得多么温馨啊!我点亮一盏油灯,坐到一张板凳上看起信来。

此刻我为那样的行为感到无比羞愧,仿佛不能承受的重压,事实上,我知道,看了那些信是我这辈子犯下的最可耻的行为之一,可在那个时候,好奇心胜过一切。多么小巧秀气的字体,多么甜美的炭火!我如饥似渴地看着信,为其中所揭示的我所不熟悉的生活而迷恋不已。那些信让我渐渐惶恐不安,我隐约猜到了不幸的结局……对路易斯来说不幸的结局……我卸下了千斤重担!没有什么是无可补救的,没有永远的破裂,一切都可以再次弥合。只需要有心怀好意的第三个人提出建议,而上天注定的这第三个人将会是我。

我觉得内心充满了一股温柔的情愫,生活是多么美好!还有好事要做,有伤口需要涂上膏药,有不幸的朋友要重新得到失去的幸福,在那一刻,我甚至觉得促使我看信的那股无可抵挡的冲动来自上天。对,一切再清楚不过:有一个声音召唤了我!在认识到问题的实质之后,原来有那么多善事我可以去做!

夜已很深,深极了,我一封封看那些信看了五个小时。我得在他们醒来前回楼上房间去,再把信放回原处。

生活多么美好,我一边蹑手蹑脚钻回草垫子上,一边暗自思忖。要是我可以向加利法博士咨询这件事的话……但他现在又会在哪儿呢?如果是他呢?使徒中最普通的那一个……我蜷缩在四层棉毯底下,像只小猫一样,愉快地打着寒战。皮科依旧在打呼,路易斯什么都没听到,雪继续下着。雪!我的想象中突然闪过一个念头。那是条死寂前线,而此刻,有了这场大雪……恰好在没几天前我们得知"平足旅"(也驻扎在一条跟我们一样的死寂前线上)的军官们让他们的妻子偷偷上了前线,想要在一起过圣诞节。路易斯不能去后方看她,他没有许可,战争部对这事儿非常严格。但她可以来圣埃斯皮纳。她得来，他俩必须和解。

床铺暖和起来，我钻在里头，激动不已，又满怀信心。生活多么美好！"他人的生活"，我突然想到，觉得自己要哭。我困得要命，整个人被自我同情的情绪所掌控，但那样的同情与困意也都美好而温柔。睡觉的时候觉得自己善良、慷慨、好过其他人是多么甜蜜的感觉，当外面雪下个不停时，蜷缩在热乎乎的干草垫上是多么甜美……

为此，我在1937年12月的时候身处巴塞罗那。

但是我的钱包被偷了，里头有证件，有我们所有人一起制造出来的珍贵的"正式文件"：普伊赫中尉医官写给营队司令罗西克的报告，向他汇报了"派遣卫生部少尉克鲁埃尔斯前往后方的紧要性，为正与法西斯主义做斗争的英勇战士们置办不可或缺的药品"，还附有营队司令给旅里司令（他答应我们闭上眼睛任由我们去做）的回复公文，最后是旅里的司令给卫生部少尉克鲁埃尔斯的命令，以便其一定能"以自己的方式""为服务的紧要性"而前往巴塞罗那，所有这些文件都由各检查站正式加盖了印章，这些无可避免的军事检查站分布在各个岔路口。那头海底黑豹至少得把证件给我留下啊！多亏我的姨妈，我一拿到钱之后就立马给营里拍了电报，另外申请"正式文件"。要是此刻军事警察跟我索要文件的话，我要如何说明自己在巴塞罗那的原因呢？

我首先拜访的是普伊赫医生的妻子。她住在一间奢侈得浮夸的公寓里，里头装饰着过多的镜子、金色画框还有仿水晶的玻璃灯具。一名身穿制服的女佣把我带进了客厅。站在蜡打得铮亮的镶木地板上，我为自己沾满了干泥巴的军靴一路留下的脚印而感到愧疚。那些鞋印那么明显，就跟兔子在我们"死寂前线"的雪地里留下的脚印一样。普伊赫太太让我等了半个小时，我傻乎乎地一早去那里，她可能还在梳洗打扮。我事后才知道，实际上她的打扮过程耗时而繁复。后来她终于出现了，微微皱着鼻子打量我，像是从某个高处看着我一样。她十分优雅、高挑，身材极好，金色的头发透出银色的光泽，眼睛的蓝色那么浓烈仿佛海蓝宝石——她是那种深知自己光彩迷人的女人。面对这样的女人，我恰好会感到局促，我尽力自然地说明着情况，却觉得自己并非如此。她好奇地听着我讲，有些惊讶，也有些厌恶，又有些许狡猾，她带着一丝不信任的感觉斜眼瞥着我。不过，她已经收到了她丈夫的信，知道了事情的关键：得走这一趟，"既然她丈夫想要这样，她就得听从"。我解释着、抱歉着、重复着，在多余的说明中不知所措，总是能感觉到那股烦人的胆怯。

"这是唯一的机会，或许在整个战争期间都不会再有这样的机会（天晓得这仗要打多久）。这么死寂的前线，这么厚重的大雪……"

"那他为什么不来巴塞罗那呢？这样要简单得多。"

"没可能。拿不到许可。他们给整个旅集体放假，让我们在'死寂前线'待着已经很不容易了，现在我们没法要求更多。一条完全沉寂的前线……我们处在步兵所有辅助武器都不能殃及的地方，您想想看……比如说，七零式加农炮……一门加农炮每一厘米的口径便是一公里的射程，而我们距离敌方最前沿的位置七公里朝外……"

我扯了一堆多余的废话，而她看着我的神情似乎在说："这跟我有什么关系？"

"我跟您说这些是因为我觉得在巴塞罗那人们不知道一条'死寂前线'会是怎样平和的庇护所。在那里，女人和孩子可以安然地度过圣诞节，而且吃得也比在巴塞罗那好，我们什么都不缺！"

"说到孩子，提都不要提，"她打断了我的话，用的是她那样的女人在谈及孩子时惯用的冷静语气，"我肯定在那里他们只会看到坏的榜样。"

在收到她丈夫来信的时候，她就已经决定让孩子留在她父母的家里。我从普伊赫医生那里得知，她的父母是波盖利亚市场最重要的猪肉商，是有钱人。当我最后回到街上的时候，因为解释了那么多话而感到嘴里发干，此刻，一个新皮夹温暖着我的心，多亏我的姑妈，里头塞满了钞票，鼓鼓的钱包让人多么安心啊！空气中像是有嗡嗡声和遥远的爆炸声，街道上空荡荡的，似乎整座城市都死了一样。就在那个时候警报开始呼啸，我也是在那时明白发生了什么：此刻爆炸声听来更近了。我走了起来，皮科的公寓离得不是很远，可能就半小时的路程。在半路上我走进一间酒吧——唯一一间老板没从柜台后头离开跑去防空洞的酒吧——解个渴，顺便解决一下逆向需求。"对你们这些士兵来说，"当我从洗手间出来的时候老板对我说，"巴塞罗那的这些爆炸应该只能算是儿戏。就连我都已经习以为常了……"

皮科夫人给我开了门。我走进了一间狭小却洋溢着欢乐的公寓，白木椅子由女主人（是她告诉我的）亲手刷上了鲜艳的色彩：淡红色、杏黄色、金丝雀黄，还装饰着带亮片的金色球形把手。她应该在二十五到三十岁之间，个子小巧，苗条，深棕色的皮肤，紧张而直率：

"我丈夫也曾为当神父而学习过，"她笑眯眯地对我说，仿佛这个想法令她觉得好笑，"您能想象，我对神学院学生可招架不住。"

"您怎么知道我是神学院学生？"

"他在信里告诉我的。他什么都跟我说了。他的信写得好极了，拼写是他的强项。我什么都知道：您是谁，您为什么来巴塞罗那，我真是太高兴了！有一年半没见他了……他肯定背着我干了不少事儿！我还知道让我们在圣诞节团聚的这个好主意是您想出来的。可是……"

此时她睁大了双眼，在把我上上下下打量了一番之后，似乎突然感到很吃惊：

"走，您进卧室照一下柜子上的镜子吧。您该是多么随意的人啊！"

我站在柜子的镜子前，等她小心地关上门之后，我立马明白了其间的奥秘：我的裤子没扣上。

她在饭厅等着我，已经给我备上了一杯味美思酒。那应该是中午十二点了。我觉得窘迫得很。

"您今天发生的事可能会在某一天发生在其他任何人身上。您别担心。"

她开怀大笑起来,还好,我心想,这么荒唐的事发生在了这里,要是遇上普伊赫夫人的话……皮科夫人抱歉道:

"您只能单喝这酒了,没有橄榄、凤尾鱼也没有炸薯片,没法子弄到吃的!可酒精饮料的话,您要多少有多少。"

之后,她想给我展示好几样体现她丈夫天分的东西。我已经注意到她并不称呼他名字,而是用姓氏:"皮科手很巧!"她尤其想让我看到饭厅里电力装置的运作,那装置很复杂,以不同颜色的灯泡为基础,能形成不同的组合:有红色、绿色、蓝色、黄色或组合色。她还想给我看其他机关,都是由那位前校工发明的:"多亏他的天分,科学系才录用了他。"我想起了皮科发明的用来赶苍蝇的踏脚纸扇,那还是我们在奥利维村度过的好时光里。他实际上是个爱在家修修弄弄的一把好手,而他妻子也实打实地对他怀有崇敬之情。

在离开那里之后,我去探望了罗西克司令夫人,她住在塞尔维利奥街上一间宽敞阴暗的公寓里,那条路是通往波盖利亚市场的几条狭窄小巷之一。公寓里的沉重家具都是"世纪末"的,由实木制成,十分居家的风格,完全就是一个人所能想象得出来的最为过时和最令人起敬的风格。罗西克夫人跟皮科夫人一样小巧而有着棕色的皮肤,不过要更丰满些,头发是灰色的,看上去无疑已经是四十开外。她严肃却和蔼地喊来了他们的女儿玛丽埃塔,女孩虽然只有九岁,却异常高挑,也很瘦,肤色泛黄,一双眼睛又黑又大。她母亲让她跟我打招呼,她略微鞠了下躬,紧接着就突然跟我提了一个问题,而之后还会多次反复问我:

"他们真的不会杀死我爸爸吗?"

"才不会呢!"我因为吃惊不由大声回答,"他们当然不会杀了他。既然他是个那么好的人,他们又为什么要杀了他呢?"

司令夫人想知道她们要怎样才能通过军事检查站。除了当地人，女人显然是被严格禁止出现在前线地区的，罗西克夫妇跟我们不同，他们都是职业军人，她是唯一一个向我提出这个问题的人。

"咱们坐火车，"我向她解释，"到普埃夫拉·德·伊哈尔，军事区就从那里开始。咱们的福特车会在火车站等着咱们，你们会穿上当地农妇的典型装束，接下来就一路向前了。当地农妇经常会请军队的车辆和卡车帮忙把她们从一个村子捎到另一个村去，因此，你们不会引人注意的。至于典型装束，我们已经在'无主之地'的各个村子里找到了一大堆，各种尺寸都有。一切都已经精心安排好了！我也无须告诉您，等您一到维利亚，您就可以脱下当地装束，再次穿回您舒适的服装，在那儿除了您丈夫，并没有其他军事权威。一到那儿，就跟皮科说的那样，咱们就是在'自己的封地'上了，便无须再为任何事操心了。"

"正式文件"还没寄到，在我发给司令的电报中，我告诉他将文件寄到他妻子的地址。这一耽搁开始让我觉得不安，这有可能会导致周密安排好的整个行动失败。我告诉罗西克夫人我会在傍晚时分再回来。

那时已过两点，我饿得不行，感到心脏旁那个厚度可观的钱包散发出令人兴奋的热量。我来到波盖利亚市场附近由诸多小巷组成的迷宫里，一则小酒馆的广告吸引了我的目光：芦烤鲈余。跟皮科一样，拼写想必是这家小酒馆的强项，且其显著之处不止一处，不过鲈鱼的香味却让我垂涎。我坐到人行道上的一张大理石的单腿小圆桌旁，尽管时节不对，可比起待在令人生疑的室内，我宁可在室外吃。较之寒冷，我更多感到的是巴塞罗那临近海边的街区那股潮湿，潮气透过我的鞋底钻了上来，顺着我的腿往上爬。从我桌子这边能看到偌大的市场整个空荡荡的，空得吓人，几个月来那里什么都看不到，或几乎什么都看不到。一个穷苦的女人从稀拉的残渣里捡了天知道什么东西，并在经过我身边时咒骂道：

"吃死你，关系户！让我们的人上前线去！"

我本想跟她解释那是我从战争开始以来在巴塞罗那度过的第一天,那条烤鲈鱼是我所吃过的全部,也将是我在那天里会吃的全部,可那老女人已经走远了,但还是能听到她冒出的粗话:

"全都一个样!一帮不要脸的!什么共和派、法西斯,全他妈都是婊子养的!"

那唯一一道菜花了我二十五杜罗;而在战前,这是寄宿学校里一整个月的费用。我姑妈不想让我跟其他神学院的学生混在一起,"他们可能会是女门房或谁晓得是谁的孩子",于是她把我送进了一间都是家境不错的神学院学生的寄宿学校,此时不知道为何,我又记起了那间学校的大寝室。里头我们二十个寄宿生睡在二十张铁床上,晚上空气变得像水一样稠厚,而我们就像二十条陶醉其中的大鱼。我们是二十条昏睡的鲟鱼,每一条都卧在各自狭窄的铁床上,我们的睡意在其间沉淀,仿佛是比空气更重的气体……巨大的白墙仿佛屏幕,投射出潜意识中的抽象影片,有节奏的呼吸仿佛小声的音乐会……为什么对着酒馆老板的账单我会重新想起这些?看着那惊人的价格,我突然明白了我在那个老女人眼里显得该有多么可憎。我知道,我们在前线的人都知道,在巴塞罗那的人吃得很少也很差,我们知道,但我们无法真切地想象那样的场景。我也突然明白了那些年轻女孩眼中令我吃惊的兴奋的阴影,那些贪吃的嘴巴、胡蜂般的腰肢,这些都是饥饿的模样,只是饥饿而已。"可怜的海底黑豹",我想道。就当我边想边从桌旁站起来的时候,我看到她出现在了我面前。

就在小酒馆的正前方,在小巷的对面,有一扇又高又窄的门吸引了我的注意力,因为在那儿周围的墙上贴了好几张一样的海报:"卖淫释放者"。我在巴塞罗那的街上穿梭时已经在"你们要制造坦克,坦克,坦克"和其他知名海报旁见到过那一张,不过眼前这张令我更为疑惑,我没弄明白其表现的到底是什么:一个家?一个坐着在缝补的女人?好几个女人,每人手里有本书?还是抱着个婴儿?结果那扇又高又窄的门打开了,在门口昏暗的光线中我惊讶地看到了电车里那个年轻女人。我像是痴迷了一样往前走,她用黄色的眼睛看着我,没有表露出丝毫的惊讶。显然她没认出我来。

"我正要出门,"她对我说,"这会儿很不凑巧。"

"你想让我什么时候再来?"

"晚上十二点以后。"

她说话带着明显的外国口音,就在这时,那个老女人又出现在了巷尾,那儿有一堆垃圾,她一边翻着垃圾,一边朝我们投来满怀怨恨和恶意的眼光。她用能让我们听到的音调哼唱起来:

> 我们来了,他妈的婊子养的们,
> 　　狗屎日子已经来到。[1]

"那是个疯婆子,"海底黑豹毫不在意地说,"你别睬她。她知道我是法国人,她这么唱就是为了惹恼我。"

"您跟我说十二点以后再来?"我问她,诧异于她约了一个这么古怪的时间,"但是我只想拿回文件,比塞塔我并不在乎。我甚至打算给你更多钱来换回文件……"

她目不转睛地看着我。

"上来。"

狭窄而肮脏的楼梯上的台阶都已破损不堪。我们穿过一间品位差得要命的摆有家具的小客厅,里头坐着另外几个女人,连看都没看我们。她把

---

[1] 原文为法语。

我带进她位于一条长走道尽头的房间，过道沿途有好些编了号的房门，就跟酒店一样，事实上，我觉得我们就在一间酒店里，一间低级酒店。不管怎样，那个房间都可能跟修士的房间一样，狭小，几乎都没有家具，在一个小桌子上甚至还有一尊代表着卢尔德洞穴的石膏雕塑，雕塑前的一只油杯里有只飞蛾在燃烧。

黑豹作势要把衬衣从头上脱下。

"您做什么？"我惊呼，她不解地看着我，或许还带着一分怀疑我精神状况的神情。"我只想拿回我的文件！军事警察……我需要那些文件！您可以把比塞塔都留下，但请把文件还给我。"

"你在搞什么呢，年轻人？"

她看上去很恼怒，此刻我才留意到她的头发是黑色的，而电车上那个——这一点我记得很清楚——的头发是鲜红色的，我被这一洋相搞得十分窘迫，而我的借口又编得一点意思都没有，她只明白我把她当成了一个小偷。当我跌跌撞撞走下楼梯时，愤怒至极的她从楼梯平台上用最粗俗的话咒骂着我。

当我来到特里尼居住的位于佩德拉尔维斯的别墅时是下午四点。她出门去了。女佣人把我请进了客厅，告诉我特里尼过不了多久就会回来。我所见到的一切都让我满心惊讶。

并不是因为通过她的信，我便把一切想象成了另一副模样，事实上，我并没有想太多。关于她，我只知道路易斯告诉我的和我从那些信里揣测出的那些。当时我并未自问有何权力插手一个我并不认识的女人的私生活。我对已经开启的路程笃信得很，坚信自己有严格的义务要帮助路易斯赢回他妻子的感情，并让两人和解。但是我并没有意识到那条道路很容易让人滑倒，我只看到了我能对路易斯和特里尼所做的善事……特里尼，那个皈依的无政府主义者，一对为自由之爱而结合的夫妇的女儿，她也活在这样的自由之爱中，但此时她或许即将跨出不牢靠的一步，可能会就此永远迷失自己……

我朝四周打量，没有任何波希米亚或无序的样子。别墅位于佩德拉尔维斯的高处，被松柏环绕，尽管时值12月，一大株盛放的九重葛在客厅的每扇窗户前都探出头来。从窗口能望见城市的全景和远处的大海。房里家具很少，感觉是一件件挑来的，像是某人精心挑选的一辈子的朋友似的。有扇窗边摆着一把路易·菲利普式的扶手椅，椅背带有耳状侧翼，蒙着黄绿条纹的缎子，扶手和椅背的双翼都点缀着蕾丝织品。从扶手椅那里能看到花园，近处有棵椴树，但当时叶子都已掉光。我为那样的窗户、客厅、椴树而着迷，就跟我在信中看到时一样，此刻这一切都如此真实、近在眼前。"这便是那颗椴树，"我心想，"这是那把扶手椅，这是那张桌子，这是那盏台灯，她就在这里听着枪声读着一卷地质学文献……"在客厅一角我看到了那张桃花心木书桌，轻巧得似乎想不为人注意，书桌上方雪白的墙壁上，是镶在椭圆形画框内的卡洛斯派上校肖像。那是客厅里唯一的画作，洁白而光秃秃的墙壁，让人想起满怀爱心熨烫过的亚麻桌布。12月的暮光斜射进来，被窗上的卷帘筛滤过后落在了经历了年月磨砺的桃花心木书桌上、黄绿条纹的缎面上、留着浓密鬓角的浪漫上校头上的红色贝雷帽上。光线仿佛一只轻柔而专注的手轻抚着这一切。当阳光行将消失时，最后一道光落在了枝形吊灯上——一盏小得几乎像是玩具的吊灯——的石英棱镜上，令其闪烁出彩虹般的斑斓光芒。

我到底在那个客厅里等了多久？玩味着各色细节，迷失在自己的遐想中。我在那儿感觉好极了！我方位明确（客厅的三扇窗户朝阳），所以并未感到12月的巴塞罗那没有炭火与木柴的寒意，房子里并没开灯，炉火也熄着，但阳光已将客厅照暖了一整天，让人不觉得冬日就在门口。这和寄宿学校的卧室是多么不同，那里冰冷、灰暗，有二十张一模一样的铁床和没有尽头的墙壁……

就在那时特里尼走了进来。

现在我知道那个女人会如何让我牢记一辈子,我试图重温在我初次见她的那一刻她所给我的印象,可是,尽管看似奇怪,我并未在记忆深处发现任何激烈的东西。我面前的那个女人并不符合我在阅读她的信时所浮现出的各色形象。当时的她是个二十一或二十二岁(我在几个月前刚满二十岁)的年轻女人,高挑而苗条,眼神清亮,坚毅的神情令我不安。她通过路易斯的一封信已经知道了我来访的意图,但她似乎对谈论此事毫无兴趣。她在我刚开口说明的时候便打断了我的话,吩咐女佣给我们上茶:

"我要提醒您,茶您得不加糖地喝下去,我们都已经不记得糖是什么样的了。不过,茶倒是应有尽有,因为在巴塞罗那没人喝茶。我们喝茶的习惯来自索雷拉斯,他曾在国外住过,是他让我们养成了这个习惯,这就是那种你一旦习惯了就不可缺少的事。一个人不能光靠茶过活实在太遗憾了,现如今要找到二十千克虫蛀的干草香豌豆……"

我力图重新将话题转回到最多得在个把天后便安排好的行程上,而她则不时打断我:

"一些黄的跟马牙一样的粗豌豆让我花了不少钱。从洞眼里都能看到里头有虫子在蠕动。或许在巴塞罗那我们并没有像自己以为的那么不幸,一旦真的感到饥饿,能在豌豆里看到虫子就该大喜过望:可都是蛋白质啊!"

我坚持问她是否会和孩子一起出发,而她再次打断了我:

"因为路易斯在信里跟我说过,所以我知道您学习要成为神父,而我想充满信任地跟您说话,就像跟一名倾听告解的神父说话一样。对我来说,我跟路易斯已经结束了。要告诉您原因的话会说来话长,但您得知道,事情就是如此。因此,我请求您别跟我说这些。"

她轻声吐出这些话语的音调让我感到哀伤,我更情愿见到流泪的场景,哪怕他人的眼泪总会令我手足无措。

"您是基督徒。"我说。

"您怎么会知道的?"

怎么会?当然是通过那些信了。这是我第一次感到我看了那些信是多么不正当,伴随而来的还有一阵羞愧。我的脸颊和耳朵发烫,而她好奇地看着我。

"您怎么了?路易斯都不知道这件事,所以,不可能是他告诉您的。"

我垂下了眼睛。

"您为什么不能跟我实话实说呢?"

"事实是……"我结结巴巴地说,并未从地上抬起视线。

"对,事实是:索雷拉斯告诉了您。您跟索雷拉斯谈过了。"

"她不知道索雷拉斯把那包信给了路易斯,"我想,试着厘清头绪,"不然的话她不会说路易斯不知道她是基督徒。"

"事实上,索雷拉斯可能跟我说起过您,"我含糊其词道,"他可能跟我说过,可能是在他从旅里失踪之前,他是通过您本人知道您信教了。他甚至都可能告诉过我您已经受洗了。我可能都是通过索雷拉斯知悉这一切的。"

"上帝呀,我好饿啊!"她说,似乎没太注意我跟她说话时支吾的样子,"来杯查特酒[1]吗?您想喝的酒我都有。真遗憾豌豆还得有一阵子才能煮好,不然咱们可以一边聊一边喝下满满一汤盆。您要我告诉您在您等我的时候我干什么去了吗?我听说一艘阿尔及利亚驳船成功躲过法西斯的鱼雷艇,并在昨晚混进了巴塞罗那港口。人们还补充说这艘船带来了一船的菜豆。菜豆呀!这东西还有吗?居然还有,但只是给那些机灵的人。您也

---

[1] 原文为法语,Chartreuse,酒名来自发明该款草本植物蒸馏酒的修道士所在的法国格勒诺布尔地区查尔特勒山脉。

看到了，我没赶上，菜豆已经没了，只剩下一些生虫的草香豌豆，这还得谢天谢地。我没什么可抱怨的，比我更不幸的大有人在，有些人赶到时连豌豆都没了。我肩上扛着一袋二十千克的豌豆回了家，就跟那些收破烂的人一个样。现如今没人会注意我们，我们已经不在乎这样的烦恼了。每个人都忙着活下去。战争至少有这点好。今天警报还响了，警笛拉响时，我不得不下到地铁去，坐在肮脏的台阶上，挤在人群中，我把袋子用力抱紧在胸前，要是他们把我好不容易弄来的这袋豆子偷了可怎么办！响警报的时候，有人趁乱可能会把您的东西全给偷了，您知道吗？那下头还不错，从隧道里头升起一股热气，闻着像沥青的味道，到头来其实是一种暖气的味道。而且，我一直都很喜欢沥青的味道。感觉自己属于一大群跟我一样籍籍无名的人，与千万人一起经历共同的危险、饥饿、寒冷和肮脏……让我觉得自己有人陪伴。在这个世界上，一切都局限到不要成为唯一一个不幸的人。"

"当一个人想成为不幸的人时，他才会不幸，"我有些随意地说道，又给自己倒了杯查特酒，"我得跟您实话实说。"

"那么好，请允许我也跟您一样坦诚：我觉得您对情况并不是很了解。"

"您荒唐地在乎一场没头没脑的冒险。您这么聪明，本该更宽厚。"

"路易斯比我聪明，至少大家是这么认为的，那您觉得他应该更宽厚吗？我想说要是情况反过来的话。咱们设想一下——只是个假设而已——要是我趁着他身在远方，也想不到我，我就此跟后方的某位封建贵族游戏一场呢？难不成大家觉得没有这样的贵族吗？在后方就没有封建贵族吗？哈，可有大把的人在呢，你觉得我的兄弟利贝特是什么人？这样的人多得很，太多了，打着解放无产阶级的幌子，先把自己解放了，而且用的都是什么手段！他们可是彻底解放了！哼，要是咱们细说这事儿的话……永远都说不完！但咱们回到之前说的事情上。有些事情，一旦破碎了，就不可能再弥合。而且，说这些真的太无聊了！"

我感到了挫败：

"也就是说，我们没法跟您同行了？您将是唯一……"

"哪里！您没明白我的话。我不会错过给孩子一段宁静时光和良好食物的绝好机会！身处前线，却远离饥饿和炮弹……"她笑了起来。"我可以跟您肯定地说这简直妙极了！我大学很快就要放圣诞假了，一切都很凑巧，各件事正逐渐圆满。您的主意真是太棒了！"

III

自打特里尼和皮科夫人到来之后,堂·安达雷西奥家的模样变了不少。她俩照各自的主意行事,尽管看似不可思议,可她俩却未有过任何冲突。比方说,这是连长夫人——我们这么叫她——的主意,在饭厅有一根从一面墙连到另一面墙的绳子,上面晾着许多靠炉火烘干的白衣服。她到的第二天曾想把衣物晾在室外,可在零下十度的空气中衣服在她手里旋即变得跟纸板一样硬。"就跟鳕鱼干一样。"她曾这么说。

被炉火加热的干净白衣服的味道此刻成了屋中气息的一部分。而特里尼则在一栋废弃的房屋里找到了一袋生石灰,她在皮科夫人、两名随从还有另一名士兵的帮助下把墙刷成了白色,之后又将在其他房子里找来的家具添置到了饭厅,她把这些家具擦拭清洗直到透出老核桃木的光泽。那个地方不再是我们所熟悉的烟熏火燎、除了三张长凳和一张桌子就空无一物的大厅,此刻有了一股舒适而温馨的气息。在那间大厅里,我们在火旁就着搁在各件家具上的四五根大蜡烛度过了无尽的夜间时光。成排的——家家都有的——铜巧克力杯在壁炉的搁板上映着红色的火光熠熠发亮。我们甚至在其中一面雪白的墙壁上有了一幅大尺寸的画,还是巴洛克时代的,画风阴暗,画的是一名老年隐士:圣欧诺菲利乌斯,几个罗马大字标在一条饰边中。那应该是村里被烧毁、坍塌的教堂中唯一幸存下来的圣人。

特里尼还记得连长这位前校工,不过连长却不太记得她了——这也很自然,因为校工就那么几个,而学生却多得很——但他很高兴知道特里尼成了他们系的教师,他觉得在圣埃斯皮纳的封地能有她这位客人在简直太荣幸了。女人们一到,他便迫不及待地给特里尼展示他的最新收获:在被遗弃的山谷村庄中有户人家的阁楼角落的箱子里找到的一份17世纪的农业交易文件。

至于小拉蒙，由于寒冷干燥的空气和丰盛健康的食物，脸色一下子就好了起来，每天早上，要是出太阳的话，他父亲就会带着他坐马车去溜达。他们顺着车道走到去维利亚的半道上，就在河流下游的地方。有时候特里尼和我会陪着他们一起去。头几天的时候，孩子看到彻底结冰、凝固不动的瀑布时会惊奇地瞪大了眼睛，那时他才四岁出头。

我的生活分散在了维利亚和圣埃斯皮纳之间。在维利亚，司令夫人靠给她丈夫织毛衣打发时间，我从没见到有人像罗西克司令那样有那么多毛衣，都是他妻子给他织的。看着他们两人如此相像很是奇特：同样蜡黄的皮肤，一样善感的黑眼睛。他们的女儿则因为跟其八九岁的年龄不相符的沉静而令人惊讶，她似乎是被从战争开始便听到且依旧在听闻的可怕事情吓到了——十七个月，对她来说的确是很久了：她几乎都不记得战前的时光了。尽管这样，她这个安静乖巧的女孩有时也会做出一些奇怪的事来。在巴塞罗那，有天早上——是她母亲告诉我的——女孩从他们在塞尔维利奥街上的公寓跑了出去，跑到波盖利亚市场的一个门口去乞讨。"我是个可怜的孤儿，"她对过往的人说，"坏人杀死了我的爸爸和妈妈，现在的后妈总打我。"这事儿让所有人都大吃一惊，尤其是她父母，这让我突然对她有了种特殊的同情：在维利亚，夜间执勤的士兵在凌晨一两点的时候发现她在大街上，穿着睡裙，僵直地走着，眼睛微闭。当士兵拦住她，摇晃着她问她发生了什么事的时候，她被痛苦地吓了一跳。"梦游症。"普伊赫医生诊断道。"现在旅里你俩都有这问题。"医生对着我补充道。他给她开了一些以维生素为主的药片，而面对司令和他夫人的问题，他回答道："没什么要紧的，一点事儿都没有，你们看克鲁埃尔斯，他好端端的呢。或许一辈子都不会再犯。"看到她也遭受这样古怪的发作，让我突然想把她当成一个小妹妹，而她也突然对我有了更多的感情。每当我从圣埃斯皮

纳回到维利亚的时候,她无一例外地都会朝我跑来拥抱我,还不时问我那个当我在巴塞罗那去他们家时曾让我大吃一惊的问题:

"他们真的不会杀了我爸爸吗?"

在维利亚,到吃中饭的时候坐在桌边的是我们六个人:司令和司令夫人、医生和医生夫人、玛丽埃塔还有我,大家就跟一家人似的。司令部安在了神父家,里头的饭厅很大。照样子看,战前这饭厅应该也用作教区办公室,而教区神父曾叫人在墙上刷上了几个大字:严禁渎神。无政府主义者把"严禁"这词给刮了,在上面刷上了"允许"一词。皮科连长在头一次来到维利亚并看到这句话的时候,便以文化之名请求司令恢复原来的文字,但是尽管他反复要求此事,司令和普伊赫医生都充耳不闻。饭厅里因为有个大铁火炉而暖意融融,墙上还有个坏了的挂钟,那是我所见过的最大最好看的钟之一,显然也是皮科让这钟又走了起来,他花了一整个上午在那儿捣鼓螺丝刀和钳子。钟每逢一刻和整点敲响时,音色好似乐钟,令人心情大好,让我们觉得仿佛恢复了几分和平年代的生活。在火炉边听着时钟的嘀嗒声,司令夫人坐在维也纳风格的木摇椅里长时间地织着毛衣,而那摇椅以前曾经属于神父的女管家。

到了吃午饭的时候,玛丽埃塔总是雷打不动地拒绝所有的饭菜,最后不得不给她做个鸡蛋饼,这是她唯一会吃的东西。女孩食欲不振让她母亲很担心,由此可以想象当她听说有一天女儿在吃饭号吹响时出现在士兵的厨房里说"在家里他们让我挨饿",并且狼吞虎咽吃下三盘公共伙食时,得有多震惊。自打我送给玛丽埃塔一只硬得跟块石头一样的冻僵了的青蛙,并教她把青蛙放在火炉旁让它复原并活蹦乱跳起来之后,她就常常去河边探索,寻找藏在成堆的腐烂树叶下的青蛙。一旦青蛙因为热气苏醒过来之后,她便对它们展现出母性的温柔,把它们当成玩偶一样跟它们玩耍,她像对着婴儿一样跟青蛙说话,给它们做汤,喂它们奶瓶。之后,她便会忘记它们,而青蛙们最后会在家中某个角落被人不小心踩死。

司令和普伊赫医生自从妻子来了之后便滴酒不沾。他们在妻子到达的前一天曾就此事互相发誓：他们朝结冰的河面上开的一个小洞里扔下一瓶朗姆酒——这一"具有象征意义的酒瓶"，两人扔瓶子的时候庄严无比，还当着皮科和路易斯这两个"所谓证人"的面。从那时起，在维利亚便只剩下了餐桌葡萄酒，那酒还放在教区办公室的柜子里（因为那柜子已经被我们拿来当餐具柜了），而在圣器室，司令下令将村中各家地窖里找来的所有酒桶摆放到一边，并用钥匙将其锁了起来，而钥匙则交给了他的妻子。对酒的控制极为严格，普伊赫医生可以确凿地说"某一天后人们将不得不承认他们像真汉子一样干渴而死"。

营里的药房或者说医务室占据了教区神父家一间半地下式的房间。我的上级和我每天都在固定时间在那里会合，接待能自己过来的士兵。能自己来的人很少，所以大部分时间里我们都是靠在安放在房间里的火炉边上闲聊。就这样，因为我们手头极少的工作——我们营在那个时候的兵力已经缩减到了原先的五分之一，寒冷让士兵们状态很好，在那些无人的村落里，他们并不会染上任何典型的淋病——普伊赫医生开始跟我倾吐秘密，如他所说，都是"极为隐私的秘密"，通常谈论的都是他的夫妻关系，而这关系时常掀起暴风雨。一开始，当他还严格恪守"庄重誓言"时，并没谈及什么大事：他跟我描述他的岳父以排解心中不满，那是个富得流油的卖肉商人——波盖利亚头号肉贩——而梅塞迪塔斯是他的独生女。我回答他说当肉贩的女儿并没有什么可耻的。"可是，你不明白吗？"他突然爆发了，"你除了眼前的事就看不到别的了吗？我们才是要感到可耻的人，咱们才是一文不值！"士兵们从第一天起就在背后管他妻子叫"医生夫人"而不是"普伊赫夫人"，他也知道，他自己都常常这么叫她。

可是，唉，对"庄重誓言"的恪守并未持续很久。有天我走下医务室时，撞见他正仰着脖子从一个瓶子里喝酒。他没有听到我的脚步声，在半昏暗的光线中，他想要把酒瓶藏到药品里，但我已经看到那是瓶"创立者"，大名鼎鼎的安达鲁西亚白兰地，这事儿引起了我的注意，因为在共和区，从战争开始没多久，就再也找不到这个牌子的白兰地的丁点儿踪迹。

"对，正宗的'创立者'，"他迷迷糊糊又颇为得意地说，"我是货真价实地渴死了，克鲁埃尔斯！前几天路易斯拿着一瓶古龙水出现在了教区神父家里，你也能想象得出来，那不会是给我的，而是给我老婆的。于是，我对皮科说，既然路易斯能在'无主之地'找到古龙水，那想着你能在那儿给我弄点'创立者'也算不上什么荒唐事吧？这是皮科给我从'无主之地'拿回来的，纯属运气！这是法西斯的白兰地吗？我才他妈的不在乎呢。当你身处困境时能记得你的朋友才是真朋友，不是吗？所以皮科是真朋友，他惦记着我，给我带来了一瓶'创立者'，而路易斯惦记的是我老婆。可怜的路易斯，你真得看看他是怎么费尽心思想讨她欢心，然而，一个人只有在不幸中才能发现谁是好朋友，当你最不济的时候，一个好朋友会给你捎来一瓶好白兰地。"

他说话的样子比平常更愉悦，看上去应该是在我到之前已经喝了好一会儿了。

"这瓶白兰地是法西斯的吗？那她也是！她就想让我投靠到另一边的战壕里去……"

"跟我姑妈一样？"我老实地惊呼道。

"就跟你姑妈一个样！所有的女人都一样……梅塞迪塔斯就是这样！就是那种走在大街上会让那帮无耻学生惊呼'大美人'的女人。她和其他所有女人一样也是法西斯，枪毙她不失为一个好主意，不过这样一来有得路易斯难受的。"

他叹了口气：

"路易斯和皮科在'无主之地'上找到那么多东西就没让你起过疑心吗？当我想到路易斯花的那番心思……嗯……当我想到人类中一半的性

别……你想让我对你坦白直言吗？在这个旅里，咱们所有人都对索雷拉斯胡说八道，然而，他是唯一一个看清一切的人。没错，他是疯疯癫癫，但是他看得很清楚。自从他失踪之后，这个旅就一文不值。索雷拉斯以前总是说：'每个人都戴着自己该戴的绿帽子，偶有光荣的例外。'我就是一个光荣的例外，我戴的不是我该戴的绿帽子，梅塞迪塔斯从来没给戴过绿帽子，一切相反，她恰是背叛的对立面！她要想让我戴绿帽的话，就得让另外一个男人快乐，而她宁可死也不想让任何人快活。"

从那天起，他便常常躲在地下医务室里喝酒。到了午饭时间，他能充分控制住自己，不让妻子发觉他已经贪了杯，而且，他妻子是个除了关心自己、自己的容貌和服饰，懒得去注意别人的女人，也有其他女人是这个样子。当这样的女人引人注目时——普伊赫太太便是如此——其愚蠢便会带着一阵炫目的光芒展现和闪耀出来，就像一个百万富翁，其之所以突出便因为他的百万财富。除此之外，她是个好女人，她只为她自己活着，但也为她的家庭活着，而她是这家庭的一员。如果她不是如此迷人，如此金发耀眼，如此天生丽质，我们便只会说："她是个好女人。"因为她本质上便是如此。她的丈夫对她心怀畏惧，所以才会不停嘲讽她。他常会故意说些明知会惹恼她的话。有一天我们得去圣埃斯皮纳治疗一名脚部脱臼的士兵，我们回到维利亚吃饭时，他开始激动地说起了皮科的妻子。"她简直就是善意的化身。她那么乐意帮我们给那人骨头归位，没有麻药，你知道吗？"他看向梅塞迪塔斯，"因为我们没有麻药，我们忘带了。是她一直在鼓励那个士兵，她简直能鼓舞一头公牛！真是了不起的棕发女人，啧啧！"

"而你，亲爱的，"她说——她习惯每句话里都喊他"亲爱的"——"你就是头驴，而更糟的是，还没教养。"

在地下室里他对我说：

"你也听到了，克鲁埃尔斯，一头驴！一个人勤奋学习解剖学和病理学就为了这,就为了某种蠢货口口声声管你叫驴?啊,克鲁埃尔斯,但愿你知道!啊,克鲁埃尔斯!我崇拜这样的蠢货。对,我崇拜她。这才是糟糕的:我崇拜她。啊,克鲁埃尔斯,啊,克鲁埃尔斯,但愿你知道!你不知道,但我会告诉你的,我要跟你说个'隐私的秘密'。"

他神秘兮兮地走去关上了地下室的门,并像一个在做重要忏悔前沉思的人一样沉默了一阵之后,他冒出了这样的话:

"梅塞迪塔斯是那种能让街上所有男人都回头的女人,尤其是青少年们,哼,那帮青少年!那些少年用贪吃的眼神看着她,就像一个饥饿的人站在蛋糕店的橱窗前。他们把她从头看到脚,你知道吗?那帮混蛋青少年!就这么在大街上,完全不考虑我谦卑的存在。"

"可她并没有错。"我斗胆说道。

"她?她的爸爸是整个波盖利亚市场里最有钱的肉商。是肉商之王!每年肉商行会都会举行一场舞会,那还是在战前,当咱们这帮学生还没头脑发热的时候。那简直是丝绸与钻石的洪流!男人们都身穿燕尾服,女人们都着晚礼服。他们会任命一个评审团来选出'行会公主',而我是评审团里的秘书。主席是乔瑟普·玛丽亚·萨加拉,只要是在巴塞罗那举行的选美比赛他一场都没落下过:他主持了所有的比赛!这一次既无须投票表决也不用进行淘汰赛,因为从一开始大家就都意见一致:我们所有人都为梅塞迪塔斯激动不已!萨加拉在巨大的欢呼声中宣布她成为'巴塞罗那及其乡镇的肉商行会小姐',肥肉公主!"

我再次鼓起勇气替普伊赫夫人辩护。

"你说品质?她当然有品质,谁还没点品质?她有,她当然有品质:文艺复兴时期女教皇的臀部,"他一边说一边重复着"女教皇的臀部",这一说法让我很吃惊,而他还用手比画出一个大圆圈,"女教皇的臀部,对,这就是你称为品质的东西?没错,我不否认这一点,她有着无可争议的品质。比方说,但愿你知道,她有颗痣……火辣得就跟颗胡椒一样……哈,品质……"

我想要阻止他继续讲述"隐私的秘密"的势头,因为他已经开始语无伦次了,可他却很生气:

"难道在军队里你不是我的下级吗?在这个旅里,一个人就不能跟他的下属倾诉一下吗?在这个旅里,什么都不能说吗?"

经历了这一幕之后,我在首次去圣埃斯皮纳时便请求皮科不要拿更多的白兰地给医生,而他则狡诈地看着我:

"但这是他跟我要的,"他说,"我得听他的话,我可少不了他。"

我完全忽视了普伊赫医生能照顾到皮科的地方——难道之前他不是再三发誓说在普伊赫医生把手放到他身上前,他就会下令全连机枪朝他扫射的吗?我忽视了这一点,而且他的话让我吃了一惊,于是为了不闹洋相,我闭上了嘴,因为没法知道会发生什么。我依稀记得皮科此前在跟我们讲起他在非洲外籍军团的年月时,他曾神秘兮兮地说"那里每个小妞都留下了长久的回忆"。无论如何,普伊赫医生从没就这事儿跟我说过一个字。有天下午我一个人在医务室里,忙着整理医疗材料。在我正在分类的一个大柜子里我发现了之前从未见过的一个小瓶子:瓶上的标签写着:多功能春药。第二天我把瓶子拿给医生看。

"你终于还是找到它了,"他说,"你看,我可是用我能想到的最好的办法把它给藏了起来。我有想法,你知道吗?我有想法。就跟文艺复兴时期的教皇们一样!对,克鲁埃尔斯,你别摆出这张耶稣会教徒的脸,现在你是要让我相信文艺复兴时期没有教皇吧。"

"这些东西我不太懂。"我说。"不过我觉得您不该求助于春药,人们说这会有害健康。我总是听说用芫菁提取物制作的药物,"我从标签上已经看到了配方,"是很危险的。"

"我吗?你在说谁呢?我可完全不需要这东西,我的心脏还很年轻。需要的人是皮科,你知道吗?但你不能告诉其他人。这是职业秘密!这是他在'无主之地'找到的，那儿什么都找得到，简直棒极了。当你想出让妻子们过来的主意时，皮科可是有自己的顾虑。'你想想看，庸医，'他对我说，'我比我老婆大二十几岁，而且我已经有一年半没干那事儿了，我缺乏锻炼！'他害怕自己会出丑。你永远都不知道外籍军团的那些人会给你弄出什么事儿来，他们都有前列腺问题。他们都曾是'爱的病人'，就跟皮科说的那样。总而言之，他跟我要'一些谨慎的东西能帮他表现可嘉'。对于这样的情况，对于这样我们可以称为事关某人荣誉的情况，没有什么能比得上多功能春药，这是最经典的办法，有诸多世纪的事实严格证明。糟糕的是在共和区你连一滴都找不到。'你别操心，庸医，'皮科说，'你就看我能不能从无主之地那里搞来吧。'他和路易斯在那里找到的东西都很厉害！但皮科有本事把这一瓶一口气吞下去，那样的话他会跟只青蛙一样翘辫子！所以我才把它放在医务室的柜子里，分成小剂量一点点给他，就跟他自己要求的那样。他高兴坏了，说觉得自己跟头公牛一样。"

之后不久，罗西克司令想到那几天恰逢圣卢西亚节（事实上，节日是12月13日，已经过了），而圣卢西亚是步兵的守护女神。我们想要向他证明他犯了两个错误，首先，如果我们的记忆没有全体出错的话，步兵的守护女神一直都是无玷圣母，她的纪念日是12月8日，而不是12月13日，其次，我们那时也不在13日，而是已经在16日了。但一切都是徒劳。他想让我们在维利亚举办一次"节日午宴"，来"纪念我们的圣女守护神"，于是大家只得照办。至少，所有人的想法在有一点上达成了一致：不管圣卢西亚是不是什么的守护女神，也不管她的纪念日到底是哪天，既然她是圣人，那她的纪念日就值得好生庆贺。此刻，当这些模糊的记忆重回我脑中时，我不禁为他如此张扬粗鲁的性格而感到讶异，尤其在我想到这些不管怎么说都发生在极为残酷的一场战争中（那时特鲁埃尔战役即将开始，或有可能已经开始了，在那场战役中，数千名士兵因为寒冷造成的坏疽病而死去）的时候，可那时的我们身处"死寂前线"，在那个冬天里战争对我们来说就像戏剧中的世界另一端那般遥远。我差点以为在所有的战争中，都该是这样，曾经历过恐惧并且知道将会再次经历的人，在得以休整的时候，会沉溺于最愚蠢的玩笑。在我们中间，我们从不谈论在战斗中死去的旅里的战友，而从开战以来已经死了几百号人了，所有会令我们伤感的东西都在谈话中被禁止提及，就跟那些只有后方的关系户才会唱的格调高尚的爱国或革命"赞歌"一样，哪怕政委们想方设法要将其引入前线，可我们还是觉得那些"赞歌"简直俗不可耐。

此刻，当我记起在"节日午宴"后不久，我们开始看到密集的飞行小队从我们头顶不断经过，或飞去特鲁埃尔，或从那里飞出，而我们则意识到阿拉贡隆冬里那场战斗所产生的冰冻的恐惧……可我还是得如实讲述那场并未照本意发生的"节日午宴"——就算它本来可以是另外一个样子。

除了维利亚教区神父家中的六名常规食客，皮科连长和路易斯及他们各自的妻子还有小拉蒙也被邀请在内，总共是十一个人。司令已经让营部一个曾是书法家的士兵用"哥特字体"画了十一份菜单，就摆在我们每个人的餐具前："无卷心菜石鸡，炖野兔，自产葡萄酒……"要知道不久前刚到的《塔楼牛铃》[1]杂志上登了个笑话，说的是一位先生在一间酒吧里说"来一杯不加橄榄的味美思酒"。"得说不加凤尾鱼，"服务员反唇相讥，"因为橄榄可没有。"这个笑话在巴塞罗那各类物资匮乏的那段时期内大获成功，但连长夫人也就是皮科太太似乎并不知道这个笑话，因为她好奇地问为什么菜单上要特地说明"无卷心菜"石鸡。

"无卷心菜也是迫不得已，"司令和蔼地跟她解释，"鉴于今天这一日子的庄严性，我们本来想要做的是无松露石鸡，但是松露……"

"咱们没有松露。"普伊赫医生以一贯的语调总结道。

---

[1] *L'Esquella de la Torratxa*，加泰罗尼亚语的讽刺漫画周刊，于1872年到1939年期间在巴塞罗那出版。

"自产葡萄酒"说的自然是在村子的酒窖里找到的酒，也就是司令已经锁在圣器室里的那些。为了这一"节日午宴"，大家摆上了一张大桌子，上面铺着从"无主之地"找来的亚麻桌布，总体而言，这番效果看着相当不错。大家想赢得普伊赫夫人的敬佩，想迫使她承认我们旅自有其格调，我们都很讲究也很有教养。每个人都想竭力记起"礼貌"那档子事儿，特别是战前的"礼貌"，一切都是为了让她承认我们跟"平足旅"那帮人不一样，世面和专业技能正是我们的强项。

为了照所有规矩行事，桌子上夫妻都分开入座。午宴开始得不错，谈话也很热络。

"无论如何，夫人，"司令对坐在自己和路易斯之间的普伊赫夫人说，"我们可不像法西斯分子想让人以为的那么没教养。咱们互相理解一下，如果法西斯分子说的只是'平足旅'的话，那他们比圣人还有道理，啊，夫人，要是哪天您去'平足旅'的司令部吃饭的话，您会被吓坏的！"

"战前，"普伊赫医生嘟囔道，他坐在了皮科夫人的身边，"我每周六都擦鞋，可现在……"

他抬起一条腿，好让人看到他暗淡无光的高筒中尉军靴。席间哪怕是皮科夫人的举止都十分严肃端庄，还不时用眼角余光看着其他人怎么在吃石鸡时设法不让手指碰到它。皮科则给罗西克夫人讲起了故事。

"毫无争议，"司令一边坚持道，一边朝医生夫人凑过身去，"我们旅自有格调，可不像那帮'平足'的家伙。您听到机枪连连长跟我妻子说的那些故事了吗？没有什么是玛丽亚的女儿听不得的。在这个旅里，我们的教养都好得惊人。"

普伊赫夫人宽宏大量地承认宴会——她是用法语说的——"不乏豪华"。就像我之前所说，路易斯坐在她的另一边，她正是跟他勉强维持着谈话，但路易斯则更显得沉默寡言。石鸡过后上了白葡萄酒。

"因为咱们没有鱼肉，"司令抱歉道，说话时总是朝着普伊赫夫人，

"所以咱们得在石鸡之后喝白葡萄酒。您能原谅我们吧,夫人,因为情况如此。"

特里尼几乎没有参与大家的谈话。她被安排坐在我旁边,我感觉到了她的心不在焉。由于她走神的样子还有路易斯的沉默,我觉得自己猜到了他们刚好在"节日午宴"前起过争执。就在那时,司令觉得有必要提议第一次举杯:

"敬咱们优雅的旅!"

那葡萄酒看似清淡,但会上头,酒劲开始在医生身上显现了出来,他已经喝了三大杯,此刻他站起身来,拿着第四杯酒想模仿司令来敬酒:

"敬我的岳父!他一打喷嚏,就会从所有口袋里掉出钱来。"

"我觉得,亲爱的,"他妻子打断了他的话,"你不会想拿爸爸来逗大家开心的。"

"她爸爸就是我岳父,您能明白我的话吧,"医生一边坐下来一边跟连长夫人说,"我不知道,皮科夫人,您是否听说过莱塔门迪[1]当学生那会儿的事,那时他希望能成为他岳父的人让他碰了一鼻子灰。这是莱塔门迪意料中的事,他是最饥饿的学生,而那位不愿当他岳父的先生跟我岳父一样富到流油。不过莱塔门迪是个有准备的人,一个有准备的人能抵两个……他可不是个只会嘬手指的傻子,哇,了不起的莱塔门迪。"

就在故事说到这当口的时候,他的斗鸡眼副官端着炖野兔走了进来,吃完野兔后,上了红葡萄酒,司令再次抱歉道:

"在这么美味的炖肉之后,本应奉上香槟,但我恳请您,普伊赫夫人,努力发挥一下您的想象力。凭着想象力,这杯红酒就会像香槟一样。您更喜欢哪种香槟?凯歌[2]吗?那好,没什么能够阻止咱们此刻喝上凯歌

1　José de Letamendi i Manjarrés(1828—1897),医生,西班牙皇家国立医学院院士。
2　Veuve Clicquot,创立于1772年的知名法国香槟品牌,由于Veuve在法语中有"寡妇、遗孀"的意思,因此罗西克司令才会在后面说"这里只有凯歌,没有遗孀"。

香槟。"

"既然咱们到了香槟环节，"他觉得有必要再次举杯，"这里只有凯歌，没有遗孀，愿此情此景持续更多年！"

随着一次次举杯，他显得越来越感性，开始凝视起小拉蒙和玛丽埃塔来。两个小孩面对面坐着，互相扔着面包屑。玛丽埃塔自然不想尝试石鸡和野兔，正是斗鸡眼给她做了法式蛋饼，就跟平时一样。她的父亲手中端着一杯红酒又一次站了起来：

"为了新一代干杯！为了自家的孩子们！"

他站着喝完，重复道："自家的孩子们！但他们都会变成孤儿，真是见鬼！"他又给自己倒了一杯，重复着祝酒词："为了自家的新一代干杯！但愿他们不会变成孤儿！"

他最爱说的话中有一句是："愿咱们能从事多年类似的工程，生育自家的孩子们！"普伊赫夫人却从未听过这样的说法，于是她问路易斯"到底是什么意思"。路易斯耸了耸肩："这是种说法，夫人，在这个旅里常说很多傻话。"坐在桌首的皮科朝他挤了挤眼，似乎在对他说："路易斯，事情开始变得不妙了，司令灌了不少。"医生注意到了这一点：

"公民们，镇静！危险已经过去了，只是假警报而已。咱们的斗鸡眼兄弟在这儿，他可是加泰罗尼亚军队里最光荣的英雄之一，他给咱们端来了咖啡。可不是什么代用咖啡，公民们，之前的都是假警报！我跟你们保证这是正宗的咖啡，可不是什么代用咖啡。"

"是在'无主之地'找到的。"司令向普伊赫夫人解释道。

"在'无主之地'，"医生说，"找到了美味咖啡的矿脉，有取之不竭的咖啡矿。"

"夫人，"司令说，"您得再次原谅我们。这不完全是摩卡咖啡，而是来自几内亚的咖啡，您知道吗？是法西斯的咖啡，无论如何都不是您应当喝的咖啡……"

"这咖啡好极了,"她回答说,"这就跟战争开始之后我们便在巴塞罗那做梦也找不着的咖啡一样好。"她又给自己续上了第二杯。

"我也再来一杯。"她的丈夫说,不过他往杯子里倒的不是咖啡,而是红酒。

"我觉得,亲爱的,你在喝过咖啡之后就不会再喝红酒了。"

"因为不是摩卡咖啡……"他借口道,并朝向皮科夫人补充说,"伟大的莱塔门迪的每个想法都……不管别人怎么说,莱塔门迪都是个人物。当他去跟那姑娘求婚时……"

"亲爱的,"梅塞迪塔斯打断他道,"此刻咱们要说的人可不是莱塔门迪。"

"可是",皮科夫人诧异地说道,"夫人,您丈夫想跟我们说个扁桃体……"

"他想说的应该是件逸事[1]。"医生夫人用宽厚的口吻纠正道,并看向了路易斯。

"就是扁桃体,这正是我要讲的,了不起的莱塔门迪的扁桃体,"医生中气十足地说,"莱塔门迪的扁桃体就跟公牛的一样!"

"你别再说傻话了,亲爱的。"

而他愈发用力地重复到:

"对,就跟头公牛一样!"

那句傻话显然起到了作用,从那时起,整个旅里便纷纷谈论起了扁桃体。梅塞迪塔斯微微耸了耸肩膀后,点起了一支烟,正是路易斯给了她一盒"骆驼"烟,自然也是从"无主之地"弄来的。

"要命的'无主之地',"医生嘟囔着,"看来那里有烟草林……巨大的

---

[1] 加泰罗尼亚语中扁桃体是 Amígdala,轶事是 Anècdota,两者发音接近,所以医生夫人才会认为皮科夫人理解错误。

树木上结着雪茄烟……其中还有闻起来腐臭的东西。对,腐臭味儿!"他目不转睛地看着他的妻子,似乎在挑衅她:"在这个旅里什么都不能说了吗?就该把《罗兰的号角》作为所有修女学校的课本,就让咱们看看这样一来能不能让这个世界上少点乏味的女人!《罗兰的号角》可真是本了不起的好书!到第三页的时候就开始给男主人公戴绿帽子了,这才是我喜欢的书,不把时间浪费在风景描写上。到了名为《残忍的疑问》的第六章时,事态就已经乱得无法形容,就连罗兰本人都不由惊呼:'毫无疑问,我敢打包票!我已经给自己戴了绿帽子!'因为您得知道,皮科夫人,他以为是别人老婆的那个女人,其实是他自己的老婆:都是说来话长的家庭闹剧。不幸的罗兰是经人安排而结的婚,您知道吗?婚前他都没见过要娶的那个姑娘,他不知道那是个无依无靠的年轻女子,还是能让你吃惊不已的人。不得不说,这部小说可没什么风景描写,有的都是对那位夫人的描述……嗯……每次描写……尤其是有一个章节……关于那姑娘正在穿衣服的章节,真可称为优秀文学,老天爷!一处细节都未落下!当然了,作为戏剧性的第十一章名为《狼与狼……互相撕咬!》,就是在这一章里,两家人通过给彼此戴绿帽而造成的晦涩难懂的话语达到了令人头皮发麻的程度,不幸的罗兰举手望天,大呼:'还有谁戴的绿帽能跟我的相比?'"

"你最好还是闭嘴,"他的妻子打断了他,"你都不知道自己在说什么了。"

"我不知道吗?我不知道自己在说什么吗?我可清楚得很。在第十五章《康沃尔郡和平协议》,这一小说的最后一章里,罗兰显得更为无奈,他在所有人为庆祝协议而举行的宴会上说:'太乱了,简直太乱了!我正走在变成自己岳父的路上,或至少变成我自己的连襟,就连福尔摩斯复活都理不清这团乱麻!'"

他不带停顿地向连长夫人解释道:

"如果你想惹怒梅塞迪塔斯的话,你只要当着她的面说条纹五花肉就行。"

他妻子当时正在和路易斯说话,并没有听到这一句。火炉因为填满了圣栎树木块而烧得通红,散发着热量。

"爸爸,"小拉蒙喊道,"为什么不让我坐在玛丽埃塔的旁边?"

"这个小家伙比圣人还有道理,"坐在他身旁的司令夫人赞许道,"说话跟个小大人似的。"

"您还想再来点摩卡咖啡吗?"司令对梅塞迪塔斯说,而她已经在给自己倒第三杯了,"没什么能比得上摩卡的咖啡。您可能不知道这一名称从哪儿来,但这是阿拉伯的一座城市[1]。您想想看!"

"这一点我非常清楚。拿破仑就安葬在那里。"

医生听到妻子的回答吃了一惊,疑惑地看着自己的鼻尖,但他旋即就继续跟皮科夫人说起话来:

"我之前想跟您说的有关莱塔门迪的故事是个爱情故事,您知道吗?不过在这个旅里,什么都不让人说。我得去把这故事说给'平足旅'的人听,在那儿我才会获得到应有的成功。"

"如果是个爱情故事的话……"连长夫人饶有兴趣地看着医生说,"我还以为医生们都从不谈论爱情。"

"谁说我们不谈这个的,夫人?我们谈得可不少!"

"没有什么能比得上文化,"皮科说教般地对医生夫人说,"拿破仑·波拿巴是我的弱点。"

"我们谈论爱情,"普伊赫医生继续道,"而且我们通常就其中两点来谈论这一话题,那就是:理论与实践[2]。"

"我觉得咱们这会儿搞得一团乱,"司令说,"拿破仑·波拿巴?

---

[1] 位于也门红海岸边的一个港口城市,从15世纪到17世纪,这里曾是国际最大的咖啡贸易中心。
[2] 原文为德语:Theorie und praxis。

嗯……你们肯定摩卡的那具死尸不是那……嗯……我敢保证我记得的。"

"可是,您在说什么呢?那会是谁的尸体呢?"皮科点起了烟斗,斜看向他问道。

"咱们让他们争论去吧,皮科夫人,"医生对连长夫人小声说道,"就让他们争一下拿破仑和波拿巴到底是不是同一个人,这可是最隐晦的历史谜团之一。毫无疑问的是拿破仑曾被戴过一两次叹为观止的绿帽,惊人得不是一点点。在我还是学生的时候,我们曾唱过一首跟拿破仑和约瑟芬有关的法国小调,真遗憾我现在已经不记得了,因为那可是首很热闹的小调。"

"您别理会这个庸医,"司令打断他的话,靠向另一侧的皮科夫人。"所有医生都会夸夸其谈。我觉得他说不定哪天就跑去'平足旅'了,就为了能在那儿随心所欲地讲不正经的故事。他在他的美好时代里唱的那首小调我也知道,我可以跟您保证的是,这歌可不适合女士们听。您应该已经看到了墙上刷的那些字允许渎神,我就想把'允许'给抹了,重新刷上'严禁',不过医生他表示反对。您知道吗?打着弗洛伊德的名号,他说要跟'退步'做斗争,我可以跟您肯定的是,他至少在这一领域实践其理论。但他完全不懂教育和文化!"

皮科听到"文化"竖起了耳朵。他看了看他妻子和司令,两人正在激烈地谈论着,于是他以凡尔赛宫廷式的口吻对司令夫人说:

"夫人,您看咱们对他们实施同态复仇法如何?"

他对这一表述十分自豪,觉得这说法有文化极了,而且他是从行李箱的一本小说名字上发现了这个说法。司令夫人点头同意,她肯定不知道"同态复仇法"是什么意思,但她觉得什么都好,她总是同意所有人的意见,而且,吃过饭后,睡意正朝她袭来。通常她会上楼小睡一个午觉,但那天因为是"节日午宴",她没敢离开,能看出她强撑着不让自己睡着。我们已经到了白兰地环节,斗鸡眼正在给我们的杯中倒上正宗的"创立者"。司令和医生借着步兵光荣的守护女神的名义——照他们的说法,我们正在庆祝女神的纪念日——已经自斟自饮了好几杯。情况急速变得糟糕起来。

"在我那个时候,"普伊赫医生开始说道,"在我们这些学生了解颇深的某间房子的旁边有家殡仪社。因为在我那个时候,还有殡仪,可不像现在,咱们给人入葬就跟埋条狗一样。我们在那家殡仪社可真是度过了不少好时光!不对,我弄错了,我们的好时光不在殡仪社里,而是在旁边那座房子里。那是一间相当不错的房子,有着房子该有的样子,甚至其中一个房间的一个金色画框里还有一幅吉梅拉[1]的大照片。你们能想象,那是座高尚的房子,离诊所医院也不太远,地段很好,在学生中相当出名。可能你们不知道,医学专业的学生有时会从医院里顺走一些解剖用的东西来开愚蠢的玩笑,于是,对吉梅拉毫无敬意的我在那个房间的床单下面藏了一条某个死于癌症的不幸人儿的一条腿。"

"这就是医生们会讲的爱情故事吗?"连长夫人失望地说。

"才不是,爱情故事是有关莱塔门迪的。他顺走了,该怎么说呢?嗯,那些不宜在女士们面前提及的一些东西。"

"我们旅里的人都特别有教养,这真是荣幸,"司令说,"不过,莱塔门迪到底干了什么?"

"或许他造了坦克,"皮科夫人惊呼一声,不禁笑了起来,"'你们要制造坦克,坦克,坦克',你们知道在巴塞罗那到处都贴着几百张这样的海报吧?让我痛心的是,我不像我丈夫这么手巧,能够立即着手干活。"

"当我看到这海报的时候,"罗西克夫人坦率地说,"我就开始为我丈夫织起了那件带条纹的灰色毛衣。"

"你该造的不是毛衣,而是坦克,"司令说道,似乎在指责她,接着

---

[1] Guimerà,西班牙加泰罗尼亚莱里达省的一个市镇。

又朝医生喊了起来,"就让我们搞搞清楚莱塔门迪到底造了坦克还是毛衣吧!"

"莱特门迪,嗯,"普伊赫医生又给自己倒了一杯"创立者","莱塔门迪有毛衣,也有坦克……"

"对,就跟头公牛一样,我们知道!"司令不耐烦地打断了他,"现在我们想听的是他跟他岳父的故事。"

"当那个富得流油的岳父拒绝莱塔门迪向他女儿求婚时,莱塔门迪把精心包好的包裹放到了桌上,并对他说:'好吧,既然这东西现在我也用不上了……'"

司令和皮科笑得流出了眼泪。由于这个笑话既蠢又吓人,谈话开始转向了索雷拉斯。就像司令所说,他"地址不详"地从旅里失踪了,我们当时猜测他已经加入了另一支共和旅,由于他的怪诞不经,有些人甚至认为他已经选择了某支无政府主义者的队伍。当司令克制住笑意后喊道:"既然要庆祝咱们守护女神的节日,就别再说死人的事了……咱们不是至少已经就在麦加的那个人达成一致了吗?"

"麦加?"医生说。

"对啊,麦加,咱们不是在说麦加的事吗?"

"我可以确定的是莱塔门迪可没有葬在麦加。"

"好吧,"皮科插话道,"不过说的不是莱塔门迪,而是波拿巴。"

"说什么死尸呢!"司令有力地打断话头,"他都已经跟著名的奥赛一样死了被埋葬了。"

"《奥赛之死》,"皮科跟司令夫人解释道,"这是我会用长号演奏的一支曲谱,营里的乐队也演奏这曲子。"

为了展示他引以为傲的音乐天赋,他鼓起腮帮子,模仿着长号的声音演奏起了《奥赛之死》。

"嗨,"司令抗议道,"别再吹《奥赛之死》!这个奥赛总让我想起索雷拉斯,不是说到奥赛,而是说到死尸。要是我说索雷拉斯有张死人脸的话,你们不会否认吧……"

特里尼惊讶地抬起眼帘,她在整场午宴上几乎一言未发。除了我,没有人注意到在那双明亮的眼睛里正积聚起泪水,只有一滴眼泪,闪亮的、惊愕的眼泪。那惊讶的眼神想必会一直印刻在我的记忆中。时隔多年之后,我还觉得能看到那双睁大的眼睛中含着一个闪亮的光点。谈话依旧在继续,变得越来越信口开河,简直无法阻止司令和医生越来越放肆的谈论。普伊赫夫人沉浸在和路易斯的单独谈话中,一边望着天花板一边吐着香烟的烟雾,一脸认命了的女烈士的表情。

"对,他就是喜欢装得比真实的他更野蛮来激怒我,因为他清楚得很,我病态地敏感。"

"这点从第一眼就注意到了,夫人。"路易斯回答说。

"路易斯,您想想看我能有多敏感,当我看到满月时,会禁不住想哭。"

"真的吗!就因为满月吗?"路易斯惊呼,"可我看到满月的话会忍不住大笑。"

"您让我觉得很奇怪,"医生夫人说,"因为,说到底,一个从没见过满月的人就不能说自己是个敏感的人。我真希望我丈夫能带着我在月圆之夜漫步在巴塞罗那哥特区……"

此时,那位正与司令争论的不敏感的丈夫的嗓门越来越高,像一阵雷声盖过了大家谈话的嗡嗡声:

"索雷拉斯是疯疯癫癫没错,可他的话都有道理。"

"那负心的阿尔比恩[1]呢?"司令大声说道,"小心,可有阵子没说起她了。"

---

[1] Albion,是大不列颠岛的古称,也是该岛已知最古老的名称。而"负心的阿尔比恩"则是从16世纪下叶起,由于当时英国和西班牙间的敌对状态,便会用这一表达方式来表示带有敌对情绪地指称某一国家。

"这说的是哪位女士?"连长夫人问医生。

"我这就唱着告诉您。"医生回答道,说着便用男中音的有力嗓门唱了起来:

> 在英格兰的情人们
> 每月都彼此通信。

"您可能有所不知,皮科夫人,"司令说,"下雨天就不能举行斗牛,因为没有太阳的话,公牛就会变得很温顺。然而,在英国总是下雨,您想想看,那简直糟透了!有一回,在战争开始的时候,一名工党议员来视察我们的战壕,却对什么都要提点意见!说什么步枪没好好擦油、军队纪律松散、军官胡子拉碴……结果是索雷拉斯打发了他。'每个地方的人都有其配得上的气候。'他对议员说。"

索雷拉斯那句话深得连长夫人的喜欢,由于她是个娇小的褐发女人,因此她觉得自己是个"撩人的南方人"。她想学唱那首小调,她一边哼着在英格兰的情人们,一边拿手指模仿响板打着响指。医生大喊着,好让人们能从桌首听到他讲话:

"皮科,你可从来没告诉过我们你有个这么可爱的妻子,这么一个褐发美人,天哪!这才叫作性魅力[1],唔……"

"您这是在戏弄我吗?"皮科夫人不禁笑了起来,而机枪连连长则在桌首微笑着,享受着医生对他妻子的恭维。普伊赫夫人再也忍不住了,低声对路易斯说:"真是可悲。您听到了吗,路易斯?戏弄……"

"戏弄!"医生大呼,"此时我又想到了另一个扁桃体。从前在麦加有具死尸……对,梅塞迪塔斯,你别带着一脸嫌弃的表情看着我,咱们之前

---

[1] 原文为英文,Sex appeal。

不是在谈论麦加吗?"

司令夫人已经有好一阵没说话了,她困得要命。她远远地听着谈话,犹如在梦中,有时她会跟吓了一跳一样坐直身子,努力跟困意做着斗争,带着微微的笑意看向当时正在说话的人。玛丽埃塔和小拉蒙正在吵架。

"埋在麦加的是穆罕默德[1]。"玛丽埃塔说。

不巧的是她说得那么大声,所有人都听到了。大家一下子沉默了下来。那是一阵令人惊讶的沉默。罗西克夫人突然因为那阵怪异的沉默而清醒了过来,她被吓了一跳,觉得她的女儿说了什么不该说的话:

"你知道什么,孩子?你还没经验呢。"

"这是学校里书上教的。"

"可在我的书上,"小拉蒙说,"画的全都是相反的。"

"都是相反的,嗯……和什么全部相反呢?"司令嘟囔道。

"和被戴绿帽子的人相反,"医生说,"要是书上说的都是相反的,咱们还真得好好想一想!"

"要是索雷拉斯去了麦加呢?"司令问。

"索雷拉斯在麦加!"普伊赫医生大声说道,"那还真是不嫌事多!"

"这是个假设。"司令说道,仿佛在给自己的冒失找借口。

"你们一直在说的索雷拉斯到底是谁?"普伊赫夫人问路易斯。

"我也在想这个问题,"他回答道,"索雷拉斯到底是谁?或许是个假设?是个谜题?我愿意不惜一切知道答案。"

"索雷拉斯,夫人,"司令插话道,"是个不留痕迹便失踪了的人,是种幻觉,就是这样。"

"咱们就承认索雷拉斯只是场幻觉吧,"医生认可道,"不过某些巴结的年轻中尉在'无主之地'找到的古龙水可是不容置疑的现实。在丹麦有

---

[1] 此处指伊斯兰教的创始人穆罕默德。

些东西在腐烂。"

"在丹麦?"他的妻子感到讶异,"丹麦和麦加又有什么关系?"

"那屁股和《四季》又有什么关系?"他怒气冲冲地说。

梅塞迪斯塔的双颊因为一阵恼怒而变得通红,但她克制住了。路易斯赶忙给她点上第三支"骆驼"香烟。"谢谢。"她说道,声音中有丝颤抖。

"没错,丹麦,"她丈夫继续朝着连长夫人说,"在丹麦什么都能找得到,无论是'创立者'白兰地、古龙水,还是咖啡豆和'骆驼'烟。绝对是应有尽有!甚至在那儿还能找到大瓶的多功能春药,看上去在丹麦这东西哪儿都有得种。丹麦的一切都在腐烂。"

"在那里种的,庸医,"皮科打断他的话,平静而挖苦地说,"是给不会保守职业秘密的医生们的'1902年产苏玳葡萄酒'。我觉得你要是再不闭上嘴的话,你就再也喝不到'创立者'了。"

司令在那时解开了军装和衬衣的纽扣,像是热得喘不过气来,他站起身用手势示意大家安静,并庄严宣布:

"军官们、基层成员们还有士兵们,咱们军队和共和国的英雄们:我醉了!"

他妻子立即朝他跑过去,司令不停捶着胸。

"你怎么了?你不舒服吗?"

"我醉了!"司令抱着妻子放声大哭。"我当着你的面发过誓不再喝酒的,可是你也看到了,我醉成这样……"

"今天难得例外,"她安慰他说,"在这么热闹的节日上喝多了也没什么丢人的。今天可是步兵的守护女神纪念日!"

司令夫妇两人决定最好去睡个午觉。玛丽埃塔和小拉蒙已经在远离火炉的地方玩开了,火炉那里太热了。桌上的人也因为大家的离开而变得兴味索然起来。

"真可悲,亲爱的,"梅塞迪塔斯看着她的丈夫轻声说,"你还想让我把孩子们带来……真是糟糕的榜样！"

"您说的真是太对了，夫人，"皮科说，"这些有文化的人……"

"那你呢，皮科，你自己呢？啊？"医生诘问道，"文化吗？文化，我去你的文化……"

"亲爱的，你最好也去睡一觉醒醒酒。"

"我没兴致。文化，我……你们没看到吗？就大字写在那儿呢：允许渎神！你们都是见证人！睡觉醒酒？呸，这个一针就完事儿了。就一针，咔嚓，好了，酒劲儿就过去了！"

"打一针什么，亲爱的？"

"打一针条纹五花肉，亲爱的。"

梅塞迪斯塔脸色变得刷白。她扔掉香烟，从桌边站起身来。她的丈夫镇定地又给自己倒了一杯"创立者"。她欲言又止，走出饭厅时重重地摔上了门。

"现在，终于！"医生看着自己的鼻尖说，"我可以畅所欲言了。可怜的莱塔门迪，垂头丧气！我岳父钱多到烂掉，居然没有回绝我，真是叫人惊诧！梅塞迪斯塔让他心软，你们知道吗，她那时刚看了一部电影，一个医生从一场霍乱中拯救了一座城市，她以为我就像电影里那个医生一样。可是我，没有霍乱，没有钱，也没有病人……想想看，我来战场就是为了找点平静！"

IV

> 终其一生就是一条孤独的道路。
> 马里乌斯·托雷斯

整个旅都没什么动静，一直在等着上头给我们运送重整需要的武器和新兵过来。由于在卫生部无事可干，我在圣埃斯皮纳消磨了更多的时光，也时常在那里过夜。如果有急事的话，普伊赫医生可以通过连接两个村子的营队电话找到我，不过这样的情况从未发生过。

我留在村里过夜的时候，会睡在靠近阁楼的那个房间，尽管女人们来了之后，我就一个人睡，但里头的三张草垫子依旧在那儿。皮科在"无主之地"找到的圣杯也摆放在那里，杯子这事儿我之前已经说过了，我会对着圣杯做晚祷，它就摆在我物色到的一张瘸腿桌上，我一边回忆着圣杯内通常会盛的东西一边祈祷。祈祷时我时常会想起加利法博士，因为没有他的消息，我都不知道他的生死，有时候，我会机械地在祈祷中对他念诵。我不是像对着圣人一样对他念诵，而更像是在脑中跟他说话，就像是跟他讨教忠告。那时的我就像个傻瓜一样认为他会同意我所从事的事业，我是多么需要他的劝诫好不在斜坡上滑落啊！加利法博士，他对日常琐事不以为意，却对关键而具有决定性的事件具有罕见的洞察力。在我看似慷慨的意图之下，他想必已经察觉到了动摇我的错误的倾向，而我却尚未意识到这一点。加利法博士不是个会在乎各种顾虑的忏悔神父，哦，他不是，而是恰恰相反。直到战争爆发我都深受噩梦的困扰，我时常请求上帝慈悲让我不要再做梦，我也曾就此事与加利法博士忏悔过。"我的孩子，"他打断我的话，"你就别浪费我的时间了，还有很多人在排队呢。"他是个很受欢迎的忏悔神父，队伍时常会排到教堂门口。我的梦就像一枚无人接受的假币，让我无从摆脱。

无论如何，梦就是那种打从我们做梦开始，就得以某种方法放在心里的东西。每个人的梦都是他自己的一部分，无论是最奇怪的部分，还是无条理的部分，都是我们自身的一部分。梦的意义从我们身边逃开，弗洛伊德派对梦的解析是肤浅而贫瘠的，我们的梦要更为多样和精彩，有时甚至比谈及的更为罪恶。梦的意义从我们身边逃开，却会在我们做梦的当口诡异地清晰呈现。我们一旦清醒，便无从理解此前睡着的那个自己。于是，醒着的那个人对睡着的那人会生出一种含糊的羞愧，那个人曾是他自己，却又是另一个人，他羞于自己无法控制作为自身一部分的梦。"梦是生死之间的无主之地，"索雷拉斯有次曾对我这么说，"也是淫秽与阴森间的无主之地。"

恋爱是什么意思？我还不知道，而四分之一个世纪已经过去了！可能我的心从来未敢问过自己这个问题。这难道不会像一个想要与人分享秘密从而让自己解脱的愿望吗？有关生死，有关淫秽与阴森的秘密，一个轮廓模糊的愿望，哪怕我们觉得这个愿望真切而刺骨，对，其轮廓极为模糊，可能只有在梦的深处才会显得无比清晰。像索雷拉斯在一个难忘的夜晚跟我说过的那些现象一样不甚明了的事随处皆有，那些知道如何跟鸟儿一样生活的人才是幸福的人，他们活着或死去都曾为生死担忧。而我一辈子饱受噩梦折磨、梦游发作、种种意识造成的顾虑……我，可怜的我……我也曾想朝大片的光明飞去！迷雾让我们窒息，我的上帝呀：我们就想简简单单地活着，活在纯粹的光明里，活在真正自由的空气中，我们就想像你说的那样活着，就像那些最年幼的孩童那般活着，为这个世界本来的样子而喜悦，为人和事本来的样子而欢喜，因为是你创造了一切。接受一切本来的样子，随遇而安，带着全然贫瘠的精神和彻底的简单，就那样彻底简单地活着，但要和她在一起。

当一个男人和一个女人相爱时，茅屋也会是皇宫，这是一个古老的秘密。唐璜深谙此道，不管怎样，他只了解那些最为易逝的爱情，我的上帝啊，我们所有的困难来自这里，来自我们的短暂性。如果我们能让从我们身边流逝的这样或那样的时刻成为永恒……这世界将会无比美好……因为幸福并不存在于事物中，而是存在于爱里；追求财富的精神诞生于虚无，我们因为缺乏爱，所以想用事物来填补空缺。追求财富的精神是相对的，是想要获得他人所没有的东西，而爱是绝对的，只有爱才是绝对的……哪怕它是短暂的、是罪过或是犯罪，它都是绝对的，因为事实是它是"渴求邻人之妻"的罪。就算它再短暂、再有错、再充满罪恶，都是绝对的那一刻！唐璜很清楚这一点，和他一样，所有那些不管出于善还是恶，无论是为了瞬间还是永恒，无论心怀圣洁还是心存罪恶而爱的人，都是用全部的灵魂在爱。

这一绝对的一口气息便足以改变生死！在爱的吹拂下，一切都很美好。拿撒勒的圣屋应该就是一间简陋的房子，可能就比茅屋好一点，而当我们愿意想象时，却能把它想成一间快乐之屋，想成幸福本身的意义！加利利那些清明的日子，围绕着耶稣、约瑟夫和玛丽亚的卑微而隐藏的平和气氛……《受难福音》若没了另一部《童年福音》便不会体现其全部的意义：我们或许不止一次觉得这部福音就像是一连串的幼儿故事，在批判性的理性眼中几乎不可置信，可是，批判性的理性可曾理解过爱？如果不是因为加利利的耶稣本人，不是因为爱，不是因为诗歌，可怕的十字架上的受难便不会有意义。福音教导我们时刻到来时要接受十字架，但不也教导我们要接受幸福吗？难道拒绝爱、拒绝幸福、拒绝诗歌并把它们钉上十字架就不是极大的罪行了吗？幸福是神圣的，是上帝想要人拥有的结局，拒绝它是很可怕的。

无论如何，我们所有人都会上十字架。所有生命最终都会被迫在死亡里终结。

我们所有人都会上十字架，但是，安静！不要让孩子们听到。就让我们跟他们说说未来的人类，那将是美好的人类。为什么未来的人类就得是美好的？可怜的人类，怎么才能在未来存在？人类始终只有当下，坚定的当下，始终都在两种召唤的撕裂中：其中一种是幸福，另一种是上十字架。

钉上十字架的召唤……战争难道是另外一样东西吗？人们挥舞着各种借口，当然了，还有各种理由和大话……可是在下一代人的眼中，所有这一切会有多么空洞，不可理喻甚至荒谬！难道我们能明白为什么我们的曾祖辈们要为波旁家族的男女继承人之争而固执地互相残杀吗？现在我们会笑话这一切，可我们的曾祖父们却曾为此而互相杀戮。我们的曾孙辈们在知道我们为了无产阶级和资产阶级的斗争或是为了雅利安人和闪米特人的斗争而互相残杀时，他们也会笑话我们，可是，就是在那些空洞而可笑的话语下，人们建起了斯大林和希特勒的集中营。话语虽然可笑，迂腐的言辞虽然空洞，可无数人还是会追随。你们用手指指出一个让众人仇恨的坏人，众人会听从这一指引，就算这个坏人只是一个词语又有什么关系？贵族、资产阶级分子、神父、闪米特人、法西斯、红色分子，都没关系。既然坏人是他，他就有错，有什么错？所有的错！资产阶级分子、神父、犹太人、法西斯、红色分子都去死！死亡万岁！你们焚烧、杀戮、为鲜血而迷醉，"敌人的脏血，将灌溉你们的田地"[1]。永远都是如此。嗜血的杀戮。

---

[1] 改编自法国国歌《马赛曲》，原文是"Qu'un sang impur abreuve nos sillons"，即"敌人的脏血，将灌溉我们的田地"。

有一天当她和我单独在圣埃斯皮纳的时候我问她,她觉得为什么像路易斯、皮科、索雷拉斯、司令、医生他们这些形形色色的人会来到前线,不光是我们还有其他人,包括那些"红色分子"和"法西斯分子"。她似乎对我的问题感到吃惊,回答说:"应该是为了事业吧,我觉得。""事业!"我惊呼一声,"无论如何每个人的事业都有所不同吧……不过,每个人的事业又都是什么呢?不,不是为了事业,他们是来上十字架的。无论是他们还是其他那些人,都是送彼此上十字架。这是所有战争中同样的故事,也正因为此,战争才一直、一直、一直都会存在。因为人被创造出来是为了跟自己爱的人相互陪伴着坐在火边,但他需要被钉上十字架。如果您曾见过'节日午宴'上所有那些粗鲁、疯癫和愚蠢的人的话,您无法想象他们可以如何承受痛苦而且到时还能让他人痛苦!他们继续前行又跌倒,一个接一个,但会不断前行。"

是谁在推动着他们?不是事业,没有人知道事业是什么,而是荣耀,所有人都能感受到。可是,又是什么样的荣耀呢,我的上帝啊,如果从来都没人知道在那么多场战斗中倒下的那么多士兵的名字,又会是什么样的荣耀呢?是为了后代吗?太愚蠢了。如果后代必须得记住在某场黑暗战斗中死去的所有人,记住所有曾在沙地上书写过的人……甚至他们最亲密的同志都会随着时间流逝而忘记他们,有时就是几个星期的事。那么多人!他们寻找着人类无法给予的一种荣耀,他们想的就是上十字架。战争没有其他的意义,而这一意义又是如此重大!无论谁赢谁输都不会有无用的牺牲。不管怎么样,被钉上十字架的人会赢,行刑者会输。"拿上你的十字架跟我走",而他们已经拿上了十字架,并跟随着他,可他们甚至都不认识他,或许也不信仰他,或以为自己不信仰他,他们中有些人甚至亵渎他。

所有生死的秘密都在架上的耶稣身上被揭示!有无回应有什么关系,如果一个人在爱,孤独又算什么?谁是那个说起无望的爱情的蠢货?哪里有爱，哪里便有希望，哪里有希望，哪里便有信仰！有多少人曾以为自己不相信，却被爱所拯救，又有多少人被希望所拯救！但是索雷拉斯尽管看透一切，却还是犯了严重的错误。或许他自己未曾觉察，有时候他会跟"被照亮者"混为一谈，那是所有异教中最令人厌恶的一支，而有时又会陷入悲观主义，其中几乎都不留一丝超自然的希望。他是多么有远见，可那都是以前的事了！最值得同情的都是获胜者，无论他们是谁。"我打从心底里同情那些在双手中找到胜利的人。"他常这么说。至于被战胜者，无论什么时代或是什么原因，其失败便已经弥补了他们；他们对胜利充满饥渴——这才是驱动人们将自己钉上十字架的原因，而非其他——对伟大、英勇和绝对的事物充满渴望；他们在沙粒上书写，而数世纪的风已将他们的所有言语抹去，人类的记忆已经将他们忘却，仿佛他们从未存在过，但是"所有的罪孽都会被宽恕，除了对神灵的亵渎"，而且所有人都为了自己所认为正义的事业而将自己钉上十字架，难道他们就不能宣布自己是神灵吗？如果不是认定有值得为之去死的东西，谁都不会拿自己的生命去冒险，而这样的东西除了神灵还会有别的吗？

他在沙粒上书写，又被送上十字架，而被战胜的你，无论你是谁，只需要抬起头看着他，就像我们在最后的日子里看着你，那些在我们最后的灾难中混乱的日子，那时各支军队被大炮、坦克和飞机打得四分五裂，不得不没完没了地行军，留下一路的尸体、奄奄一息的人、病号还有筋疲力尽的人。通常在落日的时候，在远处的山脊上，在被沉重的步枪或机枪压弯了腰的士兵的侧影中，我仿佛看到了他的身影，那是在暮色笼罩的天空里被剪裁出的侧影。他也被重量压弯了腰，那是十字架的重量，他行走在我们的前面，是战败者中的一员，似乎要向我们显现失败的道路，与所有的创痛和羞耻联合在一起。他拖着流血的光脚前行，而我并不是在那些天里唯一见过他的人，当时有多少双眼睛睁开了就为了见到他！我又怎么能忘记那一刻，那时我们已经抵达比利牛斯山，我们望着远处村镇遍布、烟雾弥漫的大平原，当大家唱起圣母赞美诗[1]时，仿佛对被我们抛弃的祖国道了一声"再见"！所有人都在唱，包括无政府主义者，在那最后的日子里，我们所有人都已经在巨大溃败所引发的无可描述的混乱中混杂在了一起。

没错，索雷拉斯很有眼光，但他没看到一个理想即便在胜利后还能存续下去，无论人们会对其做出怎样夸张的描述。我们本可以成为胜利者，并在此刻感受到无数不幸的胜利者的羞耻，可是，我们的理想会存续，而他们的同样如此。我们的手段很可悲，我们的小提琴弦是用猫的内脏做的，但巴赫依旧存在，爱也存在，哪怕我们的手段多么可悲，爱依旧和《大赋格》[2]一样伟大。而上帝本人呢？祂曾像一个年轻的胜利者带着荣耀的光芒出现在了我们面前吗？先生们，拜托……是索雷拉斯，当然了——一直都是索雷拉斯——在那个夜晚跟我深入谈及此事。"咱们对钉上十字架并没有明确的想法，把自己钉上十字架并不会让咱们有所理解，"他对我说，继而补充道，"上帝既无法承受看到自己的荣耀，也无法承受看到自己的耻辱。"

我在黑暗中蜷缩在我的草垫上，默默地听着。他跟我说起了君士坦丁，他废除了钉上十字架的刑罚，用绞刑取而代之。"如果他这么做是出于同情，是为了不让被判刑的人承受漫长的垂死挣扎，他将永远值得被感激，可是他这么做是为了罪犯们无法像上帝那样死去，而上帝正是曾想要跟罪犯们一样死去！你知道吗，克鲁埃尔斯？在最初的四个世纪里，基督徒们都避免呈现耶稣被钉在十字架上的模样。他们很清楚那意味着什么。直到君士坦丁之后很久，当所有人都忘了那一切的时候，头几个钉在十字

---

[1] Virolai，蒙塞拉特修道院的赞美诗，由19世纪末加泰罗尼亚文艺复兴时期的著名诗人雅辛特·贝达格尔所创作。
[2] 指《降B大调弦乐四重奏大赋格》，是贝多芬于1825年到1826年间创作的单乐章弦乐四重奏。

架上的耶稣形象才开始出现。而这些形象已经不再有任何意义……"

我张大了嘴听着,无法阻止那一长串令我无法承受的残暴讲述:"受刑的人会被扒光衣服,哪个傻瓜会相信当时的行刑人会彬彬有礼?那时也没有可以搁脚的那种木凳,脚被直接钉进木头里,所以,必须得弯曲他们的膝盖,分开他们的大腿……"

"闭嘴,"我说,"我受不了了。"

"我也受不了了,想象十字架是件无法承受的事!可怜的克鲁埃尔斯,而这就是当咱们的造物主一旦落在咱们手里时,咱们会做的一切……"

不过索雷拉斯错得厉害,因为他拒绝卑谦地承认我们的手段很可悲。无论我们有多悲惨,生活依旧是浩瀚的!如果说当耶稣召唤我们上十字架而我们拒绝是懦夫的行为的话,那么当上帝想让我们幸福而我们却拒绝幸福的话,那便是犯罪。索雷拉斯骄傲地拒绝了并从此逃走。他执着地盯视着淫秽与阴森,似乎这两者令他沉迷。他比许多人都更清楚上帝如何承担了我们所有的耻辱,这难道不就是基督教吗?这不就是十字架的荒谬与疯狂吗?基督教是奇怪的,基督教是荒谬的——即便它奇怪又荒谬,它却是唯一的答案。上帝承受了我们无边的苦难,所以祂才舍弃了祂无限的荣耀,自愿在一场淫秽而阴森的表演中被钉上十字架,以此来救赎淫秽与阴森……"以利!以利!拉马撒巴各大尼?"[1] 既然知道上帝比我还要孤独得多,我又怎能哀叹自己在这世上孤独一人?

---

[1] 来自《十架七言》,指基督在十字架上临死时的遗言,这些话分散在四福音书里,后人将其整理为七句话,文中这句意为"我的神!我的神!为什么离弃我?"收录于《马太福音》。

V

12月21日到22日到夜晚,当我们所有人都在圣埃斯皮纳入睡许久之后,营里的乐队未曾事先通知便从维利亚来到村里,演奏着吵闹的《华丽起床号》将我们猛然惊醒。他们从马车道上步行十公里就为了那样把我们弄醒!我嘀咕着从草垫子上坐起身来,以为是又一个我们互相之间会开的那种愚蠢的玩笑。那么冷得吓人的天气里,这玩笑可真够蠢的!从阁楼里下来时,我在一楼的楼梯平台上碰到了皮科和路易斯还有他们的妻子们,大家都困得要死,骂骂咧咧说着"维利亚来的混蛋们""不让咱们有一刻消停"。在饭厅里,"维利亚来的家伙们"正闹得一塌糊涂,有几个人在大桌子上跳舞,另外一些在唱歌或是靠在长凳上吵嚷,还有一些鼓足了气吹着长号和军号。其中有几个则放肆地喝着我们存放在柜子里的朗姆酒和白兰地。

罗西克司令、医生还有他们各自的妻子紧跟在乐队后面来了,尽管他们是坐着福特车来的,而且恰好就是他和医生出现在了大桌子上跳舞的人当中,他们使劲跺着脚,跺到墙壁都在颤抖。他们泛红的面孔、发亮的眼睛、夸张的手势无不显示出他们俩酩酊大醉有一阵子了。

"荣耀归于主[1],"当司令看到我们出现在楼梯口时候大喊,"让'平足旅'见鬼去吧!"

普伊赫夫人待在房间的一角远离火炉的地方,显然是想远离众人,她看着眼前的一切,感到深深地恼怒和震惊。当我走上前去跟她打招呼时,

---

[1] 原文为拉丁文,Gloria in excelsis Deo。

她只跟我说了以下几个字:

"比索多玛和蛾摩拉[1]还可怕。"

通过某些相当混乱的表达,我们大致明白了那天晚上并不是像他们以前跟我们开的那些毫无来由的讨厌玩笑。那天晚上有什么事能解释这番狂欢。我们要搞清楚情况并不容易,但最后好歹弄明白了在维利亚的人通过连接旅司令部的电话线得知共和军占领了特鲁埃尔。在得知了这一大好消息之后,我们也加入了欢庆的行列。我们唱歌、欢笑、饮酒直到曙光初现,直到他们在军号的尖利声响和长号的鸣响中返回维利亚。

就在那个冰冷黎明的宁静与光亮中,我想起了6月的一天,正好是六个月前的那个日子。我去帕拉尔·德尔·里奥村看望索雷拉斯,路易斯在前一天加入旅里,但我还不认识他,而索雷拉斯那天没在帕拉尔。皮科连长把我带到一个他以为我们能找到索雷拉斯的更深入的地方,从那里能看到一排沿着河流蜿蜒而长的白杨树,远处是比维尔村砖砌的钟楼和村舍,那是一个已经落入法西斯分子手中的村庄。当我们欣赏着辽阔风景时,比维尔村的钟声急促地响起,我们听到了铜管乐声、欢呼声和鸣炮声。皮科和我沉默不语,努力装作什么都没听到的样子,但是喧闹声依旧在那里,我俩虽然没有说出口却都想到了同一件事:庆祝夺下毕尔巴鄂。事实上,第二天我们就通过总是迟来的报纸得知了这条消息。而如今,六个月之后,轮到我们庆祝夺下特鲁埃尔了,那时候我们还一无所知,并且直到许久以后才会知道那场战斗的可怕。此外,最可怕的并不是占领城市,而是敌人将会持续数周甚至数月的反攻。

可那时的我们还不会知道这些,那一年我们的圣诞是喜庆的,充满了希望。24号的早上下了那年冬天里最大的一场雪,雪到傍晚才停。下雪

---

[1] Sodom 和 Gomorrah,是《圣经》中的两个城市,因为城中居民不守上帝戒律,充斥着罪恶而被上帝毁灭,因此这两座城市的名字之后便成了罪恶之城的代名词。

的时候我在圣埃斯皮纳,当我住在堂·安达雷西奥的房子里的时候,我养成了"放电影"的习惯,以此在漫漫长夜让小拉蒙有所玩乐。那天因为下雪,没有人出门,就连大人们也加入了"放电影"游戏,因为大家都不知道要如何打发时间。我们在路易斯和特里尼的房间里"放电影",那个房间很大,而且有道拱门隔开了门厅和卧室。我用一盏马车灯在挂在拱门上的床单表面投下一个圆形光圈,而我自己就躲在卧室里。我把用硬板纸剪成的人物从车灯的玻璃前轮番移过,这些剪影就像中国皮影一样,在床单上投下放大了的影子。观众们——通常只有小拉蒙和他的母亲——则从门厅里观看表演。

那天傍晚表演结束后,在楼下大壁炉旁等着我们的是一顿极其丰盛的晚餐。我们本来得去维利亚村,在那里司令想要犒赏我们一场"节日晚宴"以此来庆祝平安夜,但大雪阻断了我们的交通。晚饭后,路易斯想要带着用厚羊毛毯——不是军队的毯子,军毯都是棉的,而是在村里的房子里找到的毯子——裹得严严实实的孩子出门散步,观看这一罕见大雪营造出的景致。

雪已不再下,云朵已经裂成细条,从天空的一端延伸到另一端,天狼星透过其中一朵云朵的碎片闪烁着。有一场争吵发生了:特里尼觉得路易斯要带着孩子在那么冷的晚上出去简直是"愚蠢透顶"。那是他们偶尔在人前爆发的一次争吵。

由于路易斯表现得很固执,特里尼决定陪他俩出去,雪很干很松软,靴子一下子就深深地陷了进去,但不会被浸湿,走在其中会窸窣作响,仿佛厚重的丝绸被揉皱时的声音。她穿的是连长给她的军靴,对她来说显得太大了。由于靴子太宽松,为了能穿上,她不得不在长筒袜外头再穿上厚厚的羊毛短袜。她从来都不习惯穿这样的鞋子,粗糙而厚重,奇怪的是,这鞋却很适合她。话说回来,又有什么装束是不适合她穿的呢?

从屋子的大门口我看着他们在朝下的主街上渐渐走远,身后是士兵们居住的房子，就在村里受破坏少的地方，他们正弹着手摇风琴，唱着圣诞颂歌。士兵们在街道中央点起了一大堆篝火，就堆在随着噼啪作响的火苗逐渐融化的雪地上，巨大的喧闹声已经响起。没有月光的夜晚静谧而寒冷。

当路易斯他们在街角拐弯消失在主街尽头时，我独自出了门。我朝村子的下方走去，那里只剩下废墟。我听到了士兵们的歌声和手摇风琴尖利的乐声，这些声音随着距离拉远而变得越来越模糊。

在其中一条街上，被雪覆盖的铁匠铺的大风箱就像一具没用裹尸布好好包裹的巨人尸体。风箱不是唯一一件被丢在了不该在的地方的不寻常物件，同样还能看到木匠的长凳、教堂的钟、榨油机、弹簧床垫和其他杂物。我走在那些物品中间，仿佛行进在海难后的残骸中，靴子深深陷进几乎及膝的雪地里。在教堂广场的一侧，就在几乎出村的较远的那一侧，有一架彻底散架了的簧钢琴，看上去像是被从唱诗席高处的玫瑰花窗那里扔下来的，还打破了花窗的玻璃，之后便待在那儿没动过，被彻底摔烂了。

没有了大门的教堂就像一张一团漆黑的大嘴，一张散发出仿佛从地下世界传来的阵阵冰冷寒意的大嘴。我在胸口画了个十字，走了进去。

教堂里面只剩下了光秃秃的石头。我把圣杯放在了主祭坛上，点亮了两根牛油蜡烛，开始祈祷。

那样浓厚的寂静就像寒冷一样，让人觉得简直会变成冰块。透过那几乎像晶体一般的寂静，阵阵声响隐约可闻。是钟声！很难说那是我听到的还是梦见的。我停止祈祷，凝神细听。是平安夜的钟声！尽管声音是从远处传来的，但有时能听得更真切一些，如此纯净，也像是冰或是玻璃，我入神地听着，那是从天国传来的吗？从战争开始之后便不再敲钟（而且也没剩下几口钟了），又怎可能会是地上的钟声？

突然间我明白了：那是来自敌占区的钟声。

敌方？在那个夜晚这个词又有什么意义？

我明白了那应该是在敌占区的一个小村庄里举行的鸡鸣弥撒，是在比"无主之地"更远的地方，是因为那冰冷的空气宁静而稠密才会听到钟声。这便是其神秘之处。此刻的钟声鸣响，让我想起了伏天夜晚蟾蜍的聒噪。

我走出教堂，依旧为那遥远的钟声而着迷。此时我走到了车道上，已经置身村外，靠近结冰的河流。这里既听不到士兵的喧闹也听不到手摇风琴的声音，只有遥远的钟声随着空气的流动若有若无。雪光如此洁白而明亮，看得如在月光下一般清楚。我走进一片松林，沿着山坡向上走，当我的靴子陷进雪里时，雪地吱嘎作响，

松枝被积雪压弯了腰，霜冻的结晶紧裹着松针，在微弱的星光下闪烁着斑斓的光芒，让我想起在巴塞罗那去拜访特里尼时在她客厅里见到的那盏像玩具一样的枝形石英吊灯。星星也像霜冻的结晶一样闪耀着光芒。天狼星，还是天狼星，在流散的云朵间闪着夺目的光芒，那蓝色的光就绽放在被寒冷凝冻的宇宙中央。

我已经走到了松林的坡顶，可我什么都看不见。我本想看到士兵们的灯光与篝火，好给我指引出钟声传来的那个小村庄。虽然我依旧能不时听到钟声，却什么都看不见。

我慢慢走回圣埃斯皮纳，发现教堂里有隐约的光亮，我觉得很奇怪，便走了进去。

原来是我遗忘在主祭台的那两支蜡烛，几乎就快烧完了。衬着烛光，镀金的银圣杯发出微弱的光芒。我双膝跪下，想做一番长时间的祷告。

我向加利法博士祷告，这是我第一次真正地向他祷告，就像对着一位圣人祷告一样，然而，当时我并不知道他是否还活着。我知道，我觉得我知道，那是他……剧院拱门街上的那个耶稣会老教徒，对我来说这件事越来越明显。我向我神学院的这位老师长时间地祷告，请求他帮助我，不要

把我独自一人留在那个我开始觉得自己迷路了的十字路口。

我最后一次见他是在他的一个兄弟家，这个兄弟是维克平原上一名富裕的地主，他一年中的大部分时间都住在巴塞罗那里埃拉·德尔·皮街上的一间公寓里，那是一间古老的公寓，十分宽敞，天花板很高。加利法博士在他的房间接待了我，屋里的墙壁消失在四个高达天花板的书架后面，这些书架只留下了门窗的位置。他的床藏在一间窄小的卧室里。他背对着窗户坐着，面前是一张摆满了凌乱的书籍和纸张的桌子。屋里除了这张桌子、他坐着的水烛叶编的椅子以及桌子对面一把同样的椅子，便没有其他家具了。空气中能感觉到古书和鼻烟的味道，因为我的老师是这一古老爱好的极少数幸存者之一。在他每天花很多时间读书的时候，他会不停地从书旁敞开的鼻烟盒里捏上一小撮烟草粉末吸上一下。那个鼻烟盒的样子我记忆犹新，是个发黑了的银盒子。那股寡淡又呛人的鼻烟味跟他这个人密不可分，仿佛这股味道已经浸润在他的身体里。

当1934年反耶稣会教徒的法律成为一纸空文的时候，他本可以回修道院去，但由于他年事已高，且身体状况堪忧，他宁可继续住在他兄弟的家里。他就像一名世俗的神职人员一样跟家人住在一起，并且每天都去神学院教道德神学课。自从他离开修道院之后，他鼻烟抽得比以前更凶了，他时常犯的各种身体不适和头疼可能就是因为吸食这么多鼻烟粉引起的慢性中毒。那个时候他已经年近八十了。

那股鼻烟和古书的气息总伴随着墙上一座旧钟有节奏的嘀嗒声，那钟因为在卧室的床边，所以看不到。

是他把钟挂到了里面，就在床边上，他失眠，所以认定壁钟的嘀嗒声能在夜晚给他做伴，他说，当他无法入睡时，要不是因为那有节奏的嘀嗒声，他在黑暗中躺在床上的时间便会显得尤为漫长。他也喜欢听每逢一刻或准点的报时声，这样他不会失去时间概念。我之所以要讲这些说到底根本不重要的小事，是为了描述在加利法博士生命的最后阶段围绕着他的气氛，那真的像是另一个世纪的气氛。身处里埃拉·德尔·皮街上的那个角落让人心绪和平，仿佛置身在18世纪，而那里距离喧闹的市中心兰布拉大道不过就几步之遥。我时常在那里跟他长谈，那个时候——战前——人们还有时间谈话。

最后一次谈话恰好是在战争爆发的两天前，但那时我们还根本不知道会发生什么。更确切说来，甚至有流言通过他的一个外甥传到了他的耳中，那人叫什么拉莫内达，那个外甥没少让他操心，而且不是没有原因。他跟我说起过那个外甥，我在很久之前便已认识了他。加利法博士花很长时间跟我说起过他的外甥，为他担心极了。

现在也是我稍微停顿一下来说说那个拉莫内达的时候了，这么长时间以来，他已经成了一个令我着迷的幽灵。加利法博士那个奇怪的外甥就像是他的影子，我在那时便对他有相当多的了解，虽然我不怀疑随着时间过去有一天他也会变成我的影子。我说那个外甥是加利法博士的影子，而现在成了我的影子，这个说法是指有人跟我们如影随形，仿佛是从我们体内散发出来，却又是我们的对立面。就像有时候人们会说邪恶是上帝的影子。在我的眼里——当时我还没到二十岁——那时的他是个老光棍，据他舅舅说，当时他已经四十岁上下了，可他总是含糊其词地说："我三十来岁。"他还在大学里转悠，似乎在药学系报了名。他在那儿上了多少年学？加利法博士觉得他已经连着试了好几个系，包括法律、哲学、医学，每个系他都错过了个把学期，每每事关这个外甥，一切就都含糊不明。当我认识他的时候，他在圣保罗街上给一个药剂师当营业员，那个地方我去过几次，那家狭小简陋的药房会让人觉得更像是间穷街陋巷里的破败草药店。就是在那儿有一次警察因怀疑他贩卖可卡因而逮捕了他。但警方无法证明他在没有处方的情况下出售可卡因，最后只得释放他，可药剂师却不想再雇用他。他一直想让我们相信他是无辜的，一直都说是错误的受害者,他的舅舅相信他,或只是装着相信他。

但我始终认为警察并没有搞错。而且,我还不止一次怀疑拉莫内达自己就是个瘾君子。

有次我见到他一脸令人恶心的痴呆表情,嘴巴半张着,眼睛的焦点似乎落在遥远的一点上,那种恍惚的神情——和那些酒鬼的表情截然不同——让我心生怀疑。有些时候,他出手阔绰,我从来都不知道他这些钱是从哪里来的,就是在他的那些好日子里,我怀疑他在偷偷吸毒,通常他都很拮据,尤其是在他被圣保罗街上的药房赶走之后。

那个拉莫内达的父亲是个鳏夫,常年住在乡下,加利法博士的姐姐也就是拉莫内达的母亲嫁给了这个农村富裕家庭的继承人,这家人就跟加利法家一样富有。拉莫内达出生后不久他母亲便去世了,他独自住在巴塞罗那,靠着他父亲不时寄钱给他过日子,他的父亲并没有别的孩子,由于他是独子,他父亲似乎便安于让他当一辈子的学生。这便是被我们叫作永远的年轻人的家伙,照他舅舅的估计,已经是四十来岁的人了,却还刻意执拗地说"我们年轻人"。他又高又瘦,脸上满是粉刺和胡茬,走路的时候身板僵直,努力要显出他自认为的军人气质,还边走边有节奏地僵硬地挥舞着胳膊。他还很喜欢给自己笼罩上一层神秘气息,仿佛他手中握有重大的机密事件。他住在一栋包膳食的公寓里,但只租了作坊街上这栋公寓里的一间阁楼,他把这间阁楼称作"单身公寓",有时还会让我上楼给我念几段他写的东西。我记得有天下午他给我念了几段神秘的文字,里头出现了柯尼希男爵,一个第一次世界大战期间的阴暗人物,对于这个人我只有十分模糊的印象,因为我出生的时候已经是战争末期。似乎在他那个年代在巴塞罗那人们常说起这个人,可是,那个男爵到底是什么人呢?"一个天才,"拉莫内达有一次对我说,"一个惊人的、超越了他所处时代的先驱。他比任何人都更早明白能从无政府主义者那里捞取的好处。通过无政府主义者,在无政府和无产阶级斗争的名义下,那些给盟军提供了战争物资的加泰罗尼亚工业家遭到了清算,甚至在今天,很多人还不明白在无政府主义的枪手身后是德意志的君主……"当时的我对拉莫内达说的这些古怪事情并未太在意,觉得那是他胡思乱想的产物,直到多年以后,我才惊奇地发现,其中有着无可置疑的条理。

然而,当时我并非不知道他常和一些难以置信的人物来往,我知道(他的舅舅并不知道)他和无政府主义者有关系,他有一次明确告诉我是跟枪手们有关系,尽管并未明说他跟他们呼朋引伴的原因。无论是他舅舅还是我都对政治没什么兴趣,更别提地下的和恐怖组织了,现在我知道(我直到多年以后才知道)那个时候拉莫内达和利贝特·米尔曼保持着秘密联系,但当时让我担心的并不是他的政治活动,他的舅舅以为他就是个满脑子空想的"傻瓜",还觉得他对超验和神秘活动的难以捉摸的影射只是想要在我们面前表现自己重要性的病态愿望的后果。"一个可怜的孩子,"他说,"仅此而已。"

我的老师忽视了他外甥的一个方面,而这一方面本会让他对后者有完全不同的想法。拉莫内达什么都不信,尽管他在舅舅面前假装成天主教徒,甚至装得很虔诚,而且对情色冒险有特别嗜好。他觉得自己是另一个司汤达,时常写东西,而加利法博士则忽视了他在文学上的追求,但是在他让我去作坊街上的"单身公寓"的某个下午,他给我念过那些长篇大论。说到底都不过是些色情的东西,哪怕他称其为"少数文学"。他给我念的时候一脸蠢相,可他却觉得自己很精明,有这样一张自以为是情圣却容颜枯萎的单身汉的脸真是一件悲哀的事,所有这一切都散发出孤独中最肮脏的欢愉的臭味!

他会是他舅舅的犹大吗?每每想到这个疑惑,我都不禁冒出冷汗,因为拉莫内达是极少数几个(两三个)知道他藏身之处的人,我都不知道。在我最后一次见到加利法博士的时候,他跟我说了很久他的外甥,似乎比以往都要更担心他。他告诉我前一天拉莫内达曾去见他,并提醒他有一个

"巨大的危险"，而且在他看来，相当迫切。"我不是很明白他的话，"加利法博士对我说，"我不知道他到底打听到了什么，像是跟什么地下委员会还有天晓得什么事情有关。"

他跟往常一样，依旧以为那不过是他外甥的胡思乱想，闲着没事编出来的新玩意儿："他越发像生活在神秘小说中了，我害怕他精神错乱……"这才是他担忧的事，而不是拉莫内达提醒他的那个"巨大的危险"。"他想说服我躲起来，因为照他的说法，我所处的危险十分可怕，但是谁会想来对付我呢？我害怕的是他那无所顾虑的生活已经搅坏了他的脑子。"

当我在圣杰尔瓦西区多教堂纵火的人中认出拉莫内达时，距离我跟加利法博士见面之后还不到一周。

"法西斯。"因为我想阻止他们放火，他们便冲我大喊。尽管拉莫内达乔装打扮，我还是认出了他。留了几天的胡子挡住了他的脸，这让我觉得他应该在最后一次见过他舅舅后便没再刮过胡子。他穿着一件机械工的连体工装，一块红黑相间的大手绢遮住了他半张脸。他朝我走来，也大喊着："法西斯！""拉莫内达，"我低声说，"你不觉得羞耻吗？""法西斯！"他拽着我的胳膊让我跟他走，他拉着我从纵火的重重人群中穿过。充满了教堂内部的浓烟让我们咳嗽起来，火从他们在教堂正殿中间堆成一堆的椅子上开始熊熊燃烧。纵火者的脸被烟雾熏黑，喊叫着四散逃开。他把我拽到教堂外面，里头已经能看到火焰，听到噼啪声。

"可是，你不觉得羞耻吗？"我重复道。

"我已经通知过你们了，"他小声对我说，"现在你赶紧离开这儿，这些人都有胆私刑处死你，既然你们从不理会我的话，我又有什么错？"

放火的人朝我们周围聚拢过来，显然是被我吸引过来的。并不是因为我穿着教士的长袍——我当然没有穿，那时正放暑假，我从来都不会穿，但我是唯一一个没有穿成无产阶级的人，我穿的是夏装，熨烫过的白色凸纹棉布，在那个时候怎么可能不惹眼！其中一些暴徒已经在对彼此说:"既然他是个法西斯,咱们为什么不干了他?"拉莫内达意识到了这一点,他挥手让大家安静,并对他们说:"同伴们,你们在这儿看到的这个人曾经是个神职人员,但现在他已经不是了。他刚刚跟我坦白说他后悔曾经当过神职人员,现在他会跟咱们一起高喊:无政府万岁!自由的爱情万岁!朝着青春迈进!"引起我注意的是他在那群乌合之众中的威信,他们目瞪口呆地听他说话,仿佛在传达神谕,对他的每一声"万岁"都激动地回应。其中最后一句话尤其令我印象深刻:"朝着青春迈进!"多少次,又在多少个与此时一样诡异或更甚的其他情景中,我曾再次听到过这句话,多少次……当我终于能够脱身的时候(我得说我真的欠拉莫纳达一条命),赶紧朝萨利亚的别墅跑去,那时我还和姑妈住在一起,我一心只想从露台上用望远镜看一看巴塞罗那。从那儿能看到城市大部分的全景,而事实上我看到的是所有的教堂同时在冒烟。所有的教堂,在同一时间。

那天晚上我们知道了他们不仅焚烧教堂,还杀害神父们。第二天天一亮,我就跑去里埃拉·德尔·皮街,加利法博士的兄弟告诉我他已经不住在那里了,出于谨慎起见,除了家里最亲近的人,他们不想告诉任何人他的藏身之处。

我不属于"家里最亲近的人",但拉莫内达是,他知道加利法博士的藏身之处。巴塞罗那在伏天令人窒息的天空下冒着浓烟,噼啪作响,脸被烟雾熏黑的乌合之众们四处追着神父们意欲杀害他们。

对神父们紧追不舍的迫害持续了好几个月,而作为这帮人的头子的拉莫内达知道加利法博士在哪儿。他或许在一开始曾想救他,就像他曾救了我一样,对此我毫不怀疑,但是在他错乱的脑中又发生过什么呢?他在脆弱的时候背叛了他的舅舅吗?

在那个平安夜,我第一次为他祷告,但是,我并不知道,至少不是确切知道,他是否已经死了。我在圣埃斯皮纳那座像坟墓一样光秃秃的寒冷教堂里长久地祷告，我不知道跟我以前的老师祷告了多长时间，无论他在何方，无论他在这个世界抑或另一个。当我出来的时候，已经听不到钟声了。在教堂门口，我停留了一会儿，因为在那里我见到一样不寻常的东西：除了我的脚印之外，另外两双靴子的印迹清晰可见。曾有两个人来过，并在我祈祷的时候离开了，因为我记得当我第二次走进教堂时只有我自己的脚印。当我祷告时，两个陌生人走进过教堂，而我并没有听到他们进来。

VI

普伊赫夫人和皮科夫人在三王节后的第一天便返回巴塞罗那了。司令夫人和特里尼决定再待几个星期，因为乡里的空气和丰盛的食物对两个孩子很有好处。那时候的巴塞罗那被来自马略卡岛基地上的机群反复轰炸，饥馑来得愈发严重，因此当大雪依旧覆盖着我们的"死寂前线"时，我们所有人都宁可小拉蒙和玛丽埃塔继续跟我们待在一起，在这一点上大家的想法都一致。特鲁埃尔战役中尽管有大雪却照旧发生的事实也没有成为反驳我们决定的理由，这里想要的就是惊奇，因此特里尼跟大学请了两个月的停薪留职假，我记得他们系主任在给她批假的信中，戏谑地祝贺她，因为她"能在前线的宁静和丰盛中生活"。

我们的"死寂前线"并不是唯一的，有许多地方都跟我们的前线一样平静，而特里尼和司令夫人的情况也不像此时看来那么特殊。那年冬天我们逐渐沉沦在那无止境的宁静中，就像患了一场慢性病，最终变得习以为常，易于忍受。说到底，尽管有特鲁埃尔战役在前——我们觉得那么特殊和遥远——但我们中没人认为在雪化前整个山地间会有战争。似乎为了印证我们的幻想，上级始终没给我们送来重建整营整旅所急需的武器和新兵，这些营和旅都已经在夏天的行动中溃不成军了，而此刻，换句话说，我们在山林冰冻时做着冬日的梦。我在这里赘述是为了给我自己有个交代，因为在特里尼所做的跟我们一起待到开春的决定里，在这一造成诸多戏剧性后果的决定里，我的观点举足轻重。

三王节后没几天，我去圣埃斯皮纳待了一天。有时我去那里的时候并不会事先打电话，那天便是如此，而皮科和路易斯又到"无主之地"那片荒凉的山谷探险去了，他们去那儿去得越来越频繁。那天就只有特里尼和孩子单独待在堂·安达雷西奥的家里。

她在前一天有所发现，想拿给我看。那是一张水烛草编的扶手椅，显然是路易十六时期的东西，是在废墟中的教区神父住宅的阁楼里发现的。她把椅子放到了她的房间里，就搁在落地窗边，那时有一道阳光透过窗子照了进来。从那里能看到普洛伊河边被埋在三四拃深的雪中的果菜地。一个巴洛克式的大火盆——也是她的发现之一——暖着房间。我们在两个村子的房子里找到了大量的油橄榄渣，所以要保持各个房间的火盆燃烧并不是难事。已经走进房间的小拉蒙在一本本子上画画玩，作为独子，他知道怎么独自玩耍，有时还会大声地自言自语，甚至跟自己争斗吵闹就像跟另外一个孩子吵架一样。

我坐到窗边的扶手椅上，特里尼坐在我对面的一张矮凳上，因此我是逆光看着她。阳光——在那浓重的寒冷中1月的阳光是多么耀眼——照得她的头发闪闪发亮，那天是我第一次注意到她的头发居然是红色的。那是一种浅浅的红色，只有在阳光照射下才会显现出来，因此那色调直到当时才被我发现。小拉蒙过来要我给他用硬纸板做个玩偶，但她妈妈让他不要打扰我们。她想跟我说话。

我理解她有必要跟我谈话，而我有一种舒适的满足感，我在那个房间里、在她身边感到舒服极了。

"我很高兴，"她说，"我从没见过孩子的气色这么好。这条'死寂前线'对他来说真是再好不过。"

"对您也是。"我说。

"唉，说到我……"

一阵沉默出现了，愚钝如我，不知道要如何打破沉默，我猜不出她到底用意何在，也不知道她为何有意与我单独谈话，但我在那个房间里、在她身边感到自在极了。她应该是在某栋废弃的房子里找到了赭石，因为现在瓷砖都红通通的，天花板的鲜红色和墙壁石灰明亮的白色形成了令人愉悦的反差。我想，自从她来到这里之后，一切都发生了多么大的变化啊。尤其令人吃惊的是那些从上几个世纪幸存下来的家居用品都变了模样：修士椅、写字台、巴洛克风格的桌子、大嫁妆箱。特里尼把这些东西都搬到了楼上她的房间里，就像我之前说的，那房间十分宽敞，有门厅和卧室，她用蜡灭了蛀虫，并用粗羊毛毡反复擦拭，让旧核桃木显出了温暖的光泽，那样的光泽就仿佛是对双眼的轻抚。像研钵、大蜡烛、大枝形烛台、巧克力盒和其他她能找到的铜物件被摆在了各件家具上，她把这些东西擦拭、抛光，去除上面的那层铜绿，此刻这些锃亮的物件就像用赤金做成的一样。当冬日斜射的阳光从窗口几乎水平地滑进来时，这些物件仿佛会迸出火星。这些东西不全然都是装饰品，烛台和蜡烛会拿来用。当夜晚早早降临时，她会点燃蜡烛，于是冬日的长夜便不显得那么阴沉。在我看来，这个房间就像是被魔法棒点过一样，变得那么温馨……在那个房间里，你会觉得就像在一户漂亮的农舍里，原汁原味又有年代感。房间里能闻到浓郁的薰衣草味，因为房中散放着好几束薰衣草。那是田野和森林的香气，我寻思着，是大房子和年轻女主人的香气——那是我第一次意识到这一点：尽管她并未意识到，但特里尼就像生来要成为古老尊贵的大房子的女主人似的。尽管我们两人都沉默不语，但我身处那个房间，坐在她的身边却感觉很舒服。想要默默地和某人待在一起而没有任何暴力，必须得感觉自在……

"说到我，"她在沉默之后开口道，"我不过是个失败者罢了。"

"一个失败者？"我惊呼一声，因为我没料到她会跟我这么说，"一个失败者？这可是您的说法。"

"您觉得我这么说是因为我跟路易斯闹翻了吗？拜托……生活是很荒唐，但还不至于到这个地步。和路易斯的事我并不在乎。"

她的眼中有一道金属般的坚毅光芒，而我垂下了眼睛。突然她问了我一个我同样始料不及的问题：

"您认识我的哥哥吗？"

"利贝特吗？"但我及时住了口，要不是因为那些信，那个时候的我几乎对特里尼的哥哥一无所知。

"路易斯很恨他，在这件事上他没错。我和他一样恨我哥哥。在这一点上至少路易斯和我看法相同。"

"路易斯跟我说过一件事，"我在撒谎，因为路易斯从没跟我说起，或几乎未曾说起过他的大舅子，"索雷拉斯也……抱歉我跟您说起了索雷拉斯。"

"抱歉？可我让您上我的房间来正是为了要谈索雷拉斯的事，我真的很想跟您说说这件事……这个咱们一会儿再说，现在先说我的哥哥利贝特，他简直就是索雷拉斯的对立面。利贝特是那种只相信成功的人。"

"我认识那样的人，"我说，"但谁知道利贝特……"

"拜托，现在请您忘记基督教的仁慈，如果咱们要带着基督教的仁慈来谈论利贝特的话，那就太无聊了。利贝特，就像我刚才跟您说的，完全是那种成功人士。对他而言，无论是宗教还是非宗教的信仰，都不过是给失败者的安慰，'是给广大失败者的鸦片'，有一天他跟我说了这样的话。因为他是个果断的人，您知道吗？就是那种他说话时，别人都会听的人。"

"所有那种人都这样！他们沉迷于那些陈词滥调。"

"当然，我有多讨厌成功者，就有多热爱失败者。当我跟您说'我是个失败者'时，我其实想说，'我属于索雷拉斯那类人'。您能看到我本人给了您一个线索。"

"可是路易斯跟利贝特一点都不像，就像您说的，他压根就不是什么'成功者'。他既不夸夸其谈，也不是果决的人。"

"路易斯？您可真是不了解他！您看错他了，克鲁埃尔斯，就像我曾经不幸看错他一样。眼前路易斯对女人比对银行里的票子更感兴趣。他的'成功'是另一种类型,但是,骨子里不是一回事吗?为什么咱们仅仅用钱来衡量成功呢?世界之大,无奇不有,有许多同样自私的目的。路易斯……哼……从另一方面说,要知道他从未经历过利贝特经历的窘境。既然眼下没必要的话,他又何必要追逐钱财呢?路易斯还很年轻,现在最吸引他的是女人,给他几年时间,他会让你大吃一惊。谁知道哪天他就成为欧洲最重要的面条制造商了呢……"

她说这话时,语带不友好的挖苦口气,她只是重复了那位欧塞维奥舅舅的骇人语言,我只在偷偷看过的信中知道了他。我试着替路易斯辩护:

"现在您对他心存恨意……而恨意……恨意就像扭曲的镜子,会让一切变形……"

"总有一天您会觉得我说得有道理。路易斯在内心隐藏着掠夺的能力,这一能力到现在他只对女人们展示过。但咱们先放下这一点不说,说起路易斯就让我心烦。确切来说,我既不想跟您说路易斯,也不想说利贝特,而是指他们那一类人、那帮令我厌恶的成功者。所有跟成功无关的事,对他们来说都毫无意义,而且在他们看来,如果不是在这个世界,而且如果不是很快便能获得无须等待太久的成功便没有价值。想必您已经知道我是地质学家,谦虚点说,是地质学老师。在地质学中,几个世纪只是一声叹息,几千年只是一场梦,对我们来说,只有几百万年才有一点可靠性。我并不想跟您长篇大论谈地质学,我唯一想问的是这些成功者的成功在地质学上有何意义可言?或许都比不上在一滴琥珀中变成化石的石炭纪的蚊子。"

我看着窗外没说话,努力揣摩着应该怎么回答,该怎么把谈话引向我希望的方向。得兜个大圈子,我心想,但是我该从何说起呢?

"一只蚊子?"我说,"一只石炭纪的蚊子?拜托……路易斯可不是什么蚊子!就算利贝特也不是……我也不想否认,因为事实再明显不过,就凭咱们的力量,最多只是成为被数世纪的风吹散到各地的尘土,比不上一只在一滴琥珀中变成化石的蚊子，我知道变成化石的过程是重大的机缘巧合。对于无信仰者来说，死亡是彻底的失败。也正因为此，他们才带着对成功的执念活着，咱们得理解和宽容这些可怜的无信仰者！对他们来说，只有成功，只有在这个世界上的、尽快能取得的成功才能存在，只有成功才能给他们的生命赋予意义。您把他们叫作成功者，也能把他们叫作满足者，因为他们所有人都假装很满足。他们假装满足好让咱们相信他们成功了，所有这些带着满意的神气活在世上的人，所有这些在提出问题时、带着想要变成永恒化石的满足神情的人，让咱们觉得多么可悲啊！可是，他们真的像他们假装的那样满足吗？肯定不是，一切正相反。不如说，他们对自己感到满意，但对其他人或事并不满足。因为您不要忽视这一点，特里尼：如果对自己满意是可笑的，那么对其他人和事满意则不仅是善的，而且是神圣的。"

"我，"她说，"不是要跟您说这些。我不是要跟您谈论圣人，而是要谈路易斯和利贝特。"

"我不认识您的兄长，我也不想对他有任何影射，评判具体的一个人是很贸然的。我只想提及某种为人之道，但不想将其跟任何个人对号入座。我指的是那些人，无论他们是谁，但是那些带着对成功的执念活着的人，那些假装获得了成功的人，而那成功转瞬就会变成失败，因为每一瞬间他们都朝死亡又迈近了一步，对他们来说——既然他们是没有信仰的人——死亡是无可挽回的失败。而觉得自己是失败者的人才是幸福的！咱们的失败感是唯一可能的成功的开始。那些满足者——我是说那些对自己感到满意的人——的成功又在哪里呢？他们才是巨大的失败者，正因为此他们才如此执着于成功。至于您的兄长利贝特，我并不想涉及他，上帝让咱们不要妄议任何人！只有上帝才能深入了解每个人的灵魂，只有上帝才能评判他们。而且在您这一生中肯定也有过跟我一样的经历，那便是当一个男人或女人在某一刻将其灵魂深处给人看时，他们只想得到善意或同情。咱们所有人都值得被怜悯！恰恰因为几乎没人想被人怜悯，所以极少有人会将自己的灵魂深处呈现在他人眼前。"

"对，咱们宁可自己爆发也不想让人看出咱们是不幸的人。"

"那么，咱们先不说利贝特。至于路易斯……"

就在那时小拉蒙打断了我们，要给我看他在本子上画的房子。"狼的房子，"他跟我解释道，"狼什么都有，青椒、椰头、剪刀、外婆"。我建议他再画上一口锅，好让狼能够煮汤。跟这个孩子说话让我仿佛卸下了肩头重担，跟他母亲的谈话让我很是狼狈。特里尼让我隐隐感到害怕，而她注意到了这一点。

"那天，"她对我说，"我记起了维利亚的'节日午宴'。您曾在席上跟我说起过那些'无耻否认自己是不幸的人'的那些不幸者。有很多这样的人，您对我说，人们宁可不要脸也不想显得悲惨。不止一个人宁可别人把他当作一个精明或卑鄙的人，也不想成为一个不幸的人。您看，您对我说，在所有他们曾认为或最终认为表示值得同情的贬义词中，首当其冲的是悲惨，接着是不快乐、不幸、可悲……咱们深以不幸为耻，仿佛那是最可怕的荒谬之事！这是您在'节日午宴'上跟我说的诸多事情中的一样，而昨天我又回想起您还跟我说了很多您神学院里一位老师的事，我现在想不起他的名字。我觉得您很敬重他。您是不是跟我说过您神学院的老师就是路易斯参与的修道会的领袖，那位耶稣会信徒？路易斯有次曾跟我说起过他，就是那位加洛法还是佩利萨神父什么的，我不记得叫什么了，但是他所说的跟您可很不一样……"

"那场'节日午宴'的收场真是糟糕，"我说，"不过咱们现在说的是另外一件事。在心里，我同意您的看法，只是咱们不应当夸大。也有一些合理的成功，顺从地承受痛苦是好基督徒的行为，但刻意寻求失败便和自杀差不多。这便是索雷拉斯所犯的错误之一，他似乎刻意地在想在所有事上失败，而这不是基督徒所为，因为这不是人类所为。当失败来临时，是被祝福的，无论它是以贫穷、疾病、不被他人理解、不被他人爱、失败的形式，还是以重要渴望无法实现的形式出现，咱们在体验这一切时，或许就跟咱们体验生命本身的理由一样。失败到来时是被赐福的，它到来是为了完善咱们，但咱们故意去寻找失败却并不合理。死亡到来时是被赐福的，但咱们提前寻求它则是不合理的！索雷拉斯在这一点上跟在其他许多事情上一样错得离谱，有一次他甚至对我说：'要是我还没寻思自杀，是因为我希望那是场失败的自杀，即便是自杀也要失败！'对，这便是有一次他跟我说的原话，或许那不过是句胡话，就跟他说过的其他许多胡话一样，可是他的胡言乱语中却时常隐藏着真实的含义。请原谅我又跟您说起了索雷拉斯。"

"原谅？可我已经说了，我就是想跟您说索雷拉斯的事。难道谈论索雷拉斯是被禁止的吗？"

"在'节日午宴'上我觉得您并不喜欢我跟您谈论他。"

她无声地看着我：

"您觉得他跟我之间有什么呢？"

"哦，没有，肯定没有。我只是觉得在您的看法中辨认出了他的影响，这一点我并不觉得奇怪，因为他影响了我们所有人。认识像索雷拉斯这样的年轻人却不受他影响是不可能的！奇怪的是路易斯、索雷拉斯和我这三个无父无母的年轻人在这个旅里相遇了，三个人都由各自的姑妈养大。您不要取笑这件事，从小就是孤儿的人，一辈子都会是。童年留下的印记永远都不会抹去。索雷拉斯总说每个人都有一个他配得上的姑妈，您真该认识我的姑妈……露西娅姑妈……您真该认识她！我有没有跟您说过我最大的愿望是成为某个工业区的教区神父？但是从几周前开始，我已经不再那么确定自己的想法了，现在我都不知道我的愿望到底是什么。但愿您认识露西娅姑妈！她跟索雷拉斯截然相反……我并不了解其他样子的家庭温暖，我对我的母亲只有很模糊的记忆，她去世的时候我才四岁。在我姑妈家里，能找到各式你想要的家族精神，但是家庭的温暖……我曾经痛恨家庭，恨家族精神，正是她让我痛恨她对这一切的熟视无睹。我曾经自问是不是因为这家族精神她才单身，不属于我们家族的男人会让她恐惧。她显然没有意识到这一点，但是她的本能会将她导向乱伦，她绝不会离开这个家！我从小就感觉到在家族精神里有什么浑浊的东西，就像一间从不通风的卧室里稀薄的空气一样令我窒息。我的上帝啊，哪怕是最圣洁的东西都会腐坏！因为这个家族是圣洁的，耶稣在紧密结合的家族中生活了三十年，我现在明白正是我姑妈让我憎恶这个家庭，在最近几个星期里，我突然明白我出生是为了创立一个家庭。"

我深深地吸了一口气，一阵沉默出现了。

"您刚告诉我的这一切，"她说，"在我的理解是您已经不想当教区神父了。那么，对于一个不是天主教徒的人来说……您当不当教区神父……又有什么要紧的……"

"可您是天主教徒。"我不解地说。

"我曾想成为天主教徒。我曾想过，对，但或许只是因为他是天主教徒。当然，我跟您说的不是路易斯，那样就太蠢了。可是现在……他在哪儿呢？没有他……天主教徒！有什么意义，天主教徒？就跟佛教徒、招魂术师、穆斯林、摩门教徒一样？有这么多宗教……为什么要有所偏爱？天主教徒……意味着什么？咱们不说天主教徒，咱们来说说基督教徒，这个要更宽泛一些。但即便如此，成为基督教徒又意味着什么？没人知道！然而，有人非常清楚索雷拉斯在哪里。"

我在那个时候对此完全一无所知，特里尼出其不意的问题令我大吃一惊。她想说什么？既然我们没有索雷拉斯的任何消息，她为什么会认为有人知道他的下落呢？皮科和路易斯在"无主之地"找到的东西那么多种多样的确不止一次让我和普伊赫医生感到惊讶，但即便我曾怀疑过——不只是怀疑，更多是确信——这一切是因为他们跟敌军做了交易，跟对方互相交换,但是我从来没想过这可能会跟索雷拉斯的失踪有关。

"对,您别露出这样的表情,"特里尼说这话的时候既含讽刺又带着恶意,"他们很清楚索雷拉斯在哪里,但他们不说。您可能还记得平安夜的时候,路易斯和我带着孩子出门散步,路易斯把孩子裹得严严实实地抱在怀里,因为有雪我们走得很慢,连长借给我的靴子在雪地里几乎都陷到膝盖那儿。就在那时我们听到了遥远的钟声,几乎听不太清,路易斯脱口而出:'或许索雷拉斯正在听鸡鸣弥撒。''索雷拉斯在法西斯占领区?'我生气地惊呼。'在索雷拉斯身上什么都是有可能的,或许底子里他就是个叛徒。'这是路易斯对我说的,而且就算我一再坚持,他也不想就此再多说一个字。他们在'无主之地'的无数次往返,他们找到的那么多出乎意料的东西,那样的语焉不详……"

"您想说什么?"

"不是什么具体的东西,因为连我自己都不太清楚。他们告诉咱们又一再重复说索雷拉斯某一天突然就从旅里失踪了,并且就此再也没了他的消息,那么,我要跟您再说一次,我觉得他们很清楚他在哪里。我觉得这件事您也知道。"

我在那个时候并不知道此事,因此表示了我的清白。

"您别想骗我,克鲁埃尔斯。就是因为这,我今天才特别想利用他们不在这里的时候跟您单独长谈。我想要您告诉我索雷拉斯在哪儿,我不希望你们糊弄我,对,不想你们所有人都糊弄我!"

奇怪的是,当她跟我说着索雷拉斯的时候,我却想着拉莫内达,可是,他跟索雷拉斯以及他的失踪又有什么关系,跟特里尼又有什么关系呢?我想的是拉莫内达和加利法博士的失踪,后者当时跟索雷拉斯一样,我们毫无他的音讯。

"我不知道他在哪里,"我说,"我也不知道他是死是活。"

"索雷拉斯没有死。"她说。

"我不是说索雷拉斯,我是说加利法博士。他有可能被一个犹大出卖了,对,他身边有个犹大,就像他的影子一样。那人名叫拉莫内达……"

"您是想糊弄我吗?"她语带苦涩地打断了我,"您跟我说的这些又是怎么回事?"

"怎么回事?"我本想反驳她,"我怎么知道!一切都晦暗不明……我真想告诉您有时拉莫内达让我觉得就像是索雷拉斯的拙劣翻版。当然,是个可怕的拙劣翻版。最有可能的是两者之间毫无关系,但问题是每当我想起他们中的一个时,另一个也会随之而来。"这一切我本想告诉她,但我并没有说出口,她的眼神让我明白她并没有在这条如此混杂的道路上跟上我的步伐,而我在这条道上同样迷了路。

"但愿您知道,"我小声嘟囔道,"拉莫内达是第一个让我懂得了某些人们几乎从未怀疑的事情的人……我不知道来自无政府主义家庭的您是否听说过柯尼希男爵。"

"现在又扯到了柯尼希男爵?"她说道,眼神变得嘲讽近乎冷酷,"柯尼希男爵又关我什么事!您为什么不跟我说索雷拉斯的事?"

"索雷拉斯跟拉莫内达一样,是个谜一样的人。就跟咱们所有人一样!但是谜一样的索雷拉斯比任何人都要复杂,让人摸不着头脑。在索雷拉斯身上,有比您担忧的更为令人不安的谜团,因为说到底,就算他去了法西斯那一边,也是可以理解的。有那么多人在他之前便投靠了法西斯分子,我都想告诉您我自己就有一次……不,索雷拉斯身上的谜团并非像这些事情这么简单。我得坦率地告诉您,特里尼,我得告诉您我跟他的最后几次谈话内容。我得对您开诚布公:如果索雷拉斯直到现在都是在帮您,那么从今往后,他只会伤害您,而且是无可弥补的伤害。索雷拉斯是个谜一样的人,您会无可救药地在他身上迷失您自己。而他只会给您带来一场海难。"

她绿色的眼中闪着痛苦而热切的光芒,她惊讶地听着我说话,与其说是在听我的话,不如说是在斟酌。

"'养父是什么意思?'在最后一次我跟他长谈时他曾这样问我。我当时压根不知道他想说什么。'另一个的幽灵,'他继续说,'总会介入……'我在那个时候并不理解他的话,您想象一下,他在跟我讲的是有关收养的异端邪说!'如果耶稣不过是上帝的养子,'他对我说,'另一个就会给上帝蒙上阴影,而我们都会遭殃。'这是他的原话。他一贯胡说八道,您知道的,但我现在开始明白他在说什么了。我应当对您实话实说,这是我的责任:索雷拉斯有很奇怪的地方。在另外一个场合——许久以前了——他曾在11月的一个长夜里对我说在他姑妈家里,在午夜到凌晨四点间……总之,都是些能让任何人瞠目结舌的事。都是他编出来的吗?我不这么认为:他似乎为此羞愧难当!如果这样的事是真的话,只会让咱们感到羞耻。就算是他编出来的,一切都有可能,他那么天马行空的想象力……他惯常夸大其词……他语带讥讽地抱怨:'另一个的幽灵总是会介入。难道光承受我们这一个的还不够吗?而你们还想要强加给我们另外一个的幽灵吗?'特里尼,您就保留着他对您的善意,防着他从今往后可能对您造成的伤害。没错,索雷拉斯有可能会狠狠地伤害到您。而且是无可挽回的伤害。"

此刻那双眼里似乎飘浮着一团充满雨水的乌云。

"比邪恶更坏,便好过邪恶,"她忿忿不平地嘟囔着,"有些事情你没有见过便不会明白。如果邪恶来自他,我又有什么好在乎的?有人爱这样的邪恶胜过爱世上所有的善,但您不会理解我的,因为您从未爱过!"

"从未爱过?为什么没有?难道您觉得我们这些想成为教区神父的人是另一个物种吗?我们,可怜的我们,就跟所有人一样……"

"您曾经爱过吗?"

"为什么我会没爱过?我,说实话……我本不会跟您说这些事,但既然您挑起了我的话头……无疑是要嘲弄我。我是个害羞的人,我知道这一点,并为此而苦恼。我们这些害羞的人最糟糕的地方便在于我们知道自己害羞,我们从来都不会知道什么该说,什么不该说,让我们说该说的话总是很费劲,并且我们最后总会说出不该说的话。"

"为什么就不能简简单单说出您想说的话呢?这样总是最好的!"

"我想说的话?"

"当然了!仅此而已。"

"可能一个人想说的话另一人却不想听。"我尴尬地说。

"即便如此,您也得说出来。"

"我想说的是……好吧,我告诉您:我想说,除了爱,没有什么是值得的;要不是因为爱让我们在他人眼中改变了模样,我们这些男人和女人根本算不上什么……可是梦把咱们跟爱隔得那么远,将咱们淹没在那么阴暗的深邃中……"

"什么梦?"她问。

"我这辈子一直饱受噩梦之苦,甚至有过梦游发作,我觉得我曾跟您说起过这事。这些事太古怪了(我不单是说梦游,而是那些普通的梦),属于那些拥有某些现象的家族,索雷拉斯在某个夜晚跟我说起过那些现象,那是我之前跟您说到的那个 11 月的长夜。除了索雷拉斯跟我说的,以及我在神学院学到的某本书里的内容,我对这些事所知不多。似乎这些让所有人倍感惊讶的现象和梦游还有催眠都有着密切的联系。尽管所有人都承认梦游和催眠的真实性,但他们却否认那些现象真实存在,两者之间始终不曾一致。而且,就算不必谈及梦游和催眠,难道那些普通的梦、那些所有人都会做的梦本身不就是无法解释的吗?然而,谁又会否认咱们会做梦?咱们会做梦,没错,但是,谁又能说出梦从何处来?"

"我从来不做梦。"她说。

"那您真是不知道您有多幸运,因为背着这些不可解释的事物的重负真的很辛苦。咱们对自己一无所知,咱们内心有着咱们从未曾怀疑过的东西。正是对自己,咱们才显得更难理解。"

特里尼似乎并没有明白我话中的意思。

"请您原谅我,我恳请您,此外,是您鼓励我说出我想说的话的,您不就是这么跟我说的吗?那让咱们回到开始的时候:什么是陷入爱情?同样没人知道。人们可以被叫作天主教徒、招魂术士、穆斯林、法西斯分子、恋人,但是这些词到底是什么意思?所有这一切有何意义?所有这些名称,难道就比梦更精确吗?梦是什么?信仰、理想、爱又是什么?一切,一切都是那么含糊……每个人内心都有一口井,如果这口井有底的话,那井底也在他自己并不知道的地方。很偶然地,咱们会钻进这口井内,但只是在梦中,我们一醒过来,便一无所知。请您原谅我,"她依旧露出并没有理解我正在说的话的神情,"但是您鼓励我要跟您直言的……"

"如果您把这叫作直言的话。"她说。

"可我是要跟您直言的:爱跟信仰一样,是一棵树,它的枝叶在日光和自由的空气中伸展,但根却深深扎在淤泥中。我跟您直说:在咱们心中,都有无法理解也无法忍受的双重性。一边是自由的空气和光线在召唤咱们,而另一边是淤泥。您问我是否知道什么是陷入爱情,我不知道,可您同样不知道。"

又是一阵沉默,她似乎在思索我的最后这句话。

"我从未想过这一点,"她终于开口,"或许您是对的,克鲁埃尔斯。但是,说到底,这对我来说又有什么所谓呢?但愿您知道我有多不在乎是否知道陷入爱情的意义,无论何时。就是这样,这便是全部。"

"加利法博士……"

"又要说起加利法博士?"

"可是……"

我感到悲伤和疲惫。他就是加利法博士!不可能是别人,那没有任何确信意味却充满信仰的眼神,传教士中最不起眼的那一个,一个被年岁和宿疾压弯了腰的八旬老人,被打败过,却无可战胜。就是他,不会有别人,但是,要怎么告诉特里尼呢?我会在哪一次鼓起必要的勇气向她坦诚我曾看过那些信吗？"您见过他，那就是他，不可能是别人。"我真想像在噩梦中一样大喊，而声音却被哽在了喉头，我再次及时克制住了自己。说出想说的？不可能！我太想跟她说说她写给索雷拉斯的信了，可我不能这么做，我觉得羞耻的火焰一直燃烧到了我的额头，我耻于自己看了那些信。

我努力掩饰了一下，因为我注意到她看着我面红耳赤的样子时眼神中透露出嘲弄。

"我不知道我有多少权力可以对您如此开诚布公，但既然是您鼓励我的……我可以真心实意地跟您说，此刻，从几周以来，我意识到我追求幸福的道路并不在成为教士的道路上。请您别打断我。我恋爱了。此前我从未像此刻这样陷入爱情，因此，我没有任何实践经验也没什么奇怪的。"

我闭上眼，就这样一言不发保持了一会儿，然后继续闭着眼（我害怕她的目光）缓缓说：

"我可以自由结婚；我只要更改学习的专业就行。可她呢……她是自由的吗？是，她是自由的。照教会法来说，她跟人姘居。抱歉这个措辞，我也一点都不喜欢这个词，但这是确切的司法用语，而且不论怎样，这个词能让咱们彼此了解。婚姻是圣礼抑或不是，我想说的是唯一能令婚姻不可拆散的事恰是其神圣性，但这一神圣性并非来自外在的仪式，就像许多不了解教会法的人所认为的那样，而是来自配偶双方明确的意愿。能说这一意愿在目前咱们所关心的这件事里被表达了吗？没有。我在得出这一否定的结论前思考了良久。但愿您知道在加利法博士的道德神学课上，我们曾经多少次为了这些微妙而错综复杂的事思来想去……但您别紧张，我会先不谈加利法博士，我不会再跟您谈到他。我可以简略地告诉您，在为了知道我所感兴趣的那个人是否自由而冥思苦想之后，我得出的结论是她是自由的，而且一直如此，并不是因为缺少任何形式的外在仪式，无论是通过教堂还是民政登记，这些事说到底并不太重要，而是因为在她和他之间从未有过维持一段长久关系的意愿。"

这时小拉蒙扯了扯他母亲的裙子：
"妈妈，我饿了……"
"你再去玩一会儿。你没看见我正和这位先生在说话吗？"
小男孩因为不被理会而感到难过，又接着坐回到暖炉边的练习簿那里，但没过多久就又跟我们说：
"这可不是一位先生，他是克鲁埃尔斯。"
"现在你别来烦我们，小拉蒙。您请继续。您这会儿说的这些开始让我觉得很有意思了，咱们说到这件事中的那个人处在姘居关系，照教会法的用语而言……"
"事实上，她已经不在这个状态了。甚至这一障碍已经消失了！她和我一样自由，她已经和他关系破裂了。两人还试图在表面上维持，让人看到他们依旧在一起。简直荒唐！姘居的关系值得维持表面的样子吗？"
"说实话，没必要，不值得。"
"而特别之处还在于她后来成了基督徒。作为基督徒，她必须得做出决定：要么将其结合神圣化，要么便打破这一结合。于是……"
"那您和她……"
那双绿色的眼睛失望地看着我，仿佛面对着一个显而易见的结局。那失望的眼神对我显得分外残酷，但即便如此，我并未慌张。

与之相反，我就像一个刚从身上卸下一份将自己压得喘不过气的重量的人一样舒了口气。

"我的小说令人失望，没错，几乎都比不上给十二岁少女看的言情小说的情节。但这就是我的故事。我没有别的故事可讲。而且它对我来说……对我来说是充满激情的。只是想到有一天我能坐在她身边，在一个秋日或冬日的午后，靠着炉火……因为得不时坐下来，男人生下来可不是为了一直站着的。现在两派人希望我们一直站着，总有这样或那样的人不停指使我们，要我们站着。'挺立，西班牙人！''挺立，加泰罗尼亚人！'但无论怎样，都得不时坐下来，站着过日子是没法忍受的。男人生下来是为了在冬日的午后坐在火边，有他爱的女人做伴。你看到了，我的小说一派天真，情节很弱，又短促，转眼就结束了，却能打动我心中最深沉的地方。"

"可是她……"

"她！既然他俩闹翻了，她能完全自由决断行事不是更好吗？您自己想一下。他们两人之间的关系不可能无止境地维系下去，那会是出不堪的闹剧。这……很愚蠢。"

"没错。"

"有件事让这一切变得复杂，"我说，感到自己的手在颤抖，"是这样的：我是他很好的朋友。"

失望的眼神变得更明显了。

"多巧啊。"她讥讽地说。

"而他还爱着她，他从未停止过爱她，他比以往更爱她，并因为她而郁郁寡欢。"

"对，因为她，因为领主夫人。"

"请别说笑，我请求您。"

"那就是医生夫人？"

"拜托，请别再开玩笑了，"我重复道，"医生夫人？医生夫人跟这些纠葛又有什么关系……医生夫人！她就是个幼稚的女人！"

"恰恰如此。他之所以喜欢她可不需要她是居里夫人。一瓶瓶古龙水、一盒盒骆驼烟……还有什么是他不能从'无主之地'给她弄来的？"

"别再说笑了。我是很认真地在说。我的朋友犯了错，所有人都会犯错。只是她不肯原谅他。不过，她是基督徒，她知道……"

"基督徒……"

"她还不懂得基督教的全部可以归结到一个词：宽恕。"

"知道这一点真好。"那双绿色的眼睛里满是泪水，她不得不擤了把鼻涕。

"如果将我的情感告诉我所谈论的那个人，我会背叛我的朋友，您觉得我在犯下恶行吗？一个身处我这种境地的男人该怎么做呢？"

特里尼大声吸着鼻涕，支开了又一次拽着她的裙摆要给她看一幅新画的小拉蒙。

"请您别抱幻想，克鲁埃尔斯！您想象不出路易斯所让我承受的全部痛苦！当我只是为了他和他的儿子而活着的时候……他有我在身边，却看不到我，可以好几天不跟我说一句话，"特里尼激动了起来，开始啜泣，"好几个星期甚至好几个月不给我写一行字……不是因为奥利维那场荒诞的冒险，就像您所以为的那样。请您让我说下去，我没有自相矛盾。您对我的事知道些什么呢？您完全不了解我的境况！抱歉我这么跟您说，您是个心不在焉的人，总是让人觉得您心在别处，您别觉得冒犯，这并不是骂人的话。您心不在焉，克鲁埃尔斯！您难道没看出在那几个星期里他是怎么跟医生夫人调情的吗？对，就是他和医生夫人……以为我没把这些看在眼里吗！唉，您对女人可真是知之甚少，可怜的克鲁埃尔斯！像这样的事，没有什么能瞒得住我们，我敢跟您保证。领主夫人、医生夫人和其他那些我不可能知道的……您强行对我进行了好一通说教，克鲁埃尔斯，您找到了让我最终吞下您这套说辞的办法，现在轮到我说了。您对我的看法可是错了。您跟我说的这番胡言乱语，影射了索雷拉斯……对，都是胡说……您……就跟路易斯一个样……就跟所有人一样……为什么，为什么你们所有人都恨他？为什么？就因为他比你们所有人加起来、比你们整个不像样的族、比全宇宙的人都好上一千倍……"

她大声啜泣起来，让小拉蒙大感惊讶。

VII

2月中的时候,一些农民回到了那两座村庄里。那一片地区在这么多星期甚至这么多月来的宁静给了他们勇气。每个人都尽其所能收拾他们被毁成废墟的家,让自己有个地方睡觉,有团火能热一口饭,之后他们开始在紧挨着村子的河边田畦上劳作。他们靠驴子来干活,因为骡子已经没有了——被两支军队里的某一方征用了——他们比我们慎重,暂时还没敢让女人和孩子过来。

就这样在那片烟熏过的废墟间开始听到几乎被遗忘了的和平的声音,驴子的嘶叫、山羊和小羊羔的咩咩叫、母鸡的咯咯声,那番重生的开始,尽管十分有限,却让我们觉得仿若一个梦,也让我们愈发确信那番深刻的平静感觉,而事实总有一天会将我们从这样的宁静中粗暴地唤醒。

特鲁埃尔让我们感到前所未有的遥远,因为报纸上的消息都要延误好些天,通常都是好几周才能传到我们这里,而且显然还会因为战争审查而有不实之处。我们营——确切来说,我们营剩下的人——就在由两个村庄组成的世界里凑合着过日子,仿佛那是唯一存在的地方。我们跟军队其他人几乎没什么接触,武器和新兵依旧未抵达。他们应该不会到了。之后我知道其他许多营也有同样的情况,他们在我们的左右方也占据着同样被认作是"死寂前线"的广大地区。加泰罗尼亚前线—阿拉贡前线——绵延几百公里的地方,就这样仿佛失去了防护,在那样彻底不动的情况下,又伴着那个漫长冬季的厚重大雪,士兵们变得越来越懒散。

我们把特里尼和司令夫人的出发日期一次又一次地拖延,每次说服她们的借口都是孩子们跟我们在一起比在巴塞罗那好。我们就这样到了3月初,距离开春还有二十来天,我们决定当月 4 日她们无论如何都要动身。她们已经跟我们在一起待了近三个月。

结果那天小拉蒙醒来时发烧了。没什么要紧的,孩子们很容易就会发高烧!

"最常见的流感而已,"普伊赫医生诊断道,"但得卧床休息几天。顶着三十九度的高烧,在这样寒冷的天气里,可不能长途旅行。"

司令夫人和玛丽埃塔独自坐上了福特车,她不想再延误行程了,因为她已经为那天打点好了一切。第二天我去圣埃斯皮纳看一下小拉蒙病情如何。我正要推开他房间的门时,我听到了里头特里尼和路易斯压低了嗓门在争吵,其激烈程度却并未被掩饰住。

"你根本不懂。"特里尼嘲讽地说。

"这种想要别人理解的怪癖,"路易斯反驳道,"肯定是因为这样,你才给他写那么多长信,看来,他的确是理解你。"

"你闭嘴。"

房里安静了一阵。我正要叩门时,又听到了路易斯说:

"理解有什么用?如果你觉得你理解我……你以为我们在战争里就跟小偷一样闹着玩儿吗,但愿你能知道……有时候,这比和平还无聊!"

"那我呢?如果你觉得当你在英勇前行突袭封建荡妇们的时候,饿死在巴塞罗那很好玩的话……"

"封建荡妇?封建?你在胡扯些什么?"

"还有医学的。没错:封建和医学的荡妇们!"

"你能让我消停一下,不再扯这些事儿吗?这些不过是派蠢话。"

"蠢话?我可不觉得这是蠢话。"

"咱们俩都受了苦,特里尼,彼此以各自的方式受了苦,咱们还要互相计较吗?咱们俩都受了苦,现在不是追究这是谁的错的时候,就让咱们认为是我的错好了,难道这就是咱们要在余生里互相折磨的理由吗?在这世界上就不能既是丈夫和妻子又彼此相爱吗？"

"咱们不是丈夫和妻子。"特里尼毫不犹豫地说。

"咱们可以是，而且会很简单。"

"太迟了。"

又是一阵沉默。

"你不要对索雷拉斯心存幻想，"我终于听到路易斯的声音，"他只是个神经衰弱的人。他可以跟你讲每件事……不过，你也不会相信我。"

"的确如此。"

"说到底他不过是个叛徒。"

"这都是你说的……"

"我可以确切告诉你他现在在哪个法西斯队伍里。"

"你撒谎。他为什么要当叛徒？"

"他为什么就不能是叛徒？他一直都是！对我这个同伴和形影不离的朋友，他一直是个叛徒！告诉我，对他背着我对你有所企图的行为，你又会如何界定？在背叛我之后，难道他最后不也是背叛了你吗？他一瞥到婚姻的苗头就消失了！你不要否认我的说法：作为爱人或追求者，不管你怎么称呼他，索雷拉斯从各方面讲都出色得很。他只对没有可能的爱情有兴趣！当这样的爱情不再是没可能的时候，他就不留痕迹地消失。要不是我认识他那么久，要不是没有找到相反的证据，这样前后不一致的举动都会让我怀疑他是个……总之，他缺少点什么……但我了解他，唉，我都记得清清楚楚！他缺的是根筋。他就是个痴呆。他从来都不洗脚，这事儿你可以去问皮科……"

"你和我之间一切都已经完了，"特里尼硬生生打断了他的话。"你靠跟我说这些中伤和胡扯的话来逞凶可没什么用，就跟你给我派来你的使节一样没用。"

"我的使节？什么使节，能让我知道吗？"

"当然，你的使节：克鲁埃尔斯。"

我立即更加专注地听着。

"我不知道你在跟我胡说些什么。"

"不过，是你让我在圣诞夜注意到了他，在咱们散步归来的时候。"

"我？"

"对，你。是你发现教堂里有灯光，是你低声说：'咱们进去吧，你会看到克鲁埃尔斯在里面，会看到他跪在地上祈祷，你会看到他那么专注都不会觉察到咱们在场。'你让我走了进去，我承认他那副专注的模样令我印象深刻，在那样寒冷和黑暗的教堂里他就那么一个人待着。没错，我对此印象深刻，也很感动。我当时没有意识到你和他是事先联合设计好了这一切来让我大吃一惊，为的是过几天之后把他当使节派到我这边来。因为那天是他从维利亚过来，见到他后，我就很想跟他长谈，但不是我打电话叫他来的。是他自己过来的，就在你和皮科去'无主之地'的那天。你看这有多巧啊……之后，当克鲁埃尔斯在我身上完成了他的使命，包括他那番有教益的说教之后，我一切都明白了。真是太厉害了。没错，我明白了你在圣诞夜让我走进教堂看他祈祷的意图，这出戏他演得真是太好了，他显得那么专注于祈祷，似乎都没觉察到咱们就在那里看着他……甚至脸上还挂满了泪水……真是会演戏啊……太令人作呕了……"

"你说的这一切都不是真的。都是胡说八道。你想的都是些可怕的东西，特里尼，拜托，请你镇静下来。请努力镇静下来！"

"一切都是安排好的，就为了让我全盘接受他的说教，安排得非常好，这点我得承认。我轻而易举就掉进了陷阱里。我听他说到了最后。"

"你不知道你在说什么，特里尼，我也不知道你说的说教是指什么。这事儿我一点都不知情，我不明白你想说什么。但我知道的是……你能肯定的是……对，你能相当肯定：索雷拉斯是否曾经……或你是否曾经对另外一个人……"

"什么?"

"是否曾经……"

"你别过来!如果你碰我的话,我就大叫。"

此时听到一记响亮的耳光声。我敲了敲门。

特里尼红着眼圈。小孩的烧从前一天起就一直没退。他在自己的小床上,在他的绘画本上瞎画着玩儿,一点都不明白他的父母在吵什么。路易斯看着窗外。

"给我做个强盗头子吧,"小拉蒙对我说,"然后再画一个强盗们住的房子,头头可以从门里进出。"

我拿着剪刀和硬板纸坐到了床头。

"妈妈是坏人,"孩子小声跟我说,"她像后妈一样打了爸爸。"

"你觉得他怎么样了?"特里尼问我。

"还有烧,但已经不严重了。流感还在持续。大家也都知道,孩子们经常没事就会发烧。"

但我隐隐有点不安。我觉得在孩子的外表里有点不符合常规流感的东西。尤其是他的嗓音让我吃惊,比普通感冒所引起的变化要大得多。不单是沙哑的声音,也不是感冒着凉多少会失声的正常样子,那是很奇怪的嗓音,可以我浅薄的医学知识说不出是什么原因。我想立即回维利亚,这事让我的朋友们很惊讶,他们还以为我会跟平常一样留下来吃晚饭和过夜。我想立即跟医生谈话。

从医务室门口我就听到地下室里传来低哑得仿佛从很遥远的地方传来的小提琴拉出的《你们可知道》的音符,他在他妻子走后第二天便将他的旧提琴从套子中取了出来,显然他妻子不太能受得了他的琴声。他常在那间地下室里独自拉上好几个小时的琴,就坐在一把我也不记得我们在哪间阁楼里找来的破烂扶手椅里,那椅子被我们搁在了柴炉边上,他拉琴时不用曲谱,因为他有着不可思议的音乐记忆力。就在他手边的放在炉子另一侧的小桌上总会有一瓶"创立者"。自从他妻子走后，而司令——他醉酒的好伙伴——的妻子还没离开维利亚时，他就在那里独自一人一边拉琴一边喝酒，待上好几个小时，而另一方面，罗西克司令既受不了肖邦也受不了莫扎特，因为他是我所认识的人中最狂热迷恋瓦格纳的人。有天早上普伊赫和我单独在地下室里，他拉起了《凯鲁比诺你很勇敢》，而我伴着乐曲唱着（有时他在演奏时会让我演唱一些歌剧片段），司令光着脚从楼梯上走了下来，不声不响地走到了医务室门口，朝我们扔来一颗手雷，当然不是朝我们身上扔的，但也离我们够近的，就在地下室堆满空瓶的角落里。手雷爆炸的声响还有玻璃碎裂的声音在拱顶下回响，似乎在摇撼着拱顶。司令一边朝楼上跑去，一边大喊："只要你们不跟其他人一样演奏瓦格纳的话，我就还会再扔手雷下来。"医生则回敬了他一句康布罗纳将军的话[1]作为回应。这样的蠢事是我们营里的家常便饭，我们对此都不以为意。

那段时间我的卫生部长官简直是酒精中毒，只要喝上一口白兰地（他通常都直接对瓶吹），就能从一大早起便醉醺醺的。这便是他想从喝酒中所寻求的东西，那种兴奋的状态，他甚至到了没有酒精——他自己跟我说的——便无法做任何事的程度。"我醒来时，"他对我说，"觉得像被整个宇宙的重量压垮了似的，这感觉会一直持续到我喝下第一口白兰地，那时我才会缓过劲来。"我得承认的是，当他进入深度醉酒的状态时，也是他演奏得更为精彩、涌现出更多灵感的时候。若干年后，我也问过自己许多次，像他那样一个男人，如此能干、细腻、善良又有天赋，怎么会那样沉溺于酗酒。我深信，若不是那一恶习让他成了废物，他本能成为一名优秀的医生，而且会是巴塞罗那最好的医生之一。说到底，我得出的结论是，

---

[1] 此处指法兰西第一帝国将领皮埃尔·康布罗纳（Pierre Cambronne）。在滑铁卢战役中，英军要求其投降时，他用过的"merde"这个词，是法语的脏话，意为"粪便""狗屎"。

他应该是那种学生，而且这样的学生有很多，他们在年轻时尽情地投入在无忧无虑的欢乐生活中，之后却不知要如何适应毫无诗意的成人生活中的单调规则。他在巴塞罗那肉商行会炫目的晚会上认识了一袭华服的梅塞迪塔斯，那是1923年的1月17日，是行会主保圣人圣安东尼·阿巴特纪念日的晚上。我对日期知道得这么清楚是因为他跟我提起过无数次，对他来说那是他这辈子最值得记住的日子。爱得发狂的他最后跟她结了婚，当时他都已经三十好几了——他比她大十五岁——却还不知道要如何立业，那时他已大学毕业，而且毕业好些年了，却照旧过着学生时代的生活。他也不知道要怎么给自己找来正儿八经的客户。既然他妻子富有，他很轻易地便任由自己依靠她来生活，然而在他衣食无忧的表象下面却隐藏着对自己的无能所感到的羞愧。不知道是不是为了逃离这种羞愧的感情，他在战争开始的头几天便作为卫生部的志愿者加入了加泰罗尼亚军队，但至少他是用那句话来解释的，而且那句话如此平庸，他还时常重复："我来战场就是为了找点平静。"不管怎样，我觉得除了他对自己作为医生的碌碌无为感到不满，在他的不平衡中还有其他原因。

但会是什么其他原因呢？另外的不满，可是这种不满如此模糊，无法用言语理解和表达。如果我说起他作为丈夫的失败，似乎我们可以互相理解，但我却并未说出什么确切的东西，我觉得，尽管特里尼跟我说了那些事——我顺便也得说皮科怀疑的也跟这差不了多少，但他在这些事上总是过于往坏处想，因此你也不能太拿他的话当真——但梅塞迪塔斯对他一直都很忠诚，而且尽管她不够有智慧，但怎么都是一家之中无可指责的妻子和母亲，将自己彻底献给了丈夫和孩子。我甚至认为如果她看上去曾像是和路易斯调情的话，那也恰恰是因为她的天真，也就是说，因为她没有在这件事上怀揣任何恶意，所以便在其他人面前毫无隐瞒。路易斯曾有一次跟我坦白说，他从未见过"如此乏味的女人"，我的上帝呀，要知道如果一个女人长相迷人的话，能让路易斯觉得乏味那得有多难。细细想来，我觉得自己能猜到的便是普伊赫医生遭受的是我难以理解的一种挫败,而且也不是因为他所谓的梅塞迪塔斯的"冷淡"(因为这些细节,其实是他在某次跟我单独说起"隐私的秘密"时透露出来的),哦,肯定不是这个,如果只是因为这个的话,那事情就简单好懂了。可是,可怜我,对那些能击垮一个男人的细微裂痕又知道些什么呢?不管怎样,当他用怪异的词汇说起梅塞迪塔斯对他所做的"恰恰和戴绿帽相反"时,他便是这么抱怨的。在这一愚蠢的表达之下,我隐隐感到一种痛苦的受挫感,但只有上帝才知道我们每个人都有怎样矛盾和复杂的晦涩表达。我只知道,这个我可以做证,他在任何时刻,哪怕是醉得最来劲的时候,都没有跟我说起过别的女人,说的都是梅塞迪塔斯,带着一种尖刻的执迷,仿佛全世界只有她存在。

那天我坐着福特车从圣埃斯皮纳走了个来回,车是司令因为小拉蒙的病借给我的,我到医务室的时候天色已晚。就像我之前说的那样,医生正独自拉着小提琴,小桌上那瓶永远都在的白兰地旁有一支点燃的蜡烛。他停了下来,醉眼蒙眬地看着我。

"我还以为你会留在圣埃斯皮纳过夜。"

"小拉蒙烧得更厉害了,"我打断他的话,"我觉得他有点怪。他的声音变了。"

"那估计是流感在扁桃体上,这事常发生,我们都看作是普通疾病。扁桃体发炎,"他说这话的时候抓起酒瓶喝了一口,"是扁桃体炎,哥们儿,真遗憾这孩子不能来上一剂这个:治疗扁桃体炎最理想不过了!"

"小拉蒙没有扁桃体。"

"你想跟我说什么?那是我亲自检查的。扁桃体是肿的。这么普通的疾病,我都没当回事。就是最常见的咽峡炎。"

接着他便开始跟我说别的事,对我说的事一点都不在意,他特别确定看到了发炎的扁桃体。他吹着口哨,哼着曲子,跟我说起了梅塞迪塔斯:

"自从她走后，我每晚都梦见她。我喝酒是为了遗忘，你明白吗？"

"咱们得说说小拉蒙的事。"我坚持道。

"等一下，"他说，"放过你的小拉蒙吧，现在你别拿你那小拉蒙来跟我说事儿，回头有的是时间说他。现在我想跟你说一个'隐私的秘密'。就一个，也是最后一个，我跟你发誓。我不会再跟你说更多的秘密，我会让你耳根清净的。"

那晚他醉得不轻，我从他浑浊、沉滞和飘忽的眼神以及他前言不搭后语的样子能看出来。他从一件事说到另一件事：

"我不知道我有没有跟你讲过某颗痣的事，那正是梅塞迪塔斯引以为傲的事。不过因为她满脑子觉得自己特别敏感，总受神经紧张之苦，因此不先喝上一杯滴了几滴安眠药的椴树花茶就无法入睡。'我受神经刺激之苦，我敏感得到了病态的地步，'她笃信地说，'要没安眠药的话我会不知所措。'不过，我可以跟你肯定的是，她受的苦与之完全相反，她就是女性冷淡最明显的例子！然而，还要加上椴树花茶和安眠药……在冷淡之上还要添上椴树花……唉，简直就成了北极，你知道吗？"

"我跟你可以肯定的是小拉蒙没有扁桃体，"我重复道，"他母亲一年多以前就让人给他摘除了。我知道这一点。我求您，普伊赫医生，请您听我说。"

"现在咱们没在说什么扁桃体的事，而是在讲痣。我一个大学同学，说得详细一点，是个精神病专家，他曾劝我不要去想那颗痣的事。'你对痣有情结。'他对我说。'肯定有。'我回答道。'你得解开这个情结。''我当然想！可是我又能怎么办呢？''那么……找找其他女人。'和其他女人！说什么蠢话呢，就像对我来说除了梅塞迪塔斯还有其他女人似的！我跟你讲，精神病医生就是一帮骗子……"

根本没法让他留意小拉蒙的事。他正要再次抓起酒瓶送到嘴边，可我却藏起了瓶子：

"我求您了,普伊赫医生,请您尽力听我说。小拉蒙无论如何不可能得扁桃体炎,因为他没有扁桃体。"

"他没有扁桃体?那可真是见了鬼了!所有孩子生来都有扁桃体。就跟公牛一样。公牛也是生来就有扁桃体,所以在这个旅里,当说起某个吓人的家伙时,咱们总说他的扁桃体就跟公牛的一样。难道你没听说过吗?"

他从扶手椅上站起身,在柜子里摸索着寻找我藏在药品中间的酒瓶,我朝他手里飞快地塞了一瓶咳嗽糖浆。

"在丈夫们之间应该更团结才行,互相多加陪伴,你看,比方说,路易斯也是丈夫这个行会里的,他那么不要脸地去逗乐梅塞迪塔斯就不对。所有幼稚女人的丈夫们,你们要团结起来!这该成为我们的座右铭。索雷拉斯也这么说过。你记得吗?他还常说双方前线应该联合起来对抗双方的后方,谁知道呢,说不定这主意还不赖。但是,这么又甜又稠的白兰地是什么东西?简直要让人咳死!"事实上,他真的咳嗽起来,咳到满脸通红,"双方前线,嗯……每条前线……都有一两顶绿帽,嗯……这瓶'创立者'到底怎么了?刚才还是瓶一流的法西斯白兰地,现在却让人想吐,难道是经过了共和军的队伍吗?"

他在自个儿放在地上的小提琴上绊了一下,提琴的音箱发出一声几乎像是人声的悠长呻吟。他突然不再胡说八道了,进而沉默地看着我,仿佛突然开始明白了状况:

"你跟我说小拉蒙怎么了?"

"他没有扁桃体,"我大声嚷道,"就因为他在一年多前已经摘除了。我是通过他母亲知道的!"

"你不用这么大喊大叫,我能听见你说话。他没有扁桃体……"

"他母亲很早以前告诉我的,"我撒了谎,因为我不是从她那里知道的,而是从信上知道的,"他是在战争开始的时候做的手术。我请您留意我正在说的事，请您尽尽力，普伊赫医生，无论如何！为了正在听咱们说话的上帝！在世界的这个角落里，除了您就没有别的医生了！"

他用他那酒鬼的眼睛打量着我，似乎有股隐隐的恐惧正侵入他的身体。他看着我，什么都没说，他的眼中流露出惊恐，仿佛在我脸上看到了天晓得什么可怕的东西。他一下跌坐到扶手椅中。

"啊，"他说，"你确定吗？不是扁桃体的问题？"

一阵沉重的静默。他垂下眼补充道：

"那被我轻易认为是发炎的扁桃体的肿块……"

他在说出那个词之前犹豫了一下：

"白喉。"

"白喉？"我惊呼出声，"不可能！这方圆不知道多少里内一个孩子都没有。谁能把这病传染给他呢？"

"是奶牛。"他只是干巴巴地说了这么一句。

就在女人们来后不久，皮科的确从"无主之地"带了头奶牛回来，还有两头小牛犊。"自家产的牛奶。"他得意地跟我们说。找到那头牛在当时被当作一件特别符合时宜的大事来庆祝：多亏了这头牛，女人和孩子们在跟我们待在一起的日子里能有充足的新鲜牛奶喝。

"这个该死的皮科和他对牛奶的癖好，"普伊赫医生自言自语道，"是拿破仑还是教宗亚历山大六世每天早上都要泡牛奶浴来着？现在没有任何疑问了：那头牛得了白喉。你还记得它流口水、呼吸困难吗？我不是兽医，真该死，一个人不可能什么都懂！我觉得其中有头小牛犊也发出某种呼啸声，但我没有多少时间能对其进行观察，因为咱们跟贪吃鬼一样把它烤来吃了。"

"白喉可是很严重的。"

"曾经很严重。如今有血清，"仿佛突然被血清这个想法稳定了心神似的，他接着用欢快的口吻说道，"这已经是被科学战胜了的一种疾病。"

> 如今科学进步
> 无与伦比。

他一边冲我挤着眼睛，一边哼唱着，像是被某种奇异的狂喜所附体：

"白喉已经是历史记录了，克鲁埃尔斯！那头牛患有白喉，我觉得这一点现在已经确认无疑。遗憾的是，我没对其足够关注，你看到了吧，一个人不能什么都顾得上！说到底，那头牛已经死了，把它的秘密带进了坟墓。"

"但您确定孩子他……"

"这回能确定，没有任何疑问！假的白喉膜有时会表现出扁桃体发炎的样子，这一点已经是众所周知的事情了。如果你给小拉蒙认真听诊的话——我没这么做，我真够蠢的——你会听到空气通过困难时发出的啸叫声。"

他用浑浊的眼睛带着一种狡猾的神情斜眼看着我，我意识到他费了好大劲才整理出头绪来。

"在血清出现前，你知道吗？假的白喉膜最终会阻塞呼吸道，孩子们会死于窒息。也有些没死的，一切都有可能。如果没死的话，也会因为整个机体的扩散性中毒而瘫痪。咱们这一行真是肮脏啊，总是跟毒素和脏东西打交道。"

"得通知路易斯。"

"唉，克鲁埃尔斯，你很想吓唬他吗？现如今白喉不算什么，都比不上流感！有血清在，咱们已经身处科学的世纪了。你现在赶紧开福特车去巴塞罗那。"

两天后，我从巴塞罗那给普伊赫医生发了封电报，电报还得通过营队的电话线转到维利亚："整个地区都没有血清。"

VIII

我在巴塞罗那四处寻找，从圣十字医院到圣保罗医院，从军队卫生处到民用卫生处，之后又去各间私人诊所"朝圣"。其中一家的院长在听完我说话之后，一言不发地把我带到一个三岁女孩的床头。她本该是个十分可爱的孩子，棕色的头发那么柔顺，还有黑色的大眼睛，可现在……

她的父母坐在床边，默默地听着她被堵塞的喉管里发出的气流呼啸声。

"就像一节火车头。"那位父亲轻声说。

那时候的火车头还是蒸汽的。那个男人脸上流露出我们在面对荒唐之事时会显出的惊愕之情。女孩的母亲则一动不动，像是被冻住了，我以为她在专心祈祷，可是在觉察到院长和我出现之后，她依旧没有移动身子也没有看我们地说：

"世界上有那么多孩子，为什么非得摊到我们的孩子身上？"

"那您就这么让那孩子死去？"当我们重新回到院长办公室时我问他。

"我没法创造奇迹。"

那是个五十来岁的男人，消瘦却显得精力旺盛，鬓边已有白发，而且像是肝脏有问题。

"我没法创造奇迹。我们有不容置辩的命令要隐瞒这件事，绝不能跟任何人说起，但我不想欺骗您：整个地区都没有血清。我都跟部长要了，我们是朋友，一起上的大学。但都没有用。您上哪儿都不会找到的！别浪费时间找了。相信我，情况就是这么糟糕透顶！"

走出诊所的时候，我置身于彻底的黑暗之中。蒙锥克山上的探照灯光束与提比达波山上的光束交织在一起，那个明亮的十字交会点投射在低矮的下着雨的天空中。光束捕捉不到飞机。飞机飞得那么高,几乎听不到轰鸣。城市已经连着三晚成了罕见轰炸的目标。

我行走在浓重的黑暗里,其中还有几百个跟我一样的幽灵几乎是在摸索着移动。所有交通都中断了,只能靠步行。在穿过沿路几片还没盖房子的空地时,我听到黑暗中有火车经过,却看不到。有时我觉得自己像身处远海之上,像是海难中的残骸在随波逐流,有时我又以为自己走在一具尚在苟延残喘的巨人身上。飞机就像大头苍蝇似的将卵产到依旧活着的城市上,但这座城市已经开始散发出尸体腐烂的臭味。

我在漆黑一片的大街上乱走,要么绊上桩子,要么就是陷进散发出诡异的甜蜜气息的垃圾堆里,我感到一阵钻心的感伤,因为那位呆坐不动的母亲的脸又浮现在我的记忆里,现在我清楚地意识到她并不是在专心祈祷,而是因为惊惧整个人呆住了。她凝视的目光在怪罪全世界。甚至也在怪罪上帝吗?十字架下的圣母玛利亚的眼睛不也是一样的冰冷和凝固吗……我想到:"跟部长都要了!"事情就是这么奇怪,我想,但所有人都这么说。人们还说有比部长们更有权力的人,说政府已经没什么用了……他们这么说。所有人都这么说。为什么不试试呢?那可是他舅舅啊!

我不知道怎么就到了那个大人物的接待室里。大人物走了出来,当着所有其他等待的人的面将我带到了里面,他一手搭在我的肩上,显出一副保护者的姿态。我们走进了他的办公室。

那是间巨大的办公室,配得上大人物,我在那儿几乎感到坐立不安。他是个外表迷人的年轻人,棕色头发、强壮、亲切、乐观、活跃、显赫。他黑色眼睛里闪耀着感性的湿润光泽,令他显得不那么咄咄逼人。大家都知道他在对公众演讲时很容易落泪,这在很大程度上有助于他的成功,此外他也知道给他的嗓音添上转折与颤音。一副男中音的完美嗓子,一副既能有力诅咒又能在合适的时刻变得颤抖的强大嗓子。这就是个大人物,我想,终于是个大人物了。那是我第一次见到他,也是我第一次走进他的办公室。墙上挂着他倡导下的代表作中最重要的几幅作品,"你们要制造坦克""蛋的战斗""你,为胜利做了什么?",一打又一打的巨幅海报,杂乱、醒目、刺眼。就在我走进去的时候,两个身穿无可挑剔的制服的年轻人刚在一张大桌子上摊开了一幅新海报才印出来的小样:画上是一个四五岁的小孩穿着共和国士兵的军装,正对着一架机关枪瞄准。大人物对我宽厚地微笑着,听我说也跟我说,还不时检查一下那幅新海报,并给他的部下下达指令:"这红色得再深一点,这个太浅了,你们得注意在印刷的时候,墨水要越红越好……"他身上有古龙水的味道,制服是半军装半便装的款式,优雅极了,是用上等羊毛做成的。检查完新海报之后,他把我带到他的桌子旁:

"我总是这么忙……不过,我在听你说呢。"

当他跟我说话的时候,手里不停拆着信和电报,查阅数据和笔记。对,他很忙,巨大责任的重压令他喘不过气来,但他和所有人都以你相称,他极其重要的职责并未阻止他成为所有赶来见他的人的朋友和同志。他管我叫"克鲁埃尔斯同志",并且对我以你相称,仿佛我俩已经认识了一辈子。我们第一次见面的时候,显然在每次以我的姓称呼我之前,他都要慎重地瞄一眼记事簿的页面,那里勤务兵给他写着呢……在那一页上,除了我的姓,还记着我来访的目的和可能会逗留的分钟数。

"他是我外甥,你知道,而我却绝对替他做不了什么。既帮不了他,也帮不了成千上万的无产阶级的孩子!这很痛心,克鲁埃尔斯同志,"有一阵他停下了手里的文件、数据、电报,用他最湿润、最真切的目光看着我,"这让我很痛心。我为了无产阶级牺牲了我这一辈子,而此刻却对被白喉感染的无产阶级的孩子们无能为力。没有血清!边境被封锁了,各个海外强国抛弃了咱们,给咱们造成了极其严重的问题。我拼死拼活工作,你也看到了,但我从外面却什么都收不到。什么都没有!既没有农业肥料，也没有牧业饲料，化工业的硫黄也没有……我是化学家，克鲁埃尔斯同志，我可以给你看最近几周的统计数据：产量直线下降……"

"我只是想跟您要一点儿抗白喉的血清。"我小声说道。

"可是，同志，我没告诉你在这个时候我们什么都没收到吗？比利牛斯的边境线已经被封锁了，想要在咱们海岸停靠的所有船只也都沉没了。他们将咱们与外部世界隔绝，仿佛咱们感染了瘟疫一样。咱们的悲剧是整个历史上最悲惨的一出。与之相比，小孩子们的悲剧算什么？那些小小的悲剧又算什么？咱们的斗争是全体的，得甘于个人的不幸，因为这都是让全世界无产阶级获得解救所必须付出的代价。他是我的外甥，你知道的，我控制不住自己的眼泪，"大人物神奇的眼睛变得湿润起来，他迷人的男中音般的嗓音带着一阵谨慎的抖动震颤着，"可是咱们得拿出男子气来，战胜咱们的软弱，牺牲咱们自私的利益，要为大局着想！"此时，那嗓音变得有力起来，强劲而有英雄气概："这就是我想奉劝各位同志的，忽略发生在无产阶级每个个体身上的事，要从整体去看整个无产阶级群体。我不知道你们这些身处前线的同志是否注意到了我们后方所承受的危险，幸运的是这里有我们在消除这些危险。当你们在前线面对敌人的时候，要不是有我们，后方的敌人就会在你们背后捅刀子。你应该知道此刻我们在巴塞罗那身处巨大的危险之中：有一场教会策划的阴谋。对，有恬不知耻的阴谋家居然敢来要求重新开放教堂。其中，尽管你会觉得不可思议，但有一些是自治大区政府的署长甚至共和国的一些部长。看你的表情我就知道你绝对不会相信，但这是真事。有阴谋存在。但我们在守卫着，我们不会睡着。重新开放教堂！那我们的一切英雄主义就会变得毫无价值！我们的牺牲、我们如注的鲜血，一切都将变得无用！但你们不要害怕，前线的同志们，你不要害怕，克鲁埃尔斯同志。这里有我们在消除一切威胁……"

克鲁埃尔斯同志，克鲁埃尔斯同志……我感到一阵巨大而幽暗的想要哭泣跟撒尿的欲望。

IX

我把路易斯叫到一边,他不明白我的意思。

"我以为是个玩笑……"

他愤恨地看着我:"那么说,了不起的利贝特……"他抓住我的胳膊,把我拽到了村子外面。那些天雪开始融化了,我的靴子陷到了淤泥里。我们来到了村外的草场,那辆著名的轻便马车就停在那里。他一言不发地给骡子套上车。

"你打算怎么办?"

"上车。"

他一声鞭响,让骡子朝着无人山谷快跑了起来。他指望能在某个被废弃的村子里找到抗白喉的血清吗?他一路上什么都没有说,只在赶着骡子时发出咒骂声。他大力抽着鞭子让骡子飞奔,鞭子在空中呼啸,仿佛撕裂的布匹。他中间只跟我说了一句话,就是为了愤恨不平地跟我说:"所以说利贝特……了不起的同志……"

车道渐渐形成了一个一两公里长的陡坡,在到达坡顶时,从那儿突然便能看到另一个山谷,那个被遗弃的山谷、那片"无人之地",受了咒骂和鞭子声刺激的骡子像骑兵冲锋一样朝山下奔去,老旧的马车没被路上的石块震散架真是奇迹。我们不到一个小时就赶到了克鲁伊利亚斯,那是比诺盖拉斯更远的一个村子,我从未那么深入过那座山谷,此外,自打旅里的司令部只允许皮科和路易斯进到那里之后,那地方我已经有好几个月没去过了……离那个村子不远的地方便是森林,在半山腰的树干间,铁丝网闪烁着光芒,初升的太阳斜照其间。

我们把马车和骡子留在了教堂前的广场上，静静地走在主街上。

那不是一座被摧毁了的村庄，而是完好无损。看上去既没有被轰炸过也没着过火。村里的居民在发现自己身处两条前线之间、离敌对双方的位置如此接近时便都离开了村子。那座房屋完整的村子比起维利亚和圣埃斯皮纳来，更有一种不真实的气氛。刚升起的太阳照射在屋顶的雪堆上，仿佛一线蜂蜜流淌到了一片柔软的面包上。大街上能呼吸到一股仿佛从又大又空的房子里散发出来的气息。完好却空旷，形成了一种极其怪异的效果，就好比一具依旧有生命的躯体，却已经没有了灵魂。而且所有的房子，哪怕那些最不起眼的都白得要命，愈发增添了一股不安的气氛，就像是居民们在战斗开始前不久才决定将房屋粉刷一新似的，而战斗却意外地迫使他们离开了家。

我们离开村子，开始沿着山坡向上爬，朝铁丝网方向走去。路易斯大步走着，我吃力地跟着他。在锦熟黄杨和矮圣栎树中间走了一刻钟之后，路易斯做手势让我停了下来。在我们前方一百米左右的地方，铁丝网正闪闪发光。

"你别害怕，"他对我说，"我们骗走了他们的牛，但他们都是宽宏大量的人。"

各种样子和尺寸的家畜铃铛挂在了带刺的铁丝上，在桩子上还有山羊头骨和人头骨交替摆放着。我曾见过好几次那样的人头骨，打磨之后像象牙一样，钉在了拴带刺铁丝的木桩上。我们的士兵和对方的士兵一样，也有——在几个月前发生过战斗的地方——采集所见之物的习惯，并像那样把它们钉起来。我并不觉得那是种侮辱，反像是对死去的无名者——朋友或是敌人——的致敬。那是一种怪诞的致敬，甚至难以理解，而我觉得这恰是士兵们赋予其的意义。这次见到的新奇之处在于在人头骨里头夹杂着山羊头骨，这是我之前从未见过的。在每具头骨下面，还在木桩上钉着一张硬板纸标牌，写着"从这些金字塔的顶上，四十个世纪在注视着你们"[1]或其他历史性名言。我还没彻底明白——虽然已经开始怀疑——为什么路易斯要把我带去那里,我惊讶地看着那些标牌和山羊头骨,而他却并没在看,似乎早已见过。

"是他的主意。"他对我说。

"老近卫军宁死不屈"[2],另一张标牌上写着。旭日依旧十分倾斜地照射向木桩无尽的阴影中,而各具头骨像是在微笑。我看到一个非常小的玩具一般的头骨,可能属于某个十八个月大的孩子,下面也有它自己的标牌:"让小孩子到我这里来。"[3]

路易斯拢起双手当喇叭大喊起来。由于他的喊声并未得到回应,于是他开始摇起了铁丝网。当铃铛猛然响起时,好几具头骨掉到了地上。尽管看似奇怪,却没有人出现,我们本可以割断铁丝,继续向前。他站到光线充足的地方,好让人看到他,同时像个疯子一样靠喊声和铃铛声弄出喧嚷的动静。我躲在灌木丛中喊着他,生怕冷不丁就有一阵机枪扫射打到他的肚子上。他根本没听到我的喊声。

终于有四个身穿破烂军装的士兵出现了,他们睡眼惺忪,眼中还有眼屎,显然心有不快,因为我们打搅了他们的好梦。路易斯朝他们大声用西班牙语喊着话,说他想要跟他们的中尉说话。四人中的一个人走开了,过了一会儿又带着另一个人回来了,这人跟其他几个人一样衣衫褴褛。两颗金子做的小星星在他羊毛外衣的胸口上闪烁着。

是索雷拉斯。

---

[1] 据说1798年拿破仑占领埃及时,曾下令炮轰胡夫金字塔东侧的狮身人面像,而狮身人面像岿然不动,于是拿破仑激励士兵说:"看吧,在你们身后,从这些金字塔的顶上,四十个世纪在注视着你们!"
[2] 此话同样出自法兰西第一帝国将领皮埃尔·康布罗纳。
[3] 出自《马太福音》。

"没有血清,"路易斯朝他大喊,"你听到我说话了吗?克鲁埃尔斯会跟你解释的……这事我不懂,是种治疗白喉的方法……"

我站在几步开外的地方,镇静了一点,但还没完全平静下来:我们还是二对五的形势。路易斯做手势让我走近,我站着没动。

"现在又是血清了?"索雷拉斯说,"你可真够任性的!你要的每样东西都越来越古怪……现在又是血清?你替谁要这个?给你的哪个女人吗,就跟古龙水一样?医生夫人染上白喉了吗?"

"整个共和区都没有。克鲁埃尔斯会给你解释的。这是给小拉蒙的!"

索雷拉斯惊愕地看着他:

"小拉蒙在这里?"

"他们在这儿比在巴塞罗那安全。自打你的人开始轰炸他们……"

"你是说……"索雷拉斯依旧惊愕不已,"你是说特里尼也跟你们在一起?你们让她跟医生夫人一起来的?她还有小拉蒙?你疯了吗?赶紧让他们走!他们有可能会出事!"

"我不是来听你忠告的。"

"他们有可能会出事!"索雷拉斯重复道。

山上起了风,从我这边朝他们那儿一阵阵吹着,他们说的一些话我无法听清。我只看到他们的表情变化和嘴巴开合,当风停下来时,我又听到他们说:

"他们可能会出事!"索雷拉斯第三次重复这句话,此时因为风大,他是大喊着说出来的,"你得让他们马上离开,赶在明天之前!"

"我不是来听你命令的!"

"大家还说我是疯子。你是逼我告诉你……我回头跟你说。先让咱们说说那头奶牛的事。咱们约定你们不会弄走那头牛的,你们说话不算话。"

"该死的奶牛,现在可不是提奶牛的时候。"

"你显然是个宽宏大量的人,路易斯,你会宽厚地原谅从我这里弄走的奶牛，就像你同样宽厚地赏我那些个耳光一样。"

"这时候跟我提耳光的事真是……"

"你觉得我能创造奇迹还是怎么的？你觉得我在这儿，在战壕里头能造出抗白喉的血清来，难不成你认为我能用干粪造出来？"

"可你，你觉得，你个蠢货……要是没有血清，医生就得给他上滚烫的铁！"

普伊赫医生曾告诉我们在血清问世前，人们用滚烫的开水"或最好是烧红的铁"——戈雅曾有幅画表现的就是这一场景——来破坏白喉膜。"那时没有别的方法来防止儿童窒息……戈雅把什么都画了出来，绝对是全都画了出来！"风猛烈地吹了好一阵子，他们说的话我一句都听不到。

"你还是老样子，你想要什么的时候就削尖了脑袋往前钻，也不停下来想想，所以你才会在她们那里称心如意……你之前为什么不告诉我特里尼在圣埃斯皮纳？"

"你自己……在那番通信游戏之后……哼，咱们先不说这些，现在不是时候！我本可以跟那天一样再扇你一巴掌，不过我没兴致，现在不是说这些的时候。咱们就忘了这些事吧！"

照他们所说来看，我推测几周前路易斯曾扇过他一巴掌。为什么呢？我从来都不知道，也不会再有机会跟他们说起此事，说到底，这么多年之后，我已经不太在乎了，但我感觉其中必有跟特里尼和她的那些信无关的原因，而是索雷拉斯故意就医生夫人说了不合适的话，因为此时我发现，当医生夫人还跟我们一起待在维利亚村的时候，是索雷拉斯给了路易斯送给她的那些古龙水和骆驼烟，因此，他知道医生夫人的存在，甚至知道我们称其为"医生夫人"这个细节，但在那个痛苦的当口，这些事我根本顾不上。

"再走近一点，哥们儿，我要跟你说一个仅限于你我之间的秘密。我不想让克鲁埃尔斯听到。对，是个秘密，他们有可能会因为我告诉你这个秘密而枪毙了我，但我得告诉你。"

"你没看到有铁丝网吗?"

"耐心一点。有个口子,我们从那个口子进出去挤奶。你们弄走了我们的牛,还想……"

他消失又立刻出现了,此时出现在了铁丝网的这一头。他的四个手下,听烦了他们一点都听不懂的加泰罗尼亚语对话,躺到了地上,像是在打瞌睡。索雷拉斯在路易斯耳边轻声说着,看着路易斯的脸,我琢磨着该是什么惊人的消息。

"那你还以为是什么?"索雷拉斯大声说,"你以为这情况会一直持续下去吗?"

"你自己有天跟我说的,在这条前线不会再有行动了。"

"你就相信我了?她还没让你变傻吧。男人总是比看上去的要蠢,而女人们……"

他们再次低声交谈起来,路易斯突然大喊:

"你别想让我以为她是个间谍!"

"如果你想这么叫的话……对我来说,我屁都不在乎!她尽她所能周旋,这就是我能告诉你的一切。她比你我包括我们所有人都更狡猾。这样的女人天生骨子里就是这样,不为人察觉!在看到可能的变化时,她会很好地采取必要的谨慎措施。一个间谍?间谍是什么意思?城堡和土地才是她想要的,只要不是这两样,她都毫不在乎。此外,变化对她来说真是来得正好,她的一切都会梦想成真。就像她什么都不用做,只要放下砂锅,拔了毛的石鸡就会自个儿掉进去,一切都是现成的。你可能不知道'拉屎佬'不久前死了吧,死于一场争执。"

"特里尼肯定不会想要这些。"

"没有想象力的人,"索雷拉斯说,"要是为了救小拉蒙,她怎么会不愿意?哪怕没有小孩子在,你以为她和特里尼就一点都不想认识彼此,真是太天真了……哪怕就算不通过小孩子,特里尼也会同意,而且非常乐意：'很高兴认识您,夫人。'你对她们了解那么少真是不可思议:你可以确信她俩太想互相认识了。她们是女人,天生好奇。而且还有孩子在,这可不是什么简单的事! '让小孩到我这里来',我以为你很熟悉这句话,以为你看到了那块标牌……"

索雷拉斯深深吸了一口气,似乎想要将肺部充满,好用嗓音的全部力量吼出这声洪亮的大喊:

"全宇宙都比不上一个小孩的一条命!"

他没有过渡地接着用正常声调说道:

"'拉屎佬'是另一回事。他早就断奶了,了不起的'拉屎佬'。他的死显然是个说不清楚的故事,是精心散发出臭气的那种死法。敌方的一颗子弹?当然了!所有打进你们脑袋的子弹都能被看作敌人的子弹,尤其是从后脑勺打进去的话。子弹是从他后脑勺打进去的,我可以跟你保证。那女人可狡猾得很,你得相信我。你是个天真的人,你想象到的远不如她们本人那么富有传奇性。因为她感激你,所以她会做任何有必要做的事。你帮了她的大忙,但她对你却不怀有任何怨恨,这是我第一次见识到这样的慷慨。她是个宽厚的人,却又变得比以往还要狡诈,她已做好准备,无论如何都不会放弃那座城堡。她会成为整个乡的女主人。人们现在说起她时已经神秘兮兮:'了不起的夫人,来自阿拉贡贵族中最古老的门第,一个英雄的孤女,还是一名烈士的遗孀。'她开始拥有自己的传奇故事了,你怎么看?现在不就在说这个吗?你对领主夫人不感兴趣了吗?现在你只对抗白喉血清有兴趣了?唉,唉,唉……你还是没懂我的意思吗?我会管这事儿,你会在领主夫人家找到血清的。我没法跟你说得更清楚了!不是所有想要成为传奇的人都能做到,相信我,如今只要有点传奇就能干出大事。那样的人才是分蛋糕的人。咱们,咱们这些在前线的人?哈,所有人都避开咱们,就跟咱们浑身发臭似的。你真是幼稚,可怜的路易斯,就跟我差不多。对,就是差不多,尽管你一片好心去办事,可你别以为当个了不起的混蛋有那么容易……哦,可并不容易! 万事皆有学习的过程。"

他已经懒得小声讲话,就跟没发觉我的存在似的。路易斯跟他说了点什么,我听不真切,而他则激烈地反驳:

"奶牛? 也就是说最后是因为那奶牛有白喉? 可我又有什么错,亲爱的? 我怎么能想到你们会把奶牛从我们这儿弄走,我怎么会知道小拉蒙跟你在一起……咱们别再说这些了,这事儿就算了吧,让那头该死的奶牛安息吧! 说到底,又能从一头奶牛身上指望到什么呢? 不过,她却会大展手脚,她现在才开始活着! 那种女人不过五十岁不会真正发力。"

"五十岁? 你真是胡扯。"

"你甚至连这些女人的年纪都搞不清楚! 几周前我跟她要洗礼证明,借口是我需要这个证明好让她临终前婚姻那一套在局势变化后还能管用。她确切的出生年份是 1888 年,是个很容易记住的日期,你自己算算看,要是你不会别的算法的话就掰手指数一下。你会算出实打实的五十岁,而且刚刚满,因为她是 3 月 1 日出生的。五十岁,这类女人的黄金年龄! 她将会翻云覆雨,此刻才刚开始。她费了那么大劲才成为烈士的遗孀……很多丈夫们努力不想成为烈士,但要佯装不知地推他们一把。利贝特也能成大事,了不起的利贝特可不装傻! 真是天才的同志! 你觉得呢? 你要问什么? 显然是这样,哥们儿! 他也是那样的人! 我之前从没跟你说过,是因为我以为你会想到这一点……当然如此了,哥们儿! 怎么,你是怎么认为的? 你怎么看? 你不想相信我吗? 亲爱的,你哪次曾信过我? 1888 年是很容易记住的时间: 是巴塞罗那第一次举办世博会的时间! 那时候,最吸引人的是系留气球,人们排着队想要登上气球……什么? 你绝不相信领主夫人出生在里乌斯·陶莱特[1]的时代? 那么,年轻人,我可以跟你发誓:

---

[1] Francesc de Paula Rius i Taulet(1833—1889),加泰罗尼亚政治家和律师,在 1858 年至 1889 年期间,曾四次担任巴塞罗那市市长。

我看到了她的受洗证明！既然是你从来都不相信我，我又何错之有。此刻我跟你有言在先，是为了有一天你能记得：那样的人才是分蛋糕的人。而你我不是！咱们承受的虱子太多了，闻过太多腐肉的气息，也挠过太多的疥疮，战壕让咱们留下了不可磨灭的痕迹，所有人都躲着咱们。然而，了不起的利贝特同志……要是我跟你说从此时起……你从来都不信我的预言，但时间会改变你的看法。当你看到圣安东尼环路上的橱窗里摆满伊丽莎白风格的家具时……对，我跟你预言过多次：战争一旦结束，伊丽莎白风格的家具会成为流行。什么叫这跟战争有什么关系？我怎么知道！我只是提出预言，仅此而已。伊丽莎白风格的家具还有欧金尼·多奥斯[1]的全套作品！对，战争一结束，你就会到处看到欧金尼·多奥斯的全套作品，你甚至在汤里都会看到！你为什么要摆出这副表情？难道你从来没听说过这个欧金尼·多奥斯吗？这跟白喉根本没关系？可是，亲爱的，咱们可不会一辈子都谈论白喉，我现在在跟你说欧金尼·多奥斯，真要命……"

回到圣埃斯皮纳后，路易斯和皮科单独关在了房内。之后，他便开始收拾行李，我给他帮忙。特里尼忍不住在啜泣。

"他们会睁一眼闭一眼的，"皮科说，他刚用营队线路打了电话，"我们会把你当成失踪。但你得机灵点儿。"

特里尼怀里抱着裹得严严实实的孩子上了马车。路易斯拥抱了皮科。

"你知道我不……"他话没说完，或许是害怕讲出什么俗气的话来。他一下跳上马车，抓起了缰绳。皮科和我已经出了屋子走到了车道上，但路易斯什么都没跟我们说，甚至都没看我们。特里尼也没看我们，她裹在一块大毛毯里，将孩子紧紧搂在胸前。马车飞速地往山坡上前进着，在第

---

[1] Eugeni d'Ors i Roviera（1881—1954），加泰罗尼亚作家和哲学家，也是20世纪初加泰罗尼亚文学艺术运动"九百主义"的发起者。

一个拐弯处便没了踪影。

我留在了圣埃斯皮纳过夜。

第二天,就在曙光行将出现前,一声地狱般的轰响将我震醒。那是1938年3月9日。

敌军的大炮朝着由我们旅以及在我们北方和南方的旅占领的"死寂前线"全面开火。至少这是我从其中一个瞭望台上就眼前所见能弄明白的情况。皮科那晚几乎彻夜未眠,一整夜都在忙着做各种准备和跟营部通电话,他已命令将机枪驮上骡背,并和整个连一起前往山峰处占领位置。他要求我睡觉,并在天亮时去维利亚村跟我的中尉会合,但是我没走上去维利亚的路,而是朝机枪点那条路走去。

我在一处被我们称为瞭望台的高地找到了他,从那儿我们看到沿着构成共和军前沿阵地的那道曲线上有一连串的爆炸,并朝北方和南方延伸至很远。朝南方的炮轰更为密集,并且随着一天之中反复经过、不断增加的机群的轰炸而变得分外剧烈。

"这是炸到了'平足旅'头顶上。"皮科用古怪的嗓音跟我说,他没装假牙。

一小时之后,司令来了,他随即用他的大望远镜观察起以"平足旅"为目标的大规模轰炸,医生和作战指挥部的好几个士官和士兵也跟着他来了。目前暂时没有任何一颗手榴弹掉进我们营的战壕里,像是他们忘记了这些战壕似的,我们看到那条弥漫着烟雾和尘土的曲线,听到炮声轰鸣,而那一切却仿佛并未影响到我们。

我们的士兵将一款发射速度极快的火炮叫作"疯女人",那是当时的新武器,而敌军已经开始配备了这一武器。这种炮虽然口径不大,但其节奏却几乎能和机枪不相上下。此处要说的是,"疯女人"和飞机在摧毁了"平足旅"的铁丝网和掩体之后,开始来破坏我们的。炮弹和榴弹像冰雹一样落到战壕上,在好几处地方炸开,幸存的士兵们浑身是土地逃了出来。飞机飞得很低——我们没有任何一种对空武器——从我们头顶丢下一连串的小炮弹,而重型火炮射出的破甲弹将沙袋和木桩都炸飞到了空中。中午前轰炸工作便已完成。

防御工事被彻底破坏,掩体化成粉末,机枪巢被破甲弹和炮弹炸开了花。我们的人还在地面抵抗,躲在任何可能躲藏的东西后面:树干、岩石、散开的沙袋。大家以为当那番地狱式炮轰备战结束、敌军步兵最终现身时,还能用手雷轻易地打退他们。他们之前曾在没有其他手段的情况下击退过敌军那么多次!

此时,"疯女人"和轰炸机群的火力朝我们的北边移去,炮弹和榴弹几乎是突然之间不再落到我们头上。那番宁静正好发生在进攻的敌军步兵出现之前,因此得利用这一间歇处理伤员。当敌人出现时,医生、担架员和我正忙于此事。

但敌军有坦克先行。一大批山地小坦克保护着步兵前进,在那个时候我们还不知道居然有如此轻便的坦克,还能攀爬山地。这些坦克的出现令我们呆若木鸡。于是,溃败发生了……

我和其他人一样奔逃。有一股潮湿森林、汗水与火药混在一起的刺激的味道。步枪手—投弹手的队伍乱哄哄地四散溃逃。有个人在经过我身边时大喊:"一枚迫击炮轰掉了他的脑袋。"另一个则喊:"你看到有多少坦克了吗?"我失去了医生的踪迹,走岔了路,此刻不知道医生、担架员还有伤员都在哪儿。那是一场可怕的混乱,一场没完没了的噩梦。我坐了下来,一阵想哭的欲望主宰着我,因为我想到了一个被我们抛下的伤员,他正呼喊着他的母亲。

一辆很小巧的坦克突然出现在我面前,想必是遥遥领先的坦克之一,也可能是在森林里迷了路。它在我眼前的小山头上行进,就像枝丫边缘上的一条毛毛虫,一点一点移动着,我跟着了迷似的看着它。它在那地方显得那么格格不入，就跟一辆有轨电车一样古怪。就在那时我意识到我是独自一人，那里只有我和那辆装甲车。在我右边的一个土坑里，一棵正值盛花期的巨大扁桃树上绽放着一片白色。坦克用玩具一样的炮筒发射，贴地的炮弹掠过我脚下的一丛迷迭香，并在远远的地方炸开。坦克离我只有一百步的距离，我撒腿便跑。

我拼命跑着，跑到上气不接下气，瘫倒在了草地上。

"你看到人们都是怎么逃窜的了，"有人在我身后说，"是坦克在散布恐慌。可它们又有什么打紧？都是机器，不过是机器罢了！只要冷血一点，我们本来能干翻它们，只要把手雷扔到变速器下面。如果咱们能多有点文化的话……"

没了假牙，他的脸就像个郁郁寡欢的老农。他悠悠地装上烟斗，就在那时我看到了一条沟里的那些骡子，机枪都已经架在了鞍子上。

"山头上连个鬼影都没有了，"他在抽了几口烟斗之后接着说，"只有死尸。机枪手没有掩护我们，他们乱糟糟地都跑了。大家都各自逃命！唉，得跟司令联系上，想着……"

就在那时我们又一次看到了那些装甲车，六七辆突然出现，衬着天色显得格外醒目。他们朝骡队开火，我们得撤退。

找到司令……这可没那么容易。溃散的营队似乎被大地吞噬了。我们这帮人还有骡子走了好几个小时都没见着一个人。又是好几个小时过去，当我们在一个名叫卡斯特尔弗特的村子附近听到从一个山洞里传来的低声人语时，夜色已然降临。那低语简直就像是一群修道士在诵念玫瑰经祷文。

我们在里头找到了司令。他坐在地上，医生和指挥部的士兵围在他身边，一盏油灯照亮了那幅诡异的场景。的确很诡异，因为他们真的在诵念玫瑰经祷文，而在远处朝北的方向，还依旧能听到震耳欲聋又不停歇的炮轰声。

"你们会念为我等祷[1]吗?"司令蹦出这句话,算是跟我们打招呼,然而在等我们回答之前,他又特别大声地继续念起了长祷文。

皮科让我走到洞外,他什么都没说,我却看出他恼怒极了。他把我带到一座小山丘顶上,从那儿我们能看到远处,在南部方向有一条尘土飞扬的线,但那不是炮轰造成的,应该有七八公里长。借着暮色中的最后几丝光线,我用我的望远镜能分辨出在那片尘雾中有一道机动车辆组成的纵队,而惨淡的光线将那片云团变成了一道奇幻的光环。

那是一条由满载军队的卡车组成的车队,远远看去小得像是玩具车,里头装满了铅兵……车队正缓缓前进着。

"要是咱们各旅能够按协同作战的计划行动的话,他们这样大胆深入可是要付出大代价的。要切断他们的退路何其简单啊!可是你也看到了,都是些稀里糊涂的醉鬼……"

司令从洞口朝我们喊:

"师部命令,朝洛米利亚斯进发!"

因为那时候营部的电话线还能用,也是通过这条电话线,我们跟师部保持着联系。洛米利亚斯是后方的一个小镇,相当远,我们一口气赶到了那里。

当起床号把我们叫醒时,我们才刚刚熟睡。罗西克司令想在天亮前挖出一条战壕来。他爬上钟楼了解当地的地形,医生和指挥部的两个书记员陪着他。司令、医生和书记员他们四个人浑身散发着朗姆酒气,一边说话一边兴奋地指手画脚。

我和皮科待在一起,他正在找地方安置机枪。日头开始升起,我们的前方延伸出一片平原,就在那时远处升起了一团尘雾。

"是他们的骑兵,"皮科看着望远镜里头说,"要是咱们有时间架好机

---

[1] 《圣母经》中的祈祷文。

器的话,咱们就能干掉他们,而且会干得漂亮!"

他开始下达命令,却已经太迟了。摩尔人骑兵已经开始进攻,我们能清清楚楚看到他们是摩尔人,甚至不用望远镜就能看清楚。我们的人又一次逃窜,到处都是呼喊声、硝烟、混乱、相互矛盾的命令。士兵队伍从我们面前经过了一个又一个,我们都不知道那是我们自己人还是敌人。要不是因为皮科在,我也会像所有人一样撒腿就跑,是他不为所动的镇静感染了我。他让人把机枪再次装上骡背,似乎他只操心不能弄丢一把机枪这个固执的念头。

我们再次发现司令不知所踪,皮科和我走在骡队前头,我们都觉得他还待在钟楼高处的话并不太现实,因为从上面他应该有充足的时间看到摩尔人骑兵部队。镇静又精明的皮科任由本能驱使,发现了一处狭窄而深邃的沟壑,在那儿我们能"避开视线和火力"从而远离洛米利亚斯。步枪手—投弹手的小队不断加入我们,他们断断续续又兴奋不已地跟我们说"他们杀了我们的中尉",或是"他们堵截了我们",又或是"没人能活下来讲这事儿"。皮科从容地听着这些话:"要是他们打败了咱们,你们这会儿就不会在这里了。"他听到逃兵们给我们传来的最灾难性的消息,就像早已知道一般,甚至像是这些消息也是其计划的一部分。他用最为自然的口吻下达着简短的命令,看到他的样子,听着他下命令,简直可以说他对那一切早已有预见,没有任何事出乎他的意料。他的镇定富有感染力,我们连续遇到的惊慌失措的迷路队伍逐渐形成了有纪律的团队,只要看到他听到他大家便满怀信心。他们任由他教训,就像小孩子任凭学校老师批评一样,他们不断加入我们的队伍,我们的队伍也因此而渐渐壮大。一个饱受惊恐折磨的营就像我们在发着四十度高烧时要应付的那些烦人的梦境一样混乱,但皮科逐渐在那一片混乱之中建立起了些许条理。他的直觉没有欺骗他,也从未欺骗过他,那条沟壑实际上相当长,并非我之前所害怕的一条死胡同,而是像他预感的那样,是条被掩护的路径。走到某个地方的时候，他把跟随我们的一百来人进行了分配，并设好了机枪：

"得休息一下，咱们已经走了十二个小时，而昨晚咱们又都没睡。但休息的时间得靠争取得来。"

事实上，敌人没过多久就冒出了头。不管怎样，那都不过是一支侦察巡逻队，因为就靠一场小规模战斗、一出由机枪演奏的小型音乐会，就让他们消失了，从而让我们能休息上个把小时。

皮科想在破晓前继续撤退。

"咱们在马约罗会找到司令的，"他对我说，"那里应该集中了营里的其他力量。"

可是在马约罗连个鬼影子都没有，没有军队也没有平民。一堆乱七八糟的东西被扔到了大街上——其中有一个令人惊讶的大件：一架电钢琴——家家户户都大敞着门，空无一人。当我们搜查这些屋子希望能找到食物的时候，多个大口径的迫击炮弹开始掉到了村子里，那些简陋的房屋都被炸飞到了空中。尽管饿得发慌还想继续翻找食物的士兵们不愿意，但皮科还是下令疏散。

就在我们离开最后几处房屋时，一个破衣烂衫、一脸疯子模样的人从畜栏里跑了出来，扑到了皮科的脚边。

"连长，赞美上帝！"那人大喊道，"终于见到老面孔了！我藏在那里，关在粪堆里……"

那是跟司令一起爬上洛米利亚斯钟楼的指挥部书记员之一。

"司令呢？"皮科问。

"完蛋了！"

"完蛋了？你什么意思？"

"被干掉了！"

他发了疯似的挠着自己，像是那个畜栏的粪堆里有一整支旅的臭虫和壁虱叮咬了他。

"被干掉了？你给我说说清楚！你说的是谁？"

"是他，司令！"

"你给我好好说话。"皮科责骂他，他一直受不了那几个书记员，尤其是那一个，那是一名士官，以前曾是"奶嘴共和国"里的一名坚定分子。那人有点精神错乱的样子，脸涨得通红，几天没刮的浓黑胡子四下乱翘。

"他们堵截了我们，包围了村子，"他叫嚷地说着，激动极了，"就是洛米利亚斯村，你们知道我说的是哪个村子。骑兵部队，你们知道是哪个，摩尔人骑兵，那帮臭婊子养的……我们还在钟楼高处，那一声巨响！那帮人渣！另一个书记员和我趴到了地上，司令却从拱门那探出头去，并拔出手枪射击，医生也是。在下面的人则用毛瑟枪还击，子弹从钟上弹开，似乎那清脆的响声是为了庆祝守护神纪念节！"

"司令到底怎么了？"

"弹药很快就用完了。"

"什么？"

"他站到钟楼边上，"就在那时那人终于从他毛茸茸的胸口抓出一只肥硕的壁虱来，"抓着钟锤往上爬，结果……"

在那当口，一阵笑声让他没法继续说下去，他笑个不停，甚至笑出了眼泪。

"你觉得这事很好笑吗，白痴？"

尽管皮科骂骂咧咧，那人却还是忍不住那阵爆笑，甚至连话都说不清楚：

"1902年的收成。"

皮科看着我，把手指搁到额头边上。

"1902年的收成。这说的又是哪一出？"

"苏玳，连长！1902年采摘的苏玳！我跟您发誓！因为子弹打光了……他高喊着'从这些金字塔的顶上，四十个世纪在注视着你们'，直到他用手托着肚子掉了下去。"

皮科又一次默默看着我。

"那医生呢?"

"他我就什么都不知道了,他留在了上面。他和司令干掉了一瓶朗姆酒当早餐,当另一个书记员跟我手脚并用地从螺旋楼梯逃到圣器室的时候,一颗迫击炮在大钟间炸开了,我们就藏在了堆满了要命的劳什子的橱柜里面……"

"你别再胡扯了。"

在一个又一个夜晚,第四营剩下的所有人跟着机枪连连长撤退,穿过了一个又一个村庄。我们对整体局势一无所知,也不知道在哪儿能找到我们旅或我们师的其余力量。我们甚至觉得整个共和军都消失了,只剩下了跟着我们的那一百来号人。我们明白溃败应该已经是在前线的大部分地区突然发生的普遍情况,比方说我们见到了完好无损的桥梁。就算工程兵没有时间评估,只要不是因为不可思议的疏忽,这种情况的解释只有一种:那就是我们各条战线的沦陷应当是一瞬间的事。

我们猜测一场大规模的灾难从阿拉贡地区的加泰罗尼亚前线的各个弱点位置上将其攻破,就是那些在漫长的过冬过程中我们懒于看顾的"死寂前线",我们如此猜测,却像一小撮蚂蚁迷失在无边无际的沙漠里。我们在任何地方都没见到我们军队其他力量的踪迹,我们在夜间行军,在白天睡觉。有天早上困得要死的我们在一个小村外扎营,小村靠近一座有很多桥拱的古老石桥,和其他村庄一样空无一人。天色正在渐渐变亮,我们都累瘫了,就想在河岸上的树丛里睡上几小时。就在我们昏昏欲睡的时候,皮科让吹响了军号。

"我有个预感。"他对我小声说。

我们又走了半个小时,来到一片松林中的高地,从那里我们看到了之前的小村、古桥跟河岸边的杨树。初升的太阳斜照着这幅场景,城堡和红色石头砌成的学院教堂高高耸立着，凸显在西方依旧是深蓝色的天空中，朝阳将两处建筑统统照亮。我们才在松树间躺倒，便听到一阵嗡嗡声，那声音一开始很远，之后越来越清楚。我们看不到它们，却能听到它们，它们应该就在我们的头顶上。

突然，一道黑色烟柱从桥上静静升起，飘散到杨树、村庄、城堡和教堂的上空。也就是在那个时候，爆炸可怕的轰响传到了我们耳中。接着是新的烟柱，新的轰炸，我们已经看不到房子了，也看不到了杨树。一切都淹没在令人生厌的浓黑烟云中。

"他们炸的是咱们方才睡觉的地方。"皮科就说了这么一句，便又接着睡了。

第二天，当天开始放亮的时候，我们行走在一片植被稀疏的平原上，当我们正赶在太阳升高前寻找着一处可以伪装的地方时，一架告密者——我们士兵们间以此称呼侦察机——出现了，并在我们头顶画了个圈。"我们必须得在战斗机到来前找到片林子。"连长说，但是飞机到得比我们预想的要早，一共有三架，如果他们想要拿机枪扫射的话，了结我们这么一共百来号人简直绰绰有余。就在那时一阵海风吹来，平原被笼罩上了一层雾气。我们在雾中走了好长时间，可能有好几个小时，那片雾让我们隐身，也像一场细腻而寒冷的淋浴让我们浑身湿透。我们一个人都没少。

我们搜集在废弃村庄里能找到的各种东西果腹。有一次我们幸运地撞见了一口公共烤炉，里头放满了已经风干了的面包，那是最后一炉面包，村民们不得不仓促离开。房子一向都是空的，所有人逃走时都拿上了所有能带走的东西。最后一季收获的橄榄也都在，就在橄榄树下，有的堆在油布上，还有的被凑合着包裹了起来。都是些又大又黑的苦橄榄，具有丰富的营养。

之后我们进入了干草原。首先是山脉没有了，之后是森林，最后是橄榄树林，我们走在了单调的大干草原上，干草原上并没有什么植被，目力所及之处只有一丛丛稀拉纤细的荆豆和百里香。白天的时候，我们尽可能静静待在平淡无奇又无树木的平原能提供的稀疏阴影下，大家都成了伪装术专家，要不是因为骡子，没人能看到我们。

皮科想不惜一切代价保住骡子——运送机枪和弹药必不可少——并认为此事事关荣誉。有天中午，在正午高悬的日头下，机群出乎意料地出现了。我们并未听到飞机飞近时的嗡嗡声，当我们觉察到的时候，它们已经在我们头顶上了。我躬身藏在一棵孤零零的荆棘下面，不让自己身形的任何一部分超出它的阴影之外，而机枪连的人则让骡子躺倒，安静地待在那地方罕有的阴影下头。其中一头骡子受了马达轰鸣的惊吓，站起身，朝我藏身的地方小跑过来，恰好停在了我的身边。大日头下面的那头骡子引起了其中一名飞行员的注意，照我们的说法，他开始"报时"，其他飞机也跟了过来。他们降到贴近地面的地方，朝我们来了一串机枪扫射，之后朝地平线方向远去，在那儿打了个圈又飞回来，就这样循环往复直到用尽了弹药或是汽油。那一次"报时"持续了一两个小时，而我却觉得像是过了几个世纪。

尽管机群还会追踪我们，但好些天来我们却和地面敌人包括我们自己人完全失去了联系，因此，要不是侦察机和战斗机持续不断的嗡嗡声，我们简直要以为自己是整个宇宙间仅剩的幸存者。干草原没有尽头，我们的行军路线并非直线，而是跟随皮科的灵感呈大的之字形迂回向前。比方说，我们会——一直都是在夜间——朝北边走六个小时，之后朝东边走四个小时，到了第二天，夜幕降临后，我们再次出发，朝南边走五个小时，之后又再朝东边走五个小时，有时我们甚至还会后退，朝西边走，我从来都没能明白皮科是以什么为引导决定这种奇怪的方位角。我要是问他的话，他不过就是耸耸肩。"预感。"他对我说。我唯一能说的就是他的本能从未辜负过他，他在任何时候都能避免敌人会将我们包围的方位角，避免这一百多个信任他并像追随父亲一样追随他的人被歼灭。我们涉水渡过远离寻常道路的河流,因此也远离桥梁——皮科总是尽可能避开。有时我们会远远看到一座完好的桥,也不时会碰到被遗弃的材料,这些东西五花八门,像是日光反射信号器、测角仪和其他一些我们压根不知道是什么的仪器,经常看到的是成堆的破甲弹。有一天我们还找到了一尊十五点五的大炮,这件庞然大物兀自留在了光秃秃的平原上。

我们不为所动地从所有这些巨大海难遗物的旁边走过,显然也没法拿走这些东西。那尊大炮周围散落着一些在日夜间被风干了的人体碎片,有些距离相当远,显然都是被空中扔下的炸弹炸飞到空中的那尊炮的炮手的遗骨。之后不久,我们发现一堆用蜡纸精心包装好的包裹,差点以为是梳妆皂。皮科拿起了一个。

"是 T. N. T. ,"他说,"那些该死的工程兵本能在撤退前用这玩意儿把所有桥都给炸了,可现在你也看到了:这东西就跟坨屎一样躺在这儿!"

就在找到这批 T. N. T. 之后没几天,阿拉贡地区最宽的河流之一阻挡了我们的去路,水流太深无法蹚过去,皮科派出侦察兵去沿河上下寻找桥梁。侦察兵回来报告说在不远处,也就是四公里左右的地方,有一座绝好的桥,而也就是在那里他们遇到了一组工程兵。

"他们告诉我们说要咱们尽快通过,他们从三天前起就在忙活这事了,想在今晚前把桥给炸了。"

那是一座现代化的桥,真的棒极了,就跟我们到那时见过的所有桥一样完好无损。二十来个人在一名工程兵中尉的指挥下,半泡在水里干着活。在河的另一边,差不多一两公里远的地方,能看到一小片高地,上头长着一些细弱的桧树和松树,那是我们眼前一整片荒野中仅有的树木。皮科在跟中尉交谈过后告诉我说让我带着部队去那片小树林,而他和五个老兵留下来帮工程兵处理那桩精细的工作。事实上那些人并不需要皮科帮忙,但他——我了解他——太想近距离看到一座大桥被炸飞的场景了。世界上没有任何事能让他错过那场好戏。

东方的天空晨光熹微,从那座孤立的小丘高处能看到围绕着我们的平原似乎没有边际,宁静是那么深邃,孤独又是那么绝对。皮科曾嘱咐我从那片高地用我的望远镜查看西边地平线的情况,因为我的望远镜比他的能看得远得多。我只能看到单调的灰色荒野,一如绝望本身,一条荒凉的公路从中间穿过。突然间我似乎听到了嗡嗡声,但很遥远。清晨的光线依旧很微弱,从我观察的位置用望远镜尚不能看清楚二十五或三十公里以外的清晰细节,我也不想因为隐约不安就给皮科发警报,最后给自己招来他的嘲讽……但不管怎样,这阵隐隐的不安却感觉越来越强劲。

太阳几乎是在突然之间冒了出来,就像片西瓜一样巨大而鲜红,在很远处,几乎靠近地平线的地方,我开始看到公路上有东西在动。

我无法看清那是什么,靠我的海事望远镜——架在一根树枝上,为了保持其纹丝不动——我只能大致看到一些缓慢移动的黑点,让人想起从显微镜下看到的几乎不易察觉的杆菌。我尽量盯着它们,但那些东西消失了好长一段时间,仿佛从未存在过。就在我忙着观察的时候,那二十个工程部的人已经从桥底下离开走远了,他们四散开来,缓慢地穿过平原。亲切的中尉过来告诉我说皮科和五名士兵留在了桥底下。"他们想等到最合适的时候引爆,"他对我说,"我们已经替他们将一切准备就绪,他们只要启动电线,引爆炸药。""不难吧?"我问。"很容易,"他回答,"非常容易。我们要走了,我们在别处还有活要干。"

我接着看我的望远镜,结果惊讶地又一次看到了那些令我好奇的黑点,但此刻一动不动。它们完全静止,我都怀疑它们是否曾移动过。这些点太遥远了,没法分辨出那只是公路路面上的沥青污迹还是阴影,可是在荒凉的单调风景里,会是什么东西的阴影呢?就在我凝神看着望远镜的时候,那五个机枪连的老兵来了,桥底下只剩下了皮科。他在一张纸片上给我写道:"你跟队伍等着,不要离开那里,让士兵们趁机睡一觉。你别停止观察，随时让我知晓你看到的一切。靠文化和耐心，咱们能干出一番精细活来。"老兵们告诉我皮科藏在了河岸上的一片甘蔗田里，在离开桥墩两三百米远的地方，他们告诉我从那里只能看到这座小山丘的丘顶。我托着望远镜，聚焦在那些固执地一动不动的黑点还是阴影上，感到了紧张。那些点到中午之后都没更换地方。有差不多一打的黑点，但是一打什么呢？从它们所处的距离来看，其移动令我觉得极其缓慢：它们一个接一个排成了一队，有一阵子，又一次消失在一片宽阔的洼地里，直到下午两点才再次出现。

这下我看到了那是什么：十或十一辆装甲车，车身十分沉重，其行进速度应该慢得跟一个人步行的速度差不多。

和其他几次一样，那些装甲车从远处看去就像玩具似的样子令我惊叹，一列由十辆还是十一辆玩具装甲车组成的队伍，在公路上毫无顾忌地行进——它们又有什么必要谨慎行事？——现在我能看清那些像铅兵一样的人了。又过了个把小时，我通过一个往返两地的通信兵向皮科及时汇报了所有情况，我盯着装甲车不放，总有个眼睛贴着望远镜。通信兵带着明确指示回来了："当第一辆装甲车到达桥上的时候，你用干草点起一团篝火，这样我能看到烟雾。"它们又在空地上停了半个小时，此刻又开始缓慢前行。车队一半是卡车，一半是突击车，车身厚实而沉重，肯定是老型号，车上的士兵信心十足、毫无担忧之色，此刻能清楚看到包着沉重铁甲的车内的他们，他们腰部以上都探在车外。我六七岁的时候有一辆同样型号的玩具装甲车，里头也有坐在长凳上，但上半身探在外面的士兵，长凳上有几个洞，洞里插着每个士兵背着的桩子……突然，车队在一个浅灰色的拐弯后又消失了，之后重新出现在靠近河流的地方。"等我到天黑，"皮科在最后一张通过通信兵交给我的纸片上写道，"如果天黑我还没来，你和队伍先走，不要等我"。

就像一场梦境一样，我记得我堆起的半腐烂的干草，还有一开始又白又浓,之后变得又黑又刺鼻让我直咳嗽的烟雾,还有在我周围醒来看我是不是疯了(他们不知道那是我和连长约定的信号,他们对于发生的事一无所知)的人们。对,我像是疯了,谁会想到点起一团篝火来给可能出现的飞机指引我们的方位呢?但是,所有的眼睛立刻因为惊恐而睁得狂大,因为他们突然发现了桥上那列铁甲车队……当最后一辆车刚从另一边开上桥时,第一辆几乎已经要从这侧离开了,那桥简直就像是给这列车队量身定做似的。已经是日暮时分,当烟雾从桥拱处静静升起时,太阳已经很低了,桥上是铅兵的残肢,铁片和石头的碎块,一切都被气流混到了一起,万物陷入沉寂,几秒钟的沉寂,之后是可怕的巨响,异乎寻常的爆炸声令我们的小山丘都在颤抖,松枝也抖个不停。

就像一场梦境一样,我记得看到被爆炸波炸散到各处的残骸时,人们疯狂的喜悦之情,干得漂亮!就像一场梦境一样,我记得那些不是铅兵而是人的残肢,我本可能成为他们的朋友或同志,就在我人生不久之前的某一刻,我曾想成为他们的同志和朋友,并且几近成真,可是,当我看到他们被炸飞到空中时,我却因为那阵狂喜而觉得像被灌醉了一样。"干得漂亮!"士兵在我周围低声说着,"干得简直太漂亮了!"就在那时,对,就在那时,我做了那个奇怪的梦,睁着眼,大睁着眼做了那个梦,突然间,一切都消失了,桥飞走了,围绕着我的像是惊呆了的士兵低声重复着:"干得简直太漂亮了!"一望无际的荒原,西沉的太阳。我只看到了加利法博士的脸,似乎充满了整条地平线。

他痛苦的微笑像是责备,但他的脸消散在暮色余晖中,我只看到一座地牢。那座地牢那么黑暗——此时太阳已经碰到了地平线,又变成了那瓢红西瓜,而加利法博士则在那座地牢的深处,因为恰是太阳的红斑变成了黑色的地牢,我在地牢的深处再次见到了他的脸。他的脸上溅满了鲜血。

在地牢的一角几个人晃动着,似乎像是一群老鼠在一块腐肉周围晃动着,在这群人中,他似乎想要不为人注意地经过,我却看到了他,并认出了他。我看到拉莫内达半张脸上盖着块黑红相间的手帕,我罕见地看他看得如此分明,我从没在我这辈子里如此分明地看到过什么东西!当皮科摇晃我时,我从那个梦中醒了过来:"嘿,别再睡了,太阳已经出来了,出发!"

另一个傍晚,在那片无垠荒野中又一个绚烂的日暮时分,我们在远处发现了一片草木繁盛的低洼地,沙漠中的一片绿洲。在这么多天之后,我们一直想找到一个平民、一个当地人,就一个而已,可是,却遇上这么一个平民!他可能是个疯子,说不定还是个幽灵。一栋大楼掩映在枫树和月桂树中间,还有玉兰树和金钟柏,那座公园和大楼出现得如此意外,以至于我们都以为自己身处海市蜃楼。通过在那儿找到的那个村民,我们事后才知道那地方是个浴场疗养地:在那里有一处有名的矿泉水泉眼。我们跟中了邪似的走了进去。那楼就像一栋宽敞的瑞士大别墅,一切都井井有条,似乎正等待着常客的到来,但显然什么人都没有,只有他。

一个衣着考究的中年男人独自待在饭厅,就在柜台后头,并未表现出丝毫的惊讶,就像是在等着我们到来似的。

"请进,请坐。"

他很热情,礼数周全:桌子已经摆好,放着全套盘子和餐具,餐盘、餐具、杯子都是上等的,桌布和餐巾同样如此。那是座豪华浴场,当年很是有名。我们无声地互相对望,面对这样的秩序、清洁和豪华而不知所措。透过一扇大窗能看到公园,植物茂盛而阴暗,还残留着当日的最后一丝光线。我们在那位先生的坚持下入了座,每组四五个人坐到了每张桌旁。他打开灯,电力让我们觉得像是魔法,他告诉我们他靠一个水坝发电,并且不厌其烦地跟我们就发电机及其各类细节做了解释。皮科转着脑袋,看看那男人又看看我,忍不住笑了起来:

"自家产的电!"他说,但立马闭了嘴,想起司令让我们悲伤不已,我们坐在那间优雅的饭厅中,裹在各自的破布烂衫里,突然发现大家的胡子都黑不啦叽，到处乱翘，破成条的衬衣因为干了的汗水而变得硬邦邦的，头发和腋窝里长满了虱子，突然间我们觉察到自己臭得吓人，一股汗酸味儿。可那位先生却什么都没注意到：

"请用餐吧，先生们，请别客气。"

他居然说加泰罗尼亚语！一个当地人跟我们说加泰罗尼亚语，这更让我们有了不真实的感觉，所以一切都散发着不真切的气息。

"请用餐吧，"他坚持道，"盘子是国产的，套餐是共和派的。"

这是我们第一次听到"国产"而非法西斯分子。当然，套餐并没有上，也并不存在，肯定是因为这样，浴场主任才将其称作"共和派套餐"。皮科下了信号：我们从背包里掏出比石头还硬的面包和皱巴巴的黑橄榄，那位先生坐到了我和皮科所在的那一桌，和我们分享了我们的供给。他像饿狼一样吃着，尽管语调隆重，但跟我们说话时前言不搭后语。我们和士兵把身上带的所有食物都倒到了桌上，东西并不多，是我们仅剩的所有的面包和橄榄。我们惊讶地在那里吃饭，在布置得么考究的餐桌上，大家都默默吞食着硬面包和羊屎蛋一样的橄榄，惊愕地互相看着。一颗大口径的迫击炮在公园里炸开了，打断了那场盛大的晚餐，另一颗迫击炮没隔多久便接着第一颗炸了过来，之后又是一颗接一颗。

"四颗：一组完整的十五点五排炮，"皮科说，"请您把灯关了，拜托。"

可他对这番话置若罔闻，继续跟我们礼貌地说着话，似乎一直把我们当成浴场阔绰的常客。

"我，您知道吗？我没什么可怕的。"他冲我们露出无法言喻的微笑。

我们在第二组四颗迫击排炮掉下来之前赶紧收拾背包，那组炮很有可能恰巧瞄准了瑞士别墅。

"您跟我们走吧。"皮科对主人说，但他还是站在灯火通明的饭厅门口，就在通向公园的三层石头台阶的最上层。

"走吧，先生们，走吧，请别客气，"他十分和蔼地重复道，"请别客气了，先生们。"

当第二组排炮爆炸时，皮科困惑地看着我，这次炸在了浴场的另一边。在树木茂盛而漆黑一片的公园里，士兵们等着连长的命令。纵队开始出发，站在光亮中的先生还在门口，挥手跟我们道别：

"晚安，共和派们！请你们始终记住：国产盘子，菜单……"

他话还没说完，第三组排炮落到了浴场正中间，在一声可怕的巨响中，玻璃、瓦片和隔墙飞散到空中，尽管如此，电力照旧持续，我们急着跟别墅拉开距离。在那片嘈杂之后，我们依旧听到了那个人的声音，他冲我们高兴地喊着：

"你们别为我操心，我是他们的人，不是你们的人，他们绝不会伤害我的！"

又是四次爆炸，此刻剩下的一切开始瓦解，突然间漆黑一片，几秒钟后火星迸发，大火发出噼啪声。这一切很快被抛在身后，我们又一次置身于荒凉的平原上。那是个没有月亮的夜晚，寒冷而令人警醒，想来已经被炸到空中的浴场及其主人很快就被遗忘了。第二天日落时分，我们在一条沟里睡了一整天之后开始行军，几小时之后，我们发现了一间农舍。

房子看上去已被废弃，但这在当时的境况下也是很正常的事。我们在屋里四处寻找食物，在储藏室里我们开心地找到了一条火腿、一大块腌猪肉和四条挂在房梁上的粗大灌肠。其中一个角落里还有装满油的大瓮，里头浮着一块块腌过的猪肉。皮科下令，得平均分配战利品。我给他充当秘书。当我们去搬那口大得要四人合力抬的油瓮时，我们已经在房子门口了，那是我们想要在一百来号人中分配瓮中物的地方，她就在那时出现了。

我们因为惊讶，默不作声地将大瓮放到了地上。她还是个孩子，可能就十四岁的样子，高个、苗条、面色苍白，眼睛和头发都很黑。她身穿丧服，一动不动地站在通往楼上的石头楼梯平台处，带着一丝指责的神气从

上往下静静地打量着我们。她手里拿着一盏油灯,那微弱的光线足以照亮她的脸,将其凸显在黑暗之中:

"你们不觉得害臊吗?"

她的声音像是从很远的地方传来,她说的是加泰罗尼亚语,就跟浴场的主人一样,说的是阿拉贡的加泰罗尼亚语。我们都停下不动,像着了魔似的听着。

"你们都是些胆小鬼,你们不会抵抗,现在还要来偷我们的东西吗?就在这片你们本该看作是自己的土地上吗?我们像对待兄弟一样接待你们,可是,你们都干了什么?圣母在哪里,圣人们又在哪里?我们要将自己托付给何人,你们这帮无耻之徒?所有人都从你们身边逃开,仿佛你们是瘟疫一样,我一个人在家,你们可以把什么都偷走,对付我一个的话,你们可是有很多人……"

那晚我们什么都没吃。

即将天亮前我们来到一条大河边,那河比我们此前经过的任何一条河都要宽。我们那时并不知道那就是辛卡河。皮科不想我们再去找桥过河。"因为现在",他对我说,"咱们更得尽可能避免桥梁和公路,因为咱们已经靠近新的前线了。"当我们试图就着淹到脖子的河水蹚过去的时候,我们看到上下游都有其他队伍也来到了这里,都是零散的小队伍,跟我们一样,大家都在河水能够蹚过去的那几公里的地方汇聚到了一起。在这么多天之后又看到加泰罗尼亚的队伍让我们重新振作了起来,我们已经不是独自在这世上了。奔腾而下的激流冲走了一头骡子和几个人。另一侧的河岸高耸而陡峭。

就在那里,在高耸的河岸上,我们终于遇到了战壕里的队伍。他们在那里临时挖了几条战壕,竖起铁丝网,架起了机枪巢,以此阻止敌军涉过那道河滩,那是我们在溃败以来的三星期内见到的头几条战壕。他们告诉我们在那道临时防线后面,我们的军队开始重新集结并重组,准备发动反攻,其他跟我们一样陆续到来的零散队伍,事实上都已恢复元气,并编入了新创立的单位。

我们看到山脊高处有一处大的村落,就在朝东、朝后方三公里左右的地方,一座教堂俯视着村庄,那钟楼简直可以说是一座城堡的塔楼。这黑色剪影凸显在东方的天幕中,天色已渐渐变成金色,仿若一幅圣坛装饰画的底色。钟楼顶上有一个鹳鸟窝,我用望远镜能看得十分清楚,那鸟巢大得像个车轮,公鸟和母鸟在河流跟鸟巢间不停往返,嘴里衔着几条小鱼带给一窝雏鸟,小鱼一边摇着尾巴一边在晨光里闪闪发亮,雏鸟们贪婪地吞咽着这些鱼。

"是春天,"皮科说,"是春天到了。鹳鸟是最先离开,却也最先回来的鸟。咱们已经进入了好光景。"

我想起我和路易斯在夏末观看的那些鹳鸟,那时它们正准备迁徙。从那时到现在发生了多少事啊!

一天下午,趁着前线的宁静时光(敌军的攻势总算被遏制住了),我去了那个村子。那里满是流散的士兵,来自不尽相同的各旅各师,也有很多当地人,尤其是农民,他们是从受敌人进攻影响的地区逃出来的。所有这些人组成了一个毫无条理的世界,纷纷聚拢到村子四周。他们睡在临时挖的沟里、山洞里或是地上。其中有老人、女人、孩子,还有伤病员。当他们推着车前进时,机群曾对他们扫射、轰炸,可怜的人们,他们完全不知道最基本的伪装规则。他们在大白天赶路,毫无防范,总是沿着公路走,穿过没有树木的平原,有人告诉我们,在他们身后的公路上,留下了散架的车子、肠穿肚烂的马匹、尸体和无法再前行的病人。

多么悲惨的场景啊!我的上帝。他们靠士兵配给食物里的残羹过活。

皮科没再跟我说起路易斯,我们之间也没再提起过他的名字。我们为什么要谈他呢?一个橄榄树堡的老太婆认出了我,她正跟其他许多人一起在军队厨房外排队等着讨一盘剩饭。

"我们在事情变糟的前一天看到了中尉堂·路易斯,"她对我说,"他都没看到我们,他谁都没看,他车上带着个女人,整个裹在一条毯子里,看着就像痛苦圣女。他们一经过橄榄树堡,便毫不停留地拐上了前往奥利维圣女村的路。"

奥利维村在敌人进攻的第一天便沦陷了,就在进攻开始没几个小时之后。村中未有任何抵抗,或几乎没有任何抵抗。